大宋宫词

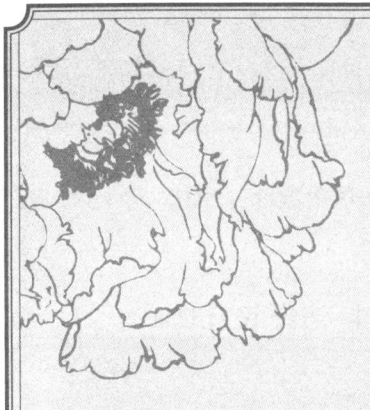

文学总策划
李少红 ◆ 编剧
张永琛 等

人民文学出版社

大宋宫词

刘涛 饰 刘娥；周渝民 饰 赵恒

刘涛 饰 刘娥；周渝民 饰 赵恒

大宋宫词

大宋宫词

刘涛 饰 刘娥；周渝民 饰 赵恒

刘涛 饰 刘娥；周渝民 饰 赵恒

大宋宫词

大宋宫词

归亚蕾 饰 萧绰

大宋宫词

赵文瑄 饰 赵廷美

大宋宫词

刘涛 饰 刘娥

大宋宫词

周渝民 饰 赵恒

大宋宫词

韩远琪 饰 赵吉

大宋宫词

周渝民 饰 赵恒

大宋宫词

刘涛 饰 刘娥

大宋宫词

周渝民 饰 赵恒

大宋宫词

郑伟 饰 赵祯

大宋宫词

周渝民 饰 赵恒

大宋宫词

刘涛 饰 刘娥

文学总策划　　李少红
总　编　剧　　张永琛
编　　　剧　　赵小鹏　唐　蓉　杨岚岚　庞　博
　　　　　　　张　丽　王亚梅　许静波　许岚枫

六 ——— 75

朕与你说过,要成为一国之君,便莫要再儿女情长/我愿以我之死,保全襄王/孩子这一笑,触动了宋太宗

七 ——— 88

家事与国事相比,又算得了什么/他只是不愿轻易放下手中的权力/我与父皇已经很多年没有长谈过/吉儿去了,就能拯救很多很多人的生命/朕作为一朝天子,竟还做不了这个主

八 ——— 108

丢了康儿,哀家要让赵恒拿他大宋的江山来偿还/我不能让吉儿一人留在辽营,生死不问/我去北国,也是听从我的良心/我来了,你和吉儿就不会活在恐惧之中

九 ——— 122

皇上没有决断,民心便不会稳定/我要留在京城,等他们回家/我宋军不缺壮兵强弩,所缺者,士气也/这场战争给你们契丹人到底又带来了什么/太后挑起战争,难道就不是罪过了吗

十 ——— 137

你是汉人,你心里还想着要给大宋做些事/陛下即将御驾亲征,这皇宫也要易主了/天下的百姓都在等着父皇,父皇不能不去

十一 ——— 151

长长的行军队伍,给一望无垠的雪地划开了一道口子/陛下不怕寒了大宋军民的心吗/大宋江山早晚要葬送在你们这些小人的手中/澶渊失守,则汴京失守,汴京失守,则大宋亡国!

十二 —————— 164

赵恒忽然听到身后响起如同海啸般山呼万岁的声音/赵恒第一次如此深刻地感受到帝王的尊严与责任/萧绰放马过来！朕在澶渊城与你决一死战/一时间，城前的雪地被染成了大片的血红色/地面上人仰马翻，雪雾与鲜血一齐飞溅

十三 —————— 177

我不要回澶渊，我要守着我的吉儿/今日城下之战，是谁下令放箭/她心里已经很清楚，这一仗她已彻底败了

十四 —————— 191

倘若不能议和，只怕我大辽的所有将士都回不了上京/我到底犯了什么错，为何让我的儿子一再夭亡/大宋和辽国理应共存互助，这才是长远之计/吉儿，我们马上就到家了，吉儿不会冷了

十五 —————— 205

陛下手持赵吉灵牌，莫非是要将其送入太庙吗/在京城这么多年我累了/他带住马缰，回头看着那个院子/陛下的处境才是真正的孤苦

十六 —————— 218

他不要命了，为何要取皇上的血/唯有你生下皇子，才能重新获得皇上宠爱/都把我当成跟他们争权夺利的人，却不知我早已厌倦了宫里的明争暗斗/日子久了，皇上自然会把我给淡忘了

十七 —————— 232

没想到我一来就给他带来了灭顶之灾/你以前有没有钟情过一个人/这成平殿，只不过是一个新的囚笼罢了/他对我一片痴心，现在我又怀了他的孩子，你以为此事说断便可断了/再见不着你，我就要闷死在皇宫中了/我带你离开皇宫，逃到一个谁都找不到的地方

十八 ———— 247

二皇子在宫中从未外出,怎会染上天花/陛下曾将万千宠爱都付与你一人,本宫曾经忌恨,但是陛下没有看错人/你该经历的苦难还没有经历完,现在你的磨砺都已结束/本宫早就知道皇上最需要的人是你,皇上终究是离不开你/过去的那些恩怨,不是都过去了吗/在她生前,朕从未真心关怀过她

十九 ———— 260

可皇上盼的是皇子,我该如何向皇上交代/公主虽生了六指,也是条性命啊/她嘱托皇上,来日一定要立刘娥为后/皇上身为一国之君,还要在群臣面前隐瞒自己的病情

二十 ———— 274

自今日起,刘娥便是二老的女儿了/张景宗说皇兄人事不知,是故意说给我听/后宫不得参政,但这条规矩不适用于莺儿/只有你在朕身边,朕才能稳住朝廷和后宫/臣子们知道朕得的是不治之症,大宋还能维持下去吗

二十一 ———— 286

真想见他,想抱着他,可那一刻朕心底里却有些怕了/午夜梦回,朕总是能见到祐儿/朕总觉得处处都死气沉沉/不是所有失去的,还能再找见/凡事只要牵涉到宫闱里的禁忌,最易横生事端/昨夜那危机时刻,皇上可是半分都没瞧过我/谣言如同长了翅膀,瞬间传遍整个后宫

二十二 ———— 297

宫门千重,真的深似海/这宫闱内从来都多的是尔虞我诈,难得有交心的情谊/我怎么突然觉得,我活得就像一场笑话/他是天子,理应雨露均沾/姐姐不觉得皇上的笑很危险吗/哪怕下面是刀山火海,是无底悬崖,有他陪着,也是幸运/他是我的英雄,是我的夫君,也是天下的君王/不管万里山河,还是九重深宫,他的心愿我必定勉力玉成

二十三 —————— 313

一个试炼诸臣工的局,一个关乎皇嗣大统的局/谁说这大宋天下便一定是姓赵的/本相随侍皇上多年,怎会感知不出那些批示里的差异

二十四 —————— 324

朕告诉你们,这太平里还流着朕皇儿的鲜血/赵恒依旧直挺挺地跪着,仿佛一尊历经了沧桑的石像

二十五 —————— 335

婉儿,你也得为朕诞下一个如此可爱的皇子/赵恒和刘娥相视感叹一笑,一切尽在不言中

二十六 —————— 347

众卿与朕都不得不配合你演戏/朕必须尽快为我大宋培养出合格的继承人/皇后是朕的皇后,立谁不立谁,朕自有主张/我怀上了皇上的孩儿

二十七 —————— 356

我大宋太子的嫡母,只能是你/你这还未生下皇子,倒是已有了母凭子贵的派头/她走了近三十年,终于走到了改变她一生命运的男人的身侧/潘玉妹如同被抽去了所有的力气,跪坐到了地上,将那对耳环紧贴在胸口

二十八 —————— 368

我们三姐妹的命运在皇权的漩涡里又会演变成何种模样/哀家的这双手沾满了鲜血,其中还有亲人的鲜血/帝王看的不是功劳簿,而是黎民千秋万安/多谢你,婉儿将一生视你为兄

二十九 —————— 381

凤子龙孙与继承皇位息息相关,哪一个能容易长大/皇后,我诅咒你怀

的是皇子,诅咒他不会顺利降生/同样都是怀了皇上的血脉,也还是有个高低贵贱之分

三十 —— 395

陛下,那对婉儿不公平/你是一国之后,所思虑的,不应仅仅是母子之情/算了,她也是可怜之人/朕由不得她在后宫兴风作浪

三十一 —— 407

朕欢喜你的笨拙/四目相对,倒是生出了几分情思/这一刻终于是来了/婉儿的孩儿只能是她的孩儿/能在汴京城里这般放灯的,也没几人/想要一步登天,还得看有没有那个命活下来再说吧/这是大宋的天子,也是皇后刚诞下的皇子

三十二 —— 422

他笑了!他冲朕笑了!/一道禁令就能堵住悠悠众口/这些奏书皆是参你的/定是有人偷梁换柱,用狸猫换了姐姐生的孩儿

三十三 —— 432

是我刘娥,是我们此处的每一个人,对不住婉儿/狸猫换太子,指不定背后真正的主使便是当今大宋天子/自那以后,为娘未睡过一个安稳觉,总是噩梦连连,这是报应/于她心中,从来都视朕如子,喜朕之所喜,忧朕之所忧/她这一辈子,与其说是奉献给了皇家,不如说是为朕一人呕心沥血

三十四 —— 445

好一个潘氏,你竟敢淫乱宫闱/陛下若能给臣妾一个孩儿,臣妾何至于去和别人生野种/可后来我竟喜欢上了与他约会,我也是一个女人,也想要男人的疼爱与呵护/陛下,你给不了我的,他给了/赵恒看着歇斯底里的潘玉妹,心中陡然生出一股悲凉/我潘氏一族即便没落赴死,也得有尊严

三十五 —— 459

等娘娘回来,寿安再弹给你听/皇上曾经也该是真心待过你的/我这一生,算是一场错吧/他的怜惜,让婉儿初尝了情爱的滋味/婉儿此生最快活的一段时光,是皇上和姐姐给的/我与姐姐此生不复再见/朕会记住宸妃的付出和牺牲,我赵氏皇族亦不会忘记

三十六 —— 471

寇相好一招以退为进啊/何时这前朝之事也值得娘娘如此煞费苦心了/储位之争,从来都弥漫了血腥/寇老西为皇上争储得皇位,可是立下过汗马功劳/朕尚健在,他便敢立太子为帝

三十七 —— 484

老夫官场沉浮大半生,也算是看明白了一些事/老夫退出朝堂久矣,不愿再卷入那些是是非非/刘娥一身朝服立于赵祯的座椅之侧,这是赵祯与刘娥第一次听政

三十八 —— 493

我请求你,也是代皇上请求你,应允这桩婚事/皇上对我有怜惜,却从未爱过/难道做公主,连和自己心悦之人在一起都不行吗/若寿康姐姐是大娘娘亲生,大娘娘还会这般狠心吗/父皇只是希冀你能幸福,抛却身份的束缚,过得自在随心

三十九 —— 505

太子殿下突然晕倒了/与大海争利,娘娘好魄力/你是坏人,我不喜欢你

四十 —— 516

朕不在乎天下悠悠众口,不在乎史官口诛笔伐/受益需要的不仅仅是一个能生育他的母亲,更需要保护并辅佐他担起这江山重担的母亲/你和

受益,又何尝不是朕的软肋/朝中一切,后宫一切,朕皆交托给莺儿了/臣妾知晓,前朝后宫还需有人来坐镇/你是皇后/臣妾替三郎看着一切,等三郎早日归来

四十一 —— 529

愿上天恩泽,保佑我儿健康无虞/赵恒那孤峭的背影渐行渐远/莫名地,他对李婉儿有一股亲切感

四十二 —— 540

面见太子和皇后之前,我等切勿走漏了任何风声/苏大人呢?为何一直没见他人/皇上为何会突然驾崩/冀王殿下已被请入了宫

四十三 —— 552

那皇位,你三哥能坐,你为何不能/这双稚嫩的肩膀,是要担起社稷重担的/赵祯!你是太子/思齐和孩儿,是本王的底线/俊颜温柔不在,挺拔孤傲身影消失,这一世,原来真的缘尽了

四十四 —— 566

我们像寻常人家那般,一家人坐下开开心心、团团圆圆地吃顿饭/原来君臣际会,自有定数/万道河,千重山,催车覆身,数度来回,一双草鞋踏破,终是走尽了你我的这条君臣路/冀王殿下在与不在,皆没多大关系/大行皇帝起驾前往泰山之前,定安排好了所有事

四十五 —— 579

遗诏,是一定有的/奴婢相信,大行皇帝都是要将江山和太子托付于娘娘的/能为曹氏一族遮风挡雨的,那是我

四十六 —— 592

那是她丈夫的临终之言啊/太后的心性,老夫确也了解几分,然在权力

之前,谁又能确保一个人的心性永远不会变

四十七 —— 604

尔等可真的将先帝放于心上？可还给皇家留下一点颜面/哀家不再是无依无靠的孤女,先帝给了哀家一个家,一份情/哀家与先帝,是夫妻是君臣,更是知己/哀家对先帝,深恩永不负

四十八 —— 621

天下黎民,万里山河,还有我们的儿子,我替你守着/只有天在上,更无山与齐,举头红日近,回首白云低/繁华遍染,疑是天上人间/重情是好事,然他毕竟是帝王

四十九 —— 634

太后实在高明,一幅图谱便将朝廷格局尽收眼底/皇上立后,与平常人家的婚娶不同/进了后宫,她便成了朝廷上无足轻重的一枚棋子/说不定哪一天,太后会废掉皇上/大宋的江山,绝不能落入一个女人手中/你生在皇室,就得接受这一命运/母后还要把持朝政多久

五十 —— 649

在她眼里,朕还是一国之君吗/母子之间似乎有一道无形的屏障将两人隔开/朕就是要汝儿做皇后,而不是郭清悟

五十一 —— 661

受益若回来晚了,只怕为娘就再见不到你了/向太后逼宫的时机到了/陛下不是要体察民情吗？正是最好的时机/皇上心里已经信了七八分

五十二 —— 675

迟迟不肯还政,依然是将朕当做棋子/你和义简年龄都不小了,不能一错再错了/他已将所有的感情与期盼,全都给了那个人/这一次太后是

遇到大麻烦了,皇上终于觉悟了

五十三 —— 690

百姓人家再寻常不过的事,为何在皇宫里却这么难/现在皇上不认哀家这个娘了/一旦真相即将显露,朕也会害怕/哀家不是武后,也不效仿武则天,此生绝不会做有负先帝之事/让太后撤帘,还政于皇上,就在今日/他这是押上了性命,向哀家反戈一击

五十四 —— 705

莫非只因哀家是女人/哀家只是在尽一个做妻子、做母亲的责任,只是不愿辜负先帝的托付/哀家养育二十年的儿子,终于要以一国之君的身份来与哀家抗衡/你以死相谏,终于达到目的了

五十五 —— 721

他没有回身,便知道是刘娥来了/苏义简这样对刘娥的注视,乃是生平第一次,也是最后的一次/婉儿,受益来看你了/倘皇太后临朝称帝,朝廷众臣可执此诏,布告天下/如今的丁谓已不是当年那位状元郎/权力和钱财总会让人忘乎所以,古往今来能有几人能过得了这一关

五十六 —— 736

愿陛下与臣妾心心相印,不离不弃/哀家只剩一个心愿,就是进太庙拜一拜你的父皇/陛下生前也曾这般想,给婉儿留下黄绢遗诏,以防臣妾称帝/他们一个个都败了,败给自己的心魔/臣妾要为三郎守住这大宋江山

附 录 —— 751

一

老妇吟唱：（画外音）月儿弯弯照九州，几家欢乐几家愁，几家夫妇同罗帐，几家飘零在外头……

1. 宋辽边境　白天　外景
烽火燃，狼烟急，遮云蔽日，那厮杀声震天。

奔袭的辽军铁骑如洪水猛兽般，以摧枯拉朽之势，冲破了宋军的防守。

那惨叫哀号声声凄厉，萦绕耳际不散，让人心头发怵。

城破，人亡。

2. 野外　白天　外景
本就是灾荒的年月，曾沃土千里的中原已是萧条不堪。大战洗劫之地，哀鸿遍野，饿殍满地，流民星散，更是惨淡凋敝。

毒辣的日头肆意照射着大地，那田间的麦秆东倒西歪打着卷。

一消瘦单薄的女子，疲惫不堪地自远处缓行而来，嘴唇苍白得无一丝血色，呼吸微微急促，显然已是中暑了。

女子便是刘娥。

那日头愈发烘烤得厉害，刘娥艰难地再往前挪动了几步，一阵天旋地转，终是脚下一踉跄，晕倒在地，一股浓血自其裙摆下流出。

不远处村口，坐在石阶上边唱歌谣边捻着纺线的老妇见状，起身走了过来。

3. 老妇家　寝房　夜晚　内景
刘娥迷迷糊糊地躺在一张简陋的木板床上，痛苦的呻吟之中含混不清地夹杂着几个字。

刘娥： 孩子……我的孩儿……

坐在床边的老妇口中念念有词，正不停捣杵着碗，将里面片片草叶捣成了浆。

刘娥忽而抽搐起来，疼痛让她瞬间惊醒。

老妇将被子掀开，只见那衣裙又被血洇湿。刘娥疼得双眉紧紧蹙在了一起，浑身轻颤，微微蜷缩，她攥紧了老妇的手，眼睛通红，声音低哑而隐忍。

刘娥： 求你……救……救救我的……我的……孩儿……

老妇掀起刘娥的衣裙来，将草药浆液涂抹在她的小腹之上，又用被子裹紧。

刘娥不停地抽动，逐渐没了气力。

4. 汴京皇宫　太宗寝宫卧室　晨　内景
宋太宗将龙袍褪去了半边，闭目跪于龙榻之上。

四周青烟缭绕，那是司徒兼侍中赵普正为太宗艾灸。赵普的长袖扎起，由颈侧灸穴至股间。太宗不时地哼哧，豆大的汗珠滑过他似老虎般方阔的面颊。

王继恩跪在地下，将冰块用布帕包住，举在手中备用。

猛然间，太宗发狠般号叫了一声，股侧的脓血喷涌而出，将那白绢染得殷红。

王继恩赶忙递过冰帕让太宗咬住。

良久之后，一切停当。王继恩服侍太宗更衣，又理了发鬓。

赵普： 陛下箭伤已波及经脉，切勿再焦心操劳才是。

太宗： 爱卿可知太祖也曾亲手为朕艾灸。

赵普：臣有所耳闻。

太宗：皇兄听朕叫声不忍，便取艾自灸，替朕分担病痛。

赵普：太祖为人宽厚，极重兄弟情谊。

太宗目光深沉地扫了眼赵普，却是话锋一转。

太宗：爱卿对朕的三个皇儿，有何评判？

赵普：依老臣看来，三位皇子资质过人，各有所长，实乃我大宋之洪福。不过，大皇子元佐宅心仁厚，却缺少权谋心术，且优柔寡断了些。二皇子元僖，姿貌雄毅，骁勇善战，颇具君王杀伐决断之气魄，却失之鲁莽，处理朝政总是有失周全。至于三皇子元侃，老臣以为其文武双全，能忧国忧民，颇有陛下当年之风范。

太宗：爱卿评判颇为中肯，皇儿们年岁也不小了，（故意顿了顿）立储是朝廷大事，理当早日定夺，只是……（忧心地微叹一声）

赵普：陛下所忧，莫不是老太后留下的……

太宗神色难辨地睨着赵普，微点了下头。

赵普：如果依旧按照"金匮之盟"旧制，皇位应传于秦王。然秦王身为开封府尹，平日骄横不羁，奢华无度，他若是成为储君，只怕大宋国运堪忧啊。况且，三位皇子已成年，德行才能皆不输于秦王，他们三兄弟也难免会有怨言。

太宗：依爱卿之意，如何处置？

赵普：先发制人。

太宗：是要寡人破了这"金匮之盟"吗？

赵普不动声色地笑了笑。

太宗心知肚明，微微眯了眯眼，眼底划过一抹狠厉与狡黠。

5. 汴京皇宫　大庆殿　白天　内景

赵元佐、赵元僖、赵元侃三位皇子，秦王赵廷美，以及赵普、郭贤等臣工，已跪候于大殿内多时。四周静谧，无一人出声，气氛有些诡异。脚步声轻响，太宗在王继恩的搀扶下行了出来，于龙椅之上，肃穆威严地落了座。

王继恩：（宣读圣旨）昊天明命，皇帝诏曰：三位皇子率先诞下皇孙者，立为储君！钦此！

赵普立刻带领一众臣工跪呼万岁。秦王在众臣之中，显得尤为恭顺。

元侃神色复杂。元僖则显出极为不满之色，元佐偷偷拽了下元僖的袖子，元僖才微掩了神色，不情不愿地跪了下去。

6.汴京皇宫　大庆殿外　白天　外景

散朝之后，臣工们三三两两地自殿内，陆续行了出来。元僖与元佐并肩而行，元僖满脸愤懑。

元僖：父皇明知三弟的妃子即将临盆，此时宣布率先诞下皇孙者为储君，这不是有意偏袒于他吗？！

元佐：父皇自幼喜爱三弟，你我又不是不知，为了立三弟为太子，父皇不惜把皇祖母的"金匮之盟"都给破了啊。

7.汴京皇宫　垂拱殿　白天　内景

元侃直挺挺地跪在太宗身前，紧抿的唇角绷成了一条直线。太宗暴怒。

太宗：混账！朕一片苦心，要将你推为太子，你却如此不知好歹！你在害怕？你害怕什么？（自嘲地）倘若天意选定你为太子，你还能作何选择？

元侃：儿臣自觉才疏学浅，德行不足，有两位兄长在前，元侃怎敢僭越？

这时，一小内侍急匆匆奔入。

内侍：陛下，潘良将军有元州急报。

太宗：（心头一紧）宣！

潘良：启禀陛下，元州奏报，辽将萧挞凛前日率五万大军进犯，边境失守，如今已领兵南下，直逼邢州。

太宗深深皱起了眉头。元侃忽然抬起了头，平静而坚定地看向太宗。

元侃：父皇，请您允许儿臣带兵出征！

太宗神色一动，目光沉沉地盯着元侃，未语。

元侃：父皇若要立儿臣为太子，便让儿臣立下战功，当之无愧。

太宗：立储之事未定，朕怎能让你出征，况且对方乃是辽国第一战将萧挞凛，你能胜得了他？

元侃：儿臣若没有护家卫国的能力，又如何能成为一国之君？

8. 老妇家　寝房　白天　内景/外景

老妇为刘娥着了新的麻衫，将发髻梳好，又用艾蒿在她身周捋了又捋。

老妇：你小产伤了经脉，须得好好养一养。

刘娥神色间有着几分木然，只是听着，未出一言，那眼角却是滚下了泪。

婆婆：没有孩儿，也不要紧。娘和孩儿，本就是一场宿缘，有的孩儿，生来便是留不住的……

刘娥：（声音微嘶哑）婆婆家中可有其他人？

老妇：（摇了摇头）本来有丈夫、儿子、儿媳和孙儿。丈夫出去打仗，三十年了还没回来，如今儿子又去，儿媳便带了孙儿跑了。什么时候打完这仗，或许就能回家了。

刘娥闻言，怜悯地看了看老妇。便在此时，有急促密集的马蹄声隐隐自远方传来，惨叫哀求紧跟着响起，此起彼伏，不过片刻，那嘈杂混乱便近了，其中金戈之声尤为明显。刘娥与老妇奔去窗前，朝外一看，竟是那凶残的辽兵在放火屠村。

9. 老妇家　寝房　白天　内景/外景

屋内陈设东倒西歪，屋顶之上瓦片掉落，扬起的灰尘迷蒙了双眼。而此时，外面的惨叫哭号之声更甚，有辽兵猛烈大力地拍打着木门，眼看着便要破门而入。

刘娥慌张地去扶老妇，欲带其自后门逃走。老妇却将刘娥推了开去，一根横梁砸落在二人之间，老妇拼死抵住了木门，为刘娥逃走赢取时间。

"唰",一雪亮的弯刀自门缝凌厉插了进来,直刺入老妇腹部,殷红的鲜血喷涌而出!老妇最后望向刘娥那浑浊的眼中,有着一丝解脱。刘娥瞬间四肢冰凉,僵立在了原地。

10. 襄王府　郭氏寝房　白天　内景

怀胎数月的襄王妃郭清漪竟在此时动了胎气,即将临盆。府中的人大都惊慌四逃,唯有婢女李婉儿和奶娘王氏守在床前,为其接生。

又是一阵剧烈的晃动,那床榻滑到了柜边,帷幔被扯断了,郭氏滚到了地上,痛得大叫。奶娘王氏忙爬过去护住了她,拼力用身体抵住旁边倒下来的柜子。

李婉儿扯过碎裂的幔布将郭氏固定好,又扳住了郭氏的双腿。

11. 汴京皇宫　大庆殿外　白天　外景

大地在脚下震颤,太宗踉踉跄跄地踏上那殿前云阶,望着眼前摇摇欲坠的大殿,他的脸色难看到了极致。

长剑划过碎裂的地砖,发出瘆人的低吟,秦王赵廷美不知何时赶来了,他死死地盯住太宗,目露凶光,提剑自那廊下,一步三趔趄地靠了过来。

秦王：皇兄,大殿快塌了,此处留不得,四弟来救你!

太宗见秦王那如豺狼般的目光,当下心中隐隐不安,不自觉地步步后撤。两人一紧逼,一后退,竟双双入了那晃动的大庆殿。不远处广场,元佐与元僖各带一队侍卫,疾呼着朝这边奔来。便在此时,又一波余震袭来,"轰隆",大庆殿轰然陷落。殿外惊呼骤起,乱作一团。

12. 树林　白天　内景/外景

天灾无情,山崩地裂。村民尖叫着自林间逃窜而出,面色苍白的刘娥奔跑在其中,他们身后是穷追不舍的辽兵,领头的正是辽军大将萧挞凛。

眼看着追兵离村民们越来越近,突然,一队宋军自斜刺里杀了出来,拦下了辽兵,那一马当先的,便是赵元侃,他那清俊的眉眼冷肃,手中长枪横举，挡下了萧挞凛泰山压顶的一刀，刀枪交并，火星四溅。潘良护卫在元侃身侧，转眼便将两名辽兵挑下了马。

辽军势猛，宋军且战且退。潘良护着元侃，拼命厮杀，冲出了战圈。萧挞凛催马上前，斩杀数名宋兵，追了上去。元侃和潘良往侧面的山道奔去，欲将辽军引得远离村民，哪想到刘娥竟也朝这边逃命来了。

马蹄声转瞬已至身后，刘娥一惊，脚下磕绊，差点便要摔倒，忽而一只大手揽上了刘娥的纤腰，下一瞬，刘娥只觉天旋地转，人已被带上了马背，落入了一个坚硬厚实的怀抱。

刘娥还来不及有任何反应，天地间轰隆隆地传来巨响，刹那间，灰褐的土地撕开巨大的口子，马失前蹄，元侃和刘娥被裹了进去。后方赶来的潘良目眦欲裂。

潘良：殿下！！

13. 山崖　白天　外景

狂风自耳边凌厉刮过，呼呼作响，元侃和刘娥飞速下落。元侃紧紧地抱住怀中的刘娥，拼力将其护在了上方。

那一瞬间，刘娥本是惊慌的，却对上紧拥着自己的男子那一双深邃的眼眸，墨色的瞳仁里光华璀璨，里面传达的坚定，让她立时心生安定。

元侃感觉到了刘娥细微的情绪变化，眼底溢出丝丝笑意与激赏。四目相对，将彼此刻入了心底。

14. 汴京皇宫　大庆殿废墟下　白天　内景

晃动逐渐消停了，却仍是一片漆黑。废墟下，传来了太宗虚弱的呼救之声。

太宗：朕在此处！快来人救驾！来人！

那声音却似被埋葬在万丈深渊中一般，引不起半句回应。喊了几声之后，太宗几乎声嘶力竭，他拼命扭动身子，却被卡在石缝中，动弹不得。这时，一旁传来微弱的声音。

秦王：皇兄……

太宗：（停止了挣扎）四弟……是四弟吗？

秦王：是我……皇兄有没有伤着……

太宗猛然间想起坠落前那一幕，又警觉起来。

太宗：朕没有大碍，四弟如何了？

秦王：我无事……就是腿被卡住了……

太宗：四弟莫慌……元佐和元僖都在外面，定会救我们出去。

秦王那处静默了一瞬，继而却响起了秦王奇怪的笑声。

太宗：四弟笑甚？

秦王：死到临头，不用指望着你那两个儿子了……如今天下人皆知晓皇兄要立三皇子为储，元佐和元僖对皇兄你会毫无怨言？皇兄被埋在此处，天知道那两位皇子会如何想，还指望他们来救驾？

太宗听闻后，陷入长久的沉默。

15. 汴京皇宫　大庆殿废墟下　白天　内景

太宗和秦王逐渐适应了黑暗，这才看清横隔在他们当中的，竟是那张被劈为两半的龙椅。两人目光对上，均是深沉难测。

半响后，秦王微微瞥开眼，试着将自己亦被卡住的腿从石缝中拔出。

太宗：四弟，不必徒劳。生死有命，今日你我困死在此处，便是天意。

秦王：（讽刺地）天意？今日是天意，那当初二哥之死，难道也是天意吗？

太宗瞳孔微微一缩，不置一词。

秦王：当年，皇兄杀了二哥，如今可曾后悔？

太宗：（怒斥）一派胡言，你如何断定二哥是朕所害？

秦王：（冷笑连连）难道三哥你以为无人知晓吗？那一日，皇宫之内，烛光斧影，只有你和二哥在场，二哥死了，不能开口说出真相，莫非三哥要将真相藏在心里，藏一辈子吗？你不怕二哥在天之灵，在看着你吗？

又是一阵诡异的沉默，忽而，太宗咳笑了起来。

太宗：那一夜，二哥召见我，你道是所为何事？那一夜，我若不杀了二哥，葬身于斧下之人，便是我！

　　秦王：皇兄你是说，二哥召见你，是想要你的性命，然后传皇位给他的儿子德昭？

　　太宗：想当年，若不是我辅佐他，他又如何能陈桥兵变，黄袍加身？！没想到功成之后，二哥对我却愈发地忌惮。我是顺应母后遗愿，兄终弟及，登上王位而已，如今却落得个弑兄的名声……

　　秦王：……二哥果真是死在了你的手上？

　　太宗情绪激动起来，望着面前那隐约可见的龙椅。

　　太宗：这张龙椅，人人都想据为己有，你难道与他们不一样吗？你难道不是希望我早死？方才你持剑向我走来，到底是要救朕……还是要趁乱杀了朕？

　　秦王避而不答，而是继续逼问太宗。

　　秦王：如此说来，兄终弟及，真的是母后遗旨？还是，你和那赵普，假托母后之名，伪造了"金匮之盟"？

　　太宗不答。

　　秦王：三哥，你我都休想重见天日了，现在，我只求三哥让我知道真相，死得明白！

　　这时，废墟又略有塌陷，周围杂物响动，太宗与秦王又深埋了少许。

　　秦王正待再开口，太宗陡然失声痛哭。

16. 汴京皇宫　大庆殿废墟下　白天　内景

　　太宗与秦王呼吸愈发地急促，说话愈发地艰难。

　　太宗：（哭诉）……我为了皇位，杀了二哥，为了皇位，假托母后之名，伪造"金匮之盟"，现在我被埋在皇宫之下，都是我应得的报应……

　　秦王：（沉痛复杂地）三哥，你终于肯说出真相了！

　　太宗：如若我还能活着出去，便立德昭为太子，以告慰二哥在天之灵。

秦王：德昭软弱不堪，一介书生，又如何能执掌天下？！

太宗：（自顾自言）如若我还能活着出去，定大赦天下，打开国库，倾我所有赈济灾民，以赎回我之罪过……

太宗越说越激动，已有些语无伦次，忽而，他头顶上方一声响动，竟漏开一道口子，明亮的光线倾泻而下，刺得二人遮住了眼。

元佐/元僖：父皇！父皇——

元佐和元僖的喊声自上面传来，太宗与秦王顿时一阵惊喜，下一瞬，两人皆同时想到了什么，转头看向彼此，面面相觑，愣住了。

17. 太庙　白天　内景

君臣皆是满身的狼狈。

太宗以袖子拭了拭手中太祖灵牌上的灰尘，复将牌位搁回神龛，继而率众臣工跪拜。秦王发髻蓬乱，脸上还挂着彩，跪在所有人之后，暗暗地扫了眼最前面那个伏拜的身影，眼底俱是戒备。这时，一内侍奔入。

内侍：恭喜陛下，襄王妃诞下皇孙！

太宗愣了下，随即巨大的惊喜涌上心头，复再拜。

太宗：列祖列宗庇佑！

元佐和元僖跪在旁侧，望着激动欣喜的太宗，心中俱是五味杂陈。

远处，一声庄严高昂的佛号传来。夕阳西沉，瑰丽的晚霞染红了半边天，皇宫虽一片废墟，却有了劫后余生的平静。

18. 汴京皇宫　文德殿　白天　内景

太宗：天降大难，诸位爱卿拼死护驾，朕心甚慰！自今日起，休朝三日，众卿守在府中，照顾亲眷，安顿家人。

众臣工：谢陛下。

太宗扫视了眼群臣，几不可见地皱了下眉。

太宗：秦王呢？昨日他救驾有功，朕要嘉奖于他！

元佐：回禀父皇，秦王昨日归家后感染风寒，已卧床不起，无法前来。

太宗：（语气轻飘飘地）是吗？！

太宗微微眯眼，睨着一众臣工。诸人皆感受到了来自上方那帝王凝视中的危险，人人更是俯低了身子，噤若寒蝉。许久后，太宗方缓缓开了口。

太宗：赵普，有劳爱卿去看看秦王，若真是病了，让他好生休息，他所管着的两支禁军，移交郭贤暂管吧。

群臣倒吸了一口冷气，太宗竟要卸了秦王的兵权！大殿内一时鸦雀无声，气氛更为压抑，诸人望了望彼此，皆看到了对方眼中的畏惧与不安。

陡然，殿外响起潘良惊慌的声音，紧跟着，其人便跌跌撞撞地奔了进来，一下扑跪在了玉阶之下，沉痛难当。

潘良：陛下，三皇子与辽军交锋之际，遇地震身亡！臣护主不力，请陛下责罚！

太宗心神巨震，刹那间面如死灰，瘫坐在了龙椅上。

19. 河边　白天　外景

湍急的河水之中，身受重伤的元侃拼命将晕过去的刘娥推到了岸边，他却已是体力不支，也晕了过去，倒在了岸边的浅水区，身子慢慢向水里滑去。

不知过了多久，元侃有了模模糊糊的意识，感觉到自己的身子似乎被什么东西绑缚着，他的脸还浸在水中，时而浮出水面，时而沉入水中。透过那光晕斑驳的水层，元侃依稀看到单薄的刘娥用尽浑身之力，在拉缚着他的藤条，要将他拖上岸。

20. 茅屋　日转黄昏　内景/外景

元侃再一次转醒，发现自己躺在陋室当中，身上的伤口已经过细心的处理包扎。他转头望向窗外，瞧见了一个女子清秀窈窕的侧影，女子正是刘娥，她手里捣着药，口中悠悠地吟唱忧伤哀婉的曲调。

刘娥：月儿弯弯照九州，几家欢乐几家愁，几家夫妇同罗帐，几家飘零在外头……

落日余晖，映着一对相拥的人影，缱绻温柔。

21. 襄王府　大厅　白天　内景

白烛滴泪，寄托缕缕哀思。

因元侃坠崖的噩耗，整个襄王府弥漫着悲痛与哀思，处处挂着白幡和白灯笼，白烛萦绕的灵堂里，满身缟素的郭氏跪在火盆前，一张张烧着纸钱。明明灭灭的火光映着郭氏沉寂的面容，虽哭着，可那端庄的样子是不改的，依旧一丝不苟地维持着一个王妃的体面。李婉儿风一样地跑了进来，带起的风将火盆里的火扑得一灭，一股纸钱的灰烬飞了起来。

李婉儿：夫人——

郭氏回过身来，看到李婉儿惊喜的脸。

李婉儿：夫人，殿下没死，殿下回来了！

郭氏：（惊诧）殿下回来了？！

郭氏猛地起身，许是跪得久了，膝下一软，李婉儿连忙扶住。郭氏方匆匆朝外奔了几步，忽而又想起了什么，连声叫道。

郭氏：婉儿，快！快去把世子抱来！

22. 襄王府　大门　白天/外景

"嗒嗒嗒"，元侃牵着马匹自远处缓缓行来，马背上坐着刘娥，她好奇地望着前方那朱墙碧瓦的气派府邸。

刘娥：便是此处了？

元侃清润温柔地看向她，微点了下头，伸手将刘娥抱下马来，牵起那柔弱无骨的玉手，一道步入了那朱红的高门。郭氏抱着那出世没多久的小世子，在众家仆的拥簇之下，自廊下激动地匆匆奔来迎接元侃回府，大门处，却哪里还有元侃的身影。郭氏错愕地转首，只见一双人儿，携手远去。

23. 襄王府　浴房　夜晚　内景

碧纱橱内，刘娥趴在红木浴桶边，水雾蒸腾氤氲，那如绸缎般的黑发散落在裸露的肩背处,衬得她肌肤欺霜傲雪,此刻瞧去,本来清秀的容貌明艳不可方物。

李婉儿和奶娘王氏心中俱是一动,倒是难怪!

李婉儿:我们殿下就快要做太子了,王妃现管着襄王府,日后入宫母仪天下,所以这王府呢,也便相当于一个小皇宫,王妃为尊,后面再来多少人,也越不过去。

王氏:王妃出自名门,才当得了这王妃。敬孝皇上,掌管王府,辅助王爷,哪一件是容易的?换作寻常女子,且不说她没有这般能耐,即使暂时笼络住王爷的心,待欢劲儿过去了,也难免被冷落一边。姑娘是聪明人,知道该如何在这府里安身。

刘娥心思剔透,自然听懂了两人话中之意。

刘娥:我记住了,只是不知王妃为何会准许新人进入王府?

李婉儿:王妃是殿下明媒正娶的妻子,贤惠淑德,总是劝说殿下再纳姬妾,开枝散叶,生下儿女,保王府人丁兴旺。

刘娥:(淡淡一笑)可是王爷又是否愿意?

李婉儿:娘娘怀孕之时无法伺候殿下,便让婉儿去服侍殿下。可婉儿还从未经过那事,殿下亦未曾正眼瞧过婉儿,这大约是婉儿不够好的缘故吧,得不到殿下的欢心。

刘娥:(眼底有着淡淡的不屑)天下哪个女人甘愿将另一个女人送上夫君的床?当王妃这般凄苦,不当也罢!

王氏手底不着痕迹地为刘娥查验身子。

王氏:天下女孩都盼着长大,选秀进宫,每年春秋两次,哪次不是人满为患,名额难求?

24.襄王府　正堂　白天　内景

刘娥立在堂下,衣着朴素,神情间倒没多少拘束。

环佩轻响,郭氏在李婉儿和奶娘王氏的陪伴下,自外面行了进来,从入门那一刻,郭氏打量的目光便没离刘娥左右,那眼眸深处,还有着一丝倨傲。

刘娥:刘娥拜见王妃。

郭氏淡淡应了声，目光落在刘娥的腹部，片刻才移开。

郭氏：襄王昨夜已与我说过，你对他有救命之恩，嘱我好生照料你。我给你备了绫罗十匹、赏银千两，还有一对羊脂玉镯，聊表心意。

刘娥听出了郭氏的戒备，这激起了她内心的傲气。

刘娥：谢王妃。刘娥救襄王时并不知晓他的身份，也从不奢求酬报。

郭氏：那时不知，现在已知。襄王已被皇上选定为储君，太子之位，指日可待。

王氏：到了那时，王妃便是太子妃。你得了王妃的赏赐，还不赶紧收下？

郭氏：这些赏赐足够你一生吃穿用度，在京城过上体面日子了。

李婉儿有些于心不忍，小心地看向刘娥。

刘娥：无功不受禄，王妃的赏赐便免了吧。并非人人都贪恋富贵，想被关在这深宅大院。

刘娥说罢，径直施了一礼，转身出了门。

25. 襄王府　刘娥寝房内　夜晚　内景

烛光荧动，影影绰绰。李婉儿挑了挑烛芯，屋里顿时亮了许多。刘娥仍未醒来，李婉儿满怀忧虑地守在床边，竟不知不觉睡着了。

李婉儿醒来时，却发现一件衣裳披在了自己身上，她刚站起，刘娥恰好进来。

李婉儿：(关切地) 姐姐何时醒了？外面有些凉，你可要当心身子。

刘娥：再凉也凉不过人心。王妃对我顾忌重重，待明日天一亮我便离开。我在院子里找殿下，到处找也没找到，府里的仆人把我给拦下了，他们不让我去见殿下。

李婉儿：王府有王府的规矩，书房是殿下办公的地方，在另一个院子，那里有许多机密的奏折，即使王妃也不能随便进去。

刘娥：(叹了口气) 在邢州之时，我不知晓他是王爷，我只当他是寻常子弟，他让我跟他回来，我就跟着来了，没想到会这样。

李婉儿：姑娘不喜欢我们王府吗？

刘娥顿了下，终是缓缓摇摇头。

刘娥：嫁入皇家真的好吗？想见自己的夫君，需提前报备，要贤惠，要大度，甚至要体贴地为夫君安排妾室。

李婉儿：这不是女人应该做的吗？

刘娥：不，婉儿，那是你没有真正爱过一个人，你若爱他，你便接受不了他将同样深情的目光投注到另一个女人身上。

李婉儿：可王府的日子，锦衣玉食，富贵荣华……

刘娥：我宁可粗茶淡饭，只求两心相知。他不是公子王孙，我也不是什么妃子贵嫔，我们只是邢州城中最寻常的夫妻，相濡以沫，白头偕老。

婉儿听着刘娥的话，也勾起了回忆。

李婉儿：我姐姐也曾经这般同我说过，那年她十六岁，城里的员外想纳她，她却不肯，宁可嫁了我姐夫，一个打铁匠……可是我姐夫对她真好，她虽是铁匠家的媳妇，却穿着绫罗绸缎，从未下过冷水，被姐夫养得金娇玉贵……

刘娥：是啊，伴君如伴虎，倒不如夫唱妇随。你姐姐她……

李婉儿：（轻轻打断）她已经不在了。那年辽军大举来袭，她和姐夫死了，我还有一个弟弟也从此失踪……

刘娥：（叹息）这战乱……不知何日才会平息……

26. 襄王府　刘娥寝房　早晨　内景

刘娥赤脚下了床，明眸轻扬，看向那窗前光晕融融，随即注意到旁侧画架上画有一对鸳鸯，心中一动，上前执起画笔，给那鸳鸯点上了眼睛。这时，一双修长的手揽上了刘娥的纤腰，将她拥入怀抱。

元侃：怎么起得这般早？

刘娥倚在元侃怀里，侧过头温柔地微微一笑。

元侃：我今日要带你进宫，向父皇为你讨一个封号。

刘娥：我不在乎名分，殿下，我只要你答应我，这一生永不相负。

元侃：我答应你，这一生，永不相负。

二

1. 汴京皇宫　文德殿　白天　内景

元侃携刘娥与郭氏向太宗跪拜。太宗见到死而复生的元侃及新生的皇孙,连日来因伤痛和天灾而来的郁郁寡欢一扫而空,开怀起来。

太宗:平身吧,把皇孙抱过来,让朕好生瞧瞧。

郭氏连忙将皇孙递给太宗。太宗满心欢喜地接过,哪知皇孙一到太宗怀里,便啼哭起来。太宗有些手忙脚乱地哄着皇孙。

太宗:朕是你皇爷爷,哭为何来啊?皇孙见了朕便哭成这般,莫非有何不祥之兆?

刘娥:陛下!让民女试试。

突然,一直静跪在旁侧的刘娥开了口。

太宗疑惑地上下打量刘娥。刘娥不卑不亢,镇静地回视着太宗。太宗示意,刘娥上前,接过皇孙,轻轻哼起了歌谣。

刘娥:月儿弯弯照九州,几家欢乐几家愁,几家夫妇同罗帐,几家飘零在外头……

皇孙竟然渐渐止住了哭声。太宗盯着刘娥的目光中,多了几分探究。

半晌,刘娥停下了歌声,将已睡过去的皇孙还给郭氏。

太宗:你是何人?

刘娥：（忙跪下施礼）民女刘娥，参见陛下。

元侃：（抢声道）回父皇，儿臣与辽军作战中，恰逢地震坠崖受伤，险些丧了性命，是刘娥救了儿臣一命，儿臣要将刘娥娶入府中，请父皇恩准，请父皇赐刘娥一个封号。

太宗：（眯眼端详着刘娥）如今天灾刚过，到处都是流离失所的灾民，此时皇家不宜操持大婚。方才见刘娥安抚皇孙，朕倒是生出一念，要为皇孙举行一场初生礼，你带着郭氏和刘娥，抱着皇孙到宣德门外，与民众祈福祝愿。这场仪式过后，朕便让你迎娶刘娥。

元侃：（难掩喜色）儿臣遵旨！

2. 汴京皇宫　宣德门外　白天　外景

元侃率领一队仪仗自那雄伟的宣德门内缓缓行出，后方马车之中是抱着皇孙的郭氏和刘娥。甲胄鲜明的禁军护卫在侧。仪仗乐师指挥乐手们击打着编钟和小鼓，鼓乐齐鸣，引得百姓纷纷侧目，围观。

监官：（以长腔宣读圣旨）昊天明命，皇帝诏曰：盛德开保世之祥，衍庆恒由于祖泽。今皇上喜得皇孙，江山有继。初生大礼，与民同庆，万众祈福，共沐皇恩。钦此。

仪仗队停于宫门之前，宫人们开始布施，诵经。郭氏抱着皇孙，在元侃与刘娥的陪同之下，来到妇人们当中。母亲们排队走近，逐一抚摸一下皇孙的额头，以接受祝福。蓦地，一支狼牙羽箭自暗处凌厉地飞射而来，发出刺破长空的尖锐之声。一侍卫惊觉，飞扑上前保护元侃，被射穿后背。"唰"，剑光微闪，元侃拔剑在手，护住了郭氏和刘娥，警惕地寻找目标。

禁军利落拔刀，挡在了元侃几人身前。数名黑衣蒙面人自四面八方冲杀了出来。民众顿时大乱，一时，哭喊声、尖叫声、求救声不断，嘈杂一片。

元侃率着禁军和刺客们战在一处，难以照顾周全，郭氏、刘娥皆被冲散。刘娥紧紧跟着郭氏，一心要替郭氏护着怀中的皇孙。忽而又一支羽箭射来，正中郭氏肩部，她一声惨叫应声倒下。刘娥连忙扶住了郭氏，用身体挡住她。郭氏疼得脸色惨白，难以支撑，眼看周遭越来越乱，一把将皇孙塞到了刘娥怀中。

郭氏：快！你带孩子先走！

刘娥：（稍迟疑了下）夫人保重！

说罢，刘娥抱起皇孙，朝人少的地方奔去。

3. 汴京城　青石板桥　白天　外景

刘娥用力撕下布裙的下摆，将婴孩捆在自己胸前，拼命跑着。她朝那深巷里跑去，皇孙啼哭不止。

刘娥跑得气喘，眼看着奔过前方那一座青石板桥，她便离襄王府近了。便在这时，桥对面一着宫装的女子一步步踏上石阶，迎面走了过来。刘娥本来见其装扮，心中一喜，继而却对上女子那阴沉狠厉的眼神，她心神微凛，还未来得及做出任何反应，宫装女子已走近，一抹雪亮的剑光闪过，女子手中的匕首狠狠刺入了襁褓，皇孙瞬间没了声息。不等刘娥回过神来，那女子已飞速消失在桥头。刘娥满手刺目的鲜血，心神巨震。

4. 汴京皇宫　垂拱殿　白天　内景

殿内气氛滞重压抑，内侍们敛眉屏息地立着，大气也不敢出。元侃正跪在太宗身前，为刘娥求情。

太宗：（大发雷霆）朕正是因见了刘娥，才萌生为皇孙办初生礼之念，那刘娥定是与刺客同谋，蓄意要刺杀皇孙。传朕旨意，将刘娥斩立决！

元侃：父皇，刘娥绝不是凶手！

太宗：（更是勃然大怒）你眼睁睁看着皇孙死在她怀中，满手鲜血，她不是凶手？你告诉朕，她不是凶手，谁是！

元侃：杀皇孙的是一个宫中女子。

太宗：分明是她妒忌王妃有了嫡子，生了那不轨之心，趁机下的狠手！

元侃：父皇，刘娥不会如此狠心，您明明亲眼看到她对孩子有如亲生。

太宗：巧言令色，惯于作伪，也怪朕一时辨人不明，未能识破她，才叫皇孙丧命于她手中。

元侃：刘娥并未辩解一句，儿臣信她！

太宗：可朕不信她！不管她是不是真凶，皇孙也是死在她的怀里，她难辞其咎。如若因你的宠爱，便将她放过，你如何安抚王妃的丧子之痛？又打算如何与郭氏宗族交代？

元侃脸色难看到了极致，磕头在地上。

元侃：儿臣只知晓……她冤枉！

太宗：混账！朕已选定你为太子，日后便是一国之君，竟然如此地不顾大局！郭氏乃是郭家长房嫡女，是桃李满天下的郭翰林最倚重的女儿！你有了她，便有了士子的支持，你有了她，日后登基就有文官拥护，可你现在却为了一个蜀地卑贱的民女，置这一切于不顾，无视你痛心疾首的郭妃！

元侃：郭妃还有家人，刘娥却一无所有，她只有我，是我带她来到这汴京城中，又怎能眼睁睁看她无辜枉死？

太宗：既然你这般怜悯于她，那便留她一条全尸吧，赐鸩酒！

太宗说罢，拂袖而去。

5. 襄王府　郭氏寝房　晨　内景

郭氏只着了单薄的白色里衣，木然呆滞地坐于那香樟木妆台前。妆台上搁着一枚令箭，其上刻有一个"密"字。奶娘王氏捧着郭氏的朝服，走了进来。

郭氏：（悲凉又讽刺地）奶娘，殿下在皇上面前为刘娥求情倒也罢了，父亲居然让我也要去替她求情，若皇上不开恩，还要想方设法搭救这个刘娥，我实在想不明白。

王氏：王妃，郭大人给老身也带话了，让老身来劝劝你。

郭氏：（更为嘲弄地扯了扯唇角）殿下为了刘娥，竟不惜顶撞皇上，看来，殿下对她，的确不是一般的情义。

王氏：如此一来，王妃为刘娥求情，殿下自然会感激于你，这也会给王妃赢得大度、贤惠的名声。

郭氏：难道凶手真的不是她？

王氏：郭大人传话说，至少先留那刘娥一条性命，才能查清真相。如果凶手另有他人，刘娥一旦死了，真凶就更难找了。王妃，依老身之见，听郭大人的话，还是委屈你，去宫中一趟吧。

郭氏顿了半晌，终于点了点头，站了起来。奶娘王氏连忙为她更衣。

郭氏：我爹派人送来一支令箭，把这令箭交给苏义简，让他去救刘娥。

王氏：苏义简，这人我知道，他初来京城，人生地不熟，一直受郭大人接济，他是个知恩图报的人，这件事交给他，定不会有差池。

郭氏：婉儿知晓此人住在何处，便让她送去吧。

6. 汴京皇宫　太宗寝殿　卧室外　晨　外景

元侃长跪不起，整整一夜，太宗寝殿的门始终紧闭。元侃的心一点点沉了下去，那背影却挺得更直了，突然，一袭女子朝服华丽的下摆一闪，元侃侧头，只见郭氏跪在了他身侧。郭氏凝望着元侃，静静流下了眼泪。

郭氏：殿下！

元侃：王妃节哀，我一定会将真凶查出……

这时，只听到"吱呀"一声，紧闭的殿门忽而开了，那明黄色龙袍炫目尊贵，太宗满脸阴鸷地行了出来。

郭氏：儿媳叩见父皇，求父皇饶恕刘娥。

太宗：（意外）什么，你竟要为那刘娥求情？

郭氏：殿下宅心仁厚，刘姑娘对殿下曾有救命之恩！

太宗神色难测地定定地瞧了郭氏半晌，倒是难得地微微一声叹息。

太宗：郭翰林教出来一个菩萨心肠的好女儿，只是却识不得恶人。

说着，太宗又怒视向元侃。

太宗：一个淑德良善的妻子放在家中，你却不知珍惜，让一个来路不明的女人迷了心窍！今日你们谁也不用再劝了，鸩酒已赐下，都给朕回去吧！

太宗说罢，转身回了寝殿，门再次合上了。

元侃面如死灰，绝望至极。

郭氏见状，神色复杂，轻轻靠近元侃，握住了他的手。

郭氏：（低声）殿下不必担忧，臣妾求了父亲，他已派人去救刘姑娘了。

元侃一颤，感激地看向郭氏，复握紧了她的手。

元侃：多谢王妃！

7. 大牢　夜晚　内景

刘娥面壁蜷缩而卧，身影瞧去是那般单薄无助，忽而牢门打开的声音响起，刘娥忙坐了起来，便见狱卒端托盘进来，其上搁了一盏酒。刘娥顿时明白了，面色霎时白了。

刘娥：大人，民女是冤枉的，皇孙不是民女所杀……

狱卒：（面无表情）时辰已到，姑娘该上路了。

刘娥浑身无力地踉跄退了半步，双手颤抖地端起酒盏，双目紧闭，一横心将那鸩酒一饮而尽。顿时，刘娥只觉眼前模糊起来，昏倒在地，酒盏落地摔碎。

少顷，王继恩走了进来，蹲下以手验了验刘娥的鼻息。

王继恩：拉出去葬了吧。

王继恩随即面无表情地走了。狱卒拿起一领草席，将"尸体"裹了起来。

8. 乱葬岗　夜晚　外景

乌云遮月，那乱葬岗一片沉寂，坟头遍地，寒鸦偶尔扑棱着翅膀飞过，带得树梢晃动，有如鬼魅。

马蹄声轻响，树后闪出一个人影，正是苏义简，他牵着一辆马车，焦急地望向来路。很快，狱卒赶着尸车行来。苏义简忙迎了上前，待尸车一停好，便迫不及待地掀开那草席，看到了刘娥的面容，方松了口气。

狱卒帮着苏义简将刘娥抬上马车。苏义简拿出备好的一包银两塞到狱卒手中。

　　苏义简：事出匆忙，日后必有重谢。

　　狱卒接过银两，匆匆赶着尸车走了。苏义简赶着马车迅速离开。

9. 客栈　客房　夜晚　内景

　　敲门声响起。李婉儿忙奔上前，打开了门，苏义简背着刘娥匆匆入内，将其安置到床榻之上，并细心替她盖好锦被。

　　李婉儿：公子，姑娘何时会醒来？

　　苏义简：大约八个时辰之后，明日晌午前后吧。

　　李婉儿：要这么久，我不能耽搁，得赶紧回府向殿下和王妃回话，不然他们也会着急，姑娘就拜托公子照顾了。

　　苏义简：我会照顾好她，然我有一事相求，姑娘回府，一定要与襄王和王妃回禀，刘娥已死。刘娥还活着这事，你知我知，万万不可再告知其余任何人。

　　李婉儿：为何？是王妃要搭救姑娘的。

　　苏义简苦笑，缓缓自袖中抽出那枚前日里李婉儿送来的令箭，让她细看。

10. 襄王府　正堂　白天　内景

　　郭氏神色淡然，元侃却是心急如焚，无意识地不断摩挲座椅扶手。李婉儿气喘吁吁地赶回，跪在了元侃与郭氏面前，重重磕下头去。

　　婉儿：（流泪）殿下，王妃，奴婢去迟一步，没救得了刘姑娘！

　　元侃：（惊得猛站了起来）什么？

　　下一瞬，元侃便如同失了魂魄般，悲恸万状。

　　郭氏：殿下……

　　"砰"，郭氏话音未落，元侃猛然抽出长剑，一剑将那玉瓶砍碎，玉碎四溅。

　　郭氏吓得尖声惊叫。

　　"圣旨到——"恰在这时，一声尖细的嗓音自殿门外传来，很快，王继恩应声来到正堂。元侃和郭氏、李婉儿当即跪下接旨。

王继恩：昊天明命，皇帝诏曰：检校太保潘伯正之女潘玉姝节操素励，诰封懿德，礼教克娴，特赐婚于襄王元侃，赐册赐服，垂记章典。望汝二人同心同德，敬尽予国，勿负隆恩。

元侃胸中溢满了悲愤，跪在那处，迟迟不肯领旨。

王继恩：三皇子可有何异议？

郭氏轻轻揪了揪元侃的衣摆，元侃忍了又忍，终于缓缓地伸手接过了圣旨，却并未谢恩。

王继恩：皇上将忠武大将军之女许给三皇子，可是一番美意。还请三皇子节哀顺变，丧事过后，也好尽快完婚。

说罢，王继恩离去。元侃气得面色铁青。

11. 汴京皇宫　垂拱殿　白天　内景

太宗正批阅奏疏，元侃不顾内侍的阻拦，怒气冲冲地闯了进来。

元侃：父皇为何逼迫儿臣娶潘氏之女？儿臣刚刚失去了儿子，又失去了最爱的女人。郭妃手里还攥着皇孙的衣裳，您又如何忍心逼儿臣再娶？

太宗：（冷笑）人死不能复生，你若是心中怨恨父皇，父皇便补一个女人给你！

元侃：于父皇而言，女人可以随意赏赐，也可随时夺走，她们难道就只为诞下皇孙而活吗？

"啪"，太宗盛怒之下掌掴了元侃，浑身亦颤抖起来。

元侃嘴角流着血，却是面色倔强，依旧仰头冷冷盯着父亲。

12. 客栈　客房　白天　内景

刘娥慢慢苏醒，从床榻坐起，打量客房中景象。苏义简进来。

苏义简：嫂嫂你终于醒了。

刘娥注视着苏义简，两人四目相对，都红了眼眶。

刘娥：义简？是你！我……没想到还能再见到你。

苏义简：嫂嫂，从蜀地逃难出来，我也以为，再见不到你了。没承想，我们重逢，会是这般景况。

刘娥： 是你救了我？

苏义简： 那狱卒是我们的同乡，我暗中托付他的。

刘娥：（震惊）可你又如何到了汴京？如何得到消息？

苏义简： 我和嫂嫂走散后，几经辗转才来的汴京，贫困潦倒之际，遇到郭贤郭翰林，他爱才惜才，资助我一笔银两，又托人将我荐入秦王府中做了幕僚。这次是襄王府中一个唤做李婉儿的婢女寻到我，我才得到消息，及时将你救下。

刘娥： 原来是这样，是殿下给你送的信？

苏义简：（摇摇头）不，嫂嫂，李婉儿带来的，是王妃和郭贤的口信。

刘娥思忖片刻，挣扎起身。

苏义简： 嫂嫂你要去哪儿？

刘娥： 我要回府拜谢王妃的救命之恩。

苏义简： 嫂嫂再也不能回襄王府了，你已被皇上亲赐的鸩酒毒杀了，嫂嫂久居民间，不会明白皇家阴谋。

刘娥： 可我，还欠着他们的救命之恩，怎能不当面言谢？

苏义简： 嫂嫂！嫂嫂恐怕不是去拜谢王妃，你想见的是襄王殿下吧？

刘娥被苏义简说破心思，一时愣在了那里。

苏义简：（叹气）嫂嫂，你和殿下身份相差甚远，不要奢求他承诺你什么。

刘娥： 他说过……永不相负……

苏义简长长地叹气，将那支令箭缓缓递到了刘娥面前，令箭竟是双层，可左右旋开，里层里一个醒目的"杀"字。刘娥顿时惊呆，一下子跌坐到了床榻之上。

苏义简： 小皇孙是王妃的嫡子，死在了你的手上，郭贤怎么可能会伸手搭救于你？而且要冒着欺君之罪！襄王为你求情，不惜开罪皇上，可见你在襄王心中分量。可嫂嫂你想过没有，倘若你真的进入王府，再生下一儿半女，王妃将何以立身襄王府？

刘娥：（轻轻蹙眉）我……我没有想过威胁王妃，我不在乎地位……

苏义简：（微微冷笑）你不在乎，可有人在乎。

刘娥：那为何他们还要救我？让我死在狱中岂不简单？

苏义简：王妃入宫求情，她要那个贤惠的名声，也要博得襄王的怜惜，一个失去嫡子的女人，此刻的忍让，将是她日后的凭仗，不管襄王日后有再多新宠，也断然下不了手去废掉王妃。

刘娥：可皇上若是动了恻隐之心呢？

苏义简：所以才有了这令箭。若皇上果真放了你，他们便让我出手，叫你猝死狱中，造成暴毙假象。郭贤心思缜密，怕王妃在殿下面前露馅，便将自己的女儿也蒙在了鼓里。

刘娥的泪水怔怔落了下来。

刘娥：我不信……殿下也不能允许他们这么做！

苏义简：襄王担负江山社稷，有所为，有所不为。嫂嫂你醒醒吧，若不是我，此时此刻，你早已是乱葬岗上的孤魂了。而襄王，皇上已经赐婚潘国公的嫡女，云麾大将军潘良的亲妹妹。

刘娥：不会的，殿下……殿下说过永不相负，他不会这般待我！

说着，刘娥推开苏义简，不顾一切地冲出门去。

13. 汴京　大梁门　白天　外景

苏义简亲自护送刘娥出城。刘娥已乔装改扮过，穿了些粗衣，又用头巾半掩了面容，她神色落寞地坐在车辕上。

苏义简：嫂嫂此去，若寻得安生住处，别忘了给我来信。

刘娥：等你来日金榜题名，也要给我报喜。

说话间，刘娥无意抬眼，看到人群之中一名女子，极像当日在青石桥头刺杀皇孙之人。刘娥一惊，忙让苏义简停车。

刘娥：停车，停车！

苏义简：出什么事了？

刘娥未及回答，便跳下马车追了出去。苏义简不明就里，忙勒停了马车。

14. 秦王府　后门/小巷　白天　外景

刘娥一路跟踪那女子，拐入了一条小巷。女子脚步极快，似并未发现身后有人，刘娥却也不敢靠得太近。巷子前方一扇门"吱呀"一声打开，女子闪身进去了，很快消失不见。刘娥疾步上前，那门已然关上，她正待凑近细瞧，忽而脖颈一凉。刘娥一惊，顺着颈边寒光凛冽的剑瞧去，只见一侍卫正持剑瞪着她。

侍卫：你是何人？在此鬼鬼祟祟要做什么？

刘娥：我……是来寻访亲戚的。

侍卫：（狐疑地）秦王府有你的亲戚？是谁？

刘娥一时语塞，答不上来了。这时，苏义简的声音适时响起。

苏义简：我便是她的亲戚！

侍卫回头见是苏义简，忙收起剑施礼。

苏义简：王教头，这是我家嫂嫂，来投奔我的。

侍卫：原来是苏先生，这女子当真是你嫂嫂？

苏义简：自然错不了，我正要把她引荐给管家，来府里当差呢。

侍卫这才彻底信了，复施了一礼，离去。

苏义简：嫂嫂，你怎生好端端地忽然跑到此处来了？

刘娥：我……我好像看到了一个旧人。

苏义简：什么人，王府里的人？

刘娥：（沉吟了下）是我逃难途中遇见的一位姑娘，兴许是我看错了，人也不见了。

苏义简：那嫂嫂现在……

刘娥望了眼王府后门，神色间有些犹豫。

苏义简：方才与那王教头的话，你也听到了，事已至此，你要不还是跟我入王府，（故作为难地）否则，我也难以交差啊。

刘娥：我……

苏义简举起手中刘娥的行李，晃了晃。刘娥无奈一笑，点了点头。苏义简颇为高兴，领着刘娥走进了王府后门。

苏义简：在秦王府你得有一个新名，便唤作香儿吧。

15. 汴京皇宫　太宗寝殿　卧室　白天　内景

太宗：你去探望了秦王，他告病不上朝已有多日，病情究竟如何？

赵普：秦王的病来得古怪，看起来只是面色苍白，没什么大碍，但秦王妃忧心忡忡，只道他地震之后，便患上了失眠之症，彻夜难安。

太宗：派御医去瞧了吗？

赵普：去过了，御医开了些安神的药，也不见效，秦王妃还托老臣寻访名医呢。

太宗：（冷笑）失眠之症？可真够蹊跷啊，长夜不眠，恐怕是担着心事吧。

赵普：陛下是说……（压低了声音）秦王有不臣之心？

太宗：（不置可否）派人暗暗盯着，留心便是。

赵普：既如此，何不将他试探一番？

太宗目光微闪。

16. 皇家猎场　丛林　白天　外景

那马蹄声急促，两队侍卫策马扬鞭自密林飞驰而过，领头之人分别是一身明黄色劲装的太宗和随意穿着素淡便服的秦王。灌木丛中，一头雄鹿仓皇窜走，太宗和秦王紧追不舍，弯弓搭箭，眼看着秦王便要得手，却是陡然持弓无力。"嗖"，太宗后发而至，一箭射穿雄鹿的脖子。

太宗：（得意地大笑起来）仰首催月支！四弟好功夫！

秦王却伏靠在马背之上，大口喘着粗气，看去倒真是病体虚弱。

秦王：俯身散马蹄！皇兄好眼力。

太宗斜睨着秦王，瞧他模样不像作伪。

太宗：数月不见，四弟身子怎么亏虚成这样？弓都拿不稳了。

秦王：（咳嗽）皇兄膂力过人，目光精准，廷美自愧不如。这头鹿理应当属皇兄才是。

太宗：哈哈，兄弟几十年，头一次听你对朕说自愧不如啊。

秦王：（诚挚地）廷美对陛下心悦诚服。

太宗再次哈哈大笑，两人瞧着彼此的神色，皆是神色不露。

17. 皇家猎场　帐外　白天　外景

王帐设于潺潺流水边上，太宗和众臣工正茶歇。中央处，一宫廷画师在作画，席间更有乐队相随。

那作画的是翰林画院画师董羽。此人虽样貌孱弱，笔下的一双蛟龙却极尽汹涌澜翻，仿若真要跃出那云雾，一争高低。太宗见那第一条蛟龙的雏形时本来十分欢喜，待董羽画出了第二双龙眼，便显出了愠色。

"啪"，赵普见状，将手中的茶盏摔在了地上。

赵普：哪里来的狂妄之徒，竟如此不懂规矩！

董羽惊得慌忙离席，跪地认罪。其余臣工亦皆神色凝滞了起来。

董羽：臣……臣董羽，于翰林……翰林画院奉职。

赵普：早便听说翰林画院有一位口齿不清的画师，人称董哑子，便是你了？

董羽：（羞得满面通红）正……正是。

赵普有意无意地扫了眼自在饮茶，似对眼前之事不甚关心的秦王。

赵普：据闻画师董羽是由秦王殿下举荐，（故意顿了顿）如今董画师画这一双蛟龙缠斗，不知其中深意何在？

现场的气氛一下降到冰点，一片沉寂当中，秦王突然跪地。

秦王：皇兄明鉴，真龙当然只有一条，另外一条那不过是水雾之下的真龙倒影罢了。蛟龙戏水，翻云覆雨，因其天下无双，所以见了自己的影子，也要缠斗一番。此画道出了帝王之不易，也应了江山一统，盛世欢腾之象。

秦王神色恭顺，语气坚定恳挚。太宗眯眼睨着秦王半晌，那心中的疑虑到底是慢慢消了。

太宗：好一幅蛟龙戏影，朕甚是喜欢！四弟起来吧。

18. 秦王府　正堂　夜晚　内景

正堂之上，鼓乐靡靡，推杯换盏之声不绝，有身着红衫的舞姬们曲身展臂，随着那曼妙的曲调不断扭动着腰腹，妖冶异常，充满了挑逗意味。秦王府多日来歌舞升平，愈发有了一种醉生梦死之感。

刘娥与众侍女捧着茶和酒，鱼贯而入，一幕幕奢靡图景划过眼前，刘娥看得暗自皱眉，不愿再多瞧，眼观鼻鼻观心，垂下了头去，只顾着手底斟茶的动作。一位老臣倒是引起了刘娥注意，他一直微微垂目静坐，有舞姬执酒杯攀上了他的胳臂，当即被其呵斥。此人正是卢多逊。

秦王：（见状调侃）卢大人还真是柳下惠啊，坐怀不乱。

卢多逊：殿下，你难道忘了年少之时的宏愿了吗？

秦王：年少之时？说的是何时？在何处？本王为何不记得？

卢多逊：殿下，今日董羽画龙，便是皇上的心腹之臣赵普一手安排，此举恐怕就是为了试探于你，皇上对殿下已有了疑心，殿下不早做准备，善加筹谋，反而整日声色犬马，不怕大难临头吗?！

秦王：（不甚在意地）卢大人何必危言耸听！我与皇兄情谊甚笃，一个董画师而已，挑拨不了我与皇兄的关系，恐是卢大人杞人忧天了吧。

卢多逊：（生气）殿下，人无远虑必有近忧，还望殿下三思！

秦王：卢大人，美酒美人，岂容辜负，你这话有些煞风景，自从地震逃脱大难之后，我将世事看穿，储君也好，皇位也罢，皆是那白云苍狗！前朝诗人有云，"人生得意须尽欢，莫使金樽空对月"。谁也猜不到，自己哪天便命丧黄泉，不如趁着这良辰美景，把酒当歌，其乐何如啊！卢大人，来来来，干了这杯……

秦王举杯，卢多逊却没有应和，恨恨地拂袖而去。秦王不以为忤地一笑。

三

1. 秦王府　大厅　夜晚　内景

秦王正在大厅饮茶，秦王妃带来一封书信，交给了秦王。秦王接过信，展开信纸，看了半晌，长长地叹了口气，将书信就着桌上的蜡烛点燃了。

秦王：卢多逊又在催我起事。

秦王妃：殿下之意呢？

秦王没有接话，只是沉默。

秦王妃：殿下还在犹豫不决吗？您只要活着一天，便是太子登基路上的绊脚石，这场皇权斗争，殿下是躲不过的。

秦王：你可曾想过，一旦事败，是何下场？

秦王妃：禁军都围了府邸了，您还在这犹豫，人为刀俎，我为鱼肉，殿下，您还能躲得了几时？

秦王终于下定了决心。

秦王：反吧！

秦王妃淡淡笑了，扬手，一组侍女鱼贯而入，竟然就是之前宴会上出现的那些妖冶如蛇的舞姬，女子们齐刷刷抽出了腰间的软剑，拜倒在秦王和王妃面前。

秦王：你……早有安排？

2. 秦王府　秦王妃寝房　白天　内景

秦王妃正手执香扇半卧于榻上，侍女翠儿服侍秦王妃。

秦王妃：听说，昨晚新来的侍女香儿为秦王点茶，颇得赏识。

侍女：香儿是苏义简推荐过来的，是苏先生的寡嫂。听到娘娘传唤，我便将她带来，就在门外候着。

秦王妃：让她进来。

侍女：香儿！

刘娥应声走了进来，向秦王妃施礼。秦王妃将她上下细细打量了一番。

秦王妃：（满意地点点头）昨天是你为秦王殿下点的茶？

刘娥：正是奴婢。

秦王妃：除了点茶，你还会些什么？

刘娥：回娘娘，刘娥还会蜀绣。

秦王妃：蜀绣与那江南的苏绣相比如何？

刘娥：回夫人，比起苏绣，蜀绣的技法穷工极巧，花样变化多端，相信娘娘见了定会喜欢。

秦王妃：那好啊，来日我要去宫中赴宴，参加皇后娘娘的寿诞，你替我绣一件外衫，就用你说的蜀绣针法。宫中衣饰多用苏绣，看得多了，皇后娘娘见到新鲜花样，定会喜欢，我也会重重赏你。

刘娥：多谢夫人。

秦王妃：你会点茶，还会蜀绣，听说秦王也对你青眼有加，不如……我将你赐予秦王为妾如何？

刘娥听到这里，忽然将发顶的发簪摘下，对准了自己咽喉，一下子跪在地上。

刘娥：香儿夫君新亡，尚有热孝在身，不能从命，如若夫人执意相逼，香儿唯有以死明志。

秦王妃大惊，旁边的翠儿也被吓住，惊慌失措。

秦王妃：你这是何意，快把簪子放下！

刘娥这才住手，缓缓将簪子放下，插入头上。

秦王妃：（赔笑）我只是与香儿说笑，没想到香儿如此贞烈，快快起来吧！

翠儿上前，将刘娥扶起。

刘娥：夫人，香儿夫君新亡，尚有热孝在身，恕香儿不能从命！

3. 秦王府　揽月阁外　夜晚　外景

刘娥从秦王妃的寝房出来，经过揽月阁，看到一列舞姬依次进入。

无意中，刘娥隐隐看到那个杀手宫女的身影。刘娥见四下无人，便悄悄靠近揽月阁，透过窗子向里面望去。揽月阁内，一众舞伎正于阁中排练，她们头戴假面，手持阮琴，模样很是怪异。其中一位舞伎脱掉了面具，那人正是刘娥要寻找的杀手宫女……宫女仿佛听到了外面的动静，转脸向外看去。

刘娥惊得捂住了自己的嘴巴，连忙逃开。

4. 秦王府后花园假山　夜晚　外景

杀手宫女带着两名舞伎一直追寻刘娥到后花园。刘娥眼看就将陷入危险，却被一个人捂上嘴巴，拉入了假山后。刘娥回头看到是苏义简，才放下心来。

苏义简带着刘娥躲藏，随后追来的三人不见了刘娥踪迹，才悻悻离去。

苏义简：嫂子你怎么会在这里？

刘娥：我无意中路过揽月阁，听到那边有丝竹之声，就在外面看了看，被她们发现，便冲我来了……

苏义简：你看到什么了？

刘娥：什么也没看到。

苏义简：嫂子，你一定要记住，在王府里，你必须得学会做一个聋子、瞎子，不闻不问，才能生存下来。

刘娥心事重重地点了点头。

5. 郊外皇家猎场　白天　外景

宋太宗邀秦王郊猎，赵普、卢多逊、潘良、王继恩等人，连同一队侍卫随行。

宋太宗打猎，秦王仍然表现得谦虚退让，并未因软禁而不开心，他不停地掩口咳嗽，倒是一副病体虚弱的模样。

宋太宗：四弟，朕的一身武艺还没丢下吧？

秦王：皇兄威武，英勇不减当年，廷美自愧不如啊。

秦王见状，故意露出病弱之状。

宋太宗：四弟这身子，还不见好啊？

秦王：唉，这几日汴梁连日阴霾，病症又有些加重。

宋太宗：朕听太医言，四弟这病，去温暖湿润之地疗养甚佳，辅以药石，定能康复。

秦王：（苦笑道）何处去寻这疗养之地？

宋太宗：四弟，朕已经拟旨，将岭南划为你的封地，你准备一番，早日去岭南养病吧！

这分明是要将秦王流放，将其赶尽杀绝，秦王面色微变，眼里寒光大甚，但很快掩饰过去。

秦王：……谢皇兄关照。

宋太宗放声大笑，催马入林，众人也随后策马入林。秦王恨恨地看着远去的宋太宗，他知道，宋太宗终于开始向他开刀了。

6. 郊外树林　白天　外景

秦王独自一人，来到一片树丛之后，透过树枝，他看到一只梅花鹿正在静静地吃草。秦王见四下无人，从腰间布囊取下弓箭，缓缓将弓拉开了，那支箭镞，稳稳地对准了梅花鹿，他正要放箭，宋太宗忽然策马出现在箭镞的正前方，秦王凛然一惊！

宋太宗并没有看到秦王，他也看到了那只梅花鹿，也取出箭来，搭箭在弓，对准了梅花鹿。秦王藏身在树丛之后，看着前方的宋太宗，他下意识地将箭镞抬高了，目露凶光，"咯吱吱"把弓拉成了满月，箭镞对准了宋太宗胸口。

梅花鹿忽然受了惊,向远处跑去。宋太宗纵马追了过去。

秦王再举弓循着宋太宗而去,略一犹豫,还是把弓放下了。

7. 京城外　官道　白天　外景

皇室一行人返回京城途中,宋太宗与秦王走在前面。

宋太宗:四弟打算哪天启程前往岭南休养?事不宜迟,朕担心你拖下去,恐怕会酿成大病。

秦王:是。

宋太宗:四弟的儿子,眼下已有五岁了吧?

秦王:正是。

宋太宗:朕也曾想过,倘若将你立为储君,来日你坐上龙椅面南背北,不过等你百年之后,莫不是要传位给这个又痴又癫的儿子,让他来执掌天下不成?

宋太宗大笑起来,其他人在一边不敢大笑,却又忍俊不禁。秦王气得脸色铁青,忍怒不发。

秦王:皇兄,四弟我对于储君之位,从不觊觎。

宋太宗:倘若是真命天子,子嗣也会受上天庇护,可是上天偏偏没有庇护你的儿子。

秦王:陛下所言极是……

宋太宗没等秦王的话说完,便扬鞭策马,不屑地飞驰而去。

8. 秦王府　阁楼　白天

刘娥端着茶水,从阁楼边走过,看到秦王拔剑,带着家丁满脸杀气地冲过来,不知出了何事,她吓坏了,赶忙后退躲到了一边。

秦王走上阁楼,用剑拼命砍那阁楼上的锁。锁还没有砍掉,就听里面传出一个孩子的嘶吼、咆哮的声音,十分恐怖。

秦王妃哭喊着跑上了阁楼,扑倒在秦王身边,哭喊着抱住了秦王的腿。秦王一把将秦王妃推到一边。

秦王妃:殿下,殿下,不要杀宝儿,求求你……

秦王：皇上今日又提起这个怪物，在众人面前羞辱于我，我留他何用！

秦王妃再次扑到阁楼门前，哭喊着死死护住。

秦王：你想跟他一起死，我成全你！

秦王双眼血红，已经完全失去理智，竟然举剑向秦王妃逼了过来。

刘娥已经上了阁楼，见状飞奔过去，挡在了秦王妃面前。秦王拿着剑，一步步走向刘娥，用剑指着刘娥。

秦王：（恶狠狠地）难道你要陪他们一起去死吗？

刘娥吓得浑身发抖，但仍然勇敢地挡在秦王妃面前，毫不退缩。秦王把剑逼到了刘娥的项下，久久凝视着刘娥。

阁楼里，孩子的嘶喊声更加发狂。秦王终于把剑拿开，插入剑鞘，掉头走了。家丁也跟了过去。

秦王：下一次，我绝不会放过他。

秦王妃一下子瘫倒在阁楼边，痛哭变为低声饮泣。刘娥终于长出了一口气，她向阁楼望过去，隐隐看到门后有一双眼睛在向外张望。

9. 秦王妃寝房　夜晚　内景

秦王妃孤身独影，在寝房内黯然神伤，刘娥端茶过来，坐在一边为秦王妃倒茶。

秦王妃：香儿，今天为何要救我？

刘娥：不为什么，我只是见夫人有难，便想要帮着夫人，没有多想就上了阁楼。

秦王妃：你可知，阁楼里关的是何人？

刘娥：香儿不便相问，夫人不必讲。

秦王妃：你愿意舍身救我，我也不必隐瞒你了，阁楼里面，关着的是宝儿，今年五岁，是我和秦王的儿子。都说秦王无子，其实宝儿一直被关在这阁楼里了，王府里的人也很少有人知道。宝儿刚出生时，并没有异常，到两三岁时，我才发现他比别的孩子好动，后来他一直不会说话，再后来时常狂躁不安，听到一点动静便会大喊大叫，还会抓人咬人，我找遍了天下名医，也未能治愈，秦王将他视为不祥之兆，便将他锁在了地窖下面，常年不见天日……

刘娥：夫人，秦王也是宝儿的父亲啊，他怎么会如此对待自己的儿子？

秦王妃：我只是一个王妃，改变不了秦王的决定。秦王每次在朝中受气，回来都要杀宝儿，每次都是我舍命拦着，不然宝儿早就没命了……你看这深宅大院，雕梁画柱，瞧着我们锦衣玉食，花团锦簇，个中的苦楚，又能与何人说。

刘娥：夫人，恕我直言，若是我，我宁可不要这王妃的名分，也要护我孩子周全，绝不会将他丢在不见天日的地窖。

秦王妃：说来容易啊，王妃的名分，不只是我一个人的，还承担着我娘家一个家族的荣光，进了这皇家的大门，我只能进，不许退。

刘娥：（悲悯地）娘娘……

秦王妃：曾经，我有朝中为官的父亲，有驻守边疆的将军兄长，还有太后娘娘的喜爱，现在，我嫁入了王府，父亲兄长都已不在，自己选的路，只能咬着牙走完……我生下宝儿，却不能养他，我愧为人母，亏欠宝儿太多了……

刘娥：娘娘，我知道，母子连心，你不愿看着自己的儿子受苦……

秦王妃忽然紧紧握住了刘娥的手，久久不肯松开。

10. 汴京皇宫　垂拱殿　白天　内景

元侃陪德昭（赵德昭，宋太祖之子，字日新，被封郡王）拜见宋太宗，宋太宗和蔼可亲地看着德昭。

宋太宗：日新回城，朕甚为欣慰，你多年未回皇宫，朕已派人将你幼时住过的寝房打扫出来，还是当年的原样。

德昭：多谢陛下……

元侃忽然上前一步，拦住了宋太宗。

元侃：父皇，儿臣与大皇兄久未见面，还望父皇恩准，让儿臣带德昭回府一聚！

宋太宗：住到你府上？

元侃点头。宋太宗略略有些疑虑，但很快便笑了。

宋太宗：也好，就住到你的襄王府，你们兄弟两个好好叙话去。

元侃：多谢父皇！

11. 宋太祖永昌陵　白天　外景

永昌陵四周旗帜招展，京城的禁军几乎全部出动，浩浩荡荡的军队呈环状护卫太祖的陵墓四周。弓箭手零星地散在各处，挽弓搭箭，在永昌陵四周来回走动，如临大敌。带有浓厚神秘气氛的"傩舞"在太祖陵前开始表演。

宋太宗来到祭坛下面，忽然听到身后一阵哭声，回头一看，却见秦王独自一人跪在祭坛上，在放声痛哭。

秦王跪在太祖的皇陵前哭得惊天动地，德昭见状，马上潸然泪下，本已经下了祭坛，又转身回到祭坛上的秦王身边，陪他跪下，劝叔叔节哀。元侃此时对于秦王所思所想还一无所知，他以为秦王的恸哭是发乎真情，他在一边也十分动容，也回到了祭坛上，跪在秦王的另一侧，安抚秦王。宋太宗对秦王此举十分厌恶，却又不好发作。赵普悄悄来到宋太宗身边。

赵普：（压低声）陛下，秦王真是演得一出好戏。

宋太宗：（皱起眉头）他这戏是演给谁看？摆驾回宫！

宋太宗微微一哼，随后转过身去，在宦官王继恩的伴随下走向步辇。

12. 汴京皇宫御书房　白天　内景

宋太宗在御书房里来回踱步，怒不可遏。

宋太宗：德昭今日在皇陵竟如此不堪，难成大器！

赵普：陛下，德昭今日哭陵，未必是他本意，老臣以为，或许背后另有他人，为德昭谋划。

宋太宗：你是说……秦王？

赵普：近日之事连在一起，老臣不得不如此推断。

宋太宗不耐烦地挥了挥手。

宋太宗：诏书已经拟过了吗？让他马上启程去岭南吧，兵权他交卸，让德昭也赶紧回京兆府，免得二人留在京中，节外生枝。

赵普：遵旨。

13. 襄王府后院　夜晚　外景

元侃与德昭面对面坐在阁楼的石桌旁，桌上摆满了酒菜。

元侃藏在身后的那只手才伸出来，将两只"钧瓷"酒碗放到酒桌上。两只酒碗形状相同，颜色却不同，一只淡青，一只是深褐色。

德昭一见就笑了，一把拿过了那只深褐色的酒碗。

德昭：这一只是我的！难为你还放着它们！

元侃：这两只酒碗我一直珍藏，曾经，你我二人，用这两只碗，喝过多少酒啊？只恐怕，比那汴河的河水还要多！

德昭听了，开怀大笑起来，二人推杯换盏，两碗酒下肚，德昭终于放松下来。

元侃：日新还记不记得，幼时你我在皇祖母那里玩耍，她有一套太原府进贡来的皮影戏，最精致不过了？

德昭：记得，怎么会不记得，还有从宫外送进来的桂花糕，你我都爱吃。

元侃：皇祖母经常叫人来给我们演戏，唱刘邦斩蛇起义，唱项羽乌江自刎。

德昭：（不住点头）那些唱词，我到现在都还记得。

元侃：（笑）皮影戏你跟我抢，桂花糕你也跟我抢，最后总是闹得不可开交，最后让皇祖母来评理……

德昭的笑容忽然有些凝住了。

德昭：元侃，小时候我跟你抢，那是不懂事，现在，我什么都不会跟你抢了，你明白吗？

元侃：日新，这话从何说起？

德昭看向元侃，他的眼神里流露出哀恳的光，眼里似有泪光。

德昭：今日祭祖，四叔哭得尤其痛心。

元侃：看上去，他像是有什么心事，无处倾诉。

德昭：你当真是一无所知？四叔告诉过我一桩大事……

元侃见德昭如此神情，也认真起来，全神贯注地看着德昭。

德昭：京师地震，垂拱殿倒塌，皇上和四叔一起被埋在废墟之下。那一天，他们曾有过一番恳谈，皇上对四叔说，如果他能够重见天日，要立我为太子，以告慰先皇在天之灵……这件事，你可听说？

元侃：哦？此事我倒是第一次听说，怪不得京城里童谣传唱，说要立你为太子是天意呢。不过这是名正言顺的事啊，你是先皇的儿子，你来继位，天下归心，我第一个支持你。

德昭听到此处，面露惊惶之色，连连摇头，打住了元侃的话头。

德昭：万万不可！万万不可！我从小就害怕上朝，害怕大臣们齐声呼喊的声音，害怕大殿上那些板着脸的宦官，害怕那些手执武器的禁军，这你是知道的。

元侃：我当然都记得啊。

德昭：元侃，有朝一日你若为帝，我不求其他，只会尽力辅助于你，在京兆府里做我的王爷。

那一刻，元侃突然明白，他和德昭已经回不去了，那些幼年朝夕相处的兄弟情谊，已被皇位之争划开了一道无法弥补的裂痕。

元侃：唉，德昭，要我如何做，你我才能回到幼时的你我？

德昭：其实，这次祭祖，我真不应该回来……

说到这里，德昭的神情再次紧张起来，犹如惊弓之鸟，尤其是一旦提起那个童谣，他更是露出恐怖的神色。月影摇曳，两人渐渐喝得大醉。

元侃：（冲着阁楼下喊）再拿酒来！

就在二人饮酒之际，一个令人恐怖的黑影无声地出现在王府一个角落，一闪而过。

元侃越喝越多，自己醉了也没察觉，渐渐睡了过去。待他醒来时，却发现德昭不见了，元侃一摸石桌，竟是一手黏稠的鲜血，他低头一看，才发现德昭已经倒地，七窍流血，只剩下最后一口气。

元侃大惊，俯身抱起德昭。

元侃：日新——

德昭：酒里有毒，元侃，我已经说了，我不会跟你争了，你为何还是不肯放过我……

元侃：（恸哭）日新，不是我……

德昭已经听不到了，他睁着不甘的眼睛，惨死在了元侃怀中。

14. 汴京皇宫　宋太宗寝殿　晨　内景

王继恩向宋太宗汇报了提刑官的初步调查结果，赵普也站在宋太宗身旁听着。

王继恩： 陛下，大理寺初步查探结果，没有外人进来的迹象，但已经确定德昭是中毒而死。

宋太宗： 让大理寺即刻结案，宣布德昭是服毒自杀，举行国葬，举城哀悼，立储之事暂且搁置。

王继恩： 遵旨。

王继恩正要出门，元侃已经来到，在门外叩见之后进了御书房。元侃一见宋太宗便恸哭起来。

元侃： 父皇，德昭郡王已经一再退让，对皇位从来就没有野心，他那么文弱一个人，父皇为何还不肯放过？

宋太宗： 什么，你竟然以为德昭之死，是朕的旨意？想不到我们父子间的猜忌竟到了如此地步！

元侃： 分明是父皇容不下他！

宋太宗： 混账！你还要强词夺理，来人，把元侃给我收押起来！

门外马上进来两名禁军，将元侃押走。元侃被拖着一边往外走一边喊。

元侃： 父皇，德昭你也不放过，你就不怕众叛亲离，身边无人吗？你还能信得过谁？

元侃被拖出去，宋太宗仍气得浑身发抖，将案上东西一股脑地扫在了地上。李皇后着一身白色中衣出来，来到宋太宗身边。

宋太宗： 你瞧瞧这个元侃，说的都是什么话。

李皇后： 陛下息怒，免得伤了龙体。

宋太宗： 朕苦心栽培他，一心要将他推为太子，为他在朝廷扫清障碍，可他却视朕为杀人凶手。

李皇后：陛下何苦为襄王生气，襄王不堪造就，您还有其他皇子。

宋太宗：那你说，除了元侃，还有谁可继任皇位？

李皇后：楚王元佐一向恭敬孝顺……

宋太宗：你是不是以为朕是一位昏君，不辨是非，朝中大事，可以让你们这些后宫的女人来决断？

李皇后连忙下跪。

李皇后：皇上恕罪，臣妾并无此意……

15. 襄王府正院　白天　外景

两名刑部的差役将德昭尸体抬了出来，郭氏等一众女眷都吓得瑟瑟发抖。提刑官走了过来，向郭氏拱手行礼，此人正是寇准。

寇准：娘娘，下官将郡王的遗体带走，连同昨夜与襄王共饮的酒坛酒碗。后院作为案发现场，下官已让人看守起来，以保留证据，还望王妃娘娘约束下人，切勿开启。

郭氏：寇大人，可否告知妾身，这一切究竟怎么回事？郡王怎会突然毙命？襄王又怎会好好地下了诏狱？

寇准：此刻真相未明，只知郡王死于非命，乃是酒中下毒所致，在场饮酒只有襄王一人，因此陛下便将襄王关押，一切待臣查明真相之后，方可定论。

郭氏：酒中有毒，这怎么可能？

寇准：娘娘可否告知在下，昨日这酒水是何人所备？！

潘玉姝忽然面色大变，被寇准一眼看了出来。

寇准：可是夫人所备？

潘玉姝脚步一软，跪倒在地。

潘玉姝：（面如死灰）是我，不，不是我……

郭氏恼怒至极，突然劈手去抽寇准的佩剑，要杀潘玉姝，被寇准及时拦下，剑才没有拔出。乳母王氏和李佩儿慌忙拦住郭氏，郭氏仍不罢休，仍要挣脱出去。

郭氏：我要杀了你这个贱人！

郭贤忽然赶到院内，一声断喝。

郭贤：住手！

郭氏不敢拂逆父亲，不再挣脱。寇準向郭贤行礼。

寇準：见过郭大人。

郭贤：寇大人辛苦，此案非同小可，就拜托您了。

寇準：郭大人放心，在下一定让真相水落石出，将凶手查办！

16. 汴京皇宫　文德殿　白天　内景

寇準站在朝堂当中向宋太宗回禀。

寇準：陛下，从刑部所获的证据来看，郡王德昭一案，杀人者，正是襄王。

此语一出，大臣们一片哗然。

宋太宗：寇準，你有何理由可以断定杀人者便是元侃？

寇準：回陛下，京城之内，连街头小儿都知道，郡王是先皇之子，此番回京，会与襄王争夺太子之位。微臣认为，这正是襄王痛下杀手的缘由，微臣在襄王府也取得了物证。

寇準不慌不忙出示证据，两只青花酒碗。

寇準：这两只酒碗，便是襄王当日与郡王对饮时所用。臣已查明，一只碗底有毒，另一只碗无毒，可见致命的剧毒，并非下在酒中。所以，那日虽然是潘王妃为襄王备酒，但此案与潘王妃毫无干系。这两只酒碗，一直是襄王收藏，从不示人，除了襄王，无人能做此手脚。微臣昨日已连夜审问了襄王，他已服罪，对谋杀郡王一事，供认不讳。

宋太宗：好一个元侃，为了太子之位，竟然丧心病狂到如此地步！

潘良头一个跪下。

潘良：陛下明鉴，襄王冤枉啊——

卢多逊与秦王对视一眼，也跪了下来。

卢多逊：陛下请息怒。

秦王：陛下，元侃只是一时糊涂，请陛下宽恕。

宋太宗：元侃因一己私欲，竟然不惜手足相残，此罪绝不可饶恕，按大宋律例，王子犯法，与庶民同罪。

太宗话音未落，郭贤也跪了下来。

郭贤：陛下，老臣曾为襄王之师，今日襄王犯下如此罪过，乃是老臣不教之过，若陛下处罚襄王，老臣亦应以死谢罪！

宋太宗：郭爱卿，此事与你无关！

卢多逊与秦王对视一眼。

众位大臣都跪下了。

众大臣：请陛下三思啊！

宋太宗：罢了罢了，就将元侃贬为庶人，流放房州，永世不得返回京城！

四

1. 秦王府　揽月阁　白天　内景

秦王妃站在阁楼上，看着舞女们练习跳舞。

宫女杀手领舞，舞女们手持琵琶、阮等各种乐器，舞女们动作一致，组成一朵花的模样，宫女杀手从那花心中间飞跃而出，手持短剑杀了出去。然而，一名舞女动作失误，宫女杀手在飞身跃起之际被绊住，伤了腿部，宫女杀手跌坐在地，腿上的伤将衣裙染红。

宫女杀手顿时露出杀手本性，凶残无比，她踉跄着马上揪出那名舞女，一把将短剑搁在舞女项下。

宫女杀手：贱人，你要误了秦王的大事！

秦王妃：住手！已经伤了一个，就不要再伤一个了。

宫女杀手这才停手，但是伤口疼痛，她捂住腿部的伤，再次倒下。

2. 汴梁城门外　白天　外景

一身布衣的元侃率家眷离城，元僖和元佐过来送行。

元僖：三弟这就走了，此去房州，山高路远，不知何时才能相见。

元佐：元侃，父皇只是一时情急，不管别人怎么说，为兄从不相信你会对德昭皇兄下狠手，待父皇气头过了，此事便会有回转余地。

元侃却不以为意，他向二位皇兄拱拱手。

元侃：两位哥哥的好意，元侃心领了。事已至此，我也已经无话可说。自皇兄死后，我便已心灰意冷，房州地处偏远，远离朝堂，从此我便收摄身心，做个散淡人，又有何不可？

元佐：三弟，不管你怎么想，我在京城一定尽全力帮你，早日接你回来。

元僖：三弟，等风声过了，我和大哥一起去房州看你。

元侃朝二位皇兄笑笑。

元侃：天色不早了，承蒙二位皇兄前来送别。那元侃就此去了，二位皇兄保重，后会有期！

元佐：三弟保重，后会有期！

元僖：后会有期！

元侃携家眷一行人离去，浩浩车队扬起阵阵烟尘，渐行渐远。

3. 秦王府　大厅　白天　内景

大厅内仅有秦王和秦王妃二人，秦王坐在桌边慢慢喝茶。

秦王：卢大人飞鸽传书，说元侃今日已带着家眷启程前往房州。只是我仍有一事不明，德昭到底是何人所害，总不会真的是元侃吧？

秦王妃：殿下现在还不明白吗？是卢大人安插了一名侍女到襄王府，给德昭下了毒，把罪名安到了元侃头上，这才将他驱逐出城，此事首尾料理得十分干净，不落痕迹。

秦王微微一惊。

秦王：果然是卢大人所为！谋杀德昭，这是要陷我于不仁不义！

秦王妃：死了一个德昭，换来的却是皇上和元侃的决裂，现在皇上身边几乎没有可用之人。

秦王：卢大人莫不是要胁迫本王谋反？

秦王妃：殿下还没有看明白吗？到底是卢大人胁迫你，还是皇上胁迫你？

秦王：皇兄多疑，这我知道，我原本只求在京城有一片立身之地，并无篡位之心，所以一退再退，一让再让。

秦王妃：殿下以为，皇上将你流放到岭南，殿下就可全身而退了吗？殿下真的以为我们能活着抵达岭南吗？

秦王沉默不语。

秦王妃：今日李皇后生辰，皇上赐宴，殿下与臣妾皆在受邀之列，正好有机会进入皇宫，今日正是起事的绝佳时机。卢大人策划周密，滴水不漏，已经将今日之事安排完毕，只等殿下一声令下，便可动手。

秦王端着茶碗的手略微有些颤抖，他蓦然将茶碗掷到地上，摔得粉碎。

秦王：死则死矣，动手吧！

4.秦王府秦王妃寝宫　白天　内景

刘娥过来给秦王妃试衣，帮她穿上。秦王妃细细打量了一番。

秦王妃：辛苦香儿，这件衣裳我十分喜欢，从宫中赴宴回来之后，我一定重重赏你。

刘娥：多谢夫人。

刘娥转身下去，翠儿匆匆上来。

翠儿：夫人，领舞的腿伤很重，不能跳舞，如果让她去必然会露出马脚。

秦王妃：舞女的人数，已经报与皇上，今日进宫忽然少了一名，不但群舞场面失衡，更会引来皇上猜忌，这可如何是好？

翠儿：夫人，一时间实在找不到人替代。

刘娥已经走到寝宫的门口，听到这里，她的脚步渐渐放慢。秦王妃看着刘娥的背影，忽然眼前一亮。

秦王妃：香儿，你且站住。

刘娥停步转过身来。

刘娥：夫人有何吩咐？

秦王妃：你可曾学过跳舞？

刘娥：夫人，奴婢在蜀地曾经学舞，只是舞艺不精。

秦王妃再次上下打量刘娥。

秦王妃：便是她了！

5. 汴梁皇宫　宣德门　白天　外景

两位禁军打扮的人过来,拿出腰牌给门口侍卫,侍卫禁军正查看时,被禁军一刀毙命。宣德门旁边的监事看到宫门有异动,警觉大呼。

监事：来人啊……

话音未落,便被人从后一刀割断了咽喉,一行禁军打扮的人迅速穿过宣德门,进入皇宫。禁军铠甲锃亮,步伐紧凑,显然是一支精锐部队。禁军进入之后,宫门紧紧关闭。

6. 汴京皇宫　春鸾阁　白天　内景

一曲完毕,秦王妃献上了自己府中舞女的歌舞。

秦王妃：恭贺皇后娘娘千岁之寿,富贵千年,春秋不老,芳颜永驻。为庆贺皇后娘娘生辰,臣妾也特别准备了一支宫廷舞,请娘娘观赏。

李皇后：多谢王妃一片心意。

秦王妃扬手,舞女们鱼贯而入,丝竹声起,优雅地舞蹈起来。刘娥也在舞女之中,她一边起舞,一边警惕地提防着众舞女,又要忙着用长袖遮起自己的面容。

宋太宗在上座看着舞女们的舞蹈,每次舞女展开长袖,长袖向他飞来的时候,宋太宗都会蓦然觉得紧张。李皇后觉察到了宋太宗的紧张,也不由得盯着那些舞女细看。秦王妃见状便上前与李皇后搭话,消除她的警戒心。

秦王妃：娘娘,今日入宫,臣妾特地穿了这一袭新衣,不知娘娘是否喜欢？

李皇后：嗯,倒也别致……

秦王妃：这是蜀绣,乃是我府中一个蜀地绣娘所为。

李皇后抚摸那花样,爱不释手。

李皇后：果然与那苏绣不同,可否请她也为我绣上一件？

秦王妃：臣妾不胜荣幸,只是蜀绣耗时,要请娘娘耐心等待……

秦王妃话音未落,突然听到爆竹破空之声,那是秦王与卢多逊约定的信号。她与一名舞女对视，舞女会意。

刘娥马上觉察到了，为首的舞女要执行刺杀。舞女们变换队形，其中一人抽出短刀，飞快向宋太宗紧逼而来。

刘娥：（大喊一声）有刺客！

刘娥飞快地冲到持刀舞女的前面，将她撞开，舞女刺空了。宋太宗大惊，连忙向后退去。大殿里一片尖叫。舞女有些身手，一把将刘娥推开，刘娥被推出好远，站立不住倒下。舞女迅速翻身起来，再次向宋太宗刺去。千钧一发之刻，宋太宗身边一个宦官忽然出剑，挡住舞女刺客，将她的短剑打掉。

此人竟然就是被流放出京的元侃！

秦王察看四周，发觉局势已变，他从地上捡起舞女的短剑，孤注一掷向宋太宗冲去，站其两侧的小宦官早有准备，迎上前来，马上将秦王制住。

元佐与元僖也终于反应过来，来到宋太宗身边，一左一右将宋太宗护住。站立在秦王妃背后的内侍也突然站出来，将她拿下。

大殿外数名侍卫冲了进来，迅速将舞女们一举拿下，席间形势顿时反转。

元侃这才发现倒在大殿一侧的刘娥，他简直不敢相信自己的眼睛，一下子向刘娥冲过去，将刘娥扶起。

元侃：莺儿……

刘娥：殿下……

大殿中央，秦王挣扎着，难以置信地看着宋太宗。

宋太宗：四弟，你还在等那卢多逊吧？只恐怕你要等空了。你以为买通了禁军首领，便可控制这九重宫城吗？

秦王：暴君！赵光义，你这个暴君……

秦王声嘶力竭，几近疯狂。

秦王：赵光义！你弑兄篡位，假仁假义，你死有余辜……

宋太宗：拉下去，关入大牢，听候发落！

秦王和秦王妃都被带了下去，秦王一边走，一边狂喊。

秦王：暴君！弑兄篡位的暴君……

7. 汴梁皇宫甬道　黄昏　外景

宫门外，卢多逊正率禁军行进，突然间，宫城的两边角楼上万箭齐发。

潘良率一支大军杀到，两队人马展开了血腥厮杀。

卢多逊力战，最终不敌而死，叛军全军覆没。

甬道尽头，一道人影缓缓出现，正是赵普，看到这一幕惨象，他不禁唏嘘，长叹一声，上前合上了卢多逊未曾瞑目的双眼。

8. 大理寺大牢　白天　内景

隔着大牢的木栏，刘娥看到秦王妃已经除了诰封，长发披散，只穿了一件白衣素服。

秦王妃：没想到心机算尽，最后会败在你这个无名小辈手里。

刘娥：夫人，谋害天子，是不赦之罪，夫人若劝说秦王早日收手，又何致今日？

秦王妃：你也不必再说了，我知道你心地善良，值得托付，我请求见你一面，只是为了宝儿。

刘娥：夫人请讲。

秦王妃：宝儿本来命运不济，但是，现在他的父母都要离他而去，他命中的咒诅便也随之解除了。宝儿生来愚钝无知，这便是他的护身符，从此以后，皇宫里也不会有人再为难他，今后宝儿便托付于你了。

刘娥：襄王已经求过皇上，皇上已将宝儿赦免，宫中派专人照料，宝儿长大以后，可领取皇宫俸禄，衣食无忧。从现在起，他可以重见天日，像正常人一样了。

秦王妃听得落下泪来。

秦王妃：多谢，宝儿得以善终，你我的恩怨便也一笔勾销，我也就死而无憾了。

刘娥：夫人放心。

秦王妃：去吧。

刘娥点了点头下去。

9. 襄王府元侃书房　夜晚　内景

月色澄凉，泻入元侃的书房。

刘娥简衣素服，与坐在椅子上的元侃抱在一起，披泻而下的乌发如上好的墨锦，流光溢彩地铺开。

元侃俯身亲吻刘娥。

元侃：（喃喃道）我还以为再也见不到你了……

刘娥：我还以为，你真的把我忘了，我就再也回不来了……

元侃：我说过的，此生，永不相负。

刘娥在元侃怀中，疲惫地闭上了眼睛，她终于能够松一口气了。书案上，烛光摇曳，映着他们二人。

10. 大理寺大牢　白天　内景

大理寺的地牢当中，秦王的伤口已经包扎好了，他披头散发，手脚都已上了枷锁。

秦王看到宋太宗走近，纹丝不动，沉默如石。

宋太宗与他四目相对，秦王缓缓开口。

秦王：皇上还来做什么？

宋太宗没有回答他。

秦王：来看一个失败者的狼狈和落魄？

宋太宗：元侃的儿子，是你派人杀的？

秦王：非也，是卢多逊的安排。

宋太宗：那德昭之死呢？

秦王：也是卢多逊所为。

宋太宗冷笑。

宋太宗：卢多逊已经死了，死人无法开口。

秦王：我知道皇上不信。

宋太宗：如何让朕信你，说出一个理由。

秦王：（惨笑）我不求你能信我。皇上这一生又信过谁？信得过元侃吗？信得过皇后吗？还是信得过赵普？我断言你从未相信过他们任何一个。

宋太宗：两条人命，一个皇孙，一个皇子，即便是卢多逊所谋杀，又何尝不是你的指使？杀过他们，你丧心病狂，还要杀朕。幸亏我和元侃早有提防，倘若你得手了，汴京城岂不是要血流成河？你还要杀多少人才能住手？

秦王：我一忍再忍，一退再退，我赵廷美只求做个顺臣，安稳度日，此心苍天可鉴，可你执意要将我灭口，我还能退到何处？横竖都是一死，也只能放手一搏。也许这正是皇兄的本意，将我逼成一个谋逆的叛臣，给世人一个杀我的理由。

宋太宗：事到如今，你还不肯服罪，还要为自己开脱！看看你手上的鲜血吧，你真的以为自己是无辜的吗？

秦王：我只是坦陈事实，不是为自己开脱。上次，你我陷于大庆殿的地下，却又侥幸生还，当时我便料定，我这条命，能躲过天灾，终究躲不过人祸，皇兄你是不会放过我的。只因为，我知道了你所有的秘密。

宋太宗听着，脸色渐渐变得又阴又狠。

11. 大理寺地牢门外　　夜晚　　外景

赵普连同侍卫们站在门口等候着。

稍后，地牢门开了，宋太宗从里缓缓走了出来，长袍的下摆上有星星点点的血迹，月色下看不分明。

宋太宗看着赵普，神色平静，不露悲喜。

宋太宗：告诉史官，秦王谋反不成，触柱而亡。

赵普：老臣记下了。

月色下，宋太宗步履蹒跚，赵普追随，两人缓缓离去的影子在地上拖出长长一道。

12. 襄王府刘娥房间　　白天　　内景

刘娥回到自己的房中，突然听到门口有人低声叫了一句姐姐，回过头看，竟然是李婉儿！

李婉儿：姐姐！

刘娥：婉儿？

李婉儿：姐姐，夫人把我赐给你了，以后就让我伺候您。

刘娥：都是我不好，让你开罪了娘娘。

李婉儿：姐姐不要这么说，姐姐从不把我当下人，待我像亲妹妹一般，你遇到了大难，我怎么可能袖手旁观见死不救？夫人把我给了姐姐，我都想很久了，除非姐姐不要我。

刘娥：我怎么会不要你，喜欢还来不及。只是……跟着我委屈了你，这里吃穿用住，什么都及不上娘娘那边。

李婉儿：要那些没用的做啥，能和姐姐在一起，比什么都好。

13.汴京皇宫宋太宗寝宫　白天　内景

宋太宗病倒在床，旧伤的疼痛让他眉头紧锁，李后一身素服在床前侍疾。

内侍：陛下，襄王求见。

宋太宗：（叹气）宣。

李后退下之后，元侃步入，跪在了宋太宗面前。

元侃：父皇，儿臣办事不力，才引此祸端，连累父皇忧思成疾，儿臣罪该万死。

宋太宗：有罪的不是你，是刘娥，她命带克星，出嫁未到一年，便克死亲夫。进入王府，再克皇孙，秦王一家惨死她依然脱不了干系。这样的女人是天生灾星，不可留在身边。元侃，朕要立你为太子，朕的皇位终究要由你继承，大宋江山不可任由红颜祸水危害。

元侃：父皇何出此言？刘娥不是灾星也不是祸水，她是儿臣和父皇的救命恩人。寿宴那日，若不是她及时赶到，父皇早已被刺客刺中。皇叔谋反，本就是欺君犯上的死罪，父皇怎能怪罪到刘娥的头上？

宋太宗：朕已赐她鸩酒自尽，她又活过来了，朕且看成上天眷顾，留她性命。皇后寿宴秦王谋反，她救朕一命，也算是将功抵罪。明日便将她逐出京城，永不得回归。记住，刘娥乃不祥之人，天生灾星，切莫亲近！

元侃还欲再说，宋太宗病痛再犯，眉头紧锁，挥了挥手让元侃下去。元侃只得叩拜离开。

14. 襄王府郭氏正房门口　白天　外景

刘娥和李婉儿走向郭氏寝房。两个侍女迎头走来，一见刘娥马上绕开了，一边走一边窃窃私语，刘娥却都听到了。

侍女甲：皇孙就是死在她手上。

侍女乙：咱都得离她远点……

李婉儿也听到了，回头狠狠地瞪了她们一眼。

李婉儿：姐姐，你就当没听到，不要理会。

刘娥微微笑了笑，没有说话，继续往前走。刘娥和李婉儿行到郭氏寝房门外，却见潘玉姝带着月儿，从郭氏房里出来，双方迎面。

潘玉姝：好晦气。

潘玉姝将外套整个脱了，丢给了侍女。

潘玉姝：（轻蔑地）不要送浣衣房了，拿去丢掉，丢得远远的。

李婉儿：夫人，你这是何意？

刘娥：（制止）婉儿……

潘玉姝抬起下颌瞧着刘娥，脸上轻蔑的表情更甚。

潘玉姝：襄王府平平安安这么多年，怎么就因为多出一个人，便生出这么多事端，先是殿下征途中坠崖传出死讯，现在又是皇孙遇难，王府真的是摊上了一个大灾星。

潘玉姝说完，带着月儿转身离开。

李婉儿：（气得说不出话来）夫人，这……这怎么能都怪罪到姐姐的头上？

潘玉姝：（怒）一边站着，轮不到你说话！

说话间，王氏从室内走出来。

李婉儿：嬷嬷，我和姐姐前来跟夫人请安。

王氏：不必了，日后也不必再来请安了，夫人不会为难你，你也不必再来见她。

刘娥向室内施了一礼。

刘娥：有劳嬷嬷传话，请夫人珍重。婉儿，我们回吧！

刘娥说完，带着李婉儿转身离去。

15. 汴京皇宫宋太宗寝宫　白天　内景

宋太宗的精神略好，可以半倚在榻上议事，赵普坐在一旁，低声与宋太宗商议治理黄河，宋太宗榻上还放着赵普带过来的一大堆奏折。

赵普：陛下，这些折子臣都已阅毕，其他无须紧急处理，臣择其大要，供陛下过目。

宋太宗：有劳爱卿。奏折中说，此次黄河水势汹汹，数处决口，已泛滥数州，朕日夜为之忧心。

赵普：臣今日前来正为此事，治黄已迫在眉睫，朝中需要增援人手处理，否则水患会危及京城。

宋太宗：爱卿可有推荐人选？

赵普：襄王如何？

宋太宗：元侃并无治水经验。

赵普：襄王在工部任职数月，他处事很有章法，适合处理事态紧急又千头万绪的水务。

宋太宗：你还为他说话，事到如今，他还对那刘娥用情甚深，执迷不悟，朕颇为失望。

赵普：多情也并非坏事，难道陛下希望襄王薄情？须知薄情之人必定寡恩。

宋太宗：（被赵普安慰得笑了）你总是替元侃说话。

赵普：陛下圣明，陛下您是爱之深责之切，老臣在襄王这个年纪，学养远远不如襄王。更何况，治河必有赈灾，赈灾需防贪腐，襄王身为陛下心目中的储君，他比任何官员都镇得住局面。

宋太宗：丞相拟诏吧，传朕的旨意，叫元僖、元佐同元侃共赴黄河，三人同权，协同治水！

赵普：陛下……

宋太宗：他不是要保那刘娥吗？好啊，当初朕曾下诏，谁先诞下皇孙，便立谁为太子。如今皇孙已死在刘娥手中，那元侃便不是储君了。

太子之位，能者居之！

16. 襄王府刘娥房间　内景　夜晚

元侃拖着沉重脚步来到刘娥房中，推开房门，却见房内收拾一空。

元侃：刘娥呢？她人呢？

李婉儿坐在榻上垂泪，见到他回来，才擦干泪眼抬起头来。

李婉儿：殿下，姐姐走了，她让我去厨房炖碗桂花羹，等我回来，她就不见了，她的衣物也都带走了……

李婉儿一面哭着，一面将一封书信给元侃。

李婉儿：殿下，这是姐姐留给您的……

元侃接过，用颤抖的手，缓缓拆开了信。

17. 野外　外景　白天

刘娥坐在马车之上，已经出了汴京。

刘娥掀开车帘，回头望了一眼汴京城，心中无限感慨。

刘娥：（画外音）殿下，见信如晤。早知命途多舛，悔不当初相逢。蒙君倾心以待，可慰余生。思念无时可已，一日攒眉百度。此去山长水远，盼君珍重。莺儿谨启。

大梁门外，荒野静寂，刘娥的马车行过，朝远处的天际线而去。

18. 汴京城内松香阁　白天　内景

元侃与苏义简在松香阁面对面坐着，元侃十分郁闷地将酒一饮而尽。

元侃：莺儿走了，襄王府于我而言已经空了。

苏义简紧锁眉头，却不饮酒。

苏义简：她来京城之后，经历的事情太多了。

元侃：是我将她带到了京城，最后还是因为我，她孤苦伶仃又离开了京城。所有的事情都是因我而起，所有的罪责都由她来承担，是我没有保护好她。

苏义简：她害怕殿下与皇上争执不下，殿下封不了太子，前程尽毁，所以才离开了襄王府。

元侃：没有莺儿，我还要什么前程？要太子之位又有何用？无论如何，我要找她回来，不管她走到哪里。

苏义简：殿下怎能私自离开京城？

元侃：皇上派我前去滑州治水，我要借此治水之机寻找莺儿，一日找不到她，我一日不回京城。莺儿曾多次向我说起过你，说你是一位难得的忠义之人，苏义士可愿意随我前去滑州？

苏义简双手一拱，回答得十分干脆。

苏义简：义简愿意追随殿下，全力以赴。

元侃：多谢苏义士！

元侃说完，又将一盏酒一饮而尽，略有醉意地望着窗外。

19. 客栈外　白天　外景

晨光初现，金色的光线映照下，刘娥穿着布衣粗服，在客栈外拎着一只瓦罐打水。她额上渗出密密汗珠。走着走着，刘娥忽然觉得腹中不适，放下瓦罐，走到一边弯腰干呕了起来，却什么也没有吐出来。

刘娥摸着自己的腹部，思索了片刻，满脸的惊诧，又有些意外之喜，一时间悲喜交加。

20. 野外黄泛区官道　白天/有雨　外景

商胡黄河决口处，已是洪水遍野，大批良田和屋舍被淹没，无数灾民无家可归，一个又一个面黄肌瘦的灾民面无表情地走过，却也不知前往何方。

原来宽阔的官道已经冲毁，地方官吏只勉强理出一条小道，供官府的马车通行。

元侃、元佐的车队在官道上小心翼翼经过，元侃掀开了车帘，目睹如此人间惨象，目光充满悲悯。

苏义简穿着蓑衣骑马与元侃同行。

元侃：没想到灾情如此严重。

苏义简：今年的水患，百年难得一见，若不治理，只怕会危及京城。

元侃：父皇派我们兄弟三人一起来治水，但愿两位兄长能齐心协力，救助灾民。

苏义简：眼下滑州的水官日夜在决口处劳作，试图修复大堤。

元侃：二哥已经提前赶到那里了，马上赶往大堤。

苏义简：遵命！

五

1. 黄河堤坝决口处　白天/有雨　外景

河渠使王禾以及众水官被元僖捆绑起来，跪在决口处，元僖将天灾归罪于治水官员渎职，要斩杀他们以平民愤。

元僖的副将站在元僖身边。

元僖：治水是朝政大事，每年朝廷拨出的钱财难以计数，结果却是溃堤决口，钱财都花到了哪里？你们贪了多少？

水官们无一应答。

元僖：无人应答，便是认罪了，本王就用你们的人头，来祭奠那些冤死的灾民！

王禾：许王殿下，今年水灾乃百年一遇，河道年久失修，修缮的人力物力难以跟上，他们能撑持到现在已属不易，我们水官，为了治水都吃住在河堤之上，救灾的银钱并非由我等经手，我们怎么会贪了那些银钱？

元僖：死到临头还要狡辩，斩了！

刽子手操起大刀向水官们走去，砍杀了两位河官。

王禾：殿下，冤枉啊——我王禾一生治水，不承想到头来还是因治水获罪，死在了你们这些王公贵族、贪官污吏手上，老天有眼，决不会放过你们！我王禾以命祭祀河神，不劳你们动手！

王禾悲愤满腔，跌跌撞撞冲向河边，一跃跳入了黄河。水官们齐声哀号，呼唤着王禾。

元僖恼羞成怒，蓦然拔出剑来，又要杀人，元侃大叫着冲了过来。

元侃：住手，二哥你疯了！

元侃挡在剩下的几名水官面前，元僖根本不听，他已经杀红了眼，手提佩剑，向元侃走过去。

元僖：冤死这么多百姓，都是他们治水无能所致！

元侃：胡说！自古以来黄河水患都没治住，天下同难，为什么偏偏他们就有罪？你怎能不问缘由就滥杀无辜！

元僖：你给我闪开！

元侃一动不动护住了水官，元僖拎着佩剑向元侃走来。元侃也拔出了佩剑，与元僖对峙。

元僖恶狠狠地拎着佩剑走到二人跟前，逼视元侃良久。副官悄悄走过来，对元僖耳语几句，将元僖劝下了。

元僖：元侃，这次滑州治水，由我说了算，你少跟我抢功，记住，下次再敢跟我对着来，我决不会轻饶你！

元僖冷冷地哼了一声，将佩剑插入剑鞘，转身走了。元侃和苏义简连忙过去给水官们松绑。

老水官潸然泪下，向元侃诉苦。

老水官：襄王殿下，王大人冤枉啊。王大人十四岁随父亲上堤，学习治水之道。三十五岁袭官，成为大宋河渠使。二十年来，劳心劳力兢兢业业，今年河水决堤，王大人带着我们一连三个月，吃住都在堤坝上，没想到却落得这般下场……

元侃：许王枉杀治水的功臣，罪责难逃，我一定会为王禾大人洗刷冤屈。你们都是治水的功臣，当此危难之际，还望诸位同心同德，全力治水。

老水官：水患当前，我等身为水官，责无旁贷。只是到底是谁将建造堤坝的沙袋偷工减料，私吞了救灾的钱财，还望殿下明察，我等不能担这些罪名。

元侃：放心，本王定会查清此事！

2. 汴京皇宫太宗寝宫　白天　内景

太宗斜倚在床榻上翻阅奏折，打开一本看得仔细，张景宗垂手于旁伺候。

赵普：陛下，黄河水灾已得到有力控制，暂无险情，陛下可安心矣。

太宗把手中那本奏折合上，张景宗立刻上前双手取下，放到旁边桌案，又悄无声息地站在旁边。

太宗：朕刚好看到滑州知州的奏报，朝廷赈灾粮食已经全部发放，灾民生活安置有序，看来元侃他们兄弟三个治水得力，已见功效。

赵普：陛下所言极是。楚王有条不紊，许王雷厉风行，但最出色的还属襄王，废寝忘食，砥志研思，多献良策，力挽狂澜——

太宗：停。你是不是得了元侃的好处，净为他说话。

赵普：臣实话实说。既然陛下不让臣说，那臣便不说了。臣说了这大半天，也……

旁边的张景宗一听，不用吩咐已端起一杯清茶送到赵普面前。赵普接过茶水，这才发现旁边的张景宗，却不认得。

赵普：你是……

张景宗：宰相大人，奴婢姓张名景宗，今日王公公有事繁忙，才把奴婢调来伺候陛下。

赵普：看着乖巧，陛下可留在身边。

太宗：朕身边有王继恩。景宗嘛，朕准备赏给太子。

赵普：太子人选，治水之后就该有定论了。

太宗：朕不能在皇宫里偏听一面之词，已派寇準和王钦若微服私访，去滑州视察了。

3. 滑州城城门外　白天/有雨　外景

元侃与苏义简以及两名侍卫策马疾驰，奔向滑州城门。

城门前人头攒动，灾民们纷纷向城内拥挤。刘娥和婆婆在人群中间，随着最后一批灾民拥入滑州城。刘娥走进城门之后，还转身向远处看了一眼。透过雨帘，隐约可见有四匹快马正向滑州城飞奔。

灾民们：大水来了！大水来了！快关城门啊……

刘娥看着飞奔过来的四匹快马，她隐隐觉得身影有些熟悉，还想再细看两眼，却被灾民裹挟着进入了城中，城门慢慢地关上了。

两扇城门中间，还留下最后的一点空隙，可容一骑来往，苏义简、元侃及侍卫飞身而过，进入城中。

4. 滑州城城墙　白天/有雨　外景

元侃、苏义简和两名水官、两名侍卫一起登上城墙。侍卫为元侃撑起雨伞，却根本挡不住大雨。

元侃忧心忡忡向远处望去。天际线处已经被雨水遮住，天地之间一片雨雾。

苏义简：堤坝上填补决口的那些沙袋都是临时拼凑，根本挡不住河水，大坝的决口越来越宽了。

老水官：知州送到河堤的沙袋里有一半是石沙，另一半以杂草滥竽充数，我们的工粮也被知州克扣，几个月没吃饱过。这堤坝能支撑到今日，都是王大人和我们拼了命才换来了……

苏义简：殿下，下官已经暗访过，救灾的钱财确是那知州刘毅给私吞了。

元侃：借天灾中饱私囊，不顾百姓死活，这等贪官污吏，死有余辜！

只听远处水流的轰鸣声越来越近，元侃与苏义简不约而同，向远处看过去。众人的脸上忽然露出惊恐的神色。城门外，天地交接之处，隐隐可见一条黄色的波浪沿着地平面，铺天盖地，朝着滑州城迅速移动而来。

老水官：（痛哭失声）殿下，河堤塌了……

话音未落，洪水眨眼间便涌到了城墙。

苏义简：殿下快退下！

苏义简护着元侃，匆匆从城墙上下来。一声巨响，大水冲击到了城门和城墙，激起的浊浪腾空而起。大水很快漫过了城墙，向城内灌进来。

5.滑州城城隍庙　白天/有雨　外景

雨打屋檐，水流如注。

城隍庙在大雨中迎来躲避洪水的无家可归的灾民，他们衣衫褴褛，蓬头垢面，拖儿带女地纷纷拥入。

刘娥搀扶着婆婆，也出现在拥挤的人群中，随着人流进入城隍庙。

6.滑州城街道　白天　外景

雨停了，洪水从街道渐渐退下。街道上，满目疮痍，很多房子已经被冲倒。

不时从街道两旁的人家传出哭声，有老妇在哭自己的儿子，有女人在哭自己的丈夫，还有孩子在喊娘。

元侃和苏义简策马走在街道上，看着街道的惨象，元侃红了眼圈，突然策马远去。

苏义简连忙催马追在元侃身后。

7.滑州城知州府大厅内　白天　内景

滑州知州要为元僖送行，元僖身边站着贴身副将。大厅内摆着七八只木箱。

知州：殿下，滑州城现已岌岌可危，南门被大水困住，北门地势颇高，尚可通行，许王您还是尽早离开为好。

元僖：水患没有治理完毕，本王回到京城，也无法向皇上交差啊。

知州：殿下，滑州的水患，乃是绝症，千百年来没有人能治得住。下官愿护送殿下去临近卫州城暂避，待洪水退后再回来不迟。

元僖：也好。

知州：下官为殿下备了些盘缠，不成敬意，请殿下笑纳。

知州将一个个箱子打开，里面或是金银财物，或是丝绸布帛，满满当当。

元僖微微一笑。

元僖：知州大人对本王一片忠心，回到京城，我定要向皇上启奏，提拔你到京城任职。

知州：多谢许王！事不宜迟，下官这便与许王出城！

知州拍了拍手，数名差役鱼贯而入，拿着扁担、绳子等物，将木箱捆绑抬出。

8. 滑州城知州府院内　白天　外景

差役们陆续将箱子从大厅抬出来，元僖、副将、知州也跟了出来。忽然元侃和苏义简从外面走到院内，正好与众差役迎面相遇。

元僖和知州都是一愣，知州连忙躲在元僖身后。

元侃：二哥这是要往何处去，这些差役们抬的又是何物？

元僖：与你无关，不必多问。

元侃上前一步，打开一个箱子，里面的金银财宝展露无余。

元侃：原来刘知州贪赃枉法，收取的贿赂，都被二哥你收了？

元僖：不得胡说！

元侃：二哥，今日河堤决口，大水淹城，城内城外死了不少百姓，都是因为这个知州侵吞救灾款，偷工减料所致，他一手害死了滑州多少条人命！不杀了他天理难容！

知州：襄王，下官冤枉啊……

元侃：河渠使王禾本是治水的功臣，爱民如子，为政清廉，只因揭露你的不法行径，被你栽赃陷害，怀恨致死。倘若没有王禾，洪水早就灌入城中了！

元僖走了两步，来到元侃跟前。

元僖：三弟，来到滑州之后，一直是我与刘知州交涉，他的功过，由我来处置，你不必过问。

元侃：铁证如山，莫非二哥还要包庇他吗？那好，你不动手，就让我来惩处他。义简，将这狗官拉出去，就地斩首！

苏义简上前，知州吓得躲到元僖身后。元僖副将拔剑挡在前面，拦住了苏义简。那些抬箱子的差役也都抄起手里的扁担，将元侃和苏义简围了起来。

元僖：三弟，你真的要跟我翻脸吗？

元僖眼中露出了杀气，双方剑拔弩张，一触即发，门外忽然传来侍卫的喊声。

侍卫：皇上特使寇大人、王大人到！

寇準和王钦若从外面进来，王钦若手中捧着两本账簿，寇準手持尚方宝剑，双手高举，来到院中，身后跟着两名侍卫。

寇準：尚方宝剑在此，如同皇上亲临！

众人见状纷纷下跪。

王钦若：本官现已查明，滑州知州刘毅，贪污治水款项，收受贿赂，贻误治水。罪行被王禾揭发，怀恨在心，故而污蔑王禾为贪官。有多名水官愿意做证，另有账簿可查，刘毅罪不可赦，即刻查办。

知州忙向元僖求饶。

知州：许王殿下，救命啊！

寇準：将知州刘毅拉出去，斩立决！

两名侍从上前将知州擒住，拉出门外，无人再敢阻拦，知州鬼哭狼嚎，被拖了出去。元僖向元侃一步步逼了过来，怒目圆睁，盯着元侃。

元僖：元侃，你到底还是容不下我，非要跟我作对，是吗？

元侃：二哥，你被这个知州蒙骗了……

兄弟二人面对面，逼视着对方，元僖目露凶光，手紧紧握着腰间的佩剑。对峙了片刻之后，元僖忽然冷哼一声，转身走入大厅，副将也跟了过去。元侃看着元僖愤愤地把门关上，长叹了一声。

元侃：堂堂一州府衙，竟成藏污纳垢之处，令朝廷蒙羞。

寇準：下官和王大人来滑州已有数日，已搜集到证据，许王与知州暗中串通，中饱私囊，大收不义之财，我们二人一定向皇上如实回禀。

王钦若：许王本是来滑州治水，到头来却如此行事，皇上定会大失所望。

元侃：有劳二位大人。城外大水仍未退去，滑州城岌岌可危，一旦再降大雨，河堤将更加危险。义简，随我马上去南城楼！

9.滑州城内城隍庙大堂　白天　内景

城隍庙大堂地处滑州城北面，大堂内尚无积水，众多难民挤在一起，终于安顿下来。城隍庙的一个角落里，婆婆正躺在一张旧床上。

婆婆：滑州城三五年总有一次水灾，每次水灾之后，都会有时疫，很多人挺过了水灾，却死在了时疫。

刘娥看着眼前密密麻麻的人群，意识到情况严重。

刘娥：婆婆，时疫有何症状？

婆婆：时疫是从口鼻传入的，染上之后，病人会觉得头痛，然后会发热，脖子肿胀，接着还会怕冷，盗汗。病重时，会呕吐不止，昏迷不醒说胡话，到了这个时候，人就没有救了。

刘娥：这么多人都聚集在城隍庙，太容易得病了。

婆婆：这个病，一传十，十传百，传得极快。早点应对才好，如果能找来艾草，点着把大厅熏一下，能祛邪解毒。还有青蒿，煮成药汤喝下，也能解毒。唉，只是现在大水淹了半个滑州城，这些草药去哪儿能找到啊！

刘娥：婆婆，我怀了孩子，无论如何我不能染病，就算是跑遍这个滑州城，我也得把这草药找到。

苏义简与滑州城的户部主事，来到城隍庙内。户部主事手里拿着一大本户籍簿，一边走一边翻看。

户部主事：大人，下官已经查看多遍，并未见到刘娥这个名字。

苏义简：有劳主事大人。

苏义简来到大堂，走过灾民，一边小心翼翼地走，一边细细打量身边的每一个人。前面不远处，刘娥正在服侍婆婆，背对着苏义简走来的方向。苏义简的目光越过了众人，正看到刘娥背影，他不禁心头一震。

苏义简：（低声自语）果然在这里……

苏义简正要走过去，忽然惊闻身后一个民妇在大喊。

民妇：救命啊，救命——

苏义简回头望去，只见一男子倒地，口吐黄涎，民妇跪在一边惊慌失措地大哭，周围的难民纷纷躲开，乱作一团。苏义简转过身来，安抚众人。

苏义简：大家莫要惊慌。

苏义简以衣袖掩鼻，来到病倒的男子身边，其他灾民都远远地围着。

刘娥在城隍庙的另一角落，远远看着骚乱的人群。

刘娥：婆婆，我这便去城里的药房找草药，再不着手防疫，我们都会染病。

说着刘娥站起身来，转身便往外走。

婆婆：孩子，小心你的身子……

刘娥匆匆穿过人群走出去，而苏义简正在人群之中处理病人，背对刘娥。

刘娥走向城隍庙大门，与苏义简相隔很近，匆匆而过，出了大门，二人都没有看到对方。

10. 滑州城墙　白天　外景

滑州仍是一片汪洋，洪水尚未退去。元侃与苏义简、寇準、王钦若来到城墙之上。水位略低于城墙，但是仍没有退却之势。

元侃：大水不退，城墙也不能支撑太久，一旦城墙倒塌，整个滑州城就保不住了。

苏义简：据水官测算，近日仍有大雨，黄河水位仍在升高，有席卷重来之势。

寇準：如果滑州城被淹，京城恐怕也难保。

王钦若：下官已经派人将密奏送往京城，请求皇上下旨，从附近各州紧急调拨沙袋和救灾的粮食，力争保住滑州。

元侃点了点头，依然眉头紧锁。

元侃：河堤的决口越来越大，怕是有了足够的沙袋，也难以修复。

寇準：依下官之见，当此之际，修复大堤，不如引走水势，以保滑州。

元侃：寇大人言之有理，只是，究竟从何处分流，引走水势，尚需从长计议，免得伤及无辜。

11.滑州城内城隍庙大堂　白天　内景

刘娥背着一个竹篓回到城隍庙，疲惫不堪，脸色苍白。进入城隍庙之后，刘娥向婆婆走去。

刘娥：婆婆，我把艾草和青蒿给买回来了！

刘娥把竹篓从后背取下，把药从竹篓里取出，放入水桶之中浸泡。婆婆躺在床上，指点刘娥。

婆婆：将青蒿洗净，除去老茎、残根，切段放入锅里，用文火慢熬半个时辰，汤汁放凉之后，就可以服用了。

刘娥：婆婆，我都记下了。

室内飘着淡淡的烟雾，灾民甲和灾民乙各拿了一束点燃的艾草在大堂里用烟熏防疫。刘娥喝完了一碗汤药，把碗放到一边。

刘娥：婆婆，刚才煎的这些汤药，我都分给大家喝了。

婆婆：艾草能辟邪祛毒，青蒿能治疟疾寒热，有了这两样药，大家便不会染上时疫了。

刘娥：多亏了婆婆。

刘娥又把剩余的青蒿给浸泡到水桶里，慢慢清理。

12.汴京皇宫　太宗寝宫　白天　内景

一个宫女伺候太宗服药，太宗靠在榻上看奏折，看到王钦若汇报，勃然大怒。

王继恩：（念奏折）臣王钦若上疏：滑州知州刘毅，贪赃枉法，贻误灾情，犯下欺诈、诬告、贿赂等共计大罪十二条。证据确凿，罪无可赦。叩请圣裁。

太宗：难怪滑州知州不停地为元僖说好话，原来两人早已暗中勾结，狼狈为奸。

王继恩：陛下息怒。若没有许王在背后撑腰，那滑州知州就是有天大的胆子，也不敢私吞修缮河道堤坝的银两，黄河水患，是天灾，更是人祸。

太宗：若不是朕派元侃去，还不知道他们竟会犯下这般滔天大罪，幸亏元侃及时平息民愤。

王继恩：陛下说得是。

王继恩虽附和太宗的话，却又呈上另一封奏折。

王继恩：陛下请看。

太宗接过来，打开翻阅。

太宗：这又是谁的奏折？

王继恩：这是许王的奏折。

太宗接过来，将奏折仔细阅读了一遍，叹了口气，扔到了一边。

太宗：唉，元僖在奏折上说，元侃在滑州欺下瞒上，肆意妄为，乱施号令，导致水务不通，灾情不治，竟然和王钦若的折子大相径庭。

王继恩：所以陛下不能仅听一面之词，兼听则明啊。

太宗又哼了声，脸色不悦。

13. 滑州城官仓外　　白天　　外景

元僖坐在一张椅子上，趾高气扬地看着百姓们领取粮食，一副居功自傲的表情。副将站在元僖一侧。

副将：今日开仓放粮，都是托了许王的福，你们有粮吃，都是许王的恩典！

周围有六名士兵手执兵刃看守，两辆装满粮食的车停放在空地上，差役在发放粮食。灾民们排着队依次去领粮食。

刘娥也在灾民的队伍中。刘娥渐渐到了粮车跟前，她怕被元僖认出，以衣袖掩面，赶紧领了粮食，转身便走。

14. 滑州城隍庙大堂　　白天　　内景

刘娥领取一小袋大米回来，走进城隍庙，回到婆婆跟前。

刘娥：婆婆，官府放粮了，咱们有吃的了，我去给你煮些粥来。

婆婆躺在床上却没有回应。刘娥又唤了几声，婆婆依然没有动静。她坐到婆婆身边，才发现婆婆已经闭上了双眼，手已经冷却了。

刘娥：婆婆……

刘娥握着婆婆的手，流下泪来。

15.滑州城墙　白天/有雨　外景

大雨如注,击打在城墙上。元侃披着蓑衣站在城楼上,居高临下地俯瞰着城外。大雨之中,河水再次往上翻涌,即将再次漫入城中。从城墙的缝隙不断有水涌进来。苏义简匆匆赶来,走到元侃身边。

苏义简: 殿下,韩村疏散完毕,村子里再无一个村民,士兵们已经将火药埋入河堤,只等殿下一声令下,便可炸开大堤泄洪。

元侃: 炸吧!

苏义简: 遵命!

苏义简向旁边的将官挥手。将官挥动令旗,向远处烽火台上的守城士兵示意。士兵在烽火台上点着了火盆,一时间,城墙烽火台上的火盆都被点着,一个接一个向远处延伸而去。

16.滑州城元侃办公处　白天　内景

元佐和李昌龄走进大堂,元侃和元偁已经在座。元佐特意看了元偁一眼,只见他神色如常,全然不见前几日那种剑拔弩张的气势。

元佐走到座位上坐下。

元佐: 滑州城外大水不是已经退了吗?找我来,还商议何事?

元侃: 今日有请两位兄长,是来商议如何应对时疫。

元佐一听就吓得站了起来。

元佐: 城内已有时疫?

元侃: 事态十分严重,御医配制的治瘟散已经发放下去,可效果甚微,城内各个医馆,都有死去病人,而且越来越多。

元偁: 时疫原本就是不治之症,染上病就只能等死。

元佐: 这滑州城不可久留,大水都已经退了,赶紧回京城交差吧,莫非我们还要在这里等死吗?

元侃: 大哥,这时疫就是水患的一部分,时疫不退,我们如何向父皇交差?灾后时疫传染极快,如果不及时控制,丧命人数,定会远超死于大水的人数。

元佐无奈地坐了下来。

元佐：果真要守在这里等死？
元僖：你能有什么办法？
元侃：必须将病人即刻转移到城外，建起隔离区，以防病情扩散。
元僖：好，如此甚好，我马上传令下去，转移城内病人！
元侃：有劳二哥。
元佐看着二人忽然有些笑意。
元佐：哦，原来你们二人，也有意见一致的时候！

17.隔离区入口　白天　外景

隔离区入口处，士兵皆以白色细棉布遮面，押着一队又一队的百姓，经过栅栏门，陆续进入山谷。

刘娥随着灾民们一起，被面蒙白纱的士兵带入隔离区。

进入山谷，刘娥才看清里面已经关了许多人，很多人已经染上时疫，躺在草棚里，奄奄一息。

还有很多灾民，看上去和刘娥一样，并没有染病，和士兵们发生冲突，已经出现推推搡搡。

刘娥护着肚子，质问看守士兵。

刘娥：你们随意抓人，是奉了谁的命令？

士兵：襄王殿下。

刘娥：襄王？

没有染病的人都骚动起来，纷纷向入口处拥挤。

百姓甲：我们没有染病，不是病人！

百姓乙：把好人同病人关在一起，是想要我们的命啊！

百姓丙：我们要见襄王！他怎么会不顾百姓死活，把我们跟病人关在一处？

人群被呼喊声鼓动起来，情绪激动，推搡拥挤。刘娥护着肚子向后面躲闪，以免被撞到，她仍不相信刚刚听到的话。

刘娥：（自言自语）这不可能，殿下不可能这样处置！

百姓甲：横竖一个死，拼了！

百姓甲话音刚刚落地，被一箭当胸射中。

其他百姓见状,终于爆发。

百姓们:拼了——

刘娥慌张地躲到一边。百姓们终于群起反抗,门口士兵手拿兵器奋力阻挡,百姓和官兵战作一团。

18. 滑州城　城隍庙大堂　白天　内景

苏义简和户部主事来到城隍庙大堂,城隍庙已空。

苏义简:人都去哪儿了?

户部主事:大人,今天早上,下官前来核查灾民,这里还有好多人,并无一人染病,据说都被差役带走,送到隔离区去了。

苏义简:(焦躁地)那个叫刘娥的女子,真的就在其中?

户部主事:千真万确!

苏义简蓦然转过头来,飞快地冲出城隍庙。

19. 隔离区外　白天　外景

苏义简与元侃飞马赶到隔离区外。

山谷已成人间地狱,士兵们与灾民杀在一起,一片混乱,元侃大惊。

元侃:官兵与百姓为何互相残杀?到底出了什么事情?

苏义简:殿下,有很多没有染病的百姓,被强行送到隔离区,他们不愿等死,所以和看守的士兵冲突起来,现在局面已经失控。

元侃飞身下马,就要往隔离区里冲。

苏义简:殿下,万万不可进入!

元侃:莺儿就在隔离区,我岂能袖手旁观,独自求生!

元侃从怀中扯出一块白纱布蒙面,不顾一切,挥剑冲了进去。

苏义简:殿下——

苏义简没有拦住,元侃已经杀入隔离区,苏义简不得已,也用白纱蒙面,挥剑跟了过去。

20. 隔离区内　白天　外景

元侃一路拼杀，隐隐约约看到隔离区的草棚里的刘娥，他不顾一切追逐过去。

杀红了眼的士兵们根本认不出元侃，朝元侃砍去！元侃在混战中挥剑抵挡，苏义简很快和元侃失散。

刘娥惊慌失措，遇到一个浑身是血、杀红了眼的士兵，士兵挥刀向刘娥逼过来，举刀要砍。

元侃及时赶到，一剑将士兵刺倒。刘娥站了起来，元侃摘下自己的面纱，四目相对，刘娥呆住了。

元侃：莺儿……

元侃一眼看到刘娥隆起的肚子。

刘娥：殿下……

元侃：莺儿，我们有孩子了？

刘娥拼命点头，千头万绪一时不知从何说起，早已泪流满面。元侃上前，紧紧地拥住了刘娥。

21. 隔离区外　白天　外景

元佐看到厮杀的场面，早已经吓破了胆。元僖也隐隐有些不安。

元佐：我早跟你说，不能滥杀无辜，现在该如何收场？

元僖：这些人如果逃出来，只会害死更多的人。

元佐：你还要怎样？

元僖：当断不断，反受其乱，把隔离区烧了！

元佐：什么？你这是错上加错！

元僖：不烧死，他们也会病死，这又有何区别？放火！

副将：遵命！

副将指挥士兵们点着了火箭，一支支向山谷射过去，山谷顿成一片火海，哀号声此起彼伏。

元佐被吓得有些发抖，他忽然看到元侃在大火中出现。

元佐：三弟，三弟也在里面！

元僖：他怎么会在这里？

元佐：你看那里，不是三弟又是何人？……还有，还有刘娥！

元僖顺着元佐的手看过去，远远地，当真看到了元侃拉着刘娥在大火中逃命，元僖也吃了一惊。

元佐：快去救三弟啊！

山谷里的火越来越大，元佐哭了起来。

元僖：晚了，谁也救不了他了……

22.李皇后寝宫卧室　夜晚　内景

轻纱半掩，床榻上一对痴男怨女，缠绵悱恻。元佐披着件缎白睡袍，正在向李皇后诉说隔离区起火时惨状，心有余悸，面有恐慌。

元佐：我眼睁睁看着，三弟，还有刘娥，在那大火中，没能逃出来。

李皇后将元佐拥入怀中安慰。

李皇后：别去想他们了。

元佐：（瞪大眼睛）我不敢闭上眼睛，一闭眼全都是三弟被烧死的情景。他在呼喊，在求救，可我这个大哥，眼睁睁看着他，什么也没有做……

元佐忽然痛哭起来，李皇后轻轻拍打着他。

23.李皇后寝宫　晨　外景

皇宫从黑夜中醒来，赵普早朝，慢步走在宫道之上。远远地，他看见一个披着斗篷的人影，遮住了面部，从李皇后的寝宫出来，匆匆钻入轿中。

就在元佐钻入轿中的一刹那，不小心露出了面容，被赵普看到。赵普站在远处，连忙闪身躲到了一边，他眉头紧蹙，脸色凝重，看着那顶轿子飞快地走远。

24.汴京皇宫御书房　白天　内景

小宦官喘着气站在一边，宋太宗展开奏折，快速将奏折阅毕，不禁大惊失色。

宋太宗：元侃他竟然做出这等事来。

赵普：陛下，襄王出了何事？

宋太宗的手颤抖着，把奏折递给赵普，赵普打开一看，脸色顿变。

赵普：（念奏折）滑州突发时疫，襄王强行隔离百姓，激起民愤。襄王下令放火烧山，滥杀无辜，死伤无数。事后襄王畏罪潜逃，至今去向不明……

宋太宗：朕不该派元侃去滑州啊。

赵普：陛下，又是许王的奏折，许王嫉妒襄王治水有功，或许会心生憎恨，言过其实，也未可知。

宋太宗：朕也不相信元侃会做出这等丧心病狂、不顾百姓死活之事。可他为何会突然失踪，销声匿迹？即刻拟诏，让滑州的驻军出动，搜寻元侃，一定要将他找回来！

赵普：臣遵旨！

六

1. 破庙内大殿　白天/有雨　内景

殿内残垣断壁,一尊佛像已经破败不堪。元侃扶着刘娥小心地在一根红柱前坐下,元侃靠着刘娥也坐到旁边,说话渐渐变得含混,人也有些迷迷糊糊。

元侃: 你跟了我这么久,连个名分也没给过你,孩子还没有出生,就要跟着我们受苦……

刘娥: 孩子的名字我已经想好了,就叫吉儿,逢凶化吉的吉,无论如何,我要平平安安将他生下来。

元侃: 好名字……

元侃渐渐没有了精神,身子倒向刘娥,刘娥一摸他额头滚烫,方知元侃病了。

刘娥: 殿下身体发热,是受了风寒,待我出去寻些草药回来。殿下,殿下……

2. 山林　白天/有雨　外景

山坡上灌木茂盛,刘娥小心行走,寻找草药。

刘娥正走着,忽然见前方有一株青蒿。刘娥连忙走过去细细辨认。

刘娥: 总算找到了……

刘娥靠近那株青蒿,想将青蒿整株拔下,没想到用力猛,青蒿没有拔下来,她脚一滑,不慎摔倒。青蒿正长在一个草坡上,她摔倒之后,竟然顺着草坡,一路滑了下去……

3. 破庙院大殿　白天/有雨　内景

两名侍卫的脚步离元侃越来越近。元侃依然昏睡,对即将到来的危险毫无察觉。一名侍卫已靠近元侃,悄悄举起刀来。千钧一发之际,潘良赶来,一剑正中侍卫心窝,将他放倒。另一名侍卫发现情况不妙,转头与潘良打斗起来。躲在外面的副将已知阴谋败露,一箭飞来,正中侍卫咽喉。

潘良连忙护住元侃。

潘良: 殿下,殿下!

苏义简也来了,来到元侃面前,齐声呼喊,元侃终于有了回应,虚弱地睁开眼睛。

苏义简: 殿下。

元侃: 快去找刘娥,她外出采药,已有一日未归。

苏义简: 殿下放心,我这就去。

潘良看向那两名侍卫的尸体,十分懊恼。

潘良: 定是许王派来的,方才门外还有一人,可惜让他给逃掉了,死无对证了。

4. 山林　白天/有雨　外景

刘娥滑到了山谷底部,所幸没有伤着,她被强烈的阵痛唤醒,低头看腹部,羊水已经破了,湿了衣衫。

刘娥大惊,知道孩子要出生,拼命呼喊。

刘娥: 有人吗?救命啊——

风吹过荒寂的山谷,只有刘娥独自一人的回音,阵痛一阵阵袭来。

苏义简和侍卫分开密密麻麻的草丛,终于发现了正躺在草丛中的刘娥,她浑身鲜血,脸色苍白,额头全是汗水,怀中正抱着一个刚刚出生的婴儿。

苏义简连忙走上前去。

苏义简：夫人……

刘娥看到苏义简，终于盼到救星，脸上露出欣慰之色，虚弱地昏迷了过去。

5. 野外大路　白天/有雨　外景

苏义简、潘良和禁军，用临时搭成的担架抬着元侃和刘娥，赶往京城。

苏义简快步跟随着担架，细看了一下元侃，发现元侃面色死气沉沉，便轻轻唤了一声。

元侃仍没有回应，苏义简上前轻轻晃动，才发现元侃已经再次昏迷，气息微弱。

刘娥在担架上也看到了，她焦虑万分。

苏义简：快走！

禁军们不敢怠慢，抬着元侃，加快了速度。

6. 汴京城苏义简府　元侃寝房　白天　内景

太医给元侃搭过脉之后，满脸担忧。

太医：能用的药已经都用上了，殿下能否醒过来，就得看他自己的造化了。

苏义简挥了挥手，让太医退下。

[叠化：日景、夜景]

苏义简在房里照料元侃，喂药喂水，元侃始终一动不动。苏义简在元侃的床边瘫坐下来，几乎绝望。

[早晨]

元侃终于睁开了眼，以微弱的声音说要喝水。虽然声音很弱，守在一旁的苏义简还是一下子就听到了，他手忙脚乱地取了水，给元侃喂下。

苏义简：殿下，你终于挺过来了。殿下染病，不能进宫面见圣上，从滑州回来之后，我将殿下安置到这里养病，你已经一连昏迷了三日……

7.苏义简府　刘娥寝房　白天　内景

刘娥躺在床上,守着孩子,孩子已经熟睡,十分安详。刘娥欣慰地看着孩子,外面传来李婉儿的声音。

李婉儿:姐姐。

刘娥抬头,看见李婉儿从外面进来,忙从床榻上坐起下床。

刘娥:婉儿!

李婉儿:姐姐,是襄王派了苏大人把我找来的,让我在这里照顾姐姐。

刘娥:有婉儿在,我便安心了。

李婉儿:这些日子,你不知道我心里头有多惦记姐姐。这便是吉儿了,他生得好福相。

刘娥:吉儿在危难之际出生,吃的穿的都没有,现在倒是长得很壮实。

元侃在苏义简的陪护之下,来到寝房门口,刘娥下意识地觉察到了元侃的出现,回过头来,迎了上去。

刘娥:殿下……

历经生死,大难过后,刘娥与元侃终于再次相见,刘娥喜极而泣,眼中含泪。

8.汴京皇宫垂拱殿　白天　内景

元侃走进垂拱殿时,元僖早已到了,站在一边,不动声色。

元侃:见过父皇!

宋太宗:平身!

元僖:(淡淡地)回来就好!

宋太宗:今日朕屏退众臣,只有你们兄弟二人在。滑州治水的经过,你们各执一词,朕没有偏袒之意,只想一探究竟。元侃,我来问你,隔离营到底是谁的主意?

元侃:是儿臣的主意,病人只有隔离,才能阻止时疫蔓延。

宋太宗：是谁下令火烧隔离营？

元侃：儿臣不知。

宋太宗：火烧隔离营当天，你可在现场？

元侃：在。

宋太宗：既然在现场，为何不知谁下令放火。

元侃：当时儿臣就在隔离营中，被大火困住。

元僖已经开始有些紧张。

宋太宗：你赶到隔离营，所为何事？

元侃：当日二哥派士兵抓病人送到隔离营，有很多健康的人被送去，百姓不服，发生骚乱，二哥下令屠杀百姓，我得知之后，便赶到了隔离营。

元僖：你血口喷人，我当时只是下令控制隔离营，不让百姓出来，不曾下令屠杀！

宋太宗：是谁下令放火，暂且搁下不提。元侃，我且问你，隔离营中一片混乱，又有那么多病人，你又为何会出现在隔离营当中，与百姓一起？

元侃沉默了。

宋太宗：到底是何原因？

元僖忽然觉得局势反转了，也跟着逼问元侃。

元僖：父皇在问你！

元侃：……因为，我看到刘娥就在百姓当中，被士兵追杀，为了护她，我也闯入了隔离营。

宋太宗一下子惊住了。

宋太宗：什么，又是因为那个刘娥，到现在你还没有将这个女人放下？

宋太宗气得从椅子上站起来。

宋太宗：是谁逼死了王禾，是谁下令水淹韩村，是谁下令火烧隔离营，今日朕暂且不问。元侃，我且问你，朕三番五次让你远离这个刘氏，你为何总是不听？朕与你说过，要成为一国之君，便莫要再儿女情长。朕还跟你说过，大宋江山不可任由红颜祸水危害。你口口声声说已经将我的话记下了，为何屡教不改，依然与那个女子藕断丝连？

元侃：父皇，刘娥并无过错，也并非红颜祸水，她曾救过儿臣，也曾救过父皇，在滑州城防治时疫，救治过无数灾民，为了平息父皇的怨恨，她本已经离开儿臣，不辞而别，没想到她被大水阻在了滑州，儿臣见到她，再也不愿失去她。

宋太宗：就因为一个民女，你竟然不顾生死，将家国置于脑后，将朕的托付置于脑后，你还知道你的身份吗？不忠不孝，逆子！

元僖：父皇息怒！

宋太宗怒不可遏，顺手操起手边的镇纸向元侃扔了过去。元侃没有躲闪，那镇纸正中元侃额头，登时渗出血来。

宋太宗：将元侃交付大理寺关押起来，听候发落！

门外两名禁军应声而入，元僖却渐渐露出喜色。

9.汴京皇宫李皇后寝宫卧室　夜晚　内景

李皇后和元佐倚躺在床榻之上，身披锦被。

李皇后：秦王死了，元侃被押入大牢，还剩元僖一人，已不足惧，让我慢慢来对付他。

元佐：元僖这个人，可比元侃难对付。

李皇后：怕他何来？元僖生性贪婪，是个有勇无谋、轻率鲁莽的人，注定难成大事。

元佐：可是父皇还在，父皇一直支持元僖啊。

李皇后：皇上的身体已经一日不如一日，谁知道他还能有几天好光景，一个将死之人，你也会怕？

元佐：可是，父皇一旦不在了，这大宋的天下，你我能执掌得了吗？

李皇后点了一下元佐的额头。

李皇后：真是没用！

宋太宗一直在卧室外听着，听到此处再也忍无可忍，一下子闯了进来，直接走到床榻前。李皇后最先看到宋太宗，吓得一声尖叫。宋太宗看到元佐的外衣和宝剑悬挂在旁边，上前拔出剑来，逼向元佐。元佐已经吓傻了，一时动弹不得。

元佐：父、父皇……

宋太宗失去理智，挥剑向元佐砍去，元佐本能地把头一低，他的发冠被砍掉落地，头发瞬间四下散落。

元佐魂飞魄散，两眼呆滞，呆坐在榻上。

宋太宗怒气未消，再次举剑要砍元佐，李皇后已经从锦被里爬出，身穿中衣，跪到宋太宗面前，一把将宋太宗的腿抱住，苦苦哀告。

李皇后：陛下饶命！

宋太宗举起宝剑直指李皇后的颈下。

宋太宗：你也知道怕了？

李皇后：臣妾罪该万死，只求陛下留元佐一条性命……

宋太宗举起剑来，狠心要刺向李皇后，却听一边元佐已经疯了，失去理智不住地怪笑。

元佐：（已经疯了）哈哈哈哈，你也……你也知道怕了？哈哈哈哈……

元佐翻来覆去重复着这句话。李皇后绝望地看着发疯的元佐扑了过去，拍打着元佐的脸庞。宋太宗忽然没有了力气，手中宝剑"当啷"一声掉在地上，宋太宗跟跟跄跄，瘫倒在旁边的椅子上。

10.襄王府大厅　夜晚　内景

郭氏、寇準、王钦若、郭贤，都坐在大厅内，商议如何救元侃。潘玉姝站在一边，也十分焦虑。

郭贤：清漪她已经怀有身孕，即将生下皇孙，此时此际，襄王怎么能离开京城！

寇準、王钦若：恭喜夫人！

郭氏：父亲、寇大人、王大人，能解救襄王的，只有你们了！

郭氏向众人再拜。

王钦若：王妃不必多礼，我们三人已经去御书房联名进谏，只是皇上盛怒之下，根本不愿意见我们。

寇準：郭大人，下官有一事不明，既然夫人怀了龙胎，而宋太宗正盼着皇孙，听到喜讯定会赦免元侃，为何不去启禀皇上呢？

郭贤：皇上向来多疑，在这个关口说出清漪怀了龙胎，皇上定会以为襄王以龙胎要挟，会得不偿失。

王钦若：郭大人言之有理。

寇准：真没想到，这一次皇上会动这么大的肝火，押入牢中倒也罢了，竟然还要把襄王发配到沧州牢城。太子之位，一旦为许王所得，大宋的国运，不堪设想啊。

郭贤：无论如何，襄王也不能坐以待毙啊，两位大人还有何良策？

寇准：我总觉得，此时若有一人出现，或许能改变局势。

郭氏：寇大人说的是谁？

寇准捻须不语，沉吟片刻，没有开口。

11. 汴京街头　白天　外景

苏义简身着便装，亲自驾着马车，驶过汴梁街头。马车里，坐着刘娥，怀中抱着吉儿。

苏义简：夫人，你再听我一言，在皇上看来，你已经犯下欺君之罪，现在你去皇宫，就等于去送死，还是让我早早送你出城为好。

刘娥：襄王入狱，我难辞其咎，我不救襄王，没人能救得了襄王。

苏义简：你救得了襄王吗？你去救襄王的结果，便是陪襄王一起去沧州，甚或皇上会再次将你赐死。你又何苦去白白送死呢？

刘娥：皇上动怒是因我而起，我要带上皇孙，当面向皇上请罪。皇上一直盼望能得一个皇孙，见了吉儿，皇上还能忍心责罚襄王吗？

苏义简：皇上心思甚重，喜怒无常，你带上吉儿入宫，也未必能打动皇上。

刘娥：出门之时，我便已经拿定主意，如果皇上还不释放襄王，我便素衣裹身，以命谏君，我愿以我之死，保全襄王。

苏义简听到这里，将马车停下了。

苏义简：夫人，你若如此打算，义简无论如何不能将你送往皇宫。

刘娥：义简，我心已决，只求你这一件事了，否则我母子二人，也只有死路一条。要救襄王，实在没有别的办法了。

苏义简叹了口气，只得驾着马车继续前行。

12. 汴京皇宫文德殿内　白天　内景

文武百官分别位列文德殿左右两侧，宋太宗坐在龙椅上，王继恩侍立一旁。元僖以及郭贤、寇準、王钦若、潘伯正、潘良等大臣站于两侧。

王继恩：有本上奏，无事退朝。

郭贤率先出列，郭贤、寇準、王钦若、潘良分别再向宋太宗进谏。

郭贤：太子一向品行端正，上次也是被刘娥蒙蔽，一时冲动才做出如此行为，恳请皇上能给太子一次机会。

潘伯正：陛下，滑州治水之事，诸多疑点尚未明了，襄王一旦被发配沧州，真相更加难以查清，望皇上三思。

潘良：臣恳请皇上赦免太子。

元僖见郭贤和潘伯正一唱一和，生气地在心中暗骂。

元僖：你们皆是太子的亲家，为太子求情是在情理之中，如何服众？

郭贤：臣是太子亲家，更是大宋的命臣，断不会为了一己之利而置天下于不顾，请皇上明察。

寇準：太子感念圣上龙舆恩泽，无时不在牵挂着皇上，昔日秦王谋反，太子为了平乱，已将自己性命置之度外，刘氏也在紧要关头舍命护驾，即便是功过相抵，也不至于将襄王发配沧州。

宋太宗：朕意已决，不必再争执了，退朝。

大殿外一小宦官进殿。

小宦官：启奏陛下，承事郎苏义简求见。

元僖：皇上与重臣商议朝政大事之处，苏义简一个文官末品不得进殿！

寇準：苏义简跟随襄王于滑州治水，其中详情他最清楚。皇上要想知道真相，不妨宣他觐见。

宋太宗：既然如此，那就传他进来。

小宦官：是。宣苏义简觐见！

苏义简在外面听清楚，大步迈进文德殿，于宋太宗面前跪拜。

苏义简：臣苏义简拜见陛下。

宋太宗：你有何事禀报？

苏义简：回陛下，民女刘娥，在皇宫外跪求陛下召见。

宋太宗不禁愕然。

宋太宗：这个刘氏好大的胆子，朕正要拿她问罪，宣她进殿！

大殿外小宦官马上答应。

小宦官：遵旨！

元偡不禁有些慌张。

13. 汴京皇宫文德殿内　白天　内景

刘娥抱着吉儿上殿，跪到大殿当中。元偡看着刘娥，脸上有些不自在，他隐隐有些不祥的预感。

刘娥：民女刘娥，参见陛下！

宋太宗：刘娥，你可知罪？

刘娥：陛下，刘娥纵有万般不是，都与襄王殿下无关，恳请陛下降罪刘娥，赦免襄王。

宋太宗：你肯认罪就好，媚惑皇子，欺君罔上，依大宋的律例乃是重罪……

刘娥怀里传出了咿咿呀呀的声音，宋太宗一下子被吸引了过去。

宋太宗：你怀中抱的是谁家的孩子？

刘娥：（蓦然泪下）陛下，这是我和襄王的儿子……

宋太宗：这是、这是元侃的儿子……把孩子抱上来，让朕看一看。

刘娥站了起来，抱着孩子走向龙椅。王继恩走过来，接孩子，转交给了宋太宗。

宋太宗见了孩子，马上笑逐颜开。

宋太宗：朕终于又有一个皇孙了……

宋太宗坐在龙椅上，无比开心地看着襁褓中的婴儿，孩子竟忽然"咯咯咯"大笑起来，宋太宗又是一惊。

宋太宗：这孩子，他冲我笑，他在冲着爷爷笑……

孩子这一笑，触动了宋太宗，他也笑了起来，宋太宗的笑声中，由内向外透着无比的喜悦，笑得满面是泪。

寇準悄悄地对苏义简耳语。

寇準：刚出生的婴儿，见了老人能笑出来，这是大吉之兆。

苏义简：龙颜大悦，看来襄王有救了。

宋太宗：大宋天子，后继有人了……

宋太宗一边笑，一边流泪，将襁褓里的婴儿高高举起。郭贤和潘伯正面面相觑。寇準拉了一下苏义简，又示意王钦若，一起跪下。

寇準：恭喜陛下，喜得皇孙！

王钦若：大宋天子后继有人，皇上万岁，万万岁！

王钦若、郭贤和潘伯正、潘良也不由得跪了下来，所有的大臣都跪倒在地，高呼"万岁万万岁"。王继恩也不由得在人群中跪了下来。元僖头上冒汗，更加觉得不妙，也只得跟着众人跪了下来。刘娥跪在人群中，更是泪流满面。

"万岁万万岁"的呼声传到大殿之外，禁军们也都跟着齐呼"万岁万万岁"，惊起了树上的飞鸟，直入云霄。

14. 大理寺监狱　白天　内景

元侃在监狱里静坐，狱卒过来开门。

狱卒：殿下，皇上有旨，让小人带殿下去文德殿。

元侃：父皇召见我，莫非今日便要出发去沧州了吗？

狱卒：小人猜测，如果是去沧州，便不必去文德殿了，从大理寺直接出发即可。现在皇上召见，或许另有安排。

狱卒一边说，一边陪元侃出来。

狱卒：今天皇宫里一片山呼万岁的声音，传出很远，不知道皇宫里究竟发生了何事。

元侃：哦？

15. 汴京皇宫文德殿外　白天　外景

龙椅摆在垂拱殿的云阶上，宋太宗坐在龙椅上，面沉似水。

赵普、王继恩、郭贤、寇凖、王钦若、潘伯正、潘良、王昌龄等大臣们在宋太宗身后站成一排，面对文德殿外的广场。元僖站在广场上，面对宋太宗与众臣。

元侃由两名禁军带着，来到文德殿外的广场，元侃和元僖并排站到了一处。他们身后，是一排全身披挂整齐的禁军。

元佐不知道从哪里冒出来，由一个小宦官陪着，神志不清，看到元侃竟然大叫起来。

元佐：鬼！鬼啊！他是鬼……

宋太宗：带他下去吧。

小宦官忙将元佐带了下去，元佐一边走一边仍在大喊"鬼啊"。

宋太宗一伸手，王继恩将"尚方宝剑"递了过来，宋太宗将"尚方宝剑"从剑鞘中抽出来，扔到元侃和元僖二人面前。

宋太宗：火烧隔离营，致使无数百姓丧命，到底是谁下令，朕早已经心中有数。朕不再细问其中是非曲直，头顶三尺，自有神明。你们兄弟二人，谁是罪魁祸首，谁就拿这把剑当众自刎，以谢天下吧。

元僖和元佐四目相对。众目睽睽之下，元僖已经心理崩溃，他忽然失去理智，突然一把将剑抢了过来，元侃站着纹丝不动，元僖拿剑欲刺元侃。

宋太宗：嗯……

禁军们马上举起手中的兵器，对准元僖，元僖不敢再动。

宋太宗：真相已明，元僖，你辜负了父皇……

元僖看着手里的剑，他一下子蒙了，已经无法扔掉，有禁军在场，更不可能再刺向元侃。

宋太宗：唉！先贤有言，德不配位，必有灾殃。元僖，这句话，真是应了你啊。拉下去，将元僖贬为平民，发配沙门岛。

元僖：（看着手里的剑，大喊了一声）父皇……

元僖忽然挥剑自刎。宋太宗听到元僖的喊声，急急转过脸来，泪流满面……

元侃见状，也痛哭着跪倒在元僖身边，撕心裂肺大哭起来。

元侃：二哥……

16.汴京皇宫大庆殿　白天　内景

大庆殿雄伟壮丽，场面宏大。众大臣肃立在大庆殿两侧。宋太宗头戴天子冠，身穿皇帝服，坐在龙椅上。张景宗手托金碧辉煌的太子冠立于龙椅一侧。元侃身着太子服，革带束腰，瑜玉双佩，尤其显得气宇不凡，他毕恭毕敬走到丹墀之前，跪下。王继恩展开圣旨宣读。

王继恩：昊天明命，皇帝诏曰：襄王赵元侃，恪尽孝道，勤习政务，天意所属，授以册宝，立为皇太子，赐名赵恒，正位东宫。

元侃：儿臣谢主隆恩。

张景宗弯腰将太子冠送到宋太宗面前，宋太宗站起来，双手拿着王冠，从丹墀往下走到元侃面前。

宋太宗：自今日，你便是太子，一国之重，托付于你，切莫辜负朕，切莫辜负天下人。

元侃：儿臣谨记。

宋太宗为元侃戴上太子冠，为他系好了冠带。赵普站在一边看着，眼中含泪。

17.苏义简府凉亭　白天　外景

刘娥抱着吉儿走上凉亭。吉儿已经睡熟，刘娥将他放入摇篮，轻轻晃动。午后暖阳，明媚和煦，在刘娥身上罩上了一层柔光。

元侃自院外进来，见此情景，不忍打扰，放轻了脚步。刘娥心有灵犀，抬头看到了元侃，忙站起来，向元侃施了一礼。

刘娥：拜见太子殿下。

元侃伸手将刘娥扶了起来。

元侃：幸亏莺儿带吉儿上朝，说动了父皇，否则此时我已经在沧州牢城了。

刘娥：望殿下不负皇上，不负天下人。

摇篮里的吉儿醒了，伸出两只小手舞动，咯咯笑出声音来。元侃和刘娥听见，一起凑过去看。元侃无比亲切地看着吉儿，又看看刘娥，刘娥低头幸福地笑了。

七

1. 汴京皇宫大庆殿　白天　内景

众大臣分文武排列两旁，寇準站在大殿中央，正在启奏。龙椅上坐的，正是赵恒。宋太宗安排赵恒"听政"，让赵恒听取大臣们的启奏，试着处理国事，而宋太宗就坐在赵恒身后的另一张龙椅上，听着赵恒与大臣们的对答。

寇準：殿下，目前镇州失守，萧太后率大将耶律休哥、耶律斜轸，号称拥兵十万，南下高梁河。定州、关南、满城、府州、大名府告急。

赵恒：杨延昭杨将军曾与二位辽将交手，深知其人之道。速速将杨将军调往大名府督战。

寇準：遵旨！

赵恒：辽军南下，来势凶猛，对付辽军，首先要避其锋芒，挫其锐气，千万不可恋战，以和为上。一座城池久攻不下，粮草供给不足，即便他们能征善战，也没有用武之地……

宋太宗：一派胡言！

赵恒的话尚未说完，忽然被身后的宋太宗愤怒地打断，赵恒被吓得不由得一震。

宋太宗：眼下分明是讨伐辽国的最好时机，却说什么"以和为上"！

赵恒：请父皇明示。

宋太宗：辽国萧太后刚刚摄政，朝内人心不稳，再加上前两年辽国用兵高丽、女真，兵力大为损耗，不趁此机会北伐，收回幽云十六州，更待何时！

赵恒：父皇，辽景宗病逝云州之后，传位给长子耶律隆绪，当时，辽国宗室亲王实力雄厚，局势易变，萧太后一个妇道人家，能顺利摄政，便可知此人不可小觑。

王钦若也出班向宋太宗施礼。

王钦若：陛下，近年来天灾频发，国力凋敝，国库所备也并不充盈。臣以为，眼下应对辽国，当以防御为主，不宜出征。

寇准：陛下，臣向来主战，但是以眼下形势而论，太子殿下与王大人所说极是。

宋太宗：你们都被太子的话给蒙蔽了。

赵恒听到这里，从自己坐的龙椅上走了下来，来到大殿的中央，一下子跪倒在地。

赵恒：父皇，眼下粮草、军械缺乏，兵力不足，收复幽云十六州时机未到，请父皇三思！

王钦若、寇准、苏义简马上跟随赵恒，一起跪倒。

众人：请陛下三思！

其他大臣也走到大殿中央，随赵恒一起跪倒。

宋太宗：难道要将先帝打下的江山，拱手送给萧太后吗？

宋太宗大怒，哼了一声，走出大庆殿，拂袖而去。赵恒从地上抬起头来，看着空空的龙椅，不知如何是好。

2. 苏义简府卧室　夜晚　内景

赵恒和刘娥相拥着坐在床头，身上盖着锦被。吉儿在一旁已经睡着，手指还含在嘴里，赵恒轻轻拍着吉儿，给吉儿盖好。

赵恒：唉，一转眼，吉儿都七岁了。可我堂堂大宋朝的太子，能在大庆殿坐在龙椅上问政，却连自己的妻儿都不能带到宫中，来往还要避人耳目，历朝历代，谁见过这样的太子？

刘娥：我和吉儿在这里过得很好，你不必担心我们母子。

赵恒：这七年，委屈你们母子二人了。

刘娥：家事与国事相比，又算得了什么。

赵恒：自从立储之后，父皇对我更加苛刻。今日在朝堂上我与父皇又有争执，父皇一意孤行，还是容不下我。

刘娥：皇上的箭伤是那辽将所为，皇上当然咽不下这口气，才要和辽军决一死战。

赵恒：一箭之仇，和国家的兴亡，孰重孰轻，父皇他还分辨不清吗？

刘娥：他只是不愿轻易放下手中的权力。

赵恒：唉，我与父皇已经很多年没有长谈过，不知道他在想什么。将来吉儿长大了，我不希望也是这样，重复我和父皇的命运。

刘娥：生在皇室呢，这便是天命。

赵恒掀开锦被走到床下穿衣。

赵恒：今晚我不能留下了，明日殿试，我需要早早上殿，父皇让我钦点状元。士子们的考卷，我还要再翻阅一遍。

刘娥身穿中衣，也下了床，帮赵恒穿戴整齐。

刘娥：皇上年事已高，性情暴烈，你不要操之过急，戒急用忍，大是大非，皇上终究还是会明白的。

赵恒点了点头，转身出门。

3. 汴京皇宫冷宫　夜晚　内景

李皇后在冷宫里不停地来回走动，蓬头垢面，衣衫不整，神情十分焦躁。

冷宫门口站着一位宫女。

王继恩从外面悄悄进来，挥了挥手，屏退宫女，宫女马上退下。

王继恩：奴婢参见娘娘。

李皇后一见王继恩，马上迎了上去。

李皇后：王总管，这么多天没来见我，宫中到底是何态势？

王继恩：回娘娘，皇上今日再次箭伤发作，奴婢可断定，皇上已经来日无多了。

李皇后：皇上病危，元侃、寇準等人也已知悉，正在伺机而动，你可要小心谨慎，以免前功尽弃。

王继恩诡秘地一笑。

王继恩：娘娘放心，宫中宦官全部听我调遣，万无一失。奴婢已经取得兵符，禁军全部听命于奴婢，一旦皇上驾崩，随时可以调遣。

李皇后这才长出一口气，稍稍宽心。

王继恩：皇上现在连支笔都难以握得住，皇上的诏书，也由我代劳。一旦皇上驾崩，奴婢秘不发丧，便可借皇上之名，假传圣旨，将襄王囚禁，楚王便可即位。

李皇后：楚王登基，你功居首位，大事若成，你便是大宋的宰相了。

王继恩：多谢娘娘！

王继恩向李皇后鞠了一躬，笑逐颜开。

4. 汴京皇宫宋太宗寝宫　夜晚　内景

宋太宗躺在床榻，挥手屏退了门口的两个小内侍。他已对王继恩有了戒心，故意趁他不在时召见吕端。

吕端进来后，三步并作两步，跪到床榻前。

宋太宗已经显得有气无力。

吕端：臣吕端拜见皇上。

宋太宗：爱卿平身。

宋太宗让吕端在一旁坐下。

宋太宗：朕将你贬为卫尉少卿，你是否有怨言？

吕端：当年是臣自愿回到故土，怎敢对陛下有怨言？臣父母故去，为人子，必得丁忧守制。

宋太宗：朕昨日梦到太祖和皇弟秦王，他们招朕前往，看来朕命不久矣。太子是朕选定的储君，虽然朕与他时有冲突，但诸皇子当中，唯有他可堪托付。只是，没有心腹大臣辅助他，朕放心不下。

吕端：皇上放心，臣一定会竭尽全力辅佐太子殿下。

宋太宗：爱卿沉稳、有器量，是做宰相的人才。诸臣之中唯你最为公正，不徇私情。诸葛一生唯谨慎，吕端大事不糊涂啊。你已年届六十，朕后悔对你重用太晚。如今你白了双鬓才被召回，难为你了。

吕端：皇上放心，臣定将不遗余力地辅佐太子，鞠躬尽瘁，死而后已。

宋太宗：这是朕的遗诏，朕将皇位传给元侃，命你全力辅佐。

宋太宗从锦被里拿出一纸诏令，吕端连忙下跪，双手恭敬地接过，老泪纵横。

5．汴京皇宫宋太宗寝宫门口　夜晚　外景

宋太宗寝宫门口，王继恩警惕地四下看了看，悄悄走进了寝宫。

6．宋太宗寝宫　夜晚　内景

王继恩轻手轻脚地走进寝宫，将门口的两个小内侍打发出去。

王继恩：你们下去吧，皇上由我来服侍。

寝宫内灯光昏暗。

宋太宗已经到了弥留之际，他躺在床上，想伸手去拿就放在旁边的水碗。王继恩站在一边，静静地看着，冷酷地站着不动。

宋太宗的手臂无力地垂下，头瘫倒在床榻上，连喘几口粗气。

宋太宗倒下时，看见了王继恩。

宋太宗：水……水……

宋太宗的生命已到了最后时刻，渐渐地合上了眼睛。

王继恩这才轻轻走过去。

王继恩：（轻轻呼唤）陛下……陛下……

宋太宗没有回应。

王继恩慢慢向床榻跪着爬去，宋太宗竟已死去，那只手还指向没有碰的茶碗，王继恩这才站起来，表情平静异常。

王继恩：陛下，你没有死，陛下还有圣旨要传给太子。

7. 太子东宫庭院　晨　外景

王继恩匆匆跑进东宫的庭院，一进院子就哭丧着脸大喊起来。

王继恩：殿下，太子殿下——

赵恒从室内走了出来，身旁跟着一名随从。王继恩见了赵恒，哭丧着脸，倒头便拜。

王继恩：殿下，皇上病危，召殿下即刻进宫面圣……

赵恒大惊。

赵恒：父皇病危？（对随从）马上备轿！

8. 太子东宫庭院　白天　外景

郭氏与潘玉姝惊慌失措，正要往外走。

潘玉姝：姐姐，方才王总管说皇上病危，让太子殿下到皇宫面圣。这等大事，为何满朝的大臣竟无人知晓？

郭氏：我正要回府向家父打探此事，你留下来，等着太子的消息。

潘玉姝觉察到事态的严重，连忙点头。

潘玉姝：姐姐放心。

赵恒的随从匆匆从外面跑进来，跑到郭氏面前，累得上气不接下气。

随从：太子妃娘娘，大事不好！

郭氏回头，一看到随从，身后还跟着数名轿夫，她也是一惊。

郭氏：你不是随太子殿下进宫了吗？为何还在这里？

随从：回太子妃娘娘，方才小人随太子殿下进宫，刚刚走到门口，却来了一队禁军，王总管命小人和轿夫回来，让禁军将太子殿下给抬走了，说是奉了皇上的旨意。

郭氏：王总管既然已经传了皇上的口谕，又何必再次派来禁军？

潘玉姝：（惊恐）姐姐，不会是其中有诈吧？

郭氏：此事的确有些蹊跷，你马上去见寇大人，将此事原原本本告知于他，看他如何处置。

随从：是！

随从转身出了大门。

郭氏：（不安地）难道宫里真的出乱子了？

9. 大理寺寇凖官衙　白天　内景

寇凖独自一人正在官衙内批阅文书，赵恒的随从匆匆跑了过来。

随从：小人拜见寇大人！

寇凖抬起头来。

寇凖：你是何人？

随从：小人是太子的侍从。

寇凖：你有何事？

随从：大人，方才宫中的王总管来到东宫，说是皇上病危，召太子殿下到宫中面圣。小人随太子殿下刚刚出门，王总管便指使一队禁军将殿下抬走了。太子妃娘娘担心此事有诈，特命小人来见大人，求大人拿个主张。

寇凖大惊，马上觉得赵恒有危险，来不及细说，便从桌案后跑了出去。

10. 汴京皇宫冷宫　白天　内景

李皇后心平气静，穿得整整齐齐，坐在宫中，宫女正在给她梳妆。

王继恩匆匆从外面进来，靠近李皇后。

王继恩：娘娘，皇上已经驾崩了。

李皇后微微一愣，沉默了片刻，终于爆发似的笑了起来。

李皇后：本宫终于等到这一天了。

王继恩：恭迎娘娘回宫，鸾驾已经门外守候。

李皇后让宫女退到一边，自己最后梳理，细细打量了一番，站了起来。

李皇后：回宫！

王继恩：娘娘，还有一事，奴婢从小内官的口中得知，皇上驾崩之前，曾经秘密召见了吕端，已经将他封为宰相。

李皇后大惊，忽然站住了。

李皇后：皇上生前曾经无意间多次提及此人，他已经数次遭贬，如今不过是一个卫尉少卿，皇上忽然将他封相，定是有大事相托。

王继恩：娘娘所言极是。

李皇后：你马上赶往吕端府，将吕端拿下，先关入大牢再来处置！

王继恩：遵旨！

王继恩匆匆出去。

11. 吕端府庭院　白天　外景

吕端的家仆带着王继恩以及数名禁军来到吕端府的庭院。

王继恩进了院子，先四下打量了一番，然后高声喊起来。

王继恩：宰相大人可在？

吕端：（书房内）是何人哪？

仆人：回老爷，是宫中王总管求见！

少顷，吕端一副蓬头垢面的样子，匆匆从书房出来，手里还拿着一把锁和一把钥匙。

吕端：原来是王大总管驾到，有失远迎啊。

吕端忽然发现手里还拿着一把锁和钥匙，不禁有些发蒙。

吕端：糊涂，糊涂！拿这些东西出来，到底要做什么？唉，又忘了。

吕端随手将钥匙和锁放到了窗台上，王继恩看了不禁大笑着上前。

王继恩：宰相大人大事不糊涂，看来小事还是一塌糊涂啊。

吕端：（自嘲地）老了老了，记性太差！

王继恩：听说皇上召见了吕大人，已经将吕大人提升为宰相，恭喜吕大人。

吕端：皇上将老夫召回，不过是叙叙旧罢了。

王继恩：宰相大人，皇上病危，奴婢特地来请大人到宫中面圣，皇上将有大事相托。

吕端：有劳王总管，老夫这便跟王总管进宫，只是皇上命老夫草拟一封诏书，待老夫取来，便可出发。

吕端转身要进书房，王继恩心里生疑，忙将吕端叫住。

王继恩：宰相大人，皇上这密诏，关乎何事？

吕端：是诏令太子登基，于近日举行登基大典之事，想必王总管早已知道。

王继恩：哦，原来如此，皇上曾数次向奴婢说起。这封诏书，可交与奴婢，由奴婢再亲手交与皇上过目。

吕端：也好，王大人请随我来，诏书就放在书案之上。

王继恩：多谢宰相大人！

吕端：王总管请。

王继恩向吕端施礼，跨入门槛。吕端见王继恩进了门，他马上反身将门关了，顺手拿起方才放到窗台上的钥匙和锁，飞快地将门锁上了。王继恩大惊。

王继恩：吕大人你这是何意？快放我出去！

吕端依旧面带笑容，手里拿着那把钥匙。

吕端：王总管，都知道老夫大事不糊涂，不过王总管今日犯了一个大错，（拿起手里的钥匙向王继恩）这，可不是一桩小事。

王继恩：（冷笑）吕端，你已死到临头了还敢这么猖狂。禁军听令，我有兵符在此，马上将吕端拿下，押入大牢！

王继恩在书房内亮出了兵符，禁军马上向吕端拥上来。吕端十分镇定，从怀中拿出诏书展开。

吕端：皇上诏书在此，禁军听旨！

禁军一见吕端手里的诏书，马上齐齐下跪。

吕端：昊天明命，皇帝诏曰。内宫总管王继恩忤逆犯上，暗中勾结后宫意图谋反，罪不可赦，朝政大事由宰相吕端主持，辅佐太子登基继位。钦此。

禁军：（合）遵旨！

吕端将圣旨宣读完毕，回头再看书房里的王继恩。王继恩站在窗棂后面，已经吓得面无血色，浑身无力，渐渐瘫倒下去。

12. 大理寺牢房　白天　内景/外景

狱卒托着一个檀木托盘走入大牢，托盘上面摆放着丰盛的饭菜，餐具精致，有汤有菜有馒头。

狱卒来到赵恒面前，将饭菜放下。赵恒在牢房内坐于床榻之上，面沉似水。

赵恒：王总管先是说皇上病危，要召见本宫，但前往皇上寝宫的途中，又说本宫犯了大错，触怒了皇上，将本宫关押在此。本宫到底有何过错？皇上又为何迟迟不肯召见本宫？

狱卒在一边赔着笑脸。

狱卒：太子殿下，小人只是奉命行事，并不知道其中的缘由。这是御厨特地为殿下做的御膳，请殿下趁热用膳吧。

赵恒：本宫哪里还有心思用膳，马上带本宫去见皇上！

狱卒：殿下，小人奉命照看殿下，并无权限可以带殿下离开大牢，还请殿下恕罪。

狱卒一边说，一边打开了汤碗上面的盖子，盛了一小碗汤，碗里放了勺子，放到了赵恒面前。

狱卒：殿下已经一整天没有进食了，请用膳吧，王总管很快就会过来。

赵恒叹了口气，拿起了碗里的勺子要吃饭，却听到寇準的一声大喊。

寇準：慢着——

寇準满面大汗，衣冠不整，带着数名大理寺的差役跑了过来，一把推开牢房大门，来到赵恒跟前，不由分说，一下子将檀木托盘掀翻。

赵恒马上站了起来。

赵恒：寇大人，你这是何意？

寇準手指狱卒，吩咐差役。

寇準：将他绑了！

狱卒马上跪地求饶，两名差役上来，将狱卒擒住了。

狱卒：大人饶命，大人饶命，小人只是奉命行事。

赵恒：寇大人，到底出了何事？

寇準：殿下，臣刚刚见过宰相大人，已经将王继恩下狱。

赵恒有些不明白，疑惑地看着寇準。

寇準：殿下，皇后勾结王继恩和李昌龄，试图拥戴楚王登基，借假皇上之名，私自将殿下关入大牢，要将殿下秘密处死。

赵恒：啊！真没想到，皇后竟然如此心狠手辣。

寇準：王继恩已经向宰相大人交代，这个狱卒，便是他的心腹，方才御膳之中，已经被下了毒，幸亏臣来得及时，否则便要酿成大祸了。将这个狱卒带下去，打入死牢，来日和王继恩一同处决！

狱卒连喊饶命，被带了下去。

赵恒：寇大人快带本宫去见皇上。

寇準低下头来，面沉似水。

寇準：殿下，王继恩一直秘不发丧，皇上他……已经驾崩了。

赵恒犹如五雷轰顶，呆了良久，才缓缓转过身去，在大牢中忽然扑通一声跪下，失声痛哭。

赵恒：父皇……

13. 汴京皇宫李皇后寝宫　白天　内景

李皇后站在梳妆镜前，脸上看不到半点悲伤，任由侍女伺候，从里到外全都换上孝服，就连耳环也一并取下，手里拿着一个茶盏，慢慢喝茶。

侍女：（进来禀报）皇后娘娘，宰相大人求见。

李皇后：宣他进来。

吕端已走进来，身后跟着两名侍卫，并没有施大礼拜见。

吕端：老臣见过娘娘。

李皇后：宰相大人有何要事？

吕端：请问娘娘，皇上驾崩之时，王继恩是奉了谁的旨意，竟敢秘不发丧？又是奉了谁的旨意，假托先帝之名将太子下狱？

李皇后：我一直身在冷宫，如何得知？

吕端：据说，王继恩常常赴冷宫拜见娘娘，可有此事？

李皇后：绝无此事。

寇準从外面大步迈进，向吕端拱手。

寇準：禀丞相，内宫总管王继恩，参知政事李昌龄，妄图谋反，十恶不赦，已经全被抓获，押在大理寺，听由宰相处置。

李皇后一听，不由得面色一沉，手里的茶盏掉在地上摔碎了。

14. 汴京皇宫大庆殿外　早晨　外景

礼官：先帝诏曰：朕膺昊天之眷命，太子赵恒，即皇帝位，无愧神明，诏告天下，咸使知悉。

众大臣纷纷下跪。

众大臣：吾皇万岁万岁万万岁！

15. 襄王府回廊　白天　外景

刘娥和李婉儿、赵吉回到襄王府院中。苏义简指挥家仆，将行李搬入院中。赵吉好奇地四处打量。

赵吉：这是什么地方？

李婉儿：这就是我们家啊，你出生之前，我和夫人都住在这里。

王氏满面笑容迎接刘娥，向刘娥施礼。

王氏：夫人，我已经让仆人们把各个房间打扫干净了，就等夫人您回来。皇上特意把我留下来，照料夫人您的。

刘娥：嬷嬷辛苦了。

王氏：哟，吉儿一转眼就这么高了，这眉眼越长越像皇上了。

王氏一边说，一边引着刘娥、李婉儿、赵吉走向大厅。

16. 汴京皇宫文德殿　白天　外景

张景宗侍立赵恒一旁，王钦若、郭贤、寇准等大臣肃立大殿。

寇准：陛下，北方边境传来消息，半月之前，萧太后在北方宋辽边境集结了十万军队，安营扎寨，准备挥师攻城。杨将军奉旨拒不出战，使得辽军粮草短缺，近期已有了退兵之意。

王钦若：坚壁清野，不战而屈人之兵，是对付辽军最有效之战略。

寇准：但是，萧太后也提出了条件，答应条件，辽军才能退兵。

赵恒：有何条件？

寇准：萧太后提出，两国各出一名皇子，作为质子互换，以三年为期，三年之内双方互不侵犯，三年之后，双方质子分别遣还，则大宋与辽国，结下盟约，永不征战。

赵恒：拿皇子作为质子交换？

郭贤马上站了出来。

郭贤：陛下，万万不可！万万不可！

王钦若：倘若送去一位皇子，三年之后，大宋与辽国永远不再有战乱，臣以为值得一去。

郭贤：我堂堂大宋，怎么能将皇子送到那蛮荒之地，而且一去三年，皇子安危有何保障？

赵恒没有发话，皱起了眉头。

赵恒：暂且退朝，朕三思之后再做决断。

17. 郭皇后寝宫　白天　内景

赵恒来到寝宫，晴仪站在门口，像是早就知道赵恒来，专门候着，看见赵恒进来，连忙施礼叩见。

晴仪：奴婢参见陛下。

郭皇后正坐在椅子上，默默地看着赵祐读《孝经》，看上去郭皇后像是刚刚哭过，两眼红肿。

赵祐：……身体发肤，受之父母，不敢毁伤，孝之始也……

赵恒直接走了过来，郭皇后连忙快速擦了一下眼角的泪水，上前向赵恒施礼参见，脸上努力做出笑容，尽力做出平静之态。

郭皇后：臣妾见过皇上。

赵恒：平身！

赵恒坐了下来，郭皇后悄悄向赵祐示意，赵祐马上走过来，跪在地上，毕恭毕敬地向赵恒磕了一个头。

赵祐：孩儿给父皇请安！

赵恒：祐儿快快起来！

赵祐起来，又从旁边的桌上端了一杯茶过来。

赵祐：父皇早朝辛苦，祐儿特地给父皇沏了一杯龙芽茶，请父皇慢用。

赵恒将茶盏接了过来，喝了一口，十分惬意，略有些意外地看着赵祐。

赵恒：朕两天不见祐儿，祐儿比以前懂事多了。

郭皇后站在一边，略有些紧张，但还是努力做出笑容，跟赵恒搭话。

郭皇后：祐儿多日不见父皇，特别想念，早就吵着要臣妾带他去给皇上请安，只因皇上近日朝中事务繁忙，臣妾便没有带他去打扰皇上。

赵恒看了一眼晴仪。

赵恒：今日天气晴好，风和日丽，晴仪暂且带祐儿去外面玩耍，我有话要跟皇后讲。

郭皇后听到这里，还没等晴仪答应，便忽然上前一步，一把抱住赵祐，跪在了赵恒面前，忽然痛哭起来。

郭皇后：皇上……皇上要说什么臣妾都已经知道了，请皇上开恩，不要将祐儿送到辽国去……

赵恒始料不及，不禁一愣。

赵恒：清漪不必如此，起来说话。

郭皇后哭得更惨，晴仪也在一边抹泪，也跟着跪了下来。

郭皇后：皇上，臣妾已经失去麟儿了，祐儿便是臣妾的命根，若让祐儿远去辽国，臣妾便只有死路一条了，求皇上不要让祐儿离开……

赵恒一时不知如何张口，只能一再让郭皇后起来。

赵恒：皇后起来说话，不要吓着祐儿。

郭皇后：皇上若不答应臣妾，臣妾便不起来。祐儿，快给皇上跪下。

赵祐看着眼前这场面，他被吓着了，也跟着哭了起来，顺从地跪在郭皇后身边。

赵祐：父皇，请父皇答应大娘娘，不要送孩儿去辽国，孩儿以后一定听父皇的话，再不惹父皇生气……

赵恒看着这个场面，连连摇头叹息，十分无奈。

18. 襄王府刘娥寝房　白天　内景

赵恒来到刘娥的寝房，十分忐忑，不知道该怎么跟刘娥开口。刘娥在寝房的妆台边收拾些杂物，但是她的心思显然没在妆台上面，心绪不宁。

刘娥听到赵恒来了，她身子一震，手里的东西都拿不稳，掉到了地上，更加不安地转过身来。

刘娥：见过陛下……

赵恒面对刘娥，十分局促。

赵恒：莺儿，我不知道该如何跟你说……

刘娥在那一瞬间便明白了一切，吉儿离开自己已经没有挽回的余地，蓦然爆发一样痛哭失声。

刘娥：陛下不必再说了……

赵恒：……皇后痛失麟儿，朕不能让她再失去祐儿……可朕，又何尝能舍得吉儿？将吉儿作为质子，朕也是无奈之举……

刘娥：（哭）自从听到辽国要交换质子，我就知道早晚会有这一天……

赵吉听到刘娥的哭声，悄悄从外面进来。

赵吉：娘娘，你为何要哭？

刘娥连忙将自己眼泪擦干，转身来到吉儿身边。

刘娥：吉儿，你要去一个很远的地方，娘不能陪你去了……

赵吉：为什么？

赵恒：因为吉儿是皇子，这大宋皇室的孩子。吉儿必须要去，吉儿去了，就能拯救很多很多人的生命。吉儿，等你长大了，就会明白……

赵吉：我不要离开父皇，我不要离开娘娘……

吉儿说着也哭了起来，刘娥再也忍不住，将吉儿抱在怀里，再次失声痛哭。赵恒没有再说什么，转过身去，也抑制不住，落下泪来。

19. 汴京皇宫大庆殿　白天　外景

群臣恭候于丹墀下，众大臣在大殿内站立。郭皇后头戴凤冠云霞，身旁站着赵祐和潘玉姝。赵恒在张景宗陪伴之下,缓缓步上云阶,坐在龙椅之上。

群臣和皇后、赵祐和潘玉姝都跪地叩首,山呼万岁后起身。

赵恒: 宣吧。

张景宗: 吉时到,行册封之礼。今郭氏清漪,秉性柔嘉,持躬淑慎。于宫尽事,恪尽敬慎。敬上小心恭谨,驭下宽厚平和,椒庭之礼教维娴,生有皇子赵祐,堪为六宫典范。

郭清漪上前,跪拜于赵恒之前。

张景宗: 授金册金印,封为皇后。

郭清漪: 臣妾谢陛下隆恩。

郭清漪起身后退。

张景宗: 潘氏玉姝,肃雍德茂,温懿恭淑,柔明毓德,有安正之美,静正垂仪。今册为淑妃,授白册玉印。

潘玉姝上前,跪拜于赵恒之前。

潘玉姝: 臣妾谢陛下隆恩。

赵恒看了看张景宗。

赵恒: 宣册封刘妃。

张景宗: 遵旨。陛下昔为储君,刘氏常得侍从,弗离朝夕。今刘氏将爱子赵吉送至大辽为质子,为陛下分忧,圣情鉴悉,每垂赏叹。今册为贵妃,授金册金印。

群臣一片低声议论,吕端出班列朝,向赵恒启禀。

吕端: 启禀陛下,刘妃如今乃戴罪之身,依先帝遗诏,不得再踏入宫闱,又岂能册立贵妃?

赵恒: 先帝在时,刘妃曾助先帝平定秦王之乱,非但未领功受封,还被逐出汴京,颠沛流离。如今要为了江山社稷之太平,将亲生骨肉送到辽国作为质子,替下二皇子,其功德卓著,册封贵妃,有何不可?

赵恒望向郭贤,郭贤深知自己有愧于刘娥,不好说什么,便垂下了头。

赵恒: 刘妃之贤德,可比周朝三母,可比唐朝长孙皇后,又如何担不起贵妃的封号?纵使先帝没有特赦她,如今朕作为一朝天子,竟还做不了这个主？

曹鉴出班列朝，向赵恒启禀。

曹鉴：陛下，恕臣直言，眼下新帝登基，新政待立，陛下应谨遵先帝遗愿，以社稷为重，慎言检迹，不可因个人好恶而乱了国法。

赵恒：封刘妃为妃，竟被说成朕的个人好恶，将其功德等闲视之，此乃大谬。太傅莫非要让国法违背伦常吗？

潘伯正：回陛下。臣一介武夫，只懂得不以规矩，不能成方圆。潘妃乃先帝亲赐予陛下，陪伴陛下多年，只封为淑妃。刘娥乃戴罪民女，陛下却将她封为贵妃，臣怕是无颜于军中立威。

群臣：（合）请陛下三思！

赵恒望向李沆和寇準，二人皆沉默不言。

赵恒：诏书已下，朕意已决。

吕端：老臣斗胆，先帝嘱托臣辅佐新帝，便是不愿看到今日这一幕！还望陛下能顾全忠孝体统！

赵恒：先帝难道不是因为刘妃生下吉儿，才立朕为储君，朕才得以登基吗？尔等为何依然容她不下？退朝！

20. 汴京城大梁门外　白天　外景

耶律康和耶律隆庆一行人终于临至汴京。

耶律康仰起头，掠过头顶城墙上描摹的汉字，回望身后走过的漫漫长路，忽然觉得心焦起来。

身旁的獒犬读懂了主人的心事，朝他呜咽了几声。

21. 大辽皇宫萧绰寝宫　白天　内景

萧绰坐在凤榻之上，韩德让侍立一侧，女官入殿。

女官：启禀太后，宋朝皇帝赵恒送来书信一封，请太后过目。

萧绰：宋皇帝这么快就来了书信，德昌，看看他都说了什么？

韩德让：是。

韩德让将书信展开览阅了一遍。

韩德让：赵恒在信中说，愿与我朝交换质子，约定三年之期，倘若双方质子安好，各自接回，两国便结下千秋之和，永无征战。请太后亲自过目。

韩德让将信诏交与萧绰，萧绰拿来书信，也览阅了一番。

萧绰：赵恒所提的三年之约颇有道理，依你之见，我大辽可否与宋朝结下此盟？

韩德让：太后，依臣看来，眼下我朝正亟待休战养兵，这三年之约，值得签下。如今，女真势起于东南，不可小觑。如果太后拒绝了这个盟约，难保宋师不会助兵女真，直取幽州，我朝便处于被动。

萧绰：德昌所言极是。

韩德让：女真崛起，我朝不得不有所忌惮，眼下与赵恒还是以和为上，联手宋廷，以挟制女真。

萧绰：方才听探子来报，说赵恒的皇子今日送到我皇宫来，他们已经行至何处？

韩德让：太后，皇子赵吉、宋朝使臣杨延昭、皇子陪侍李婉儿，已经进京，即将抵达皇宫。

萧绰：好，把他们迎入大殿，让哀家看一看这个小皇子，比我们康儿如何。

韩德让：遵旨！

22. 大辽皇宫 白天 外景

萧绰和耶律隆绪分坐于龙凤椅，已经在候着赵吉了。韩德让立于萧绰身后，辽公主铁镜、大将军萧挞凛等列席宫中。

杨延昭：杨延昭奉我大宋皇帝诏命护送大皇子赵吉参见太后、圣宗。太后、圣宗，圣躬万福。

赵吉：大宋皇子赵吉，参见太后、圣宗！

李婉儿：皇子陪侍李婉儿拜见太后、圣宗，圣躬万福。

耶律隆绪：一路辛苦了，赐酒。

女官：行对酒礼。

女官以长壶将金盏斟满，而后取最右边酒盏，上洒敬天，下洒祭地，再呈给杨延昭。杨延昭端起一饮而尽。赵吉和李婉儿一一效仿。李婉儿倒是有几分酒力，勉强将盏中酒喝完。赵吉刚刚放到嘴边，便蹭着鼻子，呛得咳起来，难以饮下。铁镜在一边看得哈哈大笑。

萧绰：小皇子年方几何啊？

赵吉：回太后，赵吉今年八岁！

杨延昭：启禀圣宗，大皇子未至行酒之年，臣愿代劳。

萧绰：也好，皇子年幼，情有可原。

杨延昭：谢太后！

杨延昭举起金盏，再次一饮而尽。萧绰抬手召唤赵吉。

萧绰：来，到我身边来。

赵吉走到萧绰身旁。

萧绰：你叫赵吉，哀家以后唤你作吉儿可好？

赵吉点了点头。

萧绰：吉儿与我说说，这辽皇宫和宋皇宫，有何不同啊？

赵吉微醺着双眼顾盼一番。

赵吉：大宋皇宫中，是皇帝说了算，可辽皇宫中，是太后说了算。

铁镜：这小皇子好眼力，说得没错！

萧绰：铁镜！

铁镜连忙闭嘴，捂嘴偷笑。耶律隆绪听了有些尴尬，韩德让则在一旁微笑，不住打量赵吉。

杨延昭：皇子年幼，童言无忌，还请太后和圣宗勿要介怀。

萧绰：（对赵吉）哀家的皇孙由你的娘娘抚养，定然不会被亏待。（对众人）大宋的质子，又由谁来照看呢？

铁镜站了出来。

铁镜：回母后，铁镜喜欢吉儿皇子，愿为母后代劳。

萧绰：也好，不过你不要带质子跟着你撒野，倘若质子有了闪失，哀家定不会轻饶于你。

铁镜：母后放心。

杨延昭：有劳公主！

铁镜来到赵吉身边，暗暗向他使了个眼色。

铁镜：（悄悄地）听到没有，母后把你交给我啦，以后要听我的。

赵吉也觉得这个公主十分亲切，听话地点了点头。

23. 襄王府刘娥寝房　白天　内景

赵恒坐在椅子上，刘娥端了一套茶具放在椅子旁边的案子上，为赵恒倒了茶。

刘娥：陛下，我已想过了，既然吉儿被送到了辽国，那就让我来照料辽国送来的质子吧。

赵恒：如此甚好。

刘娥：我将质子视如己出，将他照料好，萧太后自然也会照顾好我们的吉儿。

赵恒：正是。三年后，将吉儿换回，你母子二人，便是立下了天大之功，到那时，朕迎你入皇宫，封为贵妃，看那时他们还能说什么，谁再拦着，朕定要将他治罪。

刘娥：臣妾进不进皇宫、封不封贵妃，都不重要，臣妾只为我的吉儿。

赵恒喝了一口茶，长叹一声。

赵恒：唉，只愿吉儿平平安安，大宋与辽国，再无征战。

24. 汴京皇宫大庆殿　白天　外景

大庆殿威武庄严，正殿大门两侧数名皇卫披挂整齐，手执武器，威风凛凛。耶律隆庆和耶律康在大庆殿的台阶下，远远望着巍峨的大殿，不禁肃然。

耶律隆庆：好壮观的大殿！康儿，这便是大庆殿，又名崇政殿，正是大宋举行盛典仪式、大型朝会之所。

耶律康仰望着大庆殿，点了点头。

耶律隆庆给耶律康整了一下衣襟。

耶律隆庆：走，我们进殿，去拜见大宋皇帝。

耶律隆庆带着耶律康踏上台阶，向大庆殿走去。

八

1. 辽国皇宫大殿　白天　内景

[三年后]

韩德让手持一封谍报，慌慌张张，脚步匆匆地进入大殿，刚一进殿就大喊起来。

韩德让： 启禀太后，启禀陛下……

萧绰和耶律隆绪从未见过韩德让如此慌张，也都有些不解。

耶律隆绪： 丞相何事惊慌？

韩德让： 汴京城内的探子有谍报传来，请太后和陛下过目……

韩德让低头把谍报呈上，女官接过来，转交给萧绰。

萧绰看过，吃了一惊，脸色马上阴沉下来，将谍报递给了耶律隆绪。耶律隆绪看完，立刻站了起来，火冒三丈。

耶律隆绪： 这都是赵恒的阴谋！朕要杀了赵恒，朕要血洗他的汴京城！

韩德让： 陛下，据探子回报，三皇子的确是被党项人劫走，宋皇帝正联合潘罗支，要讨伐党项，索回三皇子。

耶律隆绪： 康儿在李继迁手中，赵恒前去讨伐，又如何才能保全康儿性命？

萧绰沉默许久，终于发话。

萧绰：康儿被劫，是赵恒他对我大辽的皇子看护不周，没有把康儿放在心上，也是对我大辽的不敬。

耶律隆绪：母后，宋廷此时应付党项，正是出兵之机，母后此时应即时发兵南下，一举攻克汴京，活捉赵恒。

韩德让：太后，一旦出兵，互换质子的三年之约……

耶律隆绪：他们没有保护得了康儿，还提什么三年之约！已是一纸空文！

萧绰：非哀家好战，而是大宋逼我大辽出兵，传哀家口谕，把赵吉和他的陪侍全都关进大牢，听候处置。再传大将军萧挞凛，集结人马，即刻起程，讨伐大宋！

韩德让被萧绰的气势给镇住了，连忙低头施礼。

韩德让：臣遵旨！

韩德让走出大殿。

萧绰：丢了康儿，哀家要让赵恒拿他大宋的江山来偿还！

2. 辽国牢狱　白天　内景

赵吉和李婉儿被两名辽兵押着来到监牢，辽兵将二人推入牢房。辽兵转身离开，看守乙过来，将牢房门关上。

李婉儿：为何将我们关入牢中，我要见太后！

看守乙：死了心吧，你们休想再见到太后，也休想从这大牢里出来了。

李婉儿：为什么？两国交换质子，大宋皇子不是你们的阶下囚！

看守乙走过来，冷冷地看了看李婉儿，又看了看吉儿，目光中带有一丝恨意。

看守乙：我们大辽的皇子在你们的汴京城被劫走，生死不明，难道你们还想活着回去吗？

李婉儿呆住了。赵吉也吓得脸色发白。李婉儿冲到木栅栏前，面对看守乙。

李婉儿：皇子被什么人劫走？这不可能！

看守乙：不要多问了，没有将你们斩首，已经是太后开恩了，你们就在这大牢里慢慢等死吧!

看守乙转过身去,将大牢的门锁好,转身走了。

李婉儿无奈地转过头来,面对赵吉。

赵吉:二娘,我们真的再也回不了家了吗?

李婉儿:有二娘跟你在一起,吉儿不要怕……

李婉儿来到赵吉跟前,绝望地将赵吉抱在怀中,没有回答。

3. 辽国皇宫正殿　白天　内景

萧绰和耶律隆绪分别坐在龙凤椅之上,韩德让站在一边。

耶律隆绪:母后,南下征讨之事当如何处置?

韩德让:陛下,不如修书一封给赵恒,向他施压,限他十日之内找回三皇子耶律康。而我军正好可以趁此机会储备粮草,十日之后,再次南下。

萧绰:如此甚好,就依丞相所言。

4. 汴梁城　门外　白天　外景

黄昏时分,一行远道而来的人马出现在汴梁城外,行色匆匆。

一名吐蕃将军带领一队吐蕃士兵,护着两辆马车,向汴梁城门行进。

两辆马车里,分别坐着陵阳公主(李继迁之妻)和潘罗支的妹妹文伽凌。

队伍最后,还有一辆马车,马车上是一个小小的棺材。

5. 汴京皇宫某偏殿　白天　外景

偏殿正中,摆放着耶律康的棺材,正横陈在油灯中间。赵恒和张景宗带着两个内官来到棺材近旁。赵恒面沉似水,看着棺材,似乎依然难以相信,他冲张景宗点了点头。张景宗会意。

张景宗:打开吧。

两名内官上前,轻轻将棺盖推开。赵恒走了过去,只看一眼,便脸色大变,惊惧万分地退了回来。张景宗看了也是脸色一惊,以手掩鼻,连忙吩咐内官将棺盖合上,来到赵恒身边。

张景宗：陛下受惊了。

赵恒缓缓转过身去。

赵恒：康儿一死,萧太后定会生出事端,必须将此事瞒下。康儿的死讯,不得传出,尤其是不要让刘妃知道,免得她伤心。

张景宗：是,奴婢谨记。

内官又捧来一只木匣来到赵恒面前。

赵恒：这是什么？

张景宗：此乃李继迁的首级,由潘罗支副将送来的。

赵恒：朕不必看了,拿下去吧。

内官：遵旨！

内官将木匣拿到了一边。

赵恒：李继迁虽是咎由自取,但他毕竟与陵阳夫妻一场。如今陵阳已回京城,把李继迁首级送还,由其家眷好生安葬吧,也算与党项做个了断。

张景宗：是,奴婢遵旨。

赵恒：康儿未到束发之年,便惨遭毒手,他死得太惨了……

6.汴京皇宫文德殿　白天　内景

赵恒与寇準、苏义简议事,张景宗在旁边伺候。

赵恒：长公主可曾安顿好了？

张景宗：回陛下。长公主与潘罗支的妹妹文伽凌,已经接进宫中宝华殿,奴婢派了八名侍女贴身伺候。只是长公主身心疲惫,等休养几日之后,再来拜见陛下。

赵恒：陵阳饱经磨难,让她好好歇息,不急着来见朕。陵阳嫁与李继迁多年,在党项那偏远之地吃了不少苦头,也从未与朕抱怨过。

寇準：长公主深明大义,为大宋江山社稷着想,臣等敬佩。陛下将长公主许配给李继迁,本意与党项联姻结好,岂料他贪心不足,起兵谋反。臣已将他首级送回,想来经此事变,党项一族必会安分守己,不敢生事。

赵恒：如此最好。

苏义简拿出一封信。

苏义简：陛下，潘罗支有亲笔信由副将带来。

张景宗上前从苏义简手中拿过信，送到赵恒面前。

张景宗替赵恒接过，打开诵读。

张景宗：皇上信义，感天动地，青唐野人，拜服于下。吐蕃诚心归顺大宋，忠心不贰。有胞妹文伽凌双十年华，容貌秀美，臣愿献与皇上，服侍左右，永结欢好。

赵恒：原来潘罗支将妹妹送来，并不是陪伴陵阳，而是想让朕纳为皇妃。

寇準：文伽凌乃潘罗支唯一亲妹，视为掌上明珠。潘罗支肯将她献与陛下，此等赤胆忠心，陛下不可拒绝。

苏义简：臣也恳请陛下将文伽凌收为妃嫔，与吐蕃结成姻亲，以示大宋慷慨，可令吐蕃长治久安。

赵恒思忖片刻。

赵恒：景宗。

张景宗：奴婢在。

赵恒：将春锦阁赐予文伽凌，派人好生伺候。再赏赐潘罗支副将钱帛各两万，让他休养一番之后，返回吐蕃向潘罗支复命。

张景宗：遵旨。

张景宗下去。

苏义简：李继迁被潘罗支所杀，党项群龙无首，不得不偃旗息鼓。这都要归功于寇大人的妙计。

赵恒：寇爱卿劳苦功高，朕早有将你封为参知政事之意，今日正好。

寇準一听，忙跪下向赵恒行礼。

寇準：臣谢主隆恩。

寇準站起。

寇準：陛下，党项之乱已经平定，但人死不能复生，质子已遇难，萧太后必然以此为由，南下出兵。陛下，我朝与辽国必有一战。

赵恒：朕也早就料到了。

7. 渡云轩大厅　白天　内景

刘娥与潘玉姝面对面坐在大厅，月儿打开了绸缎包裹，将里面的衣服及各种盒子一一放到了桌上。

潘玉姝：这些尽是吐蕃的贡品，皇上赐给我的，我不敢独自享用，特地拿来送给姐姐一份。

刘娥：多谢淑妃娘娘。

潘玉姝：姐姐可知道，陛下刚刚纳了六谷部的公主文昭容为妃？

刘娥略微一惊，很快沉静下来。

刘娥：我久居渡云轩，后宫之事，我已不闻不问。

潘玉姝：这个文昭容近日颇得皇上宠幸，得意非凡。我们不跟她一般见识，且让她得意去吧，看她能得意多久。

刘娥云淡风轻地微微一笑，默而不答。

潘玉姝：不瞒姐姐说，玉姝我虽然承蒙皇上恩宠，又有家人庇护，但是在宫中还是没有知己，时时觉得孤苦。姐姐没有住在宫中，日常也不得相见，近日越发想念姐姐了，便特地来拜见姐姐。

刘娥：既然皇上都纳了六谷部的公主为妃，不知道那潘罗支出征党项，将康儿找回来没有？

潘玉姝：姐姐不问我都要忘了。

潘玉姝向月儿示意，月儿忙将一只镶嵌精细的木匣交与刘娥。

刘娥：这是什么？

潘玉姝将木匣打开，放到了刘娥面前，刘娥一看，里面就是耶律康的那只狼牙项圈。

刘娥一见项圈，大惊失色，忙拿起来看，旁边的杨璎珞也吃了一惊。

刘娥：康儿的项圈为何会在你这里？康儿他在哪里，他回来了？

潘玉姝：……姐姐，皇上怕你伤心，这件事一直在瞒着你。我不惜冒犯皇上，才敢将这个项圈送给姐姐，质子他……已经遇难了，前日，潘罗支派人将质子的棺木送到皇宫了。

刘娥：这不可能……

刘娥听了这话，犹如五雷轰顶，整个人都木然了。

8. 汴京皇宫　御花园　白天　内景

赵恒与郭贤和曹鉴于园中小径散步。

赵恒：宰相长逝，朕如同失去一只臂膀。

郭贤：臣今日到吕府祭拜，得知吕相生前特地嘱托家眷薄葬简殓，甚为感叹。

赵恒：宰相两袖清风，一生清廉，他生前还留下了一个遗愿，便是荐举毕士安为宰相，两位爱卿意下如何？

郭贤与曹鉴相互看了一眼。

曹鉴：毕士安练达老成，在群臣之中威望甚高，宰相慧眼啊。

赵恒：朕本以吕大人会荐举寇準。

郭贤：陛下，臣以为寇準虽有宰相之才，也不可晋升太快，还需再磨一磨凌厉之气，处理朝廷的大事才会更加稳妥。

曹鉴：臣以为寇準之才与王钦若不相上下，陛下不妨让他们二人相互有所牵制，等时机合适，再来定夺。

赵恒最终拿定主意。

赵恒：两位爱卿所言极是，朕这便下诏，封毕士安为相。

9. 渡云轩大厅　白天　内景

寇準与刘娥在大厅内面对面坐着，寇準向刘娥施礼参见。

寇準：夫人召见老臣，不知有何事指教？

刘娥：此一战，寇大人以为，我大宋可有把握击退辽虏？

寇準：萧太后企图夺取关州、莫州，举倾国之力而来，战事莫测，老臣也不敢妄下断语。

刘娥：依寇大人之见，皇上有没有信心取胜？他是否已下定决心与萧太后决战？

寇準：夫人所言，切中要害。皇上是否有信心决胜辽虏，几乎可以决定这一战事的胜负，皇上有心决战，则大宋将士有心决战；皇上有必胜之信念,则大宋将士期战必胜,定能驱逐辽虏!只是……皇上至今仍在犹豫,仍不肯御驾亲征……老臣为此事忧心如焚,夜不能寐……

寇準说到此处,有些动情,眼中似乎有泪光闪动。

刘娥:寇大人忧国之心,历历可见,刘娥万分感佩。朝廷之上,知皇上者,莫如寇大人,御驾亲征一事,就拜托您,我刘娥要先行一步了。

寇準抬起头来,疑惑地看着刘娥。

寇準:夫人先行一步,欲往何处?

刘娥:我要扶棺北上,将耶律康交与萧太后,劝她退敌。

寇準大惊失色。

寇準:夫人……萧太后觊觎中原已久,怎会因为夫人送还质子便轻易退敌!

刘娥:质子是两国和平的见证,质子送还辽国,萧太后便出师无名,她若不肯退敌,我便与大皇子吉儿守在辽营,等待皇上御驾亲征,大破辽虏。

寇準听到此处,泪水夺眶而出,他欠身离席,毕恭毕敬地向刘娥跪下,以头触地。

寇準:夫人,请受老臣一拜……

10. 渡云轩大厅　白天　外景

赵恒在大厅中把盏独酌,刘娥上前,为他披上外氅。

刘娥:陛下,康儿的事,臣妾都已经知道了。

赵恒哑然。

刘娥:其实陛下可以将此事告诉臣妾,又何苦独自承担。

赵恒:朕知道你已经将康儿视若己出,不告诉你,是怕你过于忧伤。

刘娥:康儿为国而死,他的棺木本该回归故里。这一程,该由臣妾亲自送康儿去。

赵恒蓦然把手中的酒盏放到桌上。

赵恒:你去辽营?朕断不能答应。

刘娥：陛下，臣妾心意已决！辽宋开战，我不能让吉儿一人留在辽营，生死不问。康儿棺椁，也理应送还他的亲人身边。

赵恒：你去了辽，萧太后怎么可能放你们母子二人回来？

刘娥：萧太后如何做，只能听凭她的良心。我去北国，也是听从我的良心。陛下如果不让臣妾去，那便是让我母子永生不能相见，臣妾只能在渡云轩郁郁而终。从现在起，我就等着陛下，一直等到陛下同意……

刘娥说着，听任泪水满面。

赵恒听到此处，扭过头去，也落下泪来。

11. 渡云轩耶律康寝房　白天　内景

刘娥和杨璎珞收拾耶律康的房间，收拾耶律康的衣服物品。

刘娥特意将耶律康做的"孔明灯"收起来，"孔明灯"上的字赫然显现：辽宋止战，天下平安。

刘娥：把康儿做的这个"孔明灯"放到我的行李中，我要在辽国放飞，我一定要让萧太后亲眼看着我将它放飞。"辽宋止战，天下平安"这是她孙子的梦想。有生之年，我一定要实现康儿的心愿。

刘娥知道赵恒就站在窗外，这话也是说给赵恒听的。

12. 幽州析津府萧绰行宫　白天　内景

萧绰坐在行宫的御座上，正在与韩德让对谈。

萧绰：十日已过，大宋却未送来康儿的任何消息。

韩德让：太后，我大军已经养精蓄锐，即日南下，下一座要取下的城池，便是定州。

说话间，女官拿着一封书信从行宫外走进来。

女官：启禀太后，大宋皇帝送来书信一封。

萧绰：拿来我看。

女官将书信拆开，将信纸交与萧绰。

萧绰接过书信细看，刚刚看了一眼，她马上脸色大变，手也颤抖起来，眼角渐渐渗出眼泪。

萧绰：康儿……

韩德让见状，也紧张起来。

韩德让：太后，信中所说何事？

萧绰将书信交与韩德让，韩德让拿来细看，立时也变了脸色。

萧绰缓缓抹去了眼角的泪水。

萧绰：哀家望眼欲穿，苦盼多日，他们送回来的竟然是康儿的棺木……

13. 幽州析津府萧绰行宫　白天　内景

萧绰面色阴沉。

萧绰：你们大宋不仁不义，致使康儿亡故，你身为皇妃，竟然还敢来我大辽，哀家知道，你是放心不下你的儿子。

刘娥：太后明鉴。康儿、吉儿都是我的儿子，他在汴京喊我大娘娘，与我朝夕相处，情同母子，只恨党项李继迁图谋不轨，有意挑拨宋辽的关系，派去刺客潜入京城劫走了康儿，致使康儿遇害。

韩德让：李继迁乃大宋节度使，他在汴京作乱，这也是你们自家的恩怨。

刘娥：太后、韩丞相，李继迁绑架康儿，正是有意要挑起宋辽之战，眼下太后挥兵南下，攻城略地，不是正中了李继迁的奸计吗？

萧绰：李继迁固然可恨，但是皇城之中、天子脚下，你身为一国皇妃，连身边的一个孩子都保护不了，又该当何罪？难道这不是你们的罪过吗？

刘娥：党项之乱已经平复，李继迁罪有应得，已被处死，宋辽正宜止战修和，践行三年前立下的质子之约，请太后归还赵吉，从此以后，大宋与辽国结为友邦，休戚与共。

萧绰皱起了眉头，面露愠色，从凤椅上站了起来。

萧绰：休要再提起那质子之约，我家康儿已经不在，还有什么质子之约？契丹人恩怨分明，此仇未了，哀家决不撤兵！等哀家杀到汴京，再归还你的儿子不迟。

刘娥不再说话，默默地从袍袖中取出耶律康亲手做的那盏孔明灯，双手呈上。

刘娥：太后请看此物。

女官上前，从刘娥手中将孔明灯接过，交给萧绰。

萧绰拿在手里，看到孔明灯上写着的"辽宋止战，天下平安"。

萧绰：这是何物？

刘娥：这是康儿的孔明灯，上面的字，是康儿亲手书写，他告诉我，这是他最大的心愿，他曾想把这孔明灯带回辽国，放飞到辽国的上空……

萧绰看着孔明灯，慢慢坐回凤椅，拿着孔明灯的手微微颤抖，终于，她的泪水再也忍不住，涌出了眼眶。

韩德让和木易仍站在旁边，不好多言。

刘娥：太后若不肯归还吉儿，我愿与吉儿一起守在辽营，请让随我前来的侍卫，返回汴京，向皇上复命。

萧绰：好，哀家成全你，哀家要让你们亲眼看着，我大辽将士如何灭掉你们大宋。

萧绰话音未落，耶律隆绪闯进来，身后跟着耶律隆庆。

耶律隆庆：陛下……

耶律隆庆本想拦下耶律隆绪，但耶律隆绪根本没有给他说话的机会，便拔出腰刀，向刘娥走过去。

耶律隆绪：刘娥，还我的康儿！

耶律隆绪已经失去理智，不由分说挥刀便刺向刘娥。木易本站在刘娥身后，见状连忙将刘娥拉到一边，耶律隆绪刺了一个空。木易挺身挡在刘娥面前，面对耶律隆绪。

木易：两国交战，不斩来使，请陛下息怒。

耶律隆绪：滚开！

木易没有退缩，耶律隆绪持刀逼向木易，要刺向木易。

萧绰见状，大声喝止。

萧绰：住手！

耶律隆庆走到耶律隆绪身边。

萧绰：陛下，这刘娥是大宋皇妃，并非害死皇子的罪魁祸首，在汴京时康儿由她照顾，现在又不远万里将康儿遗体送回，陛下不可将她处死。

耶律隆绪：都是她保护不够周全，才害死了康儿，不杀了她，难消我心头之恨！

萧绰：为康儿报仇，无须拿刘娥问罪，当从长计议。木易，你把质子和李婉儿从牢狱带出来，可让他们母子相见。

木易：遵旨。

14. 幽州析津府萧绰行宫外　白天　外景

木易带刘娥出了行宫，二人走着，刘娥向木易道谢。

刘娥：多谢壮士出手相救。

木易见四下无人，向刘娥施了一礼。

木易：夫人不必言谢，在下木易，请受我一拜。

刘娥仔细端详，木易虽是辽人装扮，面孔却与中原人相似。

刘娥：你是汉人？

木易：正是。

木易示意继续向前走。

木易：在下当年与辽军作战，被辽军所困，援兵不至，死战之后不得突围，被俘来到辽国。只因家中尚有老母，时时在寻找机会返回京城尽孝，便在辽国隐忍，苟活至今，请夫人恕罪。

刘娥：你是迫不得已才在辽国隐忍，将军无须自责。

木易：在下曾经教大皇子习剑，平日尽我所能保护大皇子和婉儿姑娘，只是我在辽营人微言轻，难免有照料不到之处，还望夫人包涵。

刘娥：难为你了。

二人说着走开。

15. 幽州析津府刘娥寝房内　白天　内景

刘娥正在房间里收拾床褥和衣服，背对着房门。

赵吉进来之后，一时间没有认出刘娥是谁，愣愣地站住了。

李婉儿从后面跟进来，看到刘娥的背影，便一眼认出了刘娥，眼泪夺眶而出。

李婉儿：姐姐……

刘娥听到喊声，转过身来。

赵吉这才一下子看清是自己的母亲，"哇"的一声大哭起来。

赵吉：大娘娘……

刘娥：吉儿、婉儿……

赵吉冲过去一下子抱住了刘娥，婉儿也奔过来，三人抱在一起，哭成一团……

夜已深，室内燃着一盏烛灯。赵吉已经熟睡，刘娥和李婉儿都坐在床边，刘娥用手掌轻轻地量着赵吉的身段，心疼地抚摸着儿子。

刘娥：吉儿长高了，变壮了，皮肤也晒黑了。

李婉儿：吉儿有时候也会做些粗活，还跟木易大哥学习剑术，现在比以前壮实多了。

刘娥拉住李婉儿的手，细细地看了看，李婉儿的手上也长起了厚趼。

刘娥：婉儿，这些年你辛苦了，吉儿这么壮实，都是因为有你。

李婉儿：吉儿是姐姐的孩子，也是我的孩子，不管吃什么苦，我都甘心情愿。方才那位木易大哥，也曾多次搭救过吉儿，若没有他，吉儿怕是早已出事了。

刘娥：我看那木易，绝非一般的士卒，举手投足颇有大将风度。

说起木易，李婉儿忽然有些黯然。

李婉儿：萧太后将铁镜公主许配给他，他现在已经是辽国的驸马了，不过，每次我问起他原来的身份，他总是欲言又止。我看得出，他有心事，藏得很深。

刘娥：也许有什么难言之隐吧，不过，此人可以信赖，你和吉儿在辽国能遇到他，实在是不幸中之万幸。

李婉儿：姐姐，既然辽国质子已经遇害，萧太后定是要撕毁当初立下的和约，宋辽两国即将开战，姐姐为何还要来辽国？

刘娥：你和吉儿都在这里，我放心不下，不能不来。

李婉儿：姐姐你来了，又怎么救得了我和吉儿，又怎能劝得了萧太后?

刘娥：但我不能独自守在京城，眼睁睁看着你们身处险境。我来了，你和吉儿就会有所依靠，就不会活在恐惧之中，等到皇上御驾亲征，打退了辽兵，我们就一起回汴京。

李婉儿：这一战，我们能够打胜吗？

刘娥：大宋有很多像寇準一样威武不屈的文臣，也有很多像杨延昭一样能征善战的武将，大宋一定能战胜辽国。

李婉儿看着刘娥，信任地点了点头。

16. 幽州析津府萧绰行宫　白天　内景

萧绰坐在凤椅之上，再次端详着地图，女官站在萧绰身边。

韩德让站在对面，向萧绰回禀。

韩德让：太后，我宿卫军和部族军共十万人马已齐聚幽州，由大将萧挞凛亲率，枕戈待旦，只待太后一声号令，便可南下攻城。

萧绰点了点头，看着地图又思索了片刻，声音沉着又有力。

萧绰：传哀家懿旨，三军即刻拔营，兵发定州！

17. 定州城门　白天　外景

天空中飘着零星的雪片。

城门外的大地上已铺上浅浅的一层雪。

萧绰坐在马车之上，韩德让与耶律隆绪骑在马上肃立两侧，他们身边站着七八名皇卫。

前方，骑兵们披挂整齐，一字排开。

耶律留守作为副将，骑马跟随在队伍旁边。

萧挞凛骑着战马从辽兵队伍前横扫而过，用自己的刀挨个磕了一下士兵们的武器，以激励斗志。

萧挞凛：收复国土，力克定州，攻城——

耶律留守：杀——

萧挞凛将狼牙棒一挥，辽军骑兵万马奔腾，向定州城掩杀过去。

九

1. 松香阁　白天　内景

店小二在前面引路，寇凖进了松香阁大厅。

寇凖在松香阁的大厅里靠窗的座位就座，他四下看了看，大厅里空空荡荡，只有两位中年书生模样的人，在大厅的一角，一边用餐一边低声对谈。

书生甲：是战是和，朝廷里还是举棋不定啊。

书生乙：皇上没有决断，民心便不会稳定，城内好多人家都在忙着南迁。

寇凖听了，回过头来，看了看那两个书生，若有所思。

说话间，店小二端上来四碟菜、一壶酒、一只酒碗，在寇凖面前的桌子上摆好。

店小二：寇大人，请慢用。

寇凖动起筷子，一边独酌一边跟店小二说话。

寇凖：今日这松香阁好生冷清啊。

店小二：这兵荒马乱的，都没心思出来饮酒了。

寇凖：既然今日没什么客人，把你们老板，还有后厨全都叫来，本官有事要向他们请教。

店小二：大人，向后厨请教？莫非大人要学厨艺吗？

寇準：不必多问，让他们全都出来！

店小二：小的遵命。

寇準：两位相公，可否过来一叙？

店小二下去之前，没忘记向两位书生介绍。

店小二：这位是寇大人。

两位书生这才醒悟，连忙走了过来。

书生甲：原来是大理寺卿寇大人，小人有眼无珠，失敬失敬。

书生乙：失敬失敬。

寇準：不知者不怪，两位请坐。

寇準示意二人在自己身边就座。店小二引着店老板，胖大厨一名、中青年厨师六名，店小二四名，两个年纪大的婆婆，两名中年妇人，一起走了过来，众人纷纷向寇準施礼。

店老板：见过寇大人！寇大人是小店常客，有何吩咐，尽管说来。

寇準：来来来，不必拘礼，都坐过来。

众人在寇準周围，或坐或站，围成一圈。店老板和老妇坐在众人前面。寇準饮了一口酒，将酒碗放下。

寇準：诸位大概皆已知晓，辽虏已于北方与我大宋开战，还要一路南下，攻城略地，方才本官看街头有好多人扶老携幼，举家出城逃难，以避战乱，诸位为何还要守在城中啊？

店老板：大人，我们家祖上就是汴京人，这松香阁也是祖上留下来的，传到了小人的手里，小人丢不下。再说了，京城之外无亲无故，小人无处可去，就算是辽虏打到了汴京，小人也要守着松香阁。

寇準：两位相公呢？

书生甲：我辈亦不愿出城逃命，辽虏来了，在下便投笔从戎，誓死抵抗。

书生乙：大丈夫死则死耳，家国有难，我辈又何惜此命？

寇準：好！说得好！甚合我意！

寇準给自己满了一碗酒，一饮而尽。

寇準：婆婆，敢问您在松香阁多久了？

老妇：回大人，我在松香阁已有三十年了，一直在后厨做点心。

寇準：婆婆做的点心我没少吃，人间美味！婆婆为何没有出城避乱？

老妇：回大人，我在汴京城活了一辈子，故土难离，汴京不管是兴是亡，老身都愿守着，哪儿也不去。再说，我家有三个儿子都从了军，在北方守城，一个在大名府，两个在澶州，我要在京城守着，等他们回家。

寇準听到这里，忽然泪积眼角，他站了起来，向老妇拜了三拜。

寇準：婆婆，这是替你那三个儿子拜的。

老妇也红了眼圈，连忙站起来还礼。

老妇：多谢大人。

寇準毕恭毕敬地请老妇坐下。

寇準：不知各位可曾听说，朝中有人建议皇上南下迁都，以避战乱，诸位以为如何啊？

书生甲马上站了起来。

书生甲：迁都避战，便是拱手将大宋江山送给辽虏！

书生乙：南下迁都，辽虏就会停止南下，结束争战吗？结果只能是山河破碎，大宋灭国，子民们都沦为辽虏的奴隶。

胖主厨：辽虏胆敢来犯，我等愿拿起菜刀，一起守卫京城！

众人七嘴八舌：绝不议和！绝不迁都！与辽虏誓死一战！

寇準热泪盈眶。

寇準：寇準多谢诸位，多谢诸位，朝堂上那些主张迁都避战的大臣们，都应当来此处听一听诸位所讲，他们应当感到羞耻！

苏义简匆匆从外面赶来，看见寇準连忙上前。

苏义简：寇大人果然在这里，请随我速速回宫，皇上召见，商议军机大事。

寇準：皇上应该来这里商议军机大事！

苏义简：大人又喝醉了。

寇準：寇某从来没有如此清醒！

寇準拱手一一向众人施礼。

寇準：大宋朝有此等子民，定能打退辽虏！将他们驱逐出境！

众人站起来一起向寇準还礼，寇準随苏义简走出大厅。

苏义简：就知道寇大人会在这里，大敌当前，大人怎么还有心思在这里喝酒？

寇準：我不是在喝酒，而是了解民情，知道民心所向，才能知道我大宋的实力，知道我大宋的实力，才能有决心与辽房誓死一战。

苏义简：皇上召大人速到文德殿议事。

寇準：定是有人将我压下前方奏报的事情告与皇上了。

苏义简：军令如山，战况紧急，大人为何将奏报压下？

寇準：寇某自有道理。

苏义简：等见皇上再说吧。

寇準和苏义简脚步加快，匆匆离开松香阁。

2. 汴京皇宫文德殿　白天　内景

赵恒面色不悦，王钦若义愤填膺地告寇準的御状。

王钦若：陛下，告急奏报如塞北飞雪，文武百官皆如坐针毡，寇大人却将这些奏报压下，知而不告，延误军机，形同欺君！

赵恒：平仲，既知其情，为何不报？

寇準：陛下容臣一一回禀。先说边境奏报之事，无非是说边疆吃紧。我大宋边疆养兵四十万，又占着地利，何以刚刚开战便如此惊慌失措？不如不理会辽军，静观其变，以逸待劳。

赵恒：如果辽兵前来攻城呢？

寇準：水来土掩，兵来将挡，与辽军誓死一战！我宋军不缺壮兵强弩，所缺者，士气也。只要陛下御驾亲征，臣敢断言，不出五天即可击败辽军。大名府，澶州，两座城池皆为重镇。若辽房主力突破我第二道防线，到达贝州以南，陛下便驾临大名府，并召屯驻定州与河东之兵马前来助战。若辽军越过大名，陛下便要亲临澶州坐镇。

王钦若：陛下，万万不可听信寇大人蛊惑之言，陛下千金之躯怎能亲赴战场？陛下一向主和不主战，寇大人应该知晓。

寇準：主和并没有错。我朝与辽国开战，胜者才有资格提出和议，若大宋战败，契丹人兵临京城，你谈什么议和？

赵恒：刘妃和大皇子已经被扣押在辽营，倘若朕北上督战，他们母子二人的安危，又如何保障？

寇準：陛下唯有亲征，才能保他母子二人周全！刘妃尚有如此胆魄，陛下怎么临战犹疑？

赵恒蓦然把脸拉下来，瞪了一眼寇準，站起来拂袖而去。张景宗跟着赵恒下去，临走到寇準跟前，悄悄向寇準说了句话。

张景宗：寇大人所言极是，只是小心，不要逆了龙鳞哪！

张景宗快步跟着赵恒，出了大殿。

王钦若：寇大人，触怒了皇上，我看你这身硬骨头还能撑到几时。

寇準：巧言令色，阿谀谄佞，军机大事都坏在你的手里！

3. 定州城墙　白天　外景

铺天盖地的辽军骑兵从滚滚尘土和遍地狼烟中冲出来，纷纷站在马背上，大呼小叫着，杀向定州城。辽军的先锋部队开始攻城，宋军死守城墙。一部分辽军攻打到城墙上，宋军渐渐退却。

副将呼延赞从人群中杀出，手持双锏，一通乱杀，打退辽军的气焰，鼓舞了士气。城墙上开始短兵相接。

4. 定州城外萧绰大帐　白天　内景

萧绰坐在帐内的案前，详看地图，女官在一旁服侍。韩德让匆匆从外面走进来。

韩德让：启禀太后。

萧绰：战况如何？

韩德让：太后，昨日开战，苦战至今，大将军率宿卫军和部族军，分两路攻城，宋军拼死抵抗，宿卫军死伤八千，部族军死伤一万。

萧绰微微吸了一口凉气。

萧绰：哀家没想到定州一战，竟会折了这么多人马。

韩德让：据臣估算，定州城大宋守军，死伤也以万计。

萧绰：定州城的守将是王超，他曾经与我军交战多年，擅长守城，十分谨慎稳重，每遇我军攻城，他总是下令将士坚守勿逐，死守阵地。

看来，此城不易拿下。

韩德让：太后，我大军后续精甲骑兵即将赶到，大军会师之后，可将定州一举拿下。

萧绰又回到案前，逐一指着地图上的各个城池，详细审视，最后却摇了摇头。

萧绰：我军劳师袭远，不宜强攻。况且，宋师在定州军备充足，我军不可恋战。

韩德让：请太后明示。

萧绰：马上退兵。

韩德让：退兵？

萧绰：等大军会师之后，稍作休整，然后转战瀛州！

5. 辽军大营萧绰营帐　白天　内景

萧绰坐在椅子上，以手抚额。韩德让、铁镜、木易站在旁边，都有些沮丧，沉默不语，萧绰沉默了好久方才开口。

萧绰：没想到攻打瀛州会再次受挫。

韩德让：瀛州久攻不下，城内守兵数量远远超出老臣的预料，再打下去，只怕我军还会伤亡更多，即使攻克瀛州，也没有兵力继续南下。

萧绰：拿不下瀛州，这一仗便不好打了。

韩德让：太后，依臣之见，不妨换一下策略，以退为进，不战而屈人之兵。

萧绰：愿闻其详。

韩德让：我军大兵压境，虽然连受重挫，但大宋也是损兵折将，宋朝皇帝也不可不忌惮。自赵恒登基以来，久无战事，人心思定，此时倘若太后提出条件和谈，索要关南之地，他也许会接受。

萧绰：驸马以为丞相的意见如何？

木易：丞相所言极是，大宋虽久无战事，但兵马操练却没有停歇，刀枪锋利，弓弩强盛，足以御敌。再打下去，我军并无必胜把握。如果借此时机，向大宋皇帝提出收取关南之地，或许会有商讨余地，也能避免更多伤亡。

萧太后来回走了几步之后，终于发话。

萧太后：驸马，就按你方才所说，你去见耶律显忠，命他修书给赵恒，倘若赵恒肯返还我关南之地，哀家便可退兵。

木易：臣遵旨。

木易施礼走出大帐。

韩德让：太后，与赵恒修书之后，我军便要退兵吗？

萧绰：一旦退兵，我大辽便屈居人下，难以提出条件。大兵压境，才能威慑大宋。

萧绰：铁镜。

铁镜：母后。

萧绰：你与驸马虽已成亲多日，但你有没有察觉，他的心还在大宋？

铁镜：母后何出此言？

萧绰：观其行，听其言，方才他那番话，分明是护着大宋，你需多加留意。非我族类，其心必异。

铁镜：母后多虑了，木易是宋朝人，当然不愿看到宋朝的将士伤亡。但是母后放心，他绝不会背叛大辽。

萧绰：你这么肯定？

铁镜微笑着自信地点了点头。萧绰还想说什么，看了看韩德让，却没有说出来。

6. 辽军大营王继忠营帐　　白天　　外景/内景

王继忠坐在大营内独自饮酒，表情十分郁闷。

木易：（营帐外）耶律大人，木易求见。

王继忠略微一愣，没有意识到在喊自己，依旧独酌。

木易：（营帐外，提高了声音）耶律大人，木易求见。

王继忠依然没有回应，继续独酌。

直到木易第三次呼喊，王继忠才忽然意识到在喊自己，连忙站了起来，掀起帐帘，满怀歉意地拱手施礼，将木易迎进来。

王继忠：原来是驸马，实在是抱歉，在下对耶律这个姓氏尚未适应。

木易和王继忠一起进入营帐，王继忠请木易坐下同饮。

王继忠：驸马来得正好，请驸马小酌几杯。

二人就座，王继忠给木易斟了一杯酒。

木易：耶律大人好兴致啊，一人独饮。

王继忠：辽人的酒，浓烈醇厚，与汴京大不相同。

木易：只因辽人地处北国寒地，日常饮酒多为御寒。

王继忠：孤酒难下，来，我敬大人一杯。

二人各自干了，王继忠略有些醉意。

王继忠：醉卧沙场君莫笑，古来征战几人回。大宋无数将士战死沙场，我却一人苟活，由大宋王继忠变成辽人耶律显忠，实在是惭愧。

木易：大人所言，何尝不是我心中隐痛。我虽为驸马，却日日思念京城，思念京城老母亲和弟兄，不知何时才能回归故里。

王继忠拿起酒壶给木易的酒杯倒满。

王继忠：在下来到辽营之后，实在无颜面对刘妃和大皇子，只愿这场战事能早日了结。

木易：我此番前来，正是为了早日了结这场战事。

王继忠：请驸马明示。

木易：太后有意与皇上和谈，特派我来面见大人，请王大人修书一封，送到汴京请皇上御览。

王继忠：此话当真？辽国大军依旧集结在瀛州城下，太后竟然要议和？

木易：且不管太后有几分诚意，只要她有议和之念，这场战事便有希望早日终结。

王继忠：好，事不宜迟，我这便动笔修书，呈与皇上。

木易：愿为大人洗砚磨墨。

王继忠：有劳驸马！

7. 汴京皇宫文德殿　白天　内景

赵恒正在阅读前方战报，曹鉴、寇準和苏义简、张景宗候在一旁。

赵恒面露喜色。

赵恒：瀛州守将李延渥奏报，辽房以云梯攻城，弓弩队压阵，我师以礌石巨木反击，大败辽房。瀛州坚不可摧，已无险情。辽房退兵，驻扎城外十里。

寇准：此番萧绰和辽皇帝亲征，先在定州遇到我师顽强抵抗，转战瀛州再度败北，损兵折将，已是锐气大挫。

赵恒松了口气。

赵恒：瀛州是辽军南下的必经之路，瀛州守住，朕暂可安心了。

寇准：陛下，臣刚收到大同军节度使王继忠亲笔书信一封。

赵恒和曹鉴、苏义简均大吃一惊。

赵恒：王继忠，他居然还活着。

曹鉴：他的死讯是误传，枉费了陛下一片心思，将他追封为大同军节度使，又赠送财物办理丧事，还将他四个儿子加官晋爵，他现已归降了辽国。

赵恒：可恨！投敌叛国，是为不忠。数典忘祖，是为不孝。此等不忠不孝之徒，还有何颜面送来书信！

寇准：陛下息怒，王继忠虽归顺辽国，仍心向大宋，特向臣写信告知萧绰已有停战和谈意向。

赵恒：哦？这王继忠还成了辽国的和谈使者。

苏义简：陛下，王继忠虽是给寇大人修书，其实仍以宋臣自居，言语恭敬，定能好生照料刘妃和大皇子，他们母子二人，早晚会平安归来。

寇准：除非陛下御驾亲征，得胜而还，方能保证和谈，方能保证刘妃与大皇子的安全。

赵恒：那边是兵临城下，这边却又送来了求和的书信，萧绰到底想怎样？

寇准：明修栈道，暗度陈仓，求和只是缓兵之计，仗还是要打。

曹鉴已察言观色多时，终于开口。

曹鉴：寇大人所言极是，萧绰和辽帝亲率三十万大军，岂能轻易退兵？

寇准： 陛下唯有亲征，鼓舞将士，方可击退辽军，令萧绰息兵和谈。

曹鉴： 臣恳请陛下亲征。

8. 冀王府庭院　白天　外景

曹鉴与赵元份步过回廊。

赵元份： 不想辽房这么快便来信和谈，这些天，府上妻小们还正盘算着要暂避到金陵去，让本王好生为难。

曹鉴： 妇人们要避乱是本能，可大丈夫却要知趁乱而起。

赵元份： 岳丈所言极是。

曹鉴： 淑妃小产，皇子又被搁置了。如今皇上表面上在盘算战事，内心却有不为人知的隐忧。他记挂着王爷，盯着这冀王府中每一处动静呢。

赵元份一惊，有些不安。

赵元份： 若皇兄真如此多疑，岳丈也当避嫌，少来王府才是。

曹鉴会意一笑。

曹鉴： 那老夫便再提醒王爷一句。若皇上真的决定御驾亲征，他也只能将汴京城交到王爷手中，王爷切不可推辞。如若皇上亲征之后，未能回朝，王爷权将这当作天命吧。

赵元份： 岳丈大人，你是说……你是说……让我取而代之？

曹鉴盯着赵元份，默默地点了点头。

9. 辽军大营战俘营　白天　外景

一群宋军，全是战俘、伤兵，约二三十人左右，三三两两抬着圆木，或扛着圆木，拉着车向前走。旁边全身披挂的辽军，各执兵器，押着他们往前走。刘娥与李婉儿拿着刚领来的食物从对面走过来。

李婉儿： 姐姐，他们都是我大宋的士兵，被俘获之后，当作苦力使唤。

刘娥： 这些士兵身上都有伤，干这么重的活儿，他们能吃得消吗？

刘娥看着宋兵皱起了眉头。宋兵们正在前行，队伍中，宋兵甲和小宋兵抬着一根长长的圆木，艰难行走。其中小宋兵年纪不大，十四五岁的样子。

小宋兵忽然脚下不稳，摔倒了，被肩上的圆木砸在下面，惨叫起来。

宋兵甲连忙过去，将圆木搬起，旁边有两三个宋兵纷纷放下手里活计，过来帮忙，将圆木搬开，将受伤的小宋兵扶起来。

小宋兵疼痛地呻吟着。辽军头目手里拎着鞭子，带着几名士兵走过来。

辽军头目：快起来干活！

宋兵甲：人受伤了，站都站不起来，还怎么干活？

辽军头目：休想偷懒，你们闪开，放开他，让他给我起来。

辽军抽出军刀逼了过来，宋兵甲和其他士兵只得闪开，将那受伤的士兵放下。

辽军头目来到小宋兵跟前，不由分说，先踢了一脚。小宋兵一声惨叫，倒在地上。

辽军头目走过去，挥起鞭子一阵乱抽，一边抽打一边怒吼。

辽军头目：起来！我让你起来！

小宋兵无力站起来，辽军头目更加怒火中烧。

辽军头目：把他拉走，砍了！

两名辽兵上来，就要将小宋兵拖走。旁边的宋兵都咬着牙，握紧了拳头。有些宋兵已经暗暗拿起了木棍，渐渐围了上来。

辽军也发觉了宋兵似乎要叛乱，都抽出了兵刃，向宋兵们围过来。

刘娥见状，再也忍耐不住。

刘娥：住手！

所有人回过头来，看是刘娥，都有些发愣。刘娥和李婉儿走了过来。

刘娥：大人，他分明已经受了重伤，站不起来了。

辽军头目：走开，这里的事你管不着！

刘娥：大人，你难道就没有父母兄弟、没有儿女吗？将心比心，大人何必为难这个孩子？

辽军头目：这里轮不到你说话，走开！

刘娥走到小宋兵身边，宋兵甲将小宋兵扶了起来，刘娥从自己衣服上扯下一块布条，给小宋兵包扎起来。

刘娥：孩子，坚强些，我和我的吉儿，也在辽营受苦，我们陪你一起度过这场劫难。

辽军头目：你再不走开，别怪我对你不客气！

刘娥站了起来，面对辽军头目。

刘娥：大人，战场上各为其主，互有死伤，只要战争还在继续，谁都难逃受伤、被俘甚至战死的命运。谁都有父母妻儿，谁都是天地间的一条性命，上天有好生之德，太后也在力求两国议和，还请大人发一次善心。

辽军头目被说得无言以对。

刘娥：辽宋战争已经持续多年，无数人流离失所，妻离子散，辽国百姓如此，宋朝的百姓也是如此，如果战争再不停止，还会有更多的孩子会失去父亲，更多的人回不了家，这就是连年征战的恶果。大宋因为这场战争，多少人家妻离子散，阴阳两隔，这场战争给你们契丹人到底又带来了什么？不是跟大宋子民一样吗？这难道真的是你们想要的结果吗？！

在场的宋兵、辽兵听了刘娥的一番话，无不动容，都低下头来。

刘娥：大人请三思，且留这孩子一条性命吧。

周围的宋兵、辽兵都眼巴巴地看着这辽军头目。

辽军头目一时有些不知所措，恼羞成怒。

辽军头目：我知道你是大宋的皇妃，你要在这里扰乱军心吗？把她们给我带走！

两名士兵上前，扭住了刘娥和李婉儿，将她们二人带走。

宋兵们眼睁睁看着她们二人被带走。

10.辽军大营耶律隆绪营帐　　白天　　内景

耶律隆绪和耶律隆庆正在议事。

耶律隆庆：太后已经下旨，让耶律显忠给大宋皇帝修书议和，莫非太后已有退兵之意？

耶律隆绪：母后一定不会退兵，宿卫军虽然损失惨重，但是部族军皆是精兵强将，后续还有大批援军即将赶来，拿下瀛州指日可待。

说话间，萧挞凛在大帐外求见。

萧挞凛：启禀陛下，方才有士兵来报，说宋妃刘娥在军中散布流言，蛊惑人心，致使我军将士士气低落，纷纷厌战。

耶律隆绪一听便怒火中烧，站了起来。

耶律隆绪：早就知道留着她是个祸害，果不其然。大将军，即刻将刘娥、质子还有那个侍女全都抓起来，开刀问斩，为来日开战祭旗！

耶律隆庆听得一惊。

耶律隆庆：陛下，事关重大，是否先禀报太后？

耶律隆绪正在气头上，根本不听。

耶律隆绪：我身为一国之君，这种事情还做不得主吗？大将军，马上行刑！

萧挞凛：遵命！

萧挞凛施礼转身出去，耶律隆绪依然怒气未消。

11. 辽军大营　白天　外景

辽军头目和两个刽子手将刘娥、李婉儿带到大营一个偏僻之处。

辽军头目：跪下。

刘娥：两国交战不斩来使，带我去见萧太后，我不相信这是太后的旨意！

辽军头目：我就是奉了皇上的旨意，将你们斩首祭旗。

刽子手：跪下。

刽子手上前，正要强行让二人下跪，忽然听得木易一声大喊。

木易：刀下留人！

李婉儿转过脸去，看到木易匆匆从远处跑来，终于看到救星，大喊起来。

李婉儿：木易大哥——

木易很快跑到众人跟前。

木易：此事一定要回禀太后，才可决断。否则，太后追究下来，你们个个难逃罪责！

辽军头目：有皇上的旨意在此，我们是奉命行事，驸马横加阻拦，莫非是驸马你要袒护她们不成？

木易：她们二人的性命，事关大局，即便有皇上的旨意在先，你们也要征得太后的意见，方才稳妥。

辽军头目：不必了，动手！

木易无奈，握住了自己腰间佩剑的剑柄。

辽军头目见了，马上拔出刀来。

辽军头目：驸马难道要抗旨吗？

双方剑拔弩张之际，只听铁镜一声大喊。

铁镜：都住手！

铁镜带着一名女官走了过来。

铁镜：太后已经得知此事，命我带她们二人去盘问，你们马上放人。

辽军头目无奈，马上把腰刀插入刀鞘，向铁镜施礼。

辽军头目：遵命！

木易这才松了口气。

木易：夫人，婉儿，你们受惊了，跟我来吧。

木易和铁镜引着二人走开，辽军头目和两个刽子手无可奈何地看着他们离开。

12. 辽军大营萧绰营帐　白天　内景

萧绰与耶律隆绪均是面有怒色。

女官在一旁侍立。

耶律隆绪：朕已经下令将那刘娥斩首祭旗，母后为何还要阻拦？事到如今还留她何用？

萧绰：留她何用？留着她抵得过你十万精兵！

耶律隆绪：母后，刘娥在军营中妖言惑众，扰乱军心，难道还不当斩？

萧绰： 眼下，他们母子还派不上用场，再过些日子，陛下便知道他们的用处了。

铁镜引着刘娥、李婉儿和赵吉走进营帐。

铁镜： 母后，我将他们带来了。

耶律隆绪怒视刘娥，冷冷地哼了一声，走出门外。

刘娥： 太后，我此番来到辽国，一则是以大宋皇妃身份，二则是以使臣身份，没想到皇上如此对待我们母子！

萧绰： 刘娥，无论你是皇妃还是使臣，都应恪守本分，不该动摇我军心，此罪不容饶恕，幸亏铁镜得知，才救下你一命。

刘娥： 我只不过道出了将士们厌战的心声，如果这是罪过的话，那么太后挑起战争，难道就不是罪过了吗？

萧绰没有发作，反而微微笑了。

萧绰： 还从未有人敢说哀家有罪，只不过，是罪是功，不是由你刘娥一人判定，千秋功过，自有后人评说。铁镜，从此以后派士兵严加看管，不得让他们三人擅自走动，免得他们再惹出乱子来。

铁镜： 孩儿遵命。

十

1. 汴京皇宫　御书房　白天　内景

寇准进来，向赵恒施礼。

寇准：参见陛下。不知陛下召臣前来，是为何事？

赵恒：萧绰既然要议和，我大宋便要派遣使臣前往辽国。潘良与曹利用都已向朕毛遂自荐，王钦若又举荐了丁谓，寇爱卿以为何人可堪此任？

寇准：陛下，丁大人升任枢密直学士，朝中政务繁多，不宜离京远行。潘良因平定蜀地兵变未成而被贬职，后来与辽国开战之后，他曾被辽军打败，也不适合前往议和。

赵恒：依平仲之见，便只有选曹利用了？

寇准：曹利用被贬之后，一直闭门不出，诚心悔过，也想借和谈之机立功，我看此去辽国议和，由他去颇为合适。

赵恒：好，朕就命曹利用为和谈使节。

2. 辽军大营刘娥营帐　夜晚　内景

赵吉躺在床上已睡着，李婉儿给赵吉整理被子，给他盖好，然后坐在桌前，摊开了一块布。

刘娥：辽军继续南下，可至今依然没皇上北上的消息。

李婉儿：唉，皇上和援军再不赶来，只怕辽军过不了几天，都要杀到京城了。

刘娥：我必须给皇上写一封信，催他早日出征，只是不知这封信能否送得出。

李婉儿：姐姐，信写好了交给木易大哥，他会想办法送出的。

刘娥想了想。

刘娥：事已至此，也只能让木易冒险一试了。

李婉儿点了点头，来到刘娥身边磨墨。

刘娥提笔，在信纸上写下："皇上，见信如晤，臣妾与吉儿安好，切勿挂念。辽军攻取瀛州未成，已发兵南下，直指大名与澶州，恳请皇上御驾亲征，解救大名，守护澶渊。莺儿谨启。"

3. 辽军大营外　白天　外景

刘娥和李婉儿在照看那些受伤的宋军伤员，或为他们喂水，或为他们清理伤口，忙碌不停。一小队辽兵在旁边守卫，个个手握腰刀，以防宋军生乱。刘娥一边照顾伤员，一边四下察看。远远地，她看见木易带着两名辽兵，又押来数名宋军伤员，刘娥叫住木易。

刘娥：驸马，这里的伤员没有御寒衣物，也没有吃的，伤员难以为生！

木易：夫人，眼下大营内粮草和衣物紧缺，实在难以调配。

刘娥：即便是战俘，也不应如此对待，能否送一些草垫子给伤兵御寒？

刘娥趁这瞬间，把折起来的书信迅速塞到木易手中，木易马上接过来。

刘娥：（压低声）送到宋师驿站。

木易会意，匆匆走开。

木易：（高声）夫人，此事我向粮草官回报，请您耐心等候。

铁镜在不远处出现，将二人的对话和动作，尽收眼底。铁镜见木易走远，她也气呼呼地转身走了。

4.铁镜大帐内　夜晚　内景

女官进了大帐，向铁镜施礼参见。

女官：公主，驸马方才骑马出营，向南去了。

铁镜：他到底还是去了，完全没把我的话放在心上。你马上去山坡上，连放三支五色烟花，把他给我叫回来！

女官：遵命！

女官施礼，匆匆出去。

铁镜：（自言自语）木易，你答应过我的，无论你在何处，只要看到我的五色烟花，你就会回到我身边……

5.铁镜大帐　夜晚　内景

铁镜坐在大帐内，木易回来，向铁镜拱手行礼。

木易：公主……

铁镜：成婚都这么久了，你还跟我毕恭毕敬的，你有没有把我当成一家人？

木易：……既然成了婚，当然……当然是一家人。

铁镜：既然是一家人，为何要瞒着我私自外出？你离开大营，要去往何处？

木易：军营里待得久了……我只是想在四周骑马散散心。

铁镜快要哭出来。

铁镜：你还不跟我说实话！我都看到了，你是要给刘娥送信！

木易张口结舌，支支吾吾说不出话来。

铁镜：这么大的事情你都不跟我商量，都要瞒着我，万一让母后和皇上得知，你知道这是多大的罪吗？连我都救不了你！

铁镜说着，流下泪来。

木易：我向公主赔罪，刘妃的信我已经烧掉了，公主放心。

铁镜的情绪这才渐渐缓和下来，靠近木易。

铁镜：今天的事情我不再追究，但是以后，你再也不能接近刘娥母子，还有那个李婉儿！

木易：我都记下了。

铁镜：你是汉人，生在大宋，长在大宋，你心里还想要给大宋做些事，我也体谅你。可是现在，我是你的妻，你也得慢慢把自己当成一个契丹人……

木易默默点头。

6. 辽军大营刘娥营帐　白天　外景

天已大亮，辽军士兵们开始收拾营帐，准备行装上路。刘娥、李婉儿和赵吉也在忙碌，将打包好的行李搬到帐外。

赵吉：大娘娘，我们要去哪儿？

刘娥：辽军一定是继续南下，我们也随着辽军前行，也许过不了多久，我们就可以跟父皇会合了。

赵吉开心地点了点头。木易向这边走来，一边走一边检查辽兵是否已准备周全。走到刘娥面前，低声对刘娥说话。

木易：夫人，木易未能将信送出，请夫人恕罪。

刘娥：将军已经尽力，何罪之有。只是，今日辽军突然移营，不知要去往何处？

木易：转战大名府，娘娘多多保重。

木易走远之后，李婉儿这才转过身来，看他背影，目光中满含情意。

刘娥：辽军转战大名府，再下一城，便是澶州了。

李婉儿：情况如此紧急，也不知皇上此时有没有启程。

刘娥：但愿皇上能早做决断，启程北上。

7. 汴京皇宫御书房外　夜晚　外景

夜幕低垂，御书房的窗户透着烛光。寇準跪在殿前守候良久，执拗地要向赵恒进言。张景宗从殿中步出，来到寇準面前。

张景宗：寇大人，陛下龙体欠安，今日就在御书房歇息了。寇大人您已跪了两个时辰，早些回去吧。

寇準不甘心，双手高举笏板，冲着御书房里高喊。

寇準：萧太后与辽皇帝亲率二十万大军直逼大名府，大名府孤立无援，澶州城危在旦夕，陛下唯有亲征北上，方能鼓舞军心，定下战局，请陛下三思啊……

话音未落，御书房里刚刚还亮着的烛火瞬间熄灭。

寇準大失所望，长叹一声站了起来，他失魂落魄地转身，离开了御书房。

寇準：陛下若不出征，大名沦陷，澶州沦陷，大宋亡矣……

8. 寇準府大厅　早晨　内景

寇準歪着脑袋，瘫倒在椅子上。宋氏在旁边轻轻晃动他的身子，用丝帕将寇準脸上的污渍擦去。

寇準：皇上若不御驾亲征，大宋危矣。今日在文德殿，王钦若和郭贤竟然联手反对我，阻止皇上亲征……有谁能唤醒皇上，救我大宋啊……

宋氏：郭大人是皇上岳丈，自然最见不得皇上身涉险境。王钦若刚刚升任参知政事，对皇上感恩戴德。这两人反对老爷你，也是意料之中。

寇準：我不信满朝文武，竟无一人与我同心！

宋氏：老爷真是喝糊涂了，支持御驾亲征的人，也是最赏识老爷的人，老爷偏偏想不起来了。

寇準：夫人说的是谁？

宋氏：还能有谁？

寇準忽然坐了起来。

寇準：夫人说，最赏识我的人是……对啊！他肯定是支持我的啊……不过，近几日朝会之时，这老头子并未站在任何一方，既未力主亲征，亦不赞同移驾避战，我实在摸不透他的心思。

宋氏：老人家自然明白皇上的难处，有些话不方便说，他是在等待时机。

寇準：夫人说得是，夫人说得是！时机已到，我马上去见他！

寇準听罢犹如醍醐灌顶，站起就往外面跑。

宋氏：老爷，等你醒了酒再说！

寇準：早就……早就醒过来了！

寇準忽然发现脚下只穿一只靴子，还有一只靴子没有穿上，他连忙跑回来，抱起靴子跑出去。

9. 毕士安府大门　清晨　外景

寇準抱着一只靴子，一脚浅一脚深，匆匆来到毕士安府的大门。大门还关着，寇準上前将大门拍得"嘭嘭"直响。直到毕府的家仆把门打开，寇準才停下。

家仆：见过寇大人。

寇準：宰相大人何在？我必须马上见他。

家仆：老爷刚刚穿了朝服，正要去上朝……

毕士安走了过来。寇準一眼看见毕士安，马上走过去，一下跪在毕士安面前。

毕士安：起来起来，寇大人你这是何意？

寇準：毕大人，现在只有您能救得了大宋了。

毕士安：寇大人何出此言？到底出了何事，让你急成这样，靴子都来不及穿？

寇準这才意识到手里还抱着靴子，他马上就地坐在门外，费力地穿靴子，一边穿一边跟毕士安说。

寇準：待我穿上这靴子，再来跟大人细说。

毕士安看着寇準忙活的样子，又与家仆对视，二人不禁暗笑。

10. 毕士安府大厅　早晨　内景

毕士安将寇準引入大厅，二人在桌旁落座。

毕士安：方才平仲说，只有老夫才能救得了大宋，老夫担当不起啊。

寇準：宰相大人明鉴，辽兵移师澶州，双方相峙，局势岌岌可危，皇上若能亲征，此战可胜，皇上若拒不出征，此战堪忧。澶州陷落，则京城难保，京城失陷，则大宋亡矣！如今，能说服皇上的人，唯宰相大人一人，所以唯有宰相大人您能救大宋！

毕士安：平仲，少安毋躁。

寇準：皇上若再不决定出征，下官愿舍生取义，当朝向皇上死谏，就在皇上的龙椅之前触柱而亡！

毕士安：万万使不得，万万使不得，来日澶州之战，还全靠平仲运筹帷幄，替皇上决断战局，平仲若死谏，谁还能堪此重任，皇上又能找谁来出谋划策？

寇準：平仲愚钝，听宰相大人这番话，仿佛是说，皇上早晚都会北上，御驾亲征。大人可有此意？

毕士安：老夫以为，皇上早已拿定了主意，他在选一个合适的时机出征。

寇準：何以见得？请宰相大人明示。

毕士安：以平仲对皇上的了解，大敌当前，皇上会选择退居金陵以避战吗？

寇準：不会。如果皇上真的贪生怕死，早就将关南之地割让给萧太后了。

毕士安：这便是了。

寇準：但是皇上又一直举棋不定，下官实在难以揣测。

毕士安：依老夫看来，皇上迟迟没有出征，一则是要消磨一下辽兵的锐气，二则是要料理好皇宫的大小事务，才能放心北上啊。

寇準：有宰相大人留守京城，皇上还有什么放心不下？

毕士安：皇上所担忧的，其实是冀王。

寇準：冀王？

毕士安：平仲以为，那些匿名谏书是何人在后操控？"金匮之盟"的旧说近日为何又在坊间议论起来？

寇準：皇上既然心如明镜，为何不将冀王就地治罪，以绝后患？

毕士安：宗亲贵胄之于宫闱，犹如老树深根，盘根错节。冀王或许并无反心，但他身边到底有多少人在蠢蠢欲动，就不知道了。冀王并未行动，皇上又能拿他奈何，以何理由将其治罪？

寇準：依宰相大人之见，当如何处置？

毕士安：皇上自幼长在宫中，如何处理皇族之间的关系，定然有自己的主见。不过皇上宅心仁厚，顾虑较多，也是皇上迟迟没有北上的原因。今日上朝，你我配合，再向皇上进谏，让皇上当机立断，早日出征。

寇准马上兴奋地站了起来。

寇准：如此甚好，宰相大人，你我赶快上朝，向皇上进谏！

毕士安：若没有平仲你登门来访，此时老夫早已进皇宫了。

寇准：快走快走。

寇准手里拿着茶盏就往外走，和毕士安一起走到大厅门口才发现手中之物，又退了回来，把茶盏放回桌上，才又匆匆转回身出门。

11. 汴京皇宫　大庆殿　白天　内景

百官入殿候列，待赵恒步上龙座，张景宗在一旁侍立，众大臣跪叩山呼万岁后站起。毕士安最先出列。

毕士安：陛下，臣有事启奏。

赵恒：爱卿请讲。

毕士安：陛下，辽军日益逼近，大名府岌岌可危。一旦沦陷，辽军必将长驱直入，祸及京城。臣以为，陛下御驾亲征，我军必将士气大振，一鼓作气，旗开得胜，可将辽军就此击退。

赵恒：宰相进谏，要朕御驾亲征，诸位爱卿意下如何？

寇准见时机到了，立刻出列跪下。

寇准：陛下，大名府之南，北方重镇澶州，是我大宋南北交通之枢纽，兵家必争之要津，如今澶州人马匮乏，粮草不足，臣恳请陛下亲征，亲率大军援助澶州，臣愿随皇上北上，誓死守护澶州。

苏义简：臣苏义简，愿随驾亲征，不退辽虏，誓不还朝。

毕士安带领苏义简和寇准等人齐齐跪下。

毕士安的一番话打动了朝臣，主战派们也都纷纷倒向了毕士安，亲征派成了多数。

李继隆与李继和兄弟也都跪下。

毕士安：愿陛下早早定夺，救我大宋于危亡。

赵恒从御座上站起来。

赵恒：既然众爱卿勠力齐心，朕又有何惧，亦复何忧？朕意已决，即日启程，亲率大军北上抗辽。

毕士安与寇準依然伏在地上，二人闻听此言，不禁欣喜地相互看了一眼，寇準已经眼中含泪，像是憋闷已久的发泄般，忽然第一个大声喊叫起来。

寇準：陛下圣明啊——

寇準以头触地，再拜。

朝中大臣们随同寇準，齐声称颂。

众臣：陛下圣明，陛下万岁万万岁——

一波波的声浪，让王钦若、郭贤、曹鉴和丁谓等人再无回旋余地，他们显得十分尴尬。

赵恒：诸爱卿请起！

王钦若也上前向赵恒叩首施礼。

王钦若：臣亦愿随驾北上，以尽绵薄之力。

赵恒：朕准了。

郭贤、曹鉴则站在一边，一言不发。

毕士安：陛下，老臣也愿随陛下一同出征。

赵恒：宰相年事已高，就不要随军北上了，您与太傅留守京城，主持朝政。

曹鉴闻听，暗中大喜，此举正合他的心意，在一旁不露声色地点了点头。

毕士安/曹鉴：臣遵旨。

赵恒：李继隆、李继和、潘良听旨。

三人立刻出列施礼。

李继隆/李继和/潘良：臣在。

赵恒：朕命你三人率军与朕一同出征。

李继隆/李继和/潘良：臣遵旨。

李继和、李继隆向赵恒施礼接旨，李继和在低头一瞬间，与曹鉴有过短暂的目光交接。

12. 汴京皇宫御书房外　夜晚　外景

李继隆由一个小宦官引着，来到御书房外叩见。

李继隆：末将李继隆参见陛下！

13. 汴京皇宫御书房　夜晚　内景

赵恒听到李继隆的声音，微微一笑。

赵恒：宣他进来。

张景宗：遵旨。

李继隆来到御书房，跪叩于赵恒身前。

李继隆：臣李继隆参见陛下，陛下圣躬万福。

赵恒上前搀扶李继隆。

赵恒：快快请起。大将军是先帝旧臣，又是朕的舅亲，战功赫赫，于我大宋江山有再造之功。

李继隆仍跪地不起。

李继隆：陛下，臣妹李皇后曾助楚王夺嫡，当时，臣正在外戍守边疆，并未参与其中，也不知她有此谋逆之举。当下辽宋大战，正值陛下用人之际，臣愿为陛下肝脑涂地，誓死尽忠！

赵恒终于将李继隆扶起。

赵恒：朕自然信得过大将军，否则，为何二度召见？今日再召大将军，是因那建雄军节度使王超不听调度，澶州兵力不足，亦无朕可放心的将领。

李继隆：臣愿与舍弟李继和护陛下北上，赴汤蹈火，万死不辞。

赵恒：好，朕这就封你为澶州守将。

李继隆：谢陛下。

14. 冀王府大厅　白天　内景

曹鉴和赵元份坐在厅堂间品茶，中间的八仙桌上，端放着一只白瓷茶壶。两只茶碗已倒上了热茶。

曹鉴：殿下，皇上即将御驾亲征，这皇宫也要易主了。

赵元份虽心有准备，仍是一惊。

赵元份：皇宫易主？岳丈此话怎讲？

曹鉴：皇上北上，除了殿下之外，他还能留下谁坐镇京师？这不是皇宫易主的天赐良机吗？

赵元份：皇兄北上，朝廷上还有王旦、毕士安这些顾命大臣，都在虎视眈眈，我怎好轻举妄动？

曹鉴：老夫为殿下谋划已久，楚王旧部已由老夫接管，还有大将李继和也愿意为殿下效命。

赵元份：李继和？李太后的弟弟？

曹鉴：李太后、李继隆、李继和兄妹三人，原本在朝中颇有势力，但是，自从李太后被废，兄弟二人一直得不到重用。这次皇上北上，他们才被起用，李继隆被任命为澶州守将，已经出征，弟弟李继和被任命为御前督护使，一路跟随皇上护驾。

赵元份：这兄弟都被皇上重用，那李继和又怎么会效命于我？

曹鉴：殿下有所不知，这兄弟二人想法并不相同，李继隆对皇上忠心耿耿，而弟弟李继和，对皇上却一直颇有怨言，所以经过老夫几番试探，李继和愿意与老夫携手，助殿下起事，此次皇上御驾亲征，他不离皇上左右，机会难得。

赵元份看了看曹鉴，依然不敢确信。

曹鉴：李继和在外将皇上掌控，老夫在京城稳住毕士安与王旦，里应外合，大事可成。

赵元份：……此事果真能如岳丈所说？

曹鉴：万无一失！圣上出征前一定会面见殿下，殿下在皇上面前，一定要披肝沥胆，向皇上示忠，千万不可让他有所怀疑。

赵元份像是终于被说动了，默默地点了点头。

15. 汴京皇宫垂拱殿　白天　内景

垂拱殿内，赵恒坐在龙椅之上，张景宗于旁边侍立，再无外人。赵元份走进垂拱殿，一看到赵恒便跪下行礼泣不成声。

赵元份：陛下，陛下千万不可北上啊，陛下此去若有不测，臣弟也不愿独活了……

赵恒：元份多虑了，朕此番北上，关乎大宋的士气，事关战局之成败，御驾亲征势在必行！

赵恒向张景宗示意，张景宗连忙上前将赵元份扶起。

张景宗：殿下请起。

赵恒从龙椅上站起，走到他面前，拍着他的肩膀。

赵恒：四弟可知，朕召见你所为何事？

赵元份：臣弟不知。

赵恒：朕北上之后，要将皇宫托付于你，留守汴京，朝廷之事，由你来执掌。

赵元份吓得往后退了一步。

赵元份：不可不可，一国之重，我怎能承担得起？

赵恒：兄弟同心，其利断金。朕相信四弟，这大宋的朝廷，除了托付给四弟你，朕还能托付给谁？况且大小事务有宰相毕士安辅助，你放心便是。

赵元份：元份一定不负陛下重托，守在京城，等待陛下得胜归来！

赵恒：这就对了。

16. 汴京皇宫垂拱殿外　白天　外景

王旦已经候在垂拱殿外，在等着赵元份出来。

赵元份抹着眼泪从里面出来，王旦施礼见过之后，盯着赵元份远去的背影，拈须看了片刻，才转身进殿。

17. 汴京皇宫垂拱殿　白天　内景

王旦步入殿中，跪叩行礼。

王旦：臣参见陛下，陛下圣躬万福。

赵恒：爱卿平身。

赵恒示意王旦走近，王旦会意，起身后，向前走了几步。

赵恒：爱卿的德行与谋略，治世之才能，很少有人能够比肩，所以朕北征之后，特留你在京城，辅佐宰相。

王旦：请陛下放心，臣一定不负重托。

赵恒：朕北征十日之后，若接不到退敌的消息，你与宰相当立二皇子为帝，你与宰相当尽全力辅佐。

张景宗将一封密诏交付王旦。

张景宗：陛下密诏，请大人妥善保存。

王旦：臣谨遵圣命，定不辜负陛下重托。

18. 汴京皇宫郭皇后寝宫　白天　内景

赵恒与郭皇后坐在寝宫的桌旁，一旁站着晴仪，赵祐正站在赵恒面前，恳求赵恒。

赵祐：父皇，父皇不要走，父皇不要离开我和母后！

赵恒：祐儿，父皇是一国之君，天下的百姓都在等着父皇，北方的将士也都在等着父皇，父皇不能不去。等你长了，等你有一天也成为一国之君，你自然就会明白。

赵祐点了点头。

赵恒：父皇此去，定会旗开得胜，早早还朝。父皇不在时，你要听母后的话，要好好练字背书。

赵祐：为何孩儿每日都要练字背书？

赵恒：你是朕的皇儿，将来要以德治天下，以仁治天下，只有读明白了圣贤之书，来日才能成为一位好皇帝。

赵祐：祐儿记下了。

赵恒：既然记下了，就快去跟太傅读书吧，等父皇回京，再来考你。

赵祐：祐儿一定不会让父皇失望！

赵祐向赵恒施了一礼，跟着晴仪退了出去，赵恒看着赵祐出去，眼光久久没有转回来。

郭皇后：皇上即将北上，是否还有事放心不下，要对臣妾交代？

赵恒：祐儿虽然年幼，却性情温和，好学上进，将来会是一位仁君。此番北上，如果朕不能回京，便让祐儿继位。

郭皇后听到此处，马上泪染双睫。

郭皇后：陛下一定会平安回来，大宋不能没有陛下，祐儿也不能没有父皇。

赵恒：朕已经叮嘱过元份留守京城，此后宫中和朝廷事务，一概由他决断。元份生性懦弱，为人忠厚，朕对他没有疑心，但是他身边的人，朕却放心不下，元份耳软心活，难免会被说动。所以，朕已经让宰相立下了密诏，倘若朕此去不能回归，即刻让祐儿继位，宰相和朝廷众臣，一定会鞠躬尽瘁，辅佐祐儿。也唯有如此，才能保全你们母子。

郭皇后泪流成行，她看着赵恒，点了点头。

郭皇后：臣妾记下了。

十一

1. 白马驿　白天　外景

赵恒一马当先率领大军踏上征程,途经白马驿。正行走间,张景宗忽然愣住了,叫住了赵恒。

张景宗:皇上,您看前面。

赵恒忽然远远看到,前方的路中间有一人,骑在马上。赵恒定睛细看,那人竟是文伽凌,只见她一身戎装,十分惊艳。文伽凌像是在途中等待已久,她一看到赵恒,马上开心地笑着催马过来,飞驰到赵恒马前,翻身下马施礼。

文伽凌:臣妾参见陛下。

赵恒:伽凌,你为何在此?

文伽凌:臣妾要与三军一起北上,守护陛下!

赵恒:什么,你也要北上?

文伽凌点了点头,诚恳地看着赵恒。

赵恒:真没想到,你竟然不惜违抗朕的旨意,也要追随而来。

文伽凌:吐蕃女子,言出必果。即便违抗陛下旨意,臣妾也要追随陛下,生死与共。

2. 辽宋边境　白天　外景

北疆的雪野,举目四顾,看不到村子和人烟。

赵恒身着戎装，率寇準、苏义简、潘良、李继和等文武众官，还有随行的文伽凌、张景宗和大队宋军向北进发。

长长的行军队伍，给一望无垠的雪地划开了一道口子。

3. 汴京皇宫御书房　白天　内景

曹鉴没有禀报便匆匆走进御书房，来到赵元份身边。

曹鉴：见过殿下！思齐，你且退下，我与殿下有大事商议。

曹思齐向曹鉴施礼请安后，脸上带着狐疑和不安，退出了御书房。曹鉴面色阴沉将一纸条展开，交给赵元份。

曹鉴：殿下，这是飞鸽刚刚从边境带来的消息。

赵元份展读之后，大惊失色，如坐针毡。

赵元份：早就担心这李继和会坏事，果不其然，当初就不该让他去！岳丈快想想应对之策呀！

曹鉴：殿下不必担忧，李继和虽然行事有些莽撞，但他绝不会供出殿下。

赵元份：一旦用上大刑，他能挺得了几时？迟早会将你我供出来！皇上他绝不会放过我……

曹鉴：皇上与殿下乃同胞手足，他会处置王爷羽翼，不会杀王爷。

赵元份：我要离开京城，带着思齐去金陵避乱。

曹鉴：万万不可，皇上要殿下你镇守汴京，殿下却擅自逃离，这分明是不打自招。

赵元份：那该如何是好？莫非让我坐以待毙吗？

曹鉴转过脸去，脸上微微露出不耐烦的表情。

赵元份：李继和已沦为阶下之囚，王超还能兴风作浪吗？皇兄肯定早已经在宫中布下眼线，毕士安、王旦等人，都是皇兄的心腹，随时都能将我拿下。我不能束手就擒，我和思齐，还有她腹中的孩子……

曹鉴：思齐已有身孕……殿下更需谨慎，此时殿下什么也不要做，只需耐住性子，静观其变，老臣会将此事处理妥当。

4.辽宋边境赵恒大帐　白天　内景

寇準正向赵恒禀报李继和被捕获的事情,赵恒面向帐壁上挂着的地图,背对寇準。

寇準:李继和已被苏大人拿下,请问陛下如何处置?

赵恒:李继隆与李继和,兄弟二人本是一母同胞,却一忠一奸,一正一邪,差别竟如此之大。

寇準:李继和因姐姐李太后之死对陛下心存芥蒂,才起了谋逆之心。

赵恒:李太后当年图谋篡位,结果事败,朕体恤她侍奉过先帝便饶她一命,不承想这李继和,不但没有感恩之心,反而以怨报德。

寇準:陛下,李继和不念圣恩,早就对陛下怀恨在心。当初陛下离开京城之后,臣与苏义简已经觉察到他有些异样。

赵恒:李继和胆子再大,也不敢独自举兵起事,定是有人与他合谋。

寇準:臣已审过李继和,他声称合谋之人,正是王超。

赵恒:王超?怪不得他坐拥二十万人马,却拒不出兵救援大名府。

寇準:王超是否与李继和合谋,尚待查实,只是王超手握兵权,要拿下他,还需用计。李继和谋逆坐实,罪不可恕。

赵恒:谋逆乃是死罪,但是临阵斩将,乃是出征之大忌,且将他押入韦城大牢,来日朕要亲自审他。

寇準:遵旨!

5.辽军大营萧绰营帐　白天　内景

萧太后盯着地图上澶州的字样在思索,韩德让走进来。

韩德让:太后,大宋派来的使臣曹利用即将到达营地。

萧太后:好,看来赵恒的确是愿和不愿战,使臣来到之后,先将他留下招待,不必带他来见我。

韩德让:臣明白,太后是想用议和让赵恒放松警惕,为大将军南下赢得时间。

萧太后：哀家的心思，德昌从来没有猜错。

6. 辽宋边境　白天　外景

　　文伽凌的马车已经备好，车夫站在马车一边，文伽凌坐在马车上，打开窗帘，张景宗骑着马，一边走一边跟文伽凌说话。御医跟在马车后不远处。

　　张景宗：贵仪娘娘连日随皇上行军，过于劳累，前方即将抵达韦城，依奴婢之见，贵仪娘娘还是应该在城内歇息几日为好，免得皇上挂念。

　　文伽凌：长途行军这也不是我第一次，我没那么娇气！

　　刚说完这句话，文伽凌忽然"哎哟"了一声，把张景宗吓了一跳。

　　张景宗：贵仪娘娘，您这是怎么了？快停车！

　　马车停下，张景宗快步走到马车跟前，文伽凌一迭声地"哎哟"起来。

　　张景宗：娘娘，您哪里不舒服？

　　文伽凌：又来阵痛了，小皇子他醒过来了，他要动弹了，哎哟……哎哟……

　　文伽凌痛得一时也说不出话，一把扶住车窗，不住地"哎哟"。张景宗惊慌失措，一边照顾文伽凌，一边招呼御医。

　　张景宗：赶快过来啊！

　　御医：娘娘哪里不适？

　　文伽凌只是"哎哟"个不停，说不出话来。赵恒与苏义简、潘良骑马赶过来，赵恒见状，连忙下马，走上前去，来到马车旁，文伽凌一见赵恒来了，马上抓住了赵恒的胳膊，"哎哟"的声音也渐渐低了下来。苏义简与潘良也翻身下马，站在不远处守着。

　　文伽凌：陛下……

　　赵恒：伽凌这是怎么了？

　　御医：陛下，贵仪娘娘这是忽然来了阵痛，不必担心，让娘娘在车内休息片刻就好。

　　赵恒：伽凌身怀龙胎，一路行军过于辛苦，还是在途中找一处地方住下，保胎要紧。

苏义简：陛下，再往前走不远，便是韦城了。

赵恒：马上派快马赶往韦城，为贵仪安置一处行宫，让贵仪休养。

张景宗：遵旨。

赵恒爱怜地看着文伽凌，替她擦去了头上的汗水。

赵恒：早知如此，便不该让你随行。

文伽凌：只要能跟陛下在一起，伽凌什么苦都能挺过去。

7. 冀王府密室　夜晚　内景

赵元份步入密室，曹鉴已经在等候了。一同等着的，还有二十几位身着布衣的壮士。

众壮士：（齐齐跪下）属下参见冀王殿下！

赵元份将他们一一打量了一番。

赵元份：他们是什么人？

曹鉴：这些义士乃是楚王旧部，老夫将他们召集，一旦王超起兵，王爷可用这支人马夺取皇城。

赵元份：区区二十人，要与殿前司抗衡，谈何容易！

壮士甲：回殿下，我等在城外还有五千死士，愿为殿下效力！

赵元份：五千人？岳丈事先为何不与我商议？这么多人，万一走漏了风声，你我便可坐实谋逆之罪！

曹鉴：王爷放心，这五千人如今已散入乡间民户，朝廷不会察觉。况且皇上此时不在汴京，何人能定王爷的罪？即便有宰相盯着殿下，殿下有兵在手，已然掌握了先机。

赵元份：李继和已死，王超心意难测，岳丈现在要起事，有些操之过急吧？

曹鉴：眼下大局未定，殿下怎能如此灰心？他们尚且敢为殿下而死，殿下却没有勇气吗？我与思齐还能合仰仗殿下？

8. 汴京皇宫大庆殿　白天　外景

大庆殿上，赵元份坐于龙椅一旁的椅子上。曹思齐、郭皇后也坐在两侧，宦官雷允恭站在龙椅旁召见各国使臣。

雷允恭：大食国御史觐见！

一位头戴碧玺珠毡，身着金绣绒袍，又蓄了胡须的高挑男子携众侍卫步上云阶，那些男女随侍亦穿戴得珠光宝气，手将贡物托在肩侧。

雷允恭：拜！

御史施礼伏拜后，随侍们将贡物一一列在郭皇后和冀王驾前的乌木案上，等候清点。

雷允恭：蔷薇香露五尊——驼绒锦四十匹——麒麟竭八斗……

曹思齐悠然自若地走过来，观赏着案上之物，挨个抚了一遍。

曹思齐：臣妾想要那驼绒锦，王爷赐我可好？

赵元份：思齐少候。

他又瞥向郭皇后，只见她肃穆着面孔，却毫无赏物之兴。

赵元份：皇后？

郭皇后不应声，故意不与他搭话似的。

赵元份：这大庆殿当真是览尽荣华之处，皇后想必是见得多了，瞧不上这些俗物。

郭皇后：殿下，皇上正在北境御敌，我朝正在全力抗击辽虏，殿下竟然还有心纳贡，将先帝与皇上视若荣冕的大庆殿当作了玩日愒月之所。

赵元份：本王何尝不焦灼呢？只不过，皇上将皇宫交与本王，自当不负所托，还望皇后不要生了误会。今冬尤其寒冷，这驼绒锦拿来做长裰再好不过了。回头我命司衣坊为太后、皇后、公主和思齐各裁制几套，皇后以为如何？

郭皇后：在这皇宫待着不比行军打仗，北方天寒地冻，缺衣少穿，让尚衣局紧着赶制几套，给皇上送去才是。

赵元份：皇后所言极是。

9. 汴京皇宫宫道　白天　外景

郭皇后坐凤驾回宫，晴仪在一边不住地叨念。

晴仪：那曹思齐当真是不知尊卑，宫廷贡物本该由皇后娘娘分配，她倒先抢着将驼绒锦拿去了，皇后娘娘不该如此纵容她。

郭皇后：曹思齐到底是太傅之女，又得冀王宠爱，我若为几匹布教训了她，那是与冀王和太傅过不去。

晴仪：皇后娘娘位尊，自然不会计较那几匹驼绒，可奴婢还听闻，曹思齐私下与婢女们戏耍皮影，说淑妃时常闭门不出，是有了身孕。

郭皇后：皇上北上之前，已经让太医送药给淑妃，让淑妃服药封了身，这会儿怎么可能会有了身孕？

10. 汴京皇宫潘玉姝寝宫　夜晚　内景

潘玉姝出浴更衣后，又坐于镜前，将长长的白色束带扎于腰间。身后月儿还在为她梳头，见了那束带颇为不快。

月儿：娘娘这一胎本来就保不准，怎好再用这东西呢？

潘玉姝：上回小产可是惊动了六宫，如今她们皆知我封身休养，一旦被看出来，你我便是欺君的死罪，快来帮我系紧些。

月儿俯下身，不情愿地将束带又紧了紧。

月儿：这离临盆也不远了，还能瞒多久呢……

内官：（画外音）皇后娘娘驾到——

月儿：皇后娘娘怎么来了？

潘玉姝：皇后她素常甚少来我寝殿，怕是生了疑心。快帮我更件散袍，待会儿无论如何，都不能露出破绽！

月儿紧着为潘玉姝将袍系好。

月儿：这回月儿就是死，也要保住娘娘的孩子。

11. 汴京皇宫潘玉姝寝宫　夜晚　内景

潘玉姝和月儿从内殿步出迎驾，施礼。

潘玉姝：玉姝参见皇后娘娘，皇后娘娘圣躬万福。

郭皇后：妹妹不必拘礼。许久不见妹妹去妃嫔们的茶宴，可是身子哪里不舒服？

潘玉姝：有劳皇后娘娘挂念，玉姝倒无大碍，只是御医嘱托小产后不可受寒，这才不爱出屋了。

郭皇后：是啊，北风愈来愈劲，愈来愈冷，这一冬可好生难熬啊。

郭皇后拉着潘玉姝坐到榻上，命晴仪把贡物列成一排，郭皇后逐个讲述。

郭皇后：今日大食国与高丽入朝纳贡，我挑了些妹妹喜欢的带来。这是大食国的蔷薇香露，仅有五尊，金贵得很，我为妹妹留了一尊。另外还有高丽的红参和珍珠膏，都是美颜养身的上品，还有，我让太医给备下了一味保胎补品，也都为妹妹留下了。

潘玉姝：多谢皇后娘娘厚爱，玉姝感恩不尽。只是这保胎补品玉姝暂还用不上，皇后娘娘不如赐予思齐妹妹吧。

郭皇后：曹思齐已将妹妹有孕的事传遍后宫了，妹妹究竟还要欺瞒我到何时？

潘玉姝一听大惊失色，连忙跪下。

潘玉姝：玉姝万万不敢欺瞒皇后娘娘，还请皇后娘娘勿要听信谣言。

郭皇后随即将潘玉姝的散袍掀开。

月儿：皇后娘娘不可！

晴仪上前将月儿拉过便掴了一掌。

晴仪：放肆，竟敢对皇后娘娘不敬，滚出去！

月儿不敢出声，低头走了出去。

郭皇后用手在玉姝小腹上一搭，便马上明白了，脸色马上沉了下来。

郭皇后：你竟然连皇上都敢欺瞒！

潘玉姝再次跪了下来。

潘玉姝：娘娘恕罪……

郭皇后：我来并非要为难你，你只需将此事告知皇上，劝皇上早日回朝，你便可好好将这孩儿生下来。

她将那束带扔在了地上，潘玉姝随即落下泪来。

潘玉姝：皇后娘娘要罚玉姝便罚吧，何必如此大动干戈，羞辱一番呢？

郭皇后：玉姝啊，萧挞凛已经屯兵在澶州城下，即将攻城，倘若皇上回不来，你我都成了孀妇，只怕郭家和潘家，都会成为冀王的阶下之囚。

潘玉姝：我宋师两倍于辽虏，皇上如何会性命堪忧？

郭皇后：军中派系繁杂，各谋其利，王超二十万大军竟数月不听调遣，皇上要面对的不止辽虏，大宋的沙场也不止北境。

潘玉姝：皇上要处理这么多大事，他又如何会顾及我腹中孩子？

郭皇后：你修书一封告诉皇上，你腹中已经怀有龙嗣，让皇上知道，皇子比澶州城更重要，汴京城比澶州城更为重要，让皇上早日还朝！

潘玉姝听完郭皇后的话，缓缓点了点头。

12. 韦城议事阁　夜晚　内景

潘良步入议事阁，赵恒正于案前览阅一封急报，面露焦灼之色。

潘良：潘良参见陛下。

赵恒：李继隆发来急报，萧挞凛起兵南下，已经临近黄河，澶州告急。

潘良：陛下，探子还从北面传来消息，王超忽然率二十万大军，直逼大名府而去。

赵恒：瀛州和大名府告急的时候，他在定州按兵不动，现在萧挞凛即将打到澶州，他私自带兵前往大名府，是何居心？

潘良：陛下，王超的用心十分明显，他这是要兵谏。

赵恒：兵谏？莫非他要效法太祖陈桥兵变、黄袍加身吗？

潘良：眼下尚不得而知，但是王超要反，已经毫无疑问。陛下，王超谋逆，辽军大兵压境，定有一场恶战，倘若澶州失守，战乱之中，陛下的安危实在难以预料。

赵恒：全天下人都知道御驾亲征，朕怎么能半途而废？刘妃和吉儿还在辽营，朕岂能回去？

潘良：陛下，淑妃娘娘刚刚传来书信，她已经怀上了陛下的皇子！

赵恒：什么……

赵恒一惊，继而显现出些许气愤。

潘良：她一直怕陛下分心，这才隐瞒下来。

赵恒：玉姝小产没有多久，如何能再次怀孕！朕明明将封身的药给她吃了，她竟敢欺君罔上！

潘良：陛下难道不想要这孩子吗？淑妃娘娘命都豁出去了，不就是为了龙脉延续吗？御医已经为娘娘把过脉，说定是皇子。

赵恒：玉姝怀孕，便让她在皇宫安心养胎，朕又何必返京？

潘良：陛下，冀王守在京城，极有可能乘机作乱，依微臣之见，陛下还是速速移驾回京为上，稳住京城，也保全了陛下。如果京城大乱，保下澶州也是枉然。

赵恒一时有些犹疑。

赵恒：将寇準与苏义简传来，前来议事。

潘良一愣。

潘良：陛下，此事陛下即可做主，又何必传他二人。

赵恒有些烦躁地挥了挥手。

赵恒：快去！

潘良无奈，点头答应，躬身施礼出去。

13. 汴京皇宫文德殿　白天　内景

郭贤和潘伯正、毕士安、王旦、曹鉴一同觐见冀王赵元份。

郭贤：殿下，王超兵变，辽军继续南下，皇上甚危，请冀王劝皇上归朝！

潘伯正：王超有二十万大军，敌众我寡，皇上危在旦夕，必须即刻返朝。

毕士安/王旦：请冀王修书，劝皇上归朝。

曹鉴也跟着附和，又偷偷抬眼看赵元份。赵元份无奈，只好同意。

赵元份：诸位爱卿忠心可鉴，本王马上修书一封，派快马呈交与陛下。

14. 韦城议事阁　白天　内景

汴梁发来的奏书堆满了书案，寇準、苏义简与潘良都已经齐聚议事阁。

赵恒：王超兵变之后，百官都劝朕返回京城，平仲以为何如？

寇准：臣以为，以王超的谨慎，若果真决意谋逆，必先屯兵北方，而不敢轻易南下。如今他去大名府，便是试探，未必是兴兵谋反。

潘良：万一王超当真要反，以大名府兵力，根本拦不下他。如果王超再投了萧绰，别说大名府，澶州也难固守。

寇准：王超还未过大名府，我军尚未与萧挞凛交战，陛下眼看便到了澶州，何以如此瞻前顾后，战战兢兢?!

潘良：难道寇大人忘了吗？李继隆是李皇后的哥哥，李家素来仇视皇族，王超一旦取下大名府，谁能断定李继隆不会跟着一起倒戈？不能一心为了求胜，而不顾陛下的安危。

赵恒神色恍惚，思忖良久，犹犹豫豫。

赵恒：传朕的口谕，暂令大军立即停止北上……

寇准大怒。

寇准：陛下且慢！将士们望眼欲穿，盼着陛下驾临澶州，带领他们击退辽虏。陛下此时后退，不怕寒了大宋军民的心吗？

赵恒：京城之乱，又如何处置？

寇准：那都是潘良危言耸听，蛊惑陛下！只要皇上能将辽军拒于澶州城外，京城之内，谁也不敢擅动。

苏义简也上前一步，面对赵恒。

苏义简：陛下若返回京城，恕微臣不能随行，微臣愿赴澶州，为守澶州尽一己之力。

赵恒拉下脸来。

赵恒：义简难道是在说，朕怕了那萧绰和王超吗？

苏义简：臣不敢。臣还记得当年刘妃嘱托，让臣辅佐陛下，臣之所以选择陛下，是因为陛下心怀天下，能成为一代圣君。

寇准：陛下若是因为忌惮王超，才心生退意，未免将他高看了。

赵恒：王超自先帝时便是朝中重臣，他麾下那二十万士兵，都是他一手带出来，对王超无比忠心，朕不能小看了他。

寇准：陛下，大名府的曹玮将军，曾在王超帐下听令多年，深知其人其道，还有王钦若出谋划策，他们二人定能将王超阻于大名府。萧挞凛号称"契丹战神"，但是澶州的守将李继隆和杨延昭，都曾经与之交手多年，有胜有负，并不输给那萧挞凛。

苏义简：陛下若当真半途而废，士气不振，只怕我宋师真的难退辽兵，如此一来，还有谁能带刘妃和大皇子回家？

门外响起传令兵的喊声。

传令兵：报——澶州城李将军奏报，十万火急！

寇準马上走到门口，从传令兵手里接过奏报，匆匆打开，看了一眼，便拿着奏报匆匆来到赵恒面前，"扑通"一声跪倒在地，双手将奏报呈上。

寇準：陛下，萧挞凛率先遣军已经南下，即将抵达澶州。今日，这已是李将军第五封奏报，请陛下马上下旨，令三军出发，否则，澶州危矣。

赵恒将奏报接了过来，细看。潘良发觉赵恒渐渐被二人说动，连忙上前。

潘良：陛下……

寇準已经忍无可忍，听见潘良又要说话，他马上站了起来，一个箭步冲到潘良跟前，伸手指着潘良的鼻子大骂。

寇準：滚出去！大宋江山早晚要葬送在你们这些小人的手中！

潘良被骂得一愣，不禁有些心虚地后退了一步。

潘良：寇大人，如此出言伤人，有些不妥吧？

寇準根本不屑理他，再次冲到赵恒跟前，情绪有些失控，竟然上前一把拉住了赵恒的袍袖。

寇準：陛下！十万火急，不能再耽搁了，澶州失守，则汴京失守，汴京失守则大宋亡国。陛下，再不出发，悔之晚矣！

赵恒也有些心虚，要把自己的袍袖从寇準手中拉出来，拉了两三次，没拉出来。

赵恒：平仲……

赵恒示意寇準松手，寇準竟然没觉察到自己的失态，竟然愣是不松手。

苏义简上前向寇準示意。

苏义简：寇大人，请少安毋躁。

寇準这才明白过来自己的失态，松开了赵恒的袍袖，但是激动情绪依然未减。

赵恒厌恶地瞪了寇準一眼。

潘良见状，以为自己要占上风了，又试探着上前。

潘良：寇大人方才冒犯陛下，成何体统！请陛下下旨治罪⋯⋯

没想到赵恒对潘良更为厌恶。

赵恒：你且退下！

潘良碰了个冷钉子，乖乖地退到一边，不出声了。赵恒将手里的奏报合上了。

赵恒：众卿不必多言，澶州局势，朕早已经明了。传朕的口谕，三军即刻出发，全速赶往澶州，不管王超如何猖狂，不管汴京如何动荡，朕定要会一会萧绰，决战澶州！再有人出言劝说朕还朝，杀无赦！

潘良被镇住了，吃了一惊，不敢再多说。寇準这才松了一口气，情绪平复了下来，与苏义简相视，点了点头，然后二人一齐上前一步，向赵恒施礼。

苏义简/寇準：臣遵旨！

十二

1. 澶州府北城操练场　白天　外景
李继隆的副将带兵于城中操练盾牌手、钩镰枪手、刀斧手、弓弩手等等。

副将： 步兵御骑，当三人成师，盾戟合一！刺！

副将以身示范，率众士兵将戟刺出，长戟刺至马胸。

副将： 盾！

众士兵即成三人一组，持盾掩护。李继隆又操练钩镰枪手，让钩镰枪手去钩马腿。

李继隆训练完毕走到操练场的另一处。

杨延昭带着十多人的一队弓弩手操练，弓弩手排列整齐，一人手持一只平弩，冲着对面草人靶子准备射击。杨延昭发令，弓弩手放箭，所有人都齐齐射中对面的草人靶子。

杨延昭见李继隆过来，忙向他施礼问候。

杨延昭： 参见大将军，我见弓弩手今日所持的弩机有些不同。

李继隆： 辽虏兵强马快，近战不能得胜，有了强弩，便可压制辽军。

李继隆将一个士兵手里的弩拿过来，试着将弦拉开。

李继隆： 这张弩比起普通弓箭，威力大增，但是射程还是太近。之前与辽兵对垒，我曾研造过一种三弓床子弩，射程可达一百五十丈。

杨延昭：一百五十丈？

李继隆点了点头。

李继隆：一百五十丈仍不够远，我已经下令工匠再次改造，完工之后，新的床子弩，射程会更远，杀伤力也更强。

杨延昭：好，就让萧挞凛来会一会大将军的床子弩！

2. 大名府议事阁　黄昏　外景

曹玮匆匆来到议事阁部署备战，却见王钦若仍在悠闲地抚琴。

曹玮：大战在即，王大人竟然还有闲情抚琴作乐？

王钦若：辽虏残兵已向南遁去，何来大战呀？

曹玮将赵恒的五道手谕丢了过去。

曹玮：你自己看吧！

王钦若：建雄军节度使王超拥兵自重，不听调遣，包藏祸心，已成大患。值此宋辽用兵之际，不可祸起萧墙，汝与王钦若兵不血刃，将王超阻于大名府，解除兵权，诛除首恶……

王钦若读到此处，不禁吓得一个寒战。

王钦若：王超竟然要反叛朝廷？他身后二十万大军，曹都尉如何拦得住？

曹玮：皇上连下五道手谕，令我遣散王超五路大军。我只能先派人携皇上手谕跟王超谈判，他若撤兵便罢，如若他抗旨不遵，就算他身后有百万之师，曹某也要将他拦在大名府。

王钦若：曹都尉万万不可，如此一来，反倒会助长他的反叛之心。恕在下直言，一旦王超决意起兵，归降辽国，将军绝无胜算，而此番宋辽之战，我大宋必败于辽虏手中。事关重大，将军切勿意气用事。

曹玮：哼，我意气用事？难道王大人还另有高见不成？

王钦若讳莫如深，拈须微笑，没有回答。曹玮疑惑地皱起了眉头。

3. 大名城外　夜晚　外景

王钦若和曹玮迎着大雪，于城外十里扎了大帐，为王超大军接风。

二人见王超与呼延赞骑马一路行来，连忙带着士兵迎了上去。

王钦若： 在下王钦若，恭迎王将军！

曹玮： 大名府守将曹玮，恭迎王将军！

王超： 有劳两位大人出城迎接，王某不胜感激。

呼延赞： 这天寒地冻的，二位大人何以守候在此？

王钦若： 此地距大名府还有十余里，将军一路奔波，本官与曹都尉实在不忍将军受累，特地前来迎接将军到大帐休息，一并带来酒肉，慰劳三军将士。

王超： 这大雪已下了两日，难得两位大人一番诚意啊。

王钦若： 大名府的将士听闻将军南下援助，共同抵御辽兵，无不欢欣鼓舞，所以早早在此备下酒肉，以慰劳将军。将军，请到大帐中一叙。

曹玮： 请！

4. 大名城外大帐　夜晚　内景

众人进得大帐，只见大帐内早已经摆好了筵席，生了炉火。

四名舞女分别守在王超与呼延赞身边，风情万种。王超搂着舞女，已经有了醉意。

王超： 杯中有美酒，身边有美人，夫复何求啊！王大人，曹都尉，干杯！

王钦若： 与王将军相见恨晚，今日要一醉方休！

王钦若满脸笑意，举杯向王超致敬，曹玮不擅此道，勉强堆笑，勉为其难地应酬。

呼延赞只是低头专注地吃肉饮酒，并不理睬众人。两个舞女端着酒杯向呼延赞靠近，呼延赞不懂风情，向舞女怒喝。

呼延赞： 躲开！

王钦若在一旁将此情景收入眼中，他暗暗向舞女使了个眼色，舞女更加卖力地向王超投怀送抱，王超与舞女缠绵起来。

王钦若看了一眼曹玮，示意他离开。

王钦若： 王将军将独自享用美酒与美人，我等告退！

王钦若与曹玮站了起来，王钦若暗暗提醒呼延赞。

王钦若：呼延将军，王某给将军另备一顶大帐，请呼延将军前去歇息。

呼延赞一下子将碗里酒饮尽，厌恶地看了一眼王超，不屑地"哼"了一声，跟着王钦若与曹玮走出了大帐。

5. 大名城外大帐　夜晚　外景

王钦若和曹玮与呼延赞出了大帐，身后传来王超与舞女调笑的声音。

呼延赞：王将军贪酒贪色，两位大人还真会投其所好。

王钦若：呼延将军这边请，我与将军有话要讲。

王钦若与曹玮将呼延赞引到不远处另一个帐篷。

6. 大名城外王钦若大帐　夜晚　内景

呼延赞正在看赵恒手谕。

王钦若：这是皇上的手谕，命我二人在此将王超拿下，交与皇上处置。

呼延赞将手谕交还给王钦若，愤愤地站了起，拎起放在一边的双锏，就要走出大帐。

呼延赞：乱臣贼子，我这便去替皇上结果了他！

曹玮：呼延将军切勿冲动。王将军乃朝廷命官，你我皆杀不得，须将其生擒之后，交给皇上处置。

呼延赞：我说他为何一直当缩头乌龟，不愿出兵，我早就想除之而后快了。

王钦若：呼延将军若能将二十万大军调入大名府，由曹都尉指挥，与呼延将军共同抗辽，我们拿下王超便易如反掌。

曹玮：不动一兵一卒，平定王超的叛乱，全凭呼延将军，本官来日定会在皇上面前为将军请功。

呼延赞：这有何难，此事交给我便是！

呼延赞拎着双锏走了出去，王钦若与曹玮也跟了出来。

7. 大名城外大帐外　　清晨　外景

王超刚出帐要撒尿，却忽然发现大军已经不在，只剩下一片雪地和残羹冷炙。王超惊慌失措。

王超：呼延赞！呼延赞！

呼延赞没有出来，一转脸，却看见曹玮和王钦若带着四名士兵走了过来。

曹玮一挥手，四名士兵马上过去将王超围住。

王超：曹都尉，王大人，你们这是何意啊？

曹玮：将王超拿下，送往澶州府，听候皇上发落！

王超：大胆，我正带兵前往澶州援助，你们私自将我扣押，耽误了军机大事，担当得起吗？

王钦若：王将军，辽军进攻大名府时，你不援助，皇上圣旨也调不动你的一兵一卒，你又做何解释？

王超：将在外，君命有所不受。

王钦若：（一阵冷笑）将军，李继和早已经将你招出来了，不必再多说了，皇上自有圣裁拿。

曹玮：拉下去！

王超：曹玮、王钦若，你们胆敢诬陷本将军，活得不耐烦啦⋯⋯

王超不服气，挣扎着，被士兵们拉了下去。

曹玮：曹某秣马厉兵，准备要和王超决一死战，没有想到参知大人如此轻松，便拿下了王超和他的二十万大军，曹某佩服！

王钦若：（笑）曹都尉谬赞。王超输在所托非人，李继和心胸狭窄，难成大事。

曹玮：王超还输在贪恋酒色，所以才束手就擒，参知大人对王超知之甚深哪。

王钦若：这就叫知己知彼，百战不殆，大将用兵，胜在不战而屈人之兵！

曹玮：领教了！真是一物降一物啊，王大人的文韬武略，武圣的《孙子兵法》里面都学不到，曹某受教了！

王钦若：曹将军取笑了，大敌当前，你我还需同心同德，对付辽虏才是。

8. 萧绰大营　白天　内景

萧绰坐在大营当中的桌前，细看地图，韩德让站在一边，指着山谷中间那一段黄河。

韩德让：太后，大将军先遣队伍，马上抵达黄河北岸，一旦渡过黄河，夺取澶州，便如探囊取物。

萧绰：我大辽将士此番南下，胜负就在此一战了。拿下澶州，我军便可长驱而下，入主中原。

女官：禀太后，宋朝使臣，诸卫上将军曹利用求见。

萧绰：从汴京到这里，宋朝使臣竟然走了这么久，今日方才抵达，哪里有和谈的诚意。

韩德让：我大军已兵临城下，来日即将攻城，他还来和谈什么？

萧绰：把这使臣留下，等明日拿下澶州城，剑指汴京之际，我再见他。届时他才能懂得，该怎样与哀家议和。

9. 澶州城议事阁　白天　内景

杨延昭与李继隆正于沙盘前细看地图。

杨延昭：大将军，探子来报，说已经看到了萧挞凛的黑雕，辽兵的先锋距离澶州应该已经很近了。

李继隆：辽军一路南下，攻遂城、望都、祁州、定州、瀛州、德清、大名府，渡拒马河、易水河、滹沱河、永济河，长途奔袭近千里，现在终于来到黄河边了。

杨延昭：辽军号称二十万，用不了半日，便可以杀到黄河边，澶州城内只有两万将士，王超抗旨，坐拥二十万人马，袖手旁观也不愿出兵，皇上和援兵又迟迟没有赶到，我们如何御敌？

李继隆：没想到辽军会来得这么快，萧挞凛意图很明显，就是要赶在皇上和援军到达之前，攻下澶州。我已经向皇上连发五封奏报，请求皇上速来救援，皇上本该今日抵达，不知途中又出了什么变故。

杨延昭：方才有传令兵来报，说皇上已行军至韦城，距澶州还有一日行程。

李继隆：萧挞凛所率的先遣队全是精甲骑兵，行军无比迅速，我军多是步兵，萧挞凛必然会赶在前面。

杨延昭：大将军，援军未到，我们也不得不应战了。

李继隆：敌众我寡，取胜的可能微乎其微。必须将萧挞凛拒于黄河北岸，再争取时间，以待援军。

杨延昭：将军有何良策？

李继隆：用黄河天堑阻辽军半日，以待皇上和援军抵城。

杨延昭有些困惑。李继隆来到地图前，指着澶州城门前那一段黄河。

李继隆：萧挞凛从北方南下至澶州，必须经过黄河。马上派人将浮桥烧掉，将河面的冰凿开，辽军无法渡河，只能等河冰冻上，或者绕山而行，才能抵达澶州。如此一来，还能将辽军阻挡一时。

杨延昭：将军妙计，末将马上带人去河面凿冰。

李继隆：事不宜迟，再去发动城中百姓，一起前去凿冰。

10. 冰河　白天　外景

宋兵甲、宋兵乙是宋兵头目，二人带领一队宋兵十多人，带着盾牌，以及十多名百姓，跪在河冰上艰难地凿冰。他们四肢被冻得发紫，眉毛和胡子也糊了一层霜，同时仍不忘警惕着四周。忽然，脚下的厚冰开裂，众人忙着分散开来，一位躲闪不及的老村民落入冰冷的河水中，被湍流拽着沉陷下去。

壮年村民：爹！爹！快救我爹！

众人试探着向冰窟探手，去救老村民，但是负重使冰面再次开裂，又有数名村民由浮冰滑入水中，宋兵甲死死拉住了两个。

宋兵甲：都不要命了！快往后退！

一支箭从林中射来，正中宋兵甲脖颈，他栽入水中。而后又有数支箭袭来，射中了冰上的军民，众人纷纷落水。

宋兵乙：是辽兵！铁盾掩护！

宋兵纷纷将盾牌竖起抵御箭雨。村民们吓得浑身发抖，仍不忘继续凿冰。萧挞凛率马队越过丘坡，向冰河疾驰而来。

宋兵乙：掩护百姓！撤回城内！

宋兵乙掩护着村民向岸边城内撤去。萧挞凛手执狼牙棒，率辽兵追杀过来，马蹄将盾牌踏裂，落在后面的宋军被萧挞凛追上，数名宋军被狼牙棒打中脑袋倒地。

杨延昭单骑飞驰而来，以长枪迎战萧挞凛。

萧挞凛举起狼牙棒迎战，二人擦马而过，战在一处。

宋兵为抵挡辽兵，也与辽兵战在一处。

杨延昭与萧挞凛交战之时，忽然冰面"嘎吱吱"地裂开。二人大惊，不约而同勒马向后退去。冰面开裂得越来越大。浮冰开裂成块状，大批的辽兵、宋兵落入水中。

杨延昭和萧挞凛拼命催马，两人都是有惊无险，在最后一刻分别登岸，差点落入水中。

辽兵与宋兵及百姓也都纷纷退向两岸。河面上，只剩下一块块的浮冰。萧挞凛与杨延昭各不服气，在两岸怒目而视。

双方对峙之际，杨延昭忽然听得身后号角声声，战鼓擂响，以及如潮水般众人齐呼"万岁"的喊声。杨延昭转过脸，向澶州城的方向看去，面露喜色。

11. 澶州府北城门楼　白天　外景

城门楼上，一面面大宋的黄龙旗迎风招展，猎猎作响。

一名士兵打着黄色的御盖，赵恒走在御盖下面，由李继隆引着，寇準、苏义简和潘良等众人登上城楼。

皇帝御盖出现在城楼之上，城楼上的将士们见状纷纷跪拜，山呼"万岁"。随着城楼上"万岁"的呼喊声，赵恒忽然听到身后响起了如同海啸般山呼"万岁"的声音。

赵恒一转身，看到了城内的空地上，已经站满了士兵以及百姓，人山人海，都在齐声高喊"万岁！万岁！万万岁！"。从城门楼上望下去，城内大宋将士无一不动容，"万岁！万岁！"的喊声直干云霄。

城内的人群中，有泪流满面的老将、拄拐的伤残士兵以及在同伴搀扶下才能站住的士兵，有泪流满面的妇人、欢呼雀跃的孩子，也有面无表情却眼泪静静流淌的壮汉……赵恒第一次如此深刻地感受到帝王的尊严与责任，心潮澎湃，他举起手来，频频向城内的军民招手致意。

12. 冰河两岸　白天　外景

杨延昭听着远处的山呼万岁、号角、鼓乐，兴奋地在马上举起长枪。

杨延昭： 皇上御驾亲征，已经抵达澶州城！万岁！万岁！万万岁！

杨延昭身边的士兵也都举着刀枪、盾牌，向对岸的辽兵示威，齐声高喊：万岁！万岁！万万岁！

萧挞凛在黄河北岸气得咬牙切齿。

13. 澶州府北城门楼　白天　外景

赵恒与李继隆、寇準、苏义简和潘良等登临城楼，看着城内的士兵和百姓，赵恒异常感慨。

赵恒： 看来，边境一带的士兵，并不畏惧契丹人。

寇準： 天子所在，兵无不胜啊。只要将领指挥得当，打退辽军，指日可待。

赵恒： 澶州胜，则大宋胜；澶州败，则大宋危。大宋的天下，就看这澶州一战了。

李继隆： 陛下放心，守城大计已定，战之必胜！

赵恒看着远处，沉默了片刻，忽然忍不住大喊了一声。

赵恒： 萧绰放马过来！朕在澶州城与你决一死战！

此语一出，城内百姓再次掀起山呼万岁的声浪，绵延不绝。

14. 萧绰营帐　白天　内景

萧绰与韩德让在营帐内查看地图，研究攻城战略，他们也隐隐听到远处的喊声，萧绰侧耳细听了片刻。

萧绰： 像是士兵的喊声，德昌你听。

韩德让：……听到了，士兵们在齐声高喊"万岁"。

女官从大帐外进来。

女官：启禀太后，澶州城的探子来报，宋皇帝赵恒今日已经抵达澶州，出现在城楼之上。

韩德让：杨延昭凿冰顽抗，大将军暂时被阻在黄河北岸，最终还是让宋皇帝先一步到达澶州。

萧绰：好，看来赵恒也没有哀家想的那么不堪，他还是来了。

韩德让：宋皇帝一到，不仅带来了援兵，还提升了士气，再加上王超的二十万大军，澶州便难打了。

萧绰：冰凿开了，还能冻上，我契丹大军依然可以渡河。（对女官）传哀家旨意，即刻拔营，所有将士全部南下，接应大将军，一起攻城，血洗澶州！

女官：遵旨！

萧绰：赵恒来了，哀家就与他决战一场。辽宋征战多年不分胜负，明日，哀家要跟大宋来一个了断。

15. 澶州府弩仓　夜晚　内景

近十名匠人正在赶制两台床子弩。床子弩无比庞大，弩上之箭犹如一杆长枪。两台床子弩终于完成，几名工匠终于松了口气，扔下工具，做就地瘫倒状。

仓门打开，李继隆、杨延昭引着赵恒、寇準、苏义简、潘良进来。前面两台三弓床弩由粗布盖着，李继隆上前一把将粗布揭开，床子弩一下子显示在眼前，赵恒不由得眼前一亮。

李继隆：陛下，这便是床子弩，因为此弩为三弓合力，所以又叫三弓床弩。

赵恒：真是百闻不如一见，不承想这床子弩会有这么大。

杨延昭：这台床子弩，打开时需要绞轴张弦，需用八头牛才能拉开，所以又名"三弓八牛"。

李继隆：此弩经过改造之后，单支射程可达两百丈，亦可数十支同发，迅若惊雷，声如寒鸦，所以又名寒鸦箭。

寇准：普通弓箭，一射之地，不过一百二十步，臂力较强的弓箭手，也不过能射出一百五十步，尚不足三十丈。这床子弩的确厉害，竟能射出两百丈，不管萧挞凛他如何神勇，也难敌这一支寒鸦箭。

赵恒将寒鸦箭接过来，拿在手中试了试。

赵恒：这寒鸦箭，分明就是杆长枪。不过，此弩虽然凶悍，用于实战却耗时耗力，一箭射出，不待二回蓄弓，只怕辽军的骑兵便已攻临城下。

李继隆：陛下，无须二回蓄弓，这床子弩就是为辽将萧挞凛而备，所谓"擒贼先擒王"，只要一箭射中萧挞凛，辽兵便是群龙无首。有了这两台床子弩，再加上城外的御敌工事，明日定能大败辽军。

赵恒：明日辽军千军万马来攻城，而这床子弩又难以灵活移动，大将军有把握射中萧挞凛吗？

寇准：陛下，弓弩之操控皆在于计算，只要算准时机，必能一箭而中！

李继隆：陛下放心，正如寇大人所言，末将早已在城外预先测量标记下了射程，等萧挞凛到了射程之内，末将即刻下令放箭，万无一失。

赵恒：大将军已然成竹在胸，明日城下之战，定能旗开得胜。

16. 澶州北城门外/城门楼上　白天　外景

赵恒、李继隆、苏义简、寇准等人站在城墙上，注视着远处的天际线，还没看到辽兵，却隐隐听到了远处大地的震动。天际线处，被战马踏起的雪花呈云雾状，犹如飓风一般，铺天盖地席卷而来。

城下，护城河外，杨延昭、潘良率兵排好了阵势，严阵以待。

随着辽军越来越近，城头上赵恒越来越紧张。

城下，第一排执盾的士兵，望着天际线处席卷而来的雪雾，也越来越紧张，年轻的士兵开始发抖。城墙上，李继隆十分沉着，镇定地看着越来越近的辽兵。

天际线处，辽军骑兵忽然从雪雾中显现，冲杀出来。

萧挞凛率领辽军，一字排开，呈长弧状，向澶州北城掩杀过来。

萧挞凛一马当先，手执狼牙棒，他身后的辽军，踏起地上的积雪，平地生起一股狼烟般的雪雾。如飓风一般的辽军骑兵，杀向澶州城北门。

赵恒、寇准、苏义简十分紧张，心已经提到了嗓子眼，盯着萧挞凛。李继隆看着萧挞凛已经飞驰而至，越来越近。死死地盯着萧挞凛的战马，沉着下令。

李继隆：弓弩手准备！

副将挥旗下令。城墙下，数名弓弩手看到城墙上副将的令旗，马上开始架弩。两台"床子弩"，各用了八匹马，弓弩手赶着马，"嘎吱吱"将床子弩拉开。一左一右，两台"床子弩"马上处于备战状态。

辽军的视角看过去，他们看不到"床子弩"，只看到一排盾牌手。两台床子弩都在盾牌的后面，被盾牌手挡着。萧挞凛转眼间已经飞奔至城下，约两百丈左右之处。

李继隆突然在城墙上一声大喊。

李继隆：放！

几乎就在同时，副将再次挥动令旗。弓弩手前面的盾牌飞快闪开。弓弩手以战斧敲开扳机，一台床子弩放出如长枪般的三支寒鸦箭，箭身带着闷响射出。

三支寒鸦箭，一支射空，两支射中萧挞凛身旁的辽将，穿通盾牌，辽将被射中心窝，带出好远。萧挞凛一惊，还没反应过来，将马勒住。

耶律留守：这是何等兵器，威力如此猛烈，将军请后退！

萧挞凛：用暗器伤人算什么本事，有胆拍马过来，与本将军一决高下！

城墙上，赵恒见没有射中萧挞凛，愈发紧张起来。

李继隆再次发令放弩，另一台床子弩的寒鸦箭也射出，三支寒鸦箭再次飞向萧挞凛。萧挞凛躲闪不及，其中一支寒鸦箭横穿过萧挞凛的脑门，穿透了脑壳。

耶律留守：大将军……

耶律留守拼命向萧挞凛掩杀过来，要将萧挞凛尸体抢回。澶州城墙上，一阵寒鸦箭袭来，许多辽军中箭，退了下去。

杨延昭：放！

宋军前排盾牌手蹲下，弓弩手齐齐端着强弩出现，一阵乱箭将前面的辽军骑兵射倒。耶律留守被逼退。一时间，城前的雪地被染成了大片的血红色。

后方大批辽军骑兵仍向澶州城扑杀而来。李继隆忽然向身边的副将挥手下令。

李继隆：起！

副将挥起令旗。城外，一片雪窝下，露出一双宋军的眼睛，看到副将的令旗，那双眼睛马上沉入地下。

辽军骑兵风驰电掣般席卷而来。忽然，破雪而出，平地弹起了一道木制的矮墙。第一批辽军骑兵被绊倒，纷纷跌落。地面上人仰马翻，雪雾与鲜血一齐飞溅，辽军鬼哭狼嚎。地下工事内，宋兵已经严阵以待，与辽兵展开厮杀。

李继隆再次下令。

李继隆：起！

副将挥起令旗。雪地上又破雪而出，弹起一排排的木桩。辽军再次被截断，分为三部分。

城门下，弓弩手齐刷刷退回。刀斧手、钩镰枪手冲出阵列。

杨延昭：杀——

杨延昭、潘良一催战马，向辽军杀了过去。辽将耶律留守要来抢萧挞凛的尸体，已经杀红了眼，杨延昭催马迎上前去，与耶律留守战在一处。城门大开，大批宋军从东西城门杀出来，杀过吊桥，追杀出去。

耶律留守敌不过杨延昭，他眼看着萧挞凛的尸首，却不能上前，只得带领辽兵撤退。杨延昭、潘良率军乘胜追杀，反扑过去。

赵恒站在城墙上终于长长地出了一口气。

十三

1. 澶州府议事阁　白天　内景

赵恒坐在议事阁当中，苏义简、寇準立于两侧，李继隆、杨延昭、潘良在议事阁内向赵恒汇报战况。

李继隆：陛下，萧挞凛被射死之后，辽军失去了主将，溃不成军，已经退守到黄河北岸的大营中，拒不出战。

赵恒：诸位将军大胜而还，可喜可贺，这一战，完全灭掉了萧绰的锐气，辽国败局已定。朕替所有大宋子民，向诸位将军拜谢。

众人：末将不敢。

李继隆：陛下，萧挞凛虽然死了，仍不可掉以轻心，这萧挞凛是萧太后的爱将，在契丹被称为战神，萧太后或许会孤注一掷，再次攻城，为萧挞凛报仇。

赵恒：将军所言极是，我军暂且按兵不动，严阵以待，如果萧绰胆敢再来攻城，便将他们一举歼灭，让萧绰回不了上京！

2. 萧绰大帐　白天　内景

萧绰的大帐已经迁到黄河北岸。她已经得知萧挞凛的死讯，坐在大帐当中，以手抚额，双目紧闭。韩德让阴沉着脸，站在一边。

辽军传令兵跪在大帐中央，不敢抬头。耶律隆绪十分悲愤，听着传令兵的回报。

传令兵：大将军中箭之后，耶律留守将军拼命去抢夺大将军尸首，被宋军的乱箭逼退，大将军的尸首已经被宋军带回澶州城内。

耶律隆绪：血洗澶州，把大将军的尸首夺回来！

萧绰：慢着！陛下切莫意气用事，大将军刚刚阵亡，人心不定，此时不宜强攻。

韩德让挥手，示意传令兵下去，传令兵向众人施礼之后出了大帐。

耶律隆绪：母后，我忍不下这口气！

萧绰：大将军的尸首，无论如何要迎回来，给三军将士一个交代。即刻修书给赵恒，哀家要用刘娥，换回大将军的尸首。

韩德让：遵旨。

耶律隆绪：母后，宋军射杀了大将军，你还要将那刘娥放回？

萧绰：不放回刘娥，还有什么办法能将大将军给迎回来？再说，即使放回刘娥又能怎样？把质子留下，赵恒他依然得不到他的儿子。

3. 澶州府北城门外　白天　外景

李继隆、杨延昭、苏义简骑在马上，站在城外，注视着远处。

两名宋兵拉着一辆平板车，将萧挞凛的尸首拉来，上面盖着一块白布。旁边还有两名士兵拉了一辆空空的马车，他们身后站着一队全副武装的宋兵。

远处，萧绰的马车渐渐出现，萧绰身后，由耶律留守率领着一队辽国的骑兵，护着萧绰。

苏义简一眼看去，并没有看到刘娥。

苏义简：将军，为何没有看到刘妃。

李继隆：苏大人，你看那里。

萧绰一行人渐渐走近了，李继隆和杨延昭这才发现，刘娥蓬头垢面，衣衫褴褛，一根绳子绑着双手，绳子的另一端绑在马车后面，刘娥正磕磕绊绊地走了过来。

苏义简大惊，眉尖挑动。

苏义简：萧绰太过分了，他们竟然如此对待刘妃！

苏义简将手伸向腰间，就要拔出剑来，杨延昭见状，也暗暗将手按在了剑柄上。李继隆马上将二人止住。

李继隆：苏大人、杨将军少安毋躁，切不可因小不忍而乱大谋。

萧绰的马车渐渐来到了李继隆面前，停下了。

萧绰：你是何人？

李继隆：澶州守将李继隆，奉旨将刘妃带回。

萧绰：我大将军的尸首何在？

李继隆一招手，两名士兵将担架抬了过来，将萧挞凛的尸首放到萧绰面前，然后退下。耶律留守下马上前，将白布掀开。

耶律留守：大将军……

萧绰坐在马车上，只看了一眼，眼泪便马上涌上眼眶，她转过脸去，挥手示意，两名辽兵上来，将白布盖好，将尸首抬下去。耶律留守忽然站了起来，擦干眼泪，恶狠狠地盯着李继隆，伸手去拔腰刀。李继隆与杨延昭也马上伸手抓住了腰间的剑柄。

萧绰：耶律留守，退下，今日我们不是来打仗的。

耶律留守狠狠瞪了李继隆与杨延昭一眼，将腰刀插回，退了回去。

萧绰：将刘娥还给他们！

一名士兵牵着绳子，将刘娥带了过来。刘娥脸色苍白，脸上、衣衫上都沾着泥点，双脚没有穿鞋，脚已被磨烂，渗出血来，她几乎站立不住。

苏义简连忙翻身下马，上前扶住了刘娥，拔出腰中的宝剑，将刘娥手上绳索割断。

苏义简：夫人受苦了……

刘娥：（虚弱地）我不要回澶州，我不要回澶州，吉儿还在辽营，我要守着我的吉儿……

苏义简：夫人暂且回城内，澶州的将士一定会把大皇子营救回来。

刘娥：不，我不能回去……

刘娥脸色苍白，还想说什么，却没有说出来，体力不支晕倒过去，苏义简连忙上前将刘娥扶住。

苏义简：夫人……

马车夫见状，连忙赶来马车，和苏义简一起将刘娥挽住，将她挽扶到车内。

苏义简：赶快回城，让御医救治！

马车夫匆匆驾车走了，苏义简也翻身上马，跟随马车而去。

萧绰坐在马车上，耶律留守和骑兵都已上马，守在萧绰两侧，双方相隔十步左右，面对骑在马上的李继隆和杨延昭。

萧绰：我辽国一代战神，不该这样死去！你们机关算尽，让我大将军死于你们的暗箭，算什么英雄！回去告诉赵恒，哀家失了萧挞凛，一样可以血洗你们澶州城！

萧绰说完，马车掉头，众人折了回去。

杨延昭：果然被将军您说中了，萧太后不会善罢甘休，看来辽军还会再次攻城。

李继隆：皇子还在他们手中，这一仗，会更难打。

4.澶州府北城门外　白天　外景

赵恒披着毛氅和侍卫等在城门下，焦虑地注视着远处萧太后与苏义简的交接。苏义简骑着马，守护着马车，回到澶州府的城门下。

赵恒见马车过来，快步冲了过去，上前拉开了车帘，一眼看见刘娥昏睡在马车内，脸色苍白，蓬头垢面，脚上都是血，赵恒马上双眼浸泪。苏义简连忙翻身下马，走上前来。

苏义简：夫人被绑在马后，是从辽营一路走过来的，体力不支，昏睡过去了……

赵恒：马上传御医！

苏义简：遵命！

赵恒看着刘娥，轻轻抚去刘娥脸上的泥水，他将自己的毛氅解下，为刘娥披在身上。

赵恒：莺儿，你受苦了……

5.澶州城内某空地　黄昏　外景

一名宋兵鬼鬼祟祟地来到城内的一个空地，他看四下无人，从怀里取出一只白色的信鸽，把一小卷信纸扎到信鸽腿上，将信鸽放出。

宋兵看着信鸽飞上天空。

6. 汴京皇宫潘玉姝寝宫　黄昏　内景

潘玉姝倚靠在床榻上渐渐醒来，周围没人，她缓缓起身，觉得四肢酸软无力。

潘玉姝在床上起身之后，觉得有些不适，用手摸了摸身下的床褥，有些惊慌，她掀开了被子，这才发现褥上的一摊血已将褥子湿透，她吓得惊叫起来。

月儿刚端了汤药进屋，见这情形将汤盅也摔碎在地。

月儿：娘娘！娘娘你怎么了？

月儿哭着跑去潘玉姝身旁，要帮她将血擦净，晴仪陪月儿一同来煎药，看到这一场面，也上前帮忙，潘玉姝一把将晴仪拉住。

潘玉姝：都是因为喝了皇后送来的药，我才成这样，说，是不是皇后要害我？你说！

晴仪吓得连连后退。

晴仪：娘娘，皇后一生吃斋念佛，从没有过害人之心，更不会加害娘娘……

潘玉姝：除了她害我，还能有谁！

潘玉姝虽然抓着晴仪，她的身体却无比虚弱，力不支，晴仪乘机挣脱出去，仓皇地逃走，向郭皇后禀报去了。

7. 汴京皇宫潘玉姝寝宫　夜晚　内景

潘玉姝虚弱地倚在床榻上，褥衾已被收拾妥当。月儿在一边，捧着一碗药，服侍潘玉姝。

月儿：娘娘，御医说，皇子没能保住……

潘玉姝躺在床上默不作声地垂泪，门外传来晴仪的声音。

晴仪：贵妃娘娘，皇后娘娘特来探望。

潘玉姝：让她进来。

月儿起身，将药碗放到一边，去门口迎接郭皇后。潘玉姝从床边的桌上拿来一把剪刀，暗暗藏入了袖中。郭皇后携晴仪步入屋中，月儿将二人迎进来。

月儿：参见皇后娘娘。

郭皇后：淑妃如何了？

月儿：回皇后，淑妃的孩子没能保住。

郭皇后：为何会这样？妹妹身子亏，还是应该好好调理一番才是。

郭皇后一边说一边来到潘玉姝的床边，潘玉姝挣扎着起身，郭皇后忙上前将她扶住。

郭皇后：妹妹不要动，只安心歇着便是。

潘玉姝：是我喝了娘娘送来的药，不多时便滑了胎，这到底是因为什么？

郭皇后：妹妹误会了，眼下这光景，我岂会去害皇上的骨肉？

潘玉姝：你撒谎……

潘玉姝冷不防抽出剪刀，向郭皇后刺去。郭皇后毫无防备躲闪不及，被刺中大腿，惊叫起来。月儿和晴仪吓呆了，潘玉姝还要再刺，月儿吓得脸色发白，连忙上前阻拦，将剪刀夺下。

月儿：娘娘！娘娘使不得啊！

郭皇后站了起来，却疼得站不稳，晴仪连忙上前将郭皇后扶住。

晴仪：快来人！来人哪——

8. 汴京皇宫垂拱殿　白天　内景

皇后与淑妃间的"血案"惊动了前朝，赵元份不得不召见御医和郭、潘两家调和。

御医：启禀殿下，经臣等查验，淑妃的汤羹和蔷薇香露中均无毒物，实因之前小产未愈才致使滑胎，非皇后之过也。

赵元份：既是意外，还望太医各自照看好皇后和淑妃，本王也好与皇上交代。

郭贤：皇后险些丧命于淑妃刀下，殿下如此敷衍了事，臣以为不妥。

赵元份：淑妃眼下站都站不起，郭大人还要本王罚她不成？

郭贤：殿下，贬一个妃子，何须伤筋动骨。

潘伯正：贬妃是大事，郭大人岂能儿戏？

郭贤：淑妃私自受孕已然犯了宫规，这罪上加罪，只怕等皇上回来，便不止贬妃这般简单了。潘大人可要拎得清轻重，否则到时连皇后也保不住她，难说不会牵连到令公子啊。

潘伯正：殿下，淑妃接连小产，已然身心受创，若再责罚，只恐令六宫不睦。

毕士安：潘大人和郭大人勿再争议，事关重大，又牵涉宗亲六宫，非冀王殿下能决断。眼下王超和萧挞凛大患已除，相信皇上不日便可返还，届时再议不迟。

郭贤：难道皇后娘娘，竟连发落一个妃子的权力都没有了吗？此事不劳毕大人，老臣我自会启奏皇上。

郭贤愤愤地离堂而去。

9. 汴京皇宫御书房　白天　内景

赵元份于阁中来回踱着。

赵元份：如今李继和与王超相继殒命，那辽国悍将萧挞凛也死了。皇兄可谓是内忧外患一并清除，说不定很快就要得胜而归，将你我治罪，岳丈，接下来怎么办？

曹鉴：殿下，此事并没有走到这一步，尚需静观其变。

赵元份：李继和一死，你我篡位谋反的罪名，岂不是彻底坐实，还有什么好静观其变的？

曹鉴：李继和死了，线索便就此断开，皇上即使有心追查，也是无处下手。王爷反倒可以高枕无忧了。

赵元份：那些死士呢？

曹鉴：他们全都是楚王旧部，从哪儿来，回哪儿去，只不过需要花费一些银两继续养着，但和王爷的大事相比，这又算得了什么？

赵元份心有余悸，对他要谋划的大事再次动摇。

赵元份：岳丈，眼下就凭你我二人，此事能成吗？

曹鉴：殿下，此事并非只有你我，朝廷以及地方官员，支持"兄终弟及"旧制的人，还有很多。储君之位，非你莫属。殿下的天命如此，不可违逆。违天不祥啊！

赵元份：天命如此，违天不祥……

赵元份依然焦虑不安，神经质般地反复念叨这两句话。

10. 澶州府刘娥寝房　白天　内景

刘娥额头还带着隐隐的伤痕，沉沉地睡在床上。刘娥梦中仍然睡不安稳，嘴里不时喊着"吉儿、吉儿"。

赵恒坐在床边，握着刘娥的手，无声地安抚她。

张景宗：启禀陛下！

赵恒连忙做了一个手势，让内侍安静，赵恒走到门口。

张景宗：陛下，中书令郭贤大人从京城发来急信。

赵恒接过书信，匆匆览阅一番，便生气地将信扔到了地上。

赵恒：即刻将朕的旨意传给中书令，潘淑妃违反宫规，目无尊卑，当贬去妃位，暂册为修仪，反躬自省。

11. 澶州府　城门外　白天　外景

澶州城下，辽军与宋军已经摆开阵势。辽军仍是清一色的精甲骑兵，一字排开。宋军则是盾牌手在前，长枪手在后，排列整齐。杨延昭和潘良催马来到阵前，对面是耶律留守和一名辽国大将，站在辽军的阵前，双方相持。

杨延昭：萧太后屡次向我大宋皇上送来求和书信，却又一再强攻我澶州城，是何道理？你们主帅已亡，群龙无首，快快回禀你们太后，若现在下马受降，退出我大宋境内，交出皇子，我大宋将士有好生之德，尚可饶过尔等性命！

耶律留守：我家大将军死于你们暗算，此仇不报，我辽军决不退兵，拿命来！

耶律留守挥动大刀，一催坐骑，向杨延昭杀了过去。杨延昭一摆大枪，催动坐骑也迎了上去。辽将见耶律留守占不了上风，挥起狼牙棒，也催马上前助战。潘良见状，挥起大刀，迎战辽将。四人混战在一处。

耶律留守与辽将渐渐不支，退了下去。

杨延昭：杀——

杨延昭与潘良带领宋军齐齐掩杀过去。

宋军尚未杀入辽军阵中，忽然辽军变了队形，迅速向两边撤去，中间留下了大片空地。辽军闪开，一辆战车突然出现，数名辽军将战车推出。战车上有一个高高的架子，赵吉被吊在一个高高的架子上，架子下面是一个巨大火盆，里面的火正在熊熊燃烧。两名刀斧手守在一边，一旦刀斧手砍断绳索，赵吉就会掉入火中。

赵吉小小身体，在架子上方瑟瑟发抖。杨延昭大吃一惊，马上勒马站住。

12.澶州府城门楼上　白天　外景

赵恒在城门楼上一眼看到赵吉，赵恒见吉儿被绑，一阵揪心之痛袭了上来，令他惊慌失措，赵恒在城楼上大喊起来。

赵恒：退兵！全部退回来——

李继隆：鸣金收兵。

城墙上马上站出几名宋兵，飞快地击钲，鸣金之声大作。

13.澶州府城门外/城门楼上　白天　外景

宋军且战且退。辽军在赵吉的掩护之下，已经逼到城门下。辽军已经打到城下，在护城河上架桥，在城墙上架云梯。城门两侧的"床子弩"，还未来得及将寒鸦箭架上，辽军已经冲杀过来，弓弩手只得迎战，被辽兵砍杀。

护城河外，辽军的抛石器抛出巨石，砸向城墙，被砸中的士兵们撕心裂肺地惨叫。

李继隆：保护皇上——

苏义简：皇上，此处危险，请马上回到城内！

赵恒已经失去理智，一把将苏义简推开，看着城下大喊。

赵恒：不要伤着吉儿——

萧绰与耶律隆绪守在辽军的后方，观敌瞭阵。

萧太后：这一战，一定拿下澶州！

澶州城墙上，李继隆忧心如焚。

李继隆：陛下，请赶快下令放箭啊，再不放箭，辽军必将攻入城中。

赵恒：不得放箭！不得伤了吉儿！

李继隆、寇準与副将等人皆跪下。

寇準：陛下再不下令放箭，失去战机，澶州失陷，此战败局已定啊，陛下！

城门下，杨延昭以一敌众，和辽将厮杀在一起，辽军越来越多。潘良在城下向赵恒放声大喊。

潘良：陛下，再不放箭，我等已经顶不住辽兵了——

潘良见赵恒仍无反应，他已经杀红了眼，失去理智般地大喊："放箭！放箭！"

城头上和城门外的弓弩手们听到"放箭"的喊声，混乱中，都不知道是谁喊的，都纷纷举起弓弩放箭。

一阵箭雨向辽军铺天盖地地袭来，城门下最前面的辽军纷纷倒下。远处骑兵也倒下了一批，渐渐后退。

箭雨从赵吉身边擦身而过。押着战车的士兵马上解开绳索，将赵吉放下来，辽军的盾牌手一拥而上，将赵吉护了起来。

城头之上，赵恒没有下令停止射箭，眼睁睁地看着赵吉被辽兵救走，后退。

萧绰坐在马车内，看到前方辽军在渐渐后退，不禁大惊。

侍卫：启禀太后，启禀陛下，宋军已经掩杀过来，还请太后与陛下速速退回大营，暂避宋军。

萧绰脸色微微有些慌乱，点头默许。辽兵赶着萧绰马车，掩护萧绰和耶律隆绪，仓皇撤退。

杨延昭与潘良等众将反击，再次掩杀过去，反扑辽兵。

赵恒眼睁睁看着辽军护着赵吉退了回去，心如刀割。

赵恒：把吉儿给我救回来！

李继隆：末将遵旨！

城墙下，所有宋兵都从城门拥出，越过护城河，向辽军追杀过去。

14. 澶州府议事阁　白天　内景

赵恒坐于案前，面沉似水，寇準、苏义简肃立一旁。李继隆与杨延昭、潘良等众将跪在赵恒面前。

李继隆：末将无能，未能救回皇子，请陛下降罪。

赵恒：起来吧，诸位爱卿退敌有功，未能救出皇子，也非诸位之过。

众将站起身来。

赵恒：不过，有一事情朕要问个明白，今日城下之战，是谁下令放箭？

潘良低头沉默片刻，从众人中走出，跪倒在赵恒面前。

潘良：回陛下，是臣下的令！

赵恒：皇子被高悬于辽军之中，你竟敢私自下令放箭，倘若伤了皇子，该当何罪？

潘良：陛下，当时辽军已经攻至城下，万分危急，倘若不及时放箭退敌，只怕澶州城此时已被辽军踏平。

寇準：陛下，平心而论，潘将军今日下令放箭，实属万不得已，唯有放箭才能退敌，潘将军乃是立了一功。眼下，萧太后已经退回黄河之北，大名府的曹都尉已在北方出兵，劫了辽军的粮草，辽军腹背受敌，进退两难，当此之际，萧太后应该不敢拿皇子怎样。

赵恒的怒火渐渐平息了下来，思索了片刻。

赵恒：朕念你退敌有功，且将你死罪免过，自今日起，罢免你云麾大将军以及昭武校尉之职，且留在军中，戴罪立功。

潘良虽然不服，也只能拜谢。

潘良：臣谢主降恩！

赵恒：下去吧！

潘良叩谢，转身走出议事阁。

赵恒：即刻修书给萧绰，让她速速将吉儿送回澶州，朕还愿放她一条生路，否则，朕亲自领兵出城，将她杀个片甲不留！

寇準：臣遵旨。

15. 萧太后营帐　白天　内景

萧太后坐在大营中，已经面露愧色。

韩德让：启禀太后，启禀陛下，刚刚传令兵来报，后方粮草被曹玮所劫，目前大营内的粮草，仅能维持三天。

耶律隆绪：就算只有一天，也要将澶州打下来，我大辽倾举国之力南下，岂能空手而归？

韩德让：陛下，我军长途奔袭，一路杀伐，尤其这两次攻打澶州，损失惨重，现在已是腹背受敌，一旦曹玮和北方诸镇的宋军南下，形成合围之势，恐怕我大辽将士难以突围。而现在正是议和的最好时机。

耶律隆绪：依丞相之见，如何与赵恒议和？

韩德让：依微臣之见，马上召见曹利用，向大宋提出条件，商议退兵，同时，将质子送回澶州，以示诚意。

耶律隆绪：将质子送回？朕的康儿难道就白白死在汴京了？朕要杀了质子，祭奠萧大将军，祭奠康儿！

萧绰一直没有说话，其实她在心里已经认可了韩德让的建议。

萧绰：陛下，此时是进是退，是战是和，关乎大辽国运，关乎十几万将士的生死，切不可草草定夺。你们且退下，容哀家三思。

耶律隆绪还是恨意难平，也只能向萧绰施礼退出。韩德让本想留下再说几句，萧绰却没有抬眼看他，转过脸去，韩德让知道萧绰不愿再听，只好向萧绰施礼，退出大营。

萧绰一人，独坐在大账之中，她以手抚额，疲惫地闭上了双目。空阔的大帐内光线昏暗，萧绰独自一人，形影相吊。她心里已经很清楚：这一仗她已彻底败了。

16. 辽军大营　白天　外景

韩德让与王继忠、木易正站在一僻静无人之处，韩德让在向二人低声交代。

韩德让：攻城失利，皇上已经容不下质子，你二人必须马上将质子和李婉儿送回澶州城。

木易：万一被察觉，大人如何与太后和皇帝交代？

韩德让：若皇上真杀了质子，则辽宋再无和谈的可能，我大军也不能全身而退。此事关乎辽国生死，太后其实早已将此事看明白，只不过皇上对质子的仇恨一时难以消除，终究还是容不下质子。

王继忠：韩大人高瞻远瞩，心怀天下，在下不胜钦佩。

韩德让将令箭交与木易。

韩德让：事不宜迟，趁皇上尚未下旨杀掉质子，你二人马上行动吧！

木易与王继忠拱手向韩德让施礼，三人分头走开。

17. 铁镜大帐　白天　内景

铁镜公主与一位侍女，正在大帐内收拾随身衣物，一副行色匆匆的样子。木易悄悄回到大帐，略有些紧张，铁镜见木易回来，并未注意到木易的神情，仍在忙着收拾衣物。

铁镜：木易，你的衣物我已经帮你收拾完毕了。

木易：多谢公主。公主忙着收拾衣物，这是要去何处啊？

铁镜：这一次攻打澶州失利，母后已经下令撤兵，返回上京了。

木易：总算停战了。

铁镜：母后还说，这一战损兵折将，也未能收取关南二州，她也知道大宋皇帝不肯割让疆土的决心，自此之后，她再也不会征讨大宋了。（对侍女）你下去吧。

侍女施礼退出了大帐。铁镜来到木易身边。

铁镜：我知道你一直想回一趟汴京，但是母后怕你一去不回，我也难以说动她，她不肯放你，也只得委屈你了。

木易：经此一战，公主好像一夜之间长大了，比以前更像个大人了。

铁镜：原来，在你的眼里，我一直都是孩子？

木易看着铁镜，蓦然有些动情，忽然一把将她拥入怀中，静静地拥抱着她。铁镜有些猝不及防，竟有些羞涩。木易将铁镜拥入怀中之后，眼中有些浸泪。铁镜好像觉得有些异样,扳住了木易的肩膀。

铁镜: 你怎么了? 今天像是有些反常。

木易尽力克制着自己情绪,快速抹去眼角的泪,脸上堆起了笑容。

木易: 停战了,我也高兴啊。

木易有些神色不宁,看到了帐篷里的马鞍,便将铁镜松开,过去将马鞍拎了起来。

木易: 马上要出发了,我去马棚看一看,将马鞍装上。

铁镜: 木易,你现在是大辽的驸马,都这么久了,还把自己当成马倌哪?

木易: 马通人性,我那匹马,只许我给它装马鞍,别人都装不了。

木易扛起马鞍,走出大帐。木易心里知道,他一去无回,这是跟铁镜的最后一次相见。他走到大帐门口的时候,忍不住又回过头来,看了一眼铁镜。铁镜浑然不知,本来正在收拾东西,却像是有感应一般,转过头来,看了一眼木易,冲他笑了笑。

18. 铁镜大帐外　白天　外景

木易出了房间,走了几步,又转过身来,冲着大帐深施一礼。

木易:(低声自语)公主,原谅木易吧……

木易说完掉头而去。

十四

1. 刘娥营帐　白天　内景

赵吉正躺在床上，闭着眼，头上冒着虚汗，嘴里微微叫唤着什么，像是在说梦话，又像是在呻吟着喊疼。

李婉儿守在一边看护，时不时给赵吉擦汗，将一块浸湿的白布放在赵吉的额头。木易没有打招呼，便匆匆从营帐外进来。李婉儿见到木易，有些意外，又有些大难之后的委屈，几乎要落泪。

李婉儿：太后看上去这么和善，没想到她会这么狠心，竟然这样对待吉儿……

木易：婉儿姑娘，现在不是说话的时候，我和王继忠大人，一起来带你和质子回澶州，马上启程。

李婉儿：辽兵大营，戒备森严，木易大哥如何带我们出去？

木易：姑娘放心，方才韩丞相交给我一支令箭，有了这支令箭，便可在辽营通行无阻。来，帮我把皇子背上，我们马上出发。

李婉儿连忙给吉儿穿上衣服，就在李婉儿要把吉儿扶起来的时候，李婉儿忽然生出一分警惕。

李婉儿：木易大哥，你到底是什么人？既然你已经成为辽国的驸马，又为何愿意以身犯险，送我们回澶州？

木易这时才说清自己的身份。

木易：实不相瞒，在下姓杨名延辉。

李婉儿：杨将军？你竟然是天波杨府的杨四郎！

木易：正是在下，我是杨家将杨老令公的四子，澶州的守将杨延昭是我的六弟。当年我们杨家兄弟随父亲与辽国开战，家父战死沙场，我被辽军包围，不得已成为战俘，在辽国隐姓埋名，将杨字一拆为二，改名"木易"，以等待机会，重返汴京。

李婉儿：真没想到在辽营会遇到威名远扬的杨将军，这下子吉儿有救了。

木易：此地不宜久留，我们快上路吧。

李婉儿点了点头，忙将赵吉扶了起来，让木易背起来，三人迅速离开大帐。

2. 铁镜大帐　白天　内景

铁镜手里拿着一支马鞭坐在床边，久等木易不归，便着急地来到大帐的门口向外观看。她忽然觉得木易的表情有些不对。

铁镜：今天是木易跟我说话最多的一天，他竟然还抱了我……他到底出了什么事？总觉得哪里有些不对……

铁镜拿起马鞭，走出了大帐。

3. 旷野　白天　外景

木易赶着马车，王继忠手持长枪护在一边，二人快马加鞭向远处飞奔。不远处，一名辽将引着一群辽兵追了过来，越来越近。

王继忠：定是耶律隆绪派来的追兵，杨将军带他们先走，我来断后！

木易：王大人，你一人难敌这么多辽兵！

王继忠：再不走便难保皇子，快走！

李婉儿拉开车帘，赵吉也探出头来。

李婉儿：王大人，跟我们一起走！

王继忠在马上向李婉儿一拱手。

王继忠：婉儿姑娘，请转告刘妃，我王某答应她拼出性命救出皇子，王某做到了！

赵吉：（哭着）王大人……

王继忠：殿下保重！

王继忠说完，掉转马头往回杀去。

木易看着王继忠走远，只得驾着马车飞驰而去。

王继忠一勒战马，长枪一横，挡在路的当中，王继忠拔出弓箭，射倒了数人。

王继忠箭囊已空，辽军也纷纷放箭，王继忠身中数箭，依然咬牙拼命催马迎向辽军。

辽军追杀过来，王继忠勉强迎战。为首的辽将上来，两三个回合之后，便将王继忠斩于马下。

4. 萧太后大帐　　白天　　内景

萧绰满面怒色，质问韩德让。

萧绰：不经哀家的同意，你竟然私自让驸马带走了质子，该当何罪？

韩德让：太后，若能促成辽宋最终的和解，老臣愿承担任何罪责，九死不悔。

萧绰：你私自放走质子，竟然还振振有词！

韩德让：太后，若不送回质子，赵恒岂肯善罢甘休？与大宋和谈便没有了指望，倘若不能议和，只怕我大辽的所有将士都回不了上京，这个道理，太后应该比我明白。

萧绰不再说话了。

韩德让：上京的宫廷之乱刚刚平息，倘若不能将所余将士带回，只怕来日宫廷之内依然会有动荡，保全了将士，才能保全太后与皇上的威权，保全了这些将士，才能保全我大辽的江山。

萧绰：那你又为何让驸马送质子回去？驸马去了澶州，他还会回来吗？

韩德让：皇上对质子的仇恨一直未能消除，质子交给任何人都会有危险，唯有交给驸马和王继忠，才能万无一失，保证质子的安全。

萧绰：可是，你是否想过，驸马去了澶州，他还会回来吗？

女官这时看到铁镜正站在大帐门口，赶忙提示萧绰。

女官：太后，长公主来了。

萧绰抬头，只见铁镜正站在大帐门口，萧绰和韩德让的对话，她显然已经全部听到了。萧绰不禁一惊。

萧绰：铁镜……

铁镜二话不说，扭头就走。

萧绰：铁镜！

铁镜没有回应，转眼之间已经没了踪影。

萧绰：她一定是去追那个木易了，马上派人跟过去，保护长公主！

萧绰看着大帐门口，一声长叹。

萧绰：这一战，哀家真的败了，败得一塌糊涂……

5. **澶州府城门楼　白天　外景**

木易带赵吉和李婉儿策马奔至城下护城河岸边，木易一身契丹戎装令城门楼上的宋兵头目起疑。

宋兵头目：弓弩手准备！

城墙上宋兵的弓弩齐齐对准了木易。

宋兵头目：来者何人？

木易：我乃天波杨府杨家四子杨延辉，前来护送皇子回归。

宋兵头目：休得胡说，杨延辉将军早已战死沙场，你到底是何人？再不如实报来，我便下令放箭了！

李婉儿：不得放箭，我是随皇子去辽国的李婉儿，赶快把吊桥放下！

宋兵头目这才将吊桥放下，城门大开，数名士兵从城内走出来，木易将马车交给宋兵，宋兵将马车迎进城中。木易刚要随宋兵进入城中，忽然听到身后传来一阵马蹄声，还有越来越近的铁镜公主的叫喊声。

铁镜：木易——木易——

木易不禁停下了脚步，回头看去，只见铁镜公主一边痛哭一边打马，向木易飞奔而来。

城上的宋兵再次如临大敌，操起了弓弩。木易拦住了宋兵。

木易：不要放箭，她是辽国的铁镜公主，是萧太后的女儿。

宋兵依然如临大敌。铁镜公主在不远处勒马，与木易遥遥相对。她身后，一名辽将带着一队辽兵也跟了上来，停在了铁镜身边。

木易不忍，只得向铁镜回话。

木易：公主请回吧，木易对不起你，你我来世再做夫妻。

铁镜：（痛哭）木易，只要你转回头跟我回去，我可以说服母后，既往不咎，你我仍是夫妻……木易……

木易：（强忍泪水）公主，我家中还有老母，我若跟你北归辽国，一是不忠，二是不孝，请公主成全我……

铁镜：木易，你我在一起这么多年，我不相信，你会如此绝情……

木易咬了咬牙，向铁镜公主施了一礼。

木易：公主，请忘了木易吧……

木易狠心掉转马头，向澶州城门奔去。

铁镜失去了理智，从身边的士兵手中一把夺过了弓箭，将弓拉满了，她流着眼泪，把箭头对准了木易的后心。宋兵也如临大敌，拉开了弓弩戒备。

铁镜：木易，你给我停下……

木易略停了停，犹豫片刻，最终还是没有回头，继续向吊桥走过去。铁镜泪如雨下，手里那张拉满的弓，最终还是渐渐松了下来，她不忍放箭。就在木易踏上吊桥之时，忽然一支箭飞来，正中后胸。木易浑身一震，脸上一下子僵住了。

铁镜：木易——

这一箭，是跟过来的辽将射出的。宋兵见辽军放箭，也都纷纷向辽军放箭，射中辽将，辽将跌下马来。辽兵马上一拥而上，用盾牌护住了铁镜，然后拉着铁镜的马向北退去。

木易勉强支撑着自己的身体，艰难地向澶州的城门走过去，走了几步，澶州的城门在他的眼中，渐渐倾斜……

6.澶州城议事阁　白天　内景

木易渐渐在担架上醒来，他胸前的伤口已经被包扎起来。杨延昭正守在担架的旁边，看见木易醒了过来，连忙近前，在担架旁跪了下来，轻轻地握住了木易的手。

杨延昭：四哥，你总算醒过来了……

木易：（虚弱地）六弟，为兄被俘之后，滞留辽营，不忠不孝，没有颜面回家面见老母亲……

木易眼角渗出泪水，他的手和杨延昭的手紧紧地握在一起。

7.澶州府李婉儿寝房　夜晚　内景

刘娥闯入屋中时，赵吉被皮氅包裹着坐在席上，李婉儿正给他喂汤。

刘娥：吉儿！

刘娥跌跌撞撞地跑去将赵吉拥在怀中，他却仍是一副恍惚的样子，见着刘娥连"娘"也未叫出一声。

刘娥：吉儿怎么了，他怎么会这样？

李婉儿：吉儿回到城中之后就一直是这样，整日做噩梦，醒来后，又谁也不认得。

刘娥：吉儿，娘来了，吉儿……娘来看你了！你跟娘说句话啊！

李婉儿：姐姐！我已经唤了无数次了，他都没有应答。吉儿还病着，让他好好歇息吧。

刘娥心疼无比，一时间没了主张，惊惶不安地给吉儿盖好被子，从李婉儿手里接过碗来，自己给赵吉喂汤。夜里，赵吉又抽搐起来，浑身是汗。刘娥守在床边，轻轻地给赵吉擦汗。赵吉终于开口说话了。

赵吉：娘娘……

刘娥：娘在这，娘在这里！吉儿你总算醒过来了。

赵吉：他们……他们还会把我绑起来吗？

刘娥：吉儿是个英雄，吉儿回家了，父皇以后再也不会跟辽国打仗了。

吉儿微笑了一下，呼吸却更加急促起来。

刘娥：吉儿，吉儿……婉儿，快传太医！

李婉儿匆匆跑了出去。

吉儿：娘娘，我……我好冷……

刘娥将吉儿扶了起来，紧紧抱住他，抚着吉儿的胸口，一边轻声低语，安抚着赵吉。

刘娥：娘在这里守着吉儿，吉儿就不会冷了，吉儿别怕……

赵吉像是睡了过去，在刘娥怀里渐渐闭上了眼睛。

8. 澶州府李婉儿寝房　白天　外景

赵恒匆忙地走向李婉儿的卧房，行至门外时，便听到了屋内刘娥撕心裂肺的哭喊声。赵恒停下脚步，踉跄地往前走了两步，神情似乎停滞了，他在门口呆住了。

李婉儿和苏义简跟在真宗身后，听到室内刘娥的哭声，知道赵吉已经逝去，李婉儿马上失魂落魄地冲入房中。房门打开，御医从屋内依次走出来，跪倒在真宗周边。

御医"扑通"一声跪下。

御医：陛下请节哀，皇子今日凌晨走了……

一个晴天霹雳，让赵恒愣住了，他一时竟无法面对刘娥和死去的儿子，逃也似的转身快步走开了。

9. 澶州府城内一角落　白天　外景

赵恒跑到一个僻静无人的角落，失子之痛煎熬着他的内心，他痛苦地跪倒下来，仰望着天空，他终于撕心裂肺地痛哭起来，近乎哀号。

赵恒：我乃天子，老天为何夺我儿子！我到底犯了什么错？为何让我的儿子一再夭亡？这是我最爱的儿子，老天，你为什么将他带走……

10. 萧太后营帐　白天　内景

萧绰的手在地图上游移，从瀛州移向莫州，手指在两州之间来回移动了几次。

韩德让站在萧太后的身边，眼神也跟着萧太后的手指而移动。

萧绰：四十五年了！

萧绰长长地叹了口气。

萧绰：为了关南二州，我大辽已经跟中原争斗了四十五年。没想到这一次，哀家还是空手而归。

营帐外忽然传来悲凉的筚篥之声，萧太后听到筚篥，表情马上变得无比沉痛，颓坐在椅子上。

韩德让：太后，方才探子来报，说是宋军已经将皇子赵吉火葬了。

萧绰沉默了片刻。

萧绰：两个质子先后亡故，不是他二人命薄，这都是刀兵战火之罪！

韩德让：太后，事已至此，依臣之见，还是以和为上。

萧绰略微思索了片刻。

萧绰：好吧，传大宋的使臣曹利用来见哀家。

11. 澶州府议事阁　　白天　　内景

赵恒坐在议事阁的主位，丧子的悲伤依然挂在脸上，但他此时已面沉似水。

赵恒：萧绰已经送来书信，她要派韩德让前来和谈，诸位有何意见？

李继隆：陛下，澶州距北境草原有千里之遥，辽军劳师远征，人马疲惫，而且没有粮草供给，求生艰难，退兵之际，所有的兵器和装备都在马背上驮负，行动迟缓，虽然人数仍有十万之众，很容易打败。

杨延昭：臣请皇上诏令北方诸军，各自扼守辽军退兵之关隘，伺机拦截，末将愿带一哨人马，与北方诸将形成掎角之势，不仅可以将辽军歼灭，幽州、易州等地，也可以乘机袭取。

赵恒：平仲，依你之见呢？

寇准：陛下，《孙子兵法》有言：穷寇莫追。辽军已经无路可走，再追杀下去，辽军定然拼命反抗，情急之下甚或会反扑，还会造成我军的损失。

杨延昭：萧太后北归，已是强弩之末，全然无力反抗，正可趁此机会，永绝后患。

寇准：此时追击辽军，虽然能将其杀伤甚众，但是，最终也难以将其灭国。如此一来，征战不息，皇上要向北部不断增兵，黄河以北的百姓，就没有安生之日了。

赵恒：没想到，平仲会说出这番话来。

寇准：臣虽然一直主战，但是，眼下澶州之战已经尘埃落定，萧绰彻底败北，臣以为，还是以和为上。陛下刚刚失去皇子，心中万分悲痛，但是，臣愿陛下从长计议，大局为重，陛下一定不忍心看着百姓再次陷入战乱。

赵恒面沉似水，思索了片刻。

赵恒：容朕三思，再做决断……

12. 萧太后营帐　白天　内景

萧绰坐在大帐当中，女官与韩德让分别站立两旁，曹利用站在对面。

萧绰：清泰三年（936），前朝的石敬瑭受我大辽册封为大晋皇帝，自称儿皇帝，并将"燕云十六州"割让给我大辽，后来，你们南朝经历改朝换代，周世宗柴荣夺回瀛州、莫州，算下来，至今整整四十五年了。这关南二州，原本就是我大辽的旧疆。既然大宋皇帝派你来议和，不妨先商议一番关南二州的归属。

曹利用：太后，晋、周的旧事，与我大宋无关，关南二州是大宋的先祖历尽千辛万苦才得以保下，太后如欲议和，请不要再提索地之事。

萧绰：不割地，你拿什么来议和？

曹利用：臣启程之前，皇上曾向在下交代，如若了结这澶州一战，自此以后，我大宋可每年向辽国送去货物金帛之资，作为岁币，以助军旅。太后若能同意，皇上也愿意屈己以安民。

萧绰听到这里，沉默不语。

韩德让：太后，大宋皇帝言下之意，是说如果我朝放弃关南二州，大宋可以进贡岁币，以作补偿。这笔补偿，也算是四十五年来，大辽为争夺关南二州所付出的军旅之资。

萧绰：哀家此番南下，也是为收复这关南二州而来，若不能拿下这二州，哀家又如何面对大辽的子民？

曹利用：臣奉旨前来议和，一心期望结下盟好，倘若太后和陛下不能答应，臣也只有以死殉国了。

萧绰：看不出，曹将军还是一忠烈之士。

曹利用：南北通和，实为两国百年大计，若能促成此事，则利在千秋，若不能遂愿，臣愿舍生取义。

韩德让：太后，既然大宋已经派来使臣前来议和，作为回应，臣愿亲赴澶州，面见大宋皇帝，一探究竟之后，太后再来决断。

萧绰：好吧，曹将军先留在我大营，等韩丞相见过你家圣上之后，哀家再与你细谈。

曹利用见和谈终于有了希望，不禁长出了一口气，向萧绰躬身一拜。

曹利用：多谢太后！

13. 澶州府议事阁　　白天　　内景

赵恒坐在议事阁当中，寇準、李继隆、杨延昭分别站立两旁。韩德让站在当中，正与寇準交谈。

寇準：韩丞相，请问大辽国共有多少子民？

韩德让：两百万人。

寇準：与我大宋相比，多还是少？

韩德让：（笑）尚不及大宋十之其一。

寇準：大宋子民，十倍于辽国，无论辽兵多么能征善战，这样一个大宋，你们契丹人，能吞得下吗？为了关南之地，辽国每年征调车马，兴师动众，整个北方草原为之不安，可是宋辽两国已经征战了四十多年，到头来，辽国又讨到了什么好处？

韩德让：大宋和辽国，理应共存互助，这才是长远之计。停战乃人心所向，势所必然。臣带来太后口谕，前来议和，我大辽愿即日撤军，订下盟约，自此以后，化干戈为玉帛，再无征战。

赵恒：如果萧太后依旧拿关南二州说话，那便免谈！关南之地是汉唐旧疆，我朝太祖、太宗都曾为此地而战，没有丢失过一寸领土，如果在朕的手中被辽国夺去，朕何以面对列祖列宗？何以面对大宋的子民？

韩德让：臣愿返回大营，尽力说服太后，舍弃关南。

赵恒：太后如果愿舍弃关南，立下议和的誓书，朕也愿意屈己安民，送给你们货物财币，终结辽宋之战。

韩德让：多谢陛下，若换得两国相安共荣，又何须寸土必争？臣返回大营之后，将与使臣曹利用大人商议，将《誓书》拟定，然后由曹大人将《誓书》带回，从此辽宋罢战！

赵恒：那就有劳韩丞相了。

韩德让向赵恒深深鞠了一躬。

韩德让：陛下心怀天下，厚德载物，宽容忍让，臣无比感佩！

14.澶州府议事阁　白天　内景

文伽凌抱着婴儿坐在椅子上，张景宗小步跑着，跟在赵恒身边，匆匆进来。

文伽凌正要起身施礼，赵恒已经快步走到她跟前，扶她坐下。

赵恒：伽凌身体虚弱，还是免礼吧。（转头对张景宗）朕交代你的事，你都当做耳边风了！

文伽凌：并非公公的过错，是我执意如此，陛下要罚，便罚我吧。

张景宗将孩子从文伽凌怀里接过，送给赵恒，赵恒面露喜色，将婴儿抱入怀中。

张景宗：陛下万福，得了位公主。

文伽凌：陛下，臣妾还未想好公主的名字，望陛下钦赐。

赵恒思忖半晌，看向文伽凌怀中的孩子。

赵恒：眼下战火连绵，每个人都渴望福寿安康，朕便给她赐名为琬，封号寿康吧。

文伽凌从赵恒手中将婴儿接过来。

文伽凌：多谢陛下，托陛下的洪福，寿康一定会长命安康，陪伴着陛下。

15. 野外旷野　白天　外景

浩荡的军队向汴京凯旋，赵恒停住战马，最后一次久久凝视北方辽阔的雪原。寇准、苏义简、潘良、李继隆、杨延昭、呼延赞、张景宗见状，也都停下来，默默地看着赵恒。凝视良久，赵恒掉转马头，一挥手，大军开始南下还京。

赵恒：（画外音）维景德元年（1004），岁次甲辰，十二月庚辰朔、七日丙戌，大宋皇帝谨致誓书于大契丹皇帝阙下：共遵成信，虔奉欢盟，以风土之宜，助军旅之费，每岁以绢二十万匹、银一十万两，更不差使臣专往北朝，只令三司差人般送至雄州交割。沿边州军，各守疆界，两地人户，不得交侵。或有盗贼逋逃，彼此无令停匿。至于陇亩稼穑，南北勿纵惊骚。所有两朝城池，并可依旧存守，淘壕完葺，一切如常，即不得创筑城隍，开拔河道。誓书之外，各无所求。必务协同，庶存悠久。自此保安黎献，慎守封陲，质于天地神祇，告于宗庙社稷，子孙共守，传之无穷，有渝此盟，不克享国。昭昭天监，当共殛之。远具披陈，专俟报复，不宣，谨白。

16. 野外旷野刘娥马车内　白天　内景

刘娥面色凛然，怀中抱着一个木盒子，里面是赵吉的骨殖，刘娥旁边坐着李婉儿。

马车渐渐停下了，车外响起了张景宗的声音。

张景宗：娘娘，天寒地冻，皇上命奴才给娘娘送来一件皮氅。

李婉儿听了，拉开了马车的窗帘，张景宗从外面将皮氅递了进来，李婉儿接了过来。

李婉儿：多谢公公。

张景宗：望娘娘保重！

张景宗施礼退下，李婉儿将窗帘拉上，马车继续前行。刘娥从李婉儿手里把皮氅接了过来，她没有穿起来，而是用皮氅将手里的木盒子细细地包了起来。

刘娥：吉儿，我们马上就到家了，穿上皮氅，吉儿不会冷了……

17. 北方边境　白天　外景

辽军的残兵败将北归，缓缓行进在北国。

一路之上，粮草辎重，都在马背上驮负或者由马拉着，大部分将士已经没有马匹可骑，负担沉重，行军缓慢，不断有伤兵掉队。

辽国的皇室成员，乘坐在队伍前方的两辆马车，已经走远。

萧绰乘坐一辆马车，渐渐行来，韩德让骑着一匹马随行。萧绰拉开车帘，对韩德让感叹。

萧太后：大宋朝，不可小觑，这一次，哀家算是领教了……

前面一阵骚乱，二人听到士兵们此起彼伏的喊声。

萧绰：出了何事？

韩德让：回太后，我们回到家了。

萧太后在车内向外面看去。大片的草原尽入眼底，草原上有零散的羊群，奔驰的马群。辽兵纷纷冲向草原，或欢呼跳跃，或痛哭着跌倒在草地上。

辽兵：回来了！我们回来了！我们回到家了……

萧绰在车内热泪盈眶。

萧太后：停车！

车夫把车停下，韩德让下马，来到萧绰的车旁。

韩德让：太后有何吩咐？

萧绰从车内拿出了孔明灯，看着上面耶律康的字：辽宋止战，天下平安。萧绰把孔明灯递给韩德让。

萧绰：你知道汉人的孔明灯是怎么放的吗？

韩德让：知道。

萧太后：那就把康儿的心愿，放到天上去吧。

韩德让将孔明灯放飞，萧太后在车内看着孔明灯渐渐升入天空。

北方的草原，一望无际。辽军的队伍，两辆辽国皇室的车辇，在苍茫的草原上渐行渐远。一盏孤零的孔明灯，白日升空，在一望无际的草原上渐渐升高，俯瞰着远去的辽军，俯瞰着无边的草原。

萧绰：（画外音）维统和二十二年（1004），岁次甲辰，十二月庚辰朔、十二日辛卯,大契丹皇帝谨致誓书于大宋皇帝阙下:共议戢兵,复论通好,兼承惠顾,特示誓书云:"以风土之宜,助军旅之费,每岁以绢二十万匹、银一十万两,更不差使臣专往北朝,只令三司差人般送至雄州交割。沿边州军,各守疆界,两地人户,不得交侵。或有盗贼逋逃,彼此无令停匿。至于陇亩稼穑,南北勿纵惊骚。所有两朝城池,并可依旧存守,淘壕完葺,一切如常,即不得创筑城隍,开拔河道。誓书之外,各无所求,必务协同,庶存悠久。自此保安黎献,慎守封陲,质于天地神祇,告于宗庙社稷,子孙共守,传之无穷,有渝此盟,不克享国。昭昭天监,当共殛之。"孤虽不才,敢遵此约,谨当告于天地,誓之子孙,苟渝此盟,神明是殛。专具谘述,不宣,谨白。

十五

1. 汴京皇宫宣德门　白天　外景

宣德门大门紧闭，皇宫侍卫站立于大门两侧，各种旌旗迎风招展。

郭贤手里拉着赵祐，率领毕士安、王旦、曹鉴、邢中和、潘伯正等大臣以及雷允恭等内侍守在宣德门外。仪仗队沿大道缓缓而来，士兵打着飞扬的旌旗，撑着华盖，护着三辆马车，距宣德门越来越近。

三辆马车内，一辆坐的是赵恒，一辆坐的刘娥与李婉儿，还有一辆坐的是文昭容母女。

寇準、苏义简、王钦若、潘良、张景宗等，随着队伍渐渐行至宣德门。

内侍：皇上驾到，恭迎皇上得胜还朝——

人群中的郭贤与曹鉴听到这喊声，相互看了一眼。众大臣一齐向前面走过去。

赵恒在马车内看到宣德门大门紧闭，不禁皱起了眉头。仪仗行至宫门口停下，张景宗快步上前，扶赵恒下了马车，内侍举着华盖跟在身后，赵恒向宣德门走去。

郭贤带着赵祐率先迎驾，曹鉴率众臣跪倒一片。

郭贤：臣等恭迎陛下得胜还朝！

曹鉴、潘伯正、毕士安、邢中和等臣工齐声迎驾。

众人：臣等恭迎陛下得胜还朝！

赵恒：众爱卿平身！

赵恒看到赵祐，微微笑了笑，招手让赵祐上前，赵祐竟有些胆怯，来到赵恒跟前，再次躬身施礼。

赵祐：孩儿恭迎父皇得胜还朝！

赵恒双手扶住赵祐的双肩，细细看了看。

赵祐：父皇，吉儿哥哥回来了吗？他在哪里？

赵恒被问到了痛处，蓦然心酸，回头看了一眼远处刘娥的马车，又回过头来面对赵祐。

赵恒：祐儿，你的吉儿哥哥，留在北方了，他再也回不来了……

赵祐一愣，忽然哭了起来。郭贤连忙上前，将赵祐引到一边，安抚赵祐，并招手唤来雷允恭。

郭贤：二皇子已见过皇上了，带二皇子回宫交与皇后娘娘。

雷允恭：是！

雷允恭引着赵祐退回到宣德门处。

赵恒扫视了一眼众臣。

赵恒：为何不见元份？

曹鉴：小女思齐今日临盆生子，冀王于府中忙碌，稍后再进宫向陛下问安。

赵恒：邢主簿。

邢中和：臣在。

赵恒：册封贵妃的诏书可曾拟好？

邢中和：回陛下，诏书已经拟好，只是今日不宜册封。

赵恒：朕今日得胜还朝，正是大好的日子，有何不宜？

曹鉴与郭贤对视了一眼，曹鉴马上走出来，上前一步。

曹鉴：启禀陛下，只因先帝有遗诏，刘妃永世不得入宫。

郭贤：陛下，礼贵制宜，孝当承志，先帝遗诏，还望陛下遵循。

毕士安：陛下，两位大人所言极是，先帝遗诏，不可违背，请陛下三思。

赵恒脸色马上拉了下来，愤怒已极。潘伯正察言观色，觉得时机已到，上前一步。

潘伯正：陛下，先帝遗诏，尽人皆知，还望陛下不要违背。

赵恒：辽兵入侵时你们在哪儿？可曾搬出先帝遗诏来救大宋于水火？朕御驾亲征，无数将士战死沙场时，你们又在哪儿？刘娥在辽营与萧太后周旋，辛苦抚育皇子吉儿的时候，你们在哪儿？吉儿被辽兵悬于战车之上，面对乱箭之时，你们又在哪儿？朕献出了自己的吉儿，带着三军将士出生入死，退了辽军，保住了大宋，尔等竟然如此迎接朕的回归！

郭贤努力稳定了情绪，上前一步，再次躬身施礼。

郭贤：陛下请息怒……

赵恒怒不可遏，伸手将身边侍卫的剑拔出来，一剑砍掉了郭贤的乌纱帽。郭贤一凛，众人也都大惊失色。郭贤连忙跪倒。

郭贤：陛下，老臣这颗头颅，倘若为了维护先帝遗诏而被陛下砍下，当是臣的荣耀，死得其所，请陛下成全。老臣即便死在当前，也不愿陛下成为逆天叛祖之人！

赵恒悲愤至极，拿着剑指着郭贤，手竟有些颤抖。忽然，旁边响起了赵祐的哭声。

赵祐：父皇，父皇不要杀外祖！父皇，祐儿求您不要杀外祖……

赵祐原来还没走远，竟然跑了回来，跪倒在赵恒脚下，哭了起来。雷允恭惊慌失措，赶快跟过来，见这场面，也不知该如何是好，只得在郭贤和赵祐身后一并跪下。赵恒一时无奈，手里的剑竟也无力地渐渐垂下。

曹鉴见时机已到，看了一眼毕士安，上前一步，也跪倒在郭贤身边。

曹鉴：先帝遗嘱不可违，请陛下三思啊！

毕士安、邢中和、潘伯正等率其他众臣一齐跪下。

众人：请陛下三思——

赵恒把剑扔到地上，仰天长叹。

赵恒：父皇啊父皇，你都看到了吗，父皇？

寇準叹了口气，缓缓走到刘娥的马车旁边，对着车内深施了一礼。

寇準：夫人，澶州一战，夫人和大皇子皆立下不世之功，臣等铭记在心，只是眼下这些老臣，夫人都看到了，陛下也十分为难，还请刘妃顾全大局，入宫册封之事，可待日后再议……

2. 汴京皇宫宣德门/刘娥马车内　白天　内景

刘娥不置一言，只是将那骨殖坛抱得更紧了，伤痛令她的身体微微颤抖。

李婉儿：他们也太过分了，姐姐受了那么大的苦，立下那么大的功劳，还失去了吉儿，他们还不让我们进宫，这些大臣们还讲不讲理？

李婉儿说着说着哭了起来。

刘娥：回渡云轩……

3. 汴京皇宫文德殿内　白天　内景

赵恒坐在龙椅上，张景宗侍立一边。曹利用低头走入大殿，不敢抬头，亦步亦趋地走进来，一下子跪倒在赵恒对面。寇準、丁谓、苏义简、王旦都一脸严肃。

曹利用：戴罪之臣曹利用，叩见陛下。

赵恒：曹爱卿，朕已经得知，你到达雄州之后已见过萧太后，交换了《誓书》，一切顺遂，只是不知道你与她议定，纳给辽国的绢银到底是多少啊？

曹利用：臣罪该万死！

赵恒：到底多少？！

曹利用：微臣与萧太后、军师韩德让再三争议之后，最后议定每年纳给辽国绢二十万匹，银一十万两，……

丁谓终于长出了一口气，苏义简与寇準相互看了一眼，微微露出放松的神色。

赵恒：绢二十万匹，银一十万两。

赵恒脸上缓缓露出笑容。

赵恒：曹大人赴辽营议和，不辱使命，多有辛苦，以岁币绢二十万匹、银一十万两换来宋辽之和，天下止战，值得！曹大人立下大功一件！

曹利用擦了一下头上的汗，长出一口气，再次叩首。

曹利用：谢陛下——

赵恒：澶州一役，诸爱卿功劳卓著，朕已拟诏，各有封赏。景宗，宣吧。

张景宗：遵旨！昊天明命，皇帝诏曰：宋辽止戈，嘉奖功臣。封寇準为同中书门下平章事，王旦任参知政事，丁谓任三司使，苏义简任知枢密院事。曹利用和谈有功，赐封大理寺卿，王钦若任资政殿大学士。

众大臣：谢主隆恩！

张景宗停顿下来，将手里圣旨卷起后放下，又拿起另一份圣旨展开。

张景宗：昊天明命，皇帝诏曰：中书令郭贤留守京城，处事不力，有负圣恩，贬官三级，流放定州。

郭贤大惊失色。大殿上的众臣亦是大惊。

4. 汴京皇宫御书房　白天　内景

赵恒与苏义简埋首于成垛的书籍之中钻研。

苏义简：陛下过奖了。臣以为，眼下首先要将宰相大人说服，宰相与郭家、曹家不同，他是先帝心腹忠良，维护的乃是先帝遗诏。而郭家与曹家反对大皇子灵位进太庙，是要维护他们自己的利益和声誉。一旦说服宰相，郭家、曹家，在朝中也难以兴风作浪了。

赵恒：毕士安为人耿直，也懂得朕的心思，可惜他是个老顽固，守着祖宗旧制不肯放手。

苏义简：老顽固都是讲道理，以维护道统自居，只要能在史书中找到依据，宰相大人定无话可说。

苏义简一边说，一边不停地翻书，此时苏义简正拿起一册《史记》，翻到一页，认真地看着，他忽然兴奋地喊起来。

苏义简：找到了！终于找到了！

赵恒：找到什么了。

苏义简兴奋地把《史记》呈给赵恒。

苏义简：陛下请看这里，这是《史记·秦本纪》，这里有记载：秦孝文王有一个庶出的儿子，名叫子楚，子楚作为质子被送到赵国，数年之后，子楚完成质子的使命，顺利地回到了秦国，从此之后，秦王便将他当作嫡子一般对待，还立为储君。秦王去世之后，子楚就登上了王位，也就是后来的秦庄襄王。陛下，这个子楚，和大皇子的经历，还颇为相似呢。

赵恒高兴地点了点头。

赵恒：有史实为鉴，看那些大臣还有什么话可讲，义简真是通今博古啊！

苏义简：册封刘妃之事，陛下可以暂且不提，来日再议。让大皇子的灵位进入太庙，有史为鉴，陛下便可说服毕士安和朝廷众臣了。

赵恒：无论如何，总算是了结刘妃一大心愿。

赵恒赞赏地看着苏义简，再次拿起《史记》来细读。

5. 渡云轩门口　白天　内景

赵恒的车辇在侍卫的守护下，来到渡云轩的大门。

赵恒由张景宗扶着下了车辇，匆匆迈进渡云轩大门。刘娥与李婉儿正在洒扫庭院，颇觉意外。

赵恒：莺儿，将吉儿的灵牌迎来，速速随朕前往太庙！

刘娥：陛下，莫非曹太傅他们更改了主张？

赵恒：不必多问，到了太庙，你自然明白！

刘娥点了点头，匆匆转身回到渡云轩大厅，很快将赵吉的灵牌取来，与赵恒先后上了步辇，离开渡云轩大门。

6. 太庙　白天　外景

大宋禁军列队于太庙之前。

寇準、毕士安、王旦、苏义简、王钦若、丁谓、曹鉴、曹利用、潘伯正、潘良、邢中和等一众文武官员，分左右排成两行，站在太庙外，等待仪式的开始。

赵恒与刘娥在张景宗、李婉儿以及内侍、宫女的陪护之下，走向太庙。赵恒双手抱着赵吉的灵位，张景宗手里拿着在澶州签下的《誓书》。刘娥与李婉儿远远地在太庙外停下，站住。

众位大臣见他们过来，齐齐地施礼。

众人：臣等参见陛下，陛下万岁万岁万万岁。

曹鉴早已看到赵恒手里的灵牌，便迎面走到赵恒的正面，施了一礼。

曹鉴：陛下，老臣见陛下手持赵吉灵牌，莫非是要将其送入太庙吗？

赵恒：正是，朕要将吉儿灵位安放于太庙，还要将与辽国签下的《誓书》，一并存放于太庙。

曹鉴：陛下，《誓书》乃宋辽两国议和结盟之见证，存于太庙理所应当。不过，太庙乃皇家敬天法祖之地，刘妃身份未明，赵吉亦非陛下嫡出的皇子，名不正言不顺，赵吉的灵位尚不能配享太庙。

苏义简：陛下，大皇子替二皇子出使辽国，就已经被当作嫡出皇子，澶州一战，大皇子为国捐躯，有功于社稷，身份理当与二皇子等同。太傅大人，《史记·秦本纪》中早有记载，秦孝文王儿子，名为子楚，原来是庶出的，作为质子出使赵国，回国之后便被当作嫡子，太傅博古通今，想必不会不知。

曹鉴：苏大人所说之事，距今已有一千二百余年，秦国之宗法，与我大宋宗法，岂可同日而语？秦孝文王不过是一方诸侯，又岂能与我大宋天子同日而语？苏大人所说，不足为鉴。

赵恒不悦，将赵吉的灵牌交给了身边的张景宗。

赵恒：太傅口口声声说不能违背先帝遗诏，先帝倘若在世，知道刘娥为我大宋出生入死，先帝绝不会如太傅这般不通情理！

曹鉴：陛下，先帝不许刘氏进宫，此事早已经流传到坊间，莫非陛下就因为一个女子，便要冒天下之大不韪，将先帝的遗愿置于不顾吗？陛下如何向天下人交代？

毕士安：陛下，太傅所言极是，陛下倘若违背先帝遗愿，不但会失信于群臣，也会失信于天下人。还望陛下谨慎行事。

曹鉴：倘若陛下执意违背遗愿，臣愿死谏，以追随先帝。

刘娥与李婉儿站在距赵恒和大臣们稍远的地方，众人的对话刘娥还是听得清清楚楚。刘娥默默不语，李婉儿却气得快要掉泪了。

李婉儿：姐姐，他们也太欺负人了！

刘娥：婉儿，太傅和宰相都是朝廷重臣，不得乱说。

赵恒：吉儿是朕的皇子，他为大宋而死，配享太庙理所应当，再有阻拦者，交付大理寺治罪！

赵恒绕过跪在地上的曹鉴，直奔太庙而去。后面的潘伯正、潘良、邢中和、王旦等大臣见状，齐齐上前跪下，拦住了赵恒的去路。

众人：陛下，万万不可呀，陛下！

赵恒：你……你们……

寇準、毕士安、苏义简、王钦若、丁谓等人没有跟着下跪。寇準见状，眉头一皱，上前一步向赵恒施礼。

寇準：陛下息怒，倘若陛下不顾众位大臣劝阻，将大皇子灵位安放太庙，实有不妥，不过，臣有一言，不知是否当讲。

赵恒：讲！

寇準：先帝在世之际，并未手书遗诏，只是曾有口谕不让刘妃入宫。倘若让刘妃为先帝守陵三年，以尽孝心，臣以为，这份诚意足以告慰先帝在天之灵，也足以给天下人一个交代。三年之后，刘妃便可入宫，让大皇子的灵位配享太庙。

赵恒：依宰相之见呢？

毕士安：陛下，寇大人所说颇为周全，此事既可告慰先帝，亦可为刘妃赢得忠孝之名，可谓一举两得。

赵恒积郁之气仍未得以释放，没好气地看着跪在地上的曹鉴等人。

赵恒：你们都起来吧，寇爱卿与宰相的话，你们可有异议？

曹鉴与众人一时有些支支吾吾，面面相觑，没有人拿出主张。赵恒也不愿搭理他们了，愤怒地转过身去向外走，张景宗连忙跟在身后。

赵恒：回宫！

赵恒走到刘妃身边，郁闷地望着刘娥。

赵恒：你刚刚从辽国回来，他们便要你再离开朕三年……

刘娥：陛下，倘若臣妾守陵三年，便可将吉儿灵位安放太庙，臣妾心甘情愿。

赵恒看着刘娥,满腹的委屈,一时都闷在了心里。

刘娥：陛下不必担心,比起在辽营的那些日子,守陵算不上吃苦。

赵恒：莺儿……

赵恒还想说些什么,忽然急火攻心,掩嘴咳了起来。赵恒再把手拿开时,却见自己手心和嘴角都有了一些血迹,赵恒下意识地用袍袖去擦拭嘴角的血迹,血迹染到了衣服上。

刘娥连忙上前扶住赵恒。

刘娥：陛下……

7.汴京皇宫赵恒寝宫　白天　内景

赵恒脸色苍白,缓缓睁开了眼睛,床榻边坐着潘玉姝,赵恒恍惚间又将潘玉姝的侧影当作了刘娥。

赵恒：莺儿……

潘玉姝转过脸来,见赵恒醒了,十分欣喜,将汤药端过来,要服侍赵恒喝药。

潘玉姝：陛下,刘妃已经回渡云轩了。

赵恒：刘妃为了大宋历尽千辛万苦,痛失独子,这些老臣为何还是容不下她？

潘玉姝：老臣们也是过于刻板,非要按先帝遗诏办事。陛下保重龙体,不要为此事过于忧心,先把这服药喝下吧。

潘玉姝将赵恒扶起来,在床榻上坐好,再次将药碗端了过来。赵恒正要喝药,张景宗进殿。

张景宗：陛下,皇后娘娘求见,她和二皇子已在殿外等候多时了。

赵恒：定是来为她父亲求情,还把祐儿也带着。让她进来吧。

张景宗应了声,稍后,郭皇后牵着赵祐疾步进殿,跪到赵恒榻前,低首啜泣。

郭皇后：陛下,臣妾恳求陛下赦免家父,他年事已高,经不起长途颠簸,请求陛下让他留在家中悔过……

赵祐：父皇,祐儿求父皇放过外祖,祐儿以后一定好好跟外祖念书，听父皇的话。

赵恒：祐儿，将你母后扶起来。

赵祐哭着将跪在地上的郭皇后扶了起来。

赵恒：朕已将你封为皇后，对郭家优遇厚待，可是朕出征澶州之后，中书令留守京城，毫无作为，罪不可赦。再者，澶州之战刘妃立下大功，吉儿是代替祐儿前往辽国做质子，最终命丧沙场，朕不过是要将刘妃立为德妃，中书令竟纠集众臣百般阻拦，实在让朕失望至极。

郭皇后：陛下，家父已经知错，陛下可将他削官，也可将他贬职，哪怕贬为平民百姓，臣妾皆无丝毫怨言，倘要流放定州，那是要了家父的性命啊。

潘玉姝：陛下保重龙体，请陛下用药吧。

赵恒：既然中书令已经知错，朕便免去流放之刑，让他自己告老辞官吧！

8. 汴京皇宫文德殿　白天　内景

赵恒故意穿着染血的袍子上朝，众臣都知道这是赵恒在警告他们，莫要再忤逆。

赵恒：辍朝这些时日，朕在宫中收到你们奏折无数。今日上朝，为何都无话可说了？

郭贤：朝廷上下都在担心陛下，不能为陛下分忧，是臣等的失职。老臣年岁已高，恐日后难以辅佐陛下，特请辞官，还望陛下恩准。

赵恒：前日对中书令的责罚是重了些。朕收回成命，准许郭爱卿辞官。

郭贤：臣郭贤，谢陛下隆恩。

赵恒：寇爱卿谏言，依据《三礼》之说，让刘妃为先帝守陵三年，即可入宫册封，大皇子赵吉灵位即可入太庙，朕已命翰林院核实拟诏，寇爱卿可有异议？

寇准：无有异议。

赵恒：众位爱卿可有异议？

王旦与曹鉴相互对视一眼，却又低下头来，没敢再提出异议。

赵恒：没有异议，这便是朕与诸位爱卿的三年之约，三年后，若再有人反对，朕一定问他死罪！

大殿里一片沉默。

9. 渡云轩庭院　白天　外景

渡云轩的清晨，被离别情绪感染。刘娥与赵恒从大厅走出来，来到院子里，李婉儿从院子外面走进来。

李婉儿：姐姐，行囊已经备好，马车就在门外等候。

刘娥：一去三年，婉儿当真要与我一同去守皇陵？

李婉儿：姐姐去哪儿，我便去哪儿。

赵恒：婉儿若不愿同行，可留下，朕做主给你寻个好人家。

李婉儿有些不自然，羞得低下了头，连忙跪下。

李婉儿：婉儿不要，婉儿只想与姐姐在一起，还请陛下成全。

赵恒：好吧，难得你一片心意，起来吧！

李婉儿连忙起身，站到刘娥身后，避开赵恒。

10. 渡云轩门口　白天　外景

苏义简和一队禁军侍卫已经上路，赵恒将刘娥扶上马车。

刘娥：陛下，珍重！

赵恒：珍重！

赵恒无奈地挥了挥手，车夫催马车上路。刘娥从马车向外望着赵恒站在渡云轩门口，渐渐远去。

11. 皇陵古刹　白天　外景

苏义简骑在马上，领着禁军，护着马车，在一处院子前停下。老者叶德已经在院门等候，身旁还有一个少年，正是老者的孙子叶正。苏义简下马，叶德走上前去，向苏义简施礼。刘娥与李婉儿也从马车上下来。

叶德：在下叶德，见过苏大人，见过刘夫人。

苏义简：叶老伯，本官奉皇上之命，特地前来护送刘妃娘娘和婉儿姑娘,她们为先帝守陵,请叶老伯多多关照。

叶德:请皇上放心,在下在皇陵已有十多年,对此处的民风、地形十分熟悉,定会尽全力照顾好夫人和婉儿姑娘。

12. 皇陵石屋 白天 内景

叶德把刘娥、苏义简和李婉儿带至一间石屋,叶正在身后将两个包裹拿了进来,放到石屋的床上。

叶德:这里便是夫人和婉儿姑娘的住处了。

苏义简四下打量了一番,室内有两张床,家具很少,也十分陈旧。

苏义简:叶老伯,没想到为皇家守陵,住处竟然这般简陋。夫人千金贵体,怎能在这等地方安身?

叶德:苏大人莫要见怪,守陵人的居住之处,向来如此,还望大人和夫人包涵。

刘娥:义简不必强求,这些家具是旧了些,但却让我觉着得心里踏实。

叶德:请夫人和婉儿姑娘收拾一番,在下告退。

刘娥点头,叶德施礼转身离去。刘娥和李婉儿打开包裹收拾行李。

苏义简:夫人要在此处居住三年,委屈夫人了。

刘娥:义简多虑了,来到这里,离开了皇宫的喧嚣,我很喜欢,反倒像是回到家一样。在京城这么多年,我累了,正好在这里好好休息一下。

13. 皇陵古刹 白天 外景

苏义简骑马,领着一队侍卫,赶着空空的马车,离开了古刹。

苏义简走了没多远,忽然听到身后传来刘娥的笛声。他带住马缰,站住了,回头看着那个院子,凉风四起,落叶纷飞。

14. 汴京皇宫春鸾阁 白天 内景

赵恒邀苏义简于春鸾阁饮酒。炉上冒着热气,苏义简拎起热好的酒壶,为赵恒和自己各斟了一杯。赵恒轻啜一口,顿感浑身畅快,回味无穷。

赵恒：上次与义简共饮，还是在澶州。

苏义简：宋辽两国，罢战息兵，永结盟好，大皇子功在千秋。

赵恒：可是吉儿他……

赵恒微微有些哽噎，忙饮了一口酒以遮掩情绪。

赵恒：朕身为一国之君，普天之下，莫非王土，率土之滨，莫非王臣，却保护不了儿子和最爱的女人，心中有愧。

赵恒拿起案上的一支玉笛。

赵恒：莺儿她可与义简说起朕？心里是否仍在怨恨？

苏义简：陛下多虑了。刘妃深明大义，从无怨恨。相比守陵，陛下的处境才是真正的孤苦。刘妃说她不能常常相伴在陛下身旁，还望陛下保重龙体。

赵恒点了点头，端起酒杯，一饮而尽。

15. 汴京皇宫春莺阁外　白天　外景

苏义简从春莺阁走出，留下赵恒一人沉浸于思念之中。

一曲悠悠笛音从阁中传出，苏义简听得真切，赵恒吹奏的曲子，和刘娥吹奏的曲子是同一首。

十六

1. 潘玉姝寝宫　白天　内景

月儿捧着刚摘下的一盘石榴,跟着潘玉姝回到寝宫,月儿将石榴放到了桌上。

潘玉姝:父亲叫你回府是什么事情?

月儿从衣衫里掏出一个布兜,里面放有一根银针,送到潘玉姝面前。

月儿:老爷命我将这个带给娘娘。

潘玉姝接过银针看了看,疑惑不解。

潘玉姝:这是什么?

月儿:(压低声音)取血针。

潘玉姝:取血针?给我这个做什么?

月儿:老爷让娘娘取皇上的血。

潘玉姝大惊失色,警惕地向寝宫外望了一眼。

潘玉姝:父亲又想做什么,他不要命了?为何要取皇上的血?

月儿:老爷请了一名老神医到府里,将娘娘的症状说了,那神医便出了这个法子,只要娘娘用这取血针取来皇上的血,就能验出娘娘接连滑胎的真正原因。

潘玉姝:让我取皇上的血,这分明是死罪啊!

月儿：娘娘放心，针上涂了迷药，趁皇上熟睡时刺入，皇上不会发觉。

潘玉姝：即便如此，皇上龙体金贵，我哪里敢取？父亲简直丧心病狂，不顾我的死活，还要害死全家。

月儿：老爷说了，就是冒着株连九族的大罪，也得将皇上的血取来。

潘玉姝：不行！

月儿：奴婢也知道老爷这是为难娘娘，但是现在娘娘已被贬为修仪，倘若再生不出皇子，恐怕将来连宫里的丫头都不如。只有取来皇上的血，找到滑胎的病根儿，才好让那神医开出方子来啊。

潘玉姝听得心惊肉跳，失魂落魄地坐回椅子上。说话间，寝宫外突然传来内侍的喊声。

小内侍：皇上驾到——

潘玉姝一惊连忙站起，将那个装有银针的布兜抓住，藏到怀里。

2. 潘玉姝寝宫内　夜晚/早晨　内景

半帘轻纱掩映，床榻里春光旖旎。潘玉姝将石榴剥开，取出几粒放入赵恒口中，自己也食了几颗。赵恒看着潘玉姝风情万种的样子，被她深深迷住，将潘玉姝搂入怀中。

夜里，赵恒已经酣然入睡。潘玉姝悄悄从枕头下面掏出装有银针的布兜，战战兢兢地拿起银针，对准赵恒的耳后。赵恒突然翻身，潘玉姝吓得差点将银针掉下。赵恒并没有醒来，接着睡去。潘玉姝颤抖着手拿银针再次靠近，提心吊胆，轻轻刺了一下。赵恒没有觉察，摇了摇头，继续睡了过去。潘玉姝这才长出一口气，将银针收了起来，放回枕头下面。

早晨，赵恒从床榻上坐起，感到浑身疲乏，抬手有意无意地向耳后摸去。潘玉姝早已经起床，见状大惊，拿着一件长袍急忙走过来。

潘玉姝：陛下醒了？臣妾为陛下穿衣。

赵恒下床站立，潘玉姝将长袍给他穿上，然后打量着赵恒，赵恒还在等着潘玉姝给他系腰带，潘玉姝却忘了。

赵恒：腰带……

潘玉姝忽然惊慌失措，到处找腰带。

潘玉姝：腰带放到何处了？腰带……

腰带就放在旁边，潘玉姝却没看到，赵恒将腰带拿起来，放到潘玉姝面前，潘玉姝才恍然大悟，接过来给赵恒系上。

赵恒：玉姝有些神情恍惚，莫非有何心事？

潘玉姝：没、没有……

赵恒：玉姝不说，朕也知道。

潘玉姝吓得脸色发白，就要向赵恒跪下请罪。

赵恒：太保昨日便身体不适，向朕告假。玉姝定是担心父亲，想回府探望，却又不敢对朕说，是吗？

潘玉姝这才长出一口气，连忙点了点头。

潘玉姝：正是……

赵恒：玉姝不必介怀，朕这就准你回府尽孝，探望父亲。

潘玉姝：谢陛下。

赵恒笑了笑，走向大厅。潘玉姝在赵恒身后这才长长舒了一口气。

3.潘府潘玉姝房间　白天　内景

潘玉姝、潘伯正、潘母和月儿在大厅里着急地等着。没有人说话，他们都在不安地等待着神医的诊断结果。潘伯正坐不住了，在大厅里踱来踱去。

潘良低着头，拿着一只小碟子，慢慢地走进大厅，脸色阴沉。

潘伯正急不可待地迎上前去，潘玉姝与潘母更加不安，却都不敢上前询问。

潘伯正：大夫诊断结果如何？

潘良将小碟子呈到潘伯正的面前，碟子上面有一团暗红色的血迹。

潘良：大夫已经诊断完毕，玉姝和皇上血象不合，到老死也不会产下活胎。

潘伯正与潘玉姝、潘母都惊得变了脸色。

潘伯正：一派胡言，招摇撞骗，竟敢如此诅咒我家玉姝，把这巫医给我绑了！

潘良：爹，这大夫的确诊治过许多人，被称作"神医"并非浪得虚名。再说，这大夫可是我们请来的，可不是他找上门来骗我们银钱的。

潘伯正颓然以手抚额，长叹一声。

潘伯正：家门不幸，家门不幸啊！

潘母：良儿，那大夫说，玉姝这种症状，可能医治？

潘良：大夫说，玉姝和皇上都能生育，只是玉姝和皇上，却无法生出子嗣，此症状虽不多见，大夫也并非头一遭遇到，无药能治，无一例外。

潘玉姝站在一旁听着，她一直没有说话，听到这里，她只觉得浑身无力，无比沮丧地瘫倒在椅子上，月儿连忙上前将她扶住。

4. 潘府庭院　白天　外景

潘良于院中泄愤，挥舞着长剑。

钟樵走进庭院。潘良也看到了钟樵，他没有停下手舞剑，钟樵在一边认真地观看。潘良最后收招，累得气喘吁吁。

钟樵：潘大人近日剑术颇有长进哪。

潘良：再不长进，恐怕我连这教头的职位都保不住了。这都是你的功劳，近日一直是你来府中陪我练剑。来，不必手下留情，你我再来比试一番。

潘良从旁边的武器架上抽出一把剑，扔给钟樵。钟樵把剑接住，来到庭院当中，站到潘良的对面，先施了一礼。

钟樵：潘大人，小人失礼了！

潘良并不搭话，他的郁结之气并未平复，擦了把汗，便挥剑恶狠狠地向钟樵扑过去，使出蛮力一通砍杀。钟樵连忙接招，他见潘良气势逼人，便沉稳地一边抵挡，一边渐渐后退，避开钟樵的蛮劲儿。两人你来我往，战在一处。

5. 潘府书房　白天　内景

潘伯正站在窗前，看着窗外钟樵和潘良舞剑。他看得出钟樵的身手远在潘良之上，不禁频频点头。潘伯正忽然眉头一皱，沉默了片刻，忽然有了主意，他放下了手中的酒杯，走出书房。

6. 潘府庭院　白天　外景

潘良恶气未除，使蛮力步步逼近钟樵。钟樵一边退一边抵挡。

钟樵：今日大人有些积郁之气，不宜练剑。

潘良：少废话，把你看家本事使出来。

钟樵：大人步法已乱，底盘不稳，还是稍稍歇息之后再练吧。

潘良不听，继续步步紧逼。钟樵已经无路可退，他瞅准潘良的一个破绽，忽然出手，将潘良的剑打落在地，然后飞身上去，用剑锋抵在了潘良项下一掌之外停下。

潘伯正步入庭院，拍手叫好。

潘伯正：好，好，后生可畏，钟教头好身手啊！

钟樵闻听，立即收了剑，向潘伯正跪下行礼。

钟樵：小人拜见老爷。

潘伯正：不必多礼，你到宫中任禁军侍卫之后，诸事是否称心如意？

钟樵：多谢老爷和娘娘的栽培，在下才有今日，潘家的恩情，在下永世不忘。

潘伯正：你和良儿是多年好友，又是我府上常客，本来便是一家人，不必见外。来，随老夫到大厅一叙。

潘伯正拍了拍钟樵的肩膀，引着钟樵走向大厅。钟樵不明所以，心中忐忑不安，回头看了一眼潘良。潘良也不知潘伯正意欲何为，站在院子里正在擦汗。

潘伯正又回过头来。

潘伯正：良儿，你也进来。

潘良应了一声，和钟樵一起跟在潘伯正身后，走进大厅。

7.潘府潘玉姝寝房　白天　内景

潘玉姝蓦然从床上坐起来，气得脸色通红。

潘玉姝：爹怎么能让我做这种事！他老糊涂了？

月儿在一边也惊得说不出话来。潘母坐在床上，面露为难之色。

潘母：玉姝……

潘玉姝：这是十恶不赦的大罪，我死了也便罢了，潘家的人一个也逃不过，爹爹明明知道，还要让我以身犯险！

潘母：玉姝，你已失去皇上的欢心，被贬为修仪，你哥也被贬为教头，只有你爹还在强撑着潘家的门面，皇上心思难测，喜怒无常，谁知道咱潘家，来日会沦落成什么样。唯有你生下皇子，才能重新获得皇上宠爱，咱潘家才能有个盼头……你爹他也是万不得已啊……

潘玉姝：就算是万不得已，也不能出此下策。

潘母：钟槐跟你哥是多年好友，对我潘家一直忠心耿耿，他对你一往情深，念念不忘，你是知道的……

潘玉姝：为了这个家，把我送到哪里，我都得去，让我嫁给谁，我都得嫁，现在又逼我做这种大逆不道的事，从来没有想过我是否愿意，是我前生欠潘家太多了吗？

月儿站着听到了这里，再也忍不住，忽然捂住嘴哽咽起来。潘母也难过地落下泪来。

潘母：玉姝，难为你了……

潘玉姝：娘，你也不必多说了，月儿，你们都出去吧。

潘母和月儿再也无话可说，抹着眼泪走了出去。

8.潘府潘玉姝寝房内　夜晚　内景

钟槐步履迟疑，进入寝房，远远地站着。潘玉姝面无表情，穿着中衣静静地坐在床畔。钟槐抬眼看了一眼潘玉姝，又吓得低下头来。

钟槐：……见过娘娘。

潘玉姝把头扭到一边，依然不说话。钟槐进退不得，尴尬地站着，几乎想转身走出去。

潘玉姝：你过来吧……

潘玉姝的声音依然平静，带着几分冷淡。

钟樵：是，娘娘。

钟樵一步一步地缓缓走到了床边，胆战心惊地坐下。二人再次尴尬地沉默了，呆坐着，房间里静得出奇。钟樵不知如何是好，他站了起来，笨拙地将自己的外衣脱下，放到了一边的椅子上，又回来坐到潘玉姝旁边。潘玉姝仍然不看他，表情冷漠。

钟樵无奈，他向潘玉姝身边靠近一些，也不敢看潘玉姝，低着头，笨拙地伸手去，要解开潘玉姝胸前的衣扣。潘玉姝难以忍受，忽然条件反射般抬手给了钟樵一个耳光。

潘玉姝：滚出去！

钟樵被打得一愣，羞愧难当，连忙起身向潘玉姝施礼。

钟樵：娘娘恕罪！

钟樵抓起自己的外衣，快步走了出去。

9.潘府院中　白天　外景

钟樵为潘良的马刷洗，准备回宫。潘玉姝带着月儿正走过院中的走廊，彼此远远望见。

潘玉姝一时觉得十分尴尬，转过脸去，不看潘良，继续往前走。

月儿：娘娘，老爷真不该这么安排……

潘玉姝：月儿，不要再说了！

月儿还想说什么，只得忍住，无奈地叹了口气，二人继续向前走。钟樵看到了潘玉姝，也听到了她们的对话，顿觉羞愧难当，低头牵着马，匆匆离开潘府。

潘玉姝虽然背对着钟樵离去的方向，她没回头，就知道潘良已经走到潘府的大门。就在钟樵快要走出大门之际，潘玉姝回过头，看着钟樵离去的背影。

10.皇陵山野　白天　外景

山林中小路，刘娥和李婉儿由远而近地出现，两人各自背了一捆干柴，慢慢往回走。

刘娥：在这里住久了，倒是习惯了粗茶淡饭和清静日子，再也不愿回京城了。

李婉儿：姐姐要是不回京城，那些老臣们在朝廷要更加嚣张了。

刘娥：老臣们，无非是郭家、潘家，还有一个曹家，都把我当成跟他们争权夺利的人，却不知我早已经厌倦了宫里的明争暗斗。三年后，将吉儿灵位送入太庙，认祖归宗，我别无所求，你我便留在这里，不回京城了。

李婉儿：我是愿意守着姐姐在此度过余生，只怕皇上还是放不下姐姐你。

刘娥：后宫有皇后，还有那么多的嫔妃，日子久了，皇上自然会把我给淡忘了。在皇宫里钩心斗角、患得患失，哪里有我们在这里打柴、耕种自由自在。

刘娥忽然闭上了嘴，脸上露出惊恐的表情。

李婉儿：姐姐，出什么事了？

刘娥指着前面，李婉儿顺着刘娥所指的方向看过去，只见路旁的草丛中侧卧着一个年轻男子，背上背着一个包袱。

李婉儿也吓了一跳。

李婉儿：姐姐，这个人也不知是死是活，我们快回去找人帮忙吧。

刘娥点了点头，却见男子的手微微动了一下。

刘娥：他还活着，可能是途中得病，无处医治才倒在这里了。

李婉儿有些害怕，见刘娥走上前去，便也跟了过去。二人绕到男子的正面，这才看到他脸色赤红，脸上起了几个痘。

刘娥：看样子像是发高烧。

刘娥走到男子身旁，伸手在额头上试了试。

刘娥：好烫，是高烧让他晕过去了。婉儿，你快回去请叶德大伯来帮忙。

李婉儿点了点头，将后背的柴火放下，快步向山下走去。

11. 皇陵古刹柴房　白天　内景

叶德将男子放到土炕上，掀开他的衣衫，只见身上长了一些红肿的痘，尚未溃烂。

刘娥：叶大伯，他这是得了什么病？

叶德眉头紧锁，再次仔细查看男子身上的痘。

叶德：娘娘，这不是一般的病，快去寻些松针来烧一烧，将这屋里屋外全都熏一遍，我再给他涂一些药酒。

李婉儿点头，马上出去了。

刘娥：莫非是染上了时疫？

叶德：比时疫还要严重，此人染上的是天花。

刘娥：天花？！

刘娥顿时大惊失色。

12. 皇陵古刹叶德房间　白天　内景

叶德蹲在灶台前往那灶底又添了一把柴火，灶火旺盛，烧得灶台上的铁锅热气腾腾。锅中煮着艾草，汁水已变成深褐色。李婉儿拿着水瓢将艾草汁水舀了一瓢，盛入盆中。刘娥手执几方白棉纱布，放入盆里，用艾草汁浸泡。

叶德：将这棉布浸了艾草汁，晒干之后，蒙住口鼻，这样接近病人才不会被传染。

刘娥：这个防范的方法，应当尽快传给附近村民，免得天花继续扩散。

叶德：我已经教给他们了。这个方子虽说可以防范，却无法根治。天花无药可治，体弱者得病，挨不过疫气，便只有等死。体质强壮些的，得病后能被隔离照料，还有康复的希望。我已经把那年轻男子的衣物全部换下拿去烧了，能否活过来就看他个人的造化了。婉儿姑娘将那艾草汁再盛一碗，去给他服下。

李婉儿：好的。

李婉儿盛了一碗艾草汁，端了出去。

刘娥：叶老伯对天花了解甚多，是否曾经亲历过？

叶德：不瞒夫人，在下当年从军之时，曾经染上天花，一个军营死去了大半，幸亏我病情较轻，又及时用了这艾草和药酒，才捡了一条性命。

刘娥：天花还在蔓延，我必须写信启禀皇上，让皇上早做防范，以免危害京城。

13. 皇陵古刹柴房　白天　内景

男子躺在床上，身上盖着棉被，脸上起了很多红疹，还有水疱。他仍然神志不清，偶尔会开口，不清不楚地嘟囔些什么。李婉儿脸上遮着白色面纱，坐在旁边，耐心地把药酒一勺一勺地喂入他嘴里。

男子被药酒呛到，剧烈地咳嗽起来。李婉儿急忙将碗放下，帮他翻动身子。这时从他身上掉出一只缂丝香囊。李婉儿拿起一看，不禁大吃一惊，她拿起香囊，又转头去看依然昏睡的男子，细细辨认他的容貌。

14. 皇家猎场　白天　外景

猎场外，几个小帐篷的中间，是休憩之处，被围栏围着。远处有数十名禁军看守，将此处围了起来。

郭皇后、潘玉姝、曹思齐、雁安以及数名宫女已经围坐在休憩之处。

赵恒围猎结束，手里还拿着弓，身上还挂着箭壶，身后跟着赵元份、潘良以及内侍、四名禁军，向休憩之地走过来。赵恒一边走，一边把弓和箭壶交给身边的禁军。

赵恒身后跟着四名禁军侍卫，其中一名禁军正是钟樵，钟樵和另一名禁军身上扛着狍子、鹿等猎物，跟在赵恒身后。

郭皇后与潘玉姝见赵恒走来，忙起身相迎。

远处的禁军正在停马，忽然一匹马受惊，挣脱了马缰，竟向潘玉姝冲了过来。潘良距离稍远，想过去已经来不及，只能大喊。

潘良：玉姝，快闪开——

潘玉姝惊觉，吓得魂飞魄散，躲闪不及，跌倒在地。

钟樵扔下背上的猎物,犹如离弦之箭,飞身冲了过去,挡在了潘玉姝面前,一下子将受惊的马勒住脖子,拼命拉到一边,让马安静下来。

潘良这才有机会上前,冲过去将潘玉姝扶了起来。赵恒、郭皇后、赵元份、曹思齐等人在旁边早已经看呆,赵恒见潘玉姝无恙,方才松了一口气。

郭皇后:陛下受惊了。

赵恒:朕倒是无妨,不知有没有伤着修仪?

赵恒上前,安抚潘玉姝,潘玉姝吓得脸色发白,勉强定住神儿。

潘玉姝:陛下,臣妾……臣妾无妨……

停马的禁军匆匆跑来,扑通一声跪在赵恒面前。

禁军:陛下,方才那匹马踩到炭火,惊恐失控,小人罪该万死!

赵恒:好在没有伤着修仪,只是虚惊一场,朕恕你无罪,将那匹马好生安抚。

赵恒转过身去,随着郭皇后、内侍以及宫女等人来到休憩之处。潘玉姝也跟在赵恒身后,趁人不备,她情不自禁地转过头,注视着钟樵安抚马匹的身影,目光中透露出好感。

猎物已经烹制完毕,摆在桌上。赵恒坐在当中,郭皇后、潘玉姝坐在两侧,赵元份、曹思齐、潘良坐在一边,雁安侍立在曹思齐身后。

郭皇后:今日陛下在猎场驰骋,威风不减当年,实乃我大宋之福。

赵恒:虽说当今天下太平,文修武偃,但是骑射之功,朕也不可荒废。

潘良:陛下骑射的功夫,不仅没有荒废,反而日有所长,否则,何来眼前这些盘中的美食啊!

赵恒:元份,朕听闻冀王妃长袖善舞,今日可否舞上一曲,以助酒兴?

曹思齐大惊失色。

曹思齐:陛下恕罪……

赵元份:回陛下,王妃怀有身孕,行动不便,不宜舞蹈。臣弟妾室雁安舞姿曼妙,平日深得王妃言传身教,可为陛下舞上一曲。

赵恒听闻曹思齐再次怀孕,马上没了兴致,面露不悦之色,淡淡回应。

赵恒：嗯，也好……

雁安急忙起身，走到席间，丝竹齐奏，乐声响起，雁安翩翩起舞，衣裙飞扬，舞姿舒缓，风情万种。赵元份看得十分舒心，赵恒却根本无心观看。潘良在一边察言观色，知道赵元份已经将赵恒惹得不高兴，便瞅准时机给赵恒斟酒，与赵恒共饮了几杯。

潘良：陛下难得有此闲情逸致，不妨多饮几杯。

赵恒的注意力仍在赵元份那边，看着赵元份投入地观看舞蹈的表情，更加不悦。

赵恒：元份，冀王妃又怀了身孕，是你第几个儿子啊？

赵元份：回陛下，是第七子。

赵恒：元份还真是有福之人！唉，只是不知道朕到底有何过失，天不佑后宫，到如今，朕只有祐儿一个皇子……

赵元份忽然意识到有些不对，连忙向雁安示意，让她停下。雁安停止舞蹈，宫廷乐队的乐曲也停下，雁安匆匆退下。赵元份来到赵恒对面，跪倒在地。

赵元份：陛下，元份一时口误，请陛下恕罪。如今曹妃怀中，还不知是儿是女，陛下受命于天，乃真龙天子，必受上天眷顾，龙嗣昌盛。

潘良：陛下英武，正值壮年，不必为龙嗣担忧。

潘良说着，偷拿眼看了一眼潘玉姝，眼中颇有责怪之意。潘玉姝知道潘良的意思，也不悦地将头扭了过去。

赵恒：朕有些不胜酒力，要回帐中歇息。

郭皇后：皇上今日打猎，多有劳累，还是早早回宫歇息吧。

赵恒：朕今日不回宫了，朕要夜宿猎场，追忆当年金戈铁马、征战四方……

赵恒站起来，站立不稳，一边说，一边歪歪斜斜地走着，由郭皇后扶着，向帐篷走去。

赵元份还在跪着，赵恒离去之后，他才敢抬起头来，擦去额头冷汗，曹思齐和雁安连忙上前，将他扶起。潘玉姝没有起身，她远远看到钟樵手执兵器在不远处待立。钟樵也正看向潘玉姝，四目相对，两人的目光又匆匆错开了。

15. 汴京皇宫垂拱殿　白天　内景

赵恒在桌案前将一封信打开，郭贤和曹鉴坐在侧旁，暗中猜测信中内容，赵恒阅后大惊。

赵恒：岭南天花泛滥，已传至皇陵，恐祸及京城。

郭贤：天花可是不治之症。

曹鉴：陛下可否告知老臣，这封信由谁人书写？

赵恒：信是刘妃亲笔，她不会骗朕。

曹鉴：刘妃自澶州归来，未得进宫，又去西郊守陵，心有不甘，或有言过其实，陛下不可听信。

赵恒：刘妃字字泣血，句句诛心，朕岂能坐视不管？朕要去皇陵。

郭贤：陛下万万不可，倘若真如刘妃所言，皇陵一带已有天花疫情，陛下怎能以千金之躯，以身涉险？

曹鉴：陛下保重龙体要紧，切不可为了一个刘妃而置江山社稷于不顾。老臣恳请陛下留在宫中。

郭贤：臣恳请陛下留在宫中。

赵恒：朕顾念江山社稷，也顾念祖宗。卿等不必多言。（对张景宗）吩咐禁军备驾，朕要立刻去皇陵祭祖。

张景宗：遵旨！

郭贤和曹鉴不约而同，移动脚步，并排挡住赵恒去路。

郭贤：皇陵路途遥远，陛下一去一回，必将耽误朝政，先帝如若地下有知，定会斥责老臣失职。

曹鉴：陛下名为祭祖，实为去见刘妃，恳请陛下留步！

赵恒：你们两位，是朕的亲家，又是朕的老师，更是朝中重臣，所怀心思，朕再清楚不过了。刘妃未能进宫，已经如了你们的心愿。现在朕只不过去见一面，你们便想方设法百般阻拦，真以为朕怕了你们？

郭贤和曹鉴四目对视，见赵恒真的动怒，只得慢慢让开。

16. 郭贤府大厅　白天　内景

曹鉴将一幅皇陵地图在桌上展开，郭贤看了片刻，不明所以，抬头问曹鉴。

郭贤：这乃是皇陵一带的地形图，太傅将它拿来，是何用意？

曹鉴：太师，皇上今日带着贴身侍卫，秘密离开皇宫，太师还不知道吗？

郭贤大惊，转过头来又看了看地图。

郭贤：太傅，你是说……皇上不听你我二人的劝阻，还是去了皇陵，探望刘娥？

曹鉴：看来，皇上是一直心系刘娥，这次竟然不顾天花蔓延，冒险前去皇陵，恐怕就不是探望了，一定是要将刘娥接回宫来。

郭贤：无论如何，不能让刘娥进宫……可是，皇上已经去了皇陵，你我还能有何良策？

曹鉴：太师，难道你就从未想过，让皇上……彻底死心。

郭贤：让皇上彻底死心？

曹鉴与郭贤四目相对，当下明白，郭贤不由得倒吸一口凉气。

十七

1. 皇陵古刹柴房　夜晚　内景

油灯照得厢房里人影绰绰。李载丰渐渐醒了过来,看到身旁李婉儿的身影,连忙坐了起来。

李载丰:请问这是哪里?

李婉儿听到李载丰的话,转过身来,脸上依然蒙着白色的面纱。她来到李载丰身边,查看了李载丰脸上的疮,都已经结痂,这才放下心来,将面纱摘掉。

李婉儿:这里是皇陵,前两天你病倒在路上,我们把你带回来了。幸亏你运气好,现在你的病已经痊愈,捡了一条命。

李载丰下了床,向李婉儿施了一礼。

李载丰:多谢小姐救命之恩!

李婉儿:你叫什么名字?是哪里人?

李载丰:我叫李载丰,河北路棣州府阳信县人。

李婉儿:家里是否还有亲人?

李载丰:家里早就没有人了,爹娘去世得早,我和姐姐相依为命,我十岁那年家乡大旱,姐姐领着我去外地逃难,在逃难路上,我和姐姐失散了,后来就一直没有见过她。

李婉儿将脸转过去,已经渐渐流下泪来。

李婉儿：你那姐姐，叫什么名字？

李载丰：李婉儿，我们姐弟俩，都是爹爹给起的名字。那年逃难的路上，姐姐还绣了两个香囊，我和姐姐一人一个随身带着。

李载丰摸摸身上，不见了香囊，有些着急。

李载丰：我的香囊，我的香囊不见了……

李婉儿擦干泪，转过脸来，将香囊递给李载丰。

李婉儿：是这个吧？

李载丰：幸好没有丢掉，多谢姑娘，你看，这香囊上，姐姐绣了我的属相，我属虎，姐姐的那一只，绣着她的属相，是狗。我和姐姐已经失散多年，见了面恐怕都认不得了，不过，只要我们的香囊还在……

李载丰话还没说完，李婉儿已经泪流满面，将自己的香囊放在手掌上，展示在李载丰面前。李载丰看看香囊，又看看李婉儿，又将香囊拿到自己手里，将两只香囊放在一起。

李载丰：姐姐？……姐姐……

李载丰忽然号啕大哭，跪倒在李婉儿面前。李婉儿抚着李载丰的头，也痛哭失声。

李婉儿：载丰……

李载丰：姐，我还以为你早就不在人世了……

李婉儿：你让我找得好苦……

刘娥用一个筐子端着一些食物走了进来，刘娥抹去了自己的眼泪，来到二人身边。

刘娥：失散这么多年，今日重逢，真替你们姐弟二人高兴。

李婉儿：丰儿，快来见过姐姐，这些天多亏有姐姐照料，你才会康复得这么快。

李载丰：多谢姐姐！

刘娥：婉儿曾经跟我提起过你，每到一处，都会查找你的下落，这么多年一直没有音讯。丰儿为何忽然来到此地？

李载丰：跟姐姐失散后，我去过很多地方，一年前来到了洛阳，什么营生都做过，今年天花在洛阳发作，我是为了逃难，才要去汴京寻个生路，没想到半路上就病倒了。

刘娥：正好被我和婉儿遇到，这也是天意……

一支利箭穿破窗纸从外面飞进，"嗖"的一声擦着刘娥身边飞了过去，正射中旁边的瓦罐，瓦罐里的水汩汩流出。李载丰反应迅速，马上吹灭了油灯。

刘娥和李婉儿马上弯腰蹲身，很快又有几支箭接连射进来，在墙壁上撞出火星，跌落在地。与此同时，叶德在门外与人厮杀起来。

2.皇陵古刹庭院　夜晚　外景

叶德和叶正祖孙二人，在厢房外苦战三位死士，双方都拼了全力，打斗激烈。一位弓箭手，在旁边持弓搭箭，关注着室内。

叶德被两名死士逼得连连后退，叶正也和一名死士打在了一起。

叶德：正儿，你快退下，去柴房。

叶正点了点头，心下明白，叶德护着叶正，挡住了死士，让叶正冲进了柴房。

3.皇陵古刹柴房　夜晚　内景

叶正冲入房中，李载丰护在前面，举起手里一支木棍就要打，李婉儿连忙叫住。

李婉儿：丰儿，是自己人！

李载丰停下手，叶正借着月光，看清了三人，来到刘娥跟前。

叶正：外面有刺客，夫人快跟我走！

叶正来到窗户跟前，一脚将窗踹开。

叶正：夫人快走！

4.皇陵林间道路　夜晚　外景

刘娥、李婉儿、李载丰一路狂奔，叶正断后，护着三人，一面跑，一面拨打弓箭手射来的箭。冷不防，叶正肩膀中了一箭，他闷声不吭，咬牙伸手把箭拔下，扔到一边，继续护着三人逃命。

叶德手持长枪，还在与死士们缠斗，殊死抵抗。叶德还是不敌强悍的死士，身上多处受伤，被四人打倒。叶德倒地，死士并没有杀叶德，继续向刘娥追杀过去。

叶正让刘娥、李婉儿、李载丰藏身在一片树林，他站出来，迎战四位死士。很显然，叶正已经站不稳了。四名死士冷冷地向叶正走过来，走到叶正身边，轻轻一推，叶正便撑不住，踉踉跄跄倒到一边。四名死士逼到了刘娥、李婉儿和李载丰三人跟前。李载丰手里还拿着木棍，徒劳地指着四名死士。

刘娥站了出来，上前一步。

刘娥：我是刘娥，你们是来杀我的是吗？把他们放了吧。

四名死士相视点了点头，其中一名拔出剑来，慢慢走到刘娥跟前。李婉儿一下扑上来，抱住了刘娥。死士走近，握紧手中的剑，刚刚要举起，忽然一支箭飞了过来，正中持剑死士的咽喉，死士倒地死去。

赵恒手里还拿着那张弓，在刘娥身后不远处现身。赵恒身边，苏义简带着数名便衣禁军相护。死士们要逃，却发现身后有数名禁军，断了他们的后路。

赵恒：你们好大的胆子，竟敢谋杀皇妃，是受何人指使？

三名死士见了赵恒，不再妄动，忽然挥剑自杀。赵恒走上来，扶住了惊魂未定的刘娥。

刘娥：皇上！

赵恒：莺儿，朕来迟了……

苏义简：陛下再晚来一步，这些贼人便要得手了。

不远处，叶德忽然惨叫起来。

叶德：正儿——

刘娥扭过头看叶德，匆匆跑了过去。

刘娥：叶老伯，正儿他怎么了……

叶德跪倒，抱着孙儿叶正痛哭。年轻的叶正，后背已经全部被鲜血浸透，脸色苍白，在爷爷的怀里渐渐地合上了眼。

5. 皇陵古刹刘娥卧室　　白天　内景

刘娥拿着粗糙的茶具，给赵恒端来一杯茶，表情沉重。

赵恒：莺儿，跟我回宫吧。

刘娥：陛下，我不愿回宫，也不能回宫。

赵恒：为何？朕此次前来就是要带你回宫。

刘娥：正儿还是个孩子，一出生便跟着叶德老伯在这里守护皇陵，哪儿都没有去过，没想到我一来，就给他带来灭顶之灾。正儿是因为保护我死的，我若一走了之，留下叶老伯一人守在这里，于心何忍？

赵恒：那便带上叶老伯一同返回京城。

刘娥：叶老伯更不愿回京，他只愿终生守在此处。我守陵期限未满，一旦回宫，又给满朝的大臣们落下口实，皇上还是难以服众。

赵恒：此处已不安全，还有天花在蔓延，难道你仍要不顾生死，在此处守下去？

刘娥：陛下，既然我已经当着满朝文武答应守陵三年，无论如何，我也要履行承诺，才能将吉儿的灵位安放到太庙。我宁愿和皇陵的百姓一起对抗天花，也不愿回皇宫面对那些朝廷的大臣。

赵恒：既然这样，朕返京之后，马上调一队禁军过来，守在皇陵附近，保护莺儿。

刘娥：多谢陛下。

赵恒：莺儿，你受苦了……

6.汴京皇宫潘玉姝寝宫　夜晚　内景

亭阁内旖旎春光，浴缸里蒸腾着水汽。潘玉姝与钟樵正坐在水缸中。钟樵手里拿着一只小盒子，满脸笑意地放到潘玉姝的手里，潘玉姝把盒子打开，里面是一对珍珠耳环。

钟樵：皇宫里各式各样的首饰，玉姝见得多了，但是，这对耳环是我专门请了能工巧匠，特地为玉姝定做的。

潘玉姝看着这对耳环，十分开心，又放回钟樵手中。

潘玉姝：你给我戴上。

钟樵将耳环取出，高兴地给潘玉姝戴上，潘玉姝左右转了转头，冲着钟樵展示耳环。

潘玉姝：好看吗？

钟樵：好看，太好看了……（动情地）如果我能天天守在玉姝身边，让我做什么都可以，让我吃什么苦我都愿意……

潘玉姝听着钟樵的话，也蓦然动情，上前依偎在钟樵怀中。

月儿忽然冲到门口。

月儿：娘娘……

月儿来到门口，一看到潘玉姝与钟樵还在洗澡，又连忙退了出去。

7.汴京皇宫潘玉姝寝宫　白天　内景

潘玉姝坐在梳妆台前，又打开了那只小盒子，取出了里面的耳环，放在手中失神地看着。月儿用托盘端来早膳，来到寝宫门口。

月儿：娘娘请用膳吧。

潘玉姝：先放在大厅吧。

月儿转身将托盘放到大厅，走进卧室。

月儿：娘娘，还是不要老想着钟樵了，万一皇上觉察到，这可是天大的罪过啊！

潘玉姝将耳环放入盒子里，满面哀伤，忽然转过脸来对着月儿。

潘玉姝：月儿，你以前有没有钟情过一个人？

月儿：娘娘，你对钟樵动了真情了……

潘玉姝也没回答，只是两行眼泪倏忽滑过脸面。

月儿：娘娘，你千万不能这样啊……

潘玉姝擦去了脸上的泪，忽然止不住又干呕起来，月儿连忙上前，给潘玉姝抚背。

月儿：娘娘，您这是？……

潘玉姝捂着自己的肚子，看着月儿点了点头。

8.汴京皇宫御书房　白天　内景

赵恒正欲走出书房，张景宗匆匆进来，进门时没有留意脚下，差点被门槛绊倒，赵恒吃了一惊。

赵恒：景宗何事匆忙？

张景宗跑得有些小喘，笑逐颜开地向赵恒回禀。

张景宗：陛下恕罪，奴婢一时高兴，乱了分寸，恭喜陛下，贺喜陛下！

赵恒：喜从何来？

张景宗：陛下，奴婢刚刚从太医口中得知，修仪娘娘已怀上龙胎啦，这岂不是咱皇宫的喜事吗？

赵恒：此事当真？

张景宗：陛下，奴婢怎敢欺骗陛下，此事千真万确。黄太医和郑太医，他们二人亲自给修仪把脉，皆是喜脉。陛下要有皇子了。

赵恒：朕终于要有皇子了，这后宫终于要添新丁了……修仪已连失两子，这个孩子，一定要保住！景宗，传朕的口谕，命中书省即刻拟诏，封玉姝为贵妃，另封潘伯正为韩国公，潘良封为枢密副使。

张景宗：遵旨！

赵恒：景宗，快陪我去玉姝的寝宫。

9. 潘府大厅　白天　内景

潘伯正和潘良趾高气扬地走入厅堂，潘母已在等候，满脸喜悦地迎上去。

潘母：恭贺老爷和良儿高升，你们父子总算是心愿得偿了。

潘伯正：我和良儿被晋升，玉姝也被封为贵妃，这次，我潘家总算是挽回了面子。

潘良：韩国公官位虽高，毕竟是个虚名，等玉姝生下了皇子，爹爹便可向皇上邀功，封为宰相了。

潘伯正：为父年事已高，被封韩国公已经知足，潘家终究要靠你来支撑，宰相之位，应是良儿你的！

潘良：父亲放心，宰相之位指日可待。

潘伯正得意地笑了起来，走到太师椅坐下。

潘良：潘家能有今天，都是因为有爹爹的谋划。

潘伯正被潘良这么一提，原本正高兴的神情却暗淡下来，笑容渐渐从他脸上消失了。

潘母：老爷，为何面色不悦？

潘伯正：玉姝已经身怀有孕，可这钟樵便成了麻烦。

潘母：是啊，倘若玉姝将来生出的皇子，模样长得不像皇上，又该如何是好？

潘伯正：无论如何，此事绝不能让皇上得知半点消息。

潘伯正说着，眼睛里透出一股杀气。

10. 汴京皇宫春鸾阁　白天　内景

赵恒因潘玉姝怀孕而心情欢畅，在春鸾阁摆起宴席，赵恒与潘玉姝坐在宴席的主位，潘伯正、潘良、王钦若和丁谓一并出席。

赵恒：贵妃喜怀皇子，朕欣喜至极。今日设宴，邀的都是亲近臣子，诸位无须拘束，开怀畅饮，与朕同乐。

潘伯正：谢陛下，臣等不胜荣幸。

众人一起举杯。

潘伯正：贵妃娘娘不负陛下厚望，为陛下开枝散叶，绵延皇嗣，老臣也觉得脸上有光，潘家与有荣焉。

赵恒：韩国公这么一说，朕倒是想起潘家另一桩大事，朕曾经与潘爱卿说起，要将陵阳许配与你，此事眼下有何结果？

潘良：全由陛下做主！

潘玉姝：陛下既然已经说过，兄长就应当常走动些，时常去拜望长公主才是。

潘良：臣不是没有去拜望过长公主，只是长公主却一再托词不见，臣这一片心意，长公主也难以知晓啊，还请皇上成全。

赵恒：哦，这便是落花有意，流水无情了，陵阳既然不愿见潘爱卿，朕也难以为你们做主啊。陵阳从党项归来之后，至今仍孤身一人，朕想为她找位好夫君，诸位爱卿可有合适人选？

王钦若：陛下，臣有合适人选，想来陛下定会中意。

赵恒：王爱卿请讲。

王钦若：臣愿向陛下推举三司使丁大人的长子，丁献容。

丁谓：王大人，犬子何德何能，岂能配得上长公主？

王钦若：丁大人就不要谦虚了。献容品貌非凡，熟读经典，造诣颇深，论起学养不逊于丁大人，现已官封正六品内侍省副都知，日后定是朝廷栋梁。

赵恒频频点头。潘良向潘玉姝暗中示意，意思是让潘玉姝向皇上进言，帮他说话。潘玉姝却厌恶地皱了皱眉。

潘玉姝：陛下，臣妾身体不适，请陛下容许臣妾告退。

赵恒：贵妃已有身孕，理应静养，且回宫歇息吧。

潘玉姝：谢陛下。

潘玉姝起身离席，潘良与潘伯正只得无奈地看着她离开。

王钦若：丁献容与长公主正是郎才女貌，天作之合，还请陛下定夺。

赵恒：丁爱卿以为何如啊？

丁谓：陛下和长公主若能垂爱犬子，微臣荣幸至极。

赵恒：好，近日即可传丁献容入宫，与陵阳一晤。倘若二人有意，便可定下这桩婚事。陵阳远嫁党项受苦多年，朕也不愿再委屈她了。

11. 汴京皇宫　白天　外景

皇宫大院，内侍们处处熏艾，烟火缭绕，呛得他们不住地咳嗽，纷纷遮上了面纱。侍女们也都遮上面纱，在各处的寝宫内外洒洒消毒，人人自危，生怕惹上了天花，连话也不敢多说一句。

12. 汴京皇宫御书房　白天　内景

黄太医、郑太医、董太医，正七嘴八舌地向赵恒谏言保胎方案，赵恒听得直皱眉头。

董太医：天花实乃至阳之毒。贵妃身怀皇子，须隔离阳火，方能平衡阴阳，不受祸害。陛下要保住皇子，必须将贵妃遮光隔离。

郑太医：陛下，据臣所知，天花多发于潮湿阴雨时，眼下季节，若将贵妃隔离，恐怕只会增加染病风险。

黄太医：陛下，如今天花已于京城中肆虐，人人皆可染病，还是要将贵妃和腹中皇子迁出宫为好。

郑太医：陛下，万万不可，贵妃不可随意行走，更不可出宫，城中天花蔓延，若是出宫染上天花，可如何是好？

董太医：恳请陛下将贵妃遮光隔离，有益无害。

黄太医：隔离房间密不透风，倘若出了意外，你可担得起谋害贵妃和皇子的罪过？

赵恒：都闭嘴吧，你们在朕面前七嘴八舌，吵吵嚷嚷，成何体统！

张景宗：各位太医暂且下去吧，等你们商议好了，拿出一个主意，再向陛下回禀！

众太医：陛下恕罪。

众太医匆匆退下。

赵恒：景宗，你以为他们哪个说得有道理？

张景宗：奴婢以为董太医说得颇有道理，天花实乃至阳之毒，贵妃娘娘还是与外人隔离开来为好。

赵恒：好，就依你之见，马上让玉姝搬进成平殿。

张景宗：遵旨！

13. 汴京皇宫成平殿　白天　内景

潘玉姝的肚子已经略微有些显形，月儿扶着她走进殿内。大殿内窗户敞开，光线充足，陈设豪华。月儿抬眼四处打量，潘玉姝却毫无兴致。

月儿：娘娘封为了贵妃，皇上又赏赐了成平殿，老爷和大少爷都得了高升，近日咱潘家都是喜事，为何娘娘却高兴不起来？

潘玉姝：这成平殿，跟宫中其他的寝殿又有何区别？只不过是一个新的囚笼罢了。

潘玉姝在殿内的椅子上坐下，抬手捋了下发丝，耳上戴着的仍是钟樵送给她的珍珠耳环。月儿看得清楚，有些担忧。

月儿：奴婢斗胆劝娘娘一句，还是不要再跟那个钟樵来往了，免得生出大乱子。

潘玉姝：他对我一片痴心，把我捧到了天上，现在我又怀了他的孩子，你以为此事说断便可断了？

殿外，雷允恭带着几个内侍走了过来。月儿一眼瞧见雷允恭等人，马上吓得慌了神。

月儿：娘娘快小点声，有人来了……

雷允恭带着一众内侍站在成平殿门口。

雷允恭：奴婢参见贵妃娘娘，娘娘身躬万福。

潘玉姝：雷公公有何事啊？

雷允恭：皇上刚刚下了口谕，娘娘怀了龙胎，宜在成平殿静养，万万不可到外面走动，一是怕动了胎气，二是担心娘娘染上天花，伤了腹中皇子。

潘玉姝：知道了，下去吧。

雷允恭：娘娘，还有一事，御医说，天花实乃至阳之毒，娘娘须隔离阳火，平衡阴阳，才能保住皇子，所以，自今日起，必须将成平殿遮光隔离，以保护娘娘。

月儿：如何遮光？

雷允恭：按皇上的旨意，成平殿的窗子都要密封起来。

潘玉姝：莫不是要将本宫囚禁吗？

雷允恭：娘娘，皇上对娘娘格外眷顾，也是为了腹中皇子，还望娘娘能体谅。

潘玉姝欲辩无词，无奈地叹了口气。

雷允恭见状，便向内侍们下令，内侍分头奔到窗户前将窗扇关闭，外面早有准备，搭上隔板，咚咚地钉了起来。殿内顿时变得昏暗。潘玉姝看着众人忙活，也不能阻止，只得强忍着泪。

内侍们封装完毕，雷允恭向潘玉姝告退。

雷允恭：娘娘多多保重，奴婢告退。

潘玉姝把脸扭到一边，没有理睬。雷允恭施了一礼，带着内侍们走出成平殿。

潘玉姝：你看见了吗？这不是囚笼，又是什么？

14. 汴京皇宫宫道　夜晚　外景

钟樵乔装成御医，跟着月儿走向潘玉姝的寝宫。

郭皇后的侍女晴仪迎面而来，看见了二人，月儿拉着钟樵欲改道而行，却被晴仪叫住。

晴仪：这不是月儿吗？

月儿和钟樵只得停下，钟樵躲到月儿身后，月儿与晴仪寒暄。

月儿：原来是晴仪姐姐。

晴仪：多日不见，贵妃娘娘可好？

晴仪一边说，一边偷眼打量月儿身后的人。

月儿：多谢姐姐挂念，娘娘胎相平稳，气色也好了些，但身子仍是虚弱，需要御医再行诊断，多加调理补养。我便去了太医院，请了御医过来。

晴仪：这位御医看着面生，可是新入宫来的？

月儿：这是太医院新来的，姐姐觉得面生也是正常。

晴仪已起疑心，笑了笑。

晴仪：既是这样，就不打扰了，妹妹好生照看贵妃娘娘。快去吧。

月儿拉着钟樵急忙离开。

15.汴京皇宫成平殿　夜晚　内景

潘玉姝在成平殿内坐立不安，等着钟樵。

钟樵悄悄地走进成平殿，潘玉姝急不可待，一下扑了过去，二人紧紧地抱在一起。

潘玉姝：再见不着你，我就要闷死在皇宫中了。

钟樵：玉姝，你受苦了……

拥抱良久，二人方才松开。钟樵这才发现周围的窗户都被钉住封死，他来到窗前打量。

钟樵：皇上为何要将这大殿封上？

潘玉姝：皇上是怕我染上天花，御医说要避风、避光，还有，皇上还担心……我腹中的孩子……

钟樵转过身来，扶着潘玉姝，让她坐在椅子上，钟樵蹲下来，耳朵贴在潘玉姝的肚子上。

钟樵：走吧，玉姝，我带你离开皇宫，逃到一个谁都找不到的地方，我会好好待你。

潘玉姝：你能将我带到何处？

钟樵：带你到深山老林里，找一个山清水秀之处，我在林中给你盖一座木头房子，把我们的孩子生出来，我会让你们母子开心地过一辈子。

潘玉姝：普天之下都是皇上的，你我又能逃到何处？

钟樵：可我不能这么眼睁睁地看着你在宫中受苦，受煎熬……

潘玉姝抚摸着钟樵的头发，无奈地叹了口气。

16. 汴京皇宫皇后寝宫　夜晚　内景

赵祐伏在郭皇后膝上睡着了，郭皇后不忍起身，只是边摇扇边轻拍着，晴仪凑上前来。

晴仪：皇后娘娘，我来服侍皇子，皇后娘娘早点歇息吧。

郭皇后：我不累，不要动他，让他好好睡吧，一天到晚念书练字，才这么大一个孩子，也难为他了。

晴仪：娘娘金贵皇子，您也要爱惜自己身子才是。

郭皇后：你不做母亲的，哪里能体会到母亲的心。皇上今日疼爱这个，明日又疼爱那个，我却只有这一个儿子可以疼爱。

晴仪：娘娘不必伤心，贵妃刚刚怀孕，皇上偏爱些也算人之常情。

郭皇后：我并非是争风吃醋，她也不是头回有身孕了，能为皇上增添子嗣，后宫人丁兴旺，总是好事。

晴仪：奴婢有件事，不知当不当讲。

郭皇后：有事快说，听见看见了什么事，莫非还要瞒着我？

晴仪：有件事，奴婢也不知道是大事，还是小事，该不该让娘娘费心。

郭皇后：不要啰唆！

晴仪：……娘娘，前些日子皇上离宫，奴婢曾在贵妃院中撞见了月儿，她将一位面生的御医，带到宫里，说是给贵妃看病。那御医年纪轻轻，我也从未见过，当时看他表情有些慌乱，想来总觉得可疑。

郭皇后：此事你可跟他人讲过？

晴仪连忙摇了摇头。

17.汴京皇宫成平殿　夜晚　内景

郭皇后与绿翘快步走进成平殿，却见潘玉姝独自一人坦然地靠在榻上缝衣服，一副悠然自得的样子，见郭皇后走过来，她不慌不忙地站起来施礼。

潘玉姝：玉姝不知皇后娘娘驾到，有失远迎，还请恕罪。

潘玉姝就要起身，郭皇后却将她又按回榻上。

郭皇后：你已有了身孕，莫要拘束礼仪，本宫是替皇上来探望你的。

郭皇后四下看了看，故意向窗口走去。

郭皇后：也不知是哪个庸医出的点子，非要将门窗都钉上板子，寝殿里透不得风，又见不得日光，玉姝如何安心保胎？我看还是把这些板子都拆了吧。

潘玉姝一惊，她怕郭皇后走到窗子前看到逃掉的钟樵，便快步抢到郭皇后面前拦下她。

潘玉姝：娘娘，将窗子封上，是皇上的旨意，天花实乃至阳之毒，避风避光才能保护龙胎，娘娘万万不可抗旨不遵啊。

郭皇后脚步没有停下，继续向窗口走去。

郭皇后：不拆便不拆，可是本宫为何觉得殿里有些异味，把门打开片刻通一通风，也无妨吧。这些琐事我自会吩咐成平殿的内侍们去做，就不劳烦潘贵妃了。

潘玉姝：娘娘……

潘玉姝依然挡在郭皇后面前，郭皇后脚步不停，潘玉姝不得不向后退去，她一不小心踩着了自己的衣服，尖叫一声，一下子摔倒在地。

月儿也进来了，见状大叫一声向潘玉姝扑了过去，扶住了潘玉姝的肩。

月儿：娘娘！

郭皇后也是一惊，这才站住。

潘玉姝倒在地上不住"哎哟"。

月儿：娘娘，血……

潘玉姝下身渗出了血，已经渗到衣服上。

郭皇后与绿翘面面相觑，也吓傻了。

18.汴京皇宫皇后寝宫　夜晚　内景

赵恒坐在桌旁，面露愠色，郭皇后不安地站在一边。

郭皇后：潘妃可有大碍？

赵恒：太医已经前去医治，说是卧床休养两日便无妨了，没有伤到龙胎。

郭皇后：臣妾一时疏忽，差点犯下大错，请陛下恕罪！

赵恒：你身为皇后，怎能听信一个宫女的谣言，去潘妃寝宫兴师问罪？

郭皇后：陛下，晴仪跟随臣妾多年，她绝不会对臣妾说半句谎言。臣妾也是担心后宫出了乱子，有污龙脉……

赵恒：罢了罢了罢了！潘妃怀的龙胎，朕心中有数，不需你来多问！若不是那晴仪服侍你多年，朕一定将她治罪！

郭皇后：陛下，晴仪她现在何处？

赵恒：朕姑且饶她一命，后宫总管已经将她逐出京城，永不得返京。

郭皇后：多谢陛下！

赵恒：潘妃之事，从今以后，休要再与任何人提起！

赵恒站了起来，满面怒容地走开，走到大厅门口。

赵恒：朕已经让大理寺查明，刘妃在皇陵遇刺一事，幕后正是你父亲郭贤主谋。朕且念他抚养祐儿有功，暂且将此事压下不再追究。你去告诉他，如果他再敢包藏祸心，朕便要按大宋的律令来问罪，决不轻饶！

赵恒转身拂袖而去，郭皇后大惊失色，瘫坐在椅子上。

十八

1. 汴京城内操练营　早晨　外景

清晨的汴京城，天色尚暗，更夫一边走一边打着哈欠，一边有气无力地打更。恍惚间，更夫来到一棵树的跟前，才蓦然发现树上吊着一个人，差点碰到那人的脚。

更夫看清树上的死尸之后，吓得大叫一声，落荒而逃。

2. 汴京皇宫御书房　白天　内景

赵恒坐在桌案前翻阅奏折已久，疲乏地抬起头来。郭皇后亲自端着一碗鹌子羹进来。

郭皇后：陛下忙于政务，又为天花疫情忧心，连日来茶饭不思，臣妾牵挂陛下龙体康安，便亲手炖了这碗鹌子羹，请陛下趁热吃了。

郭皇后将羹碗放到桌案上，又亲自将放在旁边的勺子拿起，双手送到赵恒面前。

赵恒虽未言语，把勺子接过，吃了起来。

郭皇后：陛下，今日臣妾听说，有一名叫钟樵的禁军侍卫，在操练营附近自缢而亡，听说这名侍卫生前与潘家过从甚密……

赵恒听到这里，便不悦地皱起了眉头，吃了一半的鹌子羹马上变得无味，将勺子扔到了碗里。

赵恒：此人的死因，自有刑部来查，皇后提起他来，是何用意？

赵恒说着站了起来。

赵恒：你掌管好后宫便是，此事不必再过问！

赵恒说完，怒气冲冲走出了御书房。郭皇后心中害怕，想追却又不敢，不安地站在御书房的门口，一时不知该如何是好。

3. 汴京皇宫赵恒寝宫　　白天　　内景

赵恒站在窗口，面对窗外，心事重重。张景宗站在一边小心翼翼地察言观色，看着赵恒的背影。

赵恒忽然转过身来，向寝宫外走去，张景宗快步跟在后面。

张景宗：陛下这是要往何处去？

赵恒：上朝，召集百官商讨治疗天花之策。

张景宗：陛下，太医署正配制新药，应对天花。

赵恒：这么多天，疫情不仅没有缓解，反而在京城泛滥成灾，这些御医都是些尸位素餐、无能之徒！

赵恒马上就要走到寝宫的门口，张景宗紧走了几步，赶到了赵恒面前。

张景宗：陛下，天花是不治之症，一旦泛滥，人群聚集之处极易染病，奴婢请陛下近日不要上朝了，请陛下在寝宫处理朝政吧。

赵恒：民生多艰！倘若有良方治住天花，让百姓安康，就是散尽国库，朕也在所不惜啊。

赵恒缓缓回到桌边坐下。

张景宗：陛下，韩国公在民间寻到了一位神医，已请到太医署与御医们一起研制配药，或许对疫情会有所缓解。

赵恒：传我口谕，这神医若能退得了天花，朕重重有赏，可召他入太医署，封为御医。

张景宗：遵旨。

4. 汴京皇宫资善堂　　白天　　内景

赵祐挺直腰身，坐在一张小桌案前，两只手放在上面。曹鉴手拿着一本《孟子》，正在教赵祐诵读。

赵祐一边读，一边不住浑身抓挠。

曹鉴：殿下，读圣贤之书，切勿三心二意。

赵祐：身上好痒……

赵祐说着，觉得身上更痒，两手一起抓挠起来。曹鉴来到赵祐跟前，赵祐自己将袖子撸了起来，曹鉴看到赵祐的胳膊起了大片红疹，吃了一惊。

赵祐仍在继续抓挠。

曹鉴：殿下，让老臣看看，殿下身上是否也有此症。

曹鉴将赵祐衣服掀开，却见后背上有大片红疹，曹鉴顿时变了脸色。

5. 汴京皇宫郭皇后寝宫　白天　内景

董太医让赵祐坐在椅子上，给他仔细查看全身，又给赵祐把脉，脸色凝重起来。

董太医：先带二皇子到厢房歇息，我与皇后娘娘有话要说。

宫女凤仪带着赵祐离开了，郭皇后焦急地看着董太医。

郭皇后：太医，祐儿到底得的是什么病？

董太医向郭皇后低下头来，深施一礼。

董太医：娘娘请恕罪，二皇子染上了天花。

郭皇后和曹鉴听了大惊失色。

郭皇后：不可能，二皇子在宫中从未外出，怎么会染上天花？你定是诊断错了！

董太医：二皇子全身发热，生有红疹，方才二皇子说他头痛，还会呕吐，这都是天花之症。二皇子确为天花无疑，需要隔离起来，否则，整座皇宫都会被传染。

郭皇后：（失声痛哭）祐儿染上天花，这可如何是好？

曹鉴：韩国公不是找到位能治天花的神医吗？快把他叫来给二皇子诊治。

董太医：那位神医是个骗子，根本治不了天花，他想浑水摸鱼捞些钱财，不料自己竟染上天花，昨天已经被韩国公给斩了。

曹鉴：定是那个神医将天花带入皇宫！

董太医：天花本就是不治之症，只能防范，无法根治，只能看二皇子的造化了。

6.汴京皇宫御书房　白天　内景

赵恒又急又气地走来走去，面前跪着黄太医、郑太医、董太医，吓得以头触地。潘伯正也跪在太医当中。

赵恒：韩国公你竟敢骗朕！

潘伯正：臣不敢。臣一心想为陛下分忧，四处寻找能治天花的大夫。但这天花到底如何根治，竟是无人知晓。臣找到的那个神医说他会治，臣便带入宫中，哪料到他胆大包天，竟敢到宫中行骗。臣也是心急，一时不慎受了蒙骗。

赵恒：还敢称他神医！根本就是祸害！两天前朕还看过祐儿，没有任何症状，结果这个江湖郎中，见过祐儿之后，便染上了天花，分明就是他传染的！朕将他碎尸万段都不解恨！

潘伯正：臣已命人将他斩了。臣罪该万死，请陛下息怒，千万别伤了龙体。

7.皇陵古刹院门口　白天　外景

刘娥和李婉儿背着背篓，走出院门。

李婉儿：姐姐，这些天你太劳累了，天花疫情已经过去，草药已经备够，我们还要采这么多草药做什么？

刘娥：皇陵一带疫情已经过去，但京城的疫情依然很严重，还是多采一些，有备无患。

李婉儿：姐姐心里，还是放不下二皇子，放不下京城啊。

刘娥微微笑了笑，没有回答，一抬头，却见苏义简带着一队侍卫走了过来，不由得一愣。

刘娥：义简？

8. 皇陵古刹院内　白天　内景

苏义简在院子里坐下，将一杯水一饮而尽，把碗放到一边。

刘娥在一边让李载丰、李婉儿、叶德帮忙，把晾干的草药装入一只口袋，听着苏义简说话。

苏义简：上次曹大人登门拜访，也未能说服夫人，失望而归，回报了太师，太师十分焦躁，亲自登门，来到我府上，让我替他向夫人赔罪。太师买了二十车粮食，送上一千两纹银，让我带到此地给村民救灾，这些钱粮我都已经分发过了。

刘娥：嗯，太师好生慷慨，乃是一大善举。

苏义简：太师之所以如此慷慨，意图依然是向夫人致歉，拜托我说服夫人回京，救治皇子。夫人意下如何？依然不肯回京吗？

说话间，刘娥和李婉儿、李载丰已经将院子里的草药收拾完毕，全部放入了口袋。

刘娥：义简，其实上次曹大人前来，我已经拿定主意要回京了。

苏义简：原来如此，上次曹大人前来，夫人为何没有应允？

刘娥：我是想再采一些草药，让叶德老伯多泡制一些药酒，备足之后，再返回京城。这皇陵一带的草药，防治天花确实有效。

李婉儿：怪不得姐姐这几天一直带着我和载丰进山采药，原来是为回京做准备。

刘娥：这些草药运到京城，也是杯水车薪，聊胜于无罢了。

苏义简：既然夫人已经拿定主意，我们便启程吧。

刘娥：义简，此番回京，我只是为了救治皇子和缓解天花疫情，义简回京之后切勿声张，也不要告知皇上，事毕之后，我仍要回到皇陵。

9. 汴京皇宫郭皇后寝宫厢房外　夜晚　外景

郭皇后匆匆迎向刘娥，像是捞到一根救命稻草，凤仪跟在她身后，也迎了上去。

郭皇后：祐儿病情如何？祐儿的病情不严重是吗？你一定能救得了祐儿，你不是在皇陵救过好多人吗？

郭皇后两眼直盯盯看着刘娥，期待着刘娥肯定的答复。但是刘娥没有回答，而是抬头看着郭皇后，眼里已经浸泪。郭皇后越发紧张起来。

郭皇后：刘妃，你倒是说话呀！皇陵的百姓，不是都把你当作活菩萨吗？他们不是说你能治得了天花吗？

刘娥：皇后娘娘，我在皇陵，也只是照顾了一些病情较轻的村民，让他们康复罢了，但是二皇子……

郭皇后：……祐儿要是去了，本宫也活不成了……

刘娥：皇后娘娘，我只能尽全力照顾二皇子，只怕二皇子年幼，身子虚弱，天花之毒已深入体内，以眼前症状来看，只怕已经无法救治了。

郭皇后难过得说不出话来，脚下一软，忽然一下子跪倒在刘娥脚下。

郭皇后：刘妃，我只有这一个儿子，我求你救救他……

刘娥：皇后娘娘快快请起。

郭皇后一把抱住刘娥，伏在刘娥的肩上，痛哭失声。刘娥紧紧地将郭皇后抱在胸前，无声地安抚她，泪如雨下。

10. 汴京皇宫郭皇后寝宫　白天　内景

刘娥来到郭皇后卧室，站在门口，已经泪流满面。

刘娥：皇后娘娘，恕刘娥无能，二皇子他已经去了……

郭皇后躺在床榻上，听到这句话，什么也说不出来，一口鲜血吐了出来，昏厥过去。

刘娥：皇后娘娘！皇后娘娘！凤仪，快去传太医！

凤仪不敢怠慢，匆匆跑出卧室。

11. 汴京皇宫郭皇后寝宫厢房外　白天　外景

赵恒带着张景宗匆匆来到厢房，就要往里去。张景宗慌忙快走一步，挡在赵恒的前面。

张景宗：陛下请留步，陛下千万不能进去。

赵恒：滚到一边去！

张景宗"扑通"一声跪了下来，跪在赵恒面前。

张景宗：陛下！二皇子是患了天花，陛下保重龙体，万万不能进去。

赵恒：闪开，朕要去看一眼祐儿……

赵恒硬要往里闯，张景宗跪在赵恒面前，死死抱住赵恒的双腿，号啕大哭。

张景宗：二皇子去世，陛下伤心难过，奴婢也难过，但陛下龙体安康要紧，大宋没有了二皇子，不能再没有了陛下。陛下若是执意要进这间房子，就请陛下先赐死奴婢！

赵恒：朕让你滚开！

12. 汴京皇宫郭皇后寝宫　白天　内景

郭皇后因赵祐突然离世而病情严重，面色苍白，人事不省。凤仪和刘娥不安地站在一边。董太医坐在床榻一边，为郭皇后把脉。把脉完毕，他站起来长叹一声，面色沉重，走了出去。

刘娥也不敢多问，随后跟了出去。

13. 汴京皇宫郭皇后寝宫大厅　白天　内景

刘娥跟着董太医来到寝宫的大厅。

董太医：皇后娘娘并非染上天花，而是原本就身子虚弱，加上丧子之痛对娘娘打击太大，病情更加严重，纵是神医华佗再世，也是难以救治。

刘娥：二皇子刚刚离去，没想到皇后娘娘也病危了……此事暂不要向皇上回禀……

董太医：二皇子逝去之后，皇上十分悲痛，近日头痛之症越发严重，难以医治。

刘娥：董太医，我此次回宫，并未告知皇上，也无法前去伺候皇上，皇上的安康，全都拜托董太医了。

董太医：娘娘放心，微臣一定尽力。只是皇上之病症，多半是心病，微臣倒是盼望娘娘早日回宫，以缓解皇上的病症。

刘娥：你且下去吧。

董太医向刘娥施了一礼，匆匆退下。刘娥转过身来，远远看着寝宫，不由得一声长叹。

14. 汴京皇宫郭皇后寝宫　夜晚　内景

郭皇后已形如枯槁，虚弱无力，刘娥坐在床榻一边。

郭皇后：襄王府你没能留下，阴错阳差去了秦王府，却又遭逢秦王谋反，你挺身而出救了先皇，却依然没有得到先皇的宽容，后来你又寄居在苏大人家，又回到襄王府，又搬到了渡云轩，接着又去了辽国……

刘娥：难为皇后娘娘您还记得这么清楚。

郭皇后：从辽国回来，你和吉儿为大宋立下天大的功绩，却依然不能进宫，又去了皇陵……你所遭遇的这一切，本宫深表同情。现在，让本宫最难过的是，本宫从未向你施以援手，而你对本宫却总是以德报怨。

刘娥：皇后娘娘何出此言，当初我和皇上于危难之际相逢，皇上带我来到襄王府，如果不是皇后娘娘将我收留，我如今又会流落到何处，又会经历何种苦难，令人难以想象。皇后娘娘是有恩于我。

郭皇后：陛下曾经将万千宠爱都付与你一人，本宫曾经忌恨，宫中其他妃子也都忌恨，但是陛下没有看错人，是本宫一直误会你了。

刘娥：皇后娘娘，过去的事不必再提，皇后娘娘不必思虑过度，要保重身体。

郭皇后：你的吉儿，替本宫的祐儿去了辽国，终究没能回来，你们母子是本宫和祐儿的恩人。麟儿去了，吉儿去了，最终，本宫的祐儿也去了……

刘娥听得眼角渗出了眼泪。

郭皇后：三年前你就该进宫了，吉儿的牌位也应早早迎进太庙，可是家父与曹太傅带头阻拦你进宫，本宫也没有出面为你说话。

刘娥：郭大人和曹大人，忠于先皇遗嘱，无可厚非。进不了皇宫，也是我的劫数，或许也是命中注定，皇后娘娘切勿自责。

郭皇后：不，你一直未进皇宫，是时机不到，你该经历的苦难，还没有经历完。现在你的磨砺都已结束，理应回到京城，主掌六宫了。

刘娥听得浑身一震。

刘娥：皇后娘娘千万不要这么想，皇后娘娘才是六宫之主。

郭皇后：本宫已经来日无多，本宫早就知道，皇上最需要的人是你，皇上终究是离不开你，只不过，本宫一直不愿面对这一切。

刘娥：娘娘……

郭皇后：本宫一生礼佛诵经，众善奉行，诸恶不做，平生唯一对不起的人，便是妹妹你。压在心底这么多年的话，终于说出来了，本宫也释然了。本宫不能带着这么多的心事离开……

刘娥：皇后娘娘言重了……

郭皇后伸手握住了刘娥手，两只手紧紧握在一起，郭皇后看着刘娥，脸上终于浮现出微微的笑意。

15. 汴京皇宫成平殿　白天　内景

潘玉姝双手抱着挺着的肚子，在殿内来回走动，她时不时下意识地挠一挠胳膊。

月儿：娘娘，奴婢已经问清楚了，刘妃真的就在宫中。

潘玉姝：她好大的胆子，三年守陵期限未满，又没有皇上的旨意，她竟敢悄然入宫。

月儿：正是，刘妃的胆子都是皇后给的，她还从皇陵带来药酒和草药，眼下她正住在皇后寝宫，给二皇子治病。

潘玉姝：二皇子的病好了吗？

月儿：二皇子用了药，并未好转。不过，听说刘妃带的药酒和草药还有她的方子散到了京城，京城里天花势头已经没有以前那么厉害了。

潘玉姝：皇上知道此事吗？

月儿：皇上尚且不知，可见皇后和刘妃都在存心瞒着皇上。

潘玉姝：这刘妃好深的心机，只是不知道她这次潜回宫中，到底意欲何为。

潘玉姝再次觉得身上有些痒，烦躁地挠起来。月儿走上前，给潘玉姝撩起衣袖来，只见潘玉姝的手腕上起了轻微的红疹。

月儿：娘娘……娘娘你是不是染上天花了？

潘玉姝：不会，我近日从未离开成平殿，窗子都封得好好的，怎么可能会染上天花。

月儿：让奴婢再看看娘娘身上还有没有红疹。

潘玉姝十分不安，月儿帮她脱下外衣，然后将中衣撩起来，只看了一眼，月儿便吓得后退了几步。

月儿：娘娘，你背上，全是红疹……

潘玉姝吓得魂不附体，自己扶着椅子坐了下来。

潘玉姝：快去传太医！

月儿应了声，转身就走，她刚走到门口，潘玉姝又想起什么，将她叫住。

潘玉姝：慢着。

月儿：娘娘还有何吩咐？

潘玉姝：不要找太医，去请刘妃。

月儿：她会来吗？

潘玉姝：你就说，我已怀有龙胎，请她相助……

月儿点点头，匆匆跑出去。

16. 汴京皇宫成平殿　白天　内景

月儿将刘娥送进去，自己站在门口，不敢往里去了。刘娥从月儿手中接过药酒和草药包，潘玉姝正躺在床上，一见到遮了面纱的刘娥进来，便向刘娥伸出手去，仿佛见到了救星。

潘玉姝：姐姐，我是不是得了天花？

刘娥：玉姝不必害怕，待我查看一番，才能断定。你翻过身去。

刘娥帮潘玉姝翻身，潘玉姝侧卧起来，刘娥细细查看潘玉姝的后背，只见上面有好多红疹。

潘玉姝翻过身来，无比期待地看着刘娥，期待刘娥的回答，刘娥轻轻叹了口气。潘玉姝已经完全明白，蓦然大哭起来。

潘玉姝：姐姐，我不要死，我不要死，我还怀着龙胎，姐姐一定要救我……

刘娥将药酒和草药包放到桌上，走近潘玉姝。

刘娥：玉姝，好在你正处于发病之初，毒气尚未蔓延，我从皇陵带来些药，内服外用，全都用上，能否治愈，就看你自己的造化了。来，我给你用药。

潘玉姝渐渐止住了哭泣，无奈地点了点头。刘娥把药酒与草药包打开，然后再次帮潘玉姝翻过身，让她裸露半个后背，刘娥拿棉布蘸着药酒，小心地擦拭潘玉姝后背的红疹。

潘玉姝：姐姐，你为何愿意来救我？你应该恨我，恨潘家才对，趁此机会让我和孩子同时遭难，岂不是正好？

刘娥：过去的那些恩怨，不是都过去了吗，不必再多想了。我此番私下回到皇宫，就是为了救人，玉姝眼看就要临盆，我也不想让皇上为此事担忧。

潘玉姝：姐姐，倘若我能度过这一劫，日后我定会好好回报……

刘娥涂好了药酒，让潘玉姝翻过身来，用锦被给潘玉姝盖好。

刘娥：玉姝不要多想，安心养病吧。其他草药如何服用，我已经交代给月儿了，你按时服用就好。

潘玉姝：多谢姐姐。

17. 汴京皇宫御书房　白天　内景

赵恒因赵祐逝去和郭皇后病重而心情郁结，拿起一支玉笛，在窗前吹奏。

张景宗走过来，站在门口，见赵恒在吹笛，也不敢上前打扰。赵恒一曲完结，放下笛子，他背对着张景宗，没有回头就知道张景宗站在门口，让他进来。

赵恒：进来吧，有何事？

张景宗：见过陛下……

赵恒依然背对着张景宗，却久久没听到张景宗的发话，便有些不耐烦。

赵恒：到底有何事？说吧。

张景宗：……陛下，皇后娘娘过世了。

赵恒顿时一愣，只见他肩头微微抖动，久久没有开口。

赵恒：是老天要向朕降罪吗？朕到底犯了什么过错？老天要夺走朕的祐儿，夺走朕的皇后，夺走朕的子民！

张景宗来到赵恒跟前，低着头，双手举起一块黄绢，黄绢上是郭皇后的字迹。

张景宗：陛下，皇后娘娘留有遗嘱，这些话是留给陛下的。

赵恒接过了黄绢，打开细看，又缓缓地折了起来，放到书案上。

赵恒：皇后十七岁嫁入襄王府，生下了麟儿，麟儿遇刺，她伤心过度，便在那时留下了病根。后来又生下祐儿，没想到后宫无福，老天仍不肯对她有丝毫怜悯，又降下天花之难，再次夺去了她的祐儿……

赵恒忽然以手抚额，头痛难忍，踉跄着走了几步，张景宗连忙上前，将他扶住。

张景宗：陛下是不是头痛又发作了？奴婢这便去传太医。

赵恒：不必了，头痛是朕的痼疾，没有人能治得了。景宗，你也下去吧！

张景宗不忍，赵恒疲惫地向他挥了挥手。张景宗无奈转身就要退下，却发现刘娥就站在门外，正向御书房走来。

张景宗：陛下，陛下，快看这是谁回来了！

赵恒不解地抬起头，顺着张景宗所指的方向看过去，看到了刘娥，他一下子呆住了。

赵恒：莺儿……

刘娥默默无语，渐渐走进御书房。

张景宗无声地退出。

赵恒起身，迎向刘娥，一下子将刘娥紧紧地搂在怀里，终于失声痛哭起来。

赵恒：皇后去了，她留下遗嘱，让朕一定要立你为后……可是，在她生前，朕从未真心关怀过她，她为朕生下两个儿子，两个儿子也没有陪伴她终老……皇后走得太孤单，太悲哀，朕有愧于她……

刘娥听着赵恒的话，也落下泪来，不住地用手按抚后背。

刘娥：陛下这番心意，皇后会知道的……

听了刘娥的话，赵恒却哭得越来越伤心。

18.汴京皇宫垂拱殿　白天　内景

刘娥在杨璎珞的陪伴下来到大殿，向赵恒施礼参见。

刘娥：妾身参见陛下。

赵恒：平身。天花在京城蔓延数日，现在终于退去，直至昨日，朕才得知刘妃功不可没，从今日起，朕封你为德妃，赏住会宁殿。

张景宗一招手，六名小宦官抬出三箱赏赐之物，依次放到大殿上。

赵恒：还有这些赏赐，都是你应得的。

刘娥走到那箱子跟前，将箱子逐一打开细看，里面尽是金银、绢帛、绸缎等物。

刘娥：多谢陛下的赏赐，臣妾都收下了，我都会带到皇陵，分给那里的穷苦百姓。会宁殿，臣妾尚不能入住。

杨璎珞不解地看着刘娥。

赵恒：你还要离开朕？

刘娥：臣妾已经答应守陵三年，还有半年才是期满。

赵恒：你救治天花有功，朕已将你册封为德妃，可名正言顺地留在宫中，留在朕的身边。

刘娥：三年之期未满，臣妾不能回京，不然，群臣又要死谏，臣妾不想再让陛下为难。

苏义简：陛下，德妃言之有理，三年之期将满，不宜半途而废。下官已经派去士兵，驻军在皇陵一带，保护德妃。

张景宗：陛下放心，奴婢会常去皇陵探望德妃，半年时间，很快过去，陛下不必担忧。

赵恒：既然如此，朕也只能再等半年了。

十九

1. 汴京皇宫成平殿　卧室内　白天　内景

潘玉姝肚子高高隆起,她挽起袖子,正坐在椅子上,用蘸湿的绢帕轻轻擦洗自己胳膊。她细细打量着自己雪白的肌肤,红疹已经全部消除,依稀可见结痂留下的痕迹。

潘玉姝擦洗过胳膊之后,将绢帕扔到了旁边的水盆里。

潘玉姝:月儿,把水盆端下去。

月儿快步走过来,双手端着水盆,逃也似的端出门去。潘玉姝看着月儿逃出去的模样,面露不悦之色。

月儿将水盆端出之后,又进了殿内,却远远地看着潘玉姝。

潘玉姝:我的雄黄金丹呢?

月儿很快寻出雄黄金丹,快速放到潘玉姝前面的桌子上,又要飞快走开。潘玉姝火了。

潘玉姝:死丫头,刘妃都说了,我的天花已经痊愈,不会传染给你,你还怕什么?给我滚回来!

月儿从一边的桌上倒了杯水,端到潘玉姝的跟前放到桌上,讪笑着掩饰自己的失态。

月儿:奴婢不是惧怕天花,是娘娘的月份已足,即将临盆,奴婢担心不小心冲撞到娘娘,伤了腹中皇子。

潘玉姝：呸，你还敢跟我狡辩！

潘玉姝一边说，一边将雄黄金丹服下，然后担忧地抚摸着自己高高隆起的肚子。

潘玉姝：服用雄黄金丹这么多日子，也不知到底有没有效。

月儿：老爷说了，这是那神医的祖传秘方，若是怀了男胎，便可滋补保养，若是女胎，则可转而为男。

潘玉姝：世上的神医也见了不少，可又有几个能妙手回春、药到病除啊？

月儿：娘娘，这金丹虽是灵药，但不可多吃，一日一粒即可。

潘玉姝忽然捂住肚子，叫了起来。

潘玉姝：哎哟，好疼……莫非是因为我今日多吃了一粒金丹的缘故……哎哟……哎哟……

潘玉姝蓦然感到腹中疼痛，弯起了腰。

月儿：娘娘，娘娘……娘娘是不是要生了？

潘玉姝：快，快让人将奶娘接来！快去！

月儿不敢怠慢，转身匆匆向殿外跑去。

2. 汴京皇宫成平殿　白天　内景

从寝殿的窗户看过去，月儿和奶娘在床边忙碌着，潘玉姝躺在床上撕心裂肺地喊叫着。

奶娘：娘娘再加把劲儿，皇子这就出来了。

一阵大叫之后，潘玉姝的声音停止。婴儿响亮的啼哭声蓦然传出。

奶娘：水，端温水来。

奶娘将包裹好的襁褓交给月儿，月儿抱到怀里，看了一眼，却是一副愁眉不展的表情。

月儿：奶娘请回府吧，外面已经给您备好车子了。

奶娘：多谢姑娘。

奶娘说完转身走出成平殿。月儿抱着襁褓里的新生婴儿，送到潘玉姝面前。

月儿：娘娘……

潘玉姝：可是皇子？

月儿：回娘娘，是位小公主……

潘玉姝一听，顿时失了精神和力气，绝望地闭上眼睛，涌出泪珠。

潘玉姝：公主？我明明服了那么多雄黄金丹……

月儿：娘娘刚刚生产，失了元气，千万不能伤心哭坏身子。

潘玉姝：可皇上他盼的是皇子，我该如何向皇上交代……

月儿：娘娘看看小公主吧。

潘玉姝扭过头去不愿看。

月儿：娘娘还是看看吧，小公主她……

潘玉姝方才感觉到异样，扭过头来。

潘玉姝：小公主怎么啦？

月儿举起婴儿的左手。

月儿：娘娘您看，小公主的手……

潘玉姝虽然泪眼蒙眬，仍是看清婴儿的左手长出了第六指，顿时吓得魂飞魄散。月儿也害怕起来。

月儿：娘娘，如何禀报皇上……

潘玉姝：不可，绝不可让皇上知道。

月儿：小公主既然已经出生，她总得去见皇上。

潘玉姝却知后果严重，只要赵恒见到孩子，事情定会败露，便一咬牙狠了心。

潘玉姝：拿出去埋了，就说我生下死胎。

月儿惊恐，后退了一步。

月儿：……娘娘，怕是难以向皇上交代，再说公主虽生了六指，也是条性命啊……

潘玉姝：她是我前世的冤家，是来要我命的……

月儿：毕竟是娘娘十月怀胎所生，母女连心啊。

潘玉姝挣扎着坐起，月儿将婴儿送过去，潘玉姝抱着婴儿，抬手抚摸着婴儿稚嫩的小脸，婴儿突然咧开小嘴笑了。潘玉姝的心顿时被融化了，不知该如何是好。

潘玉姝看到床榻旁边的剪刀，她的手慢慢伸向剪刀，将剪刀握在了手里。

3. 汴京皇宫御书房　白天　内景
赵恒脸色阴沉，张景宗小心地站在面前禀报，月儿抱着孩子站在一边。

张景宗： 贵妃生下的是一位公主。

赵恒面上浮现出失望的神色，长叹了一声，看了一眼便转过头去，但是婴儿啼哭的声音再次传来，赵恒听得清清楚楚，不由得心软。

赵恒又回过头来细看，这才看清婴儿啼哭起来，婴儿的左手有白棉布包扎。

赵恒： 公主的手为何包扎起来？

月儿： 回陛下，奶娘接生时，不小心用剪刀伤了公主。

赵恒： 该死！公主何其金贵，怎么会让剪刀伤到公主，将奶娘找来，朕马上将她治罪！

月儿连忙抱着公主跪下。

月儿： 请陛下恕罪，奶娘自知罪孽深重，吓得人事不省，奴婢已令人送出宫去了。

婴儿哭泣声大了起来，赵恒哄了几声没有哄好。月儿心中有鬼，害怕赵恒看出破绽，急忙将婴儿接过来。

月儿： 陛下，小公主怕是饿了，奴婢这就抱她回去。

赵恒挥手令月儿出去，长叹一声。

赵恒： 偌大的后宫，朕却得不了一个皇子。

4. 郭贤府大厅　白天　内景
曹鉴在郭府的大厅来回踱步，显得心事重重，郭贤由仆人搀着缓缓走进大厅。

郭贤： 不知亲家前来，有失远迎啊。

曹鉴一见郭贤老态毕现、十分憔悴的模样，大吃一惊，连忙上前。

曹鉴： 几日不见，怎会这般憔悴？您这气色大不如从前啊！

曹鉴上前扶着郭贤，让他坐在椅子上。郭贤坐下之后，挥手让仆人退下。

郭贤：……家门不幸，郭家连失两位至亲……却独独剩下我这把老骨头，唉……

郭贤悲伤无比，早已眼中无泪，哭不出来。

曹鉴：命数天定，德行人修，太师千万不可悲伤过度，节哀顺变才是。今日登门相扰，有件要事，要跟太师商议。

郭贤：亲家有何要事？

曹鉴：太师可知，皇上刚刚下过口谕，要将刘娥从皇陵接回来？

郭贤：老夫已经无心过问宫中之事。不过，刘妃守陵三年期限已到，接回京城，也是理所当然。

曹鉴：太师，三年前，你对此事不是这般态度吧？莫非已经忘记了先帝的遗诏吗？

郭贤：此一时彼一时，倘若先帝在天有知，看到刘妃这些年的作为，他也许会废掉当年的遗诏，让刘妃进宫。

曹鉴站了起来，仿佛不认得郭贤。

曹鉴：先帝在天有知，定不能容忍！

郭贤静静地听着曹鉴所言，似乎在自言自语，完全不像与曹鉴争执。

郭贤：刘妃博施济众，以德报怨，以德服人，今日回宫，乃众望所归，不是亲家所能阻拦得了的。

曹鉴：看来今日我来郭府，竟是徒劳一场。

郭贤：刘妃是大德之人，有天意护佑，亲家身为太傅，不要再错上加错了。

曹鉴：我所秉承的乃是先帝遗愿，我所维护的乃是宗法纲常，太师还没有看清楚吗？这刘娥一旦进宫，来日皇上定会立她为后。如此，皇后的在天之灵又岂能容忍？

郭贤沉默了片刻，看着远处，仿佛想起了自己的女儿。

郭贤：清漪大去之前，给皇上留下了一份遗书，她嘱托皇上，来日一定要立刘娥为后……

曹鉴：……既然如此，曹某告辞了。

曹鉴草草向郭贤施了一礼，没好气地转身离去。郭贤似乎沉浸在对女儿的怀念中，木然地望着远处，对曹鉴的离去都无所反应。

5. 皇陵古刹院内　　白天　　外景

李婉儿和李载丰正在收拾行李，一见张景宗，马上向张景宗问安。

李婉儿： 张总管万福！

李载丰： 总管大人，行李都已收拾完毕了，就等您来了。

张景宗： 好，等娘娘打点好了，即刻便可启程。

刘娥拎着一个包裹从房间里走出来，张景宗笑容可掬，向刘娥施礼。

张景宗： 奴婢参见德妃娘娘。

刘娥： 张总管一路辛苦。

张景宗： 皇上让奴婢来接娘娘，是奴婢的荣幸。皇上一直在算着娘娘回宫的日子，几天前就催奴婢上路了。此次防治天花，娘娘再次立下不世之功，皇上已经下了诏书，请娘娘进宫。

刘娥： 太傅、太师和朝中大臣们，莫不是又要向皇上进谏阻拦？

张景宗： 娘娘以德服人，朝中再无任何人阻拦娘娘入宫。还有，婉儿姑娘和她的弟弟载丰，一直在皇陵照顾娘娘，协助娘娘防治天花，也有功劳，特封李婉儿为婕妤，封李载丰为左藏库副使，一同赴京。

李载丰闻听，大喜过望，转过头来向汴京的方向就地磕头跪拜。

李载丰： 李载丰谢主隆恩，皇上万岁万岁万万岁！

一连磕了几个头，又连忙爬起来，向张景宗作揖施礼。

李载丰：（兴奋地跟李婉儿）姐，咱都是托了娘娘的福气。

李婉儿并没显得那么开心，转过脸去，走开了。李载丰和张景宗都有些不解。

李载丰： 姐……

刘娥看在眼里，当下明白，她走到李婉儿身边。

刘娥： 婉儿，被封为婕妤，为何反倒有些不悦？

李婉儿： 婉儿一心只想服侍姐姐，只要能跟姐姐在一起，便心满意足，从未想过去服侍皇上。

刘娥：婉儿，你在辽国照料吉儿三年，在这里又陪我三年，皇上是念你一片忠心，劳心劳力，才要赐你一个封号，回到宫中，你还是跟着我，你我还是姐妹。

李婉儿：有姐姐这句话，婉儿便放心了。

刘娥：我们进宫了，吉儿的灵位便可进入太庙，我这份心愿，总算有了一个了结。

张景宗和内侍以及李载丰在一边已经将行李收拾完毕。

刘娥：景宗，我们上路吧。

张景宗：遵命！

6. 汴京皇宫宣德门　白天　外景

张景宗、李载丰以及八名皇卫、一名内侍都骑着马，护着一辆马车行至宣德门外。杨璎珞、忆秦和两名内侍已经在宣德门外恭候。

刘娥坐在车内，神情凛然，旁边坐着李婉儿，双手捧着赵吉的灵位。

张景宗：娘娘，前面就是宣德门了，即将进宫。

刘娥：停车。

马车停了下来，张景宗下马，走到马车前。

张景宗：娘娘有何吩咐？

刘娥没有回答，自己下了车，李婉儿捧着赵吉的灵位也从车上下来。

杨璎珞、忆秦和两名内侍连忙迎上前去，向刘娥施礼。

众人：恭迎德妃娘娘进宫。

刘娥：平身。

忆秦：奴婢忆秦，奉皇上之命，自今日起随娘娘进宫，服侍娘娘。

刘娥微笑着看着忆秦，点了点头，然后凝望着宣德门。

刘娥：皇上登基这么多年，经历这么多磨难，我才被允许进入皇宫，车马且退下。（刘娥从李婉儿手里接过赵吉的灵牌）吉儿，娘要带你一起，迈过这道门槛，入住皇宫。

张景宗与其他众人这才明白刘娥的用意，无不肃然。

刘娥抱着赵吉灵位，目视前方，一步一步走过宣德门。守在城门的侍卫和一路护送刘娥的皇卫，自动列于宣德门外两侧，毕恭毕敬地向刘娥施礼。

张景宗、李婉儿、杨璎珞、忆秦和内侍们跟在刘娥身后，无不肃然，先后走过宣德门，进入皇宫。

7. 汴京皇宫赵恒寝殿　白天　内景

赵恒坐在椅子上，闭着双眼，显得十分疲惫与虚弱，刘娥站在赵恒的身后，轻轻地揉着赵恒的太阳穴。

刘娥：陛下自何时起有了这头痛之症？

赵恒：那一年在澶州城，吉儿去世，朕便有了这病症，时常发作，太医们也难以医治。

刘娥：吉儿的灵位已经进了太庙，臣妾也从皇陵回到宫中，从此可以安心了。

赵恒：后宫无福，麟儿、吉儿、祐儿，三个皇子先后离去，朕膝下荒凉，大宋的江山由谁来继承？难道又要按兄终弟及的旧制，传承皇位吗？

刘娥：陛下不必忧虑，陛下正当盛年，龙体康安，皇子一定会有的。

张景宗来到寝殿门口。

张景宗：启禀陛下，灵州刺史八百里急报送来奏疏，请陛下批阅。

张景宗快步走进来，将奏疏呈给赵恒，赵恒打开一看，惊得站了起来。

赵恒：天花之灾刚刚平息，党项人又在西北叛乱，兵发灵州，难道我大宋就永无宁日了吗？

赵恒一着急，头痛再次发作，他不得不停下来，两手紧紧地按着自己的太阳穴。刘娥看在眼里，连忙吩咐张景宗。

刘娥：景宗，快去传太医！

刘娥转身上前，要宽慰赵恒，却见赵恒双手抚额，竟然支撑不住，倒在了地上。

刘娥大惊失色。

刘娥：陛下……

刘娥冲到赵恒身边，席地坐下，将赵恒上半身扶起来。只见赵恒面色苍白，已经人事不省，任刘娥怎么喊，全无反应。

卧室内，赵恒躺在床榻上，依然在昏迷中，董太医跪在旁边，正给赵恒把脉，董太医神情紧张，豆大的汗珠渗出额头。

刘娥：陛下病情如何？

董太医站了起来，向刘娥施了一礼。

董太医：娘娘，臣只知道陛下一直有头痛之症，一直难以治愈，今日忽然晕厥，人事不省，臣实在是难以诊断。

刘娥：太医在宫中多年，应对陛下的身体状况了如指掌，怎会难以诊断？

董太医：陛下诸多症状，颇似不豫之症。

刘娥：不豫之症？

董太医：三年前，大皇子在澶州辞世，今年二皇子和皇后又相继病故，陛下伤心过度，积郁成疾，长年累月，终成不豫之症。不豫之症多为气血两亏，头疼健忘，喜怒无常，浑身无力，这些症状陛下都有，但是今日陛下突然晕厥，怕是还有其他并发之症，臣实在难以确诊。

刘娥：依太医所言，便是不治之症了？

董太医：娘娘，恕臣无能。

刘娥大惊失色，看着仍在昏迷中的赵恒，她已经意识到后果之严重。

8. 汴京皇宫御书房　白天　内景

刘娥在前，董太医随后，步入御书房。

刘娥：董太医，可知本宫为何要带你来御书房？

董太医：请娘娘明示。

刘娥：皇上的病，董太医一时还难以确诊，但是你知道此事关乎朝堂大局，关乎江山社稷，皇上的病情，唯有婉儿、张公公和你我知道，此事绝对不可透露出半点风声。

董太医：娘娘放心，臣定守口如瓶，秘而不言。

刘娥：自今日起，董太医不可出宫，亦不许对任何人讲解皇上病情。否则，满门抄斩。

董太医：臣指天发誓，向娘娘保证，皇上的病情封锁于皇宫之内，绝不传于外人，皇上所用药物也一概保密，药方销毁，臣绝对不会透露出去。

刘娥：既然董太医如此说，本宫也就放心了。

9.汴京皇宫赵恒寝宫　白天　内景

天色大亮，蜡烛仍在燃着，李婉儿来到卧室，走到烛台前将火苗熄灭，关切地向床榻上望去。赵恒躺在床榻上，仍未醒来，刘娥守在一边。

李婉儿：姐姐，陛下一直没有醒来吗？

刘娥：陛下已经昏迷一夜了，滴水未进，还没有醒来。

李婉儿：姐姐，你也在陛下身边守了一夜了，快去歇息吧，陛下由我来守护。

刘娥：按董太医的诊断，陛下如此昏迷，已经不是第一次了，只是陛下从未告诉任何人，连太医都不知道，只能自己暗暗承受着病痛。

李婉儿：陛下为何连太医都要瞒着？

刘娥：陛下身边没有可信之人，所以他的病症不能让大臣们得知，否则定会引来朝廷的动荡。人人皆知身为帝王如何养尊处优，却不知帝王的孤苦无助。

李婉儿：姐姐回到宫中，陛下以后便不再孤苦无助了。

说话间张景宗在寝宫外启奏。

张景宗：娘娘，上朝时间已到，大臣们已经齐聚文德殿，恭候陛下处理朝政。

刘娥听了张景宗的话，忙从卧室走到大厅。

刘娥：景宗，我来问你，本宫离开京城的这三年，陛下可曾有此症状。

张景宗：启禀娘娘，自今年初，陛下昏迷已经有过数次，每次少则一两个时辰，多则一整天，才能醒来。

刘娥：皇上病重到如此地步，为何那董太医竟然不知？

张景宗低下了头，默默垂泪。

张景宗：娘娘，皇上此病每次发作之时，只有奴婢守在身边，此病非同小可，皇上不让奴婢将此事传出，就连宫中太医都不让知道，以免引来朝廷动荡。

刘娥：没想到皇上身为一国之君，还要在群臣面前隐瞒自己的病情。

张景宗：看来今日皇上不能上朝了，奴婢这便去文德殿宣告退朝。

刘娥：去吧。近日党项作乱，灵州若有急奏，你马上送至寝宫。

10. 汴京皇宫文德殿　白天　内景

寇准、郭贤、曹鉴、毕士安、王钦若、潘伯正、邢中和、苏义简、丁谓等大臣在文德殿等候多时，焦虑不安地窃窃私语。

郭贤：皇上已经接连两日没有上朝，到底所为何事？

曹鉴：事出突然，必有蹊跷。

潘伯正和邢中和躲在一旁，低声耳语。

潘伯正：听说太医院的董大人昨晚进了皇上寝宫，莫非皇上有恙？

张景宗：诸位大人，皇上偶感风寒，诸位大人有本要奏，请交与奴婢，呈进寝宫。

寇准：我有要事，需当面向皇上禀报。

张景宗：寇大人，再要紧的事，皇上休养龙体，文武百官，一概不见。

丁谓手拿一个札子走过来，拱手行礼。

丁谓：张总管，烦请将此札子呈给皇上，十万火急。

张景宗：所为何事？

丁谓：陕西路久旱无雨，京兆府、河中府田地颗粒无收，百姓饿殍载道，流民剧增，已引发多起暴乱。有作乱者暗中勾结党项李继迁之子李德明，正伺机而动，若不平定安抚流民，西北必起战事。

张景宗将丁谓手中的札子接了过来。

11. 汴京皇宫大清书院　白天　外景

张景宗一路快走，曹鉴从后面匆匆追来。

曹鉴：公公请留步。

张景宗闻声停下脚步，转身过来。

张景宗：太傅有何事？

曹鉴：老臣也有奏疏要给张公公。

曹鉴却从袖中抽出一张银票。张景宗四下看了看，马上将曹鉴的手按下。

张景宗：太傅到底有何事，不妨直言。

曹鉴：皇上到底病情如何？

张景宗急忙抬眼向四处瞅去，见再无他人，这才凑近曹鉴。

张景宗：请太傅将银票收回。不瞒您说，皇上已昏厥两日，太医也束手无策。念及太傅是两朝重臣，奴婢才能如实以告，此事万万不可讲与他人！

曹鉴连连点头，张景宗匆匆走开了。

12. 汴京皇宫赵恒寝宫　白天　内景

刘娥拿着奏折细看。奏折上书：党项首领李德明起兵举事，大动干戈。西北边境战火四起，恐怕祸及我大宋疆域安危，恳请皇上速派将士前来增援，防患于未然。

刘娥合上奏折，焦躁不安。

刘娥：再不批阅，只怕会误了大事。

张景宗：娘娘，三司使丁谓大人送来急奏，陕西路告急，等候皇上批示。

张景宗将丁谓的札子递上来，刘娥接过来，放到案头。

刘娥：景宗你且下去吧，等皇上醒来之后，本宫请皇上一一批阅。

张景宗：是！

张景宗转身下去之后，刘娥打开了丁谓的札子细看。札子内容：陕西路久旱无雨，京兆府、河中府田地颗粒无收，百姓饿殍载道，流民剧增，党项首领李德明正伺机而动，若不平定安抚流民，西北必起战事，请陛下圣裁。

刘娥更加焦灼，这时李婉儿从卧室里走出来。

刘娥： 皇上有没有醒来？

李婉儿看着刘娥，失望地摇了摇头。

刘娥： 婉儿，过来替我研墨。

李婉儿： 姐姐，你要做什么？

刘娥： 我要替皇上批阅这些奏疏。

李婉儿大惊失色。

李婉儿： 姐姐，后宫不可干政，这是太祖留下的遗训，犯了这条遗训，可是死罪啊！

刘娥： 这条遗训我岂能不知？可是军机不可延误，皇上一时醒不过来，这些奏疏再不批阅，便会误了大事。好在我曾经临摹过皇上的笔迹，他人未必能看得出来。

李婉儿见刘娥如此急迫，只得过来研墨，刘娥拿起毛笔，蘸了蘸墨汁。

李婉儿站在一边，看着刘娥，也不再犹疑，而是鼓励地冲刘娥点了点头。刘娥定了定神，挽起袍袖，在奏疏上落下笔来。

13. 冀王府大厅　白天　内景

赵元份在大厅内磨墨洗砚，曹鉴匆匆由庭院向厅堂走来。

赵元份： 岳丈何事匆忙？

曹鉴： 皇上龙体欠安，已经接连两日没有上朝。

赵元份： 皇兄病情如何？

曹鉴： 皇上已连续昏迷两日，太医也束手无策，刘妃不让此事从宫中传出。

赵元份： 皇兄的病竟严重到如此地步。

曹鉴： 王爷，皇上已经病入膏肓，又无皇子可以继位，殿下应面见皇上，按"兄终弟及"之旧制，立为储君，准备继位。

赵元份： 岳丈！那日我已说了，休要再做谋逆之事。皇上已接连失去妻儿，心中何等伤痛，我怎么能在此时去打扰他。

曹鉴：殿下耳软心慈，同情皇上，身处险境却浑然不知。

赵元份：险境？从何说起？我恪守为臣之道，上不负皇兄，下不负百姓，只求安稳度日，险在何处？

曹鉴：难道王爷忘记秦王、郡王了，还有许王和楚王，他们哪一个不是皇室血脉，他们都是何等下场？

赵元份：岳丈不必多言，前几日我画的那一幅《暮江图》，其实是要送给岳丈的，日薄西山，正如人之残年岁暮，万事已休，岳丈应收敛行径，反躬自省，方得善终。来日此画完成之后，我会派人送到府上，还请岳丈笑纳。

曹鉴气得拂袖而去。

14.冀王府大厅外　白天　外景

曹鉴走出大厅，连连摇头。

曹鉴：早知王爷胸无大志，没想到竟如此不堪造就！

二十

1. 汴京皇宫赵恒寝宫　白天　内景

刘娥站在大厅，逐个翻看桌上的奏疏。

刘娥：这封奏疏是郭太师呈上来的，他要告老还乡。

李婉儿：郭太师一直与姐姐为敌，现在姐姐回到了宫中，皇后已经病故，太师在朝中也没有了仰仗，是想全身而退吧？

刘娥：郭太师辅佐两朝天子，是有功之臣。如今女儿与外孙皆不在人世，心中孤苦，若是许他回乡，他定会孤苦而亡。这个奏折，还是不准为好，先将太师留下，来日等皇上处置吧。

刘娥拿起御笔正要批阅，只听得赵恒的声音从卧室内传来。

赵恒：（卧室内）莺儿处理得甚是得当，此奏不准！

刘娥这才忽然醒悟到，是赵恒醒来了，刘娥连忙将御笔放下。

刘娥：皇上醒来了！

刘娥和李婉儿一起来到卧室，只见赵恒身着中衣，正坐在床榻之侧，端着一杯茶慢慢地喝，精神一如往常。刘娥和李婉儿看到这一幕，不禁捂住了嘴，喜极而泣。

刘娥：皇上，你终于醒过来了……

赵恒：至理无言了，浮生一梦劳。朕这一梦，睡去了多久？

刘娥：陛下整整昏睡了两日。

刘娥跪到赵恒面前。

刘娥：陛下昏迷之时，有急奏送来，情急之下臣妾擅自批阅奏疏，请陛下恕罪。

赵恒：太师要告老还乡，你没有准许，朕同意你的处理。

刘娥：陛下，党项李德明作乱，灵州告急，陕西路流民暴乱，臣妾也已经代皇上批阅，让灵州附近的驻军援助灵州，又命内藏库拨出赈灾款项，命陕西路知州开仓放粮，安抚了流民，亦请陛下恕罪。

赵恒：何罪之有啊！莺儿分明是为朕解决一桩危机，避免干戈，不但无罪，反而有功。

刘娥起身，这才放下心来，松了一口气。

2. 郭贤府大厅　白天　内景

郭贤坐在大厅的太师椅上，垂头丧气，昏昏欲睡，全无往日威严气势。郭贤夫人面带忧虑，从外面走入大厅，拿了一件袍子给郭贤披上。

郭贤夫人：老爷的折子呈上去了，为何迟迟不见皇上的批复？

郭贤：近日皇上龙体欠安，或许皇上尚未御览。我郭家离开京城，也是迟早之事。

郭贤夫人：老爷，我已吩咐下人去打点行李了，皇上一旦下旨，我们便可启程了。

郭贤微微点了点头。

家仆：老爷，夫人，德妃娘娘驾到。

郭贤忽然一惊，马上精神了起来。夫人也甚为疑惑。

郭贤：德妃娘娘？

郭贤似乎不敢相信，缓缓站起身来。

3. 郭贤府大厅　白天　内景

刘娥坐在厅堂主座，郭贤和夫人陪在次座。

郭贤：京城之中，没有人不知道我郭家。当年我认准了襄王，将女儿嫁入襄王府，襄王继位，我被封为太师，女儿母仪天下，还生下皇子，郭家可说是烈火烹油，鲜花着锦，论权势论富贵，已是位极人臣。

我渐渐心生妄念，一心要维护郭氏一族，维护清漪的皇后之位，便联合朝中大臣，以先帝遗诏为借口，抵制娘娘入宫，反对大皇子灵位配享太庙，无所不用其极，甚而一时糊涂，竟然暗中派人去皇陵暗杀娘娘，皇上没有将我治罪，我实在无颜面对娘娘……

郭贤说得眼中含泪，郭贤夫人在一边也听得流下泪来。

刘娥：太师大人既然能开诚布公，将此事向本宫坦诚相告，本宫便知太师已诚心悔过。

郭贤：娘娘宅心仁厚，老朽实在无地自容。

刘娥：事情既然过去了，太师便不必再耿耿于怀。

郭贤：恶念既生，便招来报应，不承想，这报应没有落到我身上，却相继夺走了清漪和二皇子，这一切都是老朽的罪过……老朽愿从此离开京城，隐居乡间，了此残生。

刘娥：太师，本宫自从进入襄王府，便受皇后娘娘照顾，皇后娘娘临终之际，与我姐妹相称，如今姐姐去了，留下二老孤苦度日，我怎能忍心让二老离开京城？再说，太师辅佐两朝天子，是我大宋柱石，皇上也不愿意太师告老还乡。

郭贤：皇上的隆恩，老朽心领，只是我已是风烛残年，在朝中也不过就是尸位素餐，对朝中政务，也是心有余而力不足，帮不了皇上了。

刘娥：莫非太师对本宫还有所顾虑吗，所以才要离开京城？

郭贤：娘娘不计前嫌，以德报怨，老朽不再有任何顾虑。

刘娥：既然如此，太师和老夫人请受本宫一拜！

刘娥说完，起身离座，在郭贤和郭贤夫人面前跪了下来。郭贤大惊，连忙站起，郭贤夫人也连忙上前，要将刘娥搀起来。

郭贤夫人：娘娘，使不得啊，娘娘。

郭贤：娘娘这是何意？快快请起，折杀老臣了。

刘娥：刘娥这一拜，是要认二老为义父义母，请二老留守京城，自今日起，刘娥替姐姐行孝，便是二老的女儿了。

郭贤夫人泪流满面，将刘娥扶了起来。

郭贤：多谢娘娘……

郭贤也泪流满面，说不出话来。

4. 冀王府大厅　白天　内景

赵元份正和曹思齐在堂中饮茶，两人神情甚是悠闲，家仆拿着一封信进来。

家仆：殿下，曹大人刚刚命人送来这封信，要殿下亲启。

赵元份拿过信封，抽出里面的信，只看一眼，手已颤抖。

曹思齐：父亲在信中说了什么？

赵元份不安地来回走动。

赵元份：皇上龙体康复，不见病容，每日上朝，一如寻常。可见张景宗对岳丈所说，皇兄一连昏迷两日，人事不知，都是故意说给我听！岳丈还以为自己打探到了实情。

曹思齐：皇上为何要让张公公如此说？

赵元份：还能为何，皇兄他分明是在试探我！幸好我没有听信岳丈怂恿，让他也不要轻举妄动，否则，真按岳丈所言行事，我早就身首异处了！

曹思齐：殿下，是不是过于多虑了？

赵元份：皇兄既已生疑，我命休矣……

赵元份哭丧着脸看着曹思齐。

5. 汴京皇宫文德殿　白天　内景

赵恒在成堆的奏折中翻找，有一个不小心落地，张景宗手疾眼快地接住。

赵恒：为何不见陕西路永兴军的军报？

张景宗：陕西路距京城千里之遥，八百里加急快报也得走上两日。

寇准疾步进殿。

寇准：陛下，陕西路军报送到。

张景宗从寇准手中接过军报，打开念与赵恒。

张景宗：朝廷赈灾钱粮业已收到，本地开仓放粮，流民一视同仁，安置有方，各得其所。党项李德明销声匿迹，小股叛军已被剿灭，西北安矣，京兆府、河中府逢凶化吉，天下太平。

赵恒：西北安矣，天下太平。有了这封军报，朕总算心安了。

6.汴京皇宫御书房　白天　内景

刘娥坐在书案前将奏折收拾得整整齐齐。赵恒下朝，笑容满面，来到御书房，刘娥连忙起身相迎。

赵恒：莺儿，党项叛乱已经平息，陕西路也已太平了，这都多亏了你，当机立断，及时批示了奏折，才没有酿成大乱。

刘娥：陛下对党项已经有所防范，高瞻远瞩，早在陕西路驻扎了大军，臣妾不过代陛下批示了一个奏折而已，臣妾所为，实在微不足道。

赵恒：此次党项平乱，莺儿功不可没。朝廷本有一条规矩，后宫不得参政，但这条规矩不适用于莺儿，倘若没有你及时处理这次危机，后果难料。

刘娥：陛下过奖了。

赵恒：朕已经下定决心，无论如何，也要立你为后。

刘娥：陛下的心意臣妾领了，但是臣妾今后再也无法诞出皇子，那些大臣们必然会以此为借口，阻止陛下。

赵恒：莺儿是朕唯一可依赖倚靠的人，只有你在朕身边，朕才能稳住朝廷和后宫。这一次，无论他们说什么，也阻止不了朕。倘若朕的病再次发作，万一醒不过来，那不是天下大乱吗？一旦臣子们知道朕得的是不治之症，大宋还能维持下去吗？

刘娥：陛下多虑了，陛下一定会好起来的，一定会度过危难。

赵恒：朕有莺儿，实乃大幸，也是朝廷之幸。

7.汴京皇宫御书房　白天　内景

赵恒与赵元份坐在御书房，正在面对面谈话，赵元份诚惶诚恐，满脸焦虑，赵恒因为生病，则显得微微有些神情恍惚。

赵恒：朕听内官说，王妃又要待产？

赵元份：正是，贱内下月初十到日子。

赵恒羡慕地看着赵元份，说起孩子再次想起逝去的赵祐和赵吉，不免悲从中来。

赵恒：元份多子多福，朕难道是命中无子吗？儿子一个接一个夭亡，一次次承受丧子之痛。朕盼望有一个儿子膝下承欢，不知朕还能否遂愿。

赵元份：陛下节哀！臣弟庸庸碌碌，几个儿子也是学无所成、顽劣无比，承蒙陛下垂恩，才得以锦衣玉食。

赵恒：朕如今没有子嗣，大宋江山不能后继无人。元份子嗣众多，朕想过，不如再推行"兄终弟及"之制，朕将你立为储君。

赵元份听到这里连忙站了起来，向赵恒跪拜。

赵元份：皇兄，皇兄万万不可，臣弟从来无心皇位，亦无治理天下之才，兄终弟及也只是父皇一代的旧制，我朝不必沿袭。

赵恒让赵元份起来，赵元份不安地站起身，重新落座。

赵恒：朕当初坐到这个位子，也是力薄才疏，有众臣辅佐，朕才坐稳了龙椅。辽国入侵，朕御驾亲征，签订盟约，与辽国化干戈为玉帛，从此停战，两国子民安居乐业，朕也算是对得起列祖列宗。朕将皇位给你，曹太傅与朝廷众臣，定会尽心辅佐。

赵元份一听说到曹鉴，更加认为从前的谋逆举动被赵恒掌握许多，吓得急忙解释。

赵元份：岳丈年岁已高，早该辞官退隐，颐养天年，含饴弄孙。

赵恒：太傅好福气啊，以太傅的学识，一定会教好你的儿子。

赵元份恐慌加剧。

赵元份：陛下别再说了，臣弟宁可离开京城，成为平民百姓，哪怕是举家食粥，也不愿入主皇宫，请皇兄成全！

赵恒忽然头痛再次发作，以手抚额，不禁皱起了眉头。

赵元份正好看到赵恒这一表情，以为是赵恒不高兴，对他生厌，赵元份更加紧张，局促不安，语无伦次。慌乱中，赵元份再次跪倒在地。

赵元份：臣弟已经将心中所思所想全都说给皇兄了，请皇兄明鉴，不要再误会臣弟，即便宫中有流言说我元份有不臣之心，他们也是别有用心。如果皇兄依然对我信不过，可即刻将臣弟发配，臣弟即日便可启程，皇兄……

赵恒几乎没有听到，他想站起来，没想到刚刚试着站起，脑袋又是疼痛，眼前天晕地转，又坐了回去。赵恒转过脸，打断了赵元份的话，冲他挥了挥手。

赵恒：不必多讲了，你且出去吧！

赵元份：臣弟知罪，皇兄，请听元份将实情告知，皇兄御驾亲征之后……

赵恒已是坚持不住，不想再听赵元份再说下去，发作起来。

赵恒：朕已经说过让你出去，为何不听？

赵元份跪在地上顿时脸色煞白，觉得大祸临头。再次以头触地，快快地退下了。

赵元份：皇兄保重，臣弟告辞。

8.冀王府大厅　白天　内景

赵元份失魂落魄地回到府中，双目呆滞。

家仆：小人见过殿下。

赵元份依然神情木讷，面无表情。

赵元份：把孩子们都叫到大厅来，全都叫来！

家仆应声下去，赵元份失魂落魄，走向书房。

9.冀王府书房　白天　内景

赵元份进入大厅，发疯似的把日常所画的那些画，还有墙上悬挂的画，全都摘下来塞进火盆，然后，他两手发抖，将一根蜡烛投进火盆，火苗蹿起，将纸张燃烧殆尽。

赵元份转身从大厅的角落里将宝剑取来，他站在火盆前，缓缓地将宝剑抽出来。

门外孩子们的叫喊声响起。

赵元份浑身震了一下，将宝剑放到了身后，走出书房。

10.曹鉴府大厅　白天　内景

一名家仆匆匆走了进来，神色慌张。

家仆：老爷，冀王府的家仆来报，冀王殿下怕皇上降罪，他要把府中的家小全部斩杀，向皇上证明自己清白，求您赶快过去看看。

曹鉴与曹利用大惊。

曹鉴：马上给我备车！

11. 冀王府书房外　白天　外景

院子里一片混乱，曹思齐浑身是血，拼命抱着赵元份的腿，她害怕得声音颤抖。

曹思齐：殿下，请放过孩子一命吧！殿下心意已决，臣妾愿陪殿下一起赴死，但是，孩子他们没有罪……

赵元份：今日我若不杀了儿子们，留下他们，也是生不如死。

曹思齐：他们也是皇上的亲侄儿，皇上会给他们一条活路的，哪怕我们成为平民，哪怕我们全家沿街乞讨……

赵元份：你不知道四叔是怎么死的吗？你不知二哥是怎么死的吗？皇上他怎么可能放过我们？！

曹思齐哭成泪人，死死不肯放手。

曹思齐：（对孩子们）快跑啊！

孩子们突然惊醒过来，跑开了。

赵元份拼命甩开了曹思齐，向孩子追了过去。最后一个孩子不小心摔倒了，赵元份双眼血红，高高举起了宝剑。

曹鉴从外面进来，大声喝道。

曹鉴：住手！

孩子顺势跑到曹鉴身后藏了起来。

赵元份：岳丈不必拦着我，待我将他们全部杀了，我再自刎谢罪，岳丈便可向皇上禀报，我冀王府对皇位再无威胁。

曹鉴：殿下若要杀他，先把老夫我杀了！

曹鉴迎向赵元份的剑，两人僵持在那里，曹思齐放声大哭。

12. 冀王府书房外　白天　外景

冀王府大门外响起了张景宗的喊声。

张景宗：皇上驾到！

赵恒带着张景宗匆匆进入院子，赵元份这才放下宝剑，向赵恒跪拜。曹思齐连忙过去护住了受伤的孩子，和曹鉴都跪了下来。赵恒一眼看到受伤孩子甲，不忍再看。

赵恒：速去传太医救治。

张景宗：遵旨！

张景宗转身出去，仆人将受伤的孩子带了出去。赵恒来到赵元份跟前，指点着赵元份的额头。

赵恒：你……你……你……为何要伤害他们？

赵元份：陛下要治罪臣弟，臣弟不如先行了断。

赵恒：你有何罪？朕何时说要治罪于你？

赵元份：今日臣弟进御书房，要与皇兄恳谈，没想到皇兄却将臣弟逐出宫去……

赵恒：唉！朕那时恰好头痛，不想你担心，才让你出去，你将朕的心意，全都误会了！元份，我们兄弟四人，大哥疯了，二哥去世了，如今只剩下你我，朕爱护你还来不及，又怎么能加害你？

赵恒：我记得，很久以前，元份曾经画过一幅《桐叶封弟》，画的是周成王年幼之时，和弟弟扮作君臣，玩游戏，周成王拿着一片桐叶，当作玉圭，送给弟弟，封弟弟为王。后来，周成王登上了王座，言出必果，将弟弟封为唐王，兄友弟恭，传为佳话。朕知道你的用心，既然你不愿问政于朝廷，安心为王，朕也就遂了你的愿。

赵恒句句话都说到了赵元份心里，他不禁号啕大哭起来。

赵元份：陛下，臣弟绝无二心啊，陛下！

赵恒：元份忠心可鉴，朕心领了，还有曹太傅，都是朕最忠心的臣子。

曹鉴心中有愧，不敢看向赵恒，伏地叩拜。

13.汴京皇宫赵恒寝殿　白天　内景

刘娥将放在书案上的一幅画展开，是一幅美人图。

刘娥：陛下，这画中是何人？

赵恒：这画像上的人是辽国萧淑妃之女，萧阳公主，萧绰派来使臣，送来画像，要与朕联姻。

刘娥：陛下是否应下了？

赵恒：你希望朕应下这桩婚事吗？

刘娥：看上去这契丹女子身体敦实，定是善于生养，陛下倒不妨将她纳入宫中。

赵恒：皇后丧期未满，朕心力交瘁，哪还有心情纳妃？

刘娥：毕竟子嗣为大，陛下也要宽心些。

赵恒：萧绰联姻是假，其实是以联姻为由，借一百万两银钱帮其度过凛冬罢了。

刘娥：这哪是借钱，分明是向我朝勒索。

赵恒：德妃认为该如何处置？

刘娥：萧绰是极有野心的人，虽澶渊之盟签订，但觊觎中原的心思却从未消除，陛下还是要谨慎些。或许她是拿着借钱的幌子，来试探我朝实力。

赵恒：言之有理。

刘娥：萧绰野心不死，百万钱财万不能轻易借出。我朝每年支付辽国绢二十万匹、银一十万两照付，额外再加银钱、布帛各三万，无须返还，一则向辽国示以慷慨，二则也杜绝他们再来。

赵恒：你与萧绰相处多日，深知其人其道，如此处置甚妥！

赵恒长长出了一口气。

刘娥：那么，萧阳公主之事呢？

赵恒：此事倒是简单了，一口回绝那辽国使臣便罢了。

14. 汴京皇宫文德殿　白天　内景

张景宗又将那幅契丹女的画像展开给众臣观看。

赵恒：联姻一事，诸位爱卿有何意见？

苏义简：臣反对。萧太后并非诚心联姻，而是另有打算，觊觎中原之心从未停下。

王钦若：苏大人此言差矣。陛下与吐蕃联姻，纳文伽凌为贵仪，并生有寿康公主，为皇家开枝散叶，与吐蕃和平共处，为何不能与辽联姻？

寇準：潘罗支心向大宋，辽国屡屡进犯，岂能相提并论？

毕士安：臣亦反对。

寇準、苏义简、毕士安等大臣多数反对，唯有王钦若和丁谓赞同，赵恒心中有数了。

赵恒：联姻暂且放下不提，辽国使臣提出借那一百万绢帛银钱，如何处置？

寇準：依臣之见，辽国借钱是假，真正用意乃是试探我朝是否国库充盈。

赵恒背着手思索了一番。

赵恒：寇相的意思是？……

寇準：辽国贪得无厌，百万绢银绝不能借。

赵恒：若不给他，倒显得我大宋小气。

寇準：依臣来看，我朝绢二十万匹、银一十万两照付，额外再加银钱、布帛各三万，无须返还，以示慷慨。

寇準的建议和刘娥的不约而同，赵恒暗自惊叹。

赵恒：就依寇爱卿之见！辽国两位使臣已在京城，备足钱帛后即将其遣返辽国。

寇準：陛下也不必这么爽快，不妨磨一磨辽国使臣的性子，让他们尽管在驿馆住着，须让他们知道，我大宋虽然富甲天下，想要我大宋的钱帛，也不是像探囊取物般轻巧。

赵恒微微笑了，毕士安在一边，看着寇準也十分赞赏。

15.汴京皇宫御书房　白天　内景

赵恒坐在书房上首，毕士安坐在书房下首。

赵恒：寇準今日又为朕了断一桩大事，处理得当，辽国的使臣也送走了，朕甚为心安。

毕士安：善断大事，这便是宰相之才。

赵恒：难怪有人往寇準府上送去匾额，说寇準有"再造大宋"之功。

毕士安：陛下，老臣已经派人查找到了送匾之人，问清了真相。原来，陛下对寇準十分重用，恩宠有加，所以有人便心生忌恨，花了银钱，买下数面匾额，一路张扬送到了寇府，其实是故意抬高寇準的名声，让他显得功高盖主，致使陛下对寇準有了戒心，将他疏远。

赵恒：（冷笑）这番心思，用得真是处心积虑，到底是何人所为？

毕士安：送匾的人说，并不认得雇主是谁，不过是使人钱财，替人办事。陛下，依老臣之见，此事也不必深究，所谓水至清则无鱼，谁对寇準心怀忌恨，想必陛下也是心知肚明。

赵恒又微微一笑。

16. 汴京皇宫赵恒寝宫　白天　内景

婉儿在桌边收拾奏疏、笔墨纸砚等物。

刘娥：婉儿，还有一事。

李婉儿站住回首。

李婉儿：姐姐还有何吩咐？

刘娥：辽国使臣回国之际，木易跟他们一起回辽国了。

李婉儿听了微微一惊。

李婉儿：木易大哥他……他在辽国忍耐了这么多年，好不容易才回到京城与家人相聚，怎么能忽然改了心意，又回辽国了呢？

刘娥：婉儿，木易是杨家将，是大宋的臣子，回到汴京之后，皇上对他有所封赏，视为重臣。但是，毕竟他与铁镜已经成婚，辽国与我大宋缔结和约这么多年，已是友邦，我又怎能将辽国的驸马留住不放？我知道，你和吉儿在辽国，时常受到木易照料，你对木易……

李婉儿：姐姐不必说了，我与木易，究竟也不过是萍水一遇罢了。便让他去吧。

刘娥：婉儿……

李婉儿凄然向刘娥笑了笑，然后向刘娥施了一礼，退下了。刘娥还想解释些什么，却见李婉儿已经退下，只得把话收了回去。

二十一

1.汴京皇宫　赵祐寝殿　外殿　有雨　内景

细雨连绵不绝，空气里弥漫着潮湿和阴冷，天色逐渐暗了下来。

空旷的大殿燃着几支白色蜡烛，烛火微弱摇曳，一道修长的身影披着雨丝，缓步踏入殿内。周遭的摆设一如赵祐生前，未有变动，桌上那本《孝经》翻开着，旁侧还搁着《论语》《孟子》等书册，那砚台里是磨好了的墨汁。

赵恒拿起那本《孝经》，仔细地轻轻摩挲着，神色萎靡，眼底是浓浓的追思。

半晌，幔帐弗动，脚步声轻，一袭妃色广袖落在赵恒身畔。

赵恒没有抬头，而是紧盯着那《孝经》，声音低沉。

赵恒： 那日……祐儿离去那日，朕连他最后一面也未能见上，当时，当时朕就在殿外，一门之隔，阴阳永隔！朕想见他，想抱着他，可那一刻，朕心底里却有些怕了，若不是怕染上天花，陪着他去那冰冷的黄泉，（微微苦笑）若是那般，倒也算朕尽了为人父之责。

刘娥心中一痛，伸手轻轻按上了赵恒的胳膊。

赵恒： 朕怕看到他那双平日灵动的眼睛里流露出绝望无助，流露出哀求！怕眼睁睁地看着朕鲜活的皇子一点点失去生命气息，朕贵为天下之主，却无能为力！更怕他责怪朕这个做父亲的，给了他生命，却无力护他周全。

刘娥：祐儿知晓他父皇如此爱他挂念着他，又怎会心生责怪?!

赵恒：世间事皆有因果，祐儿他还那般小，短短的十一年，能因何报应呢？听闻元份今日得了第七子……莫不是朕福薄，牵累了子嗣?!

刘娥：陛下！（怜惜而坚定地盯着赵恒的眼睛）三郎，臣妾不许你如此妄自菲薄！你这般忧思过重，臣妾心里也不好受，想起郭姐姐昔日嘱托，却未保护好祐儿，自觉罪孽深重。

赵恒：是朕对不起皇后，不该疾言厉色，警告责罚，令她病情加重，早早逝去，还将祐儿一并带了去。（哀伤地闭上了眼）午夜梦回，朕总是能见到祐儿在御苑的梧桐树下嬉戏，见到他那张稚气的小脸紧绷着，在靶场肃穆地拉弓搭箭，见到他小小的身影挺直了肩背，在案前背诵《论语》……

刘娥心如刀割，倾身抱住了赵恒，眼角泛着淡淡的晶莹。

赵恒：（轻抚着刘娥的秀发）莺儿，我想在宫里为祐儿做一场法事，（顿了顿，声音低哑了些许）还有吉儿。

刘娥：（微微一震，抬头有几分恍然地）吉儿?!

赵恒：是啊，我们的吉儿，你以为我忘了吗?!

刘娥哽咽得说不出话来，轻轻摇头。

2. 王钦若府邸　正堂　白天　内景

几口朱红的箱子摆在正堂，王钦若拈着嘴边的那撮短须，围着箱子瞅了瞅，又翻了翻手中的册子，眉间颇有几分得意之色。夫人李氏跪于旁边榻上，正一手执壶往茶盏里点水，一手以茶筅击拂。

李氏点好了一盏茶，奉给王钦若。

李氏：妾身听闻，那三司使已年过四十，且他儿子都已成婚，我家玉茹方年满十八，与他怎会相配?!

王钦若：夫人可知晓，丁谓之子丁献容娶的是何人？

李氏：陵阳公主，汴京城里谁人不知。

王钦若：陵阳公主虽曾和亲番邦，然她毕竟是当今圣上之妹，丁献容娶了她，便是名正言顺的驸马，已然高攀成了皇亲。夫人现在理解为夫的用心了？

李氏：可玉茹和丁谓毕竟年岁相差太大，妾身这心里总有几分不是滋味。

王钦若：夫人言之差矣，咱们为女儿挑选夫婿，须是有才能之人，岂可被年龄、相貌这些表象所累！丁谓是三司使，掌管着朝廷的钱粮赋税，就连皇上都对他甚是倚重，此次去雄州与辽人交割，他可是正使，你夫君我仅仅是从旁协助。为夫为官多年，几乎可断言，丁谓的官位绝不会止于三司使，更何况他如今可是皇亲，前途怕是不可限量啊！

李氏：如此说来，这对玉茹，倒是一桩好姻缘？

王钦若：自然是。

李氏：不过妾身还有一事不明，丁谓怎么就相中了玉茹，下了这聘礼婚书，论起来玉莹才是咱们家长女，比玉茹还要年长几岁，与他丁谓岂不更相称？

王钦若：（眼里划过谋算）玉茹冰雪聪慧，性子要强，更宜于去丁府做主母。玉莹温婉识大体，为夫另有安排。

李氏：（心头一动）莫非一切皆在老爷的算计之中？

王钦若得意地扬了扬眉，端起茶盏喝了一口。

王钦若：这是什么茶？

李氏：上月老家亲戚送来的闻林茶。

王钦若：辛苦夫人去将昨日皇上赐下的龙凤贡茶点来一盏，原来吉祥寓意，早有兆示。另吩咐厨房，备下筵席，今日中秋，咱们要阖府欢庆。

3. 汴京皇宫　御苑　春鸾阁　夜晚　内景/外景

时至入夜。御苑悬起了千盏宫灯，星星点点沿着亭台楼阁蜿蜒。

春鸾阁里，宴开两列。阁内丝竹声声，宴上的数十人却无一人言语，亦无一人动箸，除了右首座懵然无知的赵元佐在大快朵颐。众人间或扫一眼那依旧空缺的主座，神色各异。

4. 汴京皇宫　刘娥寝殿　内殿　夜晚　内景

赵恒眉间蓦地狠狠一抽搐，一手按在了妆台上，差点将那瓶苏合香打翻。赵恒另一只手紧紧按住了额角，面色霎时清白，鬓边渗出了一层细密的汗珠。

刘娥：（蹙眉）头又疼了？！臣妾这便让张公公传太医！

赵恒：（抓住了刘娥的手腕，低沉地）今夜是佳节，太医如若来一趟，定会惹得阖宫上下都人心惶惶，搅得朕也不得安宁。

刘娥：可……那便说是臣妾染了风寒。

赵恒：（摇摇头）方才疼过一阵，现在已好多了，（闭了闭眼，眉间蕴着烦躁）太医左右都是那些话，朕不耐烦听了。

刘娥欲言又止，抬手温柔地拭去赵恒鬓边细汗，替他揉着额角。

赵恒：现在是何时辰了？

刘娥：该过戌时了。三郎要是想歇息，不如让张公公去传话……

赵恒：（抬手打断）罢了，朕无碍。这宫里许久都没有令人欢喜的事了，特别是皇后和祐儿去了后，除了能在莺儿你这里自在欢心些，朕总觉得处处都死气沉沉的，趁着中秋佳节，让这宫里热闹热闹，更何况这是莺儿你进宫后的第一个中秋，朕亦想陪你一同度节。

刘娥：（犹豫了下）且依三郎便是。（突然想到什么，从妆台最里的一小匣子之中取出一把篦子）臣妾为三郎将发篦上一篦，以前三郎不是说臣妾给你篦发很舒适吗。

赵恒：（捉住刘娥的手）这篦子……

刘娥：三郎还记得此物？！这是臣妾当年刚入襄王府不久，你赠予妾的。

赵恒：朕自然记得，那日你说你从未到过汴京，想四下瞧瞧，朕便带你去了城东最热闹的市集，（想起了当日情景，眼中染上薄薄的笑意）你欢愉得像个孩童，被那些稀奇古怪的物件吸引，朕想全都买来赠予你，可你竟只挑了把毫不起眼的篦子。

刘娥：臣妾后来匆忙离府，这篦子未曾来得及带走，一直深以为憾！（边说，边执着篦子为赵恒篦发）前日里，奶娘把旧时妾在王府用过的物件送了来，在妆匣的隔层，妾无意发现了篦子，失而复得，令人好生欢喜。

赵恒：可不是所有失去的，还能再找见。

刘娥：行到水穷处，坐看云起时。只要心中祈愿不灭，任何事情终将会有转机。

赵恒神色复杂，看着铜镜中刘娥的倩影。

赵恒：但愿一切皆如莺儿所言。

刘娥温软地一笑，轻柔地为赵恒细细篦发。

半响，赵恒神色逐渐舒缓了下来。

赵恒：莺儿亲手篦发，比太医那些汤药好使多了，朕此刻已觉得精神焕发！

刘娥：可要是再疼得厉害，还是须让太医细致诊断的。

赵恒：朕也依你便是！现在为朕绾发吧，春莺阁那边该等久了。

刘娥将赵恒的发绾了个工整的髻子，以玉带束好，再戴上金冠，镜中的人端的是丰神俊朗。赵恒见刘娥妥帖地将篦子收入那妆匣中，不由握住了她的手。

赵恒：这么个不值钱的物件，你竟这般珍视。

刘娥：谁说不值钱了，在臣妾眼中，这篦子胜过了任何的珠宝饰物。

赵恒：莺儿，自那日起，除了内侍，朕的发，只让你绾过。

刘娥：（呼吸一窒）原来臣妾心中所想，三郎皆知晓。

赵恒：结发为夫妻，恩爱两不疑。

5.汴京皇宫　御苑　春莺阁　夜晚　内景/外景

"皇上驾到！德妃娘娘驾到！"内侍的宣驾声，倏忽响起。丝竹骤停，众人忙整肃了仪容，恭迎圣驾。

不过顷刻，便见赵恒携刘娥，自那九曲回廊漫步而来，没有华贵的仪仗，唯有张景宗领着两个宫女随侍，两人倒如一对普通的夫妻，并肩而行，过玉阶，步入了阁内。

众人俯拜。

赵恒：都起来吧，今夜设的是家宴，不必拘礼。

赵恒于主位落座，示意刘娥坐在身侧。潘玉姝见状，袖袍下那指尖丹蔻陷入了掌心。

赵恒：往岁中秋，朕常赐宴大庆殿，与群臣同欢，然而他们虽沐了皇恩，却失了和家人的团聚。中秋理应是亲人相聚的日子，（边说，边有意无意地与刘娥对视了一眼）是以今岁朕只设家宴，人人都能和家人共贺佳节。

众人：陛下圣明，谢陛下赐宴。

赵恒环视诸人，有意无意间，独对末座的苏义简举了举杯。苏义简恭敬回礼。刘娥注意到，唇角微扬。三贺之后，丝竹声再响。

虽是家宴，可君王坐于那上座，谁人又敢放肆，开怀无忌？众人皆规规矩矩，就连寿安和寿康两位小公主，都挺直了脊背，有模有样地用着膳。

赵恒扫了眼赵元佐身旁空缺的座位。

赵恒：元份怎么还未到？

张景宗：陛下忘了，入夜前，冀王差人进宫回话，说冀王妃刚生的小王爷有些不适，王爷夫妇要留下照看，就不进宫拜贺了，还特意告罪送了月团来。

赵恒摸索着酒杯，语气莫名。

赵恒：元份喜得第七子，朕还没来得及向他当面恭贺呢……

刘娥在旁边，自然听见了两人的对话，端起桌上的那殷红的果酒抿了口，嘴角化成了一抹苦涩。

赵恒：景宗，差太医去瞧瞧。另将那只赤金如意长命锁送去，便说是朕赐给朕的小侄儿的，愿他安康无虞。再把冀王送的月团端上来，让大家都尝尝，沾沾喜气。

6. 汴京皇宫　御苑　春莺阁　夜晚　内景/外景

月儿自阁外悄然进来，步至潘玉姝身后，在她耳旁低语了几句。潘玉姝神情有了微妙的变化，旋即站起来，施了一礼。

潘玉姝：陛下，宫里乐伎的丝竹，臣妾都听腻了，尤其是节庆所奏的，总是这么几曲。

赵恒：噢，玉姝有何想法？

潘玉姝：臣妾听闻，德妃姐姐擅鼓乐，昔年姐姐曾在那谋逆的秦王府邸中充作艺伎，每逢节日宴庆，姐姐必会与众艺伎在场助兴，不知姐姐可否赏脸，让我等也有幸领略一番姐姐的鼓乐。

席间立时一静。潘玉姝居然要刘娥如艺伎般登场表演，杨璎珞顿时气红了脸，就连李婉儿也蹙起了眉。赵恒亦沉了脸色，正待斥责。

刘娥：（淡淡地）今夜既是家宴，家人同乐，我操鼓一曲作兴也无妨，只是鼓乐太过于雄浑，与这般温情团圆的氛围并不相称，如若有其余乐音相和，或是更得宜。

杨璎珞：臣妾听闻，贵妃娘娘甚是精通琴艺。陛下，不如您就让贵妃娘娘先抚琴一曲，琴声更适宜节庆氛围呢。

赵恒：璎珞所言不差。玉姝，你以为呢？

潘玉姝一时语塞，羞愤交加，紧紧咬住了唇瓣。

刘娥：陛下，鼓琴相和，倒也两相皆宜。且臣妾久未操鼓，现在倒有几分技痒了，不如就让臣妾与贵妃妹妹合奏一曲，可好？

赵恒：（深深地看了看刘娥）朕也许久未听到你的鼓音了，那你且为朕再操一次鼓吧。

7. 汴京皇宫　御苑　春鸾阁　夜晚　内景/外景

鼓乐阵阵，琴音袅袅。

刘娥和潘玉姝，一站于那架起的羯鼓前，手执黄檀槌杖击之，一坐于那案几前，手指在琴弦上翻飞，琴音清澈空灵，仿若将天地间化为了一片纯白，轻盈雪瓣纷纷扬扬，而那鼓点时而急骤如雨，时而轻柔似风，如冰天雪地中红梅点点绽放，两相得宜。一个是英姿飒爽，一个是婀娜娉婷，这一刻竟是莫名地和谐默契。

赵恒和苏义简的目光俱胶着在那洒脱恣意的身影上，不过前者是爱意炙热，后者仅仅是暗潮涌动。

"喵！"就在众人听得心驰神往之际，蓦地一声凄厉的猫叫，将那晶莹世界撕裂，一团黑影自吊檐落下，如鬼魅般地扑向刘娥。刘娥反应极为敏捷往一侧避开，而那黑影去势不缓，沉闷地砸在了琴弦上。

潘玉姝：（手背已被利爪狠狠一划）啊！

剑啸刺耳，一道闪电般的白光凛冽。

刘娥：（几乎同时疾呼）住手！

然而，剑势太快，黑影已被一剑钉在了琴案上，绿油油的眼睛，渗着寒芒的利爪，那是一只通体黝黑的黑猫。潘玉姝吓得跌坐到地上。

赵恒：（疾步奔了上来，只是拥住了刘娥）莺儿！可受了伤？

众侍卫拔剑出鞘，严阵以待。刘娥微微冲赵恒摇了摇头，又看向持剑的苏义简。

苏义简手腕微抬，长剑还于那侍卫腰侧的剑鞘，躬身作揖。

苏义简：陛下，娘娘，受惊了。臣是怕这畜生再伤了……人，是以未能及时撤剑，娘娘恕罪。

刘娥眸色复杂地又看了眼地上的猫尸。

刘娥：无妨。

潘玉姝惊魂未定地被月儿扶了起来，她手背那白皙的皮肤上是三条血淋淋的口子，扫了眼被赵恒护在怀中的刘娥，她的眼中有惊有怨亦有恨。

月儿：是狸猫……

李婉儿和杨璎珞亦忧急地围了上来，上下打量着刘娥。

李婉儿欲言又止，只是关切地盯着刘娥，当接触到刘娥看过来的目光，立刻避了开去。

杨璎珞：怎么突然从天上掉下只狸猫？！

赵恒：（怒气勃然）传朕旨意，全宫搜查，一定要找出这狸猫的来历。

8.汴京皇宫　御苑　凉亭　白天　外景

御苑东南角，一座八角凉亭，隐于那修竹幽篁之内，青翠如海随风长倾，层层起伏，摇曳不定。刘娥立于竹亭之内，遥遥望着远处的春鸾阁，神色复杂。

苏义简：在想什么？

温润的声音自身后响起，刘娥转头看去，就见苏义简青衫雅致，拾级而上，来到了她身侧，亦朝那吊檐飞阁望了望。

刘娥：义简来了？

苏义简：嫂嫂还没回答我方才的问题呢。

刘娥：我在想昨夜那只狸猫到底从何而来。

苏义简：或许是有人刻意放进来的。

刘娥：义简为何这般说？

苏义简：夜宴之上，潘贵妃突然提出要你操鼓，嫂嫂不觉得诧异吗？！

刘娥：可她也为我和了琴，且还受了伤。无凭无据，我们也不宜随意揣测。除此一点，你可还发现其他不同寻常之处？

苏义简：（缓缓摇头）我后来特意让太医检查了那只狸猫，并未发现任何异样，可当时它突然发狂般地袭向你，怎么看都像是受了刺激，好在没伤到你，却是潘贵妃被抓伤了，如此一来，就算这一切皆是人为，有人想用狸猫在中秋宴会上袭击你这事大做文章，现在倒功亏一篑了。

刘娥：只可怜了一条生灵白白丧命在了利剑之下。

苏义简：嫂嫂这是还在责怪于我？

刘娥：自然不是。

苏义简：如若是同情那只狸猫，嫂嫂就更不应该了！昨夜事后，我不是已差人将太宗下令宫里禁养狸猫之事告知你了吗？

刘娥：有劳义简费心了！其实，在我进宫为祐儿医治天花那晚，便在宫里碰见过一只狸猫，当时似乎是一个老宫女抱着的，今早我去皇后寝殿，又看见了那个老宫女，她的舌头已不在了。

苏义简：嫂嫂能确定那晚你看见的狸猫，与昨夜的狸猫是同一只吗？

刘娥：不能，那晚我只大致见到了一个影子，转眼老宫女和狸猫皆消失不见了。

苏义简：（皱眉）你一定不可与那狸猫有任何沾惹。

刘娥：（顿了一瞬）义简，你真的相信狸猫会带来不祥吗？

苏义简：我不清楚一只狸猫到底会不会带来不祥，但我知晓凡事只要牵涉到宫闱里的禁忌，最易横生事端了，嫂嫂，望你切记！

刘娥：（目光再次落向春鸢阁那处）风起于青蘋之末。昨夜的事或许只是一个开端，这深宫里就真能让那狸猫绝了迹吗？！

9. 汴京皇宫　尚衣库　白天　内景

衣摆翻飞，倩影穿梭，尚衣库内，宫女们正在纺锦织布。那纺车"嗡嗡"作响，纺线宫女一手摇纺车，一手扯棉絮，少顷，一条长长的棉线自棉絮中抽了出来，绕在了锭杆上；再经过浆线、上色、打筒；之后经线宫女从线筒上将五彩棉线一根根拉出，缠绕在织布机的木棍之上，以稻草扎成的刷子一遍遍轻轻地刷过，棉线被梳理得平整顺溜；十几台织布机依次陈列开，织布宫女于那织布机前，双脚有节奏地轮流踩下踏板，纤手中梭子灵活地来回投梭、递梭，经纬线便交织出一卷卷柔软布帛，倾泻而出。

如意在分衣处等候着取衣，和身侧织布机前的小宫女嘀咕了起来，那眉梢眼尾均蕴着骇然，片刻后，周遭的宫女三三两两地围了上来，窃窃私语，人人面露惊恐之色。

谣言如同长了翅膀，从那尚衣库里飞出，瞬间传遍整个后宫。

10. 汴京皇宫　刘娥寝殿　外殿　白天　内景

刘娥正于案几上挑选花枝，旁边放置着未插好的花篮。杨璎珞一脸不服地立在案前。

杨璎珞：姐姐，现在宫里人人都在说狸猫是你引来的！

刘娥神色清淡，左手拿起一枝蜀葵，右手执起剪刀，将那略有缺损的绿叶逐一修剪，若有似无地勾了下唇角。

刘娥：原来我的鼓声还可引来狸猫，这倒是稀奇，我还是第一次听闻呢。

杨璎珞：姐姐怎能如此波澜不惊？那些流言可与禁忌狸猫有干系，要是被前朝大臣们知晓，又该捕风捉影，对姐姐不利了。

刘娥：中秋夜宴上的事，想必早就传开了。

杨璎珞：（急道）那也不能听之任之啊！要不，要不咱们请皇上下令，禁了流言，要是谁敢再非议姐姐，就割了谁的舌头。

刘娥淡笑了下，将那枝修剪好的蜀葵插入花篮，顿成点睛之笔，一篮的姹紫嫣红，香气袭人。

杨璎珞：（更是急了）姐姐！

刘娥：你可还记得至道三年（997），皇上前往黄河治水的事？

杨璎珞一怔。

刘娥：上古鲧禹治水，鲧窃帝之息壤以堙洪水，禹则布土以定九州。是以治水的要害，在于八个字，开渠疏引，因势利导。

杨璎珞：（眼前一亮）我懂姐姐的意思了，姐姐是想说那些流言，越是压制，越会肆意谣传，应该设法疏导。

刘娥不置可否。

杨璎珞：可是，可是要怎么疏导呢？

刘娥：既是流言，时日久了，自会不攻自破，是以也不必刻意理会，越理会反倒会给别人可乘之机。

杨璎珞苦恼地皱眉。

刘娥：璎珞，比起怎么去应对流言，我心上却还挂着另一桩更紧要之事。

杨璎珞：姐姐所指何事？

二十二

1. 汴京皇宫　御苑　春鸢阁　二楼　黄昏　内景/外景

春鸢阁四面楼台，内外回廊环绕，端的是玲珑剔透，咫尺匠心。那楼阁顶层面北的楼台处，有伊人兮，凭栏远眺。飒飒秋风，吹得她裙裾翻飞，鬓边散落的几缕发丝随风飞扬，整个人显得尤为单薄而憔悴，那秀致的眉眼染着一抹化不开的愁绪。

琳琅将一件藕荷色的织锦披风披在了李婉儿肩头。

琳琅：娘娘，高处风大，时候也不早了，咱们还是回宫吧。

李婉儿：陟彼南山，言采其薇。未见君子，我心悲伤。亦既见止，亦既觏止，我心则夷……琳琅，我怎么望不见宫外呢？

琳琅：娘娘，皇城九里十三步，怎会那么轻易便看见外面呢？

李婉儿：原来，宫门千重真的深似海。

琳琅：娘娘现在是婕妤，在宫里身份尊贵，实在不必还念着宫外那些事。

李婉儿微垂了眼睑，未语，她纤纤玉指间，捏着一个绣工精致的香囊，那袋面上以金丝银线描绘了一只栩栩鹰隼。忽然，楼梯上有脚步声轻响起，李婉儿飞快地将香囊塞进了那宽大的衣袖，回头只见奶娘王氏提着一个檀木食盒上来。

李婉儿：（些许诧异）奶娘，你这是？……

王氏：老身是专程来给娘娘送汤水的。

奶娘王氏在一旁的案上搁下食盒，打开木盖子，从其间取出了白玉汤盅和碗碟，盅盖揭开，那汤色雪白纯亮，浓香腾起，令人食欲大动。奶娘王氏盛了一碗汤，递给坐过来的李婉儿。

王氏：这汤老身从今日卯时起床便炖上了，选用的是专用粟米喂养的锦鸡，以人参和红枣为作料，最宜体质虚寒之人食用。

李婉儿：（很是感动地）奶娘有心了。

王氏：真正有心之人是德妃娘娘，她在老身跟前念叨了许多次，说你当初在北地受了苦寒，身子一直羸弱，她心里觉得很是对你不住，便请老身想法子给你滋补身子。

李婉儿喝汤的动作微微滞了滞，没有接话。

王氏：这宫闱内从来都多的是尔虞我诈，难得有交心的情意，该当珍视才是，娘娘以为老身说得在不在理？

李婉儿：我并不是真的要和姐姐计较什么，只是过不去心里的那道坎，奶娘可理解？

王氏握住李婉儿的手，轻轻拍了拍。

王氏：理解！你和德妃娘娘，甚至包括皇上，在老身眼里，都和璎珞一样，是老身的孩子，当娘的怎会不理解自己儿女的心事！只是，婕妤娘娘有一事，怕是误会了德妃娘娘。

李婉儿：奶娘是指？……

王氏：那木易去北地，并非德妃娘娘之意，实乃他放不下那蛮人公主，娘娘为免你痛心，才一直将真相隐瞒于你。

李婉儿一怔，继而脸色白了下去，心神俱伤。

李婉儿：其实，其实我早已知晓的，鹰隼翱翔于九天，它的伴侣自然也应是鹰隼，又怎会是家雀？是我，是我妄想了！（闭了闭眼，尽力地缓和了一下情绪）多谢奶娘告知我这些。

奶娘王氏微叹了口气，再次轻轻地拍了拍李婉儿的手背。

2.汴京皇宫　甬道　黄昏　内景/外景

残阳暮色近，天际那如彤的霞光洒落在重重殿宇楼阁间。李婉儿陪着奶娘王氏，正缓步穿行于那九曲回廊。

王氏：说起来，老身倒是难得这般和娘娘说上几句体己话。

李婉儿：奶娘往后可多到我那里坐坐。你都不知，我有多羡慕璎珞和……姐姐，有你照拂。

王氏：老身大多都在德妃娘娘宫里，连璎珞那里都去得少，你往后多到德妃娘娘那里走动，咱们自然便能见上面。

李婉儿：婉儿晓得了。

王氏见李婉儿终于放下了对刘娥的成见，不由宽慰地笑了笑。

王氏：（深深看了眼李婉儿）有些话德妃娘娘不便同你说，老身就直言无忌了。婕妤娘娘，现在你毕竟入了宫，有些事情不能总是回避，当初册封你为婕妤，的确是德妃娘娘向皇上提出的，她是想斩断你对那木易的妄念，怕你伤了心，是以才不惜做了那坏人，可要是你在宫里一直独善其身，岂不是会给德妃娘娘招惹许多非议？中秋夜宴之后，德妃娘娘的日子本就不太平，咱们就不要再让她为难了，应当勉力为她分忧啊，你以为呢？

李婉儿微微咬着唇瓣，神情复杂纠结。

王氏：娘娘就送到这吧，入夜风将起，娘娘身子弱，早些回宫歇息。明日我再送汤水过来。

李婉儿：劳烦奶娘了。奶娘慢走。

李婉儿望着奶娘离去的背影，若有所思，久久怔在原地。

琳琅：娘娘？

李婉儿回过神来，下定了决心般。

李婉儿：去会宁殿。

3. 汴京皇宫 御苑 夜晚 内景

耿耿星河，月光皎白。

御苑，琼池边，有玉人兮，额间一点朱砂，身着一件淡粉色繁华抹胸，外披白色纱衣，青丝半绾，鬓边别着一朵海棠，于那月下翩然起舞。身姿曼妙，玉袖翻飞，纤足轻点，宛若仙子下凡尘。

赵恒甫一步入御苑，就见到了如斯情景，玉人不但舞姿婀娜，口里还软糯地哼着婉约的调子。

赵恒：你跳的是何舞？

李婉儿正莲步半移，一道清冽的声音猝然响起，她一个趔趄，差点摔倒，蓦然回首，就见赵恒正立于几步开外，半眯着眼看着她，喜怒难辨。

李婉儿：（遂俯身下拜）陛下。

赵恒：朕问你，你方才跳的是何舞？

李婉儿：回陛下，婉……臣妾跳的乃是《霓裳羽衣曲》。

赵恒：《霓裳羽衣曲》？此乃一首唐朝遗曲吧？宫里收录留下的也不过是些断章残篇，朕闲暇无事，倒也翻阅过，似乎和你跳的有些出入。

李婉儿：当年，南唐后主李煜对周娥皇极尽宠爱，周娥皇善歌舞通音律，每提及《霓裳羽衣曲》，都心向往之，于是后主费尽周折，为其寻来了残谱，周娥皇亲自谱曲，以琵琶奏之，使唐音复传于世。臣妾所跳，乃是新曲。

赵恒：哦，婉儿原来懂得如此多。

李婉儿：这些……皆是姐姐告诉臣妾的。

赵恒：这舞，也是她教你的？

李婉儿：……是。

赵恒：（顿了片刻）朕竟然不知，德妃还有这般能耐。

李婉儿：姐姐说，她也是机缘巧合，偶然习得。

赵恒眸色晦暗，又顿了半响，语气没多大起伏。

赵恒：景宗，今夜就由李婕妤侍寝。

李婉儿浑身微微一震，还未开口谢恩，就见眼前明黄的袍角一闪，那人已转身快步离去。李婉儿朝着赵恒离去的方向复下拜。

4.汴京皇宫　李婉儿寝殿　内殿　夜晚　内景

赵恒负手立于窗边，墨色的眸子里映着点点灯火里的重重宫阙，那俊颜飘忽悠远，周身莫名地透出几分寡淡疏离。

裙裾窸窣，幽香浮动，继而一道娇怯怯的声音在赵恒身后响起。

李婉儿：陛下，该安寝了。

赵恒回头，只见眼前的玉人三千青丝散开，低垂着柔顺的眉眼，一件藕色的锦缎披风罩在消瘦的肩头，衬得整个人娇弱不堪，从敞开的披风一角，能隐隐窥见里面那朱红色的薄纱寝衣。

赵恒抬手，挑起李婉儿的下颌，玉人粉面丹唇，含羞带怯，随着她微微直起身子的动作，那肩头的披风滑落，薄如蝉翼的朱红纱衣下是一抹妃色抹胸，衬得肌肤欺霜赛雪，端的是旖旎缱绻。

赵恒：你今夜似乎与平日有些不同。

李婉儿：（声音发颤）陛下……

赵恒望着眼前愈发娇羞紧张的玉人儿，她犹如风露中的花骨朵儿般，轻轻摇曳，惹得人心生怜爱。

赵恒：替朕宽衣吧。

李婉儿：……是。

李婉儿稍稍倾身，伸手到赵恒背后，解开了他腰间的蟠龙腰带，她的脸贴近了赵恒的胸膛，霎时云蒸霞蔚，手指微微发颤地抚上赵恒的衣襟，去解那盘扣，却半晌没有解开。

赵恒：（捉住李婉儿的手）你若不愿，朕不勉强。

李婉儿：（浑身都开始发颤）陛下！臣妾……愿意的！臣妾心甘情愿做你的女人！臣妾想为你……为你诞下一个孩儿，一个如吉儿那般冰雪聪慧的孩儿。

赵恒微微眯眼，目光深邃几许，打横抱起李婉儿，朝那芙蓉暖帐行去。

5. 汴京皇宫　潘玉姝寝殿　庭院　夜晚　外景

月洒青瓦，夜色凉如水，檐下宫灯摇曳。潘玉姝的手指划过琴弦，发出一声刺耳的鸣声。

潘玉姝：（苦笑）悬明月以照兮，徂清夜于洞房。援雅琴以变调兮，奏愁思之不可长。我这成平殿，是不是终有一日会变成那长门宫?!

月儿和如意当即跪下。

月儿：娘娘，李婕妤不过就是侍寝，娘娘是贵妃，万不可轻贱了自己。

潘玉姝：侍寝……侍寝之后，她若是受了孕，生下了皇子呢?!

月儿：李婕妤身份卑微，就算生下了皇子，也不能和娘娘相比，更何况她也未必有那个命。

潘玉姝：何为命？何为天意？我怎么突然觉得……我活得就像一场笑话。

月儿：娘娘！

潘玉姝：（凄楚地闭了闭眼）你们说，会宁殿的那位现在是何模样？是不是也如我这般……这般……

月儿两人敛眉屏息地跪着，不敢接话。

潘玉姝：不，得宠的是她的侍女，那贱婢原本就是她送给皇上的，为了子嗣，她也可算是机关算尽！今夜一过，主仆二人必是联手霸着皇上，她在这后宫的地位就更稳固了！（切齿一声冷笑，恨声续道）养虎反被虎噬，她怕是忘了这一点，我就等着，等着她刘娥自食其果！

6.汴京皇宫　刘娥寝殿　外殿　夜晚　内景

杨璎珞啃完一根甘蔗，偷眼瞅了瞅刘娥神色，犹豫了片刻，还是按捺不住。

杨璎珞：姐姐当真一点也不介怀？

刘娥：嗯？

杨璎珞：（一横心）璎珞晓得，今夜是姐姐特地安排了婉儿姐姐在御苑跳舞，亦是姐姐让张公公将皇上引了去。

刘娥：（面色未变，只是笑容淡了几分）这些事，原也没想着要藏着掖着。

杨璎珞：是啊，连我都能猜到，皇上心思机敏，如何想不到呢！姐姐难道不怕皇上怪罪？不怕……伤了皇上的心吗？

刘娥：（笑容逐渐隐去）他是天子，理应雨露均沾。且婉儿已被封了婕妤，久不侍寝，于她也不好。

杨璎珞：这不一样呀，皇上自然是能宠幸嫔妃，可姐姐亲自安排则有所不同，因为皇上爱姐姐，一个男人如何忍受自己心爱的女人亲手把他送到别的女人床上呢?!

刘娥：（目光一凛）璎珞！

杨璎珞立时被刘娥瞬间散发的冷冽气息迫得一窒，怯怯地叫了一声。

杨璎珞：姐姐。

刘娥：皇嗣一事关乎国之根本。既在帝王家，当重社稷。皇上清楚有些时候不能感情用事。

杨璎珞：（不满地续道）说起来，都怪前朝那些大臣们，做甚要总在皇上面前提皇嗣的事?!还有那冀王，做甚要生那么多小王爷？潘贵妃也不安分，成天处心积虑地想着夺了姐姐的宠爱，给皇上生皇子，有个寿安公主还不够，许多娘娘不还没有任何子嗣吗？……

刘娥：好了！璎珞，你说话不要总这般无遮拦，你如今也是身处后宫，当知晓谨言慎行之理，哪些话该说，哪些话不该说，得有个分寸，切莫平白地为自己惹了是非。

杨璎珞：姐姐教训得是，（又有点不服气地噘了下嘴）我也就在姐姐这儿才想说什么是什么。

刘娥：（微叹了口气，话锋一转）婉儿的事，你还须代我多谢奶娘。

杨璎珞：能为姐姐分忧，我和我娘很是乐意！姐姐不责怪我让我娘私自将木易那桩事告知婉儿姐姐便好。

刘娥：迟早她都会知晓的！我只愿婉儿她能早日解开心结。

杨璎珞：婉儿姐姐都愿意侍寝了，想必也是下决心要忘记那木易了。

刘娥神色微敛，没接话，过了片刻。

刘娥：夜深了，你且早些回去歇息吧。

杨璎珞：今夜我能在姐姐这里歇下吗？

7. 汴京皇宫　刘娥寝殿　内殿　夜晚　内景

夜半更深，薄纱幔帐静垂。"噼啪"，灯芯蓦地一声轻微的爆响，烛火明明灭灭。床榻上，刘娥轻轻地侧了个身，睁开了眼，神色间有几分恍惚。

  杨璎珞：姐姐睡不着吗？

  刘娥：吵着你了？

  杨璎珞：没有，我也睡不着。左右咱们都还醒着，姐姐能陪我说说话吗？

  刘娥：你想说什么？

  杨璎珞：（眼珠子转了转）姐姐怕皇上吗？

  刘娥：（一怔）怕？你怕皇上？

  杨璎珞有些赧然，还是点了点头。

  杨璎珞：先前问姐姐，今夜的事，怕不怕皇上怪罪，我是真的替姐姐担心过呢！

  刘娥又怔了下，随即有些好笑。

  刘娥：你是皇上奶娘的女儿，你跟皇上理应较旁人更亲近些才是。

  杨璎珞：（头摇得像拨浪鼓）才不是呢，皇上待我娘再好，身份也摆在那儿，我终究不过是下人的女儿，皇上可是高贵的天潢贵胄，云泥之别，怎谈上亲近?！和别的皇子相比，至多，至多皇上是个更俊俏的皇子。

  刘娥：（听得唇角笑意融融）既如此，璎珞还怕他？

  杨璎珞：这和他的模样无关啊！

  刘娥：那是为何？

  杨璎珞：皇上是生得好看，脸上还总带着笑，我看好些嫔妃被皇上瞧上一眼，都会脸红许久，可是，可是姐姐不觉得皇上的笑很危险吗？尤其是那双眼睛，就算是笑着看你，也会让人无端地心生惧意！

  刘娥不知想到了什么，眼神悠远飘忽，没有接话。

  杨璎珞：姐姐？

  刘娥：（回过神来，脱口道）我却是很喜欢他那双眼睛。

  杨璎珞：啊？

  刘娥：璎珞可知，我与皇上是如何初遇的？

  杨璎珞：（立刻来了兴致）姐姐快些说给我听。

  刘娥：（眼底蕴出温软）那是在邢州城外，当时辽军来袭，我跟着村民们一起逃命，眼看着辽兵就要追上来，一队宋军杀出，两军混战……我跑得最慢，那当先一人身披铠甲，手持长戟，甚是威风，他不由分说地将我抱上了马，带着我风驰电掣地向前奔去，便在那时，忽然地动山摇，山体塌方，将我俩裹了进去……

杨璎珞：（一声轻呼）那人便是皇上对不对？他救了你？你们又遇上了地震？！

刘娥：嗯！坠落的刹那，我以为必死无疑了，我很害怕、很惶恐，他一直紧紧地抱着我，护着我，混乱中，我看不清他的容貌，除了一双格外明亮的眼睛，那是一双很好看的眼睛，细长深邃，眼尾还有些许上挑，墨色的瞳仁里光华璀璨，那里面传达出来的坚定，让我立时生出了一股勇气，哪怕下面是刀山火海，是无底悬崖，哪怕真的就此了断一生，有他陪着，也是幸运！

杨璎珞：（一脸的向往）原来姐姐和皇上的相遇如此惊心动魄，如此美好，好令人羡慕向往。（幽幽地叹了口气）何时我才会有一个自己的英雄，威风凛凛地从天而降，来保护我呢？

刘娥：又说孩子话了，而今你已入了后宫，怎可再想那些事！

杨璎珞嘟了嘟嘴，侧身抱住了刘娥的胳膊，语气异常坚定。

杨璎珞：姐姐，皇上是你的，永远都是你的！

刘娥唇角划过一抹苦笑。

杨璎珞很快迷迷糊糊睡去。刘娥却久久未能入眠，望着雪白的帐顶，目光似透过那烽火狼烟又看到了她和赵恒的初遇……

刘娥：（画外音）他是我的英雄，是我的夫君，可也是天下的君王，我不能让我的夫君为世人诟病偏宠嗣薄，不能让我的英雄为后世非议私德。不管是万里山河，还是九重深宫，他的心愿，我必定勉力玉成，即便……即便那个助他完成心愿的人，不是我，我也希望他能如愿！三郎……我的心意，你可明白？

8. 汴京皇宫　李婉儿寝殿　夜晚　内景

红罗帐内，雪白的香肩微微露在被子外，那三千青丝铺散点缀其上，说不出的旖旎缱绻。然而，李婉儿身旁的赵恒已沉沉睡去，她却久久无法入眠，一动不动地躺了半晌，稍稍侧目看了过去，朦胧的烛光里，赵恒的侧脸刀削斧凿，闭着眼睛，似是睡得极沉。李婉儿眸色复杂，又隔了半晌，慢慢自被子里抽出手，手里居然捏着那个香囊，纤纤手指轻轻滑过袋面的那只鹰隼，心中陡然酸楚，重重地闭上了眼，两行清泪滑落脸颊。

9. 汴京皇宫　李婉儿寝殿　内殿　白天　内景

刘娥神色凛然，快步来到李婉儿寝殿，伸手推开了那紧闭的殿门。

正焦灼地来回踱步的李婉儿立刻迎了上来，她仅穿着粉红色的寝衣，发丝披散，那面上一片恐慌，见到刘娥，便如溺水的人抓住了浮木。

刘娥：皇上呢？

李婉儿：姐姐随我来。

李婉儿将刘娥引至床榻前，掀开那冰绡幔帐，只见赵恒安静地躺在被褥里，还如前一夜般，闭着双眼，只是面色微微苍白。

刘娥：陛下！三郎！

刘娥握住了赵恒的手，声音有着一丝难以察觉的发颤，赵恒毫无反应。李婉儿双腿无力地一软，跪了下去，啜泣出声。

李婉儿：今晨我醒来，便见皇上是这般模样，还以为，以为他在酣睡，张公公来催了两次，我才……才发现皇上不对劲，都怨我，是我太大意了，皇上昨夜睡去的时候，好像就已然如此了……

刘娥：昨夜可还发现别的异样之处？

李婉儿：没，应该没有，昨夜皇上他好好的，看上去很正常，还……我……我遵照姐姐的嘱咐，尽力……尽力想……想让皇上尽兴，或许是……我也不晓得，姐姐！

刘娥：让忆秦去太医院将董太医请来。

李婉儿：请，请太医？

刘娥：皇上都这样了，能不请太医吗？

李婉儿：噢！

李婉儿边抹眼泪，边急急地爬了起来。

刘娥：告诉忆秦，现在快早朝了，让她小心避过前朝的那些大臣。

10. 汴京皇宫　李婉儿寝殿　内殿　白天　内景

董太医跪于床榻前，正谨慎且细致地为赵恒诊脉。刘娥眉尖微蹙，坐于一侧，紧盯着董太医的脸色，不放过那任何一丝细微的表情。床脚立着的李婉儿已换好了宫装，她双手紧紧绞在一起，眼眸里闪着晶莹的泪花。

刘娥：董太医，皇上如何？

董太医：（有些为难地开了口）皇上脉象虚弱，印堂发紫，怕是……怕是……

刘娥：此处并无外人，直说便是。

董太医：皇上阳气过损，伤了根本。

李婉儿闻言，羞愧地咬紧了唇瓣。

董太医：这次的症状，比前次更有加剧之势。

刘娥：（皱眉）这病症竟如此凶险！那次皇上昏厥了整整两日，可现在……董太医，你可有法子令皇上醒来？

董太医：法子倒是有一个，只是皇上龙体金贵，臣不敢贸然下手。

董太医从医药箱里取出一根银针。

董太医：将银针刺入头顶百会，可开窍醒脑。但此法也因人而异，故臣并无十足把握，还请德妃娘娘决断。

刘娥和李婉儿一起看向那闪闪发光的银针，神情凝重。

李婉儿：（害怕地）姐姐，这世上并无十拿九稳的救治之法，对不对？

董太医：容臣再多说一句，娘娘的决定，不仅关系着皇上的性命安危，还牵涉着大宋的江山社稷，而娘娘一旦作出决断，任何后果，均由德妃娘娘您一人承担。

内殿一时寂静得可怕。刘娥紧握着赵恒的手，心中已是惊涛骇浪，面上却肃然无波。

这时，殿门外响起了张景宗的声音。

张景宗：（画外音）娘娘，快卯时了，文德殿那边臣工们已到齐，正等着皇上早朝!

　　刘娥恍若未闻,目光胶着在赵恒的面容上,她伸手轻轻抚着那俊颜,眼神逐渐变得坚定……

11. 汴京皇宫　李婉儿寝殿　卧房　外室　白天　内景

　　张景宗将奏疏递给从内室出来的刘娥,眼神扫过冷光冽冽的珠帘后那已放下的冰绡慢帐,更弓了腰背,敛眉屏息。

　　刘娥:(打开奏疏)马军副都指挥使贺敏治军严苛而寡恩,还常克扣军士们军饷,是以犯了众怒,据密报,全军上下欲举兵……起事?!

　　张景宗:韩国公说,事态迫切,须皇上立即圣断。

　　刘娥:此事确实耽误不得。(眼底划过一丝莫名)公公,你且去外面候着吧。

　　张景宗:……是。

　　张景宗出去。

　　李婉儿:(难掩忧急地)姐姐,皇上还未醒……

　　李婉儿剩下的话被刘娥微微凌冽看过来的目光一噎。刘娥垂眸凝视着手中那薄薄的奏疏,忽觉如有千斤之重。

12. 汴京皇宫　大清书院　白天　内景

　　批复好的奏疏呈在潘伯正眼前,笔墨初干,那一行龙飞凤舞的行书字体犀利,锋芒毕露。旁边,正与曹利用一同排队将奏疏呈上的曹鉴扫了一眼潘伯正手里的奏疏。

　　曹鉴:字体行云如流水,力透纸背,一股金石锐利之气扑面而来。看来皇上龙体应无大碍。

　　寇準呈交了奏折,折返经过也看了看奏疏。

　　寇準:调任贺敏为签书枢密院事?!此举便是解除了其副都指挥使的兵权,麾下军士们可脱离苛政,安心兵役,消弭变乱于无形,皇上圣明。

　　潘伯正略带不满地瞥了眼寇準,合上了奏疏,面无表情地拂袖而去。潘良目光微闪,朝后宫方向望了眼,跟了上去。而一侧的苏义简却几不可见地轻皱了下眉头。寇准的声音陡然在苏义简耳畔响起。

寇准：苏大人以为皇上的处置如何？

苏义简：明升暗贬，夺其兵权，实乃上策。寇大人以为呢？

寇准：（不动声色地一笑）以后贺敏便是苏大人属下，直接受苏大人所辖，皇上对苏大人寄予厚望啊。

苏义简：食君之禄，忠君之事，苏某自当为皇上分忧。

那边厢，丁谓和王钦若看了看私语的寇准和苏义简，两人交换了个眼神。

13. 大辽皇宫　主殿　白天　内景

金碧辉煌的大殿之上，萧绰和耶律隆绪依旧分坐于龙凤椅，只是与往常不同，萧绰的凤椅没再和龙椅并列，而是较之低了一级台阶。韩德让还是侍立在那凤椅之侧。此时，殿上气氛剑拔弩张。

耶律宗伟：（扯开一面绢帛）宋廷送来我朝的绢帛，其中混有两万次品，上将军竟全无察觉？！

耶律留守：（冷着脸）二十多万匹绢帛，五皇子是要末将一匹一匹查验？！

耶律勇尚：宋人向来狡诈，也怨不得上将军。

耶律宗伟：这是明目张胆蔑视我朝，如不予以还击，宋廷必以为我大辽可欺，此后只会更为变本加厉，送来更多的次品，抑或是干脆省了那岁贡。

耶律勇尚：陛下，太后，不如修国书一封给那宋皇帝质询——

耶律宗伟：（打断）修什么国书？大军压境，道理自见分晓，到时本王不仅要那宋皇帝补了这两万次品，更要他十倍赔偿。（抚胸向耶律隆绪施礼）皇上，臣请战！请皇上允臣调拨十万军士，直取雄州关。

韩德让皱眉，看了看也微微蹙起了眉却未开口的萧绰，又扫了眼那龙椅上有些不知如何决断的耶律隆绪。

韩德让：五皇子少安毋躁！澶州盟约是我朝与宋廷竭诚勠力所达成，想那宋皇帝不会主动破坏。

耶律宗伟：（一举手中绢帛）那这是什么？

韩德让：两万次品或许存在误会，要是我们未弄清事情原委，就贸然兴师问罪，一则显得我大辽处事莽撞，不讲道理，二则若混入的次品，宋皇帝确实不知情，那便是我朝破坏澶州盟约在先，授宋廷以口实。

萧绰稍稍缓了脸色，微微点头。耶律隆绪看了眼萧绰的脸色。

耶律隆绪：依丞相之见，此事该如何处置呢？

韩德让还未开口，一直羞愤的耶律留守，忍无可忍地拔刀，劈下一段绢帛。

耶律留守：陛下，臣愿再去宋廷，兴师问罪！

14. 大辽皇宫　偏殿　夜晚　内景

辽皇宫偏殿之内，萧绰和韩德让正查看那一匹匹的绢帛。

萧绰：今日殿上之事，德昌怎么看？

韩德让：我相信宋皇帝对两万次品之事并不知情，宋廷吏制向来不清明，或许有人瞒上欺下，从中牟利。

萧绰：哀家与你看法一致。

韩德让：但你并未阻止耶律上将军前去宋廷兴问罪之师。

萧绰：既然皇上后来已同意，哀家怎好出言反对。哀家说了自现在开始，要慢慢还政于他，自然许多事由他定夺，哀家不宜干涉太多。

韩德让：你做得很好。

萧绰淡淡一笑，眼角有细纹浅浅浮现，她将手中的一匹绢帛放回檀木箱子，顺手合上了箱子，几不可闻地叹了口气，那素来精明锐利的眼底划过一抹疲倦。

萧绰：前几日幽都府来报，那边的行宫已落成大半。

韩德让：等行宫建成，我便陪你住过去。

萧绰：好。

这时，女官带着耶律留守进得殿来。

耶律留守：末将参见太后。不知太后召臣前来所为何事？

萧绰：上将军此次前去宋廷，还烦请帮哀家将一样东西转交给故人。

耶律留守：故人？

萧绰：（从女官手中接过一个包裹）宋皇帝的妃子，刘娥，上将军也是认识的。

耶律留守：臣奉命去向宋皇帝讨要说法，不想节外生枝。

萧绰：你虽奉了皇上之命，但在哀家未彻底还政之前，哀家依然是摄政太后，怎么，上将军现在便不听哀家命令了？

耶律留守：（接过包裹）臣不敢！

15. 汴京皇宫　大清书院　白天　外景

缓带轻裘，乌纱芸芸，大清书院内，臣工们依次自奏疏分发处取回了各自的奏疏，打开，御笔朱批，与前几日并无二致，然却人人皱起了眉头，神色凝重。

潘伯正：已十日了！皇上自染上风寒，已十日未朝，每日奏疏仅送来大清书院。

王钦若：可奏疏皇上都御笔朱批了。

潘良：既如此，皇上为何不见我等？！如若皇上重病在榻，又何来的气力批阅这些奏疏？！

潘良此言一出，人人脸色陡变。苏义简的眼中更多了一抹担忧。

曹鉴：张公公，皇上圣体到底如何？

张景宗：（神色不露地）偶感风寒，只是伴有头疼之症，太医嘱咐不能见风。

潘良：可我听闻，董太医一直被留在惠馥阁，未曾出来。

张景宗：皇上需近身侍汤药。

曹鉴：张公公，既然皇上圣体违和，臣等请求探视。

张景宗：太医说——

曹鉴：（打断）我等可前去惠馥阁，哪怕只是外室听宣，烦请公公通传。

潘伯正：有劳公公了，我等今日是一定要见到皇上的。

其余臣工亦俱是满脸笃定地看着张景宗，只除了苏义简。张景宗见状，心知此事今日难以善了。

张景宗： 那便请诸位臣工少候，奴婢先去请示皇上。

"不必了。"一道清冽的女声响起。环佩轻响，众臣工回头，便见刘娥步入殿来，身后是数名内侍，她一身流云暗花云锦宫装，云髻巍峨，那髻边插着一支银凤镂花长簪，端的是一派华贵。

二十三

1. 汴京皇宫　大清书院　白天　内景

刘娥： 皇上需静养，诸位臣工不便相扰。请听旨意。

众臣工看了看彼此，跪了下去。

刘娥： 皇上口谕：秋祭将近，礼仪院应从速备之，今岁秋祭，由枢密使苏义简主持，两府宰执监督，望诸位臣工勠力同心，勿负朕心。

众臣工： 臣等领旨。

潘伯正： 请问娘娘，臣等何时可觐见皇上？

刘娥： 待皇上头疼之症有所缓解，自会宣召。

潘伯正： 此乃圣意，还是娘娘之意？

刘娥： 韩国公以为本位敢假传圣意？

潘伯正： 为人臣者，忧心君体，娘娘该当理解。

刘娥： 皇上并无大碍，奏疏每日皆有御笔朱批，尔等照办便是。

寇準： 臣斗胆，敢问娘娘，奏疏可真的是皇上亲批？

刘娥： 寇相何出此言？

寇準： 臣昔年曾见过娘娘字迹，与皇上有八九分相似……

刘娥： （目光一凛）寇相言下之意，竟是怀疑本位擅阅奏疏，干涉朝政了？

寇準不置可否。殿内气氛一时凝滞。

刘娥： 既如此，寇相可否指出哪一句，哪一字，出自我刘娥之手，而非皇上御笔？

寇准： 这……

寇准翻了翻奏疏，却指不出确实证据。其余臣工也纷纷翻看手中奏疏，亦未看出异样。

刘娥： 太傅大人，你是皇上的老师，理应对皇上的笔迹最是熟识，请问你是否辨出不同？

曹鉴仔细地分辨奏疏上的字迹。刘娥目光毫不回避地看着他，坦然而冷静，而那宽大袖袍下的纤纤手指已深深陷入了手掌。

少顷，曹鉴缓缓摇头。刘娥暗自长舒了口气。苏义简一直紧绷的神色也稍稍缓和了些。潘伯正和潘良却难掩失望。寇准锁紧了眉头，倒没再言语。

曹鉴： 老臣虽瞧不出不同，然老臣有要事，请求面见皇上。

刘娥： 皇上服药已睡下。

曹鉴： 老臣可以等。

刘娥： 太傅大人有何要事，非得今日见皇上？

曹鉴： 储君者，国之根本。老臣要奏请皇上早立太子。

殿中一静，诸人闻言，皆立时神色各异。

刘娥：（不动声色地）早立太子？敢问太傅大人，你以为要立谁？

曹鉴： 此乃朝事，后妃不得干预。

刘娥：（凤目一扬，浑身瞬间散发出冷冽的气息）放肆！我朝虽暂无皇嗣，然皇上正值华年，今次皇上偶感微恙，尔等便包藏祸心，要犯上作乱吗？！还是说尔等就盼着皇上龙驭宾天？！

众臣工：（立刻跪倒一片）臣等惶恐！娘娘息怒。

2. 冀王府　凉亭　白天　内景/外景

一池荷花残败，几分萧索。

此时，那池畔一座雅致的凉亭之中，气氛格外地压抑滞重。赵元份面无表情地在石桌前临摹一幅山水画。曹思齐跪坐在一旁的榻上啜泣。曹鉴负手立于那台阶前，对着满池的凋零，眉间是浓厚的阴霾。

曹鉴：你自小性子便软弱，可那是你的亲生孩儿，舐犊情深！你能将他抱进宫，却没出息将他抱出来？！

曹思齐：她是娘娘，直言要留昱儿陪她几日，女儿如何拒绝？

曹鉴：你本就不该将小殿下抱进宫。

曹思齐：这还不是要怨父亲，你出言惹怒那德妃，她才会在你还未出宫之前，便派人将我诓进了宫！

曹鉴：好一个德妃！好一个心机深沉的女人！如今皇上病重，国无皇嗣，她这是要我们投鼠而忌器！

曹思齐：殿下，现在该如何是好？

赵元份：摩诘居士的这幅《雪溪图》，本王临摹了数十次，便属这次得了几分意境，却被夫人这一闹，又毁了。

曹思齐：殿下！

赵元份微叹了口气，搁下笔墨，扶着曹思齐的肩。

赵元份：既然德妃喜爱昱儿，且留在宫中陪她几日吧。

曹思齐：可……

赵元份：入秋天凉，你刚生产不久，身子还很虚弱，先回房歇息。此事怨不得你，不必放在心上，本王与岳丈自会处理。

曹鉴：你便听殿下的吧。

曹思齐迟疑了下，便由赵元份抬手招来丫鬟，将她扶了回去。

赵元份：（示意池塘上的水榭）虽残荷满塘，但前方景致尚可，岳丈可随我一观。

曹鉴：殿下，请。

3. 冀王府　荷花池　木质拱桥　白天　外景

赵元份和曹鉴沿着木质拱桥，缓缓朝水榭行去。

曹鉴：殿下心中到底是何计较？

赵元份：岳丈能肯定我皇兄确实病重？

曹鉴：（想了想，微微摇头）只是宫中近来种种迹象，皆太不寻常了，令人不得不怀疑。

赵元份：岳丈不是说，德妃已传了皇兄口谕，准备秋祭，到了那日，皇兄理应会出现吧。

曹鉴：可若到了秋祭之日，皇上仍未露面呢？

赵元份目光微动。

曹鉴：（意味深长地）是以殿下，有些事还当早做准备！

赵元份：（静默了一瞬）岳丈可曾想过，此乃一个局？

曹鉴：一个局？

赵元份：岳丈难道不觉得，皇兄这病来得也太巧合了，狸猫大闹中秋，宫里流言四起，都道德妃将那不祥之物引入了宫，皇兄对德妃的爱重，咱们都是瞧在眼里的，狸猫之事尚未有个定论，皇兄却在此时突然病倒了。

曹鉴：殿下这般一说，老臣也觉得此事确实透着古怪，可真会是皇上设的一个局吗？

赵元份：岳丈忘了还有一事，本王又新添了一子。

曹鉴：（心神一凛）是以殿下忖度……

赵元份：此乃皇兄联合德妃设下的一个试探众臣工的局，一个……关乎皇嗣大统的局。

4. 潘伯正府邸　潘玉姝卧房　白天　内景

门窗都紧闭着，只有丝丝缕缕的光线自那门板缝隙透入，显得尤为黯淡阴冷。潘玉姝坐在铜镜前，轻轻地往唇角抹着药膏，间或蹙一下眉，那秋水剪瞳中还有未彻底退去的惊惧。铜镜里，还映着另一个人影，利眉剑目，浑身上下散发着可怖的戾气。

潘玉姝：（依旧止不住颤抖地）哥哥，府里为何会有狸猫？

潘良：（森冷地）你说呢？

潘玉姝：（迟疑）它、它和春鸾阁中秋夜宴之上那只……好像。

潘良：因为它们……本来就是一对儿。

潘玉姝手一抖，药膏重重点在了唇角，"嘶！"引得她一声低呼。

潘玉姝：哥哥你，你竟在豢养狸猫！既然那只闹出了那么大的动静，你为何不将这只也杀了，免得落人口实？

潘良：杀？你以为训练听到鼓声就发狂的狸猫，那般容易？

潘玉姝：难怪！难怪那晚你让月儿传话，让我设法逼刘娥操鼓，原来如此！

潘良瞥见潘玉姝那还留有印记的手背，出手捉住了她白皙的皓腕，慢慢俯身，贴在她耳边，阴沉沉地一字一顿。

潘良：谁让你如此没用，差点引火烧身，坏了我的大计，现在竟又放跑了这仅有的畜生，嗯？

潘玉姝：（忍着疼，高昂着脖子）一只小小的狸猫能做何用？即便现在流言传遍了后宫前朝，又真能伤到她刘娥几分？

潘良闻言，眸色一暗，手上更用上了劲。

潘良：你以为我做这些都是为了谁？你若是有出息能争得皇上的宠爱，我潘氏一族何至于像如今这般仰人鼻息。

潘玉姝：争得了宠爱又如何？我与皇上血液不相容，终归是不会有皇子的。

潘良：那也不能让其他后妃有子嗣！

潘玉姝：可皇位还需——

潘良：（打断）太祖当年不过后周一殿前都点检，陈桥兵变，黄袍加身，取代后周而建宋王朝。我潘家世代武将出身，比起他赵家，又差到了何处？（语气愈发可怖狂傲）谁说这大宋天下，便一定是姓赵的？

潘玉姝一惊，悚然看向潘良。

潘良：（阴森森地扬起嘴角）怎么，怕了？

5. 汴京皇宫　集英殿　白天　内景

集英殿，殿高九丈，镏金宝顶，四根金丝楠木柱分立四个方位，其上雕龙刻凤，直飞如云，端的是气势非凡，金碧辉煌。那白玉台基之上，主位自然设了龙椅，较之下一阶，左侧还设有一座，虽非凤座，但也是镏金包银，甚是华贵，此时，两座皆虚席以待。钟鼓钦钦，笙磬同音，九韶乐起。文武臣工云集于大殿内，一场盛宴即将举办。

苏义简引着耶律留守三人，步入大殿，本三三两两聚在一起说话的臣工们立时一静，大殿内唯有韶乐泱泱。

耶律留守：（傲慢地扫视了一圈）你们皇帝呢？

苏义简：皇上赐宴，上将军请上座。

耶律留守皱了皱眉，勉强按捺着不耐，随苏义简于右首座落座。其余臣工亦慢慢入了座，不过神色各异，有的交头接耳窃窃私语，有的面无表情正襟危坐。而面色最为异常的，便是王钦若和丁谓，自那耶律留守进殿，两人再也没言语过，皆微微沉着脸静坐在那儿，仔细看去，不难发现王钦若眼底还有着几丝忧虑。潘良冷着脸在饮酒。潘伯正微眯着眼，略带算计的目光在辽使臣和王钦若二人之间打着转。赵元份坐于左首座，遥遥地与曹鉴交换了个彼此才懂的眼神，曹利用见状，几不可见地皱了下眉。苏义简落座，正好与寇凖在一处。

寇凖：（压低了嗓音）德妃娘娘究竟在弄何玄虚？

苏义简：（不动声色地）下官不知寇相何出此言？

寇凖：辽国使臣来朝，不在文德殿觐见，反先设宴，苏大人以为此乃何人的主意？

苏义简平静地看着寇凖，没接话。

寇凖：（续道）依照礼制，后妃不能干预前朝政事，更不可随意进入文德殿，唯有在这宴上，才能设有德妃娘娘座次，（突然想到什么，皱紧了眉头）如此说来，皇上今日又不会出现！

说到此处，寇凖一下便要站起来。苏义简按住了寇凖手臂。

苏义简：寇相意欲何为？

寇凖：本相要去寻娘娘问清楚，皇上到底怎么了！

苏义简：娘娘的话，寇相始终不信？

寇凖：诚然本相辨不出那奏疏上的字迹，但本相随侍皇上多年，怎会感知不出那些批示里的差异？

苏义简：皇上在病中，或许某些朝事征询了娘娘建议一二，也不是不可能，（边说，边示意了下耶律留守）现在外邦使臣在座，寇相便非要在此时去纠缠那些无谓之事？

寇凖沉着脸看了看耶律留守，一声微哼，拂开了苏义简的手，到底未再起身。苏义简暗暗挑了下眉，微松了口气。

"德妃娘娘驾到！"这时，大殿门外响起了内侍的宣驾声。华服曳地，环佩耀眼，精致宫装夺目，刘娥在十二名内侍的拥簇下，自殿外缓缓行来。

6.汴京皇宫　集英殿　白天　内景

刘娥：（登上玉阶）都起来吧。皇上龙体欠安，口谕令本位代为宴请辽朝使臣。赐御酒。

刘娥自内侍手里接过玉盏，微微高举。然下方众臣工端着内侍递上的御酒，皆没有动作，耶律留守三人更是没有伸手接过杯盏。刘娥凤目微凝。

苏义简率先遥遥一祝，朗若秋月。继而不少臣工跟着饮了御酒，就连寇準斟酌了下之后也饮下了，唯有曹鉴、潘伯正、潘良三人，以及耶律留守他们，仍然没有动。刘娥微凛的目光扫过几人。

潘伯正：娘娘，外邦使臣来朝，皇上不接见，怕是不合适吧，这岂非失了我朝礼仪！

刘娥：韩国公怎知皇上不接见？今日仅是宴请，由本位代为作陪，有何不妥？

潘良：那么，敢问娘娘，皇上何时接见使臣？明日？还是后日？

刘娥：放肆！皇上的圣意岂容你揣测？

潘良：（阴险地）娘娘息怒，毕竟两邦相交事大，臣只是想为君分忧。

刘娥：（淡淡地）潘大人有心了。

耶律留守：德妃娘娘，这位潘大人说出了本将心中所想，宋皇帝何时愿见我等？

刘娥：上将军远道而来，我有旨酒，以燕乐嘉宾之心。上将军，且请饮了此盏洗尘酒。

耶律留守皱眉沉吟了下，接过内侍递上的酒，对着刘娥遥遥一祝，一仰脖子饮尽杯中物，照杯一亮。刘娥抬袖，亦喝下了御酒。

耶律留守：德妃娘娘，现在可告知，本将何时能见你们皇帝了吧？

刘娥：皇上偶感微恙，待龙体稍安，自会接见上将军。上将军，且请入座。

耶律留守：（口气不善地）莫不是宋皇帝知晓我等来兴师问罪，躲起来了?

寇準：（拍案站了起来）大胆！尔等竟敢对我大宋天子出言不逊！

刘娥亦微微沉了脸色。而那边的王钦若和丁谓皆皱起了眉。

刘娥：上将军慎言。

耶律留守：本将说错了吗？难道宋皇帝不是因你朝破坏了澶州盟约，而不敢见本将吗？

王钦若和丁谓闻言，脸色更难看了几分。其余臣工也面色各异。

刘娥：上将军何出此言？我朝破坏澶州盟约？有何凭据？

耶律留守：德妃娘娘，此事你可做得了主？

潘伯正、曹鉴等神色均变得微妙起来。

耶律留守：（又补充道）德妃娘娘，在你们宋朝朝廷之上，若是你如我朝太后那般可主事，本将倒也不是非要面见宋皇帝。

满殿臣工闻言，尽皆变色。

曹鉴：放肆！尔等礼制不明，朝纲混乱，我大宋尊卑有别，阴阳有序，岂容尔等胡乱非议我朝？（继而冲刘娥拱手长揖）娘娘，为了我大宋上邦威仪，若皇上确实龙体不适，恳请娘娘请皇上下旨，由冀王全权负责接待辽朝使臣事宜。

刚稍回过神的满殿臣工神色再次变得复杂起来，寇準和苏义简皆皱起了眉。刘娥亦因辽使在场，不好当场驳斥。

赵恒：（画外音）太傅费心了，既是事关我朝威仪之要事，朕自当亲自处置，就不劳驾冀王了。

正值僵持之际，一道清冷的声音自殿上响起。

众人闻声望去，只见龙椅一侧的金幔后，竟是赵恒缓步行了出来，他一身明黄色的衮龙袍，头戴帝王冠冕，高高在上，睥睨众人。

众臣工纷纷跪倒，山呼声响彻大殿。有的激动难抑，有的神色复杂，还有的难掩一丝失望。刘娥那凤目眼底，泛起了点点湿意。

7. 汴京皇宫　集英殿　白天　内景

赵恒在那镏金龙椅上落座，微微揉了揉额角，掩去眼底的一丝烦躁。坐于下座的刘娥注意到赵恒神色，投来关切的眼神。赵恒回以安抚的一笑，继而目光微敛，望向那依旧站立的耶律留守三人。

赵恒：上将军竟着了我朝官员服饰，这是要入乡随俗？

耶律留守绕过案几，行到大殿中央，并未行礼。

耶律留守：大宋皇帝谨致誓书于大契丹皇帝阙下：共遵成信，虔奉欢盟，以风土之宜，助军旅之费，绢二十万匹、银一十万两，更不差使臣专往，北朝。

耶律留守刻意咬重了"北朝"两字。满殿臣工这才明白了耶律留守等更换服饰的缘由。

赵恒：（眼微微一细）上次上将军前来求借物资，还是使臣，这才短短一月有余，上将军的身份竟有了变化？

潘伯正：陛下，上将军适才说，我朝破坏了澶州盟约，这是问罪之师呢！

赵恒不动声色地看向耶律留守。耶律留守自怀中取出一物。

耶律留守：宋皇帝请看。

张景宗上前接过，双手奉到了赵恒面前。赵恒只手拿起，那是一小块绢片，透着光线，可见其质地稀薄，材质不佳。座下的王钦若面色已起了变化。

赵恒：上将军这是何意？

耶律留守：这块绢片乃是你们宋朝送往我朝的岁币，二十三万匹绢帛中混有两万次品，宋朝此举，对我大辽无异于羞辱！还请宋皇帝给我朝一个交代！

8.汴京皇宫　集英殿　白天　内景

满殿的臣工眼神各异地朝王钦若和丁谓看去，丁谓仅是皱眉沉着脸，而王钦若神色间显然难掩一丝慌张。玉阶之上，刘娥看着手中那块劣质的绢片，眼底划过一抹忧色。赵恒淡淡地瞥了眼王钦若和丁谓，王钦若脸色顿时更为白了几分，赵恒便已了然于心。

王钦若：上将军确定此块绢片便是来自于那些岁币？

耶律留守：本将亲手割下此片，难不成还有假？

王钦若一噎。

赵恒：澶州盟约缔结坎坷，两邦情谊来之不易。此事朕必会命人彻查，若是真有人从中作梗，肆意破坏盟约，朕定不轻饶。

王钦若咽了下口水。丁谓皱紧了眉，便欲站起来，却被王钦若暗暗阻止了。

赵恒：平仲，此事便交给你了，十日之内，你务必将岁币一事查得清清楚楚，给耶律上将军一个交代。

寇准：臣领旨。

赵恒：上将军也可参与调查。

耶律留守：参与就不必了，本将还有事要办，那便十日之后，本将再回来，看看寇相能给本将怎样一个交代。

赵恒：上将军不在驿馆住下？

耶律留守：我等还需前往新郑祭拜轩辕帝。

赵恒：祭拜轩辕帝？

耶律留守：轩辕帝乃我辽朝始祖。

寇准：轩辕帝与尔等辽朝有何干系？！

耶律留守：我大辽自太祖皇帝始，便有天神庇佑，且数次降临草原。天神神通广大，佑我大辽人畜兴旺，国势强盛。

潘伯正：上将军口中的天神不会便是轩辕帝吧？！

耶律留守：不错，是以我大辽之国名意为大中央。我奉我大辽皇帝之命，将于九月初十这日祭拜。

潘伯正：三月初三乃为轩辕帝诞辰，我中原均在这日祭拜。

耶律留守：三月初三确为轩辕帝诞辰不假，但九月初十是我朝辽太宗诞辰。当年，太宗率兵南下，建立大辽，创下千古基业，承蒙轩辕帝庇佑，我大辽族人敬若神明，特于此日祭拜，以表我大辽族人的感激、敬仰之情。

曹鉴：荒唐！轩辕帝乃我华夏始祖，何时成了辽人的天神？！我大宋才是天下正统，我大宋天子才是承天之命！谁欲前往新郑擅自祭拜，老夫以头抢地耳，绝不答应！

耶律留守：（一声冷笑）因岁币之事，我大辽朝内，已是主战声四起，若今次贵朝的调查，不能令我朝满意，曹太傅自有机会为国尽忠。

曹鉴气得发抖，怒指着耶律留守，说不出话来。

赵恒：（冷冽地）上将军此言，便是要撕毁盟约了？

耶律留守神色一顿。

赵恒：不知这是上将军之意，还是辽朝皇帝和萧太后之意呢？

耶律留守：总而言之，岁币之事事涉两邦相交，望宋皇帝谨慎处置。祭拜轩辕帝耽误不得，本将告辞。

说罢，耶律留守手抚胸口，向赵恒微微施了一礼，便带着两侍从，转身离去。赵恒的脸沉了下去，众臣工有的愤怒，有的担忧，有的错愕。殿门处的侍卫未得到旨意，将其三人拦了下来。

耶律留守缓缓回头，满面的阴鸷。

耶律留守：宋皇帝这是要将本将强留在宫中？

赵恒目光凉凉地盯着耶律留守，未语。刘娥蹙紧了双眉。众臣工不免都绷紧了神色。

殿内气氛，一触即发。

刘娥：（清淡的声音响起）上将军多虑了。新郑亦在我大宋天子管辖之内，普天之下，凡怀有敬拜之心者，皆可前去拜祭。对吧，陛下？

赵恒眸色沉沉地看向刘娥，眼中划过一丝疑惑。

赵恒：德妃所言不差。

殿内气氛微松，殿门处的侍卫得到示意，让了开去。

耶律留守听出了刘娥话中之意，是把辽国当成宋朝附属，便冷冷地回击。

耶律留守：我等祭拜轩辕帝乃是祭拜我大辽天神，宋皇帝既无异议，我等这便启程。

耶律留守带着侍从，扬长而去。

"啪！"玉阶之上，一声脆响。赵恒狠狠地摔了手中的玉盏。

二十四

1. 汴京皇宫　御书房　白天　内景

御书房内，满目狼藉，气氛压抑，赵恒立于龙案一侧，浑身散发着寒气，额角青筋隐现，俊颜阴霾得可怕，手里一份奏疏，正是那岁币详目。那一地的碎瓷片中，王钦若和丁谓并排跪着，敛眉屏息，身后是寇準、潘伯正、曹鉴三人，均敛了神色，垂手恭立，而赵元份竟也立于一侧，不过是尽量地降低存在感。

寇準一手执着那一小块绢帛，一手握着一卷绢帛。

寇準：陛下，臣着人去左藏库取了绢帛来，经比较查验，此块绢片确是出自我朝贡品。

王钦若：（长伏在地）陛下，去岁雨水繁多，气候闷热，以致蚕不吐丝，各州府送来的绢帛品质均非上乘，质地稀薄，材质不佳，几乎皆如寇相手中所执。

潘伯正：若皆为次品，那二十一万上品又是从何而来？

王钦若闻言，恨得眸色暗了暗。

王钦若：下官也是费了不少气力，才挑选出那二十万尚可的绢帛，可后来临时又增了三万，许是忙乱之中不慎混入了两万次品。

赵恒：（凉凉地）你这是在责怪朕当初应了辽人的请求，多赠三万？

王钦若：臣不敢！

赵恒：不敢？朕看你们胆子大得很！

王钦若和丁谓更伏低了些。寇準三人也更是敛了神色。

赵恒：不是两匹，二十匹，而是两万哪！（愤怒地指了指王钦若和丁谓）一个大学士，一个三司使，朕的好臣工啊，我大宋的忠臣啊，你们是以为辽人眼瞎，还是欺朕昏聩？啊？

说着，赵恒震怒地将手中的奏疏砸到了两人身上。

王钦若/丁谓：臣惶恐！

丁谓：陛下，臣身为与辽交割主使，出了如此事端，臣罪无可赦，请陛下责罚。

王钦若：陛下，此事与丁大人无关，岁币皆由臣亲自从左藏库调取，再将详目呈与丁大人，是以丁大人并不知晓那两万次品之事。

潘伯正：如此说来，王大人便是早就知晓了？

王钦若：我……你……（高呼一声）陛下明察！

赵恒：（重重地一声冷哼）王钦若与辽交割擅动岁币，以次充好，破坏澶州盟约，免去资政殿大学士，贬为中书舍人。丁谓身为交割正使，有失察之罪，罚俸一年。着二人给辽补足四万上品绢帛，即刻去办。

王钦若/丁谓：臣谢主隆恩。

赵恒不耐烦地挥了挥手。王钦若和丁谓起身，碎步往殿外退去。

赵恒突然叫住了王钦若。

王钦若：（一震）陛下。

赵恒：自明日起，你便不要来上朝了，朕不想看到你。

王钦若愣了愣，脸色一下白了，诚惶诚恐地再次跪下。

王钦若：臣……遵旨。

2. 汴京皇宫　御书房　白天　内景

赵恒在龙案后坐下，抬手按了按发疼的额角，神色愈显不耐。

赵恒：汴京到新郑，需几日？

寇準：回陛下，约莫有三日的路程，若快马加鞭，一日即可到达。

赵恒：（微微眯眼）那便是说，明日此时，那耶律留守便会在新郑祭拜轩辕帝。

曹鉴：陛下，此事万万不可！而今辽人已恬不知耻地与我大宋并称兄弟之邦，若是让其祭拜了轩辕帝，势必自称天下正统，我大宋君臣尊严何在？又当如何向天下万民交代？

赵恒：（冷冷地）太傅这些话对朕言，有何用？

曹鉴：陛下！

赵恒：朕现在是想知晓如何阻止耶律留守，至于奏陈事态紧要性，便省了吧。

曹鉴脸色难看了几分。

潘伯正：陛下，耶律留守虽勇，然他们仅有数人数骑，依臣之见，可派遣马军将其在半路截下。

寇准：之后呢？截下之后，是杀，还是放？

潘伯正：（瞪了寇准一眼）陛下，之后可派人将其押送回辽朝。

寇准：再引发另一场事端？

潘伯正：（一再被噎，终于忍无可忍地怒斥）寇老西儿！你有何良策，不妨直言！不必在此冷言冷语。

赵恒期待地看向寇准。

寇准：陛下，臣暂时还未想到两全之法。

赵恒的脸色沉了下去。

寇准：不过，在臣看来，澶州盟约是我大宋无数将士与百姓的性命换来的，凡关涉两邦相交之事，皆须谨慎对待。

潘伯正：陛下方才说了，现在不须寇相奏陈这些无用之谈。

寇准没理会潘伯正。

寇准：且辽人凶蛮无理，是以对耶律留守等人，万不可用强。

潘伯正：呵，那寇相倒是想个软法子呀。

赵恒：够了！朕不想听你们做无谓的争辩！三位卿家便直说，到底有没有法子阻止耶律留守？

三人皆沉默，垂眸避开了赵恒射来的目光。赵恒瞥向一直沉默的赵元份。

赵恒：元份可有主意？

赵元份：臣弟无能。

赵恒看了看四人，气得重重一声冷哼，却突然头一阵疼，按了按额角，更为地烦躁。

赵恒：朕告诉你们，这太平里还流着朕皇儿的鲜血，朕不想以血祭血，更不能做那再挑起两邦争端，陷万民于水火的罪人！耶律留守此刻应已出了汴京城，明日此时，朕要听到那蛮人已被截于新郑城下，朕不管几位卿家与门外的我大宋众臣工们用何种法子，务必达成！然需谨记一点，是兵不血刃！若那耶律留守祭拜了轩辕帝，我大宋君臣便不必再相见了。

寇準四人立刻跪倒在地。

3. 汴京　艮苑　江天阁　二层雅座　夜晚　外景

江天阁二层雅座，竹帘半卷，三面湖光，明月清风，端的是一派闲情雅致。只是此时阁中宴席上一脸冷色坐于刘娥对面的耶律留守，显得格格不入。

耶律留守扫了眼那边栏杆处，仗剑临江的洒脱背影。

耶律留守：想不到苏大人身手了得，竟是深藏不露。

刘娥：义简乃是文人，只是平素喜好剑术，习得一些平常武艺罢了。

耶律留守：娘娘言下之意是宋朝人才济济，卧虎藏龙，让我大辽不可小觑？

刘娥：本位当初为陪我儿，在辽朝住过一段时日，知晓辽朝人大多性情耿直，倒少见上将军这般心思复杂的。

耶律留守：（脸色一变）娘娘差人将本将拦下，便是要专门羞辱于本将不成？

刘娥：上将军真的多心了！本位只是想说，辽朝与我朝既已缔结澶州盟约，该当彼此善处。

耶律留守：诚如娘娘所言，娘娘便不该阻本将去祭拜轩辕帝。

刘娥：本位没想阻止，只是想问上将军一个问题。

耶律留守：（几乎怀疑听错）就为了一个问题，你将本将拦了下来？

刘娥：（不置可否）敢问上将军，你前去祭拜轩辕帝，执什么礼？

耶律留守：当然是……（却突然不知应说什么，一下噎住）

刘娥：是天子之礼，还是臣下之礼？

耶律留守：这……

刘娥：当初黄帝于涿鹿之野擒杀蚩尤后，诸侯咸尊轩辕为天子，是为黄帝。黄帝征战天下，东至于海，登丸山，及岱宗；西至于空峒，登鸡头；南至于江，登熊、湘；北逐荤粥，合符釜山，而邑于涿鹿之阿。今尔辽朝之部分疆土亦含于内，是故上将军以后世子孙之礼祭之，原无可厚非，然帝之故居新郑在我中原，若辽朝定要视其为天神，则辽朝之天神始于中原，上将军以臣下之礼祭拜，难道是要对我中原称臣？澶州盟约虽立，辽朝实不必对我大宋称臣。

耶律留守：（脸色微变）本将可代我大辽皇帝，行天子之礼。

刘娥：然上将军脚下所踩却是我大宋疆土，那辽朝之主岂非成了失地天子？

耶律留守拍案而起，怒不可遏地瞪着刘娥。

苏义简见状，手不自觉地按上了剑柄，凝神戒备。而被留在阁楼下的两个耶律留守的侍从闻得楼上动静，亦按住了腰间的弯刀。玄衣侍卫也人人绷紧了面色。

气氛剑拔弩张，一触即发。

4.汴京 艮苑 江天阁 二层雅座 夜晚 内景/外景

面对耶律留守的怒视，刘娥面色没有一丝的变化，淡然地执起酒壶，斟了两杯酒。

刘娥：本位的话有无道理，上将军自可忖量。

耶律留守的脸色变幻不定。

刘娥：上将军先入我皇城，将祭拜之事坦然告知，便能看出上将军此行非为战而来。此盏酒本位敬上将军，敬上将军的不辞辛劳，更敬上将军的两难。

耶律留守：（冷冷地）本将没什么可为难的。

话虽如此，耶律留守还是接过了刘娥递来的酒盏，一饮而尽，重新坐了下去。紧张的气氛顿时一缓，苏义简微挑了下眉，不过还是未放松戒备。

耶律留守：娘娘果然非寻常女子，怪不得我朝太后对你甚为赞赏。

刘娥：萧太后雄才大略，凤翔于九天之上，得以与她相交，实乃本位之荣幸。

耶律留守从怀中取出之前萧绰让他转交之物。

耶律留守：这是太后吩咐本将转交于娘娘的，本想待大事办妥，再私下请见娘娘，没承想娘娘倒是先了本将一步。

刘娥：有劳上将军了。

刘娥接过包裹，打开，神色剧震，那里面竟是一件孩童的锦衣短袍。

刘娥：（神色间是难掩的激动，轻轻拿起了锦袍）这是我吉儿穿过的锦衣！（颤抖的指尖抚过锦衣上的刺绣，眼底划过追思）这件锦衣是当初送吉儿去辽朝前，我亲手为他缝制，一针一线绣了这云朵为头，曲柄后联的纹样，是想佑他平安如意，哪承想……

刘娥不堪痛苦地重重闭上了眼，脸上尽是哀戚之色。

耶律留守一时有些不知所措。

耶律留守：（生硬地）生死有命，娘娘还请节哀。

半晌，刘娥缓缓睁开眼，注意到包裹里还有一封信，封面写着"刘娥吾妹 亲启"，打开，信内的字迹是和封面那几字一般的行云如流水的行书，唯有信末处有"刘娥吾妹，别来无恙，澶州一别，甚是想念"十六字，笔画异样地工整，一看便知是书法不娴熟之人所书。

刘娥：此信应是韩大人所代书，而信末这十六字则是太后亲笔，太后煞费苦心了！她让上将军千里迢迢将吉儿的锦衣送回给我，慰我思念之苦，这份心意，我不能不报。上将军，本位想为太后亲手缝制一件凤袍。

耶律留守：缝制凤袍？

刘娥：《诗经》有云，投我以木瓜，报之以琼琚。愿上将军能成全。

耶律留守：这不是不可以，只是时日上……

刘娥：本位方才所言，上将军亦可于这段时日内再仔细思忖不是？

5. 汴京皇宫　太庙　夜晚　内景/外景

环佩声响，杨璎珞伴着刘娥，急急地朝太庙而来。

杨璎珞：姐姐，皇上已在太庙跪了近两个时辰，谁的劝也听不进，你快去看看。

刘娥到了太庙前，便看到殿门外跪了不少人，李婉儿、潘玉姝和寿安公主，以及后宫的不少嫔妃，就连文伽凌也带着寿康公主跪在那青石阶下，另外还有一众内侍宫女，而殿内那神龛前，赵恒依旧直挺挺地跪着，仿若一尊历经了沧桑的石像。刘娥心中一痛，微微抬手阻止了还欲再开口的杨璎珞。

刘娥：三郎……耶律留守，臣妾留下了。

那背影微微一震，缓缓地，赵恒转过身，那稀薄烛光里的俊颜之上，是刘娥从未见过的神色，迷茫、孤苦、悲凉、决绝……刘娥心中的痛陡然撕裂，殷切地伸出了纤手。

赵恒：（喑哑地）你，说什么？

刘娥：臣妾欲为萧太后缝制一件凤袍，耶律留守应允臣妾，在汴京等上五日。

赵恒顿了顿，重重地闭上了眼，顿有一种劫后余生之感。

赵恒：天不弃我大宋也！

6. 汴京皇宫　尚衣库　白天　内景/外景

纺车嗡嗡，伴着织布机有规律的节奏声，那梭子在致密的棉线里穿来穿去，灵活如飞，尚衣库内，端的是一片繁忙景象。此时，尚衣库的庭院里，会聚了不少内外命妇，寇準夫人宋氏、冀王妃等俱在场，众人彼此见礼，又对被召进尚衣库感到好奇，三三两两地四处观看宫女们纺锦织布。

这时，内侍的宣驾声起。众人抬头，便见刘娥和杨璎珞联袂而来。

众人：参见德妃娘娘，美人娘娘，两位娘娘身躬万福。

刘娥：都起来吧。给各位夫人、小姐赐座。

内侍们立刻给夫人、小姐们搬来了凳子，众人压抑着心中的疑惑，有些不安地彼此看了看，坐了下去。

刘娥：（微微笑道）诸位不必紧张，本位召大家前来，是有一事要请诸位相助。

众人再次诧异地看了看彼此。

王玉茹：娘娘有任何事，但请吩咐。

刘娥：本位知晓在座的诸位都绣工精湛，本位要为辽朝的萧太后缝制一件凤袍，因时日有限，是以想请诸位与本位一同完成。

众人微微哗然。

王玉莹：不知娘娘所说的时日有限是指……？

刘娥：五日。

众人再次哗然。

刘娥：本位也知晓五日太短，但此事关涉我朝与辽朝两邦相交，相信昨日里众臣工在御书房被罚之事，诸位皆知晓了。本位许诺那辽朝使臣，五日之内为他们的太后缝制一件凤袍，这件凤袍不仅是本位赠予萧太后的礼物，亦是表达我大宋上至君臣，下至黎民百姓，祈愿太平之心意。

宋氏：娘娘大义，老身佩服！我等妇孺虽不能上战场捐躯济国难，然但凡朝廷有用得到我等之处，我等必当尽心竭力。

李氏：不错，即使不眠不休，五日之内我等也定当襄助娘娘将凤袍缝制完成。

其余诸人也纷纷点头称是。刘娥起身，行了一礼。

刘娥：刘娥在此多谢诸位了。

众人：（忙还礼）不敢当，娘娘客气了！

刘娥：时间紧迫，这便请诸位随本位入尚衣库，分工开始吧。

7. 汴京皇宫　文德殿　白天　内景

文德殿里两侧耸立着八根蟠龙柱子，气势恢宏，那高高在上的钓镏金龙椅上，赵恒一身明黄的龙袍端坐，浑身散发着冷冽的气息，睥睨着下方的众臣工。

赵恒：今日初几？

寇准：回陛下，今日初二。

赵恒：又过去了一日！初五耶律留守便要启程前往新郑，还有三日！众卿可想出了何法子令其打消祭拜轩辕帝的念头？

众臣工沉默。

赵恒：（重重一声冷哼）德妃为尔等多争取到了五日，难不成尔等就这般干等着时日过去？还是说尔等就指望着朕的女人来替尔等为朕分忧，保全我大宋的颜面？

众臣工闻言，无不羞愤。

潘伯正：陛下，那耶律留守在我大宋境内，祭不祭拜，还不是我们说了算，大不了便是和辽人再次开战。

赵恒：（凉凉地）战事一起，韩国公父子可愿为先锋？

潘伯正：为国尽忠，下官父子责无旁贷。

赵恒：为国尽忠？韩国公父子的忠心和胆量，怕是不太适合战场，要是益州之事再次上演，危难时刻，朕怕是无将可遣，无兵可调！

潘伯正一噎，和潘良两人脸色都难看起来。不少臣工向二人投去鄙夷的眼神，潘良恼恨地于那宽大的袖袍下攥紧了拳头。

曹鉴：陛下，上兵伐谋，其次伐交，其次伐兵，其下攻城。不战而屈人之兵，是为上策也！此事我们当用谋，而不是用武。

赵恒：太傅说得没错，朕现在便是要这个"谋"，太傅可有主意？

曹鉴：老臣……还未想到。

赵恒忍了忍，未斥责。

曹利用突然手执笏板出列。

曹利用：陛下，臣有一计，不知可否一试。

众臣工皆讶异地看向曹利用，就连曹鉴似都有些没想到。

赵恒：爱卿请讲。

曹利用：澶州之战时，臣曾在辽营待过数月，知晓耶律留守此人好箭术，且极喜与人比试，然此人心胸狭窄，每场比试必须得胜，若输，则定要再比下去，胜了方止。

赵恒：是以爱卿之意是……？

曹利用：我们可寻人与其比试射柳，设法令其输，以此人性情，必不会轻易离开。

潘良：（一声讽笑）且不说曹大人这法子中，如何让耶律留守输，还须得一直输，曹大人也说了，此人可是好箭术！更关键的是，曹大人如何能保证耶律留守会因为输箭便一直逗留汴京？他身上可奉有他们辽朝皇帝的皇命！

赵恒刚稍稍舒展的眉头又拧了起来。

苏义简：陛下，曹大人此计也并非完全不能用，辽人凶悍好斗，指不定那耶律留守尤甚，如此至少可为我们多争取些时日去谋划，即便一两日也是好的。

曹利用看了苏义简一眼，眼里划过一抹感激。

赵恒：（忖度了下）义简所说有些道理，既如此，这事便交与义简和用之去办吧。

8. 汴京皇宫　佛堂　黄昏　内景

天色逐渐暗了下来，佛堂里，一灯如豆，映出一个跪于佛像前的，瘦削、单薄的人影，她那秀致的眉眼间俱是虔诚。

"佛祖应了你的祈愿吗？"蓦地，一道低沉的男声响起。

李婉儿微震，抬头看去，便见赵恒不知何时来到了身侧，负手看着佛像，逆着微弱的天光，脸上的表情看不真切，那一身的清冷却犹如实质。李婉儿立刻便要站起来。

李婉儿：陛……

赵恒却抬手微微按住了李婉儿的肩。

赵恒：朕听闻，朕昏睡那些时日，你每日便要在此处跪上许久，夜里还要在月下跪拜，是……在为朕祈愿？

李婉儿：（目光盈盈地）佛祖听到了臣妾的祈愿！

赵恒看着李婉儿的目光深邃几许，继而便在李婉儿身侧蒲团上跪了下去，双手合十，虔诚地对着佛像。

赵恒：佛祖在上，朕愿折寿十年，恳请佛祖保佑我大宋国运昌隆，江山千秋万代。

李婉儿切切地凝视赵恒片刻，转身也重新对着佛像诚挚地祈愿起来。

佛像前，一双人影，两相缱绻。

二十五

1. 汴京皇宫　御苑　春莺阁　凉台　白天　外景

秋意浓，御苑里多了几抹金黄，平添了萧瑟。此时，那春莺阁里却是另一番温情景象，李婉儿温柔地抱着冀王第七子昂儿，琳琅拿着一个风车，正在逗弄小殿下，不时有婴孩咯咯的愉悦笑声传出。赵恒经过御苑，被这一幕吸引，不知不觉步入了春莺阁，跟在身侧的张景宗欲宣驾，被赵恒抬手阻止了。

琳琅：娘娘你看，瞧把他乐的。

李婉儿：你给他呀，我们小殿下都急了。

琳琅：不给，不给，小殿下，来拿呀，来拿……（目光余角乍然瞥见一片明黄的衣角，口里的话一顿，抬头见是赵恒，立刻跪了下去）奴婢参见陛下！

李婉儿：（也忙抱着昂儿施礼）臣妾参见陛下。

赵恒：（伸手扶住李婉儿）别摔着孩子！（目光一直没离开李婉儿怀中的昂儿）这便是元份的第七子，昂儿？

李婉儿：是，陛下。

赵恒：怎么是你在照看？

李婉儿：姐姐不让臣妾去尚衣库，便把照看昂儿的事交与了臣妾。

赵恒：让朕抱抱。

李婉儿将昙儿放进了赵恒怀里。赵恒抱得有几分小心翼翼，谨慎地在栏杆处坐下，伸手。李婉儿连忙示意琳琅将风车递上。赵恒拿起风车，尝试着逗弄昙儿。昙儿很配合地笑开。赵恒唇角上扬。

赵恒：朕把他逗笑了！

李婉儿：是，陛下把昙儿逗笑了，昙儿很喜欢陛下呢。

赵恒：（不由龙颜大悦）那是自然，他可是朕的亲侄儿。婉儿，你也得为朕诞下一个如此冰雪可爱的皇子。

李婉儿：（瞬间红了脸颊）……臣妾……尽力！

赵恒心情极好，拉着李婉儿坐下，两人逗着昙儿，倒像是温馨的一家人。

2. 汴京皇宫　尚衣库　正堂　白天　内景

一匣匣的美玉宝石陈列开，杨璎珞和徐尚服陪着刘娥挑选。

刘娥：本位只要火玉。

徐尚服：（示意其中一匣）娘娘，这里面便全是火玉。

刘娥拿起一块，形状太小，摇摇头，徐尚服递上一块稍大些。

刘娥：（看后依旧摇头）玉石贵在色泽均匀，此块不但色泽不匀称，还含有白色，属于下品。

杨璎珞：姐姐，这块呢？

刘娥接过看了看，又敲了敲，还是摇头。

刘娥：声音浑浊，内里应有断裂或是割纹。

刘娥继而又将匣子剩下的火玉一一筛选了一遍，面露失望之色。

刘娥：宫中再无火玉了吗？

徐尚服：这些皆是奴婢精挑细选，剩下的非小即陋，便更入不了娘娘的眼了。

杨璎珞：姐姐，便非得火玉不可吗？

刘娥：火玉色赤，可光照数十步，与太阳颇为相似。辽人世代崇尚太阳，每逢初一、十五，必面向东方"拜日"。

杨璎珞：我明白了，是以姐姐要以火玉代表太阳，镶嵌在凤袍胸口的正中处。

刘娥：（点头）如此方能表达我赠予萧太后的一片心意。

杨璎珞： 可符合姐姐说的那般上品火玉一时去哪里寻？

宋氏：（这时走了进来）娘娘，老身知晓哪里还有火玉。

刘娥： 请夫人相告。

宋氏： 雍熙三年（986），太宗率军出雁门关，北伐辽朝，在辽人将领身上曾得到过一块火玉，当时太宗将其随手赏赐给了一位将领。

杨璎珞： 这位将领是谁？

宋氏： 韩国公潘伯正。

3. 汴京皇宫　潘玉姝寝殿　卧房　夜晚　内景

潘玉姝身着绯色寝衣，其上以金线绣了朵朵牡丹，再配上精致的妆容，端的是雍容华贵、清丽绝色。那纤手中握着一个小小的锦盒，有些忐忑地来回踱着步。

潘玉姝： 本位穿这件寝衣，妥当吗？

月儿： 这颜色很衬娘娘。

潘玉姝： 本位头发乱不乱？还有本位这脸上的妆……

月儿： 娘娘，一切都挺好的！皇上看了，一定喜欢。

潘玉姝：（自嘲地一笑）本位是太久没有侍寝了，连如何与皇上相处都不会了。你再去外面瞧瞧，看皇上来了没有？

月儿行了出去，卧房里只剩下潘玉姝一人，她难掩紧张地捋了捋头发，又坐去妆台前照铜镜，蓦地，潘玉姝在铜镜里似乎看到了窗外有一道黑影，潘玉姝一惊，猛地回头望去，那窗户纸上竟然映出了一只狸猫的影子。

潘玉姝一声惊叫，一下跌坐到地上。

这时，珠帘掀开，月儿引着赵恒走了进来。

月儿：（忙上前去扶潘玉姝）娘娘，你这是……？

潘玉姝：（惊恐地指着窗户）狸猫！

赵恒脸色一变。

潘玉姝： 有狸猫！本位看见了！就在那里！

赵恒和月儿转头望去，窗花纸处，什么也没有。

月儿：娘娘，没有啊！

潘玉姝：（慌张地爬过去抓赵恒的衣摆）陛下，真的有狸猫，臣妾刚才看得清清楚楚！

赵恒脸色难看地看着地上摔成了几块的火玉。

赵恒：这便是你要给朕的火玉?！

潘玉姝低头一看，惊慌不已。

潘玉姝：陛下！不，这……

赵恒重重地一声冷哼，拂袖转身便走。

潘玉姝：（绝望、害怕地直往月儿怀里缩）陛下！真的有狸猫！我确实看见了！宫里，宫里怎么会又有狸猫了呢?！难不成，难不成……（无意瞥到手背那块几乎消失的印子，眼里的恐惧更深了几分）不，不会的，不可能，不可能……

4. 汴京皇宫　御书房　夜晚　内景

赵恒一身肃冷地大步走进御书房，寇準、曹鉴、潘伯正、丁谓，四位股肱之臣俱已在场。

赵恒也不落座，就立于龙案之侧，凉凉的目光率先朝潘伯正扫去。

赵恒：韩国公教养的好女儿。

潘伯正：（一愣）陛下，何出此……?

赵恒：（打断）贵妃打碎了火玉。

潘伯正：陛下明察，小女定是无心之失。

赵恒：无心还是有意，那便要问她自己了。

潘伯正：陛下，臣敢以顶上乌纱，不，项上人头担保，贵妃娘娘她绝不敢……

赵恒：（不耐地再次打断）够了够了，朕现在没心思追究她。火玉已碎，凤袍缝制无法完成，明日天一亮，耶律留守便要离开汴京，几位卿家不要告诉朕，到了此时，依然是无计可施！

赵恒凌厉的目光一一扫过去，下方几人皆微微避开了赵恒的目光。丁谓暗暗挑了下眉，还是与其余人一样未开口。赵恒气得头疼，紧按额角，脸色愈发地阴沉，浑身散发的冷冽气息压得四人几乎透不过气来，敛眉屏息。

赵恒几乎是从齿缝中狠狠挤出的字眼。

赵恒：想！现在就给朕想！

5. 汴京皇宫　御书房　拂晓　内景

纱窗外天色微微泛白，御书房内残烛明灭，那幽深的光影落在坐于龙案之后的赵恒脸上，他的脸色显得尤为阴鸷。"嚓"，赵恒手中的茶盖轻轻一触茶杯沿，下方僵立了一夜的四位股肱之臣俱是微微一震，愈发地恭顺谨慎。

"天亮了！"赵恒阴冷冷地提醒道。

四人暗暗瞟了眼彼此，静默，最后还是寇準犹疑了下，走了出来。

寇準：陛下，处非常之时，当行非常之法，臣虽也不赞同做那挑起两邦争端之事，然两相权衡，则取其重。

赵恒：平仲言下之意是……？

寇準抬手，做了个斩的动作。

赵恒不动声色地看向其余三人。三人依旧沉默。

赵恒：太傅也是此意？

曹鉴：（沉吟了下）事情还须做得隐秘些。

赵恒：整整一夜，这便是几位爱卿想出的良策？！

张景宗：宿卫禁军统领来报，辽将耶律留守一行正朝宫门而去，该是要出城。

"砰"，赵恒将手中的茶杯重重地掷在了龙案上，再也压抑不住怒火。

潘伯正：陛下，请下令拦截吧！

赵恒脸色变幻不定。

内侍：启禀陛下，中书舍人王大人，司天监邢大人求见。

赵恒：（不耐烦地皱眉）他们此时来做甚？不见。

内侍：回陛下，二位大人说，他们已寻到了火玉。

赵恒：快让他们进来。

寇準等四人神色各异。很快，王钦若和邢中和便被内侍引了进来。

王钦若/邢中和：臣参见陛下。

赵恒：二位卿家不必多礼。火玉在何处？

邢中和：回陛下，臣夜观天象，有一巨星见于天氐之西，其色黄，状如半月，有芒角，煌煌然可鉴物，竟是那周伯星！

曹鉴：邢大人，此时只怕不适宜谈论天象吧。

王钦若：陛下，周伯星现，乃天降祥瑞之征兆，所见之国，大平而昌。

赵恒：王卿此言何解？

王钦若：天必降火玉，为陛下分忧。

赵恒：（质疑）天降火玉？二位卿家此言当真？

王钦若：臣不敢欺君。

邢中和也跟着拱手。

赵恒：（眯了眯眼）景宗，你去尚衣库……算了，还是几位卿家，随朕一起去验看是否真如王卿所言，有火玉天降！

6.汴京皇宫　尚衣库　庭院　拂晓　内景/外景

"皇上驾到——"随着内侍的一声宣驾之声，赵恒带着六位股肱之臣，疾步赶来尚衣库。刘娥立即自正堂出来，率众命妇跪倒一地。

赵恒：火玉可有了？

刘娥一愣，有些未反应过来。

赵恒已等不及，放开了刘娥胳膊，径直快步朝正堂里行去，步至门口处，便见那巨大檀木架子上搭着的凤袍，胸口正中处依然空空如也，案上摆了各种美玉宝石，却哪里有什么火玉，脸色当即难看起来。

刘娥：（跟上来，愧疚地）臣妾惭愧。

赵恒：（尽力控制着情绪）德妃尽力了。

这时，潘玉姝自殿门外匆匆奔了进来。

潘玉姝：陛下，臣妾真的不是故意打碎……

赵恒凌厉的一眼扫过去，潘玉姝剩下的话卡在了喉间，惊惧地跪了下去，小声啜泣。一时，尚衣库内气氛僵凝到极致。

7.汴京皇宫　尚衣库　拂晓　内景/外景

赵恒： 王钦若！邢中和！你二人满口谎言，竟敢戏耍于朕，该当何罪？（最后一句怒吼了出来）

王钦若与邢中和立即也跪了下去。

邢中和： 陛下，臣确实观到周伯星……

赵恒： 所谓祥瑞皆是无稽之谈，你二人犯下欺君之罪，来人，把他们给朕带下去，先一人杖责一百。

邢中和：（顿时慌了）陛下饶命！

王钦若：（却喊道）陛下，臣句句属实，绝不敢妄言！

赵恒：（气极）事已至此，你还敢说……

蓦地，天空传来一声隐隐的鹤鸣。

王钦若： 陛下，祥瑞天降了！

众人皆随着王钦若朝天空看去，便见远处天际忽而出现了光亮的一点。

8.汴京皇宫　甬道　拂晓　外景

赵恒和刘娥等人自尚衣库出来，再望向天空，只见那光亮逐渐近了，竟是一只仙鹤，其口里衔着一亮晶晶的物件。继而四面八方又有数只仙鹤飞来，跟着领头的那只仙鹤，直朝汴京城皇宫方向飞来。

那仙鹤群飞近，盘旋于宣德门上空，晴空白云，甚是一派祥瑞之气象。

赵恒率先朝宣德门方向大步行去，众人连忙跟上。

9.汴京皇宫　宣德门　早晨　外景

鹤鸣阵阵，声闻于云天。

待赵恒及众人赶至宣德门，宫门外广场已聚集了成百的老百姓，潘良、曹利用等文武臣工亦赶至。人山人海，远近的巷子街道里亦挤满了老百姓，人人均是一脸惊奇地望着仙鹤群。

御街那边，耶律留守一行也停了下来，惊诧地望着天空。

领头的仙鹤落于广场中央,将口里一直衔着的黄帛置于地上,旋即朝宫门前立于最前面的赵恒鸣叫三声,鹤颈微曲,状似行礼。众人更是震惊。

赵恒看了眼张景宗。张景宗会意,上前拾起那黄帛,其里面似乎还缠裹着书卷,而那裹于其间亮晶晶的物件,竟然是一块如鸡蛋般大小、色泽赤红如火的火玉。

张景宗:(微激动地)陛下,好像是火玉。

赵恒:呈来。

张景宗将火玉呈上。旁侧的刘娥凑近查看。

刘娥:(欣喜地)色泽赤红如火,确实是火玉!

赵恒执起火玉看了看,再望向那仙鹤群,甚是不可思议。

赵恒:竟是仙禽送来了东风!

除了王钦若和丁谓,其余诸人亦是难掩惊奇。

刘娥:(殷切地望向赵恒)凤袍可成!陛下。

赵恒:(立时反应过来)景宗,耶律留守一行呢?立刻唤回!

张景宗应了声,忙朝旁侧的内侍示意,内侍一路小跑朝御街方向奔去。

刘娥自赵恒手中接过火玉,慎重地交与徐尚服。

寇準:张公公,你手中书册又是何物?

张景宗连忙查看。

张景宗:陛下,其名为《大中祥符》,共三卷。

赵恒:《大中祥符》?

王钦若:陛下,臣可否代陛下一阅?

赵恒看了他一眼,点头。王钦若拿过一卷,展开,迅速地阅看下去,越看越是满脸的震撼。丁谓凑近一看,亦是难掩的震动。

其余臣工面面相觑。寇準忍不住了,伸手。

寇準:陛下。

张景宗在赵恒的示意下将第二卷天书,递给了寇準。

这时,潘良、曹利用等文武臣工皆围了上来,两人也凑上前查看。

曹鉴顺势拿去了第三卷,与潘伯正同阅。

半晌，内侍引着耶律留守一行自人群后行了过来。

耶律留守脸上的惊愕之色还未全然退去，却又有着几分不耐。

耶律留守：宋皇帝……

耶律留守方一开口，王钦若便是一声高呼，示意手中书册。

王钦若：卷中讲道，陛下奉行孝道，遵崇天道，继承大统，是故天降天书。

赵恒忙拿过书册，亦甚是震撼，旋即抬头看向寇准和曹鉴。

寇准：（沉吟了下）此卷是说陛下清静简俭，爱民如子，无为而治，是故天降天书。

曹鉴：（也微顿了下）此卷言，天佑我大宋，江山代传，永享太平，是故天降天书。

赵恒一一阅过三卷，神色逐渐变得激动。

王钦若：（再次高呼）陛下以至诚事天地，仁孝奉祖宗，克己爱人，夙夜求治，以至殊邻修睦，旷俗请吏，干戈偃戢，年谷屡丰，皆陛下兢兢业业，日谨一日之所致也。陛下之功德明达于天，所谓天道不远，人间必有昭报。今者，神明告先期，天书果降，实彰上穹佑德之应！

赵恒：（重重地抚过三卷天书）真是……天降天书！

丁谓：陛下，那黄帛之上似还有字迹。

张景宗连忙又将黄帛展开，果然有字迹。

张景宗：陛下，果真有！

赵恒：速速读来。

张景宗：是。帛上文曰："赵受命，兴于宋，付于慎。居其器，守于正。世七百，九九定。"

王钦若：（愈发地兴奋）陛下，上苍这是明言，我赵氏皇族，受命于天，建大宋王朝，乃天下正统，慎始善终，顺治天下，当有七百年江山可享啊！实乃我等臣民有幸，我大宋有幸，臣恭贺陛下，吾皇万岁万岁万万岁！

王钦若高呼着拜了下去。其余文武臣工、百姓，还有刘娥等一众内外命妇等，见状，亦皆跪拜下去。

海啸般的山呼声响彻广场。耶律留守一行被这一幕震慑。广场上黑压压地跪倒一片，山呼之后有片刻的静默。

耶律留守：这不可能！

王钦若：上将军，仙鹤，乃仙禽也，仙禽告瑞，尔等辽朝之人不会从未听闻吧？！如今，上将军亲眼所见，仙禽送来天书三卷，神明昭告我大宋天子承天而治，尔辽朝亦敬天尊地，该不会狂妄到无视此等天意，有违神明昭昭吧？！

耶律留守脸色沉了下去，喳了半响。

耶律留守：宋皇帝，天书可否让本将过目？

赵恒示意了下。张景宗将天书奉给耶律留守。

耶律留守查看了天书和黄帛，脸色更是沉到了底。

赵恒：（淡淡地）仙禽在此，天书天降，若上将军还执意以为尔辽朝乃天下正统，非要一意孤行前去祭拜轩辕帝，朕亦不便阻拦，然若是有何违背天道，降下惩戒，尔辽朝也休要责怪我大宋君臣未提醒申饬。

耶律留守握着天书，脸色变得极其难看，迟疑不定。

这时，徐尚服带着尚衣库一众人，捧着一檀木托盘（其上盖有锦布）出来了。徐尚服暗暗朝刘娥微点了下头。

刘娥：展开。

徐尚服、李司珍等人展开了凤袍。

大红的凤袍，金丝银线织就，其主纹样是一只浴火的凤凰，黑曜宝石做眼，每一根凤羽之上皆点缀了彩色的宝石，羽翅舒展，尾翼逶迤，栩栩如生，宛如振翅欲冲九霄，端的是华贵无双，夺人心魄。再一次震慑了广场之上的诸人。

刘娥看向再次看得愣怔的耶律留守。

刘娥：上将军，五日之约已至，本位践诺奉上凤袍一件，此乃我大宋赠予萧太后的寿辰贺仪。

耶律留守：（有些干涩地）寿辰贺仪？娘娘果是守信之人。

赵恒：上将军，朕会派遣使臣与上将军一道回辽朝，为萧太后祝寿，以表我大宋对两邦情义的珍视，更是朕与德妃对萧太后的敬重。

说着，赵恒手一挥，徐尚服等人将凤袍叠了起来，奉给耶律留守。

耶律留守踌躇难决。其余侍从亦是面露难色。

刘娥：（淡淡笑道）莫非到了此时，上将军还在犹豫是否要前往新郑，祭拜轩辕帝？

耶律留守：（带着几分讽刺地）娘娘这一招甚是高明啊，凤袍贺仪事涉国体邦交，事关重大！着实是让本将耽误不得啊！

曹鉴等臣工闻言，均暗暗挑了挑眉，神色各异地看了看刘娥。

刘娥不以为忤，又是淡淡一笑，上前取过凤袍，亲手奉给耶律留守。

刘娥：若无天书天降，若无仙禽送来火玉，（边说，目光边有意无意地扫过那些仙鹤，还有神色不露的王钦若）本位这份贺仪终究是不能奉于上将军的！然恰在你我两邦先有岁币之事，后又因祭拜轩辕帝起了争端，邦交岌岌可危之时，仙禽送来了至关紧要的火玉，助本位完成凤袍缝制，上将军不觉得一切乃是上天的安排吗？

耶律留守闻言，神色有所松动，看了看那些仙鹤，还有手中的天书。

刘娥：本位相信贵朝皇帝与萧太后均不是那弃盟毁约、无端兴兵的背信之人，而上将军怕也不会想做这样的人吧？

耶律留守沉沉地盯着刘娥。

刘娥：更何况，天意不可违！

耶律留守：（微微一震）娘娘好口才。

刘娥：天意所属，唯愿我两邦世代交好，永久和平！

耶律留守眸色变了几变，终是退去了戾色，将天书还于张景宗，再缓缓伸手，接过了那凤袍。

赵恒、刘娥及诸人皆是暗松了口气。

10. 汴京城　宣德门　城楼　白天　外景

赵恒和刘娥立于宣德门城楼最高处，遥遥目送耶律留守数骑飞驰出城而去，一场天下正统之争总算是告一段落。

赵恒和刘娥看向彼此，皆是目光复杂，相视感叹地一笑，一切尽在不言中。这时，张景宗走上城楼，走到赵恒身侧。张景宗看了眼刘娥，欲言又止。

赵恒：有话但说无妨。

张景宗：苏大人回报，耶律留守一行已出城十里之外，他会带人暗中"护送"其安全抵达下一驿站。

赵恒：知晓了。

刘娥：义简一直不在，原来是帮陛下去办差了。

赵恒：（顿了下，很是坦然地）朕给了他密令，截杀耶律留守。

刘娥倒是被赵恒的直接弄得微怔了下。

赵恒：好在莺儿的凤袍，阻止了一场血腥！（旋即话锋一转）不过有一事，朕一直想问莺儿。

刘娥：陛下是想问，臣妾为何会想到为萧太后寿辰缝制凤袍吧？

赵恒：虽说是因萧太后送回吉儿那件锦衣，莺儿还她一份人情，然依朕之见，莺儿此举，该是别有深意。

刘娥：什么事都瞒不过陛下。萧太后在给臣妾的信中，诉说了希冀两邦和平相处的愿望，吉儿的锦衣是她对臣妾的一份友好善念，臣妾因而想到了那句"黄帝尧舜垂衣裳而天下治"，黄帝始制衣裳，衣冠服饰各有了品阶，帝王垂手而立，天下便可太平，而正好萧太后的生辰便在近日。

赵恒：是以莺儿便想出了如此妙计，名正言顺地将了那耶律留守一军，迫他不得不奉贺仪凤袍返辽。

刘娥：诸般赶巧，倒应了一个天时地利。

赵恒：这或许便是天意吧。

刘娥：（顿了下）若说真正的天意，该是天降天书、突至的仙鹤。

赵恒闻言，挑了下眉，没有立即接话，沉吟片刻，语气莫测。

赵恒：莺儿对那天书，有何见解？

刘娥：陛下是大宋天子，自然受命于天，四海咸服。

二十六

1. 汴京皇宫　司天监　观象台　白天　内景

赵恒衣袂飞扬地立于司天监观象台，望着西方天际那在白日里依旧亮眼的周伯星。

赵恒：那便是周伯星？

邢中和：回陛下，正是。

赵恒：（复低吟了那句）周伯星现，大平而昌。（眯了眯眼）邢卿，周伯星所带来的祥瑞，是否真就是天降天书，仙禽送来火玉呢？

邢中和：（看似寡淡实则圆滑地）陛下，臣只是观测天象，至于祥瑞如何降临，臣则难以卜测。

赵恒：（莫测地笑了下）你倒是懂得明哲保身。

这时，王钦若上得观象台来，一见赵恒，立即甚是激动地远远拜了下去。

王钦若：臣王钦若奉诏前来见驾！

赵恒：朕方才与邢卿议起天降祥瑞之事。

王钦若一副恭敬聆听的模样。

赵恒：（睨了他一眼）王卿也是阅过那三卷天书的，你以为呢？

王钦若：天书扬葩振藻，字字珠玑，尽述陛下之功，陛下之德，读来让人甚感上天之明达，陛下之圣贤，福泽万民。

赵恒：王卿这是在夸自己文采斐然，还是在为朕歌功颂德呢？

王钦若：臣……臣不知陛下何意。

赵恒：（忽而脸一沉）大胆王钦若，你伪造天书，欺君罔上，该当何罪？

王钦若：（一下跪了下去）陛下，臣……臣……

赵恒：不要说你没做过，天书之上的笔迹，你当朕认不出？还是说，你本就想让朕认出？

王钦若：陛下，臣知错！臣罪该万死！天书……天书确系……臣所伪造。

赵恒：你还真是敢将朕与天下人耍得团团转啊！

王钦若：臣不敢！陛下，此前臣并不能保证此计是否能成，是以不敢妄言禀报于陛下，为陛下平添烦忧，好在上天眷顾，更幸得陛下与诸位大人配合。

赵恒听得嘴角微微一抽。

王钦若：当然，还有德妃娘娘的机敏、应变之功。

赵恒：你很得意？的确啊，平仲和太傅又哪里会瞧不出是你王钦若的手笔，可那般情形之下，众卿与朕都不得不配合你演戏。

王钦若：臣惶恐！臣所做的一切皆是想为陛下分忧，然欺君之罪不可逃，还请陛下责罚！

赵恒：仙鹤和火玉又是怎么回事？

王钦若：仙鹤乃是臣所驯养，至于火玉，则是臣家传之物。

赵恒：（听得嘴角再次微微抽搐了下）不让你上朝，你倒是很忙。

王钦若：只要陛下不怪罪于臣，臣——

赵恒：（打断）朕何时说过饶你了？

王钦若一噎，脸上神色甚是有点精彩。赵恒欣赏够了王钦若的表情，便在王钦若欲再次跪下请罪之时，才开了口。

赵恒：罢了，此次解决了与辽人的争端，你二人也算是立了功。

王钦若：此乃陛下洪福所致，臣二人不敢居功！

话都被王钦若抢着说了，邢中和只能跟着拱手。

赵恒：不过，此功劳不宜张扬，朕自有计较。

王钦若：陛下实不必为此等小事所烦忧，为陛下办差，赴汤蹈火，臣在所不辞！不过有一言，臣不敢不讲。

赵恒：说。

王钦若：虽那天书和仙鹤乃臣所为，然天降祥瑞并非臣无稽之谈！陛下，符瑞之星周伯星确实现世了，且近来各州府频有嘉禾、木连理等祥瑞之物出现，陛下明德昭彰，我大宋太平昌盛，上苍感应，是以降下祥瑞啊！

王钦若一番话说得赵恒心潮起伏，再次望向那耀眼的周伯星，眸色深邃莫名。

2. 汴京皇宫　刘娥寝殿　内殿　夜晚　内景

刘娥一身素白色寝衣，打开那檀木衣橱，本是要取件衣裙，却无意在一堆衣物之下，看到了吉儿那件锦衣，执起锦衣，眼底涌出浓烈的怀思。

这时，赵恒进来，刘娥忙将锦衣放了回去，赵恒却已瞧见，上得前来，复又拿起了那锦衣，神色间亦多了几分追思。

赵恒：又想吉儿了？！

刘娥勉强笑了下，转身朝榻边走去。

赵恒轻叹了口气，深深看了看手中的锦衣，将其放回了衣橱，行至刘娥身边，略带一丝愧疚和自责地执起刘娥的手。

赵恒：莺儿！

刘娥：（尽力如常轻柔地笑了下）臣妾无碍。（忽而想起什么，自旁边的绣箱中取出那条已织好的褐色打底金丝祥云镶边的蟠龙腰带）陛下试试。

说着，刘娥将腰带给赵恒系上。

刘娥：褐黄相间，倒也两相得宜。

赵恒：莺儿亲手所绣，自然是极好的。

刘娥娇嗔地横了赵恒一眼，低头为赵恒整理着腰带。

赵恒：今日朕去瞧了元份那几个儿子，不是迟钝愚笨，便是贪玩懒惰，竟无一子机敏聪慧。

刘娥：冀王韬光养晦，不愿锋芒外露而招惹是非，怕是对几位小殿下有意疏忽了教导吧。

赵恒：不管怎样，皇侄们皆不成器，难堪大任！（看了看刘娥，状似随意地转了话锋）是以朕便在想，这昑儿还要不要送回去了。

刘娥手里的动作微微一顿，抬头与赵恒深邃的目光撞上。

赵恒：莺儿可想再有个孩子？

3A. 冀王府　庭院　夜晚　外景

曹鉴和赵元份，这对翁婿月下对酌。

曹鉴：殿下是说，陛下要将昑儿留于宫中陪伴德妃。

赵元份神色凝重地点点头。

曹鉴：可说了要留多长时日？

赵元份：未曾！本来本王还想寻时机询问皇兄，何时可将昑儿抱回，没想到皇兄竟先开了口。

说着，赵元份苦恼地执起酒杯，饮下一大口酒。

曹鉴：（琢磨片刻）殿下，此或许是一桩好事。

赵元份：好事？

曹鉴：殿下仔细想想，皇上无皇嗣，昑儿乃殿下所出，是皇上至亲的皇亲，留于宫中教养，还能为哪般？！

赵元份皱眉揣度一番，猝然反应过来，震惊。

赵元份：岳丈言下之意是……？

曹鉴肃然地点头，眼中难掩一丝惊喜。

赵元份还是难以置信，手一颤，碰翻了酒杯。

赵元份：这……可能吗？

曹鉴：大宋江山总得有一位储君来继承。皇帝无嗣，过继兄弟之子传位，这样的事，于史上并不鲜见。

赵元份扶起酒杯，又给自己斟了一杯，一仰脖子，一饮而尽，心情很是复杂。

3B. 汴京皇宫　刘娥寝殿　内殿　夜晚　内景

刘娥： 三郎是想让臣妾收养昂儿？

赵恒： 朕或许命里福薄，注定不会有子嗣！

刘娥： （蹙眉）三郎……

赵恒： 莺儿且听朕把话道完。朕不是恋慕那皇位，而是即便真的依"兄终弟及"传位，元份，包括他那几子，皆非帝王之才！太祖终结五代乱世，一统山河，太宗南征北伐，励精图治，这份江山基业不能毁在朕的手中！近日来，朕的头疼之症发作得愈发频繁，朕必须尽快为我大宋养育出合格的继承人！昂儿还小，回到冀王府指不定便会如其余六子般成了无用之材，然若是自小留于宫中，由朕和莺儿亲自教养，定会成为出色的储君。

刘娥： （微震）三郎能以此相托，臣妾铭感五内！

赵恒： （握住了刘娥的手）朕太子的嫡母，自然该是莺儿。

刘娥明白赵恒这是让她有了子嗣，便能封后，更为感动。

刘娥： 三郎的心意，臣妾都明白！只是……收养之事不必操之过急，臣妾还是想让三郎拥有自己的血脉。

赵恒： （点点头）嗯，确实不宜太急。昂儿便先留在你这儿，朕也告知元份了，相信他心中会有数，待寻得合适之机，此事再做计较。

3C. 冀王府　庭院　夜晚　外景

曹鉴： 皇上此举，该是还有另一层深意，（神色莫测地轻轻晃着杯中物）皇上想封后了。

赵元份： 封后？

曹鉴： 皇子教养须得有养母，皇上对德妃的爱重，世人皆知，皇上不也对你说了，是要让昂儿陪伴德妃吗，其意不言自明啊！

赵元份： 后宫之中，能胜任后位者，也唯有德妃了。

曹鉴： 看来这次老夫倒该顺应帝心了！

4. 汴京皇宫　文德殿　白天　内景

赵恒端坐于龙椅之上。

寇準、曹鉴、潘伯正、苏义简等臣工侍立下方。

曹鉴：陛下，章穆皇后薨逝已久，中宫空虚，还请陛下早日立后，主后宫之事，亦安天下臣民之心。

曹鉴此言一出，赵恒微意外地怔了下，其余臣工亦神色各异。

赵恒：（不动声色地）依太傅之见，后宫之中，谁可以为后？

曹鉴：德妃娘娘温婉淑德，可为天下之母仪。

赵恒微挑了下眉，倒是正中下怀。其余臣工却反应各异，尤其是潘伯正，眉头一皱便要出班，寇準却快了一步。

寇準：陛下，臣以为不妥，德妃娘娘虽德才兼备，于我大宋社稷亦有功劳，然其自入宫后，一直未有诞下皇嗣，若贸然立其为后，恐难以服众。

赵恒：（凉凉地）贸然？！

寇準一脸笃定坚持的样子，与赵恒对视。赵恒不悦地皱眉。

苏义简：寇相此言差矣，一国之皇后者，除了延绵皇嗣，还需有母仪天下之德，助宣王化，肃尊仪，阴教洽于宫闱，淑誉腾于海内，试问能担此重任者，除了德妃娘娘，还有何人？

潘伯正：陛下，贵妃娘娘为嫔妃之首，陪伴在陛下身边最长久，贤德不输于德妃娘娘，能任事，且为陛下养育了寿安公主，臣以为，若要立后，贵妃娘娘更合适。

潘良：臣附议。

寇準：亦不妥，贵妃娘娘同样没有皇嗣。

潘伯正：寇相，六宫之中，可无人有皇嗣。

丁谓：或者可以立最易诞下皇嗣者为后，陛下，臣以为，美人娘娘面相好，更宜为后。

潘良：（讽刺地）丁大人还不如举荐贵仪娘娘呢，至少贵仪娘娘也生了寿康公主，指不定更宜受孕。

赵恒听得脸色难看了起来，还没发作。

寇準：（铿锵地）陛下，臣请奏，后宫哪位娘娘先诞下皇嗣，即立为皇后。

曹鉴：如今还未听闻哪一位娘娘有孕育之迹象，难道后位还要一直空悬不成？诸位大人可别忘了，后宫之中的娘娘们入宫最短的也有半年之期，至今无一怀孕，怕是这皇嗣一时半会也盼不来吧。

赵恒脸色愈发地难看了。

赵恒：（沉声）太傅这是在指责朕无能了？！

曹鉴：老臣不敢。

赵恒重重一声冷哼，欲再斥责。

曹利用：（忙开口道）陛下息怒，太傅也是为江山社稷考虑，毕竟皇嗣乃国之根本，太傅言下之意是……是请陛下选妃。

赵恒一听，无语至极。

寇準：（却立即接口道）陛下，此乃上策！选妃以充实后宫，增加孕育皇嗣之几率。

丁谓：陛下，臣也以为此法可行。

曹鉴：（不咸不淡地）陛下后宫稀薄，确实也该广纳嫔妃，方能开枝散叶！不过，此事与立后也不冲突。

潘伯正：正是，可先立后，再由新皇后为陛下主持遴选嫔妃。

寇準：不行，先诞下皇嗣者……

赵恒：都住口！

寇準等人：臣等惶恐。

赵恒：（怒不可遏地指了指众臣工）皇后是朕的皇后，立谁，不立谁，朕自有主张，不用你们多嘴。

其余臣工皆不敢言。唯有寇準又开口了。

寇準：陛下，立皇后可不是家事——

赵恒：朕让你住口。

寇準：陛——

赵恒：朕不听！退朝！

说罢，赵恒径直起来，气冲冲地拂袖而去，留下满殿面面相觑的臣工。

5. 松香阁　石榴番　夜晚　内景

王钦若近日一直未上朝，闲来无事便在松香阁内听曲消磨时日，与前些日子的颓废丧志全然是两种状态。丁谓已将朝堂之上争议封后之事告知了王钦若。

王钦若：曹太傅打得一手如意算盘啊！

丁谓：岳丈也瞧出来了？

王钦若：冀王第七子近日一直留于宫中，由德妃照看啊！不过，太傅还是太心急了，这不是司马昭之心嘛，潘家老儿第一个就不会答应。

丁谓：是，今日朝堂之上，已从封后，争执到了选妃，皇上是委实给气着了。

王钦若：皇上顺不了心，有些人也就别想如得了意！（边说，边捡了颗果子扔进嘴里，悠然地嚼着）时也，命也，僵局乱象，倒是造化一机会！

丁谓闻言，微挑了下眉，看王钦若。

王钦若：后宫无嗣，皇上是该思虑选妃之事了。

丁谓不动声色地给王钦若斟了一杯酒，看似不经意地转了话锋。

丁谓：自此前皇上秘密召见了岳丈之后，宫中一直未再有任何消息传出，小婿还以为岳丈会有所忧心。

王钦若：君子藏器于身，待时而动。（神色间难掩几分自得）现在那个时机不是便快到了吗？

丁谓目光微动，隐隐猜到了王钦若究竟想下怎样一步棋。

6. 汴京皇宫　李婉儿寝殿　卧房　白天　内景

李婉儿悠悠醒来，便见董太医跪于一侧，杨璎珞则满脸欢悦地紧盯着她，而刘娥坐于床榻边，一般地欣喜，甚至凤目中泪光隐隐，她便要起身。

李婉儿：姐姐？

刘娥：（忙扶住了她的手臂）别大动！躺着便好！

李婉儿还是坐了起来，刘娥连忙在她身后垫了垫子。

李婉儿：我这是怎么了？

杨璎珞：婉儿姐姐，你有身孕了！

李婉儿：（猛地一怔，难以置信地）姐姐，我……我真的？……

刘娥肯定地点头。

李婉儿缓缓地看了看自己的腹部，一下子红了眼眶。

李婉儿：我有身孕了?! 我、我怀了皇上的孩儿？

刘娥紧握住李婉儿的手，再次重重地点头。

刘娥：可还有何不适之处？

李婉儿：（连连摇头）我很好！姐姐！（又摸了摸腹部，还是很不可思议）这里有一个孩儿在孕育呢！

"婉儿！"蓦地，赵恒激动的声音响起，人已快步行了进来。

杨璎珞/董太医：参见陛下。

刘娥立即让出了床榻边的位置。

刘娥：陛下来了？

赵恒坐到了李婉儿身边，握住了李婉儿的手。

赵恒：婉儿真的有孕了？

刘娥：是，陛下，董太医方才已细致诊过了脉，不会有误！

赵恒长出了口气，差点喜极而泣。李婉儿切切地望着赵恒，泪光闪烁。

李婉儿：陛下！

赵恒如珍宝般地拥住了李婉儿。刘娥看到这一幕，感动欣慰，却忽而又有点难言的苦涩，微微抬手示意，带着众人悄然退了出去。

二十七

1. 汴京皇宫　文德殿　白天　内景

寇准：陛下，听闻婕妤娘娘身怀有孕了？

赵恒：（满面春风）确有其事！朕正要与众卿共享这一喜讯呢！

众臣工：臣等恭贺陛下。

曹鉴、潘伯正等臣工，神色各异。

寇准：陛下，臣奏请，立婕妤娘娘为后。

赵恒闻言，神色微微一顿，有些犹疑。

赵恒：李婕妤为朕孕育皇嗣，确实大功一件……（欲言又止）

曹鉴：陛下不可，婕妤娘娘出身低微，且其性子柔弱，毫无统率六宫之威仪，又如何堪当天下女子的表率和典范呢？

丁谓：太傅此言差矣，婕妤娘娘若诞下皇嗣，便是皇长子之母，其身份贵不可言，又如何不能入主中宫？

潘伯正：（微微讽刺地笑了下）几位大人议论得兴起，可似乎婕妤娘娘现在仅仅是有孕吧，她所怀的，可未必是皇嗣。

一句话让赵恒沉下了脸。几位臣工也怔了怔，不敢去瞅赵恒的脸色。

苏义简：陛下，或者可先进婕妤娘娘的妃位。

寇准：正该如此，陛下，是臣疏忽了，待婕妤娘娘生产后，若是皇嗣，再加封皇后也不迟。

赵恒：（脸色已有些冷然）也好。拟旨吧，封李婕妤为宸妃。

2. 汴京皇宫　佛堂　白天　内景

刘娥长跪于佛前，虔诚地祈着愿。一阵衣袍窸窣声忽而响起。刘娥微微睁开眼，侧目便见赵恒撩起衣摆，跪在了她身侧的蒲团上，刘娥眼底划过一丝惊喜。

刘娥：三郎你……来了？

赵恒：祈的什么愿？

刘娥：祈愿佛祖保佑婉儿母子平安。

赵恒亦双手合十，微微阖眼祈愿。刘娥复对着佛像，闭上了眼。

少顷，赵恒温润的声音再次响起。

赵恒：宸妃有孕，朕近日多在陪她，疏忽你了。

刘娥神色微顿了下，继而温婉地扬唇。

刘娥：婉儿是头一胎，难免紧张，三郎本就该好好陪陪她，臣妾怎会因此而有所不快。

赵恒：朕能得皇嗣，莺儿功不可没。

刘娥：婉儿诞下皇嗣，才是大功一件。（顿了顿，复睁开眼，转头满面慎重地看向赵恒）陛下，请册封宸妃为皇后。

说着，刘娥拜了下去。

赵恒顿了一瞬，也睁开了眼，转身扶起了刘娥，神色不动地看着她。

赵恒：德妃以为，皇后二字何解？

刘娥：君王，家国之父，皇后则为民之母，行母之道，恩慈百姓。

赵恒：德妃所言甚是，皇后母仪天下，贤圣有智，行为仪表，言则中义，有的不只是荣耀，还是一份责任，并不是人人都能担得起。

刘娥：陛下……

赵恒：朕的德妃聪慧贤德，能统率后宫，更能辅佐朕处理朝事，母仪天下者，除了你，还能有谁？

刘娥：（蹙眉）可臣妾未能怀上皇嗣，或许，或许以后都不会再怀上！

赵恒：朕曾说过，莺儿能为朕教养储君，此想法从未更改，我大宋太子的嫡母，只能是你。

刘娥震动。

3. 汴京皇宫　御苑　春鸾阁　白天　内景/外景

因李婉儿怀孕，赵恒赐宴，与众妃在春鸾阁同乐。

阁内丝竹声声，弦乐阵阵，赵恒与刘娥同坐于上位，赵恒脸上溢满了欢喜之色。下方的杨璎珞、文伽凌等妃嫔虽心思各有不同，但在开怀的赵恒面前，均尽力地表现出喜悦。唯有潘玉姝，一脸毫不掩饰的郁色，食不知味，对周遭的一切皆看不顺眼，不耐烦。奶娘王氏也出席了宴席，与杨璎珞坐于一处，复杂的目光在赵恒和刘娥之间来回转了转，反倒是刘娥，对上奶娘王氏的目光，坦然地笑了笑。只是，阁内已是众生相，今日的主角李婉儿却迟迟未来。

赵恒：景宗，去看看，宸妃为何还没到？

"宸妃娘娘到。"便在此时，阁外响起内侍的传喝之声。

娇弱的李婉儿在琳琅的搀扶下，匆匆入得阁来。

李婉儿：臣妾参见陛……

赵恒：（起身迎了上来，亲自扶起了李婉儿）自今日起，朕特许你免了一切行礼参拜。

李婉儿：（一震）多谢陛下垂怜！

那边厢的潘玉姝翻了个白眼，狠狠地咬着果子，扫了眼李婉儿依旧平坦的腹部，眼中俱是不甘和嫉恨。

潘玉姝：宸妃妹妹，皇上和我们这么多人等你一人呢，你这还未生下皇子，倒是已有了母凭子贵的派头呢。

赵恒正扶着李婉儿坐下，闻言，回头凉凉地扫了潘玉姝一眼。

潘玉姝微绷着下颌，尽力撑着不退让地与赵恒对视。

李婉儿：（忙解释道）陛下，姐姐，臣妾不是故意来迟，是临出来之时，有些头晕想吐，琳琅非去请了太医，是以耽误了些时辰。

赵恒：太医如何说？宸妃身子可有不妥之处？

李婉儿：只是正常的孕吐之象，不过臣妾腹中胎儿方成形，胎象还不十分稳定。

刘娥：可让太医开了安胎的方子？

李婉儿：嗯，姐姐放心，太医说只要按照方子多服几次，便会无大碍的。

刘娥：那便好！

赵恒：你切记要按时服用，有任何事，随时禀报朕知晓。

李婉儿：臣妾晓得。

潘玉姝：陛下，宸妃妹妹怀了身孕，臣妾便寻思着得送点什么贺仪以恭贺妹妹。

赵恒：你想到了？

潘玉姝：臣妾思来想去，终于被臣妾想到，有一物最为适合妹妹。

赵恒不咸不淡地盯着她。

潘玉姝：（摊开手掌）便是此物，弓弩弦。

赵恒：弓弩弦？为何？

其余嫔妃亦甚是疑惑。唯有刘娥与奶娘王氏神色顿了顿。

刘娥：潘贵妃，你这玩笑可不好笑，那物件你还是收起来吧。

潘玉姝：原来德妃姐姐也知晓弓弩弦之效用啊，你不让本位赠予宸妃妹妹，是不是有何私心呢？

刘娥：（难得微微冷了脸色）本位是为了你好！

赵恒：（觉察出不对）德妃，她拿的那玩意，是何用意？

刘娥：陛下，你便不要问了，让潘贵妃退下吧。

潘玉姝：（却不知死活地）陛下，臣妾手中之物，可助胎儿转女为男。

赵恒：（瞳孔微缩）转女为男？

潘玉姝：妇人有妊之后，取弓弩弦一根，绛囊盛，带妇人左臂，一法以系腰下，满百日去之。此乃转女为男之秘术。

赵恒：（森冷地）你言下之意，宸妃所怀乃是女胎？

阁内气氛凝滞。人人神色变得沉重起来。

潘玉姝：正是。

赵恒捏着酒杯的手指一紧，浑身上下散发着可怖的寒气，冰冷地盯着潘玉姝。

王氏：（忙道）陛下，以老身的经验来看，宸妃所怀极有可能是皇子。

潘玉姝：（讥诮地）是啊，奶娘接生经验丰富，难道会不知晓男女命格相克，求子而不可得吗？！

王氏：（皱眉）贵妃娘娘！

刘娥：贵妃妹妹，你喝多了……

赵恒：（愤怒地打断）让她说完！

潘玉姝：陛下命格属金，我们皆知晓，臣妾着人查了宸妃妹妹的生辰八字，宸妃妹妹命格属木，金克木！所谓若其本命，五行相克，及与刑煞相冲，并在子休废死墓中者，则求子，子不可得，慎无措意！

赵恒：贵妃潘氏心肠歹毒，妖言惑众，诅咒皇嗣，着褫夺封号，降为充媛，即日起，不许踏出奉华殿一步。

潘玉姝一下瘫倒在地。

4. 汴京皇宫 刘娥寝殿 外殿 白天 内景

董太医正为刘娥包扎烫伤的手腕。

赵恒紧皱着眉头，神色间满是关切。

赵恒：可还伤到别处？

刘娥：（摇了摇头）陛下，潘贵妃……潘充媛之言——

赵恒：（打断）朕不会信！

刘娥：臣妾是想说，婉儿告知过臣妾她的身世，她自小便被家人卖了，并不清楚自己到底是何年何月所生，所谓的生辰八字不过是她记忆里最后一次见到父母的日子，作不得数的。

赵恒：（明显松了口气）原来如此。

刘娥：是以潘充媛说的那些五行相克之言，陛下着实不必放在心上。

赵恒：朕本就没往心里去，德妃难道不信朕？

刘娥看了看赵恒，随即笑了。

360

董太医： 陛下，娘娘，已包扎妥当！娘娘这只手七日内不可沾水。

刘娥： 有劳董太医了。

赵恒： 再为德妃细致检查一遍身体。

刘娥： 臣妾真的无碍了。

董太医还是为刘娥把了脉，却是沉吟不语，少顷方谨慎地开口。

董太医： 请娘娘换一只手。

刘娥疑惑地伸出另一只手。

董太医又诊脉许久。

赵恒：（脸色难看起来）是否有不妥之处？

便是刘娥都有了几分忐忑。

再过了片刻，董太医终于收回了手，朝赵恒和刘娥施了一礼。

董太医： 恭喜陛下，恭喜娘娘，娘娘有喜了。

赵恒和刘娥皆是一震。

赵恒：（几疑听错）你、你说什么？

董太医： 陛下，德妃娘娘脉象如盘走珠，应指圆滑，确是喜脉无疑！娘娘怀有身孕，已一月有余。

赵恒愣了愣，巨大的喜悦涌了上来。

赵恒： 好！好啊！

赵恒激动地握住了刘娥的双手。

刘娥：（亦欢喜得湿了眼眶）三郎！

赵恒几乎是虔诚地轻抚刘娥那还平坦的腹部。

赵恒： 朕与莺儿终于能再有一个……一个你我的骨血共同孕育的孩儿了！

刘娥抚着赵恒的手背，微微哽咽。

刘娥： 臣妾的那些念想早已干涸枯败，早便不敢再奢望了！却没承想，还能逢了甘露！

赵恒将刘娥紧紧拥入怀中。

赵恒： 天降祥瑞！果然是天降祥瑞啊！天佑我大宋！天怜悯我赵三呀！

5. 王钦若府邸　庭院　白天　外景

王钦若率着夫人李氏、女儿王玉莹,以及家仆们,跪迎圣旨。

张景宗：（宣读圣旨）昊天明命,皇帝诏曰:中书舍人王钦若长女王玉莹,端庄淑睿,知书识礼,着即册为楚王正妃,敕封一品诰命夫人,择吉日完婚。钦此。

王钦若当即便傻了。王玉莹面泛红晕,既羞涩又难掩欣喜,便要谢恩,却见王钦若没动,忍不住低声提醒。

王玉莹：（低声）爹!

张景宗：（将圣旨递给王钦若）王大人,接旨吧。

王钦若：（回过神来,有气无力地）臣……领旨谢恩!吾皇万岁,万岁,万万岁!

王钦若接了圣旨,便要起身。

张景宗：（又道）陛下还有口谕。

王钦若连忙又跪好聆听。

张景宗：王钦若及时将功补过,补足了辽人四万绢帛,特赦其之前渎职之罪,官复原职。

王钦若：臣谢陛下隆恩。

王玉莹扶着心情复杂的王钦若站了起来。

张景宗：王大人,恭喜啊,双喜临门。

王钦若：（勉强笑道）谢公公,公公可要进去吃杯茶?

张景宗：不了,奴婢还要赶着回宫向皇上复命,今日便不打扰了。

王钦若：公公慢走。

张景宗带着内侍离开。王玉莹欣喜地拿过圣旨,看得眼角眉梢俱是欢喜。

王钦若：玉莹,你放心,爹是绝不会让你嫁给那个傻王爷的,即便是冒着抗旨之风险,爹也要进宫面圣,请求皇上收回旨意!爹现在便去!（说着,就要往府门外走,才走了一步,又是一顿,转身往内堂奔）老夫得换上朝服!

王玉莹：（拉住王钦若）女儿愿嫁。

王钦若：玉莹啊，你不用顾及爹，皇上之前虽贬了爹的官，但这不是也——

王玉莹：（打断）爹，女儿嫁元佐，不为别的，只因女儿……心中有他，心甘情愿做他的王妃，绝无一丝勉强。

王钦若：（愣了愣）你、你没和爹说笑吧?!

王玉莹：（慎重地跪下）请爹成全！

王钦若气结，几欲晕倒。

6. 曹鉴府邸　凉亭　白天　外景

那攒尖六角凉亭内，桌案上铺着笺纸，曹鉴正在练书法。曹利用向其禀报昱儿被送回冀王府之事。

曹利用：爹，冀王殿下派人来传话，昱儿已被送回王府了。

曹鉴自顾认真地写着字，未语，过了片刻，方无声地叹了口气。

曹鉴：棋差一着啊！

曹利用看了看曹鉴，犹豫了下。

曹利用：如今德妃和宸妃均有了身孕，有些事，爹还是不宜太过于执着。

曹鉴：是公主还是皇子，犹未可知。

曹利用：（很是无奈地）爹！（顿了顿，干脆直言）冀王殿下并无帝王心性，那几位小殿下，您也是清楚的，即便您付出心血，好好教导他们成才，可他们现在皆还太小。大宋在皇上手中，也算逐渐步入了太平之世，德妃有母仪天下之风范，如今又怀了皇嗣，入主中宫已成必然，爹您为何非要如此固执呢?!

曹鉴：（自嘲地扯了下嘴角）当年，老夫率众臣死谏阻那女人入宫，是怎么也不会想到有今日之局面。

曹利用还欲再劝，曹鉴已搁笔，转身满面凛然地大步走出了凉亭。曹利用望着曹鉴执拗孤傲的背影，无奈地叹了口气，回头只见桌案那笺纸上，书了"春蚕到死丝方尽，蜡炬成灰泪始干"两句诗，龙飞凤舞，笔力遒劲。

7.汴京皇宫　大庆殿前广场　白天　外景

午时一刻，瑞云呈祥。

礼官一声唱和：行——册皇后典仪。

钟磬雅乐之中，刘娥面罩绛纱，戴九龙花钗冠，着绣有翟鸟纹的袆衣，带绶，环佩，乘由六十四名内侍抬着的金龙肩舆，在李婉儿、杨璎珞、文伽凌等嫔妃的拥簇之下，自大庆门缓缓而来。

肩舆至丹陛前停下，刘娥下了肩舆，抬眼望向那高高在上、巍峨的大庆殿，凤目之中感慨万千，莲步轻移，踩过那厚厚铺陈在地上的织锦，一步步登上了青石台阶。

画外音：公元1012年，北宋大中祥符五年，蜀地孤女刘娥被册封为皇后。

画外音：自她十五岁与宋真宗赵恒相遇，历经洪灾、战乱、丧子、守皇陵、天花等种种天灾人祸之磨难，这条路千山万水，她走了近三十年，终于走到了她此生最爱，也是改变她一生命运的男人的身侧，成了他名正言顺的妻子，与他一起君临天下，从此锦绣江山万里，她与他携手与共。

张景宗：（宣读册后圣旨）昊天明命，皇帝诏曰：朕仰承嘉运，嗣守鸿基，思厚人伦，聿崇王化，眷惟中壸，实有旧章，宜得淑贤，佐于忧勤。德妃刘氏，载挺闲和之质，茂昭婉嫕之风，览图史之格言，早扬惠问，肃雝之美，表率于六宫，敦睦之仁，协和于九族，事遵彤管，可立为皇后，母仪天下。钦此。

8.汴京皇宫　潘玉姝寝殿　内殿　白天　内景

"砰！砰！"响彻云天的礼炮声自大庆殿方向传来。妆台前，潘玉姝豁然站了起来，转身朝窗外惊疑不定地看去。

潘玉姝：今日，是什么日子？

侍立在侧的如意目光有些躲闪。

潘玉姝：回答本位。

如意：今日是……是新皇后的封后大典。

潘玉姝一震，备受打击地跌坐下去，那宽大的袍袖将妆台之上的几个妆匣扫到地上。如意担忧地扶住潘玉姝。

潘玉姝：（失魂落魄地喃喃道）她终究成了他的正妻，做了他的皇后！

潘玉姝望着清冷的寝殿，自嘲地微牵了下唇角。

潘玉姝：她荣耀加身，母仪天下，受万人朝拜，本位却被囚困在这冷宫之中，输得一塌糊涂！输得……如此难堪！

如意：（小心翼翼地）娘娘，皇上只是说禁足，并没有……

潘玉姝垂眸，无意间看到地上那打翻的妆匣里滚出来的那对当初钟樵送她的耳环，立即蹲下去捡。

如意愣了下，口里的话一顿。

潘玉姝拾起耳环，复杂地瞅着，渐渐地眼中溢出怜惜，毫无征兆地，清泪夺眶而出，滴落在了耳环上。

潘玉姝如同被抽去了所有气力，跪坐到地上，将那对耳环紧贴在胸口处，微微仰头，脸上满是难掩的痛苦，任凭泪水恣意流淌。

9.汴京皇宫　文德殿　白天　内景

王钦若：陛下，皇后和宸妃同时有孕，皇家子嗣延绵，天佑我大宋啊！

赵恒：爱卿此言，甚得朕心，确乃承天之佑。

寇凖等臣工见王钦若一脸谄媚，哄得赵恒很是高兴，不由均暗暗皱了皱眉。

王钦若：陛下，臣还有一事禀告。

赵恒：爱卿请讲。

王钦若：陛下为皇后娘娘举行册封大典之时，有一群红蝶自四面八方飞来，汇聚于汴京城外，萦绕于四方城门。

赵恒：哦，真有其事？

寇凖：王大人不可信口开河。

王钦若：下官不敢妄言欺君，下官也是得家仆报之，方知晓，且各城门的值守禁军该是皆已看见，还有不少汴京城中的百姓可做证呢，寇相尽可查问。

寇准脸色沉沉，倒是一时没有反驳之言。

丁谓：陛下，臣也得到了同样的消息。

赵恒挑了下眉，看向潘伯正、苏义简等其余臣工。

潘伯正：(有些不情不愿地)似乎是有那么回事。

潘良嘴唇一动，本欲否认，见潘伯正答了，便忍下去了。

苏义简：(很坦诚地)臣也有所耳闻。

曹利用看了眼曹鉴，未语。

曹鉴：破茧成蝶，蝶类乃喜群居在一起取食或栖息，也不算何奇事吧。

王钦若：此言差矣，太傅大人饱览群书，该是清楚红蝶乃大吉之兆。

赵恒：还有这般说法？

王钦若：回陛下，是的。据传隋唐之际，长安城禁苑内有一大树，某一年于冬雪中，忽而花叶茂盛，凋落后结果实，果实能发光，几日之后，果实皆化为红蝴飞去，第二年，唐高祖便攻下了长安。是以有了红蝶报喜之吉兆。

赵恒听得眉间染了喜色。

王钦若：陛下，红蝶报喜，恰在皇后娘娘封后大典之际，想来这定是上天预示，皇后娘娘所怀，必为皇嗣。

赵恒：(龙颜大悦)借爱卿吉言！

王钦若：陛下，臣奏请，于汴京城内修一宫殿，为皇后，还有宸妃娘娘腹中的皇嗣祈福。

寇准：陛下，都城内人口密集，土地有限，修宫祈福是否太——

赵恒：(打断)平仲不必多言，王卿的提议甚合朕心，祈福添丁，民间多已有之，更何况皇嗣关乎我大宋江山社稷，修一座巍巍真宇，亦无不可。

王钦若：陛下圣明。

赵恒：那此事便交由王卿去办吧。

王钦若：陛下，臣对修建之事一窍不通，臣举荐三司使丁谓丁大人为修宫使，丁大人学富五车，且善于账目规划，实乃担当此责的不二人选。

赵恒：丁卿意下如何？

丁谓：臣愿为陛下效犬马之劳。

赵恒：好！朕便封你为修宫使，即日起动土修建……玉清昭应宫，为皇嗣祈福。

丁谓：臣遵旨。

其余臣工见两翁婿得赵恒器重，除了面色淡然的苏义简，皆或多或少神色凝重了起来。

二十八

1. 辽朝　幽都府行宫　萧绰寝殿　白天　内景

窗外北风呼啸，萧绰负手立于窗前，她的脸隐在阴影之中，瞧不太真切，只是浑身上下散发出不可逼视的冷冽。韩德让立于萧绰身后两步开外处，凝重的神色之中多了一抹担忧，看着萧绰的背影，欲言又止。耶律隆绪坐于榻上，同样地脸色阴沉。

片刻，一阵密集的脚步声陡然响起，伴随着甲胄声和兵器碰撞声。身披铁甲、手持弯刀的耶律宗伟率着四名亲随，疾步而入。人人身上散发着浴血后未彻底消散的杀气，铠甲之上染着斑驳血渍。

耶律宗伟：（按剑下拜）太后，陛下，叛贼萧胡辇、挞览阿钵已伏法。

说着，耶律宗伟一挥手，亲随掀开那托盘上的锦布，露出两人的首级。

耶律隆绪微微眯眼，顿了顿，看向萧绰。

耶律隆绪： 母后？

萧绰负在身后的手不觉紧了半分，缓缓地转过身来，面无表情地看向那托盘之上萧胡辇的首级，那凤目雪亮，凌厉深沉得可怕。

半晌，萧绰喑哑而略显疲惫的声音响起。

萧绰： 当年，我父亲萧思温为保家族长盛不衰，将大姐嫁给了太平王，穆宗之弟，二姐嫁给了赵王，先皇之弟，再凭拥立之功，将我送入了先皇的后宫，（微微自嘲地牵了下唇角）如此一来，我萧氏一族当是无可争议的第一大后族，可父亲他又何曾想过，我们三姐妹的命运，在皇权的漩涡里又会演变成何种模样，又会走至……何种无可挽回的地步！

韩德让和耶律隆绪皆神色忧切地望着萧绰。

萧绰：（唇边划过一抹讽刺）赵王屡次谋反，哀家杀了他，二姐为夫报仇，在家宴上给哀家下毒，死的还是她！大姐如今也死在了哀家的手中！

耶律隆绪： 母后是为我大辽肃清内乱，叛贼当诛，母后不必愧疚！

萧绰：（眸色深处透出浅浅的追思）还记得大姐、二姐和哀家，曾最喜欢围着草原上的篝火跳舞唱歌，那时，繁星满天，单纯无忧，哪会想到……（沉痛地闭了闭眼）我们终是没能逃开一个命字！（顿了顿，复杂而忧伤地）哀家的这双手沾满了鲜血，而这其中还有亲人的鲜血！

韩德让： 可也是这双手，让我大辽复兴！此一战虽让我大辽内部有所损耗，但清除了障碍，为我大辽长期兴盛打下了根基！太后所为，功在千秋！

萧绰一声长叹，复深深看了看两人的首级。

萧绰： 将他们……葬于一处吧。

耶律宗伟看了眼耶律隆绪的神色。

耶律宗伟： 是，太后。

耶律隆绪挥手，耶律宗伟带着亲随退下了。

看着被端下去的萧胡辇的首级，萧绰一时心绪激荡，便是一阵激烈的咳嗽。

韩德让和耶律隆绪立即扶住了萧绰。

耶律隆绪：（关切地）母后今日的药，可服了？

萧绰：（微微笑了下）皇上，哀家想再看看将士们的操演。

耶律隆绪： 好，朕这就吩咐下去。

2. 辽朝　沙场　早晨　外景

一声雄浑的号角吹响。那一袭大红的凤袍展开。

天光稀薄，大地隐隐震颤，沙场四周烟尘滚滚。

甲胄成行，兵马重装列阵，点将台上王旗猎猎。

萧绰身着那金丝银线绣成的凤袍，由耶律隆绪扶上了战车，耶律隆绪和韩德让骑马，亲领着两列铁骑亲随护卫在侧，拥着战车朝那点将台行去。

号角呜咽。所过之处，众将士齐声呐喊，声震云霄。

3. 辽朝　沙场　白天　外景

隆隆战鼓擂响。

萧绰自战车上下来，待立在战车旁的一年轻士兵满眼热切地紧盯着萧绰。萧绰抬眸处，看见了他，那凛然整肃的神情不觉柔软了几分，伸手正了正年轻士兵的头盔。年轻士兵受宠若惊，激动地浑身微微轻颤，更是拼力地挺直了肩背，敬仰地望着萧绰。

萧绰唇角微微牵了下，转身，在耶律隆绪与韩德让的陪伴之下，一步步缓缓登上点将台，那凤袍逶迤在后，其上浴火的凤凰在阳光下熠熠生辉，振翅欲飞。

萧绰登临点将台最高处，微微抬手，数万将士立时鸦雀无声，恭听训示。

萧绰：（威严地朗声道）哀家自乾亨四年（982），临朝听政，至今已二十七年，我大辽是马背上的民族，人人能征善战，哀家非男子，却也戎马沙场，杀伐几度。犹记得，统和四年（986），宋太宗北伐，哀家临危上阵，将士们跟随哀家，东西抵抗，终是荡平了宋军来犯，夺回了所有失去的疆土。统和二十二年（1004），将士们随哀家南征，一路势如破竹，攻至澶州，虽后来权衡利弊，我大辽与宋廷阵前议和，然此盟约换来了边防安定，自此两邦修好，约为兄弟之国，燕云十六州依然受我大辽统辖。平内乱，御外敌，将士们，每一战，你们皆付出了鲜血，无数的将士血染疆场、马革裹尸，萧挞凛、耶律斜轸、耶律休哥、所有为我大辽抛头颅洒热血的将士,他们的名字将为我大辽后世子孙所永远铭记!将士们,你们是我大辽的英雄,哀家为你们感到自豪与骄傲,你们的功绩,将随着你们的铮铮铁骨,你们的赤胆忠心,一起镌刻进历史!四境并不太平,我大辽的子民和疆土尚需守护,将士们,哀家请你们继续为你们的民族战斗,阻击一切来犯之敌,为我大辽开疆拓土,建不世之功勋!

"开疆拓土,建不世之功勋!"数万将士齐齐高举弯刀长矛,发出惊天动地的呐喊,声声震荡人心。

韩德让:太后文能提笔治国,采谏言,轻赋徭,开科取士,削藩强民;武能战场杀敌,两败宋军,靖边定乾坤!澶州盟约,更是为我大辽换来最大之利益,我大辽的子民感激于你,我契丹的将士愿意为太后誓死而战!

"为太后誓死而战!"数万将士齐齐抚剑下拜。

萧绰俯瞰着沙场之上跪拜的众将士,心神激荡,万千情绪划过眼眸。

萧绰:三军将士们,听哀家号令,操演阵容,扬我大辽军威。

鼍鼓擂响,令旗招展。三军纵横驰骋,杀声震天,军威浩荡。

耶律隆绪和韩德让,与萧绰立于点将台最高处,望着那沙尘滚滚,金戈铁马。

萧绰:皇上,这三军将士,大辽上下,哀家皆交托与你了。自此以后,哀家可以安心长居于幽都府行宫了。

韩德让:我陪着你。

萧绰眼神涌现一抹温软,和韩德让对视一眼。

耶律隆绪:母后放心,朕将秉承您的志向,带着我大辽的将士们征战四方,兴盛我大辽。

萧绰:我朝与宋廷毕竟有澶州盟约在,不宜恣意背信弃盟,随意再兴兵事,且宋廷的兵力并不弱于我朝,若贸然开战,极易陷入长期的拉锯之战,将白白消耗兵力,断送将士们的性命,只要燕云十六州在我大辽手中,宋廷不来夺取,与宋廷的盟约当可遵守。

耶律隆绪:谨遵母后旨意。

萧绰：刀不磨不锋利，切不可因有盟约在，边境无事，便懈怠了将士们的训练，以致战斗力减弱！一国之军事力量是国力的保证。

耶律隆绪：以战养战，朕懂得此理，母后放心，朕绝不会让将士们久疏战阵，与宋廷和平，并不代表我大辽停止了开疆拓土的脚步。

萧绰神色动了下，欲言又止，顿了顿。

萧绰：此外，皇上也应明白，我朝与宋廷之间的和平实则相当微妙，西南的党项偏向很是关键，可适当拉拢之。

耶律隆绪：母后此议甚合朕心，朕会考量谋划。

萧绰点点头，转首望向那远方天际，难掩地感慨。

萧绰：哀家当然也是希冀，有这份对两邦皆有利的澶州盟约在，我两邦情谊长存，世代和平共处。

那三军厮杀声震天，萧绰的目光被吸引了回来，她骄傲地望着她勇猛的契丹儿郎们，望着，望着……眼前逐渐浮现了当年那千军万马，杀伐征战的壮阔场面……萧绰唇角划过一抹欣慰的笑意，毫无征兆地，凤躯自那点将台高处缓缓倒下，诸人皆是色变。

凤袍飞扬。长空，那黑鹰一声哀鸣，直冲九霄。

4.汴京皇宫　文德殿　白天　内景

众臣工对萧太后去世之后大宋应采取的措施，持截然不同的态度。

潘伯正和潘良步出列班。

潘伯正：陛下，萧绰去世之前，她的姐姐萧胡辇拥兵谋反，萧绰大开杀戒，虽平定了内乱，然辽朝元气大伤，臣父子请战，趁此之际，发兵攻打辽朝，一举夺回燕云十六州。

曹鉴：陛下，老臣以为韩国公之谏言不可取！夫兵者，不祥之器，物或恶之，故有道者不处。如今我大宋四境安稳，正是百姓得以休养生息、国力发展的大好之机，怎能去做那不顾念苍生的穷兵黩武之辈！

潘伯正：机不可失时不再来！陛下，能取时不取，若错过了此夺回疆土、建不世功业之机，不仅愧对我大宋的子民，也愧对赵氏皇族的列祖列宗啊！

曹鉴：韩国公想的皆是建功立业，战祸一旦挑起，陷入水火的便是

刘涛 饰 刘娥； 周渝民 饰 赵恒

大宋宫词

大宋宫词

刘涛 饰 刘娥；周渝民 饰 赵恒

刘涛 饰 刘娥

周渝民 饰 赵恒

大宋宫词

大宋宫词

刘涛 饰 刘娥

周渝民 饰 赵恒

大宋宫词

大宋宫词

涂们 饰 赵光义

韩远琪 饰 赵吉

曹磊 饰 苏义简

大宋宫词

赵文瑄 饰 赵廷美

曹磊 饰 苏义简

大宋宫词

大宋宫词

梁冠华 饰 寇準

大宋宫词

刘涛 饰 刘娥

大宋宫词

周渝民 饰 赵恒

大宋宫词

齐溪 饰 郭清漪

大宋宫词

王鑫 饰 丁谓

大宋宫词

房子斌 饰 王钦若

大宋宫词

阎政 饰 曹鉴

大宋宫词

魏大鸣 饰 郭贤

周渝民 饰 赵恒

刘涛 饰 刘娥

大宋宫词

大宋宫词

周渝民 饰 赵恒

大宋宫词

刘涛 饰 刘娥

大宋宫词

谢园 饰 邢中和

归亚蕾 饰 萧绰

归亚蕾 饰 萧绰

大宋宫词

大宋宫词

刘聪 饰 李婉儿

钱冬旎 饰 潘玉姝

大宋宫词

大宋宫词

林夕 饰 寿安公主

努雅 饰 寿康公主

曹磊 饰 苏义简

梁冠华 饰 寇準

大宋宫词

大宋宫词

房子斌 饰 王钦若；闵政 饰 曹鉴

王鑫 饰 丁谓

李浩滨 饰 木易

刘聪 饰 李婉儿

大宋宫词

大宋宫词

钱冬旎 饰 潘玉妹

傅亨 饰 潘良；杨政 饰 杨延昭

大宋宫词

刘若谷 饰 少年赵祯

大宋宫词

郑妙 饰 郭清悟

大宋宫词

郑伟 饰 赵祯

大宋宫词

郑妙 饰 郭清悟；郑伟 饰 赵祯

我大宋子民，到那时，我君臣才无颜以对之。

赵恒：够了！二位卿家的主张，朕已知晓。其他臣工有何谏言？

曹利用：陛下，臣以为，外敌既已削弱，则应安抚国内，与邻国交好。

王钦若：陛下以仁德治天下，召天地之和气，辽朝国力的衰减，实乃上苍对陛下仁政的厚赐，让大宋子民可以继续过着安居乐业的日子，应珍之惜之。

赵恒：平仲以为呢？

寇準：（沉吟了下）陛下，自澶州盟约后，我边境将士也得以休养了四五年，国库亦有所充盈，依臣之见，可与辽人一战，（微顿了顿）燕云十六州，一直也是太宗皇帝想夺回来的。

赵恒微皱眉，眸色深深，没立刻接话，顿了片刻，看向丁谓。

赵恒：若我朝与辽人开战，粮草可充足？

丁谓：回陛下，短期内没有问题，可若是持久作战，则有些捉襟见肘，毕竟这几年朝廷上下开支也不小。

潘良：陛下，臣愿立下军令状，两月之内，必夺回燕云十六州。

潘伯正皱了下眉，欲言又止。

苏义简：陛下，臣有一顾虑。

赵恒：义简但讲无妨。

苏义简：与辽人开战，臣并无异议，只是须得师出有名，我朝和辽朝有澶州盟约在，若是我朝率先破坏盟约，臣担忧我大宋君臣会在邻边诸邦落下一个背信弃义之名，此后邦交或会受到影响。

赵恒：（斟酌）义简所虑也不无道理……

潘伯正/曹鉴：（几乎同时又激动地开了口）臣……/老臣……

赵恒：（头疼地挥手阻止了）此事容后再议，今日便到此为止。

说罢，赵恒径直站起来离开了。潘伯正和曹鉴很不甘心地望着赵恒的背影。

5. 汴京皇宫　皇后寝殿　外殿　夜晚　内景

夜深，宫灯氤氲。赵恒仅着中衣，脸色不愉地坐于榻上，手撑着额角，那眉宇间尽是苦闷之色，面前案上还摆着那局未下完的残局。忽然，一件外袍披在了赵恒肩头。赵恒回头，只见刘娥正担忧地望着他。

赵恒：怎么起来了？朕吵着你了？

刘娥微微摇摇头。赵恒扶着刘娥于身侧坐下，又将外袍披在了刘娥身上。刘娥伸手为赵恒轻轻地揉按着额角。

刘娥：陛下可是头疼之症发作了？

赵恒：还好。

刘娥：那陛下是在为是否出兵辽朝而烦闷了？

赵恒：（轻嗤了下）满朝臣工吵得朕头疼，打或不打，他们倒是皆占尽了理。（微顿了顿）依莺儿之见呢？

刘娥几不可闻地叹了口气，轻轻吟唱开。

刘娥：月儿弯弯照九州，几家欢乐几家愁，几家夫妇同罗帐，几家流落在外头……

赵恒缓缓回头，目光深沉地看着刘娥。

刘娥：这首民谣从前臣妾也给陛下唱过……战乱，让多少新妇别郎君，多少白头送黑发，妻离子散，家毁人亡，当初澶州之战，臣妾在北地见了太多这般的事！（语气更为悲伤地）若无那兵燹之祸，我们的吉儿或许就不会……

赵恒：（喑哑地）莺儿！

刘娥：（握着赵恒的手轻按上自己的腹部）陛下，臣妾希冀我们的孩儿，大宋千千万万的孩儿，都能享有太平之世。

赵恒：你不赞成出兵？

刘娥深深地与赵恒对视一眼，执起一边棋盒里的一粒白子，落于棋盘棋局一大片胶着之处，拂去四周其余棋子。

刘娥：一将功成万骨枯，皇图霸业赤血染就！最终苦的还是百姓啊！

赵恒：可那燕云十六州本是我中原之地！

刘娥：自后晋将燕云十六州献给辽朝，迄今已有六七十年，辽人苦心孤诣经营多年，很难一鼓作气将其收复，一旦开战，势必陷入胶着之态。陛下，臣妾不是说不取，而是此时非最好之机，当谋定而后动，徐徐图之。

赵恒：你说的这些朕自然知晓，只是……

刘娥：做枭雄易，做明君难，做一位有仁心仁政的明君更难！陛下，帝王看的不是功劳簿，而是黎民千秋万安！

赵恒眸色复杂。

6. 汴京皇宫　文德殿　白天　内景

赵恒忍着头疼坐于龙椅之上，张景宗宣了赵恒的口谕。

张景宗：陛下口谕：辽朝与我大宋约定澶州盟约，辽之太后崩逝，朕甚哀之，特遣大理寺卿曹利用、驸马都尉丁献容为吊唁使节，前往辽朝吊丧，以表朕心。

曹利用/丁献容：臣领旨。

潘伯正：陛下，不能放过了这次对辽朝出兵的机会——

赵恒：（打断）朕意已决，韩国公不必再多言。

潘伯正：陛下！

赵恒：诸卿可还有事要奏？

苏义简：陛下，党项遣和使入京，请求与我大宋议和。

赵恒：李德明要议和？

苏义简：回陛下，正是。臣接到边境文书，党项袭击凉州，和蕃域开战，李德明此时遣和使来，该是不希冀我大宋插手他们与蕃域之争。

赵恒：（点点头）诸卿有何看法？

曹鉴：陛下，李德明之父李继迁，当年曾叛宋，叛逆之辈，不可再信。

潘伯正：陛下，臣请旨出兵，趁党项忙于对付蕃域，我军自侧面出击，给背信弃义的鼠辈一个教训，若有可能，与蕃域共同灭了李德明番贼。

寇準：（讽刺）韩国公还真是武将出身啊，不攻辽朝，便要灭党项，就是闲不下来。

潘伯正：（顿时被激怒了）寇老西儿！本将都是为了我大宋。

寇準：到底是为公，还是为了私欲，那只有你韩国公自己心里清楚了。

潘良：（冷冷地）寇相当年也曾力主对辽作战，莫不是人老，做事变得畏首畏尾了，自己害怕，还拦着别人为国尽忠？

寇准：本相虽老，壮志还在！不管是当年的主战，还是现在的主和，本相皆是为了我大宋江山稳固，为了我大宋子民安稳过日子。

潘良：表忠心的话谁不会说？

寇准瞪了眼潘良，没再理会他，径直朝赵恒谏言。

寇准：陛下，当年我大宋让潘罗支斩杀叛贼李继迁，如今同样地，让党项牵制蕃域，若如韩国公所说，我大宋与蕃域合兵灭了党项，那便是任由蕃域做大，给我大宋留下隐患。是以臣以为，可与党项议和。

赵恒：（沉吟了下）王钦若、苏义简。

王钦若/苏义简：臣在。

赵恒：着你二人接待党项使臣，待达成初步和议之后，再报予朕定夺。

王钦若/苏义简：臣遵旨。

潘伯正皱眉，便要开口。

赵恒：（补充了句）此事便这般决定，无须再议。

潘伯正憋着一股火，顿了顿，又铿锵地开口。

潘伯正：陛下，臣还有一事禀奏。

赵恒：（微微不耐烦地）韩国公还有何事？

潘伯正：臣请陛下立皇后腹中皇嗣为太子。

此言一出，满殿皆是一震。

苏义简：（率先站了出来）陛下不可，皇嗣还未出生，如今便立为太子，过早了些。

潘伯正：皇后所生皇嗣，定为太子，早立晚立，还不是一样？

潘良：是啊，陛下总不会立宸妃娘娘的孩子为太子吧？

赵恒脸色很难看，微微眯眼，眸色难辨地盯着潘氏父子。

寇准：陛下，此时确实不宜立太子，皇后所生是男是女，还是未知，若立了太子，到时皇后生了公主，岂不是让全天下人笑话。

赵恒：（眉眼一沉）够了！皇后所生必为太子，册立之事也不急在此一时。退朝。

7. 汴京皇宫　赵恒寝殿　外殿　白天　内景

张景宗和一内侍各端着一檀木托盘，其上各放置着一玉玺龙袱，分奉给刘娥和李婉儿。

刘娥： 陛下，这是……？

赵恒： 邢中和夜观天象，见天狗星犯阙，主储君不利。朕虽乏嗣，然喜你二人俱各有孕，不知将来谁先谁后，是男是女，上天既垂兆，朕赐你二人玉玺龙袱各一个，以镇压天狗犯冲。

李婉儿：（难掩惊喜地）臣妾也有吗？

赵恒点头。

刘娥/李婉儿： 臣妾谢陛下恩赐。

李婉儿和刘娥分别执起那玉玺龙袱，细看之，那由龙锦缎布绣成的龙袱之上，竟还绣了玉玺，旋即很快发现里面还各藏有九曲珠子一枚。

李婉儿：（新奇地）姐姐，里面还有一枚珠子呢。

赵恒： 此九曲珠子，朕有一对，原是先帝所赐，朕幼时随身佩戴，如今你们每人一枚。

李婉儿激动而娇羞，旋即看见她那枚珠子之上刻了"玉宸宫李婉儿"几字，愈发地惊喜。

李婉儿： 上面刻有臣妾的宫名与名字呢。

刘娥也看到了她的珠子上刻的那"金华宫刘娥"几字。

刘娥： 这几字是陛下亲刻吧?!

赵恒：（目光深邃地看着刘娥）赠你二人之物，自然该出自朕之手。

刘娥：（亦深深地回视着赵恒）臣妾会珍之惜之，随身佩戴。

李婉儿： 臣妾也是。

赵恒一笑，拿过刘娥手中的玉玺龙袱，亲自给她佩戴在腰间。

刘娥： 此乃陛下御赐之物，任何的凶恶神煞，当可化解。

赵恒再与刘娥深深对视一眼，点头，继而又拿过李婉儿手中的龙袱，为她佩戴。李婉儿有点受宠若惊，看着赵恒低头的认真模样，不由动容。

8.汴京皇宫　御苑　春鸾阁　顶层　白天　内景/外景

李婉儿轻轻地摩挲了摩挲那只绣给木易的香囊袋面的那只鹰隼，再抬眼望向远处天际，唇角微扬。

李婉儿：这时候，你该和铁镜公主纵马驰骋在草原上了吧？你是鹰隼，就该属于那般辽阔的天地，木易大哥，婉儿愿你和铁镜公主幸福！（微微垂眸，轻抚上隆起的腹部）婉儿似乎也遇到了自己的幸福呢，他很温柔，待婉儿也很好，他还是天下之主，婉儿想为他生儿育女，想一直如现在这般陪在他和姐姐身边！（又摩挲了下那只鹰隼）木易大哥，你也定会为婉儿欢喜的，对吗？婉儿曾经那些连自己都说不清的心思，或许是因那时婉儿身处异乡，你给予了婉儿亲人般的温暖，多谢你，婉儿将一生视你为兄。

李婉儿眼底划过一抹释然，复看了看香囊，毫不犹豫地将其扔进了面前的火盆。

火苗很快吞没了那只鹰隼，赤色火焰里，映出的是李婉儿溢满了幸福的双眸。

9.松香阁　包厢　白天　内景

李载丰执壶为寇準和丁谓分别斟酒。

丁谓：（脸上挂着一抹还算恭敬的笑意）寇相，此乃宸妃娘娘之弟，李载丰，皇上亲赐的左藏库副使。

寇準淡淡地瞥了眼李载丰。李载丰恭敬地微微俯身，端起了酒盏。

李载丰：相爷。

丁谓：（也执起了酒盏）松香阁老板新酿了此杏仁酒，寇相尝尝。

寇準：（却是没动）老夫好酒，却也不是谁的酒都吃。

李载丰神色一滞，有些无措地看向丁谓。

丁谓：（神色没多大变化）同僚一场，寇相何须拒人于千里之外，一盏水酒，聊表下官与李副使的一点敬意，寇相这也不能受？

寇準微带挑剔地看了看两人，端起酒盏，一饮而尽。李载丰和丁谓陪喝了一盏。

李载丰：（又忙着为寇準斟酒，布菜）相爷，吃菜。

寇準看了看忙活的李载丰，忽而话锋一转。

寇準： 既然丁大人如此诚意，老夫便不客气了。

丁谓微抬手示意了下。寇準当真毫不客气地开始吃菜，喝酒。

李载丰见寇準只顾着吃喝，也不言语，不由有点傻了，求助地看向丁谓。

丁谓微微一笑，执起酒壶给寇準斟酒，状似不经意地说道。

丁谓： 这几日皇上又因龙体抱恙，辍朝了，年关将至，寇相机务繁重，有任何需下官等分担的，尽管吩咐。

寇準：（随口地）你把三司今岁的财政收支尽快报予老夫即可。

丁谓： 这是自然，下官分内事，（忽而想到什么）只是这岁末恐还有一款项支出，账目之事怕得晚些日子了。

寇準看丁谓。

丁谓： 主要是近来未见着皇上，御批误了，要不请寇相代为批示，稍后再呈于皇上过目。

寇準： 何事？

丁谓： 也不是大事，修建玉清昭应宫，需大量木材石料，运送费时费力，下官便想可否开挖一条运河。

寇準恍若未闻，吃喝得有滋有味。沉默少顷，气氛有些尴尬。

李载丰：（忍不住开口道）相爷，其实开挖运河，丁大人已有一番深思熟虑的计较，可作多用，不会耗费……

丁谓阻止地看了眼李载丰。李载丰咽回去了喉间的话。

寇準： 俗语有云，不是一家人不进一家门，丁大人与王大学士的翁婿，还真是做对了。

丁谓：（状似根本未听懂寇準之言）能得王大人许婚，将知书识礼的女儿嫁与下官，下官甚庆幸之。

丁谓边说，边又给寇準盛了一碗汤。寇準看了眼丁谓，又不客气地端起就喝，不小心将汤汁沾在了胡须之上。

丁谓见状，自然地以衣袖为其揩拭，溜须。寇準怔了下，旋即一哂笑。

寇準：国之重臣，当为民生计，丁大人任三司使，难道是为长官拂须的？

丁谓神色霎时僵住。气氛再次陷入了凝滞尴尬。

寇準倒是神色自若地捋了捋胡须，不掩鄙视地睨着丁谓。

丁谓再好的隐忍功夫，这一刻也面皮挂不住了。这时，正好老板进来添酒。

老板：小的新酿这杏仁酒，不知可还合几位大人的口味？

寇準：（心情不错地）合！甚合！老板，再送十坛去老夫府上，今日这桌的酒钱也算老夫的，到时一并结算。

老板：（看了眼神色不怎么好看的丁谓）多谢相爷。

寇準：（立了起来）老夫机务缠身，便先告辞了。

李载丰：（立刻站起来，拱手相送）相爷慢走。

丁谓却是坐着没动。寇準离开。老板见情形不对，也俯了俯身子，跟着退了下去。包厢内仅剩下丁谓和李载丰，李载丰很是窘迫地看向丁谓，动了下嘴唇，又不知该说什么。

丁谓眼中涌上明显恨意，执其酒盏，一饮而尽，重哼一声。

丁谓：工部事可不全归他寇老西儿管，询问一声，不过以示尊敬，还真当没他的应允，那条运河，本官就挖不成了！

二十九

1. 汴京皇宫　潘玉姝寝殿　外殿　白天　内景

琴音铮铮，在一双稚嫩的小手下缓缓流淌。那琴案之前，寿安正拨弦，弹着一支曲子（《凤求凰》）。潘玉姝坐于旁侧，没怎么施粉黛，神情也十分厌倦，听着听着便走神了。半晌，一支曲子弹奏完，寿安满眼期盼地看向潘玉姝。

寿安：娘娘，儿臣这一遍弹得如何？

潘玉姝没反应。

寿安轻轻摇了摇潘玉姝的手臂，潘玉姝回过神来，看向寿安，既怜且爱，还带不甘，目光甚是难言复杂，伸手摸了摸寿安的小脸。

潘玉姝：（低喃）你为何就是个公主呢?!

寿安迷茫地看着潘玉姝。

恰在这时，如意目光余角忽而扫到门口进来的人影，抬头一看，忙跪了下去。

如意：皇后娘娘。

刘娥亲自将被罚的月儿和步摇送了回来。

月儿和步摇一下扑跪到潘玉姝脚边，轻声啜泣。

潘玉姝瞥了二人一眼，冷冷地看向刘娥，看到刘娥隆起的腹部，眼底划过一抹恨意，并未起身。

刘娥：年节将至，你宫里上下都需人打点，我把月儿和步摇给你送回来了。

潘玉姝：（一声微嗤）皇后是来向我炫耀你六宫主事之权呢。

刘娥：（扫了眼不太明朗的寝殿）皇上已解除了你的禁足令。

潘玉姝：看来皇后又在皇上面前装大度了。

刘娥淡淡地看了看潘玉姝，未再多言什么，转身欲离开。

潘玉姝：我不会感激你的！

潘玉姝猛地站了起来，颇有点气急败坏地瞪着刘娥的背影。

刘娥无奈地微叹了口气，没打算与她多争辩，继续朝外行去。

潘玉姝：（又不甘地沉声道）皇后！皇上的子嗣素来易夭。

刘娥的脚步一顿，回头，目光微冽地扫向潘玉姝。

潘玉姝：凤子龙孙，与继承皇位息息相关，哪一个能容易长大？（愈发狠厉地）皇后，我诅咒你怀的是皇子，诅咒他不会顺利降生！

刘娥：将寿安公主先带下去。

月儿三人迟疑地看向潘玉姝。潘玉姝冷笑着看着刘娥。

忆秦：皇后娘娘的吩咐，你们也敢不听吗？！

月儿三人看了眼彼此，终是将寿安公主带了下去。刘娥看了眼忆秦。忆秦迟疑了下，也带着侍女退了出去。殿内仅剩下刘娥和潘玉姝两人。

潘玉姝：皇后的胆量真不是一般的大，（睇了眼刘娥的腹部）你就不怕我对你不利？

刘娥：（淡淡地）只有愚蠢之人，同样的错误才会犯两次，你虽不精明，却也不笨。更何况你总不会想不开还没向皇上当面谢恩，便又被禁足吧？

潘玉姝：看来是皇上不在，皇后终于不用再装温柔、装大度，看你寻常那假惺惺的模样，我都替你累得紧！不过你也不用拿话威胁于我，（难掩嫉恨地又扫了眼刘娥的腹部）我即便什么也不做，可有一句话叫……天意难违！

刘娥：（几不可见地蹙了下眉）你今日之言若是让皇上知晓，本位想保你都难。且你是做母亲之人，那般恶毒的诅咒如何能在孩子面前道出？我让她们把寿安带下去，就是不想有些话让她听见。

潘玉姝：我如何教自己的孩儿，不须你置喙。

刘娥：你的心情，本位可以理解，然不管你是作为寿安的母亲，还是皇上的妃子，那些话都不该出自你之口！所谓积福积德，为自己，也为子女！还有潘家，你总不希冀因你一句诅咒，赔上潘氏一族吧？

潘玉姝神色一滞。刘娥再看了看她，微微摇了摇头，转身走了出去。

2. 汴京皇宫　御书房　白天　内景

曹利用和丁献容带回辽朝出兵高丽之讯。

赵恒：（皱眉）耶律隆绪亲率四十万大军，征讨高丽？出兵缘由是什么？

曹利用：回陛下，高丽西京留守康肇弑主王诵，立其堂叔王洵为主，辽朝以此为名，吊民伐罪。

赵恒：（嘴角划过一抹讽刺）萧太后方辞世，耶律隆绪此时发兵，依朕之见，不过是急于树立君威罢了。

潘伯正：陛下所言甚是。然此战对我大宋却有利可谋！雍熙三年（986），太宗北伐，高丽承诺出兵相助，事到临头，却按兵不动。请陛下下旨，允臣发兵，与辽朝共讨高丽，报当年其食言之仇。

寇准：韩国公此举不妥！当年北伐失利，与高丽实无直接干系，其国力弱小，自顾不暇，不出兵亦情有可原。陛下，臣倒是以为，我大宋可借此时机，恢复与高丽的邦交。

潘伯正：莫非寇相还想出兵助高丽抗辽？

曹鉴：寇相莫要忘了，澶州盟约可是约定我大宋与辽自此罢兵，互不侵扰。

寇准：陛下，臣之意，仅是恢复邦交，以此制衡辽朝。辽人穷兵黩武，有高丽在其东面牵制，更可保我大宋与辽边境之安宁。

曹鉴：高丽小国，而今又被辽朝所逼，我堂堂大宋，天朝上国，竟要主动与其修好，寇相不觉得此举着实荒谬可笑，更有失我上国之颜面吗？

寇準：自然不是我朝主动。（说着，自袖中抽出一份文书呈上）陛下，臣接到前方驿站呈递来的高丽国主书信，今岁除夕之后，高丽国主有意遣使团入京朝贡。

潘伯正：朝贡是假，借兵才是其本意吧。

赵恒：（抽出书信看了看）书信中倒是只字未提借兵之事，然若真如韩国公所言，届时又当如何处置呢？

寇準：作壁上观！不管高丽想如何，我朝仅需与其建立友好邦交，并不针对辽朝！唯有这般，方能达到使其彼此牵制之效。

赵恒：（沉吟了下）平仲此策甚妙！

潘伯正和曹鉴还欲再说什么，被赵恒微抬手阻止了。

赵恒：便由平仲代朕修书一封，给那高丽国主，朕应允其使团来京朝贡。

寇準：臣领旨。

潘伯正和曹鉴难掩几分不快之色。

3. 相国寺　广场　白天　内景

相国寺前广场上，百姓云集。刘娥在忆秦的陪同之下，自寺内行了出来。

"皇后娘娘出来了！"百姓之中有人欢呼了一声，所有百姓立刻拜了下去。

众百姓：参见皇后娘娘！娘娘千岁千岁千千岁！

刘娥：免礼。

一对白发苍颜的老夫妇自人群中步出，向刘娥献上一卷画。

老妇：娘娘，老身夫妇今岁刚好一百岁整，家中四代同堂，是以受大伙儿之托，特向娘娘献上此幅《百子图》，愿娘娘顺利诞下皇子，皇家子嗣兴旺，万代延续。

刘娥展开画卷，见其上绘了一百个憨态可掬的童子，不由心神激荡，感动不已。

刘娥：多谢老人家！多谢大伙儿！

说着，刘娥朝众百姓微俯身施礼。众百姓连忙还礼。

随即,又有一妇人行上前来,手中端着一碗清水模样的物事。

妇人:娘娘,奴家生养了八胎男孩,对生育之事还算精通,瞧娘娘面相,乃是宜男之相,腹中所怀必为皇子。

刘娥:承你吉言。

妇人:(奉上手中物事)此物乃是甘露,生于柳叶之上,其令叶片光润如油,落于地上凝润不散,食之则甘如饴,实乃大瑞,奴家怀那八胎皆食了此甘露,是以奉于娘娘,便当是讨个好兆头。

这时,杨璎珞和住持带人将粥端了出来。杨璎珞闻言,立刻行了过来。

刘娥接过甘露,轻晃了晃碗,见其确实凝而不散。

杨璎珞:姐姐,瞧这甘露晶莹清澈、凝而不散,着实有些怪异,还是慎重些好。

妇人:娘娘若觉得有何不妥,奴家可代为先试服用。

刘娥:不必,你一片赤诚,本位怎能辜负?

杨璎珞:姐姐……

刘娥:《汉书·宣帝纪》中有言,乃者凤皇集泰山、陈留,甘露降未央宫……获蒙嘉瑞,赐兹祉福,夙夜兢兢,靡有骄色。甘露降,确乃太平瑞征。(看了看碗中的甘露)只是,怀妊服用甘露,本位倒是第一次听闻。

妇人:娘娘,奴家所言,句句属实!娘娘若是不信,可现在便去奴家家中,瞧奴家那八个混小子!

刘娥:(一笑)我信你。

说罢,刘娥毫不犹豫地端起碗,坦然饮下了。杨璎珞忧切地看着刘娥。刘娥饮尽一碗甘露,朝杨璎珞安抚地笑了下。

刘娥:(朝妇人道)入口清润微甜,似还有一缕暗香浮动,不错。

妇人跪倒,深深埋头拜了下去。

妇人:苍天会庇佑娘娘与腹中皇子平安顺遂!

刘娥亲自将妇人扶了起来,妇人一直虔诚地微微埋着头。

住持:娘娘,粥备好了。

刘娥:(点头)多谢住持。(随即冲众百姓道)本位备了些七宝五味粥，分与大伙儿食用，以祈新岁之安，愿风调雨顺，我大宋国泰民安！

众百姓：（再次下拜）多谢皇后娘娘！愿风调雨顺，我大宋国泰民安！

4.汴京皇宫　垂拱殿　黄昏　内景

刘娥由忆秦扶着，步入垂拱殿，便发现殿内气氛压抑凝滞，赵恒一脸不悦地坐于龙案之后，王钦若和苏义简肃立下方，敛眉屏息。

刘娥神色间难掩一丝疲惫，还是尽力撑着精神，微微笑了下。

刘娥：陛下因何事发这么大火呢？

赵恒：（怒指了指苏义简两人）你问他二人。

苏义简：回娘娘，臣与王大人，和党项使臣初步达成了几项和议……

赵恒：（打断）王钦若，你说，把你方才之言，给皇后重复一遍。

王钦若为难地看了眼赵恒。

赵恒：说。

王钦若：党项使臣提出，我大宋须得像对待辽朝般，每年赠予他们钱财、绢帛，且还得如对待蕃域般，封李德明为王。

赵恒一听，火气又上来了。

赵恒：混账！如此无耻的要求，你二人不当场驳斥，还敢说与朕听？

刘娥：陛下息怒，既是和议，双方提出条件，也在情理之中。

赵恒：开口便问朕要钱要官，把我大宋当什么了？（指着王钦若和苏义简）你们让他们回去告诉李德明，要打便打，朕不受他的勒索。

刘娥：陛下，以财货爵禄换取一方边境之安稳，这般条件当是可谈的啊。

赵恒：（固执地）朕现在不想和他谈。

刘娥：（耐着性子）朝廷每年都要花费庞大的军资在边境，相较起来，这些钱财该是远远少于军费的，且封了李德明为王，他便是我大宋的臣属。

赵恒： 朕不需要这种狼子野心之辈做我大宋的臣工。

刘娥： 陛下，罢兵息民方为上策——

赵恒： （打断）皇后无须再多言，朕意已决。

刘娥蹙了蹙眉，看向下方的二臣工。

刘娥： 既然党项提了这些条件，二位大人该是也提了我大宋的条件吧？

苏义简： 回娘娘，是的。

刘娥： 那你们提了哪些——

赵恒： （不耐烦地又打断）皇后，你便不要操心这些了，你现在最紧要的是为朕孕育皇嗣！今日不是去相国寺祈福了吗，回来怎么也不好好歇息，来此处瞎掺和什么？

刘娥本因孕期就有些不舒服，加之奔波劳累，失去了平日的耐心，闻言也冷了脸色。

刘娥： 臣妾奔波一日，确实也累了，这便回去歇息。夜里的除夕宴，臣妾就不去了。

说罢，刘娥径直施了一礼，便朝外行去。

"砰"，赵恒气得砸了茶盏。

5. 汴京皇宫　集英殿　夜晚　内景

除夕夜，赵恒赐宴前朝后宫于集英殿，君臣同乐。

数盏琉璃宫灯高悬，照得那殿内明光如白昼。不时有婀娜宫娥穿梭其间，托玉盘，执金杯，酒香芬芳清冽，殿前舞女窈窕，鼓乐靡靡，满殿华彩奢贵。而那玉阶之上，气氛却是一片冷凝，赵恒身侧的凤位空着，他的脸上始终密布着阴霾，目光唯有偶尔落向另一侧的李婉儿时，方才稍见缓和。

潘良是宴开后，方入得殿来，隔着殿上舞女，遥遥地冲赵恒施了一礼，后于潘伯正身旁落了座。

潘良来到潘伯正身旁坐下，低声道。

潘良： 父亲，孩儿来迟了。

潘伯正端起酒杯，望了望那空着的凤位。

潘伯正：来迟的可不止你一人啊。

潘良循潘伯正视线望去，面带不解。

潘伯正神色间闪过一丝得意之色。

潘伯正：刘娥不在，党项要来，这年夜饭可吃得热闹了。

潘良恍然大悟，露出笑容。潘良执起酒壶，给潘伯正斟了一杯。

潘良：玉姝那丫头可要把握良机啊。

那边厢，王钦若已将赵恒和刘娥垂拱殿内闹别扭之事告知了丁谓，两翁婿饮着酒，望着那玉阶之上，满面冷色的赵恒，还有旁侧的李婉儿。

王钦若：（叹道）后宫佳丽三千，百花争艳，从来都没有一枝独秀啊！

丁谓：朝堂之上，不也是如此？

丁谓扫了眼那边的寇準，眼底划过一抹愤恨。寇準若有所感地看了过来，两人眼神撞上，寇準傲然地微仰了下颔。丁谓恨得牙痒，却飞快地敛去一切神色，脸色平静无波。王钦若挑了下眉，不置可否，继而话锋一转。

王钦若：听闻贤婿近日在修宫事宜上，碰到了些难处？

丁谓：有劳岳丈挂心了，都是些不值一提的小事，小婿自有法子解决。

王钦若：贤婿做事，老夫放心！

寇準一人独坐众臣之首，凛然独成一方天地。望向上座一直龙颜不悦的赵恒和空着的凤椅，寇準面露困惑，看了一圈桌上的同僚，最终视线看向苏义简。

寇準低声询问苏义简。

寇準：这除夕之夜，皇后怎么未到？

苏义简不便明说，看了眼陵阳公主的空位。

苏义简：那陵阳公主不也未到，许是皇后与公主操办年夜事宜，耽误了吧。

丁献容：（阴阳怪气地）苏大人很关心我夫人。

苏义简：（淡淡地）驸马言重了！苏某只是未见皇后与公主，妄自揣测罢了。

丁献容：（一声轻嗤）好一个妄自揣测呀！她自称是病了，苏大人若去探望探望，指不定就好了呢。

苏义简眉眼一沉，就欲发作。

"咳！"那边的丁谓重咳嗽了一声。丁献容微震，回头看向丁谓，换来丁谓瞪视一眼。丁献容几不可见地缩了下脖子，气焰顿时矮了几分。

丁谓朝苏义简举了下酒杯。苏义简回应，两人对饮一杯。

丁献容却是惴惴难安，一口饮尽杯中酒，不知其味。

曹鉴、赵元份、曹利用，还有赵元佐，四人坐于一处，赵元份一直在照顾赵元佐。

曹鉴： 王妃怎么没陪殿下进宫来？

赵元份：（微叹了口气）允怀又病了，她放心不下，亲自在府照看呢。

曹鉴：（皱了皱眉）唉，该来的不来，（顿了顿，望向党项使臣那一桌）不该来的却来了。

赵元份：（不解）每年除夕，外邦都来朝贺，为何说党项不该来呢？

曹鉴： 如今党项与我朝情势严峻，李德明得寸进尺，索要岁币与封号。殿下不该对当下时局完全不知啊，即便不能……（望了眼上座的赵恒，口里的话一顿）

曹鉴旁边的曹利用听到此处，不觉地皱了下眉。

曹利用： 父亲慎言！

曹鉴瞪了眼曹利用，继续同赵元份说完，语气却是微微气馁了几分。

曹鉴： 毕竟是国家大事，殿下还需多关心了解。

赵元份： 本王晓得。（忽然瞥见旁侧的赵元佐拿起一颗荔枝便往嘴里塞，忙拦下）大哥，荔枝可不能这么吃，（边说，边剥开了一颗）得剥皮！

赵元佐接过荔枝，塞进嘴里，尝了尝，甚是满意，冲赵元份一笑。

赵元佐： 好吃！还要。

赵元份应了声，专注地为赵元佐剥荔枝，看去倒是兄弟情深。

这时，月儿悄然从殿外进来，行至潘玉姝身侧，俯身在她耳边低语了几句。潘玉姝扬眉，瞥了眼赵恒及其身侧的空位，眼底划过一抹快意，继而起身，带着寿安公主向赵恒祝酒。

潘玉姝：陛下，臣妾与寿安恭祝陛下龙体安康，我大宋国运昌隆。

赵恒端起酒杯，应付地举了下，倒是朝寿安招手。

赵恒：寿安过来到父皇这儿。

寿安：父皇。

赵恒神色瞬间柔和了几分，将案上的糕点拿给寿安。

寿安：（乖巧地）多谢父皇！

赵恒赞许地摸了摸寿安的小脸，看向潘玉姝的神色都好上了许多。

赵恒：玉姝把寿安教得很好。

潘玉姝：谢陛下夸奖！此乃臣妾分内之事。（顿了顿）陛下，今夜为何没见皇后娘娘前来？

赵恒闻言，神色不觉淡了几分。

赵恒：你问她做甚？

潘玉姝：前些日子，臣妾被陛下禁足，幸好有皇后娘娘为臣妾求情，皇后娘娘有孕在身，臣妾平日里也不便相扰，本想借着今晚夜宴，敬皇后娘娘一盏酒，一则感谢她的宽厚，二则更是为之前害得皇后娘娘受伤而致歉。

赵恒：（听了也没多大反应，不咸不淡地）玉姝有心了。

说罢，赵恒也不再理会立着的潘玉姝，自顾自地逗着怀中的寿安。

潘玉姝很是没面子，于那宽大的袖袍下，十指丹蔻陷入了掌心，面色却尽量维持着笑意，坐了下去，无意侧目，对上下方潘良鄙视的神色，更是羞恼。

6.汴京皇宫　集英殿　夜晚　内景

寿安：父皇也吃！

寿安窝在赵恒怀里，将手中的糕点喂到赵恒嘴边。

赵恒尝了一小块，挑了下眉，很是自然。

赵恒：嗯，酸甜可口。景宗，给皇后送一碟酸枣糕去。

张景宗：是，陛下。

张景宗应了声，快速退了下去。赵恒这才反应过来什么，顿时有点讪讪。

李婉儿：（却柔柔地笑了）姐姐近日口味变得偏喜酸，（边说，边拿起面前的枣糕尝了一口）这酸枣糕想来姐姐定会喜欢吃。

赵恒不自然地咳嗽了一声。

李婉儿：陛下这般惦着姐姐，姐姐也总是记得陛下的一切喜好呢，前几日还特意叮嘱太医，说陛下受不了药里地龙的膻腥味，让把地龙换成其他具有同样功效的药材。

赵恒：（嘀咕）朕就说，这两日的药没那么难以下咽了呢，原来是皇后……

赵恒心情明显地开怀了。这时，殿上舞曲暂罢。

苏义简：（站起来）陛下，辽朝、党项、蕃域等邻边诸国均遣了使臣来贺。

赵恒：宣。

内侍：（一声高呼）党项使臣觐见。

党项使臣领着两名侍从上殿觐见。

党项使臣：党项使臣刘仁勖，参见大宋皇帝陛下，恭祝陛下圣躬万福。

赵恒：使臣免礼。

党项使臣：谢陛下！（随即站了起来，取出一封文书呈上）陛下，此乃我主亲书的归附誓表，还请陛下御览。

内侍将文书呈给赵恒。赵恒接过，不动声色地翻看。

下方的王钦若和苏义简不由对视了一眼，不知赵恒是否消气了。

党项使臣：此外，使臣还特奉我主之命，进贡马五百匹，橐驼三百峰，牛羊各六百头，以表我党项归附大宋之诚意。

赵恒阅完文书，没什么表情地合上。

赵恒：你主的诚意，朕已深有感知。

党项使臣：（见赵恒没再继续说下去，只得再道）关于和议之事，使臣与贵国的王大人以及苏大人，已初步达成了几项和议，不知陛下意下如何？

王钦若和苏义简当即微微担忧地看向赵恒，以为赵恒会当场驳斥，没承想赵恒眯着眼沉沉地瞅了党项使者片刻，依旧是语气淡淡地开了口。

赵恒：今夜除夕，宴饮大庆，不谈朝事，使臣且请入座，共饮同欢。

党项使臣：（微蹙眉）陛下……

王钦若：（忙站了起来）刘将军！我陛下之意是，此事可容后再议。

党项使臣询问地看向赵恒。赵恒不咸不淡地应了声。

苏义简：（也站起来招呼）将军请上座。

赵恒凉凉地瞪了眼苏义简和王钦若。

党项使臣向赵恒施了一礼，入座。

王钦若和苏义简均暗自松了口气。

殿门处内侍：辽朝使臣觐见。

7. 汴京皇宫　皇后寝殿　内殿　夜晚/有雪　内景

窗外雪花纷纷扬扬，远处夜空的焰火绚烂，刘娥躺在锦衾里，已疼得额角冷汗淋漓，脸色青白。董太医正在为刘娥施针。

奶娘王氏于盆里拧干了布巾，为刘娥轻轻地擦拭着汗水。

杨璎珞无措地于一侧双手合十，向天祈祷。

赵恒焦灼忧急的声音乍然响起，人已经疾步而入，奔至床榻边，一把握住了刘娥的手。

刘娥：（虚弱地）陛下！

赵恒：（疾言厉色地冲董太医吼道）皇后如何？

董太医：臣、臣尽力……

赵恒：不是尽力！是一定！定要保皇后母子无恙！

董太医：（诚惶诚恐地擦了下额角的汗珠）是！是！

赵恒看着刘娥痛苦的模样，再看那隐隐渗出血迹的锦衾，脸色愈发地难看。

刘娥：（拼力地攥紧赵恒的手）陛下！无论如何，保住我们的孩儿！
说罢，刘娥便晕了过去。赵恒目眦欲裂。

8.汴京皇宫　皇后寝殿　殿门外　夜晚/有雪　外景

潘玉姝得了潘良送入宫的讯息，匆匆赶至皇后寝殿外，正好遇上了因不放心赶来探视刘娥的李婉儿。潘玉姝一声微嗤，很不顺眼地瞥了眼李婉儿大氅下微隆起的腹部，转身便要入殿门，却被张景宗拦了下来。

潘玉姝：张公公，你这是何意？

张景宗：充媛娘娘，未得皇上允许，您不可擅入。

潘玉姝：那你便去通禀，本位有事求见皇上。

张景宗没有动。潘玉姝不满地看张景宗。

张景宗：娘娘，皇上吩咐了，不见任何人，且夜已深了，要不你明日——

潘玉姝：（打断）放肆！本位做什么，还轮不到你一个奴婢来干涉，让开……

赵恒：你才放肆！深夜强闯皇后寝殿，你意欲何为？！

潘玉姝：（立刻施礼）臣妾参见皇上！

李婉儿和张景宗等人也连忙俯身施礼。一股低沉的气氛蔓延开来，静默片刻。

赵恒：宸妃你先起来。

李婉儿：谢皇上。

琳琅将李婉儿扶了起来。赵恒却未让其余人起来。

潘玉姝：（难堪地咬紧了唇瓣）回陛下，寿安这几日夜里都……都睡不好，老是做噩梦说梦话，臣妾便想着，陛下能否去探望……

赵恒：朕不是太医。

潘玉姝一噎。

赵恒：（皱了皱眉，斥责道）寿安睡不安稳，奶娘是做甚的？你这个当娘的，又是做甚的？！宣太医看了没有？

潘玉姝：还没……

赵恒：那你还不去做事，要在这里杵多久？

393

潘玉姝：是，臣妾这便回去照顾寿安，宣太医。

赵恒不耐烦地挥了下手。潘玉姝又暗暗朝殿内张望了一眼，不情愿地缓缓起身，退下。

李婉儿：皇上，姐姐——

赵恒：（打断）宸妃，你怀着身孕，夜已深了，且又下着这般大的雪，就别乱跑了，也回去吧。（又朝张景宗道）景宗，你护送宸妃回寝殿，务必小心，切莫出了任何岔子。

张景宗：是，陛下！

赵恒旋即转身回了殿内。并未走远的潘玉姝回头，见李婉儿同样被拦下，不由轻嗤。

潘玉姝：麻雀就是麻雀，飞上枝头也变不成凤凰。同样都是怀了皇上的血脉，也还是有个高低贵贱之分啊！

琳琅气得白了脸，便要反驳，却被李婉儿按住胳膊，微微摇头阻止了。琳琅和张景宗护着李婉儿离去。

月儿：（小心翼翼地）娘娘，那我们现在也回去吗？

潘玉姝：不回去，在这变雪人吗？！

潘玉姝一声冷哼，又不甘地瞥了眼紧闭的殿门，愤然离去。

那边厢，李婉儿走出一段，也回头望了望殿门，一抹不安划过眼底。

琳琅：（还在为方才之事生气）娘娘，你品阶比她高！她有什么资格，在你面前肆无忌惮！

李婉儿：算了，她从前是贵妃，习惯了这般言行。

琳琅：娘娘！

张景宗：（在侧却赞道）宸妃娘娘宽宏海量，是能担大事之人。

三十

1. 汴京皇宫　皇后寝殿　内殿　夜晚/有雪　内景

烛火明灭，在殿内投下一片幽深。那锦衾里躺着的人单薄羸弱，惨白的脸色之上无一丝血色，目光呆滞地望着帐顶。赵恒进来便看到这样一幕，浑身一震，步伐虚浮地一步步艰难地走近床榻，锦衾平整，那腹部处孕育着大宋江山继承人的隆起已消失不见。赵恒伸出手欲抚，却又是恐慌地缩回了手。

旁侧的奶娘王氏见状，心疼难当。

王氏： 陛下，还请节哀！

赵恒痴痴地看着床榻之上的刘娥良久，方喑哑地问了句。

赵恒： 是……是男胎？

王氏： ……是。

赵恒再也不堪承受如此之大的打击，重重地闭上了眼，跌坐在了床榻边。

床榻之上，一滴清泪自刘娥的眼角滑落。

2. 汴京皇宫　皇后寝殿　长廊　拂晓/有雪　外景

拂晓前，远处的天际依旧被昏暗笼罩着。

下了一夜的雪终是停了，青瓦宫墙，入眼皆是一片苍茫。

长廊尽头，赵恒已负手立了一夜，那背影看去是那般倦怠疲惫。张景宗远远地侍立着，臂弯里还搭着一件貂毛大氅，满目担忧，却是不敢近前。

殿门开了，奶娘王氏自内出来，看见那般的赵恒，担忧地轻叹了口气，拿过张景宗手里的大氅，上前给赵恒披在了肩头。

王氏：陛下，冰天雪地的，您都立了一宿了，还是入内歇息一会吧。

赵恒未回头，声音嘶哑。

赵恒：她如何了？

王氏：董太医给开了安神的方子，熬了药服下，刚睡过去。

赵恒微微舒了口气。

王氏：陛下，也请您以龙体为重，切莫忧思过度。

赵恒身形冷硬，未接话。

王氏：（犹豫了下）虽失去了一个皇子，然宸妃娘娘腹中，还有一个不是！

赵恒：谁敢保证，宸妃所怀便定是皇子呢？！原本有两次机会，可如今……（抬眼望着天际，眼中尽是忧伤，很是坦诚地）奶娘，这孤注一掷，朕如何赌得起啊！

王氏：陛下还年轻，后宫还有那么多位娘娘，便是皇后，等身子好了，也不是没有再受孕的可能。

赵恒：（苦笑）朕子嗣单薄，奶娘不必拿话安慰朕！

王氏：（皱眉）陛下不必如此灰心丧气！以老身的经验来看，宸妃娘娘十有八九怀的就是皇子！

赵恒：（沉默一瞬，复杂地）若宸妃诞下皇子，那便是朕唯一的子嗣，难道要改封她为后吗？！（微顿了顿）不瞒奶娘，于朕心中，教养我大宋储君的人选，从来都是皇后！朕也相信，唯有皇后才能担此重任！虽说不管怎样，皇后都是嫡母，然那到底是不一样，奶娘可懂朕之意？

王氏：老身明白！（顿了顿，目光深了几分）陛下，若您真是这般心思，那皇后滑胎便是天意。

赵恒：（神色一顿）奶娘此话何解？

王氏：因唯有如此，才能确保皇后所生定为太子，皇后，定为我大宋储君之母。

赵恒闻言，豁然转身，目光沉沉地盯着奶娘王氏。

王氏：陛下，的确生男生女谁也无法全然保证，但现在却可确保皇后所生，必是男胎。

赵恒：（微微眯眼）奶娘到底想说什么？

王氏：（压低了些声音）若陛下允许，老身可从民间寻一男胎来，换给皇后，当然，为了确保皇室血脉，若与皇后同产期的宸妃娘娘所生亦为男胎，则将两个胎儿调换，那么皇后所抚养的，将来继承大宋江山的，还是陛下的血脉！

赵恒心中巨震，瞳孔猛地一缩，盯着奶娘的眸色深沉晦暗，一时情绪难辨。

此时，东方破晓，云层被镀上了一层霞光，那初升的旭日逐渐照亮了赵恒的双眼。

3. 汴京皇宫　文德殿　白天/有雪　内景

赵恒端坐于龙椅之上，寇準、王钦若等臣工肃立下方，党项使臣立于殿中。

张景宗：（宣读圣旨）昊天明命，皇帝诏曰：元元黎民，莫不就安利，避危殆。大宋与党项皆应俱赴大道，摒弃前恶，以图长久，使天下之民若一家。故特授党项之主李德明为定难军节度使，封西平王，给予节度使俸禄，每岁赐茶二万斤，钱二万贯，银万两，绢万匹，另听从党项使者回图贸易。钦此。

党项使臣：使臣谨代表我主，叩谢大宋皇帝陛下，陛下万岁万岁万万岁。

赵恒：使臣平身。请使臣代朕向西平王问好。

党项使臣：是，陛下。使臣定将陛下的美意带予我主。告辞。

赵恒：使臣一路顺风。

党项使臣向赵恒再次施了一礼，满意离去。

赵恒扫了眼张景宗。张景宗拿出第二道圣旨。

张景宗：昊天明命，皇帝诏曰：立储嗣，王者茂建，懋隆国本，以承庙之重，以守器继业，绵宗社无疆之休。皇后所怀之皇嗣，承祧衍庆，顺应天命，册立为皇太子。布告天下，咸使闻之。钦此。

赵恒如此乾纲独断地册封刘娥腹中孩儿为太子，满殿臣工皆震惊。

潘伯正、曹鉴、寇準，几乎同时站了出来。

赵恒：（不容反驳地）朕意已决，众卿领旨即可。

众臣工神色各异地看了看彼此，跪伏了下去。

众臣工：臣等遵旨。

4. 汴京皇宫　皇后寝殿　内殿　白天/有雪　内景

床榻之上，刘娥面色苍白地靠坐着，神色寡淡。杨璎珞端着一碗清粥，在喂刘娥。刘娥只是麻木地吃着。蓦地，脚步声响起，赵恒穿着那一身祭太庙的礼服便大步进来了。

杨璎珞：臣妾参见陛下。

赵恒：起来吧。（边说，边接过了杨璎珞手中的碗）朕来，你且退下。

杨璎珞：是。

杨璎珞退了出去。赵恒端着碗坐到床榻边，舀起一勺，细心地吹了吹，递到刘娥唇边。刘娥却没有张嘴，只是盯着赵恒，微微蹙起了眉。

赵恒：（笑了下）不烫了。

刘娥还是没有动。

赵恒：是不想吃这个了？朕让他们换……

刘娥拉住了便要唤人的赵恒。

赵恒：（温柔地又笑了笑）肯与朕说话了。

刘娥叹了口气，又看了看赵恒身上的礼服，更紧地蹙眉。

刘娥：陛下，你为何要如此做？

赵恒笑容微滞。

刘娥：臣妾已滑胎了！你却乾纲独断地封什么皇后之子为太子？竟还告慰了祖先？你到底要做什么呀？

赵恒神色淡了几分，将碗搁到一旁。

赵恒：奶娘该是把计策已告知你了吧？

刘娥：臣妾不会做那乱皇室血脉之事。

赵恒：是以若宸妃所生为皇子，则二子调换。

刘娥：陛下！那对婉儿不公平！臣妾是做过母亲的人，母子分离，咫尺不相识不相认不相亲，太残忍了！

赵恒：（语气微微加重）皇后！你是一国之后，所思虑的，不应仅仅是母子之情、姐妹之情！江山社稷，国之根本，你可有考虑？！宸妃性情如何，你我皆熟识！你以为她是能担起一国之后的重任，还是能为我大宋教养出一位文治武功卓越的储君？朕知晓，她会是一位好母亲，然绝不适合做太子之母！

刘娥拧紧了眉头。

赵恒：（语气软了几分）若不是朕的身子不争气，你以为朕会这般费尽心思地为将来的太子选择母亲？！

刘娥：（呼吸一窒，抓住了赵恒的手）陛下！

赵恒：（反握住刘娥的手）朕应承你，无论宸妃养育的是谁的孩儿，都是皇子，而她，亦会得到应有的尊荣。

刘娥还是愁眉不展，顿了片刻。

刘娥：可要是婉儿生的是公主，那抱养来的孩儿，还能真继承了大统？

赵恒：（眉间傲气隐现）为何不能？他也是我大宋的子民，若唤你一声娘娘，唤朕一声父皇，便是我们的孩儿，只要他能堪大任，大宋江山交与他手中，朕无憾，亦无罪！

刘娥一震。

5.潘伯正府邸　庭院　白天/有雪　外景

庭院，那梧桐树下石桌旁，潘良脸色沉郁地坐着，斟了一杯酒，一仰脖子喝下。潘玉姝坐于对面，得知了献甘露的整个事件，难掩的惊讶。

潘玉姝：皇后在相国寺，竟当众饮下了哥哥安排人呈上的滑胎甘露？

潘良不置一词，又斟酒，饮下一杯。

潘玉姝：（蹙眉）可皇后腹中胎儿，仍然健在！

潘良冷冷地瞥了眼潘玉姝，再次提壶斟酒。

潘玉姝：（按住酒壶）那甘露果真能滑胎？

潘良烦躁地挥开了潘玉姝的手。

潘良：那妇人说她亲身试过，有效用。

潘玉姝：然皇后并没有滑胎之迹象啊！保胎的董太医日日皆要将其脉案呈于皇上，怎能作假？此外，我也吩咐月儿打探过，玉宸宫和金华宫隔两三日便会去御药房取些黄芩、白术、当归等具有补气养血安胎之效的药物。

潘良闻言，更是不耐。

潘良：据说甘露见效，尚需时日。

潘玉姝：需多少时日？这距离除夕，可过去好些时日了……

潘良一眼瞪来，潘玉姝一噎。潘玉姝抿了抿唇，又不甘地补了句。

潘玉姝：哥哥当时为何不干脆在甘露里加入滑胎药，事情岂不简单多了。

潘良：（很是懊恼地）我怎会想到皇后为了彰显她一国之母的气度，竟没着人检查，便直接饮下了！

潘玉姝：（遗憾地长叹一口气）真是老天保佑她逃过一劫，但愿那甘露不要让人失望。

潘良阴郁地再次饮下一杯酒。

潘良：除夕那夜，我送信让你去打探，就真的没发现任何异常？

潘玉姝：那夜我没有见到皇后，（郁闷地撇了下嘴角）便被皇上赶出来了，不过当时观皇上的神情，并不像发生了什么严重之事。

潘良皱眉沉思。

潘玉姝：哥哥以为有何不妥吗？

潘良：你再去探探。

潘玉姝：还要探？

6. 汴京皇宫　御苑　春莺阁　白天　内景/外景

正值春日时节，御苑里处处绿意盎然，百花欲绽。

午后暖阳，众妃陪着皇后刘娥在春莺阁里喝茶赏景。文伽凌将一盏酥油茶献给刘娥。

文伽凌：皇后娘娘，臣妾王兄听闻娘娘擅点茶，命使臣专程送来了蕃域的特色，酥油茶，嘱咐臣妾，定要亲调一盏，献于娘娘，以示蕃域对娘娘的敬意，（微顿了顿，语气深了几分）还有感谢。

刘娥：你王兄有心了。

刘娥微微勾唇，接过茶盏，缓缓品了一口。

刘娥：（点头）闻之，浓香扑鼻，品之，既有茶的清香，又有牛奶的醇厚，与中原之茶相较，多了咸甜之味，别有一番回味绵长，委实不错！

文伽凌：（一喜）多谢娘娘称赞。

杨璎珞：（见状，忙道）贵仪娘娘，我也要品上一盏。

文伽凌：美人娘娘少候。

说着，文伽凌提起茶壶，又斟了多盏，分给众妃。

潘玉姝：哟，好生热闹呢！

紧跟着，潘玉姝领着月儿和如意进得阁来，如意端着一个托盘，其上盛放着两碗红枣莲子羹。

潘玉姝：（朝刘娥施了一礼）臣妾来迟，还请皇后娘娘恕罪。

刘娥：无碍，坐吧。

潘玉姝：（却未落座）臣妾以前不懂事，多次冒犯皇后娘娘，幸好皇后娘娘宅心仁厚，不与臣妾计较，（边说，边扫了眼案上的茶具）听闻文贵仪在此给皇后娘娘献茶，臣妾特意亲手炖了红枣莲子羹，也借此之机，奉给皇后娘娘，还有宸妃娘娘，望二位莫要嫌弃才是。

潘玉姝示意了下，月儿和如意将莲子羹分别奉给刘娥和李婉儿。

李婉儿迟疑了下，接过莲子羹，看了眼刘娥，却没喝。

众妃皆神色各异地看了过来。阁内气氛一时有些微妙。

潘玉姝：（挑眉一笑）怎么，皇后娘娘和宸妃娘娘不会是怕臣妾在羹中下毒吧?!

李婉儿神色滞了下。

刘娥朝杨璎珞示意了下。杨璎珞接过月儿递给刘娥的莲子羹,放在了一侧。

刘娥:(话锋一转)伽凌,也给潘充媛调一盏酥油茶吧。

文伽凌: 是,娘娘。

潘玉姝:(又是一声轻笑)臣妾倒是不知,皇后娘娘竟对臣妾的戒备之心,如此之重呢,看来臣妾确实该好好省省。月儿。

月儿微福了下身子,拿起那托盘里多出来的一只碟子和汤匙,从奉给刘娥和李婉儿的两碗莲子羹中各取了一匙,搁入碟子,端给潘玉姝。

潘玉姝接过碟子,将两匙莲子羹吃了下去。浅浅地勾着唇角,看着刘娥。

文伽凌的酥油茶也调制好了,亲手递给潘玉姝。

文伽凌: 充媛娘娘,请试试蕃域的茶艺吧。

潘玉姝看了文伽凌手中的酥油茶一眼,将碟子和汤匙交给月儿,接过了茶盏。

潘玉姝: 既是皇后娘娘所赐,文贵仪亲手所调,臣妾不敢推辞。

说罢,潘玉姝饮下一大口酥油茶。

潘玉姝: 谢皇后娘娘。

潘玉姝隐含几分挑衅地看向刘娥,依旧没有落座。

阁内气氛变得愈发地微妙。

刘娥:(无奈地微微牵了下唇角)莲子羹凉了,便是辜负了潘充媛一番美意。

说着,刘娥伸手端起了案几之上的碗。

杨璎珞皱眉,语带阻止地低声唤了一声。

刘娥却毫不犹豫地拿起汤匙,舀了一勺莲子羹,放入口中。

李婉儿见状,也跟着吃了。

潘玉姝眼底划过一抹精光,这才朝座位行去。

刘娥神色忽而几不可见地滞了滞,唯有坐得最近的李婉儿察觉了,略带询问地看向刘娥。刘娥在潘玉姝紧盯的目光中,却又毫不见异样地笑了下。

这时，张景宗自阁外进来。

张景宗：请各位娘娘安。皇后娘娘，皇上让奴婢来传话，蜀地送来了一批蜀锦，烦劳娘娘您得空去看看，挑些中意的。

刘娥：本位现在便随你去吧。（又朝众妃道）众姐妹且随意。本位稍后会将挑好的锦缎送去各宫。

众妃：臣妾多谢皇后娘娘。

潘玉姝欲言又止。

刘娥已随张景宗出阁去了。

7. 汴京皇宫　皇后寝殿　内殿　白天　内景

赵恒将面色苍白、看似忍着极大痛楚的刘娥扶到床榻上躺下，张景宗便带着太医匆匆来了。

张景宗：陛下，太医来了。

赵恒：快给皇后……（一抬头，见来的竟不是董太医，而是黄太医，脸色便一沉）为何不是董太医？

张景宗一脸的为难。

黄太医：（忙答道）回陛下，董太医今日家中有事，告假了。臣正好在值班。

赵恒眉头一皱，便欲发作。刘娥握住了赵恒的手，尽力神色如常。

刘娥：那便有劳黄太医了，本位只是有点不适，皇上非得让太医来瞧瞧。

黄太医小心翼翼地看了看赵恒，于床榻前跪下。

黄太医：请娘娘将手伸出来。

刘娥伸手。赵恒瞬间有些紧张。刘娥暗暗握了下他的手，安抚地递了个眼神。黄太医诊脉半响。

赵恒：（冷冷地）诊出了什么没有？

黄太医：回陛下，皇后娘娘胎象稳固，腹中太子生长健壮，想来娘娘是有些孕吐之象，才会不适，并无大碍。

赵恒微讶，又不耐地挥手。

赵恒：既无事，你下去吧。

黄太医：是，陛下。那臣去依照董太医所开的安胎方子，熬了药，给娘娘送来。

赵恒不咸不淡地应了声。黄太医退了出去。

赵恒：（不由疑惑）怎会……

刘娥：好在奶娘早有先见之明，为了预防今日之事发生，为臣妾寻来了方子，服用之后便呈双脉之象。

赵恒：（松了口气）原来如此！（又关切地）皇后现在感觉如何了？

刘娥：腹痛已好上了许多，陛下不必忧心。

赵恒：朕如何能放心！景宗，去秘密宣董太医火速进宫，为皇后复查。

8. 汴京皇宫　潘玉姝寝殿　外殿　白天　内景

潘玉姝：（脸色难看地盯着地上跪着的黄太医）不可能！她怎么可能还是双脉？！明明就应该……（及时咽回去了后半句话，蹙了蹙眉）你确实查验仔细了？

黄太医：回娘娘，臣绝不会诊断错。

潘玉姝：（不死心地）她可有何异色？

黄太医：（摇头）皇后娘娘神色如常，瞧不出任何痛苦之色。

潘玉姝更紧地拧紧了双眉，脸色沉郁。

黄太医：（小心翼翼地看了眼潘玉姝）皇后娘娘腹中确有胎儿，且十分康健，可足月生产……

潘玉姝一眼瞪去，黄太医剩下的话卡在了喉间。

9. 汴京皇宫　皇后寝殿　内殿　白天　内景

董太医为刘娥细致地把脉检查了身子。

董太医：陛下，娘娘确无大碍。

赵恒：那方才为何会腹痛不止？

董太医：这，娘娘可是误服了什么？

刘娥和赵恒对视一眼。这时，张景宗端着两只摔破了的碗进来。

张景宗：陛下，奴婢在御厨的后院，寻到了此前皇后娘娘和宸妃娘娘食红枣莲子羹用过的碗。

赵恒示意给董太医检查。董太医拿起两只破碗，闻了闻，又伸指蘸了些残剩的羹，尝了尝，点点头。

董太医：是了。

赵恒：可有发现？

董太医：回陛下，这羹中掺了一种秘药。

赵恒：秘药？

董太医：此药有一特别之处，仅针对常人有效，食之则腹部绞痛，而有孕之人则不会有任何反应，是以此药也用来查验女子是否怀孕，只是这手段歹毒了些。

赵恒：（龙颜大怒）好一个潘充媛！来人！

刘娥：陛下！算了，她也是可怜之人。

赵恒：你都被她害成了这副模样，还在为她求情！朕由不得她在后宫兴风作浪。

刘娥：陛下，臣妾不仅仅是为了她！若臣妾怀有身孕，服药该是毫无反应，试问此药又是如何被察觉的呢？

赵恒一愣。

刘娥：是以此事不宜声张，不管潘充媛的药从何而来，一旦她受罚，必会引起旁人的猜疑。

赵恒：可朕绝不会轻易饶过她！此药也必须查个水落石出！

刘娥：这是自然，不过一切还须暗中进行。臣妾此后会多加警觉，对潘充媛更会提防，现在最紧要的是让董太医去为婉儿诊断，虽说此药对孕妇无害，然臣妾到底是不放心。

赵恒：（这才反应过来）对，皇后所言极是！董太医，你立即去为宸妃检查。

刘娥：陛下，要不还是你亲自去一趟吧。

赵恒：可你……

刘娥：臣妾真的无碍了，歇息歇息便好。

赵恒：那好，若有事，及时派人告知朕。

刘娥点点头。

赵恒深深看了眼刘娥，继而带着董太医和张景宗匆匆离开了。

10.汴京皇宫　皇后寝殿　白天　内景

赵恒：（激动地）奶娘是说，已寻到了合适的婴孩？

王氏：回陛下，不错。对方乃是一户普通百姓人家，老身只说为我家老爷的小公子寻一伴读，他们应承，待孩儿生下来，便让老身抱走，谋一好前程，事后绝不相认追究。老身也着人调查过了，其家世清白，不会有任何后顾之忧。

赵恒：甚好！甚好啊！那可确定为男胎？

王氏：那家妇人已生了五个儿子，这第六胎转胎的几率很小，且老身仔细为其做了检查，该是男胎不会有错。

赵恒：（总算是松了口气）奶娘辛苦了！万事俱备，现在便待宸妃生产，看是男胎，还是女胎，再如何周密行事，为皇后换来一位太子了！

赵恒边说，边看向一直未开口的刘娥。刘娥眉尖紧蹙，难掩纠结和愧疚。

赵恒：皇后！

刘娥：（苦涩地）婉儿近来一直沉浸在即将为人母的喜悦之中。

赵恒：皇后，此事可容不得你再多想了。

王氏：娘娘，开弓没有回头箭！

刘娥看了看两人，难受地叹了口气。

刘娥：我知晓！然我只要一想到被蒙在鼓里还傻傻欢喜的婉儿，便愧疚得无以复加！若到时真换了她的孩儿，我、我该如何面对她啊！

赵恒握住了刘娥的手，亦难掩几分愧疚。

赵恒：有朕陪你一起面对！若真有什么孽果，也由朕这个天子来承担！

刘娥心中一悸，靠进了赵恒怀中，微微湿了眼眶。

赵恒：朕说过，定不会薄待了婉儿！

刘娥：嗯！（微顿了顿）近日陛下不必常来这儿了，多陪陪婉儿吧！

三十一

1.汴京皇宫　宣德门　砌台　白天　外景

赵恒携李婉儿登上宣德门之上的砌台。

赵恒：骋望登香阁，争高下砌台。春日风光好，最是适宜游玩。

李婉儿：嗯，该唤上姐姐一同来……

一句话未道完，李婉儿腹中孩儿忽而一动，她刚好要登上最后一级青石台阶，不小心脚下一滑。

赵恒：（忙及时伸手扶住，见李婉儿抚着高耸的腹部，忙道）可是有何不适？

李婉儿：（羞涩地一笑）他适才踢了臣妾一下。

赵恒：（开怀大笑）朕的皇儿果然身手矫健！

李婉儿见赵恒龙颜大悦，也不由欢喜，顺手将耳边垂下的一缕鬓发别到了耳后，方才因差点摔倒，鬓间一支松动的玉钗掉到了高台之下。

李婉儿怔了下，见赵恒看来，微赧然。

李婉儿：臣妾太笨拙了。

赵恒爱怜地抚了抚李婉儿的头发，见她娇羞的模样，不由心动。

赵恒：（带着几分深意地）朕欢喜你的笨拙。

李婉儿闻言，愈发地羞涩。

四目相对，倒是生出了几分情思。

2.汴京皇宫　潘玉姝寝殿　外殿　白天　内景

潘玉姝：（满面惊讶地豁然自榻上立了起来）宸妃生了？是皇子还是公主？

如意：回娘娘，还未生产，宸妃方住进产房，估摸着还要几个时辰。

潘玉姝忽而有些紧张，来回踱了两步，搓了搓手。

潘玉姝：这一刻终于是来了！是来了……（陡然又想到什么）皇后呢？她们预产期不是差不多吗，她也住进产房了？

如意：皇后似乎还未有要生产的迹象，不过也该是快了吧。

潘玉姝：你赶紧去盯着，产房，还有皇后那边！宸妃生了，本位要第一时间知晓结果。

如意：是，娘娘。

如意快步退了出去。

潘玉姝：（又来回走了两步）对了，那个羯鼓呢？前两日哥哥托人暗中送进宫的那个小羯鼓在何处？

月儿忙自旁边的匣子里翻出了一个缩小版的羯鼓，递给潘玉姝。

潘玉姝抓过小羯鼓，看了看，神色间溢出一抹讽刺。

潘玉姝：哥哥总瞧不上本位的心机，他这手段就高明了？

月儿望了眼那半掩的殿门，压低了声音。

月儿：公子交代，只要在皇后生产之时，设法在产房外将这羯鼓敲响，其余事他会着人安排妥当。

潘玉姝：故技重施，不就是像上次中秋夜宴一样，要鼓动刺激（眼底不自觉划过一抹恐惧，终是没将"狸猫"二字说出口）……那物！算了，都到此时了，也管不得能有多大用处，姑且一试吧。

说着，潘玉姝焦灼地望向殿门外，捏紧了手中的小羯鼓，愈发地紧张了。

3.冀王府　宴席厅　夜晚　内景

暮色降临，冀王府内华灯高悬，寿宴进行正酣。席间觥筹交错，台上管弦丝竹之声不绝于耳。潘伯正、曹鉴、王钦若等人俱是各怀心思，打着官腔相互试探。这时，赵元份执杯站了起来。

赵元份：今日是本王岳丈七十寿辰，感谢诸位大人前来同贺，本王在此敬诸位一杯，请。

寇準等人纷纷起身，举杯。众人饮罢，落座。

王钦若：（扫了眼四周）苏大人似乎没来。

潘伯正：（淡淡地讽刺道）的枢密使大人可是清傲得很，素来特立独行惯了。

潘良：（冷冷地跟了句）还不是仗着有皇后撑腰。

潘伯正目含阻止地看了眼潘良。潘良冷着脸，端起杯子，一饮而尽。

王钦若挑挑眉，倒没再多言什么。前方台子上的曲目又换了一首，似乎宴席中唯一专心赏曲的，恐怕仅有刚直不阿不结党不营私的寇準了。

这边厢，丁谓看向微微愣神的王钦若，稍压低了些声音。

丁谓：岳丈在想什么？

王钦若：在想……潘大公子方才之言。

丁谓神色不动地朝正与曹利用一杯接一杯喝着酒的潘良那处扫了眼。

王钦若：咱们丁、王两家如今也算和皇家有了些干系，可你我翁婿做事，还是常常缚手缚脚啊！

丁谓：自然是比不得苏大人随心所欲。

王钦若：有所倚，才能有所恃啊！

翁婿俩对视一眼，心意相通。

王钦若：听闻皇后自怀孕后，便喜食酸。

丁谓：江浙一带的杨梅该是也到了成熟之期，小婿明日便差专人往杨梅之乡望县走一趟。

翁婿俩心照不宣地碰了下杯。

那边厢，潘伯正和曹鉴也在私语。

潘伯正：寿辰之日，皇上亲笔题字，这份殊荣可不是人人都能得之的啊！

曹鉴：韩国公一家不也是久沐圣恩？

这话戳到了潘伯正的痛处，一声微哼，端起酒杯一饮而尽。

曹鉴：（看了看潘伯正的脸色）皇后和宸妃该是快临产了，皇上近日心情甚是开怀，韩国公或许可设法为充媛娘娘周旋。

潘伯正：就是皇嗣快降生了，皇上哪还有心思理会那许多，自从皇后怀孕，皇上已数月没去过玉姝宫里了，（讽刺地一叹）玉姝现在呀，形同被打入冷宫。

曹鉴望着那边抱着一岁多昀儿的曹思齐和赵元份，也是一叹，两人颇有点同病相怜，对饮了一杯。

潘伯正：（有些恨恨地）皇上为何那般肯定，皇后所怀便定是太子？

曹鉴又朝和丁谓交头接耳的王钦若扫了一眼。

曹鉴：指不定真是上天预示？

潘伯正：太傅相信？

曹鉴和潘伯正意味深长地对视一眼。

曹鉴：（口里却淡淡地）皇上盼皇嗣之心，亦可理解啊！

潘伯正冷哼，又饮尽一杯。

潘伯正：若到时皇后生了公主，岂非闹了笑话？

4. 汴京皇宫　产房　内室　夜晚　内景

阵阵呻吟自床榻传来，李婉儿已疼得冷汗淋漓。

奶娘王氏将寓意生产顺利的筷子、红绸、金银八宝，安置于床内。

李婉儿：奶娘！

王氏：（宽慰）娘娘，老身来了，别怕！别怕啊！

琳琅：（在侧有点手足无措地）夫人，这些物事是做何用的？

王氏：保佑生产顺利。

琳琅闻言，立刻奔去案几，将那"催生礼"取了过来。

琳琅：这是皇后娘娘送来的"催生礼"，据说也是祈愿产育顺利的。

王氏接过"催生礼",将其也安放在了床内。

这时,一个侍女拿着一张木弓急匆匆地奔了进来。

侍女:夫人,您要的木弓取来了。

王氏:挂在床头,木弓象征男子的阳刚之气,做求子之用。

王氏边说,边又将生产时所用的大小木槽、小木刀、木锨、黑毡等物事,一一摆设开来。

王氏:挖单、小衫、被褥那些应用之物可备下了?

琳琅:全都备好了!

说着,琳琅和侍女忙去将黄绸挖单、白绸小衫、蜀锦被褥等物,以及那张董太医开的单子取了来,还端过来了参汤。

琳琅:夫人,这是董太医开的,娘娘生产之时,可用的药物,以及饮食禁忌。

王氏接过单子看了看。

王氏:老身知晓了!你们把手里东西放下,便出去吧。

琳琅没反应过来。王氏也没时间解释,径直拿过她们手中的黄绸挖单等物,放置在了床榻一侧备用,转身又下令。

王氏:都去外面候着,老身一人为娘娘接生即可。

琳琅:夫人这……您一人如何……

王氏:(边催促,边将琳琅等人往外推)出去出去!娘娘快生了,都不要在此处碍事了!都出去!

琳琅担忧地望着那边不断呻吟的李婉儿,还是有些不愿意离开。

王氏:老身的经验你也信不过?!

琳琅一噎。

王氏:(再次将几人往外推)皇后娘娘该是也快临产了,她若是住进对面产房,立即来告知老身。

琳琅:那……好吧!

琳琅和一众侍女终于被推了出去。

王氏:(立刻奔去床榻)娘娘,来,深呼吸,不怕啊……

5.汴京皇宫　皇后寝殿　外殿　夜晚　内景

杨璎珞：（不可思议地瞪着赶来给刘娥报讯的苏义简）懒月？妊妇懒月！怎会偏偏在此时……

杨璎珞说着，无措地看向刘娥。

刘娥：（苦涩地长叹一声）这便是天意吧。

苏义简：（目光深深，顿了下）嫂嫂，王夫人已赶去产房为宸妃娘娘接生，若生了皇子，或许可……

刘娥：绝对不行！不管婉儿生了皇子还是公主，若无另一个孩儿，婉儿的孩儿只能是她的孩儿！

苏义简：那你怎么办？

刘娥：既然妊妇懒月了，我大可再等上一段时日，（看了眼高耸的腹部，自嘲地牵了下唇角）反正我这怀孕，也并非是真的。

杨璎珞：（小心翼翼地）那、那太子之事……

刘娥：只要婉儿所生为皇子，那便是大宋的太子！

苏义简：可皇上已封了嫂嫂腹中孩儿为太子。

刘娥：这些事，自然皆可寻由头解决的。

苏义简皱眉，还欲再说什么。

刘娥：（接口道）义简不必再多说什么，此事到此为止。已入夜了，你久留宫中多有不便，还是早些回府吧。

6.冀王府　庭院　夜晚　外景

赵元份率着众宾客自宴席厅出来，曹利用带着家仆抬上来十盏巨大的孔明灯。

曹利用：爹，此乃殿下命汴京城里最大的烟花铺为您的寿辰特制的孔明灯，祈福长寿。

曹鉴：（很是欢喜）殿下有心了。

潘伯正：能得殿下如此贤婿，好生令人艳羡啊！

曹鉴愈发地得意。潘良不屑地挑眉。

寇準：（微微叹了口气）太傅这寿辰过得着实铺张。

潘伯正：寇相哪里话，这可是冀王殿下的一片孝心。

王钦若和丁谓立于较靠外的位置，丁谓神色淡淡的。

王钦若：（低声）贤婿怎么看？

丁谓：不过几盏灯罢了。

王钦若撇了下嘴角，语气微酸。

王钦若：也是，不就几盏灯嘛，不过能在汴京城里，这般放灯的，也没几人。

翁婿俩意味深长地对视一眼。那边厢，曹思齐已亲自奉上了笔墨。

赵元份：岳丈，请给这些灯题上字吧。

曹鉴：那老夫便恭敬不如从命了。

说罢，曹鉴提笔饱蘸了墨汁，行至院中，于那十盏孔明灯上题下一副对联，"鸿鹄凌云志，骐骥万里春"。

潘伯正：（意味深深地）太傅壮志不老啊！

这时，家仆将熊熊燃烧着的巨大火盆端了上来，里面烧着七八支火把。

赵元份：请诸位大人也一起来放飞孔明灯吧。

赵元份说着，上前抽出一支火把，亲自递给寇准。

赵元份：寇相请。

寇准：殿下客气了。

潘伯正、潘良等人纷纷上前，抽了火把去点孔明灯。

王钦若：贤婿，咱们也去点一盏吧，沾沾喜气。

丁谓：岳丈请。

一众臣工陆陆续续地点燃孔明灯，放飞。

7. 汴京皇宫　宣德门　夜晚　外景

苏义简自甬道一路出来，便注意到了那王府方向缓缓升起的孔明灯，虽不多，却足够大，甚有气势。

苏义简出了宣德门，翻身跃上马背，正欲离去，目光余角突然瞥见一盏孔明灯自空中落下……竟落在了皇宫东南角的一处屋顶之上。苏义简面色一紧。

8. 汴京皇宫　左藏库　库房　夜晚　内景

杨璎珞端着一盏烛台，刘娥握着记载目录，两人正于一堆珍藏中翻找着。

杨璎珞：姐姐，不见你说的送子娘娘呀……是、是京西路呈上的？诶，我寻到了，（边说，边忙将寻到的锦盒拿给刘娥看）姐姐你看，是这尊吗？

锦盒里，躺着一尊金身送子娘娘。刘娥拿起来瞧了瞧，微微一笑。

刘娥：是了。

杨璎珞：那我们快给婉儿姐姐送去吧。

刘娥轻点了下头，一转身，发现不知何时库内已是白烟滚滚。

杨璎珞：（一愣）哪里来的烟啊？

"噼啪"，殿顶传来一声什么烧裂的响声。

刘娥和杨璎珞抬头望去，见那琉璃瓦竟红光隐现。

杨璎珞：（脸色微变）那、那不会是起火吧？

便在此时，一阵细碎的脚步声急响，一个小内侍慌里慌张地奔了进来。

小内侍：皇后娘娘，左藏库走水了！请两位娘娘速速离去！

9. 汴京皇宫　左藏库　夜晚　外景

左藏库已是一片火海，滚滚浓烟冲天而起。

禁军和内侍们，提着一桶桶的水浇上去，却是杯水车薪。

10. 汴京皇宫　左藏库　夜晚　外景

苏义简匆匆赶至，便看到刚自火海中好不容易逃出来的刘娥三人，骇然不已，疾奔了过去，挥剑挑开了一块烧着掉落的横梁，护着刘娥退开数步。

苏义简：（惊慌地上下打量着刘娥）嫂嫂，你没事吧？

刘娥：（却镇定如斯）无碍！（回头望向已被烈焰席卷的左藏库）这火是如何烧起来的？

苏义简：有人放孔明灯，我亲眼看见一盏孔明灯落在了左藏库殿顶，烧了起来。

刘娥：孔明灯？

刘娥诧异，抬头望去，果然见远处黑沉沉的天际还有几盏孔明灯飘飘浮浮。

苏义简：（迟疑了下）似乎是冀王府放的。

刘娥看苏义简。

苏义简：今日是曹太傅七十寿辰。

刘娥恍然，复杂地应了一声。

禁军和内侍奔走，眼看着火势越来越不可控了，刘娥和苏义简均沉下脸色。

苏义简：嫂嫂，你赶紧回宫去！此处我来应付！

刘娥却是摇头，望向产房方向。

刘娥：产房离左藏库很近，婉儿还在那边生产，我必须过去看看。

苏义简：太危险了，我派人去——

刘娥：（打断）我会小心的！你立刻着人去看看皇上在何处，保护皇上。璎珞，我们走。

杨璎珞慌张地应了声，跟着刘娥匆忙而去。

看着刘娥快步离开的背影，苏义简担忧地直皱眉。

苏义简旋即朝小内侍道：快去通知皇上。

11. 汴京皇宫　产房　后院　夜晚　外景

佝偻着身子的老宫女，步履蹒跚地趁乱进了产房后院，其手里紧紧抓着一只黑色的布袋子，那布袋子似装了活物，蠕动不断，还有轻微的呜咽声传出，不过被远近的嘈杂声掩盖了去。

老宫女走过窗下，闻得里面传来李婉儿的呻吟及奶娘王氏的催促声。

李婉儿：（画外音）啊……

王氏：（画外音）娘娘，用力，使劲儿，皇子就要降生了……

老宫女的脚步并未停下，而是又朝里走了几步，待到了旁边的产房，透过窗户的缝隙瞧了眼，里面的陈设更为奢华，老宫女这才将布袋子搁置在了窗下，想了想，又将扎着布袋子口子的绳子稍稍松了些。

12. 汴京皇宫　潘玉姝寝殿　外殿　夜晚　内景/外景

外面嘈杂声不断，潘玉姝立在殿门口处，望着那映红了重重宫阙的红光，眸子里闪着莫名紧张刺激的光，更是攥紧了手中的小羯鼓。

潘玉姝：贱命就是贱命，生个孩儿，都能招致老天降下一场大火，把皇宫给烧了！

如意有些狼狈地匆匆自外面奔进来。

潘玉姝：宸妃可是生了？

如意：（直摇头）不清楚，该是还没有吧，现在大火已从左藏库朝产房烧去了，到处都乱了！

潘玉姝：（顿时兴奋激动）烧得好啊！想要一步登天，还得看老天允不允许，有没有那个命活下来再说吧！

殿外嘈杂声更大，各种尖叫、呼救声不断。

潘玉姝：皇后那边情况如何？她人在何处？

如意：（还是摇头）也不清楚。

潘玉姝：（脸一沉）不是让你也盯着吗？！

如意：是，奴婢让步摇盯着的，说是之前好像看见皇后去左藏库了，可后来大火烧起来，全乱了！奴婢赶着回来报信，匆匆和步摇碰了个面，便又让步摇去盯产房了！

潘玉姝微怔了下，随即是一阵狂喜涌上心头。

潘玉姝：好！很好啊！（抬眸望向那红光）若这大火能一次助本位将心头大患皆除去了，本位倒该是去相国寺烧香酬佛了！立即再去探看！

13. 汴京皇宫　产房　内室　夜晚　内景

眼看着火苗已蔓延进屋，李婉儿也到了生产的最后关头，奶娘王氏急得满头大汗。

王氏：娘娘！坚持！用力！用力！快了快了！娘娘使劲儿，就快生了！再使把劲儿！再使把劲儿……

"哇！"终于，一声婴儿的啼哭猝然响起。

李婉儿终于诞下了孩子，而她也因过度的损耗而晕了过去。

王氏：（喜道）娘娘！生了！生了生了！（边说，边剪断脐带，将婴儿抱了出来，仔细一看，更是惊喜不已）娘娘……

王氏抬头望去，见李婉儿已然晕了，皱了下眉。

王氏：娘娘，你等下老身啊！

王氏旋即赶紧下了床榻，去一侧拿黄绸挖单将婴儿裹了。

"砰"，便在此时，一根横梁烧断，掉落。

那横梁刚好掉在了床榻之侧，将王氏和李婉儿隔开了。

王氏脸色大变，将裹好的孩儿安置在榻上，忙端起旁边的一盆水，泼了上去，又手忙脚乱地扯过旁边的被褥等物，去拍打那火苗。

王氏：（急得大喊）娘娘！你醒醒啊！婉儿！婉儿！你快醒来啊！婉儿！

床榻之上昏迷的李婉儿昏昏沉沉地有了些许反应，虚弱得目不能视物，恍惚地看见隔着那熊熊烈焰，王氏焦急地在呼喊着，还有榻上那个黄色襁褓。

李婉儿：（有气无力地伸手）孩儿，我的孩儿，孩儿……别管我，奶娘，快，快救我的孩儿，救孩儿……

王氏：（急道）婉儿！你能不能动？能不能动啊？婉儿！

奈何火势太大，王氏根本扑灭不了，靠近不得，李婉儿也根本没有任何的气力移动一下，连睁眼都费力。

这时，榻上的孩儿一声啼哭。正狂乱地拍打着火苗的王氏，猛地回过神来。

"砰"，又是一根横梁掉下，床榻的幔帐也着火烧了起来。王氏脸色一白，慌乱地扔了手中被褥，抢过去一把将孩儿紧抱在怀中，又看向那边的李婉儿。

王氏红了眼眶，看了看很快被火苗笼罩的床榻，以及四周逐渐包围上来的火苗，再看了眼怀中的孩儿，咬了咬牙，一横心，推开还没彻底烧起来的后窗户，爬了出去。

14. 汴京皇宫　产房外　甬道　夜晚　外景

四周火光冲天，嘈杂声不断。

刘娥和杨璎珞刚匆匆奔至产房外，便撞上奶娘王氏抱着孩子冲了出来。

王氏将孩子往刘娥怀里一塞，神色坚定，还带着一丝决绝。

王氏：这是大宋的太子！也是皇后刚诞下的皇子！

刘娥和杨璎珞俱是一震。刘娥看了看襁褓中不哭亦不闹，瞪着眼瞅着她的婴孩。

刘娥：是……婉儿的孩子？！婉儿呢？

王氏：产房火势太大……

刘娥：（顿时急了）婉儿还没出来？！

说着，刘娥便要往里面冲，被王氏和杨璎珞拦了下来。

王氏：娘娘，你现在要做的，是立刻带着太子回宫！娘娘不要忘记答应皇上的事！更不要忘记肩上的责任啊！

刘娥：可婉儿……

王氏：老身去救！老身去找人来救宸妃娘娘！娘娘快走！

刘娥：不！我不能丢下婉儿！我不能眼睁睁地看着她……

王氏：（猛地给刘娥跪了下去）娘娘难道忍心宸妃娘娘的孩子成为没娘的皇子吗？眼下宸妃娘娘凶多吉少！若她没能挺过来，这个孩子到底还能不能顺利当上太子？即便他当上了太子，前朝后宫孤立无援，又有谁来护着他？娘娘别忘了，皇上早已昭告天下，你怀的才是太子！

望着火势渐猛的产房，刘娥纠结复杂。

王氏：璎珞，带娘娘走！

杨璎珞红着眼眶，拽着刘娥走。

王氏：（也推刘娥）娘娘快些回宫去！老身这就去找人来救宸妃娘娘！

15. 汴京皇宫　产房　内室　夜晚　内景

李载丰：姐姐！姐姐你在哪儿？姐姐！

一片混乱不堪！李载丰疯狂地在大火中寻找着李婉儿，很快身上的衣物着了火，还差点被掉下的屋梁砸到……

李载丰：姐姐！姐姐应我一声！我是载丰！姐姐……

终于，李载丰在内室，看到了那床榻之上奄奄一息，还拼命撑着不顾火势想下床榻的李婉儿，然整个床榻已快被火苗包围了。

李载丰目眦欲裂，一把扯下旁侧的帘子，疯狂地拍打着火苗，不顾一切地冲了过去，他身上的衣物再次着火，不过他也顾不得了，几下将床榻的火苗拍小了些，一把抱起李婉儿，好在李婉儿身上衣物还并未着火。

李载丰：姐姐，我这就带你出去！姐姐，你坚持住！

李婉儿：（昏昏沉沉地并不太清醒）载丰？

李载丰：是我！姐姐！别怕！没事的！载丰来了！载丰会把姐姐救出去的！

李载丰抱着李婉儿，就要往外冲。李婉儿却拼着一点气力，紧抓着李载丰的衣襟。

李婉儿：孩儿！我的孩儿，救，救他，救我的孩儿……

李载丰：（连连答应）我救！我一定救！孩儿在哪儿，在哪儿？……

李载丰焦急地四下一看，只见窗子下边榻上有个已有火苗蹿出的黄色绸缎襁褓，于是不顾火势地扑过去将襁褓抓起，拍灭了火苗，也来不及细看，直接塞进了李婉儿的怀里。

李载丰：孩儿！姐姐抱好了！抱好！载丰带你们出去！

一根烧断的横梁砸了下来，本来颤抖着双手要去掀开襁褓查看的李婉儿忙死死地将襁褓护在怀中。李载丰护着李婉儿。此时，火势随风长，已包围了整个屋子。

李载丰尝试多次，根本无处可闯出去，他慌乱地拍打着李婉儿身上蹿起的火苗，尽力地护着李婉儿，无助绝望侵袭而来……

李载丰：（猩红了眼眶）姐姐！姐姐，怎么办？！怎么办啊？……我们，我们可能出不去了！姐姐……爹啊！娘啊！姐姐，我们出不去了……

16. 汴京皇宫　御苑　夜晚/有雨　外景

蓦地，天空一声闷雷巨响，一道雪亮的闪电划破漆黑的夜幕。

豆大的雨点砸了下来，那黑沉沉的天便似要崩塌下来。

又一道闪电劈下，那佝偻的身影恰好自一棵古树下经过，被雷击中，猝然倒了下去，火花点燃了树干。

17. 汴京皇宫　产房/左藏库　夜晚/有雨　外景

急雨如幕。

众臣工们狂奔至火灾现场，人人淋成了落汤鸡，一身狼狈，而大火已被如注的雨水浇灭，一片断垣废墟，左藏库和产房之间的围墙已被烧塌，救火的苏义简等人拿着各种灭火工具，亦是一般的狼狈，双方瞅着彼此，面面相觑。

"皇上驾到！"宣驾声倏忽响起，一身肃冷的赵恒大步行来，张景宗为其撑着油纸伞。

赵恒走至左藏库前广场，望着眼前满目的狼藉，脸色愈发地阴沉。

倒是苏义简第一个反应过来，扔了手里的木桶，拜了下去。

众人：参见陛下！

大雨中，所有人跪倒一地。赵恒有点咬牙切齿地一声低吼。

赵恒：谁能告知朕，这到底怎么回事？啊？！

曹鉴和赵元份，脸色难看地对视了一眼，苏义简扫了眼两人。

其余臣工亦神色各异。便在此时，"哐当"一声，那半倒塌的产房房屋中，烧焦的木板忽然被掀开，有人艰难地站了起来，一身的黑灰。所有人震惊地看了过去。

雨水浇下，那人脸上的黑灰被冲出了一条条的沟壑，露出了些许本来的面目，正是李载丰。李载丰一瘸一拐地行了出来，他的怀里还抱着一人，衣物竟没怎么被烧毁，只是脏乱了些，那面庞虚弱惨白，不是李婉儿是谁？

张景宗：（低声惊道）是宸妃娘娘！

赵恒：（面色一紧）宸妃！

赵恒急切地快步奔了过去。

赵恒：宸妃可安好？皇子可降生……

赵恒还未奔近，口中的话还未道完，几近虚脱的李载丰脚下一个踉跄，跪在了地上，不慎将怀中晕死过去的李婉儿摔在地上，李婉儿的手松开，她怀里的襁褓滚到一边，打开，黑焦的一团。

"轰隆"，又是一声闷雷响彻天际。一道雪亮的闪电划过，照亮那地上的物事。

人群中，不知是谁尖叫了一声。

离得最近的侍女往后一缩，情不自禁地喊出了声。

侍女：那、那是什么东西？

赵恒脚步猛地一滞，不可思议地瞪向那团黑乎乎的东西，瞳孔猛地一缩。

众臣工们也看了过去，惊疑不定。

昏昏沉沉的李婉儿被雷声和那声尖叫唤醒了一点神志。

李婉儿：（迷迷糊糊地）孩儿，我的孩儿……

赵恒被地上那物事吸引着目光，难掩几分惊骇地伸出了手指。

赵恒：那是……何物？

便在此时，杨璎珞急切地冒雨冲来，根本没注意到李载丰和李婉儿，也没意识到现场的气氛，一下径直跪在了骇然满面的赵恒身侧，高声禀报。

杨璎珞：启禀陛下，皇后娘娘诞下太子！

所有人又是一震。赵恒愣了愣，几疑听错。

赵恒：你，说什么？再说一遍！

杨璎珞：便在方才，皇后娘娘为陛下您诞下了太子！

赵恒反应了反应，巨大的喜悦从中而来，仰天长长地出了口气，一把挥开张景宗撑着的油纸伞，任凭雨水砸在面上。

赵恒：天佑我赵氏皇族！天佑我大宋啊！

众臣工们亦反应了过来，虽神色各异，见状，再拜，齐声高祝。

众臣工：恭祝陛下，喜得太子，大宋江山有继！

三十二

1. 汴京皇宫　皇后寝殿　内殿　夜晚/有雨　内景

赵恒满面喜色，龙行虎步地大步走入内殿，便见刘娥靠坐在床榻，怀里抱着一个小小的襁褓，赵恒激动地奔至床榻边。

刘娥：（神色复杂地唤了一声）陛下！

赵恒恍若未闻，眼中仅有那襁褓之中的婴孩，微微颤抖地伸出手，接过了刘娥怀中的小皇子。

赵恒：这……便是朕的儿子！我大宋的太子啊！

刘娥见赵恒激动难抑，甚至眼中隐有泪光闪烁的模样，亦湿了眼眶。

赵恒逗着怀中的小太子，本来眼角噙着泪珠的小太子竟然冲赵恒笑了。

赵恒：他笑了！他冲朕笑了！皇后，辛苦你了！

刘娥：（如鲠在喉）陛下，辛苦的不是臣妾……

赵恒闻言，神色微微一滞。刘娥看了眼立于一侧的杨璎珞。杨璎珞会意，和张景宗带着其余人皆退了下去。

刘娥：（连忙问道）陛下，产房那边大火灭了对不对?！婉儿如何了？有没有救出来？她……她可安好？

赵恒皱起了眉。这时，奶娘王氏自外殿行来，跪在了珠帘外。

王氏：启禀陛下，皇后娘娘，宸妃娘娘诞下了妖物，人虽自大火中被救了出来，一直昏迷未醒。

2.汴京皇宫　文德殿　白天　内景

赵恒端坐于龙椅之上，寇準、王钦若等臣工侍立下方。

张景宗：（宣读圣旨）昊天明命，皇帝诏曰：太子诞生，天降喜雨，福泽众生。按赵氏皇族昭穆之序，赐名受益。禀报太庙，以慰藉列祖列宗，大宋天下，后继有人。钦此。

一个内侍进来禀告。

内侍：启禀陛下，曹太傅在殿外求见。

赵恒：（神色不觉微顿了下）宣。（继而看向苏义简）义简，朕让你查验左藏库之损失，可有结果？

苏义简：（呈上一本目录）陛下，此乃左藏库的珍藏目录，库中所存几乎……几乎已全部烧毁。

赵恒翻看目录，脸色渐渐沉了下去。

这时，曹鉴上得殿来，手中执着一把戒尺，便要施礼。

曹鉴：陛下……

赵恒却微抬手，阻止了曹鉴，继续翻看目录。每翻看一页，殿中的气氛便凝滞一分。赵恒越翻，脸色越铁青，最后重重地合上了目录，满面的怆然愤怒。

赵恒：两朝所积，朕不妄费，竟一朝殆尽！

曹鉴：（跪了下去）老臣恭贺陛下喜得太子！皇室子孙世代福泽！（说着，重重地叩了一个头，再抬起头时，神色变得悲怆而凛然）左藏库之火灾因老臣过寿而起，好在太子带来一场喜雨，没让大火一发不可收拾，然已造成无法挽回之惨重损失，一切罪责，老臣愿一力承担，只求陛下勿要降罪于冀王。

说罢，曹鉴将戒尺高高举起，待罪。

看着仿佛瞬间衰老的曹鉴，还有那把戒尺，赵恒心中涩然不已。

曹利用见状，立刻步出列班，撩袍跪了下去。

曹利用：陛下，臣愿代父受罚！

说着，曹利用断然拜了下去。赵恒未语，起身缓缓走下了玉阶，来到了曹鉴身前，拿起那把戒尺，深深地看了看，嘴角划过一丝苦涩的笑意。

赵恒：朕还记得，少时贪玩逃学，太傅便会用这把戒尺打朕的手心。

曹鉴：（也难掩伤感）陛下已经长大了。

赵恒复杂地看了看曹鉴，"啪"，重重地一戒尺打在了自己的手心。

满殿臣工：（皆震惊地呼道）陛下！

曹鉴：陛下，你、你这是……

赵恒：古语有曰，教不严，师之惰。反过来呢，朕这个学生定是有哪里做得不够好，似乎总讨不到太傅的喜欢，不然太傅怎会一直执着于那"兄终弟及"之事呢，朕认罚。

曹鉴：（红了眼眶）陛下！老臣愧对陛下厚爱。

赵恒：（深吸口气）传旨，太傅曹鉴年事已高，不宜再为朝廷操劳，即日起，去秘阁誊写古籍，颐养天年。

曹利用：陛下……

曹鉴轻拽了下曹利用袖子，阻止他求情，旋即深深拜了下去。

曹鉴：老臣谢陛下隆恩！（随即抬起头来，还是问了句）那冀王……

赵恒转身过去，摆了摆手。曹鉴一声叹息，再次拜了拜，起身，退出了大殿。赵恒带着几分疲惫，缓缓地朝玉阶上行去。众臣工皆唏嘘。

3. 汴京皇宫　潘玉姝寝殿　内殿　白天　内景

潘玉姝寝殿之中一片萧索。月儿引着潘良自殿外进来，行至珠帘前，月儿伸手撩开了帘子，欲请潘良入内，这时，珠帘里潘玉姝无精打采的声音响起。

潘玉姝：潘大人止步。

潘良脚步一顿，皱眉。

潘玉姝：本位未上妆，不便见外臣。

潘良的脸色跟着就沉了下去。月儿小心翼翼地看了眼潘良，放下了帘子。隔着那密密的珠帘，只能隐约看见一道倩影懒懒地斜靠在软榻之上。

潘良压着怒火，微施了一礼。

潘良：臣见过充嫒娘娘。

潘玉姝：潘大人有何事？

潘良：臣可否与娘娘单独叙话？

潘玉姝：内宫禁苑，怕是不合适，潘大人有何话，不妨直言。

潘良：（再次忍了忍）爹病了。

珠帘里，静默了一瞬。潘玉姝的声音还是淡淡的。

潘玉姝：本位会着太医前去诊治。

潘良：娘娘不回府探望？

潘玉姝：本位并不通晓医理。

潘良终于忍无可忍，低斥一声。

潘良：潘玉姝！

潘玉姝：（声音亦微冽了几分）潘大人，本位的名讳岂是你直呼的，这里可是奉华殿！

潘良脸色难看地盯着珠帘里那绰约的人影，里面的潘玉姝一时也未说话，气氛一时有些僵硬对峙。

潘玉姝：（忽而开口唤了声）月儿。

月儿立即掀开帘子步了进去。

榻上的潘玉姝拿起一物事，递给月儿，示意了下珠帘外。月儿稍迟疑了下，福了福身子，转身出了珠帘，将手中物事递给潘良，竟是那个小羯鼓。月儿双手奉上，根本不敢看潘良。潘良扫了眼小羯鼓，脸色更是阴沉了下去。

潘玉姝：本位擅琴，这物事留于本位宫中，始终是个祸根，既然是哥哥之物，便物归原主吧。

潘良咬了咬牙，伸手拿过了小羯鼓，攥得手指节泛白，扫了眼敛眉屏息的月儿一眼，还是开口告诫。

潘良：皇后新得太子，根基未稳，娘娘若是不趁此做最后一搏，怕真的就为时已晚了。

珠帘里传来一声轻嗤。

潘玉姝：哥哥是带兵打仗之人，孤城无援，三军兵临城下，哥哥以为，胜算还有几分？

潘良：那就从敌人内部瓦解！宸妃诞下妖物，此事前朝后宫皆知，你就没想想其中是否另有蹊跷？

潘玉姝：哥哥该是知晓，皇上已下了禁口令，凡擅议此事者，以惑乱人心之罪论处。

潘良：（不屑地）一道禁令，就能堵住悠悠众口——

潘玉姝：（有些许不耐烦地打断）哥哥可知，皇上有多久没来本位这奉华殿了？

潘良：那你更应该——

潘玉姝：（再次打断）好了，潘大人，本位累了，若无他事，你告退吧。

潘良一下火了，眉眼一厉，就要伸手掀开珠帘。

月儿及时地拦下了。

潘良忍了忍，到底是没再放肆，手指节捏得咯咯作响。

潘良：娘娘，臣好意提醒你一句，你不能只顾你自己的感受，潘氏一族的荣辱，还有寿安公主，你好好想想吧！臣告退。

说罢，潘良微拱了拱手，转身扬长而去。

"砰"，珠帘里，软榻之上的锦垫被狠掷在了地上。

4.汴京皇宫　垂拱殿　白天　内景

丁谓正向赵恒奏报玉清昭应宫修建相关事宜。

丁谓：陛下，玉清昭应宫之建，所需上等木材，各州府囤积皆已用尽，如今需遣兵民入山谷伐取，另因工程进度加快，需于汴京城内设更多的制造局，化铜为鍮，冶金薄，锻铁以给用。是以还需增拨银两，望陛下恩准。

赵恒神色不动地盯着丁谓，未语。殿内有片刻的静默。丁谓无端地生出了一丝忐忑，抬眼朝赵恒望去，见赵恒目光严肃，丁谓当即垂下了目光，愈发地恭敬。

丁谓：陛下，臣方才所说……

赵恒的手指重重地点在了龙案上的一摞奏疏上，打断了丁谓的话。

赵恒：这些奏疏皆是参你的。

丁谓神色一滞。

赵恒：参你罔上修宫，耗资过巨，单是役工，每日便有三四万，林林总总，罪状甚多。工部尚书张永，还给你总括了一句，竭天下之才，伤生民之命。

丁谓：（一下跪了下去）陛下！修宫乃是为皇嗣祈福，并不为臣所私用！

赵恒神色莫测。

丁谓：皇嗣关乎我大宋国祚延绵，与此等国之大事相较，祈福修宫花费之钱财，着实无足轻重，若江山无以为继，社稷动荡，陷入水火之中的终将还是天下黎民，至那时，我大宋君臣又有何颜面苟活于世？

赵恒还是未语。

丁谓：上本参臣之人，要么是罔顾朝局，目视短浅，要么便是妒臣得陛下信重，担此重任。臣伏祈陛下明察！

赵恒：（沉吟道）建玉清昭应宫如此浩大规模的宫殿以祈福，是否确实太过奢华，劳师动众？

丁谓：陛下为百姓计，乃社稷之福也！陛下之顾虑，臣自当竭尽所能，为君分忧！臣已命人于工地四周挖深沟若干条，引入汴河之水，一则可利用木排与船只运送木材石料，省去了不少役工，二则所挖之泥土可直接用于工程，不必再去郊外取土，三则待运送任务完成，再将沟中之水导出，以工地难以运出去的多余碎砖破瓦填之，如此一来，则大为缩短了工期，原本预计需十五年建成宫殿，如今或可于七八年内完成。

赵恒：可缩短一半的工期？

丁谓：回陛下，正是。臣身为修宫使，必当细致谋划，不无端耗费国库，为陛下招来非议，玷污天子之威仪。且自修宫祈福后，皇后娘娘顺利诞下太子，可见此举上承天意，个别臣工用意不纯，陛下实不必为之烦心。

赵恒神色稍霁，开口却还是难掩淡淡的讽刺。

赵恒：爱卿倒真是巧善辞令。

张景宗：（进来禀道）启禀陛下，冀王殿下请求觐见陛下。

赵恒：不是让他回去了吗？还没走？

张景宗：回陛下，冀王殿下一直跪在殿外，已近两个时辰，定要当面向陛下请罪。

赵恒烦躁地按了按额角。丁谓微挑了下眉，试探地开口。

丁谓：陛下，火灾之责，太傅大人不是一力承担了吗？怎么冀王殿下还……

赵恒：朕这个好御弟，非自称他罪孽深重，要自请责罚，惧朕盛怒之下，牵连到曹家其他人，朕岂是那种……（气得说不下去）

丁谓：（微微笑道）冀王殿下确实多虑了，陛下仁厚，又怎会随意牵连降罪？

赵恒没好气地一声冷哼，将案上的一幅画扔给张景宗。

赵恒：把这幅画给他送去，他不是送了朕一幅画吗？朕还他一幅。

赵恒突然扔画，张景宗一时没接稳，画展开了不少，好在他眼疾手快，才没让画掉到地上，连忙卷起。丁谓无意瞥到了画上所绘。

丁谓：（看了看赵恒的脸色）陛下送给冀王殿下的，是《友悌图》吧?!

赵恒不咸不淡地应了声。

丁谓：当年唐玄宗兄弟五人初出阁，于东都洛阳建"五王宅"，分院同居。后玄宗登基，兴庆乃龙潜旧邸，因以为宫，且赐其余兄弟府邸，环于宫侧，邸第相望，又于兴庆宫西南置楼，西面题曰花萼相辉之楼，南面题曰勤政务本楼。楼中设有一宽榻，其上搁有特制的一大枕与一床大被，玄宗时登楼，咸召诸王同榻宴谑，若宴饮至深夜，则兄弟五人同宿于榻上，抵足而眠。因此留下了这幅兄友弟恭的《友悌图》，传为佳话。

赵恒：（听得神色间一片感慨）爱卿果然博闻强识。

丁谓：（拱手）帝王之家多的是为夺皇位而兄弟阋墙，骨肉相残，似玄宗兄弟五人般互爱互敬，感情甚笃者甚少。陛下用心良苦，冀王殿下定能领悟其中真意。

5.汴京皇宫　李婉儿寝殿　庭院　白天　外景

李婉儿抱着一个襁褓，在一处危栏上来回地慢慢踱着步，神情恍惚，嘴里轻哼着温软的调子。

琳琅带着一众内侍宫娥，紧张地跟着守在下面，想唤又怕惊着李婉儿。李婉儿恍若未闻，自顾自地哼着调子，哄着襁褓中的"孩子"。殿门处，一内侍引着李载丰行了进来。

李载丰一见李婉儿在那般危险之处走来走去，立刻奔了上前。

李载丰：姐姐！

李婉儿神色顿了下，缓缓回头，看向李载丰，带着几分迷茫。

李载丰：（小心翼翼地伸手）姐姐，是我，载丰。

李婉儿迷茫又带点戒备地瞅着李载丰。

李载丰：姐姐，把手给我。

李婉儿蹙眉努力想了想，乍然想了起来，惊喜不已。

李婉儿：载丰！我一直寻你……啊……

李婉儿一激动，身子一动，脚下踩空，直直摔了下去。

幸好李载丰及时扑上前，接住了李婉儿，后怕地连连上下打量李婉儿。

李载丰：姐姐可伤到了？

李婉儿却顾不了那么多，急切地抓住李载丰。

李婉儿：载丰，这些日子你都去哪儿了？为何不来见我？

李载丰：我……

李婉儿：（根本不待李载丰回答，又忙道）我生的孩儿，你看见了是不是？我还让你救他！他们都说那是……不！载丰，你肯定看见了！他、他是、是什么？

李婉儿忽而发现自己怀中还抱有一个襁褓，吓得一下扔了，里面滚出来一个小枕头。

李婉儿：我没有生妖物！载丰，你可以给姐姐作证的，对不对？

李载丰：（噎住）我……

琳琅捡起那个枕头，泪水跟着就流了下来。

琳琅：李公子，那夜是你冲进火海，将娘娘救了出来，娘娘到底、到底生了什么，你该是最清楚的！

李载丰：（皱眉）我、我也不知晓！当时火太大，我只看见一个黄色褡裢，以为是姐姐生的孩儿，没想到……我也不知那是什么！

李婉儿拽着李载丰的袖子，楚楚可怜地哀求。

李婉儿：载丰，你看见我生的孩儿了吗？他在何处啊？他不会是妖物，绝对不会的！载丰，你把我的孩儿给我找来，可以吗？

李载丰见状，七尺男儿亦红了眼眶。

李载丰：姐姐！是载丰不好！载丰不该将、将那东西塞给你，都是我、都是我的错！是我的错！

李载丰越说越内疚，狠狠地拍了自己的脑袋几下。

琳琅忙拉住李载丰。李婉儿一时被李载丰的动作吓愣了。

琳琅：李公子，你现在自责也没用啊！

李载丰：（愧疚地）姐姐！

李婉儿稍稍缩了缩，警觉地瞪着李载丰。李载丰狠狠地咬了咬牙，看向琳琅。

李载丰：那妖物现在何处？

琳琅迟疑。

李载丰：告诉我！我倒是要看看，究竟是怎样的妖物！说啊！

琳琅抿了抿唇，看了看四周，压低了声音。

琳琅：听、听闻那妖物好像、好像被内侍埋去了相国寺后院的一棵百年古树下，求佛祖镇压。

6. 汴京皇宫　李婉儿寝殿　外殿　白天　内景

李载丰：姐姐，载丰细致查验过了，那不是妖物！

李婉儿：我没有生下妖物？

李载丰：姐姐当然不会生下妖物，那所谓的妖物，不过是一只被扒了皮，烤干的狸猫，人怎么可能会生下狸猫？定是有人偷梁换柱，用狸猫换了姐姐生的孩儿，要害姐姐！

李婉儿也没怎么完全听进去，只关心她的孩儿。

李婉儿： 那我的孩儿现在何处？

李载丰： 这……（拧紧眉头细想，喃喃分析道）按理说，皇宫戒备森严，即便那夜大火混乱，也很难有人能将一个新生婴孩偷运出宫去，更何况没人有理由这般做啊，那换孩子之人，应该还在宫中？也不对，一个婴孩，并非是何物件，宫中也藏不了啊，会在何处呢？宫中也没见……（猛然想到什么，便是一震）宫中有新生婴孩！（立刻又否认了自己的想法）不，不不，皇后也是十月怀胎，天下人皆知，不可能！不会的！

李婉儿见李载丰念念叨叨的，不耐烦了。

李婉儿： 载丰，我的孩儿到底在何处呢？

李载丰：（神色复杂地紧握住李婉儿的手）姐姐！不管此事幕后之人是谁，载丰定拼死查出真相，为姐姐讨回公道！

李婉儿依旧没听进心里去，烦躁又有些懵懂地看着李载丰。

李载丰： 咱们现在就去见皇上，把那狸猫之事禀告于皇上和皇后，绝不让姐姐平白被人泼了脏水，受了这莫大的冤枉！

三十三

1. 汴京皇宫　皇后寝殿　外殿　白天　内景

赵恒：他有证据？他有何证据？

张景宗：（敛眉屏息地）李公子定要面禀皇上。

赵恒烦躁地来回踱了两步。张景宗瞧了瞧赵恒的脸色，又小心翼翼地补充了句。

张景宗：听宫里的人说，李公子似乎去过相国寺……

赵恒：（脸色一沉）他竟然敢！

这时，刘娥匆匆自内殿出来，后面跟着奶娘王氏和杨璎珞。

刘娥：陛下，可是婉儿来了？

张景宗：还有宸妃娘娘之弟……

赵恒凌厉地一眼瞪过去。张景宗一噎，微微缩了缩脖子。

刘娥：让他们进来吧。

赵恒：不可！他们要来寻朕讨公道，皇后以为这公道，朕如何给？

刘娥语塞。

王氏：（忙请罪）陛下，娘娘，都是老身不好！是老身安排李公子去见的宸妃娘娘，本想让其劝宸妃娘娘主动离宫，没承想竟闹出了这般事。

刘娥闻言，语气一下重了。

刘娥：奶娘你、你怎能如此行事？是我刘娥，是我们此处的每一个人，对不住婉儿！她因那一夜的事，神志已有些失常，你居然要赶她出宫，岂非是绝了她的生路！你让我又情何以堪？

王氏：（也很愧疚地）娘娘，老身也是不想宸妃娘娘在宫中触景生情，多受刺激，李公子毕竟是她的亲弟，或者能开解她一二，对她的病情有助益。总不能一直由着她这么闹将下去——

刘娥：（打断）她再闹，也是我的妹妹，陛下的妃子，更是受益的……（赵恒沉沉的一眼看过来，刘娥咽回去"亲娘"二字）她是我们的亲人哪，怎能一不顺意，便抛弃呢！

杨璎珞：（也在旁侧帮腔）是啊，娘，你此次真的做过分了！婉儿姐姐已很可怜了……

赵恒：够了！都别吵了！宸妃不会被赶出宫，然那个李载丰从此也休想再进宫！

刘娥：陛下……

赵恒：此事到此为止！以后谁也休要再提及！

2. 潘伯正府邸　潘伯正房间　白天　内景

潘伯正坐于床头，半褪了肩上的衣裳，大夫刚给其肩头的旧伤换药。潘夫人坐在床边，潘良和潘玉姝立于一侧，均忧切地看着。

大夫：大人，这只胳膊半月内不能再动，若是伤口再撕裂，便麻烦了。

潘伯正随意应了声。潘夫人帮着将潘伯正的衣裳整理好。

潘夫人：韩大夫，我陪你去取药吧。

韩大夫收拾好药箱，跟着潘夫人出得门去。

潘玉姝：（关切地坐到了床边）您的伤……

潘伯正：（勉强扯了下嘴角）无碍！都是从前战场上留下的旧伤了，前几日猎场跑了一圈，到底是老了。

潘玉姝和潘良皆皱紧了眉头。潘伯正看了看一双儿女。

潘伯正：老夫戎马大半生，虽不能说会成为流传后世的名将，然还可称得上战功卓著，想我潘氏一族也曾是荣极一时的大氏族。

潘玉姝：（愧疚地）是女儿无能。

潘伯正看了看潘玉姝，有些心疼，又有些怒其不争。

潘伯正： 近些日子在宫中过得可好？

潘玉姝闻言，眼眶瞬间红了，不无讥诮地微撇了唇角。

潘玉姝： 自从皇后有了太子，皇上除了上朝，几乎都和他娘俩待在一起，真成了三宫六院虚设，独宠中宫。

潘伯正一声长叹。

潘良： 宸妃呢？听闻她大闹过垂拱殿，可有其事？

潘玉姝：（不甚在乎地）诞下了妖物，疯了吧？我看也是皇后从中调解，不然皇上早该治她罪了，现在后宫之中养着一个疯子，成天四处乱跑，晦气！前两日，那疯子的弟弟好似还胆大包天地去相国寺挖妖物了，又想求见皇上，辩白妖物之事。

潘良和潘伯正闻言，皆是一惊。

潘良：（怒斥）如此大事，为何不早些相告？

潘玉姝：（恹恹地）太子名分已定，那疯子到底生没生妖物，又有何干系？

潘良： 愚蠢！现在宸妃之弟身在何处？

潘玉姝： 我如何知晓？当日他就被皇上赶出宫了。

潘良拧紧眉头沉吟一瞬，朝潘伯正一施礼。

潘良： 爹，您先歇息着，儿子去办些事。

说罢，潘良转身匆匆离去。潘玉姝忽而也意识到什么，有点不知所措地望向潘伯正。

3. 汴京皇宫　皇后寝殿　内殿　白天　内景

寝殿内，幔帐垂下，珠帘泛着柔和的光，不时有孩子咯咯的笑声传来。奶娘王氏正在为小受益换新的锦衣，小受益活泼又好动，折腾得王氏满头大汗。

刘娥： 奶娘，还是我来吧。

王氏：（连连挡开了刘娥的手）老身可以！老身乐得被他折腾！（边说，边又重新将小受益挣扎出来的小手塞进了衣袖，无奈宠溺地）咱们的小太子啊，是一天天健壮咯，再过些日子，老身便该抱不动了！

刘娥：（笑道）小孩子长得快着呢。

王氏：是啊，小太子慢慢长大，老身是越来越老了，这身子已大不如前，（爱怜地亲了亲）能伺候咱小太子多一刻，便是一刻吧！

刘娥：（听得心酸）前日里，我差董太医给您瞧了瞧，诊出什么了没有？

王氏：咳，人老了，哪还能没个毛病啥的，娘娘不必太挂心。

刘娥：太医开的方子，您还是须按时服用啊！

王氏：老身晓得。（说着，已给小受益穿好了衣物，抱了起来）瞧瞧，这锦缎小衣裳一穿，精神头十足，眉目俊秀，简直就和皇上一个模子刻出来的。

刘娥帮着整理了整理小受益身上的衣裳，难掩的自责。

刘娥：这小锦衣是婉儿亲自绣了送来的……我终是对不住她了！

王氏闻言，也不免几分伤感，叹了口气。

王氏：娘娘不必一直如此自责，宸妃娘娘近几月已明显好转了，不再胡说，也不再胡闹了不是？

刘娥：可她变得对任何人都疏离淡漠，就喜一个人待着，没事便缝制小孩衣物。

说到最后一句，刘娥微微哽咽，侧过脸去。

王氏：若真有什么因果报应，皆应在老身身上吧。

刘娥握住王氏的手，摇了摇头。

王氏：（一笑）好了，今儿可是咱们小太子的百日宴，不说这些伤感的话了。

刘娥：（点点头，又看了看小受益，吩咐道）忆秦，你去安排一下，让宸妃也参加太子的百日宴吧。

4. 汴京皇宫　春鸾阁　一层　白天　内景/外景

太子百日宴，赵恒赐宴前朝后宫于春鸾阁。

庭院之中，钟磬鼓乐阵阵，美酒斟过那琉璃盏，芬芳扑鼻；御案之前，堆满众臣工送给太子的贺礼。主位上的君王，那俊颜喜色明显，令满堂气氛轻松,推杯换盏,笑语连连。赵恒和刘娥并肩而坐,小受益由坐于刘娥身侧的奶娘王氏抱着照看,锦衣玉带,眉目俊秀,霎时惹人怜爱。

刘娥:(望了眼一侧的空位,低声冲忆秦道)不是让你着人去请宸妃了吗?

忆秦: 回娘娘,已去请了,估摸着快到了吧。

刘娥点点头。王钦若看赵恒面露笑容,心生一计,欲讨君上欢心。

王钦若: 启禀陛下、娘娘,太子百日,臣等承蒙圣恩赐宴,不胜感激。臣愿献一游戏,可供席间作乐,又可为太子祈福。

赵恒:(微微一笑)哦?愿闻其详。

王钦若拱手一揖,拿起一旁桌上盘中的糕饼。

王钦若: 此游戏名曰"节节高",置一糕点作基地,其后人等陆续放于其上,一人放一糕,每放一糕便送一福,越高福越厚,自然也要小心碰倒,半途而废。

赵恒、刘娥,还有众臣工听后,不禁莞尔。

赵恒: 王卿提议,甚是有趣,受益百日,叠到百糕者朕重赏!

王钦若: 那便请陛下来打下"地基",臣等送上祝福。

赵恒兴致勃勃走到案前,众臣工让开一圈,王钦若将糕点交给赵恒,内侍铺上锦帕,赵恒将糕点置于其上。

赵恒: 好,哪位爱卿先来?

王钦若:(挑眉拿起一块糕点)臣不才,先送一福,太子龙章凤姿,一看便是天生的帝王之相,臣祝太子文治武功盖世,为我大宋建不世之功业。

赵恒: 王卿所言,甚得朕心。

众臣工看赵恒龙颜大悦,跃跃欲试。

丁谓:(继而放上一糕)陛下,臣祝愿太子紫微耀九州,万年承天佑。

赵恒: 丁爱卿不愧状元之才,出口成章,承爱卿吉言。

君臣一时其乐融融,宴席上气氛热烈,众臣工纷纷手拿糕点,唯恐落后,送上各自的祝福。

寇准：陛下，臣希冀太子长大后，约己爱民，存仁心于寰宇，施仁政于海内，为我大宋带来福泽。

苏义简：陛下，臣愿太子一世喜乐平安。

曹利用：陛下，臣祝太子将来成为一代明君。

潘良：陛下，臣祝太子平平安安长大。

众臣工的祝福声中，眼见那"节节高"越叠越高。

这时，赵恒将一块糕点放到刘娥手中，示意刘娥也去叠放。

看那"糕塔"已很高，不易叠放，刘娥不禁皱眉一笑，在赵恒"怂恿"下走到"糕塔"前，赵恒与众臣工安静退步观看。

刘娥屏息凝神，拿着糕点慢慢靠近"塔顶"，越来越近。王氏抱着小受益在身后暗暗加油。

内侍：宸妃娘娘到！

所有人皆被吸引去了注意力，诧异者有之，不解者有之，看戏者有之。赵恒亦目光复杂。刘娥一晃神看向李婉儿，手一抖，"糕塔"轰然倒塌。众臣发出惋惜或惊诧的低呼声。许是受到了"糕塔"倒塌的惊吓，小受益"哇"地哭了出来。

李婉儿整个人看上去甚是单薄，人清减了不少，由琳琅扶着，带着几分怯怯的神态，缓缓步入了阁内。

李婉儿：臣妾参见陛下。

赵恒：宸妃不必多礼，起来吧。

李婉儿起身，目光一触到王氏怀里的小受益，便如被黏住了般。

阁内立时一静，气氛变得微妙。李婉儿情不自禁走到了王氏身侧，既怜且爱地紧紧盯着小受益。看得赵恒和刘娥更是心情复杂。阁内气氛变得更为诡异了。

王氏：小太子乖！不哭不哭！

哪知小受益完全不理会，哭得愈发厉害。刘娥看得心疼，连忙接了过去。

刘娥：受益，为娘看看怎么了，不哭啊，乖，我们受益乖，不哭了……

赵恒也凑过来，笨拙地哄着小受益。

奈何小受益一点停下来的迹象都没有，发脾气般地可劲地号着。

李婉儿：（忽然满面怜惜，急切地）姐姐！我试试！

刘娥和赵恒对视一眼。刘娥犹豫了下，将号哭的小受益递给了已迫不及待伸出手来的李婉儿。李婉儿抱着小受益，眼神温柔慈爱得似能滴出水来。

李婉儿：太子，别哭啦，受益，你叫受益对不对？多好听的名字，受益，受益，（边念叨，边忍不住亲了亲小受益）受命于天，益国益民，你将来啊，可是要做皇帝的呢，可不能动不动便哭啊，受益，我的小受益，他们说你龙章凤姿呢，长大要建大功业的……

李婉儿絮絮叨叨地念了一大通，小受益好奇地瞅着她，竟神奇地止住了哭声。刘娥和赵恒见状，再次复杂地对视一眼。

"咯咯咯！"小受益开心地笑了起来。

李婉儿：（欢喜地冲刘娥道）姐姐，他笑了！受益笑了，你看，他笑了呢！

刘娥勉强牵了下唇角。除了欢喜的李婉儿和小受益，其余人都莫名地尴尬，阁内气氛再次变得几分诡异微妙。李婉儿摸着小受益身上的锦衣。

李婉儿：受益穿的这锦衣，是我缝制的呢，真好看！（发现了此一点，有些惊喜地看了看刘娥，低头又看了看受益，神志逐渐开始不清晰）我做给我儿的就是合身！

所有人闻言，皆是神色僵了僵。

李婉儿懵然无知，神志已有些混乱了。

李婉儿：受益，为娘还给你做了好多衣裳，一年四季的都有，为娘现在带你去看，咱一件一件试，好不好？看看你最喜欢哪件，咱这就去……

说着，李婉儿抱着小受益站了起来，便要离席。

王氏：（一下慌了，忙拦住李婉儿）娘娘！你、你要抱太子去哪儿？

赵恒和刘娥神色同时一滞。

李婉儿：我带我儿去试衣裳。

王氏：太子身上这件便很好——

李婉儿：（打断）我还做了很多。

刘娥：婉儿，改日再试可好？或者等宴席结束了？

李婉儿：不行！

王氏：那，老身陪你去，（边说，边尽力温和地笑着伸手）老身帮你抱着太子好不好？

李婉儿：（紧张地将小受益紧抱在怀中）他是我的孩儿，为何要你抱？

说罢，李婉儿抱着受益起身便匆匆朝阁外行去。

刘娥和王氏当即便急了，起身追了上去。

赵恒：（立于凉台之上，忧急地）快将她拦下！

文武臣工们亦都立了起来，紧张地望着下方。

5. 汴京皇宫　御苑　白天　外景

花径，李婉儿抱着小受益，几乎是跌跌撞撞地疾奔。刘娥与王氏紧追在后。

李婉儿还是被拦了下来，却慌不择路地退入了荷花池，一时更是六神无主，那种被大火包围的恐惧感袭来，脚下的水便如当初的大火般，惊怖袭遍她的全身，越退，越进入池中，人也几乎彻底失控了。

李婉儿：啊！水！火！姐姐救我！姐姐救我！

赵恒见状，彻底变了脸色，转身便朝下冲去。众臣工亦是大惊，跟着便冲了下去。寇準、王钦若几人冲在最前，紧跟赵恒身后。潘良装模作样地落在最后。

苏义简正欲跟着冲下去，目光余角却扫到那边一个熟悉的身影，混在臣工中也要冲下去。苏义简微微眯眼，几个箭步奔上前，伸手按在了那人的肩膀上。那人回头，正是乔装混入的李载丰。李载丰一见苏义简，当即脸色就变了，几乎是本能地去人群中搜寻潘良的身影，却见潘良已冲下了台阶。

好一番混乱后，小受益到底是没伤着，被刘娥紧紧抱入了怀中。

赵恒惊怒地瞪着仍然再次尖叫癫狂的李婉儿，后怕地厉声下令。

赵恒：把她带下去！自今日起，宸妃永远不许靠近太子！

439

6.潘伯正府邸　庭院　夜晚　外景

薄纱宫灯悬于梧桐树之上,投下一片影影绰绰。潘良坐于那树下的石桌之侧,自斟自饮。潘玉姝行来,坐到了潘良对面,看了眼神色沉郁的潘良,伸手拿过酒壶,给自己也斟了盏酒,端起来饮了半杯。

潘玉姝：我在宫中细致打探过了,皇后怀孕以来,一直都在服用安胎药,脉案日日呈于御前,且她生产之后,也在服用一些补血养气的补品,这些太医院皆有存档,委实是寻不到破绽。

潘良：(慢慢地品着酒)脉案太医院有存档,不稀奇,吃点补品也要记录在案吗?

潘玉姝：(一愣)这……有时去取,确实须记载的。

潘良：(一声冷哼)我已向宸妃之弟,李载丰,亲自确认过了,那骇人听闻的妖物,就是一只狸猫,人怎么可能会生下狸猫?皇后和宸妃同时怀孕,同时生产,然宫内仅有一个皇子降生,她们二人之中,必有一人有问题!宸妃因生产之事,都精神失常了,你以为谁的问题更大?

潘玉姝：(不可思议地)哥哥之意是,皇后没有产子?这如何可能?

潘良：有何不可能的?那日相国寺给皇后喝下的甘露,定是起了作用,皇后早已滑胎,其再与给宸妃接生的王夫人串通,利用大火之机,用一只狸猫,换了个太子!

潘玉姝：狸猫换太子?哥哥,你的这番揣测,太过于匪夷所思!皇后若早已滑胎,就算她能买通太医,然皇上几乎与她日夜相处,如何能不察觉?

潘良：难道皇上就不能参与其中了?

潘玉姝：不、不会吧!

潘良：(微微眯了眯眼)今日御苑之事,皇上的表现可不太正常啊!(一字一顿地咀嚼)狸猫换太子,指不定背后真正的主使之人,便是当今大宋天子!

潘玉姝一惊,失手碰翻了杯子。潘良睨了眼失态的潘玉姝,又忧心地皱起了眉。

潘良：若真是这般,倒有些难办了,要扳倒皇后,除非有铁证,不然怎么可能让天子自揭秘事呢！

潘玉姝微颤抖着手扶起杯子，还是有些难以置信。

潘良：（自顾地续道）可惜，李载丰被我"弄丢"了！丢在皇宫，你说谁的嫌疑最大呢？

潘玉姝神色紧绷。

潘良：这次估计是很难再寻着了！不过还好，他也不是直接证人，那么现在，最重要的三个人证，便是王夫人、杨美人、董太医！

7. 汴京皇宫　奶娘住处　卧房　白天　内景

丝丝缕缕的光线透过那紧闭门窗的缝隙射入，显得室内尤为阴沉昏暗。床榻之上，奶娘王氏虚弱地半躺在被褥里，形如枯槁，已是病入膏肓之相。杨璎珞面色悲戚地跪于床榻之前。

王氏：我儿无须悲伤，因果循环……

杨璎珞摇头，泪珠成串地砸落。

王氏：（几分恍惚地望着帐顶）为娘做了对不起宸妃娘娘的事，夺去了她的孩子，害得她疯疯癫癫……自那以后，为娘未睡过一个安稳觉，总是噩梦连连，这是报应，是上天对为娘的惩罚，为娘早便料到有这一天了！如此也算是解脱了！

杨璎珞：（哭道）娘……

王氏看着悲泣的杨璎珞，那浑浊的眼中溢出怜惜，颤抖着手自枕下摸出一只青色小瓷瓶。

王氏：只是，为娘放心不下你，我儿单纯无城府，心直口快，知晓这般宫廷秘事，即便皇后娘娘心慈，会对你多加回护，然也难保我儿不被有心之人利用，陷入万劫不复之地。

杨璎珞复杂地盯着那小瓷瓶，已隐约明白了是什么，微微摇头。

王氏：为娘出入宫廷这些年，大风大浪也经历了不少，总算是看透了一个道理，多少祸端皆因口舌招致，（说着，将小瓷瓶递到了杨璎珞手中）你将此药服下，能永远免除此祸。

杨璎珞微张了张口，根本道不出什么，只是那眼泪滚得更急了，握着小瓷瓶的手颤抖得厉害。王氏既怜且痛地轻轻抚摸着杨璎珞的脸。

王氏：为娘不逼你，选择你自己做。

8. 汴京皇宫　奶娘住处　卧房　白天　内景

刘娥刚一推开门，便见杨璎珞双手紧卡着脖子，在地上痛苦地打滚哑声叫着。

刘娥：（脸色大变，扑了上前，扶起杨璎珞）你怎么了？你吃了什么？

杨璎珞面色清白，只是异常痛苦地紧盯着刘娥摇头，喉间发出难听的嘶叫。

王氏：娘娘放心，她无大碍，过些日子就会好的。

刘娥满面惊慌地看了过去，很快注意到了滚落在角落的小瓷瓶。

刘娥：你、你到底给她吃了什么？

王氏愧疚又怜惜地看着杨璎珞，笑了笑。

王氏：我儿从小就话多，以后就安安静静过日子吧。

刘娥瞬间明白了，难掩震惊之色，哀痛不已。

刘娥：你、你这是何苦啊？！

刘娥边说，边忙拿过旁侧的水，给杨璎珞喂下去。

王氏：这是我这个做娘的，唯一能保全她的法子了。

刘娥：奶娘！（不停地帮着杨璎珞抚胸口）璎珞，璎珞，你有没有觉得好一点？

杨璎珞面色稍缓了几分。王氏抖抖索索地朝刘娥伸出手，刘娥忙将杨璎珞靠在案几边，奔了过去，握住了王氏的手。

王氏：娘娘，老身知你心里一直觉得愧对宸妃娘娘，老身也很愧疚，然绝不后悔！宸妃娘娘性子素来软弱，比不得娘娘坚忍有魄力，更不必说娘娘胸中有丘壑，巾帼不让须眉，又有几人能出其右！唯有娘娘才能担起大宋储君之母的重任！老身信皇上的选择，也请娘娘坚信！

刘娥眼眶湿润，凄然地微微点头。王氏看向杨璎珞，浑浊的眼中终于泪光微闪。

王氏：娘娘，老身去了，璎珞便在这世间一人孤苦无依，万望娘娘和皇上能善……善待我儿。

说完，王氏脸上溢出平静解脱的微笑，缓缓合上了双眼。

刘娥面色一紧。杨璎珞嘶哑地叫着，恸哭着爬了过来，死命地拽着王氏的衣袖，猛摇头，却是一句话也说不出来了。刘娥心如刀割，一把紧紧抱住了杨璎珞，清泪长淌，对着王氏的遗体，哽咽地承诺。

刘娥：奶娘，你放心，璎珞是我的妹妹，我定会护她周全。

刘娥和杨璎珞于床榻之前跪下，给王氏行了大礼。

9.汴京皇宫　御苑　春鸾阁　黄昏　内景/外景

残阳如胭，染红了天际。刘娥与赵恒并肩立于春鸾阁最高层的楼台处，望着那落日余晖中泛着淡金色光芒的重重宫阙。

赵恒：（喑哑地）璎珞当真不能言语了？

刘娥：（伤感而自责地）都怨臣妾，去迟了一步。

赵恒：此事怨不得你。

刘娥：臣妾是真没想到奶娘、奶娘会……

赵恒：（望着远处天际那最后一抹余红，缓缓地）朕小时候与奶娘很亲厚，后来她越来越将朕当成一个王爷、一个君王去尊重侍奉，谨守尊卑之礼，然朕知晓，于她心中，从来都视朕如子，喜朕之所喜，忧朕之所忧，她这一辈子，与其说是奉献给了皇家，不如说是为朕一人操劳，呕心沥血！（悲痛难抑地叹了口气）她临死之前给璎珞喂下哑药，虽是为了保护璎珞，可又何尝不是为了保护朕，保护皇后你，还有我们的受益呢！

刘娥：（眼眶微红）是！还是陛下知奶娘甚深！她泉下有知，也该瞑目了。

赵恒：以一品诰命夫人之礼厚葬奶娘。

刘娥：是，臣妾会亲自为奶娘操持葬礼。

赵恒点点头。

刘娥：陛下，臣妾还有一个请求。

赵恒看刘娥。

刘娥：臣妾想请陛下应允让璎珞做受益的养母，与臣妾一同抚养受益。

赵恒：皇后此议甚得朕心，便依你所言，另再晋封璎珞为淑妃。

刘娥：臣妾代璎珞谢恩。

这时，木阶脚步声响，张景宗引着董太医上来了。

张景宗：陛下，董太医求见。

董太医：臣参见陛下、皇后娘娘。

赵恒：何事？

董太医：陛下，臣年事已高，自觉已无力再为陛下效劳，恳请陛下恩准臣告老还乡。

一句话落，阁内微妙地沉默了下去。赵恒目光沉沉地盯了董太医片刻，不辨喜怒。

赵恒：准了。

董太医：（当即暗松了口气）臣谢主隆恩。

三十四

1. 汴京皇宫　垂拱殿　白天　内景

赵恒和刘娥正逗弄着小受益。

曹利用：陛下，前两日汴京城里出现了一则寻人启事。

赵恒：（凉凉地）曹卿最近很闲？

曹利用一噎。

赵恒：有话便直说。

曹利用：是，陛下。大理寺接到了一桩案子，有宫中禁军侍卫，家人不闻音讯数年，近来才打探到宫内并无其人，是以递了状纸。

赵恒按了按额角，神色间难掩的不耐。

赵恒：这般的案子，你着禁军那边给个交代便是，还要朕亲自过问？

曹利用：陛下，臣已询问了禁军，那侍卫曾是潘府的人，后来也是潘府将其要了回去，失踪之事禁军那边根本不知晓，因此事关涉潘家，是以还请陛下定夺。

赵恒：不管关涉到谁，既然百姓报了案，就彻查。（微顿了下）不过要有真凭实据，那侍卫是否确为潘府之人？

曹利用：臣已初步查清，失踪之人名为钟樵，有六指，与数年前潘府里一同名且也有六指的侍卫该是同一人。

刘娥听到那钟樵有六指，心中一动。

赵恒：（倒没多大反应）那你且继续查下去吧。

曹利用：臣遵旨。

2. 汴京皇宫　潘玉姝寝殿　后院　夜晚　外景

夜色如墨染，是让人心悸的深沉。

潘玉姝因着白日里寝殿无故出现侍卫衣裳的事而心神难宁，带着月儿在后院烧纸钱冥币。

月儿：（有些害怕地望了眼四周）娘娘……

潘玉姝横了月儿一眼，那眼眸深处却也难掩一丝惶恐，往盆里丢了几张纸钱，双手合十，默默祈祷。

映着远处那微弱的宫灯，潘玉姝耳垂上竟豁然戴着钟樵赠予的那对耳环。月儿见状，也忙跟着跪下，闭眼祝祷。

蓦地，一阵急促的脚步声响起。

如意/步摇：皇后娘娘……

潘玉姝和月儿皆是一惊，仓促回头望去，便见刘娥带着忆秦和四五名宫娥疾步而来。

月儿：（脸色一下白了）娘娘！

潘玉姝警告地瞪了月儿一眼。

刘娥几步走近，面色凛然地扫了眼那祭拜的火盆。

潘玉姝：（力持镇定地站了起来）皇后，即便你是中宫之主，也不能擅闯我的寝殿吧？

刘娥：你在祭拜何人？

潘玉姝：这似乎与皇后无关。

刘娥：明火焚烧祭拜，乃是犯了宫中大忌，你说本位有无资格过问？

潘玉姝面色微凝，尽力地撑着与刘娥对视，然那背已不自觉绷紧挺直。

3. 汴京皇宫　潘玉姝寝殿　外殿　夜晚　内景

刘娥看了眼忆秦，示意。

忆秦当即和几个宫娥，要将月儿、如意和步摇三人带下去。

月儿：（大力地挣扎，急切地呼喊）娘娘！

潘玉姝冷冷地绷着脸，瞪着刘娥，不置一词。

月儿三人终是被强行带了下去，忆秦最后出去，关上了殿门，殿内仅剩下刘娥和潘玉姝两人。潘玉姝微微冷笑了下，行至榻边坐下，摆弄着案上的一套薰香。

潘玉姝：我是坏了宫中规矩，皇后打算如何惩处呢？

刘娥走上前，眸光深沉地盯着潘玉姝。潘玉姝微带挑衅地瞪了一眼刘娥。

刘娥微蹙了下眉，自袖中拿出那则寻人启事，放在了案几上。

潘玉姝一眼瞥去，摆弄薰香的动作猛地一滞，那香粉抖落在案几之上。

潘玉姝：（捏着香具的手指节微微泛白，拼力地稳住心神，尽量语气平淡地问）这……这是什么？

刘娥坐到了潘玉姝对面，沉沉地看了潘玉姝片刻，缓缓地开了口。

刘娥：当年，本位初入宫不久，便听到一则谣传，说是章穆皇后曾向皇上告发，你宫中有男子出入，然皇上并不相信，为此有侍女还受了惩罚。不只皇上不信，本位也不信你潘充媛能有那个胆子，毕竟这是内宫禁苑，毕竟你是潘氏一族精心教养出来的女儿。

潘玉姝：（讽刺地）捕风捉影之事，皇后好记性。

刘娥看了眼案几上的寻人启事，微叹了口气。

刘娥：寿安左手手掌侧面那疤痕，本位让太医细致检查过了，乃是断骨之伤。

潘玉姝：（脸色顿时一变）你有什么资格私自为我女儿做检查？

刘娥静静地看着气急败坏的潘玉姝。潘玉姝反应过来自己失态，忙努力镇定，继续去摆弄香具，手却止不住颤抖得厉害。

刘娥：此外，本位也召殿前都指挥使询问过了，（伸出食指，点了点案几上的寻人启事）这个钟樵确有六指。

潘玉姝用另一只手紧抓住那发颤的执香具的手，下颌微仰。

潘玉姝：这些，又能证明什么？

刘娥：是，这些确实证明不了什么。

潘玉姝：皇后还有别的事吗？若无他事，我这奉华殿便不多留皇后了。

刘娥：有一事，或许你还不知晓，钟樵的家人因他失踪多年，遍寻无果，向大理寺递了状纸，（顿了顿，看了看已快绷不住的潘玉姝）皇上已派大理寺彻查此事。

"啪"，潘玉姝手中的香具掉落在地上，裂成了数瓣。潘玉姝脸色青白，额角瞬间沁出了冷汗。

刘娥：纸包不住火的，你要是真做了什么，可告知本位，（微顿了顿）或许本位能替你想想法子。

潘玉姝：（戒备地盯着刘娥）你想套我话？想试探我？

刘娥：坦诚地说，你若确实对不起皇上，不管出于何种原因，本位都不想帮你，然本位怜惜寿安，她是无辜的，且皇上与寿安多年的父女之情，一旦有些不堪被揭开，伤的也是皇上。

潘玉姝：（冷笑）皇后这话说得还真是冠冕堂皇，为我的女儿着想！为皇上着想！你以为我会信你？

刘娥：你可以不信我，但有一点你应清楚，以大理寺的手段，想要查出一个人的生平，并不是困难之事，更何况那个人曾出入宫廷，多少双眼睛瞧见过，你就敢保证所有事都做得毫无痕迹？

潘玉姝：（厉声地）本位没做过！

刘娥看着垂死挣扎的潘玉姝，微微摇头。

刘娥：你若再执迷不悟，到时东窗事发，谁也帮不了你了，可怜寿安小小年岁，便要经历这非人的一切，还有潘家，该是也不无辜吧。

潘玉姝整个人止不住地轻颤，颤抖着手端起茶盏去喝茶，却是根本递不到唇边，茶水洒了一裙。刘娥伸手握住了潘玉姝的手，拿过茶杯放回了案几，双目诚挚地盯着她。

刘娥：你可信我一次。

潘玉姝盯着刘娥的眼睛，神色开始纠结，却还是半晌未语。

刘娥缓缓放开了她的手，轻叹了口气。

刘娥：这样吧，你好好想想，想通了便来找我，（边说，边站了起来，看了眼那寻人启事，也顺手拿过）不过要快，大理寺卿曹利用可是个办事极为利落之人，我怕晚了就……

便在此时，殿门被大力推开。

赵恒：已经晚了！

殿门处，一身怒气的赵恒疾步走了进来，后面跟着曹利用、张景宗，还有慌张不知所措的忆秦。

4. 汴京皇宫　潘玉姝寝殿　外殿　夜晚　内景

忆秦：（小声歉疚地朝刘娥请罪）娘娘，陛下他……

赵恒已几大步来到了刘娥身前，刘娥欲将手中的寻人启事塞进衣袖，却被赵恒一把抢了过去。赵恒一眼扫去，捏着寻人启事的手指因用力，瞬间将启事捏得裂开了。

赵恒：（几乎是从齿缝中挤出几个字）皇后！你好！你很好啊！

刘娥：（蹙紧了眉，复杂地看向赵恒）陛下……

赵恒却根本不再理会她，而是阴冷地瞥向榻上已近乎瘫软的潘玉姝。刘娥朝忆秦和张景宗示意了下，两人复退了出去，再次关上了殿门。殿内仅剩下赵恒、刘娥、潘玉姝、曹利用四人，气氛冷凝到了极致。

赵恒将寻人启事狠狠扔在了潘玉姝身上。潘玉姝一个激灵，回过神来，忙跪在了地上。

潘玉姝：臣妾参见陛下。

赵恒：（愤恨地指着潘玉姝）好一个潘氏，你竟敢淫乱宫闱，背叛于朕。

潘玉姝：（声音发颤）臣妾不知陛下在说什么！臣妾什么也没做过！

赵恒：（咬牙切齿地低喝一声）没做过？曹利用。

曹利用朝赵恒一施礼，随即没什么表情地看向地上跪着的潘玉姝。

曹利用：充媛娘娘，臣查到当年还是大内侍卫的钟樵一次醉酒，与同僚提及他和宫中一位嫔妃，（微顿了下，暗暗看了眼赵恒）有染之事，而这位嫔妃便是娘娘你。

潘玉姝尽力保持沉着，微微冷笑。

潘玉姝：曹大人，你们大理寺查案何时要听信一个死人的醉后胡话了？无凭无据，如此滔天的罪名，本位可不敢担！还望陛下明鉴！

曹利用：（又看了赵恒一眼，续道）钟樵当时想送这位嫔妃定情信物，恰巧那同僚家中是做珠宝玉器营生的，于是钟樵亲手绘制了一副耳环图样，请同僚代为打造。

潘玉姝听到此处，瞳孔一缩，按在地上的手指微微一动，旋即更是用力扣在了地上，她耳垂之上正戴着钟樵送的那副耳环，当此情景，想捂也是不可能了。

潘玉姝：（死撑）你说的，与本位又有何相干？

曹利用：那同僚帮了钟樵后，因毕竟事涉宫闱，便多留了个心眼，对钟樵谎称图样弄丢了，实则将其暗中留存了下来。

曹利用边说，边将手中一直拿着的一张折起来的纸展开，给潘玉姝看，其上正是那耳环图样。

潘玉姝只扫了一眼，浑身就轻颤了下，脸色瞬间苍白了下去，不敢再看。刘娥拿过图样看了看，再瞧向潘玉姝，几乎是立刻便注意到了潘玉姝耳垂之上那耳环，皱了皱眉，却没多言什么，只是试图劝阻赵恒。

刘娥：陛下，此事不宜张扬，且都过去这许多年了——

潘玉姝：（却忽而发狠般地断然打断）陛下！臣妾没做过！陛下不能因凭空冒出来的一幅图样，便断定臣妾……断定臣妾与人私通！

赵恒：（冰冷的语气一挑，在潘玉姝面前蹲了下去，伸手捏起了她的下颌）还矢口否认？！

潘玉姝：（拼力撑着和赵恒对视）臣妾问……问心无愧！

赵恒：问心无愧？那你告诉朕，寿安的左手是不是六指……

赵恒口里的话一顿，因他瞥到了潘玉姝耳垂之上的耳环。

潘玉姝：（还在否认）不、不是。

赵恒：（手一伸）图样。

刘娥自然看到赵恒也注意到了，有些迟疑。

赵恒： 图样给朕！

刘娥无奈，只得将图样递给了赵恒。赵恒一手扭过潘玉姝的脸，一手举起图样和潘玉姝的耳环比较，几乎是一模一样，越看，越是怒火滔天，眼中如要喷出火来，捏着潘玉姝下颌的手不觉用上了狠力。潘玉姝疼得直皱眉。

赵恒： 贱人！你竟敢还一直戴着！

潘玉姝终于慌了，一把抱住赵恒的胳膊。

潘玉姝： 陛下，你听臣妾解释……

赵恒狠狠地甩开潘玉姝。

赵恒： 别碰朕！恶心！

潘玉姝往赵恒身上扑。

赵恒站起来，顺手抽出了曹利用腰间的长剑，冷冽的剑尖直指潘玉姝眉心。刘娥及时地拉住了赵恒的胳膊。潘玉姝立时吓得浑身僵住。

曹利用：（跟着跪了下去）陛下息怒！

刘娥：（紧紧地拽着赵恒的胳膊）陛下，她毕竟还是寿安的母亲！

赵恒：（已然暴怒得近乎失去了理智）不要和朕提那个野种！

潘玉姝闻言一震。刘娥蹙紧了眉，拉着赵恒的胳膊不放手，也缓缓跪了下去。

刘娥： 陛下！（痛心不已地）不要！臣妾不想看着你后悔！更何况，潘充媛跟了陛下这么多年……

潘玉姝看着刘娥为她求情，忽而讽刺地大笑起来，笑着笑着，眼泪便下来了，豁出去般地瞪向赵恒。

潘玉姝： 是，野种！寿安是野种！陛下若能给臣妾一个孩儿，臣妾何至于去和别人生野种？

赵恒眼睛猩红，一剑就要刺下去。

刘娥：（死死抱住了赵恒胳膊，急切地又冲潘玉姝吼）潘充媛，你少说两句！

潘玉姝绝望而嘲讽地直视着赵恒。

潘玉姝： 陛下，玉姝当年嫁你之时，也是单纯期盼爱情的姑娘，殷切地希冀着能被自己的夫君妥帖珍藏、精心爱护，那时你是襄王，后来你是君王，玉姝从不敢奢求你的专宠，唯盼着你能多分我一些怜惜！可你呢？纳我为妃，不过是因先帝皇命，新婚之夜便让我独守空房，我忍了！想着只要我爱着你，守着你，为你付出，总有一日，你能看见我的好！你想要子嗣，我甘愿冒着生命危险为你生，可你却在我流产之后，赐下封身药！（说到此处，狠狠地闭了闭眼，泪珠成串地砸落，语气却是愈发狠厉了）玉姝恨哪！（怒指着刘娥）你为这个女人，魔怔了一般！宁愿听她的话，去宠幸一个贱婢，也不再多看我一眼！（深深吸了口气）是，钟樵是我父兄安排进宫的，我也瞧不上他，最初不过是想借种，还不是想着为你生个孩儿！

赵恒气得浑身轻颤。

刘娥：别再说了！

潘玉姝却是已什么都不在乎了，伸手轻轻地摸上耳环，眼底划过一抹温柔，带着挑衅地瞪着赵恒。

潘玉姝：可后来，我竟喜欢上了与他幽会，我也是一个女人，也想要男人的疼惜与呵护，陛下，你给不了我的，他给了！哈哈哈……

赵恒狂怒，猛地甩开刘娥的手，一剑刺了下去。

然而，赵恒这一剑却没有刺向潘玉姝的脖子，而是刺在了她的耳垂之上，那耳环碎裂，珠子散落开去。潘玉姝一声刺耳的痛呼，捂着耳朵摔倒在地，很快，手指缝里渗出殷红的鲜血。刘娥和曹利用都惊愕住。

赵恒的俊脸因为愤怒而变形，憎恶地看着地上的潘玉姝，剑尖微颤。潘玉姝疼得满头大汗，喘着粗气，目光转过来，带着恨意地瞪向赵恒。

潘玉姝：陛下但凡多在意多留心我一点，怎么可能，寿安都长到这般大了，才发现呢！不，你从始至终都没发现，还是被曹大人查出来的……

曹利用眼观鼻鼻观心，恍若未闻。赵恒深受打击，看着变得陌生、歇斯底里的潘玉姝，心中陡然生出一股悲凉。

"哐当"，赵恒手一松，长剑掉落在地，转身朝外走去。曹利用立刻站起来，跟了上去，为赵恒打开了殿门。这边厢，刘娥忙上前，半抱起了潘玉姝。这时，忆秦进来。

刘娥：快宣太医。

潘玉姝的气力如同被全部抽去，呆滞麻木地望着殿顶。

5. 潘伯正府邸　后院　早晨　外景

后院，约莫二三十家丁被集结起来，人人手握武器，神色难掩地紧张。潘良身着半甲，一身凛然地立于阶上，家仆乙自屋里取来一把长剑。

家仆乙：（犹豫地）公子，你确定要这般做吗？

潘良面色冷肃，伸手。家仆乙又迟疑了下，终是将长剑奉上。

潘良拿过长剑，继而用犀利的目光扫向众家丁。

潘良：宁为玉碎不为瓦全！我潘府绝不是任人践踏之地！你们说是不是？

众家丁：（高声地）是！

潘良手微扬，将一块令牌丢给家仆乙。

潘良：待会我给你杀开一条血路，你持我令牌，去城南军营找吕副将，让他火速带人前来。

家仆乙：（忐忑地看了眼手中的令牌，咽了咽口水）公子！这，一旦……一旦……可就没有回头路了！

潘良：苏义简和曹利用带的可是禁军，难不成你以为他们上门做客来了！（瞥了眼家仆乙）依我的命令行事！

家仆乙：……是！

潘良手腕一动，拔出了长剑，剑刃雪亮森冷，凌厉的目光扫向众人。

潘良：跟我冲将出……

潘伯正由潘夫人和家仆甲扶着，拼力地撑着自廊下行来。潘伯正来到潘良身侧，看了看潘良手中的长剑，又扫了眼众人，脸色愈发地难看。

潘伯正：你们要做甚？！

众家丁皆回避潘伯正的目光。

潘伯正：（又瞪向潘良）把剑收起来。

潘良：爹！我已从宫中得到消息，昨夜皇上带着曹利用去了玉姝的寝殿，之后玉姝就被禁足了，曹利用出宫后，直接和苏义简带了禁军来围府，虽不能探得奉华殿内究竟发生了何事，然一切迹象表明，（压低了几分声音）有些事怕是败露了！

潘伯正闻言，眉心抽了下。

潘良：皇上虽快了一步，好在儿子也不是毫无准备，你知晓的，城南军营——

潘伯正：不行！

潘良：爹！

潘伯正：城南军营都是当年跟着老夫征战沙场的旧部，他们的确可以为我潘府豁出性命，可皇上先动了手，你以为皇上不会防备？如今的情形，不过是以卵击石。

潘良：那也得试过才知！

潘伯正：老夫说了不行！（继而抬头望向远处泛着红光的天际）我大宋的儿郎，当喋血沙场，马革裹尸还，而不是无谓地死于内乱！

潘良皱了皱眉，干脆执剑就要冲下台阶。

潘伯正：（一把抓住潘良的胳膊，断然地）你现在若要杀将出去，便踏着老夫的尸首！

潘良：爹！我潘家世代簪缨，英才辈出，岂能任人鱼肉？！

潘伯正：是！我潘家曾跟着太祖打天下，随太宗南征北战，立下过赫赫战功，封侯拜相，尊荣无上！（目光更为深邃复杂地盯着潘良）荣耀衰败，本就是氏族难逃的命运，我潘氏一族，即便没落赴死，也得有尊严！不必做那垂死挣扎之事！

说罢，潘伯正放开了潘良的手，看了看已难掩惊慌的潘夫人，微微笑了下。

潘伯正：夫人，给老夫着朝服！

潘夫人：（眼泪一下滚落）唉，老爷！

潘伯正：（没再看潘良，淡淡地）你也把朝服换上吧。

潘夫人扶着潘伯正去换朝服。望着潘伯正微微驼背的背影，潘良神色沉到了极致，攥紧了手中长剑。所有人等噤若寒蝉。

6.潘伯正府邸　大门　早晨　内景/外景

一名禁军上前拍门，一直未有人来应门。

曹利用：（微挥了下手）将门撞开！

便在这时，那朱红的大门渐渐开了，一身紫色朝服、满面凛然的潘伯正走了出来，他的身后是亦着了朝服、满目阴鸷的潘良，还有潘夫人以及潘家诸人。

潘伯正：（讽刺地一笑）枢密使，大理寺卿，有劳二位大驾了。

苏义简拱了拱手。曹利用也微拱了下手，随即取出了圣旨。

曹利用：潘家诸人接旨。

潘伯正率着众人跪了下去。唯有潘良，却挺着身子没动，只是狠狠地瞪着曹利用。

正打开圣旨欲读的曹利用见潘良没跪，声色不动地盯着他。气氛一时僵持。苏义简微一皱眉，正欲开口。

潘伯正：跪下！

潘良咬了咬牙，带着几分不甘地缓缓地直挺挺跪了下去。

曹利用：（微挑了下眉）昊天明命，皇帝诏曰：经大理寺查证，潘伯正、潘良父子草菅人命，蓄意送有异图之人入宫，淫乱宫闱，罪大恶极。潘伯正、潘良父子立即革职，收监候审，潘家其余人等均入狱待查，家产抄没充公。钦此。

听着曹利用读来的圣旨，潘伯正沉痛地闭上了眼，他知晓，潘氏一族是彻底完了！潘良撑着地的手紧握成了拳。

潘伯正豁然睁开了眼，神色间有着一股怆然和无惧。

潘伯正：（朗声）臣潘伯正，率潘家诸人，接旨！

曹利用手一挥，有禁军上前分别给潘伯正和潘良戴枷锁。潘良手一让，凌厉的一眼瞪向那禁军。

禁军吓得一缩，再不敢给潘良戴。

曹利用：（伸手）给我！

禁军忙将枷锁递给了曹利用。曹利用上前，淡淡地看着潘良。

曹利用：潘大人是聪明人，何必做这些无谓之举。

潘良：（恨得拳头捏得咯咯作响）曹利用！

曹利用依旧没什么表情，微微举起枷锁。

潘良：（咬牙切齿地）曹利用，你以为扳倒了我潘家，（意味深长地看了眼那边神色清淡的苏义简）你曹家就能在朝中独大？

曹利用：（边给潘良戴枷锁，边语气没什么起伏地）潘大人言重了，下官只知为皇上尽忠办事。

潘良：（一声冷哼）你们曹家的下场，绝不会比我们潘家好多少！

曹利用动作微滞了下，不过还是神色未露半分，瞥了眼潘良，眸子深处划过一丝不屑，未再多言。

7. 大理寺狱　牢房　白天　内景

阴暗的牢房里，潘良一身白色囚衣，其上有少许污渍，蓬发靠坐于墙角，再没了素日的英武与骄横。

外面走廊脚步声轻响，明黄的衣角落于牢房门外。潘良嘴角划过一丝阴森冷笑，看向脸色寒冷的赵恒。狱卒打开牢门。赵恒微挥了下手，张景宗示意狱卒退下去，牢房内仅余下赵恒和潘良两人。

潘良：我就知晓，你会来见我的，皇上！

赵恒手微抬，一块令牌被丢在了潘良脚边。

赵恒：（冷冷地）吕平、韩超二副将，雷贺、王升等五参将，皆被朕革职查办了！凡军士以上者连降三级，城南军营改兵制，自禁军"落厢"。

潘良：那是我爹在乎的。

赵恒：（讽刺地）是！你西蜀平乱，战败而归；灵州败北，落荒而走；益州一战更是吓得龟缩在城中，不敢出战，像你这般骨子里懦弱的常败将军，自然懂不了何为军人之尊严，何为军人之骨气！

潘良脸色难看到了极致，死死地攥紧了双拳，愤恨地瞪着赵恒。

潘良：你我只是差在了出身，不然今日身为阶下囚的，便是你，赵元侃！

赵恒：（不屑地）是吗？

潘良：我自八岁，便陪着你读书习武，论学识，论武功，论心智谋略，我究竟有何不如你的，你难道不清楚？

赵恒：那只是你自以为的。

潘良：（一声冷哼）太平兴国八年（983），你方及舞象，那年秋狩，你猎得了一头豹子，太宗大加赞赏，然那头豹子本该是我射中的。

赵恒：朕若是没记错，你那一箭可是射偏了。

潘良：因为我是故意的，你是皇子，做什么大家不得让着你！

赵恒：（无奈地轻轻摇了摇头）不要把自己的软弱无能、外强中干，推卸给旁人，推卸给命运！朕从未亏待过你，从未亏待过潘家，纳潘氏为妃，给予你潘氏一族应有的荣耀，你们却不知足，想把持后宫，权倾朝野！（缓缓蹲下，犀利地直视着潘良）你有一句话说得对，这天下，终究姓赵，不姓潘！犯上作乱者，有不臣之心者，皆是自取灭亡！

潘良：（狠厉地）成王败寇，我认！（微微眯眼，紧盯着赵恒的眼睛）不过，我也不是败得一塌糊涂，对吗？

赵恒不动声色地看着潘良。

潘良：你的中宫之子，被我那一碗甘露，滑掉了吧？

赵恒瞳孔几不可见地缩了下，尽力神色不露半分地盯着潘良。

潘良努力地试图从赵恒的神色间瞧出点什么。

潘良：我潘良死了，我潘家倒了，可若是以这般的代价，逼得当今大宋天子与皇后做下狸猫换太子之事，遭后世诟病，（稍稍靠近赵恒）值了！

赵恒眉心狠狠地抽了下，从齿缝中挤出几个字。

赵恒：你该死！

潘良：（忽而难掩地激动）如此说来，我成功了？

赵恒蓦地挑眉，冷傲地一笑，站了起来，居高临下地睨着潘良。

赵恒：你永远是这般自以为是！这般高估了自己！

潘良：（笑容滞了滞）不可能！太多的迹象都表明，太子的出生过于蹊跷！

赵恒冷冷地鄙视，再次笑了下，转身欲出牢房。

潘良：我知晓，我已必死无疑，你就不能看在你我一起长大的情分上，让我死个明白！

赵恒背影冷硬，顿了一瞬，走出了牢房。

潘良：（急切地上前两步，带着一丝威胁地）元侃！陛下！不管真相如何，你就不怕我宣扬出去，在世人心中埋下怀疑的种子？

赵恒依旧没有回头，声音透着几分凉薄。

赵恒：你没那个机会了。

说罢，赵恒满身冷厉地大步朝外行去。几个一身黑衣打扮的人悄无声息地自暗处行出来，入了牢房，将潘良抓了起来。

潘良：你们要做甚？！

黑衣人一言不发，其中一个拿出绳子，几人配合，缠上了潘良的脖子……赵恒离开牢房，背影肃冷，他身后是死难瞑目的潘良。

赵恒：（画外音）你不是要你潘家世代荣耀吗？那朕就葬送你潘氏全族！传朕旨意，潘伯正、潘良斩立决！潘家男丁全部处以极刑，女眷悉数流放沙门岛！充媛潘氏，赐鸩酒！

三十五

1.汴京皇宫　潘玉姝寝殿　内殿　夜晚　内景

烛火摇曳，夜风拂过深宫，吹得那幔帐飘荡开来，丝丝寒意浸透。潘玉姝呆滞地坐于妆台前，铜镜里，是她不过几日便憔悴下来的形容，她那只受伤的耳朵包扎着，另一只耳朵之上竟还戴着那只耳环。

月儿跪在一侧的地上，小声地啜泣着。

潘玉姝缓缓抬手，摸了摸耳环，唇边溢出一抹自嘲，看着镜中的自己，便像是刚刚发现自己容颜苍白，蹙了蹙眉，旋即打开妆台之上的几个妆匣，挑选了胭脂，抹在了脸颊之上，又选了相称的唇脂，涂了樱唇，铜镜中人儿的气色顿时好上了许多，最后，潘玉姝再精心选了一支簪子，插入发髻间，微微扬眉，眉眼间倒是恢复了几分素日的傲气。

这时，脚步声响起，张景宗领着两个小内侍进来了，其中一个手中端着檀木托盘，上面有一杯鸩酒。

月儿一看，当即惊慌不已，朝潘玉姝膝行了两步，哭泣不止。

月儿：娘娘！

张景宗来到潘玉姝身侧，施了一礼。

张景宗：充媛娘娘。

说着，张景宗伸手，小内侍将鸩酒递给张景宗，他亲自呈给潘玉姝。

潘玉姝并没有多少惊惧之色，淡淡地扫了眼鸩酒，又看了眼泪流满面的月儿。

潘玉姝：张公公，本位想多问一句，月儿会被如何处置？

张景宗：杖毙。

月儿闻言一颤。潘玉姝看向月儿，眼中多了些平日里没有的怜惜。

潘玉姝：你伺候我这么多年，本还想着替你寻户好人家嫁了。

月儿：（边哭边摇头）月儿只愿跟在娘娘身边。

潘玉姝：（苦笑）到头来，竟只有你陪着我！也好，咱们主仆俩一同走，也算有个伴儿。

月儿不住地点头。张景宗无声地叹了口气，手一挥，两小内侍上前，将月儿拖了出去。

月儿：娘娘，月儿先走一步！

潘玉姝微微闭了闭眼，逼回去了眼角那一点湿意，端过鸩酒。

潘玉姝：张公公，本位还有一个请求。

张景宗：娘娘请讲。

潘玉姝：本位想见一见皇后。

便在此时，殿门处脚步声再次响起，却是刘娥牵着寿安来了。

寿安朝潘玉姝奔来。潘玉姝手一抖，连忙将鸩酒放在了妆台之上，抱住了扑过来的寿安。刘娥看了眼潘玉姝。

刘娥：张公公，你且下去吧。

张景宗：是，娘娘。（微顿了顿，又补充了句）那奴婢便在殿门外等候。

2. 汴京皇宫　潘玉姝寝殿　内殿　夜晚　内景

这边厢，潘玉姝神色再也绷不住了，红着眼眶摸了摸寿安的小脸。

潘玉姝：寿安，让为娘好好看看你。

寿安：娘娘，你的事办完了吗？

潘玉姝：事？

寿安：（回头看了眼刘娥）皇后娘娘告诉我，说你要办事，是以这几日才让寿安住在她那里的。

潘玉姝：（难掩几分感激地看了眼刘娥）对，为娘有事，已办完了，不过……为娘要去一个很远的地方。

寿安：寿安也要去。

潘玉姝：那个地方很远很远，暂时不能带着你去。

寿安小脸一下绷紧，再次抱住了潘玉姝。

寿安：寿安不想离开娘娘。

潘玉姝：（眼中泪光闪烁）为娘也不想离开寿安啊！

寿安在潘玉姝怀中抬头，伸手为潘玉姝擦去眼角的泪珠，小模样看去甚是懂事。

寿安：娘娘你别哭，寿安不跟着去就是了，寿安乖乖地等你回来。

潘玉姝：为娘的寿安长大了！懂事了！

寿安：（忽然想到什么）娘娘，那支《凤求凰》的曲子，得皇后娘娘指点，寿安终于练会了。

潘玉姝：真的？寿安真聪明。

寿安：寿安弹给娘娘听，琴还在皇后娘娘寝殿呢……

潘玉姝：（努力地笑着安慰道）没事，以后再听。

寿安：（有点遗憾地）那等娘娘回来，寿安再弹给你听。

潘玉姝：好啊！（眷恋地紧盯着寿安）为娘不在的日子，你要好好听皇后娘娘的话。

寿安：嗯，寿安会很听话的！

潘玉姝更紧地抱住了寿安，眼泪掉得更急了。

刘娥看见这一幕，亦是酸楚难当，不忍地移开了眼。

良久，潘玉姝终于依依不舍地放开了寿安。

潘玉姝：寿安，为娘和皇后娘娘还有话说，你先出去好不好？

寿安亦是很不舍地望着潘玉姝，迟疑片刻，才点了点头。

潘玉姝倾身，深深地吻了吻寿安的额头。

忆秦看了眼刘娥，上前轻轻拉过寿安。

忆秦：公主，奴婢带你出去。

寿安难舍地一点点放开了潘玉姝的手。

寿安：娘娘，你一定要早点回来。

潘玉姝两行清泪再次滑落。寿安一步三回头，被带了出去。

望着寿安最终消失在殿门处的小身影，潘玉姝心如刀割，十指深深嵌入了掌心。片刻后，潘玉姝深吸口气，复杂地看向刘娥。

潘玉姝：多谢你，让我和寿安能好好地道个别。

刘娥：她是无辜的。

潘玉姝悲伤而讽刺地扯了扯嘴角，面色随即整肃了几分。

潘玉姝：皇后娘娘，臣妾有一事相求。

刘娥：（未待潘玉姝说出口，便道）我会照看寿安，虽未必能保证她如从前般尊贵，但一世平安，我想我还是可以给她的。

潘玉姝闻言，再次红了眼眶，站起身来，慎重地于刘娥身前跪下，刘娥本想拦住，她还是坚持跪了下去，朝刘娥深深地拜了下去，行了大礼。

刘娥看着拜伏在地的潘玉姝，无言地长叹一声。

潘玉姝随即缓缓站了起来，看着刘娥，神色变得出奇地平静，两人虽未相斗一辈子，却也是纠葛半生，这一刻，虽不能说是释然，到底也是第一次真正平和面对彼此。

潘玉姝：你我之间，似乎也无须再多言……或许你从未将我放在敌对的位置，因为不屑，不在乎，很多事不过我一厢情愿，就像，就像我与皇上的这一世的孽缘，他现在该是憎恶我到了极致，多看我一眼都不愿吧。

刘娥：皇上他曾经也该是真心待过你的。

潘玉姝：（自嘲地微牵了下唇角）曾经？或许吧，若是没有你，这个"曾经"更为可信些。

刘娥：我从未想过要与你相争。

潘玉姝：我信，以前不信，现在是真有些信了。

两人看着彼此，神色俱是复杂。沉默半晌，潘玉姝又嘶哑地开口。

潘玉姝：最后，我想知晓，我父兄，我家人都如何了？

刘娥：你父亲沉疴已久，未等到行刑，已病死狱中，你哥哥在牢中畏罪自裁，你娘和其余女眷该是已启程去往沙门岛了，潘家其余男丁，皆被问斩了。

潘玉姝一瞬间的目光有些可怕，继而又很快恢复了死一样的冷静。

潘玉姝：我以前总觉得，我所有的坎坷与不幸，全是父亲和哥哥造成的……

潘玉姝自嘲地又扯了扯唇角，并未将那剩下的半句话说完，转身慢慢走回到妆台前，坐下，看着铜镜中的自己，眼神如泣如诉，终是缓缓伸手，端起了那杯鸩酒。潘玉姝难掩悲凉地幽幽长叹一声。

潘玉姝：我这一生，算是一场错吧。

说罢，手腕微抬，潘玉姝毫不犹豫地将那一杯鸩酒一饮而尽，不过瞬间，娇躯软倒在了妆台之上，那耳环上的一点珠光，映着她眸子里不知是对谁的最后一点眷恋，慢慢黯淡了下去。

一支《凤求凰》的曲子似乎在宫苑远处响起。

3. 汴京皇宫 御苑 春莺阁 白天 内景/外景

天色有几分阴沉，令人心头端端地生了滞闷。苏义简正于春莺阁内，向刘娥复命。

苏义简：嫂嫂，已依照你的吩咐，安排李载丰离京了。

刘娥：送他去了何处？

苏义简：义简不知，也让送他走的人，不必回禀，不必回来。

刘娥：……如此最好。

4. 汴京皇宫 李婉儿寝殿 庭院 高台 夜晚 外景

夜色浓，玉兔高悬，柔柔的月光如纱般倾泻于庭院里。那青石高台之上，玉人一袭白衣更胜雪，无半处繁饰，纤尘不染。长袖曼舞，衣袂飘飘，恍若那月中仙子。

刘娥立于廊下，望着那高台之上翩然而舞的李婉儿，竟一瞬间红了眼眶。李婉儿眼波流转，瞧见了刘娥，眉眼弯弯，唇角溢出无比欢畅喜悦的笑容，亲切地唤了声。

李婉儿：姐姐。

李婉儿朝刘娥伸出纤手，示意刘娥过去。刘娥登上高台。

李婉儿：此舞是姐姐当初所授，还剩半曲，姐姐可否陪婉儿跳完？

刘娥点头应允。

莲步轻移，广袖纷飞，舞姿飘忽若仙，一清丽，一明艳，双姝倾国。

李婉儿虽身姿消瘦单薄，然眼中那纯粹欣喜的笑意，让她似回到了那个刚与刘娥相识时的单纯姑娘。

李婉儿：原来与姐姐共舞，是这般快活之事。

刘娥：（动容地紧紧握着李婉儿的手）婉儿，姐姐亦同样地欢喜。

李婉儿：这支《霓裳羽衣曲》，是那一夜婉儿跳给皇上的，也便是那一夜，婉儿做出了一个重要决定，为皇上，也是为姐姐，完成心愿，诞下一个孩儿。

刘娥唇角的笑容微微凝滞。

李婉儿：（自然地续道）婉儿不悔，尽管有时亦会想想，若是没入宫，我会是何种模样，若是，我再胆大一点，去那北地寻木易，又会是怎样的一番光景。

刘娥：（苦涩地）是姐姐对不住你。

李婉儿：（轻轻摇头）婉儿不怪姐姐，也不怨皇上。婉儿这一生，能识得姐姐，与姐姐患难与共，得姐姐如亲妹妹般地对待，是莫大的幸事！还有，还有皇上，虽然最初，婉儿只是如完成使命般地把自己奉献给了他，然他的温柔，他的怜惜，让婉儿初尝了情爱的滋味，明知皇上的眼里心中只有姐姐，婉儿还是不可救药地沦陷了进去，不过婉儿从未想过要去争什么，就想着要是能那般永远陪着姐姐，守在皇上身边，该多好啊！

刘娥呼吸一室，两行清泪滑落。

李婉儿：姐姐知晓吗？那时你与我同时有了身孕，还记得你给我孩儿缝制了好多的衣物，皇上也待我恩宠有加，尤为体贴，婉儿想到能生一个与皇上血脉相连的孩儿，能与姐姐一起做母亲，一起看着我们的孩儿长大，每一日婉儿都幸福得觉得日子不太真实！（那眸中有向往有追忆）那是婉儿此生最快活的一段时光，是皇上和姐姐给的。

刘娥：（微微哽咽）我与皇上有愧于你！若是，若是早料到有今日，我宁愿你从未识得我。

李婉儿：（眸光明澈，笑意清浅，语气异样地坚定）不！即便重来千万次，婉儿也要与姐姐相识，也愿做皇上的妃子！一切，这一切便是婉儿的命吧！婉儿接受，并无半分勉强，甚至，甚至还因曾经得到、拥有了那么多，有着一丝窃喜。

刘娥颤抖着手，轻抚李婉儿的脸颊。

刘娥：你可以怨我，可以恨我的！

李婉儿握住刘娥的手，再次轻轻摇头。

李婉儿：以前不会，以后更不会。

刘娥心痛如割。

李婉儿：只是，只是婉儿想问一句，到底大火那一夜，我生下了什么？真的是妖物吗？

刘娥神色耸动，泪水淌得更急了。

李婉儿见刘娥的神情，一时心潮剧烈起伏，嘴唇微微发颤。

李婉儿：是、是那个孩儿，对吗？

刘娥哽咽得微微张口，欲答。

李婉儿却已放开了刘娥的手，转过了身去，背对刘娥，语气涩然。

李婉儿：姐姐无须答我！婉儿……婉儿也不想要那个答案。

刘娥伸手，浑身战栗，却终是没有勇气抚上那消瘦的肩头。

李婉儿那背影纤弱单薄，却蕴着一股力量与坚定，还有决绝。

李婉儿：自此以后，婉儿会在此安稳度日，永不出玉宸宫！请姐姐恕婉儿不能面辞之罪。我与姐姐，此生不复再见！

5. 汴京皇宫　城楼　夜晚　外景

赵恒负手立于城楼最高处，望着黑夜里那繁华的汴京城，目光浮浮沉沉，那里面沉淀了太多的东西。刘娥走上城楼，便看到了那孤冷的背影，触得她心头一动。赵恒似有所感地回过头来，两人的目光交汇于半空，太多的复杂与矛盾，太多的纠结与抉择……在赵恒灼灼的眸光中，刘娥终是缓步上前。

两人复杂地对视半晌，赵恒喑哑的声音响起。

赵恒：即日起，玉宸宫封宫。

刘娥眉心微颤了下。

赵恒：潘家也没了，（看着刘娥，语意复杂了几分）有些事，该过去的，便让它过去吧！

刘娥眸光深了深。

赵恒：该尘封的，皆让它尘封吧！

刘娥复杂地应了声。

赵恒：（沉沉地又凝视了刘娥片刻）皇后是不是觉得朕很残忍？！

刘娥微张口，还未回答，赵恒已转身，望向那繁华深处，微微抬手。

赵恒：这天下，朕须交托予能担起的储君，你能为母为后，即便朕等不到受益成为一国之君的那一日，然朕信你，不管是在波谲云诡之中，还是在江山动荡之时，能保受益之命，能将受益教养成可托起这如画江山的君王，若因此而残忍，朕愿意，也接受，付出这般的代价。

刘娥：（心口微室）三郎！臣妾……懂了！臣妾知晓，你承受了太多！

赵恒：不，不仅仅是朕，你，还有宸妃皆承受了太多，也将要承受更多！朕会记住宸妃的付出和牺牲，我赵氏皇族亦不会忘记！

刘娥微微闭眼，两行清泪滑落。

刘娥：臣妾欠她的，或许唯有来世能还了！

赵恒转头，看向刘娥的眼中泛起心疼，伸手。

刘娥将纤手交与那掌中，两人携手，并肩而立，再次望向那万丈红尘。

赵恒：万里江山千钧担。

刘娥：臣妾陪你担着。

两人相视微微一笑，情深缱绻，帝后成双。

6. 皇家猎场　扎营地　白天　外景

朗日碧空。以帷幔围起来的营地四周数面明黄的蟠龙旗迎风招展，猎猎作响，中间的主席台侧后方设有教坊乐队，主席台两侧架起了两面巨大的鼍鼓，两名赤衣鼓手手持重槌，单双滚击，那激越昂扬的鼓声，与教坊乐队的管弦丝竹相和，华彩而热烈。

赵恒和刘娥并肩坐于那御案之后。刘娥目含淡淡忧色地望着远处的树林，赵恒则手撑着额角，神色间难掩一丝不耐。寇准、曹利用等文臣侍立在下。

王钦若和丁谓姗姗来迟，王钦若穿着官服，而丁谓竟然穿了件道袍样的白袍。引得其余臣工纷纷侧目。

王钦若/丁谓：臣参见陛下。

王钦若：臣二人来迟，还望陛下恕罪。

赵恒：（睇了眼两人）丁卿为何这副装扮？

丁谓：回陛下，臣今日出门之前，会灵观的师父来请，言观旁那湖已挖好，邀臣前去验看，臣匆匆出门，未来得及换下衣裳，后与王大人直接来了猎场。

赵恒点点头，尽力想了下。

赵恒：那湖是你之前奏请三司给拨了一笔款项挖的吧？

丁谓：是，陛下圣明，会灵观一直存在火灾隐患，那湖一挖成，不仅解决此难题，且周边景色优美了起来，游人如织。

寇准：听闻那挖湖的土，丁大人运回了自己府中，垫了丁府原本低洼的地基。

丁谓：（淡淡地）废弃之物再利用罢了。

赵恒：丁卿做事果然是一举多得啊！

丁谓：陛下谬赞了！（微顿了下）因会灵观及其四周游人增多，是以臣想再奏请修建一条观景之道，以防那一带过于拥堵。

赵恒：准了。

丁谓：谢陛下！

丁谓和王钦若归了列班。

曹利用：（忍不住道）丁大人的府邸位于会灵观附近，观景之道一旦建成，丁府所在的冷僻街道必然繁华起来，丁大人所思所为，委实是妙啊！

丁谓：本官只是为了百姓。

曹利用挑了下眉，不置可否。寇准上下扫了眼丁谓身上的袍子，微皱了皱眉。

寇准：听闻丁大人晨占鸣鹊，夜看灯蕊，出门归邸，必窃听人语，用卜吉兆，看来传言非虚啊！

丁谓微微撇嘴角笑了下，并未接话。

王钦若：（倒是热情地）寇相若是有兴趣，下官可请会灵观的师父去府上卜算卜算。

寇准：老夫没那般闲情逸致。

王钦若被噎，恨得暗暗咬了咬牙，不过面皮上却是未露分毫不快。

上方御案之后，刘娥终是有些忧心地按捺不住了。

刘娥：都已大半个时辰过去了，怎生还未见受益归来？

赵恒：有义简看护着，没甚好忧心的，再说了，受益大了，也该多历练历练。

刘娥：他毕竟还是个孩童。

赵恒：他是我大宋的太子！

刘娥无奈地笑了下。赵恒忽而立了起来，绕出了御案。

刘娥：陛下要去做甚？

赵恒：你不是不放心咱们儿子嘛，朕去瞅瞅。给朕备马！

张景宗：（迟疑，看了看刘娥）这……陛下，要不奴婢陪您去林边走走？

赵恒：（顿时眼一瞪）朕当年也是打过澶州的，不是那长在深宫，不知烽火为何物，不知民间疾苦的天子！

张景宗：（惶恐地）奴婢万万不敢有此意！

赵恒一声微哼。寇准、王钦若等臣工也围了上来。

寇准：陛下，你要入林狩猎？老臣陪着你吧。

赵恒：（扫了眼寇准满头的白发）你这雪鬓霜鬓的，算了吧。

寇准：陛下你不也……

赵恒：（又瞪寇准）朕比你年轻！（继而瞪向欲开口的王钦若几人）你们都不许跟着去！

刘娥上得前来，嘴唇一动，便欲阻止，看赵恒的神色，只得转了话锋。

刘娥：要不，让曹大人带着禁军护卫在侧吧，臣妾也能放心些。
赵恒：（有点不情不愿地）也好。那曹卿你跟着吧。
曹利用：是，陛下。
马官将赵恒的马牵过来，与张景宗一同伺候赵恒上马。
赵恒上马时有些艰难，刘娥担心得十指于那宽大的袍袖下嵌进了掌心。

7. 皇家猎场　扎营地　白天　外景
鼓声阵阵，丝竹清越，刘娥却莫名地生出了一股烦躁。
这时，一群乌鸦飞过天空。
寇準：（忽而开口问道）丁大人、王大人，你们看那是何物？
王钦若和丁谓皆是一愣，倒不知寇準为何突然有此一问，两人对视一眼。丁谓正欲作答。
寇準：（却又是讽刺地一笑）丁大人和王大人定会说，其乃是一群玄鹤，伟胎化之仙禽也。
王钦若和丁谓神色同时僵住。同僚们纷纷低声讥笑开。
王钦若凉凉地一笑，便欲驳斥。丁谓却暗暗按了下王钦若的手腕，不动声色地冲王钦若摇了下头。
便在此时，一禁军骑马自林间匆匆奔出，慌张地下马跪倒禀报。
禁军：启禀皇后娘娘，皇上，皇上坠马了！
刘娥脸色骤变，猛地立了起来，袍袖挥倒了茶盏。

8. 汴京皇宫　赵恒寝殿　内殿　白天　内景
垂幔如烟，薰香袅袅，那寝殿内气氛凝滞沉重。
五六名太医，正跪在龙榻之前，为昏迷的赵恒检查，施针。刘娥和小受益立于一侧，均是满面的忧切，刘娥双手不自觉地绞紧，双眉紧蹙。
刘娥：皇上如何了？摔得……严不严重？
郑太医：回娘娘，臣等细致为皇上做了检查，除了几处擦伤，皇上并未摔着。

刘娥： 可皇上为何一直昏迷不醒？

便在此时，龙榻之上的赵恒在施针之后，醒了过来。

刘娥：（忽而又想起什么）对了，张公公，劳烦你去告知一声殿外候着的臣工们，就说皇上醒了，已无大碍，让他们都回府去吧。

三十六

1. 汴京皇宫　文德殿　白天　内景

赵恒脸色微微苍白地坐于龙椅之上，精神欠佳。众臣工侍立下方。苏义简执着一封奏疏步出列班。

苏义简：陛下，西平王李德明有表上奏。

赵恒：呈上来。

张景宗取了奏疏，递给赵恒。赵恒打开奏疏看了看，脸色微沉。

赵恒：求借粮食百万石？

苏义简：据党项信使称，今岁党项境内很多州府爆发了大饥荒。

王钦若：陛下，蛮夷之话不可信，这不过是他们求粮的借口。

丁谓：即便是真的，此要求也有些过分，去岁末朝廷才拨了五十万石粮食给他们。更何况，如今我朝江浙一带大旱，到了播种之期，百姓因天不降雨而无青苗可种，再过几月，指不定江浙很多州府倒是会出现饥荒，臣还在担忧户部届时拨不出足够的粮食赈灾呢。

曹利用：可若是直接驳斥了李德明之请，是否有些不妥？

"借！"一直没说话的寇準忽然开口。

几位臣工俱疑惑地看向寇準，丁谓更是一皱眉，便欲开口。

赵恒：（已率先开口）平仲，丁卿方才可说了，我朝现在的粮食都极有可能出现短缺。

寇凖：陛下，边陲蛮夷，若是直接拒绝，他们定会一再上书，不但会小瞧了我大宋作为宗主国之气度，还会谴责，甚至散布谣言，说我大宋对附属国刻薄寡恩。与其被他们牵着走，不如反客为主，借，乃是为了不借。

赵恒：此话何解？

寇凖：我朝可答复李德明，已在汴京城内备下粮食，党项可自派人来取。

赵恒和其余几位臣工愣了下，旋即细一琢磨，明白了其中关节。

王钦若：寇相好一招以退为进啊！百万石粮食甚多，这可不是李德明派上几个使臣便能运回去的，寇相言下之意，岂不是要李德明领兵攻入我大宋都城？

寇凖：（傲气地）那得看他有没有那个胆量。

曹利用：他已向我朝上了归附的誓表，党项又哪里有兵力攻入我大宋境内？

丁谓：李德明被这般将上一军，有得他苦恼了。

赵恒：既然众卿无异议，义简，你便依照寇相之言，答复党项。

苏义简：臣遵旨。

赵恒：对了，方才丁卿说江浙大旱，众卿可有解决之法？

王钦若：陛下，当务之急是多囤积粮食，以备荒灾之需。

寇凖：王大人，此法可是治标不治本啊！

王钦若：那寇相有何釜底抽薪之策？

寇凖：（沉吟了下）陛下，听闻干旱涉及州府甚众，调水灌溉似乎也不切实际，是以臣……臣暂时亦无计可施。

赵恒皱了下眉，又看向其余几位臣工。众臣工皆微微避开了赵恒的目光。赵恒忽而一阵头疼，微微不耐地挥挥手。

赵恒：今日便先议到此处，众卿回去都细致想想，尽快给朕一个解决之道。

2. 汴京皇宫　御苑　春莺阁　白天　内景/外景

夏日渐浓，御苑里绿意盎然。

赵恒于春鸾阁内，赐宴几位股肱之臣。赵恒坐于主位之上，神情有些倦怠，他旁侧的位置空着。寇準离赵恒坐得最近，见状，没忍住询问。

寇準：听闻昨日入夜时分，太医被急召入宫，陛下龙体可是有何不适？

其余四位臣工闻言，皆有意无意地凝神细听。

赵恒：（按了按额角）无碍。

便在此时，阁外一声宣喝，刘娥率忆秦等七八名宫娥入内，宫娥每人手中均托着一檀木托盘，其上摆了菜肴。

刘娥：（朝赵恒施礼）参见陛下，臣妾去备了些菜品，来迟了，还望陛下恕罪。

赵恒：皇后快起来吧。（又朝几位臣工道）今日御宴，一应由皇后亲手操办。

寇準等臣工：臣等多谢皇后娘娘。

刘娥：诸位大人客气了。

说着，刘娥示意了下。忆秦领着宫娥将菜品，奉给几位臣工。

几位臣工一看，皆有些傻眼，因为每人面前仅摆着一碟青菜，一碗清淡的米粥，着实过于简陋，再看向上座的皇帝，竟然也是一样的菜品，彼此望了望，均琢磨不透皇后之意。

赵恒：（也有些疑惑）皇后，这……

刘娥：陛下，臣妾听你说了江浙一带今岁遭遇干旱之事，窃以为百姓正为生计发愁，宫廷之内怎可再珍馐百味！察民之苦，方能解民之忧。

赵恒：皇后心系黎民啊！诚然，此时你我君臣若再饕餮盛宴，便是枉为万民之主，枉为父母官，德不配位！

王钦若：陛下所言极是！陛下和皇后娘娘体恤民生疾苦，实乃苍生之福！

赵恒：传朕旨意，即日起，宫廷官府一律严禁大肆宴饮。

寇準等臣工忙又立起来。

众臣工：陛下圣明，臣等遵旨。

赵恒：卿等且坐吧。（边说，边执起酒壶闻了下，笑看了看刘娥）酒还是御酒陈酿，卿等不必拘束。

赵恒执着酒壶，便要给自己斟酒，却被刘娥轻按住了手腕，拿过去酒壶。

刘娥：（压低了些声音）陛下，你忘记太医的嘱咐了？

赵恒：就一盏。

刘娥：（浅笑着坚定地摇了摇头）张公公，给陛下奉茶。

张景宗：是，娘娘。

赵恒难掩一脸的郁结，瞪了眼张景宗。张景宗敛眉垂眸，只作不见。下座的几位臣工再次默默地望了望彼此，端起了面前的米粥，就着青菜开始吃。刘娥环视了一圈众人。

刘娥：诸位大人尝着如何？

丁谓：回娘娘，一粥一菜，倒是品出了众生百态。

刘娥：丁大人看得深远。

寇準：（叹了口气）若是再无应对干旱之举措，再过几月，江浙的百姓怕是连这青菜米粥都吃不上了。

一句话，让阁内的气氛凝滞了不少。

刘娥：诸位大人不觉得这米粥味道有些不同吗？

几位臣工微怔了下，皆又品了一口粥。

曹利用：味道不似江南稻米香甜，难道娘娘用的是陈谷米？

刘娥：乃是新米。

几位臣工皆讶异。

苏义简：（心中一动）这熬粥所用的稻米，并非产自我中原吧？

刘娥：（点头）上月，安南使臣朝贡，带来了占城稻，也称为旱米，今日宴上的米粥，正是以旱米所熬制。

诸人又是一诧异，细看碗中米粥。

刘娥：据闻，占城稻比之我中原者，穗长而无芒，粒差小。

赵恒：皇后这般一说，朕倒是也有些印象，安南使臣当时还说，此稻耐旱，且早熟，自播种到收割，时日短。

刘娥点点头。

赵恒：朕近来为大旱烦忧，竟没想到此事！

刘娥：陛下日理万机，有臣妾记着便是。

赵恒欣慰地握住刘娥的手，轻拍了拍。

寇準：此稻倒是来得及时！娘娘用心了！

刘娥冲寇準微笑着点了下头。

苏义简：陛下，我朝可自安南，大量购入此稻种，再拨发给江浙各州府，今岁大旱之灾便能迎刃而解！

曹利用：可我中原从未植过占城稻，该是无人懂得种植之法。

王钦若：不错，更何况若其根本无法适应我中原之气候，岂不平白消耗了人力财力。

刘娥：王大人和曹大人所虑在理，不过本位详细询问过安南使臣，占城稻不择地而生，且它耐旱，该正是适应如今江浙的干旱气候，至于种植之法，本位也有所讨教，另我朝去安南购此稻种时，可再多了解其中的法门，更可请回善种此稻者，教习江浙百姓。

丁谓几人皆听得微微点头，唯有寇準却皱起了眉。

赵恒：皇后思虑周全，此事便这般定下了。

寇準终于忍不住开了口。

寇準：原来这一碗清粥，还有这一番苦心在其中。

其余人俱是一愣，刘娥微蹙眉。

刘娥：寇大人此话何意？

寇準：皇后娘娘是中宫之主，何时这前朝之事，也值得娘娘如此煞费苦心了？

苏义简：寇大人，娘娘刚解决了满朝臣工皆束手无策的大旱！

寇準：是以后宫便能名正言顺地干涉朝政了？

王钦若：寇大人，皇后娘娘贵为一国之母，为百姓计，也是职责所系。

寇準：朝堂之上，唯有陛下是君！政令绝不该出自后宫！

寇準一番话说得苏义简、王钦若几人皆变了脸色。

赵恒：好了，平仲。朕何时说过朝堂之事由皇后决策了？

寇準：可是……

赵恒：（接口又道）正如王卿所言，皇后是一国之母，恩慈黎民，又有何不妥呢？！朕素来和你想的一样，后宫不得干政，不能违背了祖制，然你方才一番言论，是否过于极端了？皇后苦思良策，你却指责她别有居心，岂不让人寒心？

寇准：陛下，臣无意指责皇后娘娘，只是祖宗规定，朝廷制度，不可随意破坏。

赵恒目光深邃地看了看寇准，没再继续说下去，话锋一转。

赵恒：占城稻之事便交由义简和丁卿负责。

苏义简/丁谓：臣领旨。

席间一时谁也未再说话，气氛有些微妙。

3. 汴京皇宫　垂拱殿　白天　内景

赵恒与寇准一前一后步入垂拱殿。紧跟着，张景宗领着一个小内侍进来。小内侍手中端着一檀木托盘，里面放着一把玉壶与两只玉杯。

赵恒：便放于阶上吧。

张景宗正要让小内侍将酒壶置于龙案之上，没想到赵恒忽然指了指龙案前的台阶开了口。张景宗愣了下，看了看赵恒的示意。

张景宗：是，陛下。

张景宗让小内侍将托盘放在了台阶之上。赵恒挥挥手。张景宗带着所有人退了出去，殿内仅剩下赵恒与寇准两人。赵恒上前两步，随意地往台阶上一坐。寇准微讶。

寇准：陛下……

赵恒执起玉壶闻了闻，甚为感叹。

赵恒：天赐名酒，地赐名泉，枣集酒果真似玉露琼浆，闻之已是香醇芳浓，让人忍不住要品上一杯。（转眼见寇准立着，不由一挑眉）愣着做甚，坐呀。

寇准迟疑了下，低于赵恒一个台阶坐下。

赵恒执壶斟酒，寇准忙接过玉壶。

寇准：还是老臣来吧。

赵恒：方才在宴上，有皇后看着，朕可是一杯酒也未吃。

寇準：若是皇后娘娘知晓，老臣在此陪陛下偷酒吃，还不知要如何责怪降罪呢。

赵恒：（凉凉地）偷酒？

寇準眼观鼻鼻观心，认真斟酒，不置可否。

赵恒：（无奈地轻笑了下）这朝中上下，也只有你寇老西儿敢这般同朕说话了。

说着，赵恒端起酒杯，一饮而尽。寇準陪饮一杯。

赵恒：怪不得当年道教祖师老子要以此美酒招待孔圣人。再斟上。

寇準：听闻太医让陛下忌酒，陛下还是不宜多饮啊！

赵恒：难得皇后不在，你就少啰唆两句吧。

赵恒再次示意寇準斟酒。寇準无奈，只得再给两人分别斟了一杯。

寇準：皇后娘娘也是为了陛下的龙体着想。

赵恒饮了半杯，轻轻晃着杯中物，神色逐渐变得莫名。

赵恒：平仲可知朕到底患了何病？

寇準：（顿了下）太医局脉案有记载，风寒。

赵恒：你信吗？

寇準：（又顿了下）老臣……盼陛下直言相告。

赵恒：（一口饮尽剩下的半杯酒）近些年来，朕常不豫，时有昏迷，短则数个时辰，长则数天，太医根本诊断不出病因，是以一直也便无法对症下药。

寇準：（震惊）那，此、此病症……

赵恒：无药可医。

寇準：（一下跪了下去，甚是痛心）陛下饱受病痛折磨，老臣……老臣不能以身代陛下受苦，老臣痛心疾首，老臣有愧啊！

赵恒：（扶起寇準）有平仲此言，朕心甚慰！（亲自执起玉壶，斟酒两杯）朕每次昏迷，皆是皇后在侧照料，她代朕处理朝事，已非一两日。

寇準：皇后机敏有才能，也多亏有皇后为陛下内外照拂，我大宋臣民理应拜谢皇后。

赵恒：可即便如此，平仲还是不赞成皇后参政？

寇準沉默。

赵恒：（微叹了口气）朕的身子，朕自己知晓，是愈发地不济了。

寇準：（难受地）陛下……

赵恒摆摆手，示意听他说完，微顿了下，指了下头。

赵恒：便是连这记忆啊，也时常恍惚，爱忘事。对你，朕也没什么好隐瞒的，朕现在处理很多朝事，都有些力不从心。

寇準：陛下，《尚书·牧食》中有言，牝鸡无晨，牝鸡之晨，惟家之索。

赵恒神色微沉。

寇準：（再次跪下）陛下，夏桀之妃妹喜，商纣之妃妲己，二妃干政，夏商倾邦；吕后弄权，祸乱汉室；王莽之兴，亦由孝元后历汉四世为天下母，飨国六十余载所致也；武曌垂帘，更是篡了李唐江山。史上因母后临朝而国乱者，比比皆是。望陛下慎重考虑！

赵恒沉沉地看了看寇準，倒是忍着没发作。

赵恒：受益年龄尚小，若朕等不到他长大，便已龙驭宾天……

寇準：陛下——

赵恒：（打断）不必讳言。朕总得为受益的将来筹谋，寻可靠之人护他，指点他。

寇準：主少母壮，乃乱之源也。

赵恒：（气结）你！那你倒是说说，你有何良策？

寇準：（沉吟一瞬）太子关系众望，可让其提前裹头出阁，行加冠之礼，陛下以宗社为重，传以神器，择方正大臣以辅翼，方保无事。

赵恒闻言，神色莫测地盯着寇準。

4.汴京城　马车内　夜晚　内景/外景

王钦若和丁谓，两人同乘于一辆马车内，皆是神色凝重异常。

丁谓：（率先打破了沉默）太子加冠，至前朝听政，寇老西儿或当选辅臣之首，岳丈以为，此消息有几分可信？

王钦若手指有一下没一下地敲着膝盖，沉吟半晌。

王钦若：贤婿可还记得，咱们皇上这皇位如何取得的？

丁谓：当年三子夺嫡，一疯一死，最后仅剩下了襄王，也便是现在的皇上，可那也是九死一生。

王钦若：是啊，历朝历代，储位之争，从来都弥漫了血腥，令人不胜唏嘘。寇老西儿自那时起，便是皇上身边的人，为皇上争储得皇位可是立下过汗马功劳。咱们皇上是重情之人，虽说这些年来，寇老西儿屡次触怒龙颜，被贬黜，可也屡次被召回来了不是？

丁谓：岳丈言下之意是……？

王钦若：皇上心里，始终对他念着当年的那份情义呢！他与皇上，原比咱们这些人，多了一层亲近。

丁谓：（皱紧了眉头）是以此事十有八九为真！

王钦若：（叹道）寇老西儿辅佐太子始龄监国，皇上病重，皇后无权，到时军政大权尽皆落入了咱们的这位寇相之手！只可怜了咱们翁婿，素来与他不睦，他若为辅臣之首，且不说你我二人能否进入辅臣之列，便是那立锥之地，心胸狭隘的寇老西儿都未必肯予。

丁谓：（眼底划过一抹精光）先发制人，后发制于人。此事我们既提前获悉，便是天意。

王钦若：贤婿是想……？

丁谓掀开马车帘子，冲车夫吩咐。

丁谓：先不回府，改道，去皇宫。

5. 汴京皇宫　御书房　夜晚　内景

赵恒坐于龙案之后，揉着额角，明显有些心不在焉。

赵恒：方才二位卿家说，寇准……要做甚？

丁谓：回陛下，寇准欲谋立太子，隐怀异图。

赵恒：（几疑听错）谋立太子？他不是同朕商议，要让太子……

猝然，赵恒一阵剧烈的头疼。

张景宗刚好领着个端着托盘的小内侍进来，忙奔了上来。

张景宗：陛下，您没事吧？！

王钦若：（忙又冲内侍道）快宣太医。

赵恒用力地按着额角，摆摆手。

张景宗：（忙端过托盘里的药盏）陛下，皇后娘娘特意差人将药送了来，说是怕您误了服药的时辰，您快些服下。

赵恒瞥了眼浓黑如墨的药汁，明显地不愿意喝。

张景宗：陛下，皇后娘娘还叮嘱，这药得趁热服用。

赵恒皱了皱眉，然到底是端起药盏，一口气喝了下去。

张景宗立刻递上清水，给赵恒漱口。王钦若和丁谓对视一眼。

王钦若：不知陛下患了何疾？似乎有段日子了。

刚服完药，脸色不怎么好看的赵恒，根本不予搭理。

张景宗：王大人不必担忧，陛下只是染了风寒，又见了风，拖得久了些。

王钦若／丁谓：陛下还请保重龙体！

赵恒朝张景宗示意了下，张景宗带着小内侍悄无声息地退了出去。

赵恒：（显然愈发地烦躁了）方才说到何处了？

王钦若：回陛下，寇準要立太子为帝。

赵恒：如此大事，二位卿家可有证据？

丁谓：陛下，翰林学士杨亿乃是寇準好友，寇準已着其秘密起草禅位诏书。

赵恒微微眯眼，眸色难测地盯着两人。

赵恒：既是秘密起草，你二人又是如何得知？

王钦若：陛下忘了，寇準性骄奢，好饮酒赏曲，这酒量嘛，却着实差劲，一旦醉了，可什么话都会说与他的红粉知己听。也许是天意吧，今夜臣与丁大人正好在松香阁内吃酒，无意听到他寇準醉后向那歌女炫耀……（故意停了下来）

赵恒：（已有了些怒气）炫耀什么？

王钦若状似害怕地与丁谓对视了一眼，欲言又止。

赵恒：（指着丁谓）你说。

丁谓：寇準说，陛下病重，恐无法再视朝，当尽快立太子为帝，他以首相之尊即成了一人之下万人之上的辅臣，（微顿了顿，又补了句）少帝年幼，还不任凭他摆弄！

赵恒：（怒不可遏地一拍龙案）混账！朕尚健在，他便敢立太子为帝，好一个胆大包天的寇老西儿！你二人确实听真切了？

王钦若：（痛心疾首地）陛下，臣二人如何敢欺君啊！您是没瞧见寇準那得意狂妄的模样，没听见那胆大妄为的谋逆之言，全然便是、便是要做第二个挟天子以令诸侯的曹孟德啊！

赵恒的脸色阴沉到了极致，定定地瞅着王钦若二人片刻。

赵恒：（一声沉呼）张景宗。

张景宗：（立刻进来）陛下。

赵恒：让苏义简，不，让曹利用立刻去传杨亿进宫。

6. 汴京皇宫　御书房　夜晚　内景

赵恒怒瞪着下方立着的曹利用。

赵恒：杨亿不在府上？

曹利用：回陛下，是的。据臣向杨府的家仆打探得知，杨大人被请去了寇相府。

王钦若：（立刻道）陛下，臣二人没有说谎啊！

曹利用微讶地扫了眼王钦若。赵恒没有理会王钦若，继续问曹利用。

赵恒：寇準唤杨亿去府上，所为何事？

曹利用：这个，臣便不得而知了，（微顿了下）臣不知陛下为何传杨大人，是以并未去寇相府上惊扰，只是差人在相府门外候着，至臣入宫前，杨大人还未出来。

赵恒：（犹如暴怒的狮子，焦躁地来回踱了几步）还未出来！寇老西儿，竟敢这般欺朕！（说着，又是重重地拍了下龙案）趁朕病重，欲谋立太子，想独揽朝纲？着实可恨！

曹利用：（一惊）陛下，寇相怎会……这其中会不会有误……

赵恒抬手，阻止了曹利用继续说下去，脸色阴沉到了极致。

赵恒：不必多说什么！铁证如山！

曹利用皱眉。王钦若得意地暗自挑了下眉。丁谓神色不露半分。

7.汴京皇宫　宣德门　早晨　外景

卯时，晨光熹微，那天际泛着一抹鱼肚白。

宣德门前，轻车走马，众臣工自四面八方而来，过宫门而入文德殿，早朝议政，日日如此。

寇準一身紫色朝服，腰佩金鱼袋，自那华盖马车下来，昂首阔步地朝宣德门里行去，颇有点意气风发的样子。这时，王钦若、丁谓、曹利用三人自宫门内出来，将寇準拦在了宣德门外。

丁谓：（面无表情）寇準接旨。

寇準错愕，看了看丁谓，又看向王钦若和曹利用。王钦若皮笑肉不笑，曹利用皱着眉头，微微避开了寇準的视线。

丁谓：寇準接旨。

寇準有了一丝不好的预感，跪了下去。

丁谓：昊天明命，皇帝诏曰：寇準勾结朋党，搅乱朝纲，欲谋立太子，隐怀异图，沐皇恩数载竟不思报效，深负朕望。着即罢黜寇準同平章事之职，贬为陕州府知州。钦此。

寇準五雷轰顶，一瞬间震惊错愕在那里。

丁谓：寇大人，接旨吧。

寇準根本不信自己听到的，抬头，犀利地看向丁谓。

寇準：不可能！老夫何时欲谋立太子？又隐怀何种异图？！

丁谓淡漠地睨着寇準。

丁谓：圣旨在此。

寇準看了看圣旨，一瞬间红了眼眶，始终抬不起手去接那圣旨。

王钦若：（淡淡地）寇大人，谋立太子等同于谋反，皇上仅是免了你相位，已是格外开恩了。

寇準看了看王钦若，又看了看丁谓，一时愤恨难当。

寇準：丁谓、王钦若，你们究竟在皇上面前如何构陷了老夫！如此无凭无据之事，皇上岂会相信！

丁谓和王钦若皆神色不露半分。

寇準：（目光扫到曹利用）曹利用，你又帮着查到了什么？

曹利用紧皱眉头，难掩几分怜悯地看着寇準。

曹利用：寇大人，事已至此——

寇準旋即注意到曹利用手中还握着一份圣旨，口气不善地打断。

寇準：你手中圣旨又是给何人的？

曹利用犹豫了下，有点难以开口。

曹利用：……杨亿。

寇準：（一愣，继而讽刺无比）杨亿？对，勾结朋党，老夫的朋党！（再一次狠狠地瞪了瞪三人）你们、你们……老夫要见皇上！

说着，寇準就欲起身，或许因心绪过激，脚下一软。

曹利用心口一堵，伸手扶住了寇準的一只胳膊。

寇準倔强地一声冷哼，甩开了曹利用的手。

丁谓：皇上圣意，着你即刻出发去陕州府，不得有误。

寇準怒瞪着丁谓。

三十七

1. 汴京皇宫　御苑　春鸾阁　白天　内景/外景

刘娥：寇大人欲谋立太子？这如何可能？

刘娥满脸难以置信地盯着告知了她此讯的苏义简。

刘娥：我去见皇上。

赵恒：见朕做甚？

刘娥方一转身，赵恒满脸不悦地来了。

苏义简：（忙施了一礼）参见陛下。

赵恒看了看刘娥和苏义简。

赵恒：皇后都知晓了吧？

刘娥：陛下，寇大人不可能——

赵恒：有何不可能？人证物证俱在，朕还能冤枉了他不成？

刘娥：人证物证？是王大人和丁大人提供的吗？还是曹大人——

赵恒：（再次不耐烦地打断）皇后！你真当朕病得糊涂了，如此铁证如山之事，朕也会弄错？

刘娥斟酌了下，小心地提醒。

刘娥：陛下，昨夜你告知臣妾的，仅是寇大人有意让受益行冠礼啊！

赵恒：是，是提了行冠礼没错，然他就是想等太子行了冠礼，便立太子为帝，赶朕去做太上皇！着实是可气可恨！寇老西儿竟想欺太子年幼，把持朝政，干脆朕给他加九锡得了！

刘娥：陛下，此话便言重了！寇大人忠君爱国，虽偶尔行事有些独断，有悖常理，然哪里会有半分篡逆之心啊！

赵恒重重地一声冷哼，倒是未反驳。刘娥斟了盏茶，递给赵恒。

赵恒顿了下，到底是接过茶盏，神色缓和了几分。

刘娥：要不把寇大人召进宫，当面问问他？

赵恒：朕现在不想见到他！他就喜与朕作对，皇后难道忘了，此前朕要让你至前朝听政，不就是寇老西儿一直犟着反对吗？朕对他掏心掏肺，好言与他说，他倒好，将朕一通数落，还让朕以史为鉴，真当这天下是他说了算了？（说着，又是一声冷哼）白白浪费了朕一壶御酒。

刘娥听得嘴角抽搐。

赵恒：（又不甘地补充了句）朕就是要让他去穷乡僻壤磨磨性子。

刘娥顿时有些头疼，无奈与苏义简对视了一眼，还欲再说什么，苏义简却暗暗朝刘娥摇了下头。

苏义简：陛下，那皇后娘娘参政之事……

刘娥蹙眉打断。赵恒微微眯眼，看了看两人，语气微深。

赵恒：朕自有计较。

2. 郭贤府邸　正堂　白天　内景

刘娥以家礼拜见郭贤。

刘娥：见过干爹。

郭贤：娘娘快快请起，真是折煞老夫了！

刘娥：干娘不在吗？

郭贤：她去相国寺为我们那大儿子，敬香祈福了。

刘娥：干爹是说正在西北平流民之乱的宁远将军？据闻郭将军戍边多年，骁勇善战，定能很快凯旋，干爹干娘不必过于担忧。

郭贤：承娘娘吉言！娘娘且请入座吧。

两人落座，侍女奉上茶后，退了出去，刘娥看了眼忆秦，忆秦也退了下去，堂内仅剩下郭贤和刘娥两人。

刘娥：女儿便不与干爹多绕弯子，开门见山了，女儿此次前来，一则是探望二老，二则是有一事相请，如今相位空缺，不知干爹可否重入朝堂，担任宰辅之职。

郭贤沉吟，没有立即接话。

刘娥：当然，这也是皇上之意，只是女儿和皇上皆不愿勉强于干爹，是以女儿才私下来见。

郭贤：前几日苏大人来过。

刘娥：义简？！

郭贤：苏大人带来了皇上的密信，皇上让老夫在娘娘参政这事上出些力。

刘娥：（意外且感动）皇上……

郭贤：皇上信重娘娘，这是好事。（微顿了顿，难掩感慨地）一晃几十载，老夫已近耄耋之年，元侃也不再年轻了，他在信中隐晦地提到，之所以有如此决议是因龙体欠安。

刘娥：（涩然地）……是。

郭贤看了看刘娥的神色，倒未追问，只是点了点头。

郭贤：老夫已告知皇上，会联络旧门生上书，助娘娘入前朝听政，只要圣意已定，人心所向，此事不难办成！朝中的几位重臣，皆会审时度势，懂得该如何做选择，尤其是最大的阻力寇準已不在了。

刘娥：劳干爹费心了！（顿了顿）寇大人之事……（忍不住一声轻叹）干爹如何看？

郭贤：老夫绝不信寇準能做下圣旨中所言的那般忤逆之事。

刘娥：皇上现在……确实会将一些事弄混淆，我事后私下问过曹利用，推测皇上该是被王钦若和丁谓误导了，也想寻时机向皇上解释，奈何只要我一提及，皇上便不耐烦听了。

郭贤端起茶盏慢慢品了一口，斟酌了下。

郭贤：娘娘能确定皇上是真弄混淆了，还是实则……心如明镜呢？

刘娥：（倒是一愣）干爹言下之意是……？

郭贤不动声色地与刘娥对视一眼。

郭贤：老夫官场沉浮大半生，也算是看明白了一些事，娘娘既然认了老夫为干爹，老夫这个当爹的便与自己的女儿开诚布公。

刘娥：干爹有话尽管直言。

郭贤：娘娘与皇上，帝后感情甚笃，乃是佳话，然皇上毕竟是君，特别是娘娘若至前朝听政，有一句话叫，伴君如伴虎，娘娘是聪慧之人，该明白老夫之意。

刘娥神色微微复杂，朝郭贤微微俯身。

刘娥：女儿多谢干爹指点。

郭贤：至于相位一事，老夫年事已高，确实是力不从心，即便重新出山，也未必能帮到娘娘和皇上多少，且老夫退出朝堂久矣，闲散惯了，不愿再卷入那些是是非非，还望娘娘和皇上能体谅。

刘娥：干爹所言，令女儿愧疚！女儿自是希冀干爹能安享晚年，不会再出言相劝！相信皇上也是一般的心事。那干爹心中可有相位人选？

郭贤：（意味深长地）老夫心中所想，该正是娘娘中意之人。

刘娥：（倒是坦然地）举贤不避亲，在女儿看来，义简确实是最为合适的相位接替之人。

郭贤：若真如此，王钦若和丁谓岂不为他人做了嫁衣裳？

刘娥微蹙眉。

郭贤：娘娘，相位究竟属谁，最后还是得由皇上定夺，娘娘初入前朝，此时不宜锋芒太露。

刘娥：女儿知晓了！朝堂之上，始终君臣有别。

郭贤：娘娘果然一点即通。

3. 汴京皇宫　太庙内/外　白天　内景/外景

钟磬鼓瑟，礼乐不绝。一身明黄的衮龙袍的赵恒带着身着太子朝服的受益和赵元份，于祖宗神位前跪下。

众臣工：（下拜）臣等恭贺太子殿下，太子殿下千岁千岁千千岁。

赵祯：免礼。

刘娥望着赵祯那肃然的小模样，凤目中隐隐有泪光。

赵恒：即日起，皇太子赵祯与皇后同至前朝听政，协理朝事。

众臣工静默了一瞬。

众臣工：臣等遵旨。

刘娥/赵祯：臣妾/儿臣遵旨。

4. 汴京皇宫　文德殿　白天　内景

那威严的镏金龙椅之上，赵恒端坐，神色间有着几分恹恹之色，其下一阶，一侧设有一麒麟座椅，太子受益，也便是赵祯，紫冠锦袍，肃穆着小脸坐于其上，刘娥一身朝服立于赵祯的座椅之侧。这是赵祯与刘娥第一次听政。

郭崇义平叛归来，立下大功。当殿晋封，此后留任京畿。

张景宗：（宣读圣旨）昊天明命，皇帝诏曰：宁远将军郭崇义平定西北流民叛乱，保百姓安康，立下卓著战功，晋封为同知枢密院事，领忠武军节度使，食邑五千户。钦此。

郭崇义：（伏地谢恩）末将领旨谢恩，吾皇万岁万岁万万岁。

郭崇义领了圣旨，归入列班。王钦若挑了挑眉，苏义简、丁谓、曹利用等人倒没多少表情。王钦若随即手持笏板，步出列班。

王钦若：陛下，黔州来报，磨嵯、洛浦"蛮族"首领龚行满等率领族人两千三百余人，愿归顺我大宋。

赵恒：哦，真有此事？

王钦若：应是不假，龚行满请求带族人三百入京朝贡，觐见天颜。

赵恒：（大悦）他既有此心，便允其……

刘娥：陛下。

赵恒：皇后有何建议？

刘娥："蛮族"归顺自然是好事一桩，然三百族人入京，是否过多了些？且不说接待事宜繁重，单是一路的劳费就不少。

苏义简：陛下，皇后娘娘所虑甚是。此外，"蛮族"人与我中原人，毕竟生活习性不同，若大队来京，恐造成一定的京城治安之乱。

赵恒：皇后与苏卿所言在理，下旨，让龚行满带亲随不超过三十人来京，各地驿站好生接待，至于到京城后的安置……

王钦若：陛下，臣毛遂自荐，愿负责此次"蛮族"人的接待事宜。

赵恒：那便交由你吧，曹卿从旁协助。

王钦若/曹利用：臣领旨。

赵恒精神明显有些不济了，按了按额角。刘娥担忧地望了望赵恒。

赵恒：众卿，可还有事启奏？

王钦若看了眼丁谓。丁谓步出列班。

丁谓：陛下，臣还有一事相禀。

赵恒：丁卿请讲。

丁谓：今岁秋收，遂州、鄞州、兴元府等州府，均取得了大丰收，各地百姓安居乐业，盗匪之患有所减少，有的州府甚至出现了狱空。

王钦若：（接口道）陛下，前有"蛮族"归顺，再有大丰收、狱空之象，国泰民安，风调雨顺，则祥瑞天降，乃是我大宋天子治理有方，圣明贤德感于上苍。臣这里有一封今岁科考士子们的请愿书。

赵恒：作何请愿？

王钦若：士子们代表大宋子民，请求陛下亲巡远方黎民，登兹泰山，祭祀天地。

大殿里一时寂静无声，臣工们面面相觑。

赵恒也怔了怔。刘娥微微蹙眉。

赵恒：（反应了反应）王卿是说……封禅？

王钦若：正是！

赵恒：（又怔了怔）将请愿书呈上来。

张景宗上前，自王钦若手中接过请愿书，呈与赵恒。赵恒打开请愿书，看到其上密密麻麻的名字，难掩几分震撼之色。

丁谓：陛下，国之大兴，方有祥瑞降示，以封禅答焉，则子孙百禄，苍生受福。

赵恒看着手中的请愿书，再听闻丁谓之言，神色逐渐变得有些激动复杂。这时，刘娥淡淡地再次开了口。

刘娥："蛮族"归顺乃感于我朝之教化，大丰收、狱空之象因陛下勤劳庶政，朝廷政令惠民利国，推行有效。

赵恒闻言，当即清醒了不少。

赵恒：士子们的心意，朕心领了。我大宋太平之世，皆因我君臣勤力同心为政为民，朕德薄少功，不足与秦皇汉武相较，封禅之事再做考量吧。

5. 松香阁　石榴番　夜晚　内景

"哗啦——"丁谓亲斟了两盏酒，递给王钦若一盏。

王钦若一脸复杂地坐在那里，还有点愣神，一时没动。

丁谓：岳丈？

王钦若反应过来，接过酒盏。

丁谓：小婿恭贺岳丈高升。

王钦若与丁谓碰了下酒盏，准备喝酒，忽而又很是感叹，看着杯中酒水感慨长叹一声，试了两三次，才将一盏酒水饮下，随即又复杂地长叹一声，搁下酒盏，与丁谓对视了一眼，竟陡然眼眶开始泛红。

丁谓：……岳丈！

王钦若：隆恩浩荡啊！

丁谓：（嘴角微微抽搐了下）……是！

王钦若：你说，咱们当初对付寇老西儿，也着实没想到这一朝宰辅之位，会落到老夫头上啊！

丁谓：……是。（看了看王钦若感慨十足的模样，还是忍不住严肃道）这结果，该不是皇后希冀看到的。

王钦若神色顿时收敛了几分，转了转眼珠子，摆摆手。

王钦若：皇上不会那般做的。

丁谓：（挑了挑眉）岳丈也看出来了？！

翁婿俩心照不宣地对视一眼。

丁谓：皇上信皇后，重用皇后，可也防备着皇后。

王钦若：这江山毕竟姓赵！（沉吟了下，忽而莫测地一笑）皇后背后有郭家，朝中有苏义简，你我翁婿倒成了皇上牵制皇后最好的棋子，也算是庆甚、幸甚！只可惜啊，咱们和苏义简分庭抗礼这局面，一时是难以打破咯！

丁谓：可只要皇上并非全然信赖皇后，有些机会总是存在的。

王钦若缓缓地点了点头。

丁谓：（又意味深长地）而苏义简与皇后的干系，是利，也是弊！

指不定某一天还会变成枢密使大人穿心的利剑。

王钦若闻言，神色微微耸动。

6. 汴京皇宫　文德殿　白天　内景

苏义简：陛下，前方驿站来报，辽朝因得知我大宋太子行了加冠之礼，辽主耶律隆绪特遣第六子耶律宗愿为使，前来送贺仪。

赵恒坐于那龙椅上，撑着额角恹恹欲睡，根本未将苏义简的话听入。刘娥担心地看了看赵恒，遂开口。

刘娥：还有多久抵达汴京？

苏义简：约莫还有十余日。

王钦若：听闻耶律宗愿近年来甚得辽主宠幸，看来辽主很重视给我大宋太子送贺仪之事。

郭崇义：下官倒不以为然。上月，耶律隆绪以东平郡王萧排押为都统，率军十万再伐高丽，据密报，战事进展并不是很顺利。此时他们的六皇子前来，怕是别有深意。

王钦若：难不成还要向我大宋借兵？

丁谓：借兵倒不至于，然如今我大宋与高丽两邦交好，想来辽主是怕我朝相助于高丽。

曹利用：有澶州盟约在，我朝又怎会兵锋直指辽朝？

丁谓：他们忌惮的，该是一个暗助。

曹利用：当初陛下与寇相……寇大人可是定下了两不相帮，使其彼此牵制之策。

说到此处，几位臣工皆朝龙椅上的赵恒看去，哪知赵恒依旧是昏昏欲睡的样子，对下方臣工们所议之事似充耳未闻。

刘娥：（只得再次开口道）不管辽使所来目的为何，既然其名为送贺仪，我朝以礼迎接便是，至于辽朝与高丽之战，自然是遵从陛下与寇大人当初之策。本位想诸位大人应当知晓如何应对。

众臣工：娘娘英明。

刘娥：辽朝来的是皇子，那便由太子代帝迎接吧，烦劳王大人与郭将军从旁协助。

王钦若/郭崇义：谨遵皇后娘娘懿旨。

赵祯：儿臣领命。

刘娥：（又看了眼赵恒）诸位大人，有事上奏，无事退朝。

众臣工神色各异地望了望龙椅上的君王，未有人再出班禀奏。

张景宗看了看刘娥，得了示意，一声高呼。

张景宗：退朝！

赵恒猛地惊醒过来。

赵恒：（疑惑地）今日为何不见寇準？

众人皆是一愣。

赵恒：（不悦地皱了皱眉）他似乎好多日未来上朝，也未来拜见朕，是告病假了吗？

满殿安寂如斯。

三十八

1. 汴京皇宫 集英殿 夜晚 内景
长长的裙裾逶迤身后，寿康徐步行至銮前，向赵恒、刘娥拜倒。

寿康：儿臣参见父皇、娘娘。

赵恒：起来吧。（看了看出落得标致的女儿）寿康长大了。

刘娥：陛下忘了，今日乃是寿康十五岁的生辰，臣妾是想借着这迎接辽朝使臣的盛宴，为寿康行及笄之礼。

赵恒：还是皇后细心。

刘娥：（又看向仍痴看着寿康的耶律宗愿）王子不介意吧？

耶律宗愿回过神来，忙收敛心神。

耶律宗愿：不介意！当然不介意！小王能观公主及笄之礼，不胜荣幸！不胜荣幸！

刘娥朝张景宗示意。

张景宗：（一声唱和）寿康公主行及笄之礼，始。

一内侍将锦垫奉上，置在了寿康身前。另一内侍端上来盛有清水的盥。刘娥起身，凤目含笑，款款步下玉阶，以盥净了手。

张景宗：跪。

寿康于那锦垫上跪下。

张景宗：初加。

内侍奉上罗帕和发笄。

刘娥执起那罗帕与发笄,为寿康加笄,口中吟诵祝辞。

刘娥:令月吉日,始加元服。弃尔幼志,顺尔成德。寿考惟祺,介尔景福。

加笄成,刘娥为寿康正笄。

张景宗:字笄者。

刘娥回首,微笑着看向龙案后的赵恒。

刘娥:陛下,寿康的"字",还是由你来取吧。

赵恒起身,绕过龙案,立于阶上,慈爱地望着寿康。

赵恒:礼仪既备,令月吉日,昭告尔字。爰字孔嘉,髦士攸宜。宜之于假,永受保之,曰妧姬甫。

寿康:(慎重下拜)谢父皇,娘娘,妧姬虽不敏,敢不夙夜祗奉。

张景宗:礼成。

众臣工:(起身施礼)臣等恭贺寿康公主及笄礼成。

刘娥含笑将寿康扶起,上座的文伽凌泪光盈盈。

这时,耶律宗愿突然行至殿中,朝帝后深深施了一礼。

耶律宗愿:陛下,皇后娘娘,贵朝公主天人风姿,才情举世无双,令小王心折,一见倾心,小王愿以王子妃之位,诚意向陛下和皇后娘娘求娶公主。

大殿之上立时一静。诸人皆是微微一怔。

赵恒:王子方才说什么?

耶律宗愿慎重地首次单膝跪了下去。

耶律宗愿:小王请求大宋皇帝陛下,将贵朝美丽的凤凰,赐予我辽阔的草原!小王将以最贵重的聘礼,以草原最尊贵的礼节,迎娶大宋公主!

耶律宗愿:(手一挥)抬上来。

两侍从将一副纯黄金打造的马鞍抬了上来,引得满殿侧目。

寿康闻言,神情大变。刘娥和文伽凌皆神色滞了滞,轻蹙了眉尖。赵祯皱眉。那末座的晏殊脸色难看了起来。其余诸人亦神色有异。大殿内气氛一时变得微妙。

赵恒：（揉了揉发疼的额角）你，要求娶我大宋的公主？

耶律宗愿：是！虽是初见，小王对公主已情根深种，小王定不会薄待公主，你们中原有个词，叫举案齐眉，小王若娶了公主，定对她敬之！重之！爱之！

赵恒：（听得挑了挑眉）没承想王子倒是个多情之人。

耶律宗愿：万望大宋皇帝陛下应允！

赵恒看向了下坐的陵阳公主。

赵恒：陵阳，你以为耶律王子如何？

满殿之人皆是愣了愣，不明白赵恒为何忽然问起了陵阳公主。

陵阳公主亦觉得有些古怪，不过还是恭敬答道。

陵阳公主：回皇兄，耶律王子英武不凡，非常人可比。

赵恒：（一下笑了）女儿家第一次见面，能这般夸赞男子，想必是中意了。

赵恒的一句话，让满殿惊愕，便是连那耶律宗愿，也有些摸不着头脑。刘娥却明白了，赵恒定是病症发作，弄混了陵阳和寿康，不由微微急了，欲低声提醒。

刘娥：陛下，王子求娶的是……

赵恒却抬手，阻止了刘娥的话，竟爽快应允了。

赵恒：既然郎有情，妾有意，朕便成人之美，应了王子这番诚意求娶，将我大宋公主下嫁与王子。

耶律宗愿：谢大宋皇帝陛下！陛下万岁万岁万万岁！

满殿瞠目结舌。寿康贝齿咬着唇瓣，眼底一瞬间泛起了湿意。晏殊如失了魂魄般苍白了脸色。赵祯皱紧了眉头，便欲开口，却在刘娥隐含阻止的目光中生生忍下了。

2. 汴京皇宫　御苑　春莺阁　白天　内景/外景

刘娥与文伽凌相对坐于榻上，刘娥正在点茶。

刘娥：耶律宗愿八百里加急将婚讯传回了辽朝，辽皇帝很是重视此次两国联姻，派了他们的宰相，亲率迎亲仪仗队，已于昨日入了雄州关。

文伽凌：这般快？

刘娥难掩愧疚地看了看文伽凌，点好一盏茶递给她。

刘娥：这一盏茶，为赔罪，亦是为请求。

文伽凌看了眼茶盏，苦笑，没有立即伸手接过。

刘娥：皇上子女不多，他对每一个都异常地宠爱，尤其寿康还是公主，皇上对她已近乎溺爱了，任何事都由着她的性子，连一句过严的管教都没有。宴席之上，皇上是错把陵阳当成了寿康，以为她中意，才会毫不犹豫地赐婚。（微顿了顿）皇上的病……这些年来，你可能多少也知晓一些。

文伽凌：皇上金口一开，臣妾便知晓，此事已成定局！

刘娥：是以我请求你，也是代皇上请求你，应允这桩婚事！

文伽凌：臣妾应不应允，还重要吗？

刘娥：重要，因为你是寿康的母亲。

文伽凌难受地闭了闭眼，看了眼刘娥一直端着的茶盏，终是伸手接过，自嘲地微牵了下唇角。

文伽凌：当年，我年少懵懂，单纯地被皇上那俊朗的面容吸引，王兄将我送来宋朝，我带着满腔的欢喜和爱恋，皇上对我有怜惜，却从未爱过……岁月悠长，方知去国离家之苦！没想到我的女儿，竟和我是一般的命运！

刘娥：耶律宗愿会珍视寿康，会好好待寿康的，从他在殿上看寿康的眼神，便能知晓。

文伽凌：（一声长叹）但愿如娘娘所言！

说着，文伽凌到底是端起茶盏抿了口。

"圣旨到！"这时，阁外忽而响起张景宗的声音，紧跟着，张景宗手执圣旨，带着俩内侍入得阁来。

张景宗：文贵仪接旨。

文伽凌和刘娥忙起身，跪下。

张景宗：昊天明命，皇帝诏曰：贵仪文氏，性钟和粹，谦懿成姿，闲和有裕，温惠率躬，赋燕婉之仪，秉柔明之德，特进位贤妃。钦此。

文伽凌：臣妾领旨，谢恩。

文伽凌接过圣旨，由侍女扶着站了起来。

张景宗：贤妃娘娘，皇上的赏赐，已送去您殿里了。

文伽凌：多谢公公。

张景宗施礼，又冲刘娥道。

张景宗：皇后娘娘，快到太医入宫给皇上请脉的时辰了，皇上一直在问您呢。

刘娥：你去回禀皇上，说我一会儿便过去。

张景宗：是，娘娘。

3. 汴京皇宫　皇后寝殿　外殿　白天　内景

赵祯：（紧握着刘娥的手，近乎哀求地）大娘娘，只要您能不让寿康姐姐远嫁，您要儿臣做什么都行！

刘娥：（不乏心疼地）受益，为娘知晓你和寿康姐弟情深，然你们一个是太子，一个是公主，生于皇家，有些事便不能率性而为。

赵祯：太子公主又如何？！难道做公主，连和自己心悦之人在一起都不行吗？！

刘娥：此话你不可再说了！你知不知晓，会让多少人获罪受牵连？

赵祯：（急得不行）大娘娘！

刘娥：寿康的母亲也已同意了此事，你便不要再闹了，好吗？

赵祯：儿臣没有闹，儿臣已行了加冠之礼，不是孩童了！

刘娥无奈地笑了下，伸手去摸受益的头。

刘娥：还不是孩童呢……

赵祯一下让开了刘娥的手，虽已有些生气了，还是放低了语气恳求。

赵祯：寿康姐姐与儿臣一起长大，如同您的女儿般，您若是不帮她，便没人能帮她了！大娘娘，儿臣知晓，此事唯有您出面能解决！您定会有法子说服父皇收回成命的，对不对？

刘娥：（耐心地）受益，寿康和耶律宗愿的婚事已两国皆知，事关国体——

赵祯根本听不进去，愤怒地打断。

赵祯：若寿康姐姐是大娘娘亲生，大娘娘还会这般狠心吗？

刘娥神色一滞。赵祯话已出口，再无收回的余地了，只直直与刘娥对视着。

刘娥：（神色逐渐淡了下去）你回去吧，回去好好想想，作为一国储君，且还行了加冠之礼，究竟应有怎样的言行举止！

说罢，刘娥起身，朝内殿行去。

赵祯：（看着刘娥的背影，不甘地唤了声）大娘娘！

4.汴京皇宫　寿康寝殿　外殿　夜晚　内景

赵祯：寿康姐姐！

赵祯由王渐搀扶着，急切入得殿来，他腿脚明显地不利索，那是因为寿康求情，在刘娥寝殿外跪了好几个时辰所致。寿康正立于榻边，闻言回过身来，笑意盈盈地望了过来。

寿康：太子殿下来了？

赵祯见寿康神色若常，倒是愣了下。

寿康上得前来，亲热地握住了赵祯的手，冲侍女和王渐示意。

寿康：你们都下去吧，本宫要与太子殿下单独叙话。

侍女/王渐：是，公主。

赵祯：（惊愕地看着寿康）寿康姐姐，你，还好吧？！

寿康：（失笑，拉着赵祯朝里行去）嗳！随我来。

寿康将赵祯带至榻边，示意那一排的檀木托盘，其里面盛放着凤冠、霞帔、珠翠等，吉服喜气，珠光夺目。

赵祯：这是……？

寿康：皇后娘娘吩咐尚衣库，把我大婚的婚服送来了。

赵祯的神色微微一滞。

寿康放开赵祯的手，上前一一拿起给赵祯看。

寿康：这是凤冠，这是霞帔，还有这些，金钗银钿，都是皇后娘娘赏赐的珠宝饰物，很华美吧？颜色款式皆是我中意的呢，要不要我试给你看看？

赵祯的脸色却难看了起来，小拳头攥紧。

寿康对赵祯的神色恍若未见，自顾拿起婚服在身上比了比。

寿康：嫁衣如火，该是很衬你皇姐的吧？（开心地转了个圈，冲赵祯眨了眨眼）对啦，听闻我的嫁妆可丰盛了，依照父皇和皇后娘娘之意，礼部单子都开了好长呢，什么珍珠玛瑙、金银玉器、珍玩字画，一应俱全，（边说，边笑出了声）我都怀疑，父皇和皇后娘娘是想把国库都搬给我呢，此外啊，说是父皇听了皇后娘娘建议，还要从秘阁给我搬几箱藏书，约莫是怕我在那蛮人的地方待得无趣吧，可你说说，我这般一个不爱看书的公主，岂不是暴殄了那些珍本古籍，辜负了皇后娘娘一番美意……

赵祯再也听不下去了，蓦地上前捉住寿康的手，小脸慎重。

赵祯：对不住！

寿康笑容微僵，却还是尽力地笑着。

寿康：太子殿下这句"对不住"，好没道理。

赵祯满目歉意地盯着寿康，眼眶微微泛红。

赵祯：这一声"对不住"，是我代父皇和大娘娘说的！寿康姐姐，我知晓你不心悦那蛮人，你不想嫁，受益也不想你嫁！

寿康脸上的笑容逐渐隐了去，唇角泛起淡淡讽刺。

寿康：我想不想，有何干系呢？！

赵祯：（益发难受地）受益也为你难受，为你抱不平！可是，你或许、或许该也是知晓的，父皇是因生病，才赐了这婚，我不可能去责怪父皇，大娘娘是为了两国安稳，我也不可能去责怪她。

寿康：（微冷了脸色）是以我就该接受这般的命运，就该接受被当作两国政治联姻的牺牲品，是吗？

赵祯一噎。

寿康看了看赵祯有点被吓到的模样，忽而又扬唇笑了。

寿康：我和你说笑呢，（状似很轻松地）公主有公主的命运，既然享受了皇家的荣耀，自然该接受皇家赋予的使命，不是吗？

赵祯：（难掩忧色地紧握住寿康的手）寿康姐姐！

寿康笑得更欢了，抬手揉了揉赵祯的小脸。

寿康：说你多少次了，小小年岁，不许摆出个老学究的样子。

赵祯皱着眉，受着寿康双手对自己小脸的蹂躏，还是难掩忧心。

寿康：（又宽慰他道）其实嫁去北地也没什么不好，听闻那里天高地阔的，肯定比这宫墙里自在多了。你忘啦，我娘来自蕃域，自小我便听她讲大漠飞沙，草原辽阔，可向往了，如今总算是有机会能亲眼去看一看了，你不为我欢喜吗？

赵祯：你、你说的，是真心话吗？

寿康：那是自然，我何时骗过你？

赵祯：时常骗。

寿康再次失笑，爱怜地又摸了摸赵祯的小脸，摸着摸着，眼眶就有些红了。赵祯再次抓住寿康的手，有些腼腆。

赵祯：寿康姐姐，我……舍不得你！

寿康暖心地一笑，跟着眼泪就掉下来了。

寿康：那、那等你长大了，有能力保护我了，大不了把我接回来，陵阳姑姑不就是吗？

赵祯：好！我一定快快长大！尽快强大起来，到时只要你还想回来，我便接你回来！

寿康重重地应了声，眼泪如断了线的珠子，成串地砸落。

赵祯：（替寿康擦眼泪）寿康姐姐，你别哭！

寿康：（边擦眼泪，边笑）不哭，我不哭！出嫁是欢喜的事，我干吗要哭！不哭！

赵祯迟疑了下，又小心翼翼地询问。

赵祯：寿康姐姐，你走了，那、那晏夫子怎么办？

寿康：（红着眼眶一笑）什么怎么办，我和他又没什么。

赵祯切切地望着寿康。寿康微微避开了赵祯的目光，沉吟了下，转身自榻上最里面的匣子，取出一支紫玉箫，又犹豫了下，才递给赵祯。

寿康：你将这支箫，代我转交给晏殊。

赵祯：好，还有什么话要我转告吗？

寿康顿了下，摇头。赵祯以一种超乎年龄的复杂目光望着寿康。

寿康又冲赵祯笑了下，垂眸，看了看赵祯手中的箫，伸手眷恋地轻轻摸了摸，眼眶再次湿了。

5. 汴京皇宫　宣德门　白天/阴天　外景

天阴沉沉的，尽管喜乐阵阵，大红的锦缎铺道，却给那吉日的欢庆平添了几分阴霾。

寿康头戴凤冠，一身大红的吉服，于宣德门前向赵恒和刘娥拜别。耶律宗愿和辽国的迎亲仪仗队等候在侧。

寿康：儿臣拜别父皇、皇后娘娘。（深深地叩头下去）儿臣今日远嫁，便不能再侍奉于父皇膝下，愿父皇龙体康健，我大宋国运昌隆！（又冲刘娥道）愿皇后娘娘福寿康宁，长乐未央。

赵恒：（亲自扶起了寿康）寿康，父皇的好女儿，你是父皇的骄傲，也是我大宋的骄傲，切莫辜负了父皇对你的期许。

寿康：父皇放心，寿康是大宋的公主，会时刻谨记自己的身份，绝不忘记肩上的责任。

赵恒：父皇只是希冀你能幸福，抛却身份的束缚，过得自在随心。

寿康：（微微一怔）父皇！

赵恒：你自小性子便跳脱，像极了你母亲年轻的时候，（轻抚了抚寿康的头发，意味深长地）本就该活在更广阔的天地里。

寿康这一刻恍惚觉得赵恒并不是因记忆混乱将她错嫁，而是真的想让她飞去另一个天地间。

寿康：儿臣谨记父皇之言。

赵恒又慈爱地抚了抚寿康的头发。寿康顿了下，才又看向刘娥。

寿康：皇后娘娘，寿康此去，归来无期，还望皇后娘娘能代为照拂我母亲，寿康在此拜谢！

说着，寿康便要拜下去。

刘娥：（忙扶住她）不必再拜，你母亲，我定会照顾好！（怜惜地看着寿康）北地虽远，然两国通使殷勤，信使常有往来，你可常写信回来。

寿康：（淡淡地）是，皇后娘娘。

刘娥见寿康对她明显冷淡，忽而有些难受。

刘娥：寿康……（欲言又止，顿了顿，继而看向等候在侧的耶律宗愿）耶律王子虽非我宋朝人，然能看出来，他会是一个好夫君。

寿康极淡地讽刺地扯了下嘴角，恭敬却疏离。

寿康：皇后娘娘所言极是。

刘娥无声地叹了口气，难掩神伤。寿康见状，忍不住低声道了句。

寿康：或许寿康有一日能理解皇后娘娘所为。

刘娥：（心中发涩）其实我一直希冀能有的你这般女儿……

寿康抿着唇，并未接话。刘娥微微无奈地苦笑了下，伸手去牵寿康的手，寿康稍稍躲避了下，不过还是将手交给了刘娥。刘娥又朝耶律宗愿伸手，耶律宗愿将手递上。刘娥将两人的手交叠于一处。

刘娥：王子，我大宋尊贵的公主，我皇上最珍视的女儿，便交托于你了，祝祷你们夫妻和顺，相敬如宾。

耶律宗愿难掩欣喜地紧握住了寿康的手，朝刘娥和赵恒深深施了一礼。

耶律宗愿：感谢大宋皇帝、大宋皇后的信任！小王在此立誓，今生只会有寿康公主一位妻子。

寿康闻言，微微一震。耶律宗愿目光灼灼地看向寿康。

耶律宗愿：绝不另娶纳妾！对妻子，小王以命相守，必将永远忠诚！

寿康一时有些错愕。

赵恒：（开怀大笑）王子真性情，甚合朕心！看来我儿是真觅得了佳婿，父皇为你高兴！

面对耶律宗愿毫不掩饰的爱慕，寿康神色复杂。

赵恒：父皇也祝福你们姻缘美满，祝福我两邦睦邻友好，情谊常在。

耶律宗愿：（又按胸朝赵恒施了一礼）我大辽亦是同样的愿望，小王与寿康公主的姻缘将是我两邦情谊最好的见证。

刘娥：陛下，吉时快到了。

赵恒：（复深深地看了看寿康）启程吧。

张景宗：吉时到——公主起驾。

钟磬齐鸣，喜乐高奏。

寿康：（眼眶微红地看着赵恒，微微哽咽地）父皇！您一定要保重龙体！

赵恒慈爱地点头，示意他们启程。

寿康和耶律宗愿再向赵恒和刘娥施上一礼，随即耶律宗愿执着寿康的手，朝那浩浩荡荡的仪仗队行去，亲扶寿康上马车。

"寿康姐姐！"蓦地，稚嫩的声音响起，紧跟着，一道小身影飞似的自宫门里奔了出来，冲到了马车边。

赵祯：（气喘吁吁地）寿康姐姐，等一下。

寿康：受益。方才还想着，小受益是不是在宫里哭呢，不来给你皇姐送行了。

赵祯本来很伤心，闻言不由瞪了寿康一眼，将当初两人玩的其中一个木偶塞进了寿康的手里。

寿康看了看手中的木偶，眼眶倒是瞬间又红了。

赵祯：（扫了眼旁边的耶律宗愿）那东西我转交到了。

寿康却似恍若未听见，只是看着手中的木偶，轻轻地摩挲了摩挲，又伸手爱怜地摸了摸赵祯的脸。

寿康：别老顾着做学问，我可是想要看到小受益将来做个文武双全的明君，还有啊，多吃点饭，没忘记你说过一定要比你皇姐长得高吧？

说着，寿康故意又比画了下两人的身高，宛若当初两人嬉闹。

赵祯：（鼻尖一酸）寿康姐姐！

寿康：（努力地灿烂一笑）走了。

说罢，寿康断然转身，上了马车。

赵祯：（殷切地）你保重！

寿康进马车的动作微滞了下，不过没有回头，唇角涩然地微牵了牵，入了那翠盖朱璎马车内。

喜乐阵阵，仪仗队出发。

赵恒和刘娥欣慰又复杂地对视一眼，刘娥安慰地握住了赵恒的手。

赵祯：（跟着仪仗队奔出一段）寿康姐姐，你保重啊！

6.汴京城　大梁门　城楼　白天/小雨　外景

盛大的仪仗队穿过大梁门，街道两旁的百姓争相观望。

一缕箫音自城楼响起，如泣如诉。

天空落下了如丝般细密的雨。

细雨朦胧之中，晏殊一身青衫，立于那城楼最高处，吹奏着那支寿康留给他的紫玉箫，箫声怅然，如泣如诉……空蒙烟雨里，那清俊脸上的神情缥缈而凄迷。

松香阁那半开的窗子里，传来了妙舟的曲声。

妙舟：（吟唱）（画外音）寒蝉凄切，对长亭晚，骤雨初歇。都门帐饮无绪，留恋处，兰舟催发。执手相看泪眼，竟无语凝噎。念去去，千里烟波，暮霭沉沉楚天阔……

三十九

1. 汴京皇宫　温泉池　池边　白天/小雨　内景

赵恒和刘娥于珠帘后换衣。赵恒亲自执着锦帕，为刘娥擦拭头发。二人之前立着的那面大铜镜之中，一对人影缱绻成双。

刘娥：（忽而想到什么）对了，陛下，寇大人还上了一封奏疏。

赵恒：（不咸不淡地）他要做甚？

刘娥：寇大人在奏疏中言，如今我大宋虽四境无战事，然保境安民，建上国之威信，还须依仗一国之兵力，是以寇大人奏请，全国各州府征兵，以充边防。

赵恒未立刻接话，过了片刻，方喜怒不变地开口。

赵恒：他现在还在陕州府做知州吧？

刘娥：（有些不明其意）是啊。

赵恒：（凉凉地）朕还以为他何时入职兵部了呢！

刘娥：（顿时有些无语地）陛下！寇大人一心为国事，你不褒奖便算了，怎生反倒还……（无奈地轻叹了口气）且他奏疏之中所言，句句在理，边境戍卫，朝廷万不可轻忽。

赵恒：（顿了下，有点不情不愿地）此事你和义简商议着办吧。

刘娥：好！臣妾领旨。（顿了顿，看了看赵恒的神色，试探地）陛下，臣妾之前和你提过的，召寇大人回京之事……

赵恒：池子里泡泡，浑身通透多了，近来天气阴冷，稍后让受益也来松快松快，朕似乎有几日没见着他了……

这时，忆秦快步进来，于那珠帘外颤声禀道。

忆秦：启禀陛下、皇后娘娘，太子殿下突然晕倒了。

赵恒和刘娥神色骤变。

2. 汴京皇宫　赵祯寝殿　内殿　白天/小雨　内景

赵恒和刘娥匆匆赶至赵祯寝殿，便见赵祯紧闭着双眼躺在锦衾里，面色泛红，口中呓语不断，还有微微的抽搐。黄太医带着三四名太医，正为赵祯诊脉。

赵恒：（忧急地）太子如何了？

黄太医：臣参见——

赵恒：说病情。

黄太医：是，陛下。太子邪风入体，染了风寒。

刘娥坐去床榻边，伸手一摸赵祯额头，脸色霎时白了。

刘娥：怎生这般烫？

黄太医：回娘娘，因风寒引发了高热惊厥，肺火过旺。

赵恒：严不严重？

黄太医：待臣等商议，开一个去火退热的方子，立时熬给太子服用，只要高热退下去，想来应无大碍。

赵恒：（阴森森地）想来？太子若有任何闪失，你们整个太医署提头来见！

黄太医及其余太医皆是一震，惊惧地看了看彼此。

赵恒：（怒吼）还不快去开方，杵在此处做甚？

黄太医连声答应，和其余太医慌张地爬起来去开方子。

赵恒也坐到床榻上，看了看赵祯的模样，更是怒从心头起，怒斥内侍官女们。

赵恒：你们是怎么伺候太子的？啊？

内侍官女跪倒一地。

赵恒：太子为何会患疾？

王渐：回、回陛下，送寿康公主出嫁那日，太子淋了雨，回来后未及时换下衣物，就、就有一点咳嗽……

赵恒：为何不宣太医？为何不禀报？

王渐：太子不许！之后几日阴雨绵绵，太子一直、一直郁郁寡欢，总把奴婢们都支开，一个人待着，今日午后太子说想歇息一会儿，好几个时辰过去了，奴婢也不见太子起身，入内一看，才发现太子、太子……

赵恒：（越听越怒）混账东西！太子病成这样，皆是你们疏忽所致！都滚下去，各领二十杖责。

众内侍/宫女：是。

王渐与众内侍宫女噤若寒蝉地退了下去。刘娥这边厢已是自责地落泪。

刘娥：是臣妾！都是臣妾这个当娘的失职！

赵恒：皇后！

刘娥：臣妾以为这几日受益因着寿康之事在与臣妾赌气，没去见臣妾，便也没着人过问，臣妾……

赵恒：受益是我大宋的太子，福泽深厚，定能平安无虞，康健起来！

刘娥：若受益……臣妾、臣妾……（哽咽得说不下去）

赵恒：（心疼地拥住了刘娥）孩童患疾也属寻常，皇后不必忧惧过甚！

话虽如此，赵恒还是甚为忧虑地望着赵祯。

3. 汴京皇宫　赵祯寝殿　内殿　早晨　内景

一夜的细雨停了，庭院里有清脆的鸟叫声传来。

赵祯虚弱地缓缓睁开眼，便见刘娥疲惫地趴在床榻边睡着了，看去睡得不甚安稳。赵祯伸手，将搭在刘娥肩头即将滑落的锦毯轻轻往上扯了扯。刘娥立即便醒了过来，见赵祯正看着她，大喜。

刘娥：受益，你醒了！

赵祯：大娘娘！

刘娥：唉！我儿可算是醒了！

刘娥激动地摸了摸赵祯的额头，忽而想到什么，朝外面大喊。

刘娥：太医，太医！

一直侍立在外的黄太医等人立刻便进来了。

黄太医：娘娘。

刘娥：太子醒了，你们且快给他检查检查。

黄太医：是，娘娘。

两位太医一道给赵祯把脉，检查。

赵恒：受益可是醒了？

这时，得讯的赵恒由张景宗搀扶着，疾步赶至。见太医在给赵祯把脉，关切地盯着。片刻，两位太医检查完。

黄太医：陛下，娘娘，太子高热已退，肺火也降下去了，总算是度过了危险期，只要继续进药调养，过几日便能痊愈。

赵恒和刘娥终于松了口气。

赵恒：还不快去把药端进来。

黄太医：是，陛下。

刘娥看着赵祯，稍感欣慰地笑了，跟着眼泪便流了出来。

赵恒：（忙伸手为刘娥拭眼泪）大娘娘，你别哭，儿臣没事了。

刘娥：是为娘不好，为娘没有照顾好你。

赵恒：不，是儿臣太任性了，儿臣，（微顿了顿，歉意地）不该和大娘娘生闲气。

刘娥摇头，将赵祯紧紧抱进怀中。赵恒看着这一幕，甚为触动，也坐到床榻边，沉沉地摸了摸赵祯的头，与刘娥看着彼此，万千言语尽在不言中，两人的手紧紧交握在一处。

4.汴京皇宫　文德殿　白天　内景

太子赵祯抱恙，那麒麟座椅空设，玉阶之上，仅有帝后在听政。

苏义简、王钦若等臣工侍立于下方。

丁谓：启禀陛下，玉清昭应宫已于前日里完工。

赵恒有些恹恹的，却尽力地撑着精神，闻言难掩几分诧异。

赵恒：已建成了？

丁谓：回陛下，是的。宫中的陈设约莫再需七八日，也应布置妥当，之后陛下与娘娘便可择吉日驾临昭应宫，祭祀祈福。

赵恒：丁爱卿果然大才也，不负朕望，本需十五年的工程竟生生让你提前几年完成了！

丁谓：蒙陛下过誉，臣乃是托陛下洪福。

赵恒：（大悦）来人，拟旨，丁谓修玉清昭应宫，为太子祈福有功，国之栋梁，晋封参知政事，赏赐黄金五千两，食邑万户。

丁谓：（当即跪下谢恩）臣谢主隆恩！吾皇万岁万岁万万岁。

赵恒：平身吧，丁爱卿善于谋划，于工程修建上甚有心得，朕再加封你为山陵使，由你负责，开始修建朕的陵寝吧。

满殿臣工皆是一寂。刘娥望向赵恒的目光一滞。赵恒安抚地看了她一眼。

丁谓：臣……领旨。

赵恒：邢卿，你们司天监尽快择定一吉日，朕要与皇后，还有太子，同去昭应宫祈福。

邢中和：臣遵旨。

王钦若：陛下，当初昭应宫起建，太子顺利降生，如今太子微恙，相信祈福之后，太子病情定然好转。

赵恒：（愈发地欢喜）承爱卿吉言。

王钦若：庇佑天下，唯皇皇上苍，陛下，臣请奏，于全国各州府建更多的祈福宫殿，祝祷太子玉体康健，祈福我大宋国祚延绵。

赵恒：此事……

刘娥：陛下，太子用了药，身子已渐复，陛下与臣妾带他去昭应宫祈福即可，他虽为国之储君，然若是在全国大兴土木，为他祈福修宫，是否太过兴师动众了？且时值盛夏，雨水频降，各州府频有洪汛传来，此时便更不应劳民伤财了。

赵恒：（有点讪讪）皇后所虑甚周。修宫之事无须再提。

王钦若：（欲言又止）……是，陛下。

刘娥见赵恒不再议修宫之事，显得精神萎靡，不愿再多道什么，于是又开了口。

刘娥：苏大人，之前陛下下令各州府防洪救灾，进展如何了？

苏义简：回娘娘，虽各地官府提前有所准备，若是遭了灾，朝廷也及时拨粮款赈灾，然还是有不少临海近湖的州府深受洪灾之苦，尤其是泰州、楚州一带。

刘娥：（忧心地）两州均近海，海水潮起潮落，更易漫城，苦了两州百姓！（微蹙眉思索了下）本位记得，曾在《水利志》中看到过，那一带该是有一条捍海长堤吧？

曹利用：娘娘，这条捍海长堤，臣知晓，那是唐代以前修筑的，后来五代年间已抛荒失修了，该是起不到多少防洪之效的。

刘娥：那便重修，苏大人，让江淮漕运尽快拟定一个复修章程呈上来。

苏义简：是，娘娘。

曹利用：与大海争利，娘娘好魄力。

刘娥：本位也是为了沿海的百姓民生，即使艰难不易，也盼诸位大人，与陛下，还有本位，勠力同心一试。

众臣工：陛下圣明！娘娘英明！

赵恒见刘娥在众臣工面前逐渐树立起威信来，欣慰的同时，却有一抹忧虑划过心头，看向刘娥的目光复杂了几分。

5. 汴京皇宫　赵祯寝殿　内殿　白天　内景

王渐正扶着赵祯坐了起来，在给他身后垫靠垫。

这时，杨璎珞带着小清悟进得殿来。

王渐：见过淑妃娘娘。

杨璎珞看了看旁侧的空药碗，甚是满意，点点头。

赵祯：小娘娘。

杨璎珞坐到赵祯身边，摸了摸他的额头。

杨璎珞：（比画手势）（画外音）今日可觉得好上一些？

赵祯：小娘娘无须担忧，儿臣已觉得好多了，太医说只要再服药调养数日，儿臣便又可生龙活虎了。

杨璎珞慈爱地一笑,又摸了摸赵祯的小脸。

杨璎珞:(画外音)小娘娘带了一个人来陪你。

说着,杨璎珞拉过一直在侧偷偷观察赵祯的小清悟,朝小清悟示意了下。

小清悟有模有样地行了个礼。

小清悟: 臣女清悟参见太子殿下。

赵祯一眼看去,却是脸色一沉。

赵祯: 你手中的木偶从何而来?

小清悟愣了下,看了眼杨璎珞。

小清悟: 淑妃娘娘带我,带臣女去住的寝殿,那里有——

赵祯:(沉声打断)你住的寝殿?

小清悟见赵祯生气的样子,有点不知所措。

杨璎珞:(忙打手势解释)(画外音)受益,清悟是郭太师的孙女,你大娘娘早有打算接她进宫陪你,这不见你病了,便让我将还在学礼仪的清悟提前接进宫——

赵祯:(再次打断)你们安排她住进了寿康姐姐的寝殿?

杨璎珞点头。

赵祯: 我不答允!

杨璎珞微怔,还没反应过来,赵祯又一把抢过小清悟手中的木偶。

赵祯:(厉声冲小清悟道)你听好了,这木偶不是你能碰的!还有,立刻从寿康姐姐的寝殿搬出去!我不欢迎你,宫中也不欢迎你,哪儿来的回哪儿去!

小清悟被吓蒙了,继而回过神来,小嘴一瘪,大哭了起来。

小清悟:(边哭边瞪赵祯)你!你是坏人!我不喜欢你!不喜欢你!

赵祯:(冷笑)我永远也不会喜欢你!出去!

小清悟:(哭得直顿足)我不走!我就不走!

杨璎珞急得忙劝抚两人,奈何一个倔,一个犟,闹得杨璎珞头大。

6.汴京皇宫 御苑 春莺阁 白天 内景/外景

时值入秋,御苑里多了几抹金黄,然依旧是绿蔓低垂,繁花似锦。

赵元佐夫妇新添了个儿子，赵恒特赐家宴于春鸾阁内，为小殿下举办满月"洗儿礼"。苏义简、陵阳公主、丁献容，还有久未入宫的赵元份皆收到了邀请。赵元份来时，其余人基本已到了。

赵元份： 参见皇兄、皇嫂。

赵恒： 免了，都是一家人，不用那么多礼数。

刘娥： 思齐为何没同殿下一起来？

赵元份： （有些迟疑）回娘娘，她……又怀孕了。

众人皆是微讶地一怔，除了乐呵呵地逗着王玉莹怀中小殿下的赵元佐。

赵恒： （旋即笑开）好啊，多子多福，多子才能多福嘛，元份是多福之人。

赵元份： 承蒙皇兄福泽庇佑。

赵恒： 如今大哥也有了子嗣，咱们三兄弟也都是后继有人了。今日为朕的小皇侄办此"洗儿礼"，便是对我皇家后世子孙美好的祝愿。

赵元份： 皇兄所言极是。

赵恒： 你且入座吧。

赵元份： （施了一礼，入座）皇兄，为何不见太子？

赵恒提到赵祯，神色倒是微微沉了沉。

赵恒： 受益这几月一直病着，时好时坏的，太医院皆是一帮废物。

赵恒微凌厉的话一出口，宴上气氛顿时滞了滞。

刘娥： （忙笑着缓和气氛）这两日受益精神倒是尚好，臣妾让璎珞带他过来了，人多热闹热闹，他都待在屋子里好些时日了。

赵恒： 出来走走也好。

这时，杨璎珞带着赵祯来了。虽才刚入秋，赵祯已披上了貂毛大氅，小脸微微发白，看去甚是虚弱。

赵祯： 儿臣参见父皇、大娘娘。

杨璎珞一起施了礼。赵元佐看见赵祯，立即欢喜地打招呼。

赵元佐： 小受益。

赵祯： 大皇叔。

赵元佐： （炫耀地指着小殿下）我、我儿子，你、你的……

王玉莹：小御弟。

赵元佐：你的小御弟。

赵祯：（上前看了看）长得真好看，大皇叔，改日受益将你送我那些玩具，拿来给小御弟玩。

赵元佐：（拊掌）好！（又拍了拍赵祯的脑袋）乖！

刘娥：受益，先过来为娘这儿坐吧。

杨璎珞将赵祯安置在刘娥身侧坐下，刘娥忙着给赵祯添了个暖炉。

刘娥：还冷不冷？衣物穿得够吗？要不要再加件大氅？

赵祯：（摇头）儿臣挺好的，大娘娘不用担心。

刘娥却还是不放心地摸了摸赵祯的小脸，又给他轻轻搓了搓手背。看得赵恒神色更为凝重了几分。小清悟也在席间，自赵祯入内，便一直偷眼看赵祯。赵祯却连个眼风都不给她，气得小清悟噘起了嘴。

张景宗：陛下，皇后娘娘，"洗儿礼"是否可开始了？

赵恒点头。张景宗示意了下。

忆秦带着宫娥们奉着银盆、彩钱、彩带、果子等鱼贯而入，于阁内中间所置的八仙桌上，将那煎好的香汤倒入银盆，再放入彩钱、果子、葱蒜等物事，又以彩带缠绕银盆。

赵祯：（看得好奇）大娘娘，他们在做甚？

刘娥：这叫"围盆红"，有寓意吉祥之意。

赵祯听得似懂非懂地点点头。小清悟在侧巴巴地插了句。

小清悟：我祖母告知我，红色都有吉祥的意思呢。

赵祯面无表情地瞥了她一眼，没理会。小清悟一下又气着了。

刘娥看得好笑，揉了揉小清悟的头发。小清悟当即脸色放晴不少。

忆秦：请皇后娘娘"搅盆钗"。

刘娥上前，以金银钗搅了水。

刘娥：下面该是"添盆"了，请陛下先来吧。

赵恒立了起来。

陵阳公主：皇兄，请等一下。

赵恒：陵阳有何事？

陵阳公主：臣妹是想提议，这"添盆"，咱们每人每添一次，须得送上一句洗儿诗，以作祝福，如何？

丁献容：（立刻低声道）作诗我哪里会？你这什么胡乱建议！

陵阳公主几不可见地蹙了下眉，改了口。

陵阳公主：不一定自己作，能吟一句便可。

赵恒：陵阳此议不错，准了。那朕先来。

张景宗将金钱奉给赵恒。赵恒执了金钱，行至八仙桌前，将其撒入银盆中，毫不犹豫地吟诗出口。

赵恒：玉芽珠颗小男儿，罗荐兰汤浴罢时。

刘娥亦接过忆秦奉上的金钱扔了进去。

刘娥：洞房门上挂桑弧，香水盆中浴凤雏。

赵元份：骨重神寒天庙器，一双瞳人剪秋水。

丁献容见大伙纷纷上前，却忙着向后缩了缩。陵阳公主无语，本欲上前，却又看向了苏义简，示意苏义简先来。

苏义简微点头致意，拿过宫娥奉上的金钱，稍沉吟了下。

苏义简：麒麟王妃生，婴婉始发声。

陵阳公主：（一笑，接句）金盆浴未了，绷子绣初成。

丁献容看着两人"眉目传情"，甚是恼火，抓了把金钱，便走上前。便在此时，精神越来越不济的赵祯猝然晕了过去，趴在了案几之上。

苏义简刚好要回座，第一个反应过来，冲上前将赵祯抱了起来。

苏义简：太子！

赵恒和刘娥立时围上前。

赵恒：（怒吼）宣太医！快！

7. 汴京皇宫　御书房　白天　内景

赵恒一身的冷然，疾步行入御书房，王钦若和丁谓已恭立在内。

王钦若/丁谓：参见陛下。

赵恒也不落座，便立于龙案一侧。

赵恒：二位卿家不必多礼，朕传二位前来，是有一要事要与你们相商。

王钦若和丁谓对视了一眼。

王钦若：陛下请讲，臣二人洗耳恭听。

赵恒：（语气坚决地）朕要泰山封禅。

王钦若和丁谓闻言，皆意外地愣了愣。

丁谓：（试探地）陛下为何会忽而有此决定？

赵恒：太子病情反复，朕要封禅为他祈福。

王钦若：陛下圣明！封天禅地，将陛下之功德通报上天，承天而治，上天必降下福泽，佑我大宋，太子玉体必然康健！只是，封禅之礼一般须在天降祥瑞之时举行。

赵恒：（微微眯眼）王卿此前不是一直在奏报各地天降祥瑞吗？

王钦若一噎。

赵恒：（语气莫名地）朕相信，即便是没有那些祥瑞，王卿也有法子让天降祥瑞，不是吗？

王钦若：（当即一施礼）承蒙陛下信重，此事便全权交与臣。

赵恒：爱卿办事，朕放心！（旋即又看向丁谓）丁卿，国库可有足够的钱财用于举行封禅大典？

丁谓：（沉吟一瞬）回陛下，大计有余。

四十

1. 汴京皇宫　宣德门　城楼　白天　外景

刘娥在城楼上寻到了赵恒。赵恒负手立于城楼最高处，望着那繁华的汴京城，眸色深沉，身子微微紧绷。

赵恒：朕已传旨让王钦若和丁谓准备泰山封禅事宜。

刘娥眸色复杂，还未开口。

赵恒：皇后不必出言劝阻于朕，朕意已决！朕知晓，如此封天禅地的大典，必将耗损国库，或者还有臣民认为朕没有封禅之资格，然为了给太子祈福，朕不在乎天下悠悠众口，不在乎史官口诛笔伐！朕定要亲登泰山之巅，敬告天地，求天地赐福我儿，佑我大宋国祚延绵！

刘娥看着赵恒的眼中泛出了许许心疼，伸手握住了赵恒的手，语气轻声而坚定。

刘娥：陛下，臣妾支持你的决定。

2. 汴京皇宫　文德殿　白天　内景

赵恒坐于龙椅上，刘娥依旧立于赵祯的座椅之侧。众臣工侍立下方。王钦若奉上现于泰山的第二封天书。

王钦若：陛下，泰山醴泉出，锡山苍龙现，天降第二封天书于泰山之巅。

郭崇义：（试探地）敢问王相，你是如何发现此天书的？可确定真假？

王钦若：半月之前，有木工董祚，见有黄帛曳于泰山之巅林木间，帛中有字，苦不能识，辗转告知本相处。本相遣人觇视，与前时所降天书相似，故特敬谨取之，奉于陛下。

郭崇义：可是……

刘娥清淡的声音响起，打断了郭崇义的继续质疑。

刘娥：将军一直在边关，或许有所不知，此前已有天书降下，证实我大宋乃天下正统，让辽人愧而退之，（看了看手中天书）此天书确实与前时所降相似，苍天可鉴，王大人该是不会欺君罔上。

郭崇义：娘娘所言在理，臣多虑了。

众臣工瞬间明白了，这是帝后一心，决定泰山封禅。

王钦若：陛下，天意不可违，臣伏祈陛下，登兹泰山，行封禅之礼。

赵恒：天降天书，上天眷佑，可谓特隆，朕自愧无德，然上天之眷顾，上天之庇佑，朕须以诚报之！（微顿了下）朕离开京师后，由皇后辅佐太子监国。郭崇义。

郭崇义：臣在。

赵恒：京师驻军便交与你，你负责皇宫与皇城的驻守宿卫。

郭崇义：臣领命。

赵恒：苏义简、曹利用。

苏义简/曹利用：臣在。

赵恒：着你二人传旨齐州驻军，令其严阵以待，以防北方突袭；再传旨凤翔、邠州军队，留意党项异动。

苏义简/曹利用：臣遵旨。

赵恒：王钦若、丁谓。

王钦若/丁谓：臣在。

赵恒：你二人负责封禅事宜，着令五日内备齐封禅所需之物。

王钦若：陛下，五日或许太仓促了些。封禅需鄀上之黍，北里之禾，一毛三脊，东海致闭目之鱼，西海致比翼之鸟，以及凤凰、麒麟等十五种珍禽异兽。五日之内，这些珍禽异兽怕是很难集齐。

刘娥：一切从简即可。

赵恒：依皇后所言。

王钦若：是，陛下。只是，封禅还需玉牒、玉册，玉器雕琢尚需时日。

赵恒：不能以其他器具代替吗？

丁谓：陛下，玉有五德，仁、义、智、勇、洁，乃崇高、庄严之物，若是以其他器具代替以祭上天，怕是有不敬之意啊。

赵恒为难地皱眉，便连刘娥也一时想不到法子解决。就在满殿皆无计可施之际，邢中和步出列班。

邢中和：陛下，太宗皇帝曾下令雕琢过玉牒、玉册。

赵恒：可是祭祀所用之玉器？

邢中和：应该说正是封禅所需，当年，太宗皇帝也曾有过封禅之念，只因一些原因搁置了，然玉器皆已备下。

赵恒愣了下，随即是巨大的惊喜涌上心头，兴叹。

赵恒：原来一切天意早定！（随即执着天书站了起来）传朕旨意，五日后，朕亲率文武百官，前往泰山，祭祀天地。

众臣工：臣等遵旨，吾皇万岁万岁万万岁。

3. 汴京皇宫　李婉儿寝殿　内殿　夜晚　内景

一灯如豆，那轻浮的帷幔上烛影摇曳，幽深凄清的寝殿内，不时地传来几声低咳。李婉儿虚弱地半撑起身子，伸手去够床榻边那案几上的一盏茶，一只骨骼分明修长的手比她快地端起茶盏，递到了她的唇边，李婉儿诧异地抬眸，映入眼帘的便是赵恒那清癯的俊颜，还有那无限疼惜怜爱的目光。李婉儿一惊，便要起身下拜。

赵恒忙制止了她，于床榻边坐下，半搂着李婉儿，将茶喂进了她的嘴里。李婉儿微微颤抖着唇，一口口喝尽了一盏茶。

赵恒：还要吗？

李婉儿微微摇头，只是目光痴痴地望着赵恒。

赵恒见状，轻叹了口气，声音喑哑。

赵恒：你……受苦了。

李婉儿瞬间红了眼眶，一滴泪掉落，砸在了赵恒的手背上。

赵恒再次轻叹了口气，将李婉儿抱进了怀里。李婉儿眷恋地紧靠在赵恒怀中，泪水肆无忌惮地静淌，唇角却若隐若现地浮现一丝满足的笑意。过了良久，赵恒轻声地缓缓道。

赵恒：朕要去泰山封禅，为受益祈福。

李婉儿：（一惊）受益他怎么了？发生了何事？

赵恒：（宽慰）只是染了点风寒，已在康复之中了，然朕仅有他这么一个子嗣，他是我大宋的太子，干系国祚，朕到底是难以安心。

李婉儿：陛下会带着受益一起去吗？

赵恒：此去万水千山，太过折腾，朕会把他留给皇后照看。

李婉儿点头，稍稍松了口气。赵恒见李婉儿的样子，眸底微动。

赵恒：皇后将受益教养得很好，尽管他年岁尚浅，却已颇有了一国储君之风范，勤于课业，夫子们时常在朕面前夸起他，箭术也不错，朕亲自指导过，再有几年，该就比朕强啰。

赵恒说着，欣慰又得意地笑开。李婉儿听得亦是双眸笑意盈盈，充满了憧憬。

赵恒：（续道）对了，他已行了加冠之礼，跟着皇后一同至前朝听政，朕和皇后每每处理朝事，皆会询问他的意见，最初他并不太懂，多是童言无忌，然不愧是朕的儿子，机敏聪慧过人，进步神速，现在很多建言都甚有见地与章法，上月朝廷颁令，给边境将士们置换了一批冬衣，便是他的提议，臣工们皆言我大宋的太子自小就有仁心仁政，长大后必成一代明君！

李婉儿：（越听越感动）臣妾能想象他懂事的小模样……陛下和……姐姐，费心了。

赵恒：皇后待受益亲如己出，吃穿用度，必亲自打点，课业日日都要检查，朝政国事，不止一遍遍给详细讲解，且还专门书了一本册子给受益。朕有时都觉得她操心太多！便说此次受益患疾，皇后衣不解带地在榻边照顾了数宿，累得自己也小病了一场。

李婉儿：（神色复杂地）姐姐她……这都是受益的福气！

赵恒眸色深深地看着她，安抚地抚了抚她的肩头。

李婉儿沉默片刻，微微苦笑却又带着欣慰。

李婉儿：作为大宋的储君，受益需要的不仅仅是一个能生育他的母亲，更需要一个能教养他成人、保护并辅佐他担起这江山重担的母亲！姐姐深明大义，养育教导受益，是臣妾福薄！

赵恒：（心口微室）婉儿！

李婉儿：臣妾从未怨过姐姐和陛下，只是当年，难免委屈！可这么多年过去，臣妾逐渐想通了，今日再听陛下之言，臣妾便更为理解了，（抬头，努力地冲赵恒温柔释然地笑开）陛下的选择是对的！

赵恒一时语塞，喉头哽咽，紧了紧抱着李婉儿的手，眼角微微湿润。

赵恒：若还有机会，朕定好好补偿于你！

李婉儿：婉儿能得陛下垂怜，此生已无憾！

赵恒心中爱怜不已，自袖中取出一块黄色绢帛交与李婉儿。

赵恒：这你拿着。

李婉儿：这是？……

李婉儿打开一看，神色剧震。

李婉儿：陛下，您为何会将此物交与臣妾？且您为何现在就书下这？……

赵恒：朕的顽疾，你也一直都知晓，天命自知啊！

李婉儿：（切切地）陛下！

赵恒：（安抚地轻拍了拍李婉儿的手背）朕大行之后，受益还得由皇后继续扶持，然有些事……（微微眯了眯眼，眼底划过一丝忧虑，旋即又神色舒展开）王朝交替必然动荡，朕相信皇后会竭尽所能，护受益周全，保他登基称帝……（又莫测地顿了顿）你是受益的亲生母亲，此物由你保管，最为合适！朕也只是想保护自己最在乎的人，受益、皇后，还有你，皆安然无虞！

李婉儿的眼泪又流了下来。

李婉儿：臣妾……臣妾明白了！臣妾定不负陛下所托。

4.汴京皇宫　皇后寝殿　内殿　夜晚　内景

床榻之上，赵恒倏忽坐了起来，一脸烦躁之中是难掩的痛色。刘娥跟着醒来坐起，见赵恒的样子，担忧不已。

刘娥：陛下，是否头又疼了？（一下掀开慢帐）来人，宣太医。

赵恒：（按下了刘娥的胳膊）不必！忍过这一阵便好。

刘娥无奈，只得伸手轻轻为赵恒按捏着额角，不知为何，有莫名沉重划过心头，犹豫了下。

刘娥：这几日受益的病已渐大好，陛下，要不……将封禅之礼取消了？

赵恒回头看刘娥，微微煞白的脸上溢出一丝笑意。

赵恒：怎么，莺儿和受益一般舍不得朕？（眷恋地以指描摹过刘娥的眉眼）自你入宫后，这十多年来，咱们似乎从未有一日分开过。

刘娥：（心中更乱，蹙了蹙眉，坦然道）三郎！臣妾心中，总有几分不安。

赵恒：朕的身子是一日不如一日了，然此去是向上苍祈福，自有昊天神明庇佑，朕会尽力撑着回来的！如若真有何不测……

刘娥一下按住了赵恒的嘴唇，直摇头。赵恒眼中笑意更浓，握住了刘娥的手。

赵恒：旁人眼中朕的皇后精明能干，何曾见过莺儿这般忧虑恐惧！

刘娥：臣妾为人妻，为人母，一切爱憎忧怖皆由此而生！

赵恒：你和受益又何尝不是朕的软肋！莺儿放心，朕定会倾尽所能护你们所有人周全，（顿了顿，语气深了几分）朕已安排好了一切，事情交托给了最妥帖之人，（再次顿了顿，斟酌了下，还是续道）其实，朕已写下……

方说到此处，赵恒猝然一阵头疼袭来，眉心狠狠一抽。

刘娥：（忙扶住赵恒，吓得脸色都变了）三郎！不行，必须宣太医！

赵恒：朕不要看太医！

刘娥：三郎，你身子紧要，不能讳疾忌医啊！

赵恒：朕讳疾忌医又不是一日两日了。

刘娥气结。

赵恒：明日一早，朕便要启程前往泰山，你这大半夜将太医急召入宫，岂不闹得人心惶惶，再者说了，出行还得讨个好彩头呢，太医常与病症打交道，是为不吉，朕绝对不见！

刘娥：（一下被气笑了）三郎，你是皇帝，哪里来的如此之多的歪理邪说！何时太医成了不吉之人！

赵恒：（赌着气，嘴硬地）皇后不必多说！朕意已决！

刘娥简直被气得扶额，看了看按着额角、绷着脸隐忍疼痛的赵恒，又心疼不已，叹了口气，掀开幔帐，下了床榻。

赵恒：你去何处？

刘娥：臣妾不是去宣太医。

赵恒一噎。

刘娥走至妆台前，自妆匣里取出那把篦子，复回到床榻边。

刘娥：臣妾给三郎篦一篦发，总可以吧？

赵恒：（还有些别扭地）……嗯。

刘娥唇角笑意隐隐，温柔地为赵恒篦发。逐渐地，赵恒的头疼倒真的有所缓解。

赵恒：朕早就说过，莺儿亲手篦发，比太医的汤药好使！

刘娥：（无奈地笑了下，故意地）三郎是皇帝，自然说什么便是什么。

赵恒讪讪。刘娥嘴里虽这般说，手下动作却是愈发轻柔了，还轻轻以衣袖拭去了赵恒方才疼出的细密汗珠，见赵恒脸色确实好了许多，才稍稍放下心，旋即想到了此前两人所言。

刘娥：三郎，你方才说，你写下了什么？

赵恒：（一愣）写什么？

刘娥见状，立刻明白赵恒这一阵头疼过后，已将此前话题忘得一干二净。

刘娥：没什么。

赵恒：（拧眉细想）我们此前说到何处来着？

刘娥：（忙道）别费神了，想不起来无妨，以后再说吧。

赵恒又使劲想了想，确实想不起来了，感觉似乎是和李婉儿有关。

赵恒：朕去见过宸妃了。

刘娥闻言，神色便是微微一顿。

刘娥：嗯，臣妾知晓。

赵恒：（叹了口气）她身子骨是愈发地羸弱了，人也衰老了不少……

刘娥很是难受。

赵恒：朕深觉是我们对不住她！

刘娥：（酸涩难当）……是！

赵恒：你平日里多照拂照拂她，咳，这些事，朕不说，你也一直在做，你对她，原比朕上心！是朕亏欠她太多！

刘娥眼泪不觉流了出来，暗暗拭去，哽咽得说不出话来。

赵恒：你们俩该有近十年没见了吧？

刘娥：（无限伤感地）臣妾去过几次玉宸宫，只是婉儿始终遵守着那句，与臣妾此生不复再见！

说着，刘娥痛心地闭上了眼，清泪再次滑落。赵恒一声长叹，疼惜地将刘娥搂进了怀里，微皱了皱眉，总觉得自己似乎忘了什么。

5. 汴京皇宫 皇后寝殿 内殿 早晨 内景

"咚"，那巨大鼍鼓被沉重敲响之声遥遥传来。

刘娥亲手为赵恒穿上那明黄的衮龙袍，戴上那帝王冠冕。

两人谁也未说话，一时气氛凝滞，分离的沉重无声地蔓延。

赵恒捉住了刘娥的手，目光深邃地凝视着她，声音微哑。

赵恒：朝中一切，后宫一切，朕皆交托给莺儿了！

刘娥凤目盈盈，切切地回视着赵恒。四目交缠，缱绻旖旎。

刘娥唇角忽而溢出一丝淡淡的自嘲。

刘娥：若臣妾说，想带着受益，与三郎同去，会不会太不懂事了？

赵恒呼吸一窒，将刘娥揽进了怀中。刘娥抱紧了赵恒，轻轻闭上眼，半晌，微微哽咽，却是愈发地自嘲。

刘娥：臣妾知晓，前朝后宫还需有人来坐镇。

赵恒：你是皇后！

刘娥：嗯，我是皇后！

两人再未多说一句，只是紧紧相拥，享受这最后相聚的一刻。

良久，张景宗悄然来到珠帘外。

张景宗：陛下，臣工们已于大庆殿前候驾。

赵恒和刘娥似皆是微微一怔。刘娥自赵恒怀中抬头看向他，缓缓扬起唇角，绽开一抹温柔而绚烂的笑意。

刘娥：臣妾替三郎看着一切，等三郎早日归来。

说着，刘娥将一块锦帕塞到了赵恒手中。赵恒便要打开。

刘娥：莫要现在看。

赵恒：（温柔地）咱们这般倒像是回到了当年在渡云轩。

刘娥眷恋殷切地望着赵恒。赵恒低头吻了吻刘娥的额头，再深深看了看她，终是缓缓放手，转身离去。

赵恒快要步出殿门时，刘娥又唤了一声。赵恒回头。

刘娥：（复又轻声道）我和受益，等你回来。

赵恒薄唇微勾，欢愉地笑了，那眸心深处犹如一片深沉的大海，泛起万般波澜的色泽。

6. 汴京皇宫　御苑　白天　外景

郭崇义正向刘娥奏报汴京城以及边境之况。

郭崇义：启禀娘娘，汴京城内外无事，北边安稳，只是党项再次派兵攻打甘州回鹘。

刘娥：李德明袭甘州，这不是一次两次了吧？

郭崇义：回娘娘，已经第四次了。

刘娥：他倒是锲而不舍啊，看来党项对甘州是志在必得，这次可有取胜？

郭崇义：不曾。

刘娥：（点点头）我朝与党项有和议在，他们与回鹘人的事，我们便静观其变吧，你着令西北守军，加强防备即可。

郭崇义：臣明白。

这时，两人行至御苑池边，秋风乍起，片片微微泛黄的梧桐叶纷纷扬扬，飘落在池面上。刘娥眼底划过一抹惆怅。

刘娥：皇上行至何处了？

郭崇义：这两日便该抵达泰山行宫了。

刘娥抬眼，望向宫墙外远处天际，难掩眉间浅浅思念。

7.泰山行宫前　高台　白天　外景

行宫建于泰山之侧，赵恒负手立于行宫前高台上，巍峨群山尽收眼底。王钦若、丁谓领着众臣工，侍立在赵恒身后，正奏报登山封禅相关事宜。

丁谓：陛下，泰山之巅已建好圆形青色登封台，径五丈，高九丈，暗合"九五之尊"之意，四面出陛，四周饰以青色，围以青绳三周，青色，意为"东天青帝"，为上古第一真神。登封台共有三层，最上一层祭祀昊天上帝，第二层的四周可祭祀五方帝，其中中方的黄帝设于西南方。（说着，自袖中抽出一份图纸奉上）此乃登封台的图纸，还请陛下过目。

赵恒扫了眼丁谓手中图纸，并未接过。

赵恒：丁卿办事，朕素来放心，不必看了。

丁谓：是，陛下。

赵恒：行封禅之礼的吉日吉时可定下了？

丁谓：回陛下，两日后，庚戌日，十二建星，执日，主威仪权势，宜祈福祭祀，是以封禅之礼定在了庚戌。确切的登封吉时，邢大人还在山巅推演，随后会禀呈于陛下。

赵恒：（点点头）行礼之章程呢？

王钦若：（呈上一份奏疏）陛下，此乃臣等议定的行封禅之礼的章程，也请陛下过目。

赵恒：你且说来与朕听。

王钦若：是，陛下。自今日起，所有人等持斋。封礼当日，由九位臣工奉玉牒文、玉册文，以及天书，陪同陛下登临泰山之极顶，陛下亲行奠献，祭祀昊天上帝，告玉牒文、玉册文于皇皇上苍，三献成礼，后将玉牒、玉册置于金匣、玉匣内,再以金屑、乳香和成的泥,将金玉双匣封固,放入事先修造好的石函之中,至此,"封禅"之礼大成。请陛下定夺。

赵恒:便依此章程行礼,由王卿全权负责吧。

王钦若:臣遵旨。只是,陛下,此九位有资格陪同陛下登顶的臣工,还需陛下钦点。

赵恒:(示意了下丁谓、王钦若)你二人,还有义简、邢中和、曹利用,再加上仪仗使冯丞、卤簿使陈尧叟、桥道顿递使赵安仁。

王钦若等人:臣遵旨。

王钦若:陛下,似乎还差了一位。

赵恒:(看向张景宗)景宗,你也陪朕上去吧。

张景宗:谢陛下,奴婢遵旨。

8. 泰山行宫前　广场　白天　外景

赵恒带着众臣工自高台下来。

这时,苏义简带着一队巡逻的士兵从山道上而来。

赵恒:还有事?

苏义简迟疑了下,不经意地看了眼丁谓和王钦若。

苏义简:是有关寇大人的。

丁谓和王钦若不动声色地对视了一眼。

赵恒:寇準,他怎么了?

苏义简:他、他给陛下上了一封奏疏。

赵恒:一封奏疏而已,你这般迟迟疑疑的做甚?拿来。

苏义简无奈,只得从袖中抽出一封奏疏,递给赵恒。

赵恒打开,没看几眼,顿时火大。

赵恒:这个寇老西儿,就是消停不了两日是吧?跑得再远,也要与朕作对!

除了苏义简,众臣工皆有些莫名其妙。

赵恒将手中的奏疏递给丁谓。

赵恒:丁卿看看吧。

丁谓微怔了下，接过奏疏，看了看，微挑了下眉。

王钦若止不住好奇地看丁谓，示意。丁谓将奏疏递给王钦若。

王钦若一目十行地看完，立刻大呼。

王钦若：陛下，这、这寇凖简直就是胆大包天！他竟敢以私钱，擅自给天雄军的将士们发放津贴！他这是越俎代庖，是目无君上，僭越妄为！他眼中还有没有我大宋王法，又将陛下置于何地？

赵恒：（一声冷哼）他倒是慷慨！可现在却敢上书朕，这笔钱要朕出？朕还得还他钱？

臣工们闻言，皆有点面面相觑。

赵恒：丁卿你倒是说说，三司还能给他出这笔钱吗？

丁谓：（淡淡地）陛下，依臣之见，这笔钱由谁出，倒还是小事，寇凖素来喜好收买人心，此事众人皆知，他要只是慷陛下之慨，去为自己博取高名，陛下仁厚，申斥他一顿或者便罢了，然他如今收买的可是军中将士。

王钦若：（满脸忧切地接口道）是啊，陛下，天雄军乃是我大宋北方重镇的驻军，若有一日军中只知有寇大人，而不知有君上……（故意欲言又止）

赵恒：可恶的寇老西儿，其心可诛！

苏义简：（皱眉）陛下，寇大人确实不该上这样一封讨钱的奏疏，然他发放津贴一事或许另有内情——

赵恒：（愤怒地打断）义简不必为他辩解！他想做甚，朕清楚得很！你代朕给他批复，他有钱，他付账，朝廷不认！

众臣工皆是一愣。

王钦若：（几疑听错地）陛下，就、就这样？

丁谓：（微皱眉）陛下是不打算治寇凖僭越之罪？

赵恒：（也皱了皱眉，又道）义简，你再代朕拟一封召返诏书，将寇老西儿给朕召回京师。

众臣工又是一愣。

王钦若：陛下，寇凖如此狂妄犯上，您不降罪于他，反而要将他召回京师？

丁谓：陛下，您将寇準召回来是要……？
赵恒：朕不当面骂骂他，心中这口气着实难消！
王钦若和丁谓目光沉沉地看了看彼此。

四十一

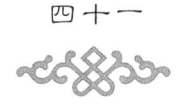

1. 泰山行宫　山道　白天　外景

行宫旁边有一条山道，苏义简陪着赵恒，沿山道而上。赵恒的精神和体力皆出奇地好，全然不似前些日子的倦怠暴躁。张景宗带着几名内侍跟着，行至半山腰，赵恒令张景宗等人停了下来，仅留下苏义简继续侍他登山。

良久后，赵恒和苏义简于山道旁一处凸出的岩石上停下，岩石下方的悬崖正好生了一棵不老松，攫取那天地之灵气。俯瞰连绵群山，赵恒顿觉胸中豪气万丈。

赵恒：会当凌绝顶，一览众山小。当年孟子说孔圣人登泰山而小天下，确实是天地尽览，气势磅礴，令人心生万丈豪情。

苏义简：陛下壮志凌云，挥剑九霄浩瀚，江山如画，万民俯首。

赵恒：（一声轻笑）义简何时也学会了王钦若那一套。

苏义简：此乃臣肺腑之言。

赵恒挑了挑眉，目光悠远地望向远方。

赵恒：义简对此次封禅，有何看法？

苏义简斟酌了下，没有立刻作答。

赵恒：（微微自嘲地扯了下嘴角）有大功业之帝王，方能登泰山祭祀，报天地之功，承天命而治。于义简心中，怕是朕还无法与秦皇汉武比肩。

苏义简：（立刻道）陛下，封禅以祈天地赐福，臣并无异议。

赵恒：以诚侍天地，封禅祈福，朕以为当行。

苏义简：是。

赵恒：前几日京师不是传来消息，太子的病症几乎痊愈了吗？且离泰山越近，朕的神志越是从来没有的清醒，（微顿了顿）想起了许多糊涂遗忘之事，像是那次错贬了平仲。

苏义简神色微动，试探地询问。

苏义简：陛下，当年寇大人究竟有何奏请呢？

赵恒神色莫测地未答，话锋一转。

赵恒：召返诏书你派人给他送去了吧？

苏义简：是，八百里加急。

赵恒点点头，再次沉默了，过了片刻，目光自远处收回，手腕微翻，手中竟一直握着刘娥临行前给他的那方锦帕，展开，其上绣了十六字：宜言饮酒，与子偕老，琴瑟在御，莫不静好。

赵恒眼底涌上一抹缱绻，迎着山风，难掩思念地闭了闭眼。

苏义简立于侧后方，并不能瞧清楚赵恒手中的物事，只能静待。

良久后，赵恒才缓缓又开了口。

赵恒：当初朕让皇后参政，满朝臣工，没几个支持的，尤其是以平仲为首的几位老臣，反对得最是激烈，他们又怎生知晓，皇后早就帮朕处理朝事，（微顿了顿）皇后才干卓越，到底是赢得了臣工们的拥戴，在朝中逐渐建立起了威信。

说着，赵恒看了眼苏义简。

苏义简声色不露半分，恭敬聆听。

赵恒：朕万岁之后，太子年幼，还需皇后垂帘辅政。

苏义简：陛下保重龙体，当享国万年——

赵恒：（轻嗤打断）朕还能真活得了万岁？

苏义简一噎。

赵恒：皇后与义简是叔嫂关系，若说满朝上下，谁对皇后忠心不贰，首属该是义简。

苏义简：（当即撩袍跪了下去）陛下，臣是大宋的臣子，效忠的是大宋王朝，是赵氏皇族，是陛下。

赵恒目光难辨地盯着苏义简。

苏义简一脸的坚定和平静，而沉默少顷后，后背却逐渐有些发凉。

赵恒：（忽而挑眉淡淡一笑）义简的忠心，朕自然信得过，（说着，伸手将苏义简扶了起来）我们少时相识，君臣几十年同甘共苦过来了，你就如朕的左膀右臂，朕信你！重你！更对你寄予了厚望！

苏义简：臣愿为陛下鞠躬尽瘁！

赵恒重重拍了拍苏义简的肩膀，语气意味深长。

赵恒：朕希冀，义简莫要辜负了你我之间的一片情义。

苏义简抬眼，对上赵恒深邃莫测的眼神，心中一动。

2. 泰山 山顶下平台 白天 外景

碧空如洗，翠峰如簇，那被山风吹得猎猎作响的明黄蟠龙旗帜，沿着山道蜿蜒而上，侍卫林立，每两步即有一哨。

钟磬鼓乐，切切玉清。仪仗队伍蜿蜒数里，气势磅礴，浩浩荡荡地来到平台，缓缓停下。张景宗将赵恒自步辇扶出。苏义简、曹利用负责守卫。

王钦若：（示意祭台）陛下，请稽首先天三炷香，迎玄穹高上帝。

张景宗为赵恒燃香，洒水。

法鼓三通。赵恒持香，下跪伏拜。香焚宝鼎，瑞气腾空。

众舞者跳韶舞，和着那钟鼓竽瑟，以表达敬神之心、娱神之意。

赵恒：（肃然启奏）臣赵恒系大宋皇帝，今率文武大臣参拜昊天皇帝，于泰山举行封禅仪式，上奉昊天，下济百姓，祈福消灾，同赖善功，证无上道。诚惶诚恐，稽首顿首，俯伏百拜。

赵恒再拜，众臣工跟随。三份宝诰被供奉于香案。

王钦若：陛下，昊天皇帝在上，余下的路，恭请陛下徒步而上。

赵恒点点头，望了望近在眼前的险峻山顶，再回首俯瞰群山，呼吸天地，那心中豪气更为激荡。

这时，丁谓、苏义简、曹利用、邢中和等九位臣工已步出班列。

丁谓：陛下，臣九人随陛下登顶。

赵恒：（扫了眼九人）玉牒、玉册何在？

几人将各自手中奉着的玉牒、玉册、金匣、玉匣以及天书呈上。

赵恒分别拿起玉牒、玉册看了看，再望了眼山顶。

赵恒：朕独自登顶即可，尔等留于此处等候。

几人皆是一怔。

王钦若：（试探地）陛下，您要一人上去？

赵恒：你有异议？

王钦若：臣不敢，只是这"封禅之礼"章程繁琐，臣是忧心陛下太过受累。

赵恒：（看了看几人手中的物事）将玉牒、玉册置于金玉匣内。

几人又是一愣。

丁谓：陛下，玉牒文、玉册文，须告于上苍之后方可——

赵恒：（打断）朕说放就放。

丁谓与王钦若对视一眼。

丁谓：是，陛下。

苏义简：（微皱了下眉）陛下，那由臣和曹大人护送您上山巅，可好？

曹利用：正是，陛下，极顶之上并未设有守卫。

邢中和：那臣等便更是不放心陛下一人前往！

张景宗：陛下，奴婢得陪您上去啊！

赵恒：（眼一瞪）朕说话不管用了？

众臣工/张景宗：臣/奴婢惶恐。

赵恒：皇天眷佑，兴我大宋，降祥瑞，赐天书，唯有朕躬亲以诰封天地，方彰显朕事天地之至诚之心，为我大宋国祚祈福，为天下苍生祈福，更愿上天恩泽，保佑我儿康健无虞，福泽绵长！

众臣工：陛下圣明。

赵恒：给朕。

丁谓与王钦若再次看了看彼此，犹豫了下，将装有玉牒、玉册的金玉匣奉给了赵恒。

赵恒：（又朝苏义简伸手）还有天书。

苏义简：（也还是有点迟疑）陛下……

不过最终，苏义简也将天书递给了赵恒。

苏义简：（总有一丝不好的预感）陛下！

赵恒：（深深地看了看苏义简）义简，切莫忘了朕叮嘱你之言。

丁谓和王钦若闻言，均暗暗挑了下眉。

苏义简：臣不敢！定铭记于心。

赵恒奉着金玉匣，还有天书，深沉的目光一一扫过诸位臣工，转身朝那山道行去。

王钦若：陛下！

赵恒回头看向王钦若。

王钦若：山道路滑，陛下当心些。

赵恒笑了下，复转身朝上行去。

丁谓：（微一挥手）燃薪、柴于上天。

平台两侧的两大堆柴薪被点燃，祭品和三份宝诰被置于其上，焚烧。

同时，山下的神坛也点燃柴火。

法鼓再次擂响。礼乐韶舞继续。

王钦若：臣恭送陛下！

众臣工：恭送陛下！陛下万岁万岁万万岁！

赵恒一身的凛然，手持金玉匣和天书，沿着那大红锦缎厚厚铺陈的山道，一级级向山顶攀登而去……众臣工和将士们满面肃穆地目送……赵恒那孤峭的背影渐行渐远，最后消失在云雾缭绕的苍茫山顶。

吟唱：（画外音）煌煌乎寿与天齐，赫赫兮盛世太平，登高望，山河巍巍，天地苍苍，千秋业成，累苍生何幸……

3. 泰山　山道　平台　白天/阴天　外景

那山顶处云雾深深，始终不见赵恒的身影出现，亦不闻任何的动静。方才还晴好的天，霎时暗了下来，天际风云翻滚，一道金芒刺透云层，那突变的天象让人心头生出了莫名的不安。

平台之上，几位股肱之臣望了望彼此，俱在彼此的眼中看到了一丝忐忑。

王钦若斟酌地开口。

王钦若：已近两个时辰了，"封禅之礼"虽繁琐，也该是完成了啊！

曹利用：可山巅一直未闻得任何动静！

几人又难掩几分担忧地看了眼彼此。

邢中和：莫不是皇上有许多话要告于上天？

苏义简：这时节，泰山极顶冷得很，皇上身子骨经受不住的！

张景宗：不错！皇上的衮服可不厚啊！

丁谓：我们还是上去看看吧！皇上当不会怪罪！

几人沉沉地又互看了看，均微微点头。

苏义简已神色忧急地率先朝山道奔去，其余几人忙跟上。

4.泰山　山顶　白天/阴天　外景

山顶上浮云飘掠，恍如仙境。六人刚一攀登上去，便见赵恒跪于那三层青色圆形祭台前，微微俯身低头，呈祭拜之姿。王钦若当即跪下请罪。

王钦若：陛下恕罪！

其余五人也忙随之跪了下去。

王钦若：陛下，臣等并非有意违抗君命，只是久不见陛下下山，臣等甚是忧虑，故而斗胆上来一看，还望陛下宽厚，饶恕臣等擅闯登封台之罪。

丁谓等：请陛下恕罪。

六人拜伏了下去。赵恒没有任何回应。山风猎猎。

一时，山巅除了山风的呼啸之声，再不闻其余声响。半晌，王钦若又高呼了一声。

王钦若：还请陛下恕罪！

赵恒依旧没有任何回应，那背影竟是纹丝不动，唯有衣袍微拂。

王钦若：（试探地）陛下？陛……

丁谓按住了王钦若的胳膊，压低了声音。

丁谓：似乎……有些不对劲！

翁婿俩沉沉地对视一眼。其余几人亦是疑窦丛生。

苏义简紧皱眉头，忍不住撩袍起了身，几步走上前，来到了赵恒身侧，只见那玉牒、玉册、金玉匣，还有天书置于其身前祭台上，而赵恒面色如常，那放于膝盖之上的双手，一手展开，一手伸出三指，比画出了一个"五"，一个"三"，微微闭着眼，姿势有些僵硬。

苏义简惊疑不定，跪下，轻声唤道。

苏义简：陛下？！

赵恒还是不见任何反应。苏义简神色紧绷，缓缓伸手，轻轻碰了碰赵恒的手臂。

苏义简：陛……

苏义简一声"陛下"没唤完，赵恒的手臂无力地垂落两侧。

苏义简瞬间呼吸一滞。后面跪着的几位臣工见状，也是神色一顿。

苏义简微微颤抖着手指，试探了下赵恒的呼吸，脸色剧变。

苏义简：（震惊地）陛下驾崩了！

后面刚起身的王钦若脚下一个趔趄，摔倒在地。

其余四人亦是神情大变，惊惧地再次跪伏了下去。

众人：陛下！

5.汴京皇宫　御苑　白天/阴天　外景

"咯咯咯……高一点！再高一点！我还要高……"御苑里不时传来孩童清朗的笑声。小清悟一袭藕荷色的留仙裙，正在侍女的帮助下放着一只纸鸢，小脸上溢满了冰雪初融般明亮的笑容，不时呼喊那边凉亭里看书的赵祯。

小清悟：太子！太子！你看它飞得多高啊！太子，你看看啊！看这边，这边……你要不要也过来玩啊？太子殿下……

赵祯对小清悟爱搭不理，偶尔瞥上一眼，没一丝好气，不过到底是没有起身离开。旁侧的小王渐人小鬼大地摇头叹了口气。

本来晴朗的天忽而暗了下去，廊下生风，将那纸鸢的丝线吹断，纸鸢飘走，落在远处的一堵宫墙上。

小清悟：呀，我的纸鸢……（可怜巴巴地）太子，我的纸鸢丝线被吹断了……

赵祯睇了眼小清悟手中的断线，又扫了眼那远处宫墙上的纸鸢，神色淡淡地。

赵祯：那便别玩了。

小清悟张了张口，欲言又止，怯怯地扯了扯赵祯的袖子。

赵祯不耐地挥开了小清悟扯着他衣袖的手，吩咐王渐。

赵祯：去帮她取下来。

王渐：是，太子。

小清悟欢喜地冲赵祯笑了下，跟着王渐朝宫墙跑去。

6.汴京皇宫　李婉儿寝殿　庭院　白天/阴天　外景

纸鸢被王渐不小心碰得掉进了宫墙另一侧，那是冷宫禁地。小清悟却是不依不饶，赵祯无奈地只得带她去寻。两人推开了那厚重的朱红殿门，谨慎小心地缓步进了那传说中的冷宫。

冷宫并没有赵祯和小清悟想象的那般破败阴森，而是一座看上去简朴，却打扫得极为干净的院落，那斑驳的宫墙角下竟还开垦出了一块地，种了蔬菜，菜地旁有一口大水缸，蓄了满满的一缸水，水面正漂浮着那只纸鸢。

小清悟：我的纸鸢！

小清悟当即什么也顾不上了，大呼一声，奔上前，踮起脚尖就去够那纸鸢。

奈何水缸太高，小清悟人太矮，够了半天也没够着。最后还是赵祯帮她把纸鸢捞了出来，纸鸢已被泡坏了。

小清悟当即小嘴一瘪，便要哭。

赵祯：（烦躁地皱眉）不许哭。

小清悟一吸气，强行忍住，瞪着双水汪汪的大眼睛，委屈地盯着赵祯。赵祯看了看她，终是有些不忍心。

赵祯：我再画一只给你就是了。

小清悟：（惊喜）真的吗？

赵祯开口便后悔了，不过看她欢喜的样子，还是点了下头。

小清悟：多谢太子哥哥！

说着，小清悟踮起脚，凑近赵祯，飞快地在他脸上亲了下。

赵祯：（几乎是震惊地瞪着小清悟，反应了反应，当即涨红了脸）你！谁允许你这般的？

小清悟完全没明白赵祯的意思。

小清悟：皇后娘娘说我可以唤你哥哥的。

赵祯：（怒道）我没问你这个。

小清悟：（眨巴了下眼）你要不喜欢，我不唤就是了。

赵祯气结。便在此时，一纤弱的人影自殿后转了出来。

小清悟率先看见，吓得一下躲到了赵祯背后。

小清悟：有人！

赵祯回头望去，只见那人一身月牙白的素裙，以一根木簪绾起了简单的发髻，形容憔悴，手臂里挎着一个竹篮，她不是别人，正是李婉儿。李婉儿见到两人，亦颇感意外。

赵祯：你是谁？

李婉儿几乎是立即便从赵祯身上那杏黄色蟒袍猜到了他的身份，本来古朴无波的眸子霎时掀起了滔天巨浪。

7. 汴京皇宫　李婉儿寝殿　外殿　白天/阴天　内景

一盘酥胡桃，小清悟坐在榻上，狼吞虎咽地吃着。赵祯却有些戒备地立在旁边。李婉儿坐于对面，眸色复杂地盯着赵祯，努力地按捺着激动。

小清悟：娘娘，你做得真好吃，比淑妃娘娘做的都好吃。

赵祯：（无语地横了她一眼）你怎么知晓她是娘娘？

小清悟：（天真地）住在皇宫里，还能住这么大的院子，自然是皇帝的妃子！不过这里是冷宫，娘娘，你是犯了错被关进来的吗？

赵祯又瞪了小清悟一眼。小清悟立刻不说了，大口地吃着。

李婉儿端起另一盘酥胡桃，切切地询问赵祯。

李婉儿：你要不要也吃点？都是我亲手做的。

赵祯微摇了下头。

小清悟：（插话道）真的很好吃。

赵祯见李婉儿一直希冀地望着他，迟疑了下，到底是伸手拿了块，放进了口里。

小清悟：好吃吧？

赵祯看了看殷切盯着他的李婉儿，点了下头。

李婉儿当即双眸染上了欢喜，紧跟着却是眼眶微微泛红，见赵祯那俊秀懂事的小模样，终还是没忍住微微颤抖着手摸了摸赵祯的脸。

赵祯微微让了下，却终是没躲开，莫名地，他对李婉儿有一股亲切感。

赵祯：你到底是谁？

李婉儿：（爱怜地看着赵祯）你爹娘对你好吗？

小清悟：娘娘，他是……

赵祯看了眼小清悟。小清悟立刻将喉间的话咽了回去。

赵祯复看向李婉儿，认真地答复。

赵祯：他们都对我很好。

李婉儿欣慰地笑了，眼圈却是更红了。

李婉儿：很好就好！很好就好！听闻前些日子你一直病着，现在可康复了？

赵祯：你如何知晓的？（知晓李婉儿不会答，也明白李婉儿或许知晓他是谁，顿了下，还是答道）已无大碍了，（又顿了下）我父、父亲去为我祈福，想来正因为此，我身子渐渐康健起来了。

李婉儿：（点点头）你爹他回来了吗？

赵祯：还未曾归来。

李婉儿：那还得辛苦你娘了，你娘她……她还好吗？

赵祯：精神尚可，只是她很操劳，偶尔也会患疾，还有她的眼睛，因时常熬夜给我和我爹缝制衣物，不是特别好了，我怎么劝都不听。

李婉儿：（轻喃了句）还和当年一样啊！

赵祯：（未听清）什么？

李婉儿抚着赵祯的衣裳，难掩的感触与追忆。

李婉儿：这衣裳，是你娘亲手缝的吧？

赵祯：我所有的衣物都是。

李婉儿：她很疼你。

赵祯：是。

李婉儿复摸了赵祯的小脸，微微哽咽。

李婉儿：你要好好孝顺你娘和你爹。

赵祯：我知晓，（见李婉儿双目涌出了泪水，伸手替她轻轻拭去）你认识我爹娘，对不对？

李婉儿的泪水淌得更急了，猝然就是一阵咳嗽。

赵祯忙抚了抚李婉儿的背，帮着顺气。小清悟懂事地倒了一杯水递来。赵祯喂李婉儿喝下。李婉儿感动地紧紧盯着赵祯。

赵祯：你看着身子很差，是不是患了很严重的疾病？

小清悟：（立刻道）我可以请皇后娘娘召太医来为你瞧病。

赵祯：现在就能请。

李婉儿：（温柔地）多谢你们，不用了，我身子素来便这样，太医也看过的。

赵祯：那我派人送些日用之物过来，你需要什么，都可以告知我。

李婉儿：也不用，我这里一切都好，不缺什么的。

赵祯和小清悟还是担忧地望着李婉儿。

李婉儿：（慈爱地笑了笑）我真的无碍，（边说，边拉了赵祯坐到身旁）你能再多说说你的事给我听吗？

赵祯看了看李婉儿，点头。

四十二

1. 泰山行宫　正殿　夜晚　内景
　　是夜，漆黑的天幕没有半颗星子，行宫笼罩在那如铁似铅的暗夜之中，唯有远近檐下悬着的宫灯，在青石板上投下稀疏的斑驳。
　　甲胄森严，铠甲泛着冷光，禁军林立。行宫上下一片肃杀。
　　殿内，烛火幽暗昏黄，透着说不出的滞重与压抑。
　　丁谓、曹利用、邢中和，三人均神色凝重，一身肃冷地沉默立着，唯有旁侧坐于椅子上的王钦若，一只伤脚裹着白纱，眉宇间是难掩痛色与哀戚，不时轻轻吸半口气，以衣袖擦拭擦拭眼角的湿润。
　　脚步声轻响，那金漆雕龙屏风后，张景宗面色沉重哀痛地转了出来，几位臣工皆看了过去。
　　张景宗：（施了一礼）几位大人，奴婢……伺候皇上歇下了。
　　几位臣工看了看彼此。
　　王钦若：（有气无力地悲戚道）张公公辛苦了！接下来还得劳烦公公内外周全，别让任何人近了皇上之身。
　　张景宗：此乃奴婢分内之事，辛苦的是几位大人！（微顿了顿，又看了看几位臣工）奴婢只怕此事瞒不了多久啊！
　　丁谓：（断然地）瞒不了也得瞒！我等几人须尽一切可能将此讯压下！此次封禅，朝中文武臣工大多皆来了泰山，京师唯有年幼的太子坐镇，若皇上在泰山之巅驾崩之讯传开，势必天下动荡，周边诸国蠢蠢欲动，京师不稳。

王钦若：丁大人此言甚为在理啊！护送皇上……（一声长叹，又拭了拭眼角）梓宫，还京面见太子和皇后之前，我等皆要守口如瓶，切勿走漏了任何风声！

丁谓/曹利用/邢中和/张景宗：是，王相。

邢中和：那启程还京的日子还得尽快定下，最好便在这两日，几位大人以为呢？

丁谓：目前还走不了。

邢中和：为何？

曹利用：邢大人忘了，依照早已定下的祭祀祈福行程，明日还得去曲阜祭孔。

邢中和：可皇上已……

丁谓：（接口道）那便更得去了！今日皇上在泰山极顶待的时间过长，我等上去，王相又摔伤了脚，更何况皇上还是由张公公背下山的，已引起了不少人的揣测，若明日祭祀再取消，怕是更会让人心生疑窦。

邢中和：皇上不驾临，难道就我等臣工去祭祀吗？

曹利用：总会想到皇上驾临却不现身之法。

丁谓目光深邃地与曹利用对视一眼。

丁谓：正是！且御驾回京，也不是一两日便能成行的。

王钦若：还有啊，咱们回去，也得像来时那般，不疾不徐，莫要被人瞧出了破绽。

几位臣工看了看彼此，均微微点头。

丁谓：而今当务之急，是先差人回京向太子和皇后报信，请二位有所准备，即便万一疏忽，消息走漏，传回京师，也不致生出大的乱子。

曹利用：那这报信之人……（欲言又止）

几位臣工再次看了看彼此，均有着各自的计较和考量，微微戒备地谁也没有开口提议是谁。

王钦若：（忽而话锋一转）苏大人呢？为何一直没见他人？

张景宗：苏大人在向皇上辞行。

王钦若：辞行？

便在此时，屏风后脚步声再次响起，苏义简大步行了出来，竟然肩上挎着行囊，手握长剑，一副要远行的模样。

2. 泰山行宫　正殿　夜晚　内景

苏义简：几位大人方才所议，下官已听见了。（说着，冲几位同僚抱了下拳）下官已向皇上辞行，打算连夜启程，赶回京师报信。

几位臣工皆是一怔。

王钦若：（不动声色地）苏大人要做报信之人？

苏义简：王相以为有何不妥吗？

丁谓：当然不妥！

苏义简微皱了下眉，看向丁谓。

苏义简：泰山行宫有王相和丁相主持大局，曹大人和邢大人辅翼，下官离去，该是无甚影响。

丁谓：怎会没有？苏大人是贴身保护皇上之人，贸然回京，哪会不引人怀疑是发生了紧要之事？再加之皇上不现身，总会有机警敏锐的臣工猜测得窥几分真相，生出些麻烦。

苏义简：丁相言辞夸大了吧，下官不在，还有曹大人、丁驸马，皆可担当保护皇上之责。

王钦若：（连连摆手）不不不！本相也以为，丁大人所言不差，苏大人不在皇上身边，太容易引人注意，且这行宫上下的防守部署，最熟悉之人也莫过于苏大人！苏大人，你可走不得啊！

苏义简：（气结，看着满面毋庸置疑神色的王钦若和丁谓翁婿）你们！是以王相和丁相是铁了心不让下官回京了？

丁谓：（依旧是那清淡的语气）还请苏大人为大局着想。

苏义简：（讽刺地轻嗤）大局？怎生不说是二位相爷的私心呢?！

王钦若：（痛心疾首地）私心？苏大人，现在皇上躺在……（沉痛地捶了捶胸口）皇上大行，我等知晓内情的臣工，当同舟共济，共渡难关，本相与丁大人又哪里有甚私心？不过就是为了稳定局面，你细致想想，你这般草率离去，就真的妥当吗？

苏义简：（面色微微冷硬）若下官今夜定要离去呢？

王钦若：苏大人你这就是固执了！就是罔顾大局了！

曹利用：苏大人少安毋躁，如王相所言，当此非常之期，我等须和衷共济，切不可内部发生了分歧，何人回京报信，还可再商议不是。

邢中和：不错，苏大人，王相和丁相所虑，也并非全无道理。

苏义简：二位大人不必多言，苏某心意已决，告辞。

说罢，苏义简抱了下拳，转身便朝那紧闭的殿门行去。

曹利用/邢中和：苏大人！

王钦若无奈至极，还想起身拉苏义简，奈何脚一疼，又跌坐回椅子。

丁谓：（不咸不淡地）今夜殿门外值守的，是丁献容。

苏义简脚步猛地一滞，霍然回首，目光凌厉地扫向丁谓。

苏义简：（一字一顿沉沉地）丁相此话何意？！

王钦若几人闻言，也有些意外地怔了怔，看着瞬间对峙的苏义简和丁谓，皆神色凝重了起来。

丁谓：（依旧是淡淡的语气）本相只是觉得这回京报信之人，不该是苏大人。

苏义简：（脸色难看地）是以丁相不惜以武力要将下官留下？

丁谓微挑了下眉，不置可否。殿内气氛瞬间紧张了起来。

王钦若：（皱眉看丁谓）公言！

曹利用和邢中和也皱眉对视了一眼，微微变了脸色。

邢中和：丁相，你此举似乎有些过了！

曹利用：难道现在这殿内都得听丁相的了？

丁谓依旧是淡淡的表情，瞥了两人一眼，显然根本没将两人放在眼里。两人脸色也愈发难看了起来。

曹利用：随行护驾的禁军可不只由丁公子掌控！

丁谓：是吗？

曹利用脸色彻底沉了下去，有几分惊疑不定，也是心一横。

曹利用：丁相大可试试！

苏义简：（暗暗握上了剑柄）丁相确定能留得住下官？

曹利用凝神戒备，倾向苏义简。邢中和亦绷紧了身子。

王钦若：（终是开了口）苏大人！曹大人！邢大人！几位都不必如此反应过激，这若是闹将开了，可是无法收拾！

张景宗：是啊是啊！在奴婢看来，谁回京报信都一样，若皇上知晓他方离去，就、就闹成了这般，定是英灵难安啊！

邢中和：不如由下官回京报信吧！

丁谓：邢大人，明日祭孔，你可是主祭，皇上不现身，连你也缺席吗？

邢中和一噎。

王钦若：那，要不让献容走一趟？

苏义简：（断然地）不行！（冷冷地瞥着丁谓，带着几分挑衅地）丁驸马还得负责守卫呢！

王钦若：（哀叹）都怨本相不争气，偏偏这时候伤了脚！（说着，不甘地捶了捶腿）不然怎么也该本相回京啊！（环视了一圈其余人，感觉都不太适合，目光在曹利用身上稍停了下，最后落在张景宗身上）张公公肯定也是不能回去的……

曹利用：（忽而铿然地开口道）下官去！下官回京，向太子和皇后报信。

几人皆看向曹利用。丁谓沉吟着未开口。

苏义简：（已皱了皱眉）曹大人还是留下吧。

曹利用目光隐含几分犀利地看向苏义简。

曹利用：苏大人为何不允？

苏义简嘴角动了下，欲言又止。曹利用看向丁谓和王钦若。

曹利用：王相和丁相之意呢？

王钦若：（迟疑不决地）这……也不是不可以……

丁谓：我等几人之中，倒是曹大人最适合担此重任。

苏义简皱紧了眉头，盯着丁谓，却是再一次欲言又止。

曹利用：苏大人有何话，不妨直言。

苏义简目光深邃莫测地直视着曹利用，语气深深。

苏义简：曹大人，我能信你吗？

曹利用坦然地回视苏义简片刻，蓦地，上前两步，一撩袍子，朝那上方的镏金龙椅半跪了下去。

曹利用：陛下英灵在上，臣曹利用在此立誓，必毫不延误地将消息送回京师，禀与太子和皇后，不负圣恩！若违此誓，臣当自裁，追随陛下于黄泉。

苏义简等人闻言，神色各异。

3. 泰山前行宫　高台　夜晚　外景

那白日里巍峨的泰山在暗沉的夜色之中，看上去便如黑黢黢的巨大怪兽，显得尤为阴森瘆人。

苏义简一身沉肃地负手立于那高台之上，目光沉沉地望着那树影婆娑的山道，山风吹得他衣襟飞扬，却吹不透那眉宇间的滞重。脚步声轻响，丁谓拾级而上，来到了苏义简身侧，与他并肩远眺。苏义简冷冷地瞥了丁谓一眼，并未施礼。

丁谓：苏大人是在担心曹大人？

苏义简：（口气不善地）丁相以为下官不该担心吗？

丁谓：看来苏大人还在为本相没应允你回京报信而生闷气呢。

苏义简：（讥诮地）下官不敢，皇上晏驾，王相在泰山顶上摔伤了脚，如今这行宫上下，以丁相你的官职最高，下官等人自然是唯丁相马首是瞻。

丁谓：（也不以为忤）曹大人既主动请缨，愿担此重任，他当自有分寸。同僚多年，难道苏大人看不出，曹大人和太傅可未必是一条心。

苏义简：可他毕竟姓曹！报信之功和拥立之功相比，丁相就敢断定，他能毫不犹豫地舍得了那汗马功劳，弃得下那无上尊荣？

丁谓：（微挑了下眉）苏大人敢不敢和本相赌一把？

苏义简：（气愤地）不敢！

丁谓：京师还有皇后坐镇，苏大人实不必忧虑过甚。

苏义简：若曹利用回京，不入皇宫，而直奔冀王府，到时皇后和太子可就措手不及、孤立无援了！一场血腥宫变在所难免，更甚至会陷江山于危难，我等不只有负皇上，对不住的还有天下苍生，就等着做那千古罪人吧!

4.汴京皇宫　御书房　夜晚　内景

刘娥：什么?!

刘娥听闻赵恒驾崩之讯，悚然而惊，心神剧震，身子一晃，差点摔倒，那宽大的广袖将御案上的书册拂落一地，她难以置信地质问跪于地上的曹利用。

刘娥：你方才、方才说什么?!你把方才之言，再说一遍!

曹利用：（沉痛地）娘娘，皇上，于泰山之巅，驾崩了!

刘娥整个身子都开始颤抖，微微摇头，难以接受。

刘娥：不……怎么可能!

曹利用：（担忧地）娘娘……请节哀!

刘娥：（几乎是声色俱厉地）皇上为何会突然驾崩?到底在泰山之上发生了何事?

曹利用迎着刘娥的目光，神色坚定。

曹利用：娘娘，此事能否容臣稍后详禀?目前最紧要的，是稳定京师啊!

刘娥微微一震。

曹利用：丁相和苏大人几位臣工已商定，皇上驾崩之讯，暂不公告于天下，他们会秘密护送皇上的梓宫还京，抵达京师尚需一些时日，臣虽快马加鞭赶回报信，然人多眼杂，不敢确定消息会不会已泄露，传回了京师，是以还请娘娘当机立断，下令稳控大局，以防生变!

刘娥闻言惊醒，拼力地忍住内心的如煎似灼。

刘娥：曹大人所言极是!你先起来。

曹利用站了起来，坚定而又忧心地看着刘娥。

刘娥深吸口气，稳定了几分心神，尽力语气如常。

刘娥：来人。

内侍：（进来）娘娘有何吩咐?

刘娥：立刻去传郭崇义将军入宫来见。

5.汴京城/汴京皇宫　长街/甬道/廊下　夜晚　外景

那暗夜笼罩下的沉寂都城，陡然响起了一阵密集急促的脚步声，夹杂着铠甲碰撞与马蹄之声，一股窒息的肃杀之气蔓延开来。

甲胄森然，刀剑冷冽，皇城内外，禁军奔袭而过，皇亲重臣的府邸皆被严密地守卫了起来，四方城门，长街宫道，亦戒卫森严。

6.曹鉴府邸　正堂　夜晚　内景

火炬熊熊，那整肃的禁军如一堵冷硬的墙，曹府被团团围了起来。曹鉴拖着病体，由曹夫人和曹思齐扶着，到正堂见了围府的禁军副统领程禹。

程禹：末将程禹，参见太傅大人。

曹鉴：原来是程将军啊，究竟发生了何事？值得将军如此大动干戈，围了我曹府？

程禹：太傅大人见谅，末将也仅是依令行事，保护府邸，并不清楚发生了什么。

曹鉴：将军与老夫同僚一场，围府这等大事，一点实话也不肯相告？

程禹：末将确实毫不知情。不过太傅大人也不必担心，不只曹府，京城里几乎所有大人的府邸，以及皇亲国戚的住处，亦都有禁军保护。

曹鉴：（一惊）是谁下的命令？

程禹：宫中传下的皇后娘娘懿旨。

曹思齐：（顿时急了）冀王府那边是何情景？

程禹：回王妃，冀王府由郭崇义将军亲自领兵保护，（微顿了下）冀王殿下已被请入宫了。

曹思齐脸色一白，便要往外走。

程禹：（却伸手将其拦下了）王妃，您现在不能出去。

曹思齐求救地望向曹鉴。

曹思齐：爹！

曹鉴确实眸色深深，眼底一抹精光划过。

7. 汴京皇宫　赵恒寝殿　殿门口　夜晚　外景

灯火明亮，禁军林立，那一个个的身影肃穆坚如磐石。

赵恒寝殿的禁军防卫分外森严，那刀剑的肃杀透过灯火重影遍布内外，更让四周沉寂无声。正守在殿门外的曹利用，见刘娥在侍卫和宫娥的拥簇下，疾步而来，立刻迎了上去。

曹利用：皇后娘娘，冀王殿下已在偏殿等候。

刘娥微微点头，抬步欲拾级而上之时，脚步微滞了下，看似随口道。

刘娥：这几日便辛苦曹大人留守宫中。

曹利用：是，娘娘。（微顿了顿，又补充了句）臣今夜入城后，直奔皇宫，未见过任何人。

刘娥深深地看了眼曹利用。

刘娥：曹大人做得很好，本位在此谢过。

曹利用：娘娘言重了，臣分内之事。

刘娥又冲曹利用点了下头，抬步朝偏殿行去。

曹利用带人跟上。

8. 汴京皇宫　赵恒寝殿　偏殿　夜晚　内景

殿内明灯高悬，帷幔轻浮，赵元份却沉着脸，焦灼地来回踱着步。

"吱呀——"殿门突然被推开。赵元份立刻转身看去，只见刘娥和曹利用带人出现在殿门处，赵元份神色微凛。

刘娥：曹大人，你们留在殿外即可。

曹利用：是，娘娘。

曹利用、忆秦等人留在了殿外，刘娥独自进了殿。

曹利用将殿门关上，目光与赵元份对上，前者藏而不露，后者却难掩一丝惊疑。

赵元份：他怎么会在……

赵元份不觉疑惑出声，一转眼，便撞上刘娥莫测的目光，赵元份心中异样更甚，不过还是方正地施了一礼。

赵元份：见过皇嫂。不知皇嫂深夜强召本王入宫，所为何事？

刘娥深深地盯着赵元份，带上了些研判的意味，没有立即开口。

赵元份皱眉，到底是按捺不住，又开口询问。

赵元份：本王一路进宫，各处禁军皆在调动，都是皇嫂下的懿旨？

刘娥不置可否。

赵元份：还有曹大人，为何会突然出现在宫中？他此时不是应在泰山护驾吗？（忽而想到什么，微微一惊）难道是皇兄……泰山封禅发生了什么事吗？

刘娥：是。

赵元份：（神色一滞）何事？

刘娥：皇上……龙驭宾天了。

赵元份：龙、龙驭宾天？！

9.汴京皇宫　赵恒寝殿　偏殿　夜晚　内景

赵元份：皇兄真的……真的驾崩了？！

赵元份满面的难以置信，很艰难地复问道。

刘娥面无表情地点头。赵元份踉跄后退半步，双腿一软。

赵元份：是、是曹大人回来报的信？

刘娥再次点头。赵元份一手重重按在旁侧榻上的案几之上，方勉强支撑住，一时悲戚不已。刘娥看了看赵元份，沉吟了下。

刘娥：皇上梓宫还京之前，还请冀王暂住宫中。

赵元份神色一顿，难掩激愤地看向刘娥。

赵元份：皇嫂这是要软禁本王？

刘娥：只是在宫中小住几日。

赵元份：（轻嗤）小住几日？！（慢慢站直身体，朝刘娥走近半步，逼视着刘娥）皇嫂是怕本王……趁机夺位？

刘娥：本位不过是想稳定京师局面——

赵元份：（厉声打断）他是本王的皇兄！他刚刚……刚刚驾崩！本王怎么可能犯上作乱？再者说了，本王早已屡次向皇兄表明过心迹，无心皇位，这些皇嫂理应清楚！

刘娥：殿下有没有心，本位不敢断定，然本位知晓，殿下身边总有那么一些人是有心的，必定不会放过这机会，殿下到时难免身不由己。

赵元份：（更为愤怒地）九五之位，在你们眼中，在天下人眼中，或许尊贵，至高无上，可在本王眼中，却是抵不过那一池清墨。

刘娥：既如此，殿下且安心住下吧。这个坏人，便由皇嫂来做，帮殿下将那些杂音都摒除了，也省得殿下左右为难。

赵元份：（咬牙切齿地挤出几个字）好好好！皇后娘娘好手段！本王钦佩！

10. 汴京皇宫　赵恒寝殿　正殿外　拂晓　外景

破晓时分，周遭还被昏暗笼罩着，灯影稀疏，仅有远处天际有一丝白。

刘娥自赵恒寝殿出来，一夜的殚精竭虑，那眉间难掩一丝疲色。曹利用随侍在侧，向刘娥汇报了戒严防守情况。

曹利用：娘娘，皇城与皇宫已布防完毕，郭将军负责汴京城内外防务以及京师周边军队的掌控，臣接管了宫中禁军，负责宫中戍卫。

刘娥：曹大人与郭将军的安排，本位自是放心。

曹利用：（犹豫了下）冀王殿下这里，依娘娘之意，派哪位将军过来照看合适？

刘娥：曹大人不行吗？

曹利用微意外地一怔，对着刘娥的目光，神色不觉复杂了几分。

曹利用：冀王妃出自曹府，在旁人眼中，曹家和冀王府向来过从甚密，娘娘难道不怕……

刘娥毫不回避曹利用微探究的目光。

刘娥：曹家是曹家，大人是大人，本位既然敢将自己与太子的性命安全交托于大人手中，难道这一点还信不过大人吗？

曹利用神色耸动，撩袍跪下。

曹利用：臣必不负娘娘的信重！

刘娥伸手将曹利用扶了起来。

刘娥：曹大人请起。

曹利用：臣会亲自负责冀王殿下的饮食起居，绝不让任何意外发生。

刘娥：（点点头）送些笔墨纸砚给冀王吧。

曹利用：是，娘娘。

这时，郭崇义一身甲胄，快步而来。

郭崇义：臣参见娘娘。

刘娥：郭将军辛苦了！京师内外还安稳吧？

郭崇义：回娘娘，虽朝中不少大人，还有一些军中将领对突然的严控布防难免有疑惑，然一切皆在掌控之中，出不了乱子！只是……（看了眼曹利用，欲言又止）

刘娥：将军有话但说无妨。

郭崇义：守卫曹府的禁军统领来报，冀王妃一直要求入宫见冀王。

刘娥：冀王妃？她为何在曹府？

郭崇义：据闻是因曹太傅患疾，冀王妃刚好回府探望。

刘娥：（沉吟）这样啊……

曹利用：（忍不住低声道）郭将军，家父身患何疾，严重吗？

郭崇义：本将不是十分清楚。

曹利用微皱了下眉，眼底划过一抹担心。

刘娥：曹大人可要回府探看？

曹利用：不必了，娘娘。臣如今不宜在太多人面前露面，以防消息走漏。

刘娥：曹大人以国事为重，本位感念在心，本位会遣太医前去为太傅诊治。

曹利用：多谢娘娘。

刘娥：郭将军，便劳烦你亲自护送太医去曹府。此外，冀王妃既然那般想来，你顺便把人带进宫，给冀王送去。

郭崇义：是，娘娘。

四十三

1. 汴京皇宫　赵恒寝殿　偏殿　白天/阴天　内景

书案后，赵元份难掩一身的悲伤，正提着狼毫，在绘一幅《友悌图》。曹思齐满脸震惊地立在侧，那绞紧的双手，显示了难言的紧张和激动。

曹思齐：竟和我爹猜测得八九不离十！皇上果真在泰山……

赵元份面无表情地一眼看来。

曹思齐一噎，旋即却蹙眉。

曹思齐：殿下，都什么时候了，你怎生还有心情作画？！

赵元份：当初皇兄送本王一幅《友悌图》，是想告知本王，兄友弟恭——

曹思齐：（打断）殿下，现在不是"兄友弟恭"，而是"兄终弟及"！

赵元份眉宇间带了点冷色地又看了眼曹思齐，低头继续作画。

曹思齐急了，一拽赵元份的衣袖。

赵元份手一颤，狼毫在宣纸上画出了长长的一笔，赵元份皱眉。

曹思齐却顾不了那么多了，殷切地紧盯着赵元份。

曹思齐：妾身进宫来，是代妾身的爹递一句话给殿下，（看了眼紧闭的殿门，压低了些声音）若皇上确实驾崩了，宫里便只剩下了孤立无援的刘娥母子,此乃殿下成事的最好之机!

赵元份恍若未闻,神色无任何变化,将废了的画作搁到一旁,重新铺开了一张宣纸。

曹思齐伸手按住宣纸,急切地紧盯着赵元份。

赵元份:王妃,本王现在不想听这些。(眼中涌上一抹痛色)本王的三哥没了!

曹思齐:殿下难道忘了,这些年来,我们冀王府上下是生活在怎样的忧虑恐惧之中吗?难道忘了当初刘娥抱我们的稚子入宫以威胁,殿下就不恨吗?!妾身可是锥心蚀骨!妾身虽懦弱,然妾身是一个母亲,绝不愿看着自己的孩儿和他们的爹娘一样,终生被人压制着,终生生活在惶恐之中!

赵元份:思齐,本王无心,也做不了那九五之尊。

曹思齐:殿下!你也是皇族子孙啊!是太宗的嫡亲血脉!那皇位,你三哥能坐,你为何不能?!既然如今有机会能一搏,为何要白白放过?

赵元份:你不必再多说了……

曹思齐猛地给赵元份跪了下去。赵元份一愣,忙去扶曹思齐。

曹思齐:(却是执拗地跪着不肯起)殿下,即便不是为了你自己,更不是为了妾身和旁人,难道殿下就不能为了我们的几个儿子,还有妾身腹中的孩儿,做些什么吗?!

赵元份:(蹲下扶着腹部隆起的曹思齐)王妃,你这是在为难本王!

曹思齐:(切切地)算妾身求殿下了!

赵元份:(为难地皱了皱眉头)你我现在皆在皇后之手,还能有何作为?!

曹思齐:只要殿下应允便成!目前、目前最紧要的是将皇上驾崩之讯,传递给我爹,请他代为帮殿下联络,寻时机谋事。

赵元份:(苦笑)皇后不会再让你我任何一人,踏出这偏殿半步!且看守此处的人,皆是皇后最信得过之人,她那般聪明慧黠,怎会给我们留下一丝可乘之机!

曹思齐:(拧眉想了想)或许,妾身可利用这腹部做些文章。

"咚咚",便在此时,殿门忽然被敲响,门外响起了曹利用的声音。

曹利用：（画外音）殿下。

赵元份：进来。

赵元份边说，边连忙将跪在地上的曹思齐扶了起来。

2. 汴京皇宫　赵恒寝殿　偏殿　白天/阴天　内景

曹利用推开殿门进来，手里端着托盘，竟是亲自来给两人送膳食了。

曹思齐看见曹利用，却很是惊讶。

曹思齐：哥哥？

曹利用却只是尊卑有别地给两人施了一礼。

曹利用：殿下，王妃，该用午膳了。

随即，曹利用将托盘放置到一旁的案几上，一言不发地为两人布膳。

曹思齐反应了反应，整个心神陡然涌上了一股巨大的惊喜。

曹思齐：殿下方才说的回京报信之人，难道便是妾身的哥哥？

赵元份看了眼沉默的曹利用，点了下头。曹思齐激动地上前拽住了曹利用的胳膊。

曹思齐：哥哥！

曹利用淡淡地看了眼曹思齐，不着痕迹地挥开了曹思齐的手，又恭敬地施了一礼。

曹利用：殿下，王妃，膳食布好了，请慢用。

说罢，曹利用径直转身，大步出了殿去，毫不犹豫地将殿门再次关上。

曹思齐急了，便要追上去。赵元份却拉住了曹思齐，摇头。

赵元份：没用的，你哥现在可是皇后的人。

3. 曹鉴府邸　庭院　白天/阴天　外景

曹鉴微驼着背，挂着拐杖，背影寂然地立于吊角屋檐下，微微眯眼望着那乌云团簇几欲压下的昏暗天空。

曹夫人：（上前来）老爷，你病体未愈，莫要久立了，回屋歇息吧!

曹鉴却执拗地微昂着头站着,低沉凝重地:风云色变,大凶之象啊!

4. 汴京皇宫　赵祯寝殿　外殿　黄昏　内景

入夜时分,绯衣宫娥素手持着青铜烛台,将那一盏盏的玲珑宫灯点亮,殿内帷幔轻纱拂动,灯影细碎,和着自羽纱窗外洒进的一抹淡金色的残阳,端端地生出了一室的宁静祥和。

刘娥与赵祯皆穿着素淡的宫服,两人相对而坐,正在用晚膳,案几仅有几道简单的菜式。赵祯朝在侧侍立的王渐递了个眼神,王渐会意,和忆秦带着所有内侍宫娥出去了,还关上了殿门。刘娥一直有些木然地一口口食着饭,对周遭的情景也没怎么在意。

赵祯见殿内仅剩下了母子两人,便状似随意地开口。

赵祯:清悟那丫头吵着要回宫去取她的衣物和玩具,儿臣便请小娘娘带她回去一趟,还望大娘娘勿要怪罪儿臣擅作主张。

刘娥:(勉强地笑了下)不会。

赵祯:(又试探地)儿臣听闻,不只皇宫,皇城内外亦戒严了。

刘娥:嗯。近来资善堂你便不要去了,然莫要耽误了课业,还有为娘拿给你的那些奏疏,皆要勤于阅览,有何不懂之处,随时问为娘。

赵祯:(微皱了皱眉)是以大娘娘您还是不打算告知儿臣,究竟发生了何事吗?

刘娥又勉强笑了下,夹了一筷子菜放进赵祯碗里。

刘娥:多吃些。

赵祯再也沉不住气了,将碗筷放下,肃然地看着刘娥。

赵祯:儿臣是太子。

刘娥闻言,微微一怔,带着几分没反应过来的错愕看向赵祯,赵祯英气的眉紧皱着,小脸凛然,一瞬间刘娥似乎看到了赵恒的模样,眼眶一下湿了。

赵祯见状,倒是顿时慌了,立刻下榻,走至刘娥身边,握住了刘娥的手。

赵祯：大娘娘您莫哭，您要是不想说，儿臣不问便是。

刘娥深深地凝视着赵祯，半晌方缓缓地开口。

刘娥：为娘的受益已行了加冠之礼，是成人了，（轻轻地摩挲着受益的肩）这双稚嫩的肩膀，是要担起社稷重担的。

赵祯微怔，有些没明白刘娥为何忽而提到此话题。

刘娥：受益，你不只是太子，还是大宋朝的国君。

赵祯拧眉，愈发地糊涂了。

赵祯：大娘娘？

刘娥的心被揪得紧紧的，将赵祯揽进怀里，轻轻闭眼，眼角一滴清泪滑落。

刘娥：你父皇……已大行。

赵祯僵住，几疑听错。

赵祯：什、什么？

刘娥：你父皇彻底离开……离开我们母子了。

赵祯反应过来，激动地就要离开刘娥怀抱。刘娥却紧紧地抱住赵祯。

赵祯：（愈发激动地挣扎）儿臣不信！不可能！大娘娘您在诓骗儿臣！儿臣一个字也不信！父皇不会……不会离开我们的！不会……

刘娥：（更紧地抱住赵祯）受益！受益！赵祯！你是太子。

赵祯一瞬间停下了所有动作，神色呆滞，跟着眼眶就红了。

刘娥：（又喑哑地道）不许哭，不能哭，现在一点悲伤之情也不能流露！懂吗?!

赵祯咬紧了牙关，复死死地抱住了刘娥，语气是超乎年龄地低沉。

赵祯：大娘娘，您还有儿臣！

刘娥震动酸楚，那晶莹泪花止不住长淌。

5.汴京皇宫　赵恒寝殿　偏殿　白天　内景/外景

"哐当"，猝然，偏殿传来一声乱响，似是玉器落地碎裂之声。

曹利用脸色一变，大步朝偏殿奔去。

曹利用：殿下！王妃！

曹利用急切地推开偏殿的殿门，便见一地的瓷器碎片，曹思齐神色痛苦地坐于地上，旁边立着似乎有些不知所措的赵元份。

曹利用当即奔上前，去扶曹思齐。

赵元份似乎这才反应过来，也忙去扶曹思齐，却是紧皱眉头，不置一词。

曹思齐似是忍着极大的痛楚，颤抖着手抓住曹利用的袖子。

曹思齐：哥哥，我疼！

曹利用：（忧急地）哪里疼？

曹思齐：肚子！想来是、是动了胎气。

曹利用：（朝跟进来的侍卫吼道）还不快去请太医！

侍卫甲：是，大人！

曹利用：（要将曹思齐扶起来）思齐，我们先去榻上。

曹思齐疼得似乎脸都白了，紧紧地祈求似的盯着曹利用。

曹思齐：哥哥，思齐有话同你讲！

曹利用沉吟了下，一挥手。

曹利用：都出去。

剩下的几名侍卫看了看彼此。

侍卫们：是，大人。

所有侍卫皆退了出去。

6. 汴京皇宫　赵恒寝殿　偏殿　白天　内景

殿内仅剩下曹利用、曹思齐、赵元份三人。

曹利用：你想说什……？

曹利用方一开口询问曹思齐，哪知曹思齐脸上的痛楚之色转瞬退去，一下给曹利用跪了下去，且有一只膝盖有意无意地跪在了一片碎瓷片上，柳黄的襦裙刹那被鲜血洇红。

曹利用和赵元份皆看得变色心疼。

曹利用：你先起来！有话起来再说！

曹思齐断然挥开了曹利用和赵元份相扶的手，目光坚定地望着曹利用。

曹思齐：求哥哥帮帮我们夫妇！

曹利用神色一顿，微微眯了眯眼。

曹利用：你要说什么？

曹思齐：哥哥现在在宫中的行动是自由的吧？

曹利用看了眼忧心扶着曹思齐的赵元份，不动声色。

曹利用：皇后将宫中戍卫事交由我负责。

曹思齐怔了下，意外又惊喜。

曹思齐：真乃天意！（切切地拽着曹利用的袖子）本来思齐只想求哥哥，帮着将皇上驾崩之讯，设法告知爹爹，既然如今皇宫的禁军皆在哥哥的掌控之中，那又何必舍近求远？思齐求哥哥当机立断，将刘娥母子控制，助殿下登上皇位！

曹利用瞳孔微缩，没有回答曹思齐，而是犀利地看向赵元份。

曹利用：这也是殿下之意？

赵元份神色紧绷，没有看曹利用，亦没有答他，只是忧急地冲曹思齐道。

赵元份：你还怀着身孕，先起来！

曹思齐：（却紧紧盯着曹利用）哥哥！思齐的恳求并不过分，"兄终弟及"本就是赵氏皇族传下的规矩，殿下是名正言顺的继承人——

曹利用：（断然打断）太子才是名正言顺的皇位继承人。

曹思齐：（脸色难看了起来）如此说来，哥哥是不肯相帮了？

曹利用：（深深看了看赵元份）皇上从未猜忌、为难过冀王府，太子与殿下也素来亲厚，太子即位，当不会做任何不利于冀王府之事。

曹思齐：那刘娥呢？她与妹妹可是有夺子之恨，（说着，不觉眼眶泛红）哥哥难道就一点不垂怜于妹妹吗？

曹利用：你言过其实了，什么夺子之恨，小殿下当初不过被留在了宫中一段时日，后来不也送回了冀王府吗？皇后虽精明能干，却也不失宽仁，只要殿下和王妃安分守己，皇后自然也不会为难……

曹思齐：皇后！皇后！哥哥！曹大人！你清醒一点，你姓曹，你是曹家人。

曹利用：我更是大宋的臣子。

曹思齐：（轻嗤）大宋的臣子？曹大人，我们的爹当年从一开始便反对她刘娥封妃，后她从辽朝抱着儿子的骨灰回来，爹又率众臣死谏阻她入宫，阻她儿子的骨灰入太庙，她的封后之路，爹也多有阻挠，太子降生当夜，更是因爹过大寿而火烧皇宫，（止不住地冷笑一声）这一桩桩，一件件，你以为她刘娥心中真的能不记恨？曹大人，你别天真了，就算你为她刘娥鞍前马后，为她鞠躬尽瘁，她就能真的对身为曹家人的你毫无芥蒂？真的能视你为心腹？

曹利用目光沉如水。

7. 汴京皇宫　赵恒寝殿　殿门口　白天　外景

刘娥形容苍白而憔悴，由忆秦扶着，缓缓朝赵恒寝殿行来。随侍在后的俩侍女手中各捧着锦盒补品。

忆秦：娘娘，您这几日忧思操劳，该多歇息歇息，这些补品由奴婢送去给冀王妃即可。

刘娥：她毕竟怀着身孕，被禁足宫中，我不亲自去看看，放心不下。

这时，侍卫甲恰好引着黄太医自长廊另一端疾步而来，在殿门外与刘娥撞上。

刘娥：（诧异）黄太医？

黄太医：臣见过娘娘。

刘娥：你为何来了？

黄太医：回娘娘，听闻冀王妃动了胎气。

刘娥脸色微变，顿时内疚不已。

刘娥：是本位考虑不周，太医快随本位进去！

刘娥一行刚步入殿门，偏殿内陡然传来曹利用的一声喝令。

所有人皆是一震，抬眼望去，但见那廊下侍卫林立，偏殿门则紧闭，刘娥不由眸色微微一动。

忆秦扶着刘娥的手微颤了下，有些紧张地看向刘娥。

忆秦：娘娘！

刘娥神色清冷，安抚地看了眼忆秦。

8. 汴京皇宫　赵恒寝殿　偏殿　白天　内景

"砰"，殿门被推开，七八名侍卫闯进殿内。

曹思齐还跪在曹利用脚边，紧抓着曹利用的胳膊，见状，一时错愕。

曹利用一身冷然，断然挥开了曹思齐的手，站了起来。

曹利用：将冀王妃带去别处关押。

赵元份的脸色猛地沉了下去，半扶着曹思齐，凌厉地一眼扫过去，侍卫们一时不敢上前。

赵元份：曹利用，她可是你的亲妹妹！

曹利用：（冷冽的神色毫无所动）冀王妃言语失常，不宜再与殿下共处一室。

曹思齐难以置信地盯着曹利用，那眼中迸出了几分恨意。

曹思齐：你够狠！曹大人，为了你的仕途，竟全然不顾血脉亲情，绝情至斯！你会遭报应的！

曹利用：（面无表情地）带走！

侍卫们还有些迟疑。

曹利用：怎么，宫中戍卫事现在可由本官负责！

侍卫们看了看彼此，上前去拉地上的曹思齐。

赵元份：都滚开！本王倒是要看看，谁敢动本王的王妃一下！

赵元份一声怒吼，一把抽出了侍卫腰间的佩剑，剑光凛冽，护住了曹思齐。

曹利用却是迎着剑尖上前两步，沉沉地直视着赵元份。

曹利用：殿下确定要做此让我们彼此都为难之事吗？！

赵元份：（愤恨地）不要逼本王！

两人对峙。

赵元份：你们在做甚？

便在此千钧一发之际，刘娥清冷的声音在殿门响起，继而一身凛然地走了进来。众侍卫拜倒，曹利用亦转身躬身施礼。

唯有赵元份仍持剑而立，脚边的曹思齐看见刘娥，既惧又恨。

刘娥淡淡地看了眼赵元份，抬步走上前。

刘娥毫无惧色一直走至赵元份的剑尖之前，目光镇定冷静地看着赵元份。

刘娥：殿下，这是要做甚？

赵元份持剑的手微微颤了下，强撑着与刘娥直直地对视。

赵元份：思齐和孩儿，是本王的底线。

刘娥：没有人要动王妃，更没有人敢伤害殿下的孩儿。

赵元份戒备地看了看刘娥，又看了看曹利用，还有殿门内外严阵以待的侍卫，瞳孔微缩。刘娥看了眼脸色难看的曹利用。

刘娥：曹大人是王妃的亲哥哥，本位相信，他断不会做出任何真的伤害王妃之事。

赵元份还是瞪着刘娥。刘娥缓缓地抬手，欲去取赵元份手中之剑。

曹思齐：（不顾一切地嘶吼，抓紧了赵元份的袍角）殿下！

赵元份的手又抖了下。

刘娥：元份，我留你们夫妇在宫中并无恶意，只是应对当下时局的权宜之计，你既然称我一声皇嫂，便该信我。

赵元份神色复杂。刘娥坦然地直视着赵元份，慢慢握住了剑柄。

赵元份犹豫了犹豫，终是松开了手。刘娥将那寒光凛冽的剑取了下来。所有人同时松了口气。

刘娥：黄太医，立即为冀王妃看诊。

黄太医：是，娘娘。

刘娥：此外，冀王夫妇仍然同住于此，（微顿了下）还是由曹大人负责。

曹利用：是，娘娘。

曹思齐一下被抽去了所有气力，颓然地跌坐到了地上。

9. 汴京皇宫　宣德门　城楼　白天/阴天　外景

刘娥立于城楼最高处，望向城外，那遥远的天地相连处，乌云几乎压到了地面，滞重不散，就犹如刘娥心头那沉重的阴霾，压得人几欲窒息。曹利用撩袍，于刘娥身侧跪了下去。

曹利用：娘娘，臣代家妹告罪。

刘娥没有回头，依旧望着远方。

刘娥：她入宫，是要劝冀王做最后一搏吧?!

曹利用：……是。

刘娥：奉太傅之命？

曹利用：（瞳孔微缩了下）……是。

刘娥：（唇角划过一抹轻讽）想来也是，她平素相夫教子，哪会参与到这些政事之中？

曹利用：（顿了下）家父并不能十分确定皇上是否真出了事，派家妹入宫，是为了打探，再……（又顿了下）相机行事。

刘娥闻言，这下倒是有点意外地看向曹利用。

刘娥：本位与太子，多谢曹大人的坦诚。

曹利用倒也很坦然地与刘娥对视。

曹利用：太子天命所归！臣只是尽忠职守。

刘娥看着曹利用的目光之中多了一丝激赏。

刘娥：曹大人要将冀王夫妇分开，实则是为了保护冀王妃，可惜她执念太重，倒是辜负了曹大人一番心意。

曹利用：她也是一时糊涂，还请娘娘恕罪。

刘娥：本位承诺冀王，不会伤害他们夫妇，自然不会降罪，（微顿了顿，意味深长地续道）更何况曹大人所为，让本位对曹家也放了心。太傅应该感激有你这个儿子。

曹利用：（试探地）那家父……

刘娥：（轻叹了口气）太傅年事已高，近来又病着，还是该多多静养，在家颐养天年，本位会吩咐加强曹府的守卫，任何人不得随意相扰。

曹利用：多谢娘娘。

刘娥：曹大人请起吧，还得再多辛苦你一些时日了。

曹利用：臣当竭尽所能，为娘娘和太子效力。

刘娥深深地看了看曹利用。

蓦地，天空一声干雷，风云翻滚。刘娥和曹利用皆抬头望去。

刘娥：（声音染了苍凉）风云色变，果然大凶之象啊……自闻得皇上驾崩之讯以来，天象便一直如此……

曹利用略带怜悯地看了眼刘娥。

曹利用：天子丧，山河哀恸。

这时，郭崇义快步走上城楼。

郭崇义：臣见过娘娘。（说着，将一封金漆封印的信呈上）娘娘，这是苏大人通过前方驿站，快马传回的一封金漆书信。

刘娥立即接过书信，拆开，没读几行便神色一凝，半晌，刘娥微微颤抖着手，缓缓将信纸合上，转首目光复落于那暗沉沉的天际，面色怆然，闭了闭眼。

郭崇义和曹利用皆有些惊疑不定，对望了一眼。

郭崇义：娘娘，苏大人在信中说了什么？

刘娥：（喑哑地）……皇上的梓宫，明日还京。

10. 汴京皇宫　李婉儿寝殿　庭院　早晨/阴天　外景

李婉儿刚提着木桶，自那大水缸里打了一木桶水，那丧音便敲响了，李婉儿浑身一僵。

"咚！咚！咚！"待九声之后，李婉儿惊恐地睁大了眼，难以置信地望着那丧音传来的方向：天子丧音？不！不可能！不会的！不会……陛下！

巨大的恐慌与痛楚瞬间袭遍她的身心，李婉儿煞白了脸色就想朝外奔去，却猝然一阵心悸，身子一晃，沿着水缸边慢慢地倒下，那紧紧眈着宫墙外天空的眸子里，有哀戚，有不甘，还有着浓浓的眷恋……

水桶翻倒，那清澈如玉的水淌了开去……

11. 汴京皇宫　宣德门　白天/阴天　外景

刘娥缟服素面，那眼底眉尖，哀伤已成殇！她携着太子赵祯，率曹利用、郭崇义等京师留守的文武臣工，以及杨璎珞、文伽凌等后宫众妃，还有赵元份、赵元佐等皇亲，寂然地静立于那巍峨的宫门前，等候着。

哀乐近，纸钱飞扬，那缟素的殡仗队伍终是渐渐近了。

刘娥眸底震动，身子微微一晃，赵祯及时地伸手扶了下刘娥的手臂。刘娥轻轻挥手，示意赵祯松手，十指于那宽大的袖袍下深深嵌进了掌心，努力地挺直了背脊，下颌紧绷，不让自己倒下，她是皇后，是天下人的皇后，更是赵恒的妻，这天下黎民，万里山河，自此便由她来担起守护，她须有帝王那不苟言笑的深沉威严，那进退予夺的从容镇静。

殡仗队伍于刘娥身前一丈停下，骑马在最前的苏义简下马，后面的丁献容、丁谓、邢中和、王钦若等纷纷下马、下轿，朝刘娥和赵祯拜倒，四周的百姓亦跪伏。

苏义简：（悲戚地朗声道）皇后娘娘，太子殿下，臣等护送皇上梓宫还京！

梓宫沉重地落地。刘娥心中猛地一悸。

刘娥和赵祯身后的众臣工、后妃、皇亲亦深深拜倒。

刘娥面色沉肃到了极致，携着赵祯，一步一步地朝那梓宫行去……近了，终是近了，俊颜温柔不在，挺拔孤傲身影消失，这一世，原来真的缘尽了！

刘娥：（画外音）三郎，我和受益还在等你哪，你怎么可以，怎么可以就这般忍心丢下我们孤儿寡母啊？你的王朝，你的家，你都不守护了吗？我和受益，你不要了吗？三郎！那日离去你还那般鲜活、那般威严，还像个孩童般和我闹脾气不见太医不吃药，又是那般深情温柔地凝望着我，今日，今日你却只让我看到这冷冰冰的梓宫，你让我如何承受？宜言饮酒，与子偕老，琴瑟在御，莫不静好。三郎，你终究是食言了！终究，是食言于莺儿了啊！

刘娥双膝一软，跪倒在梓宫前，忍了多日的哀伤瞬间如洪水般地席卷而来，泪水夺眶而出。

赵祯再也忍不住了，大叫一声"父皇"，挣开了刘娥的手，扑到了梓宫上。

赵祯：父皇！你起来！起来再看看儿臣和大娘娘！父皇！儿臣不要你走！父皇你说过的，回来还要陪儿臣练习箭术！还要带儿臣去骑马，狩猎！还要指点儿臣的课业！教儿臣如何治理天下！父皇你不能说话不算数！儿臣每日的功课都完成得很好，还有那些奏疏，儿臣都有批阅，儿臣还等着父皇回来检查呢！父皇！父皇你起来！起来啊！父皇！父皇……

那一声声撕心裂肺的、犹带着稚气的悲呼，让所有人动容。

文武臣工，万千百姓，亦再也忍不住地恸哭起来。天子丧，天下素缟，山河哀恸。

四十四

1. 汴京皇宫　赵恒停灵宫殿　正殿　夜晚　内景/外景

偌大的正殿之中，赵恒的梓宫静躺，那残烛摇曳影幢幢，满殿的戚然。

灵堂前，一身缟素的刘娥默然跪在最前，面色哀戚之中带着几分木然，犹如被抽去了魂魄，她的身后是同样浑身缟素的赵祯，以及后宫众嫔妃、皇亲国戚，还有那几位股肱之臣，人群之中，瘸着腿亦来守灵的王钦若，哭得尤为凄然。其余文武臣工，以及张景宗和一众内侍宫娥，则跪于殿外。

哀恸之声四起，仿若磐石压于心头，令人窒息。唯有赵元佐懵懂无知地看着四周，好在有王玉莹约束，暂时倒也未有太出格的行径。

一内侍自殿外匆匆进来，于刘娥身侧跪下，低声禀道。

内侍：启禀娘娘，宸妃娘娘薨了。

刘娥：（神色竦动）何时发生的事？

内侍：尚衣库的人送缟服过去之时发现的，该是下午就去了。

刘娥怆然闭眼，疲惫不堪地微挥了下手。内侍退下。

半晌，刘娥缓缓抬起眼眸，如泣如诉地盯着赵恒的梓宫，嘶哑地轻道了句。

刘娥：她也走了！

2.汴京皇宫　李婉儿寝殿　内殿　夜晚　内景

刺骨的夜风将雕花窗子吹得半开，那殿内的白色帷幔飘飘荡荡，煞是孤冷凄清。床榻之上，李婉儿一身素服，静静地躺着，形容黯淡，已无一丝生气。刘娥进得殿来，一见之下几欲支撑不住。

刘娥一步步艰难地行至床榻边，坐下，颤抖地伸手轻抚上李婉儿那消瘦的脸颊，凤目中霎时蓄满了泪水。

刘娥：（哑声道）近十年了啊！你说此生不复见，原来真的是……此生不复见！你知晓皇上走了对不对？你是去见他了吧？！他丢下了我和受益，你也这般毫不眷恋地走了，你们、你们还真是狠心哪！（凤目微动，清泪已是淌了下来）婉儿！我的婉儿啊！你可知晓，这些年来，姐姐还有多少话，想与你说！你可知晓，姐姐始终在盼着一日，你能走出玉宸宫，和我，和受益，和皇上，我们像寻常人家那般，一家人坐下，开开心心、团团圆圆地吃顿饭！（苦笑着，泪水淌得更急）终究是盼望成空，一切成憾了啊！

忆秦：（哽咽着，递上了一方手帕）娘娘请节哀！是否着女官来为宸妃娘娘更衣上妆？

刘娥深吸口气，尽力地缓了缓情绪。

刘娥：我亲自来。去取衣裙饰物。

忆秦：是，娘娘。

忆秦退了下去。

刘娥为李婉儿整理衣裳，无意发现李婉儿手中似握有一物，轻轻掰开那纤手，竟是那枚当年赵恒亲手刻有李婉儿名字与宫名的九曲珠子。

摩挲着那九曲珠子，刘娥刚止住的眼泪又流了下来。

刘娥：婉儿，希冀你与皇上早早地见上面！

3.汴京皇宫　李婉儿寝殿　内殿　拂晓　内景

刘娥已给李婉儿换上了一袭妃色宫装，玉带束腰，那裙裾上是繁复的花纹，那容颜如玉，仿若睡着了般地安详平和。

刘娥：这颜色是你最为喜爱的，穿着去见皇上，你该是欢喜的吧？

刘娥再深深地看了看李婉儿，见她枕边放着那玉玺龙袱，于是拿起打开，将那枚九曲珠子放了进去，同时刘娥注意到了龙袱里有一块折起来的黄色绢帛，顿了下，便欲抽出黄绢。

便在此时，忆秦进来禀道。

忆秦：娘娘，寇大人在宫门外求见。

刘娥：（诧异）寇大人？寇準？他回来了?!

忆秦：正是。

刘娥：（悲戚地）他是回来祭皇上的，允他入宫吧。

忆秦：是。

忆秦退了下去。

刘娥神色有几分恍然，旋即将抽出了一点的黄绢塞了回去，复将龙袱系好，放到了李婉儿交叠于身前的纤手之下，紧紧地握着那双纤手良久，方缓缓放开。最后，将一方素白的丝帕盖在了那玉颜之上。

4. 汴京皇宫　赵恒停灵宫殿　正殿外　台阶　早晨　外景

寇準布衣草鞋，急切地登上那青石台阶，当殿内那一片素帷白幔中的梓宫映入眼中，寇準神色剧震，仿佛一瞬间苍老了许多，身子微晃。

跟在他身后的寇夫人和小公子立刻上前扶住了他。

寇準轻轻挥开了两人的手，拼力支撑着，一步一步沉重地走完了剩下的台阶，独自进入殿内。寇夫人和小公子则留在了殿外，跪拜下去。

5. 汴京皇宫　赵恒停灵宫殿　正殿　早晨　内景/外景

寇準终于来到了赵恒的梓宫前。方凝重地开口唤了声"陛下"，已是老泪纵横，重重地跪下，拜伏了下去，失声痛哭起来。

寇準哀恸激荡地膝行两步，朝那梓官颤抖着伸出手……

寇準：陛下啊，惜别经年，老臣夙夜忧叹，叹当初未与陛下面辞之憾，忧陛下机务殷重，圣体是否康泰！没承想，没承想啊！你我君臣曾几步对望，而今咫尺竟已阴阳相隔，原来君臣际会，自有定数！犹记少时相识，你是意气风发的襄王，老臣一腔孤勇，幸得陛下知遇、荫覆！你我君臣曾肝胆相照，沙场退辽虏！你我君臣曾意气相投，共饮酒一樽！只有天在上，更无山与齐，你是老臣的天，是老臣的君，亦如老臣的手足！所谓忠臣不顺时而取宠，烈士不惜死而偷生，老臣也曾犯言直谏，也曾忤逆帝心，雷霆雨露，皆是君恩！四贬四召，朝承恩，暮贬黜，欲为圣明除弊事，肯将衰朽惜残年，何惜百死报君恩！万道河，千重山，催车覆舟，数度来回，一双草鞋踏破，终是走尽了你我的这条君臣路！陛下啊！

那一声声混着泪水奔涌而出的悲呼，凄凄如秋风中盘旋的落叶，惨惨似黄昏里悲鸣的孤雁，恨不能将那冰冷棺椁里的君王，自黄泉路上追回。

在场之人无不动容。苏义简、丁谓等臣工，闻讯均从偏殿过来。

刘娥在忆秦和雷允恭的陪伴下，匆匆回来，便见到如斯一幕，心神俱碎，清泪再一次长淌。

寇准：这一次，老臣接到召返诏书，几乎是诚惶诚恐，庙堂路远，老臣病骨支离，年已耄耋，怕无力金戈铁马，有负陛下怜臣之心，又惧客死异乡，一抔黄土收白骨！然承陛下含天下之量，不奢求从头再来，唯愿少时知音弦未断！哪承想，哪承想啊！故人西辞，竟是这最后一面，也不容臣见上一见！陛下啊，陛下啊！臣还有多少天下谋，要与君共商！臣还有多少犯上言，未向君直谏，陛下啊！九重天高，欲遣青鸟觅君踪，黄泉路远，老臣愿誓死相随，陛下啊，陛下你可等上一等老臣啊，陛下……

寇准欲诉欲悲，声声摧心肝，字字泣血泪，哀哭一句，便重重叩下头去。那额角顿时渗出了刺目殷红的鲜血，最后竟悲恸哭晕了过去。

吟唱：（画外音）山千重，河万道，天地苍茫，日月昭明，孤臣万里报君恩，泪满襟，膝一跪，唯愿来世复君臣……

6. 汴京皇宫　赵恒停灵宫殿　偏殿　白天　内景

悲戚哀伤之情无声地蔓延，那灵堂前的一幕仍然紧紧攫取着每一个人的心。

雷允恭入内，向刘娥禀道。

雷允恭：启禀娘娘，太医已为寇大人做了检查，寇大人是哀恸至极,心绪过激,是以晕厥了过去,并无大碍。

刘娥:让太医们好生照看着。

雷允恭:是。

雷允恭退了出去。

这时,内侍将赵祯和赵元份一同请来了偏殿。赵祯奔到刘娥身边。刘娥爱怜地摸了摸赵祯满是悲切的小脸,让其坐在了身边。

赵元份冲刘娥施了一礼。

赵元份:皇嫂。

刘娥:冀王且请入座吧。

赵元份:谢皇嫂。

几位臣工看见此一幕,均暗自挑眉,神色却都不露半分,知晓接下来便是要议赵恒身后之事了。

赵元份刚欲落座,有内侍疾步奔入。

内侍:启禀娘娘,冀王妃忽而腹痛不止。

赵元份脸色一变,一把抓住内侍。

赵元份:为何会腹痛?

内侍慌张地一个劲儿摇头。

刘娥:快请太医去看看。

赵元份甩开内侍,转身便朝外奔去。

曹鉴:(跟着疾步追上前,连喊)殿下!殿下请留步!殿下!

赵元份恍若未闻,身影很快消失在大殿门口处。

曹鉴失望地顿足,莫可奈何。

苏义简:君为先,兄为长,冀王殿下对大行皇帝身后之事,还真是懈怠轻忽!

丁谓:(意味深长地接了句)其实冀王殿下在与不在,皆没多大干系。

曹鉴不满地扫过两人,一时颓丧不已。

7. 汴京皇宫　赵恒停灵宫殿　偏殿　白天　内景

王钦若轻咳一声,满面的悲戚之色,拄着拐杖艰难地向前行了半步，哀痛不已。

王钦若：娘娘，皇上晏驾，请娘娘和太子节哀！国不可一日无君，新君还宜早日登基，主理政务，安排大行皇帝下葬事宜。

刘娥怜爱地看了看赵祯。

刘娥：王相所言极是。

王钦若：娘娘，大行皇帝未留下遗诏，新帝的登基诏书，是否由我等先共同拟出？

苏义简：（忽而开口）谁说大行皇帝没有留下遗命？！

诸人闻言，皆是一怔，看向苏义简。

苏义简：大行皇帝口谕，皇太子赵祯，予之元子，国之储君，仁孝自天，岐嶷成质，爰自正名上嗣，毓德春闱，延企隽髦，矧穷昊誉怀，寰区系望，付之神器，可于枢前即皇帝位。然念方在冲年，适临庶务，保兹皇绪，属于母仪，宜尊皇后为皇太后，军国事权兼取皇太后处分。

说罢，苏义简慎重地朝刘娥和赵祯俯身拜下。

殿内一瞬异样地沉默。其余几位臣工暗暗看了看彼此，神色各异，有着彼此的算计，皆沉吟着暂未开口，亦没有动作。

刘娥和赵祯也未开口。曹鉴却是忍不住了，眉头一皱。

曹鉴：苏大人，你所谓的大行皇帝口谕，可有第二人能证实？

苏义简：大行皇帝金口玉言，入下官之耳，下官岂敢假传圣谕？

曹鉴：如此说来，皆是你的片面之词，真伪难辨！

苏义简：太傅大人言下之意，便是要违抗大行皇帝遗命了？

曹鉴径直朝刘娥和赵祯一拱手。

曹鉴：娘娘，太子，虽无大行皇帝遗诏，皇太子应天顺时，即皇帝位，老臣不敢有异议，然太子未及弱冠，当选朝中贤能之臣辅佐新君。

其余几位臣工一听，神色又变了变，斟酌考量自己的利益。

苏义简：（冷冷地）原来太傅大人不遵大行皇帝遗命，反对太后垂帘，临朝听政，是想自己做辅臣！新帝年幼，太傅大人莫非还有些别的心思？

曹鉴：（脸色也沉了下去）苏大人有话不妨直言。

苏义简：下官就怕太傅大人自恃忠义，想学上一学那三国时的关云长，来一出所谓的"身在曹营心在汉"，还念着那"兄终弟及"之事呢。

曹鉴：苏大人，老夫对大宋，对赵氏皇族，对大行皇帝，一片忠心，天地可鉴！老夫所言所行，皆为社稷神器，我大宋江山代传，绝无私心！

苏义简：（讽刺地）好一个绝无私心哪！

曹鉴：（一声冷哼）大行皇帝曾口谕明令老夫誊写古籍，颐养天年，今日老夫拖着病体入宫，只为大行皇帝守灵，尽人臣之责，绝不敢趁大行皇帝之丧，便跋扈揽权！太后垂帘，抑或是辅臣辅政，老夫作为大宋的子民，大行皇帝的老师，还不能有立场有建言，难道任由你苏大人专权吗？！

苏义简顺着话锋，故意激道。

苏义简：这般说来，太傅大人是没把自己算在辅臣之列了？

曹鉴：（怒道）那是当然，老夫乃是讲一句公道之言。

苏义简目的达到，微挑了下眉。

苏义简：太傅大人为公之心，下官自是钦佩，也甚敬重之，然大行皇帝口谕，即为遗诏，太傅大人所谓的"公道之心"便不必了吧。

曹鉴：苏大人，你如此费尽心机地想让太后垂帘，才是居心叵测吧！老夫倒是差点忘了，你称皇后一声"嫂嫂"吧？！

苏义简眉眼一厉，便欲反驳。刘娥也皱了眉，欲开口。而王钦若比二人皆快了一步。

王钦若：好了好了！二位大人，勿要再争辩，大行皇帝灵柩之前，作为人臣，彼此指责诘难，剑拔弩张，岂不让帝灵难安？

苏义简和曹鉴不善地瞪了瞪彼此。刘娥长叹了口气。

王钦若：（续道）在老夫看来，皇太子即位后，不管是苏大人说的太后垂帘，还是太傅大人提出的辅臣辅政，皆是为了新君，为我大宋尽忠，所谓殊途同归，委实没有必要唇枪舌剑，大伤和气啊！

苏义简：王相之意，便是也不信下官之言，大行皇帝确实留有口谕了？！

王钦若：（圆滑地）老夫何时说过这话了？

苏义简气结。这时，曹利用站了出来。

曹利用：娘娘，大行皇帝生前，早已允您与太子一道至前朝听政，您才干卓越，有辅政之能，臣相信太后垂帘，更合圣心。

曹鉴意外地瞪向曹利用。曹利用恍若未见。

郭崇义：（跟着道）娘娘，您与太子母子情深，臣也相信，大行皇帝会托孤于您。

丁谓一直未开口，他沉吟片刻，扫了眼满殿心思各异的几人。

丁谓：臣支持太后垂帘。

邢中和：臣附议。

王钦若眼珠子转了转，立刻也附和。

王钦若：娘娘与太子朝夕相处，到底比臣工们亲近，且娘娘精通政务，指点引导太子朝事，自然是最佳之人选。

曹鉴看着几位股肱之臣竟全支持垂帘，特别其中还有自己的儿子，气得差点背过气去。

曹鉴：你们！一个个皆为我大宋的股肱之臣，竟愿奉一个女人主政！

苏义简：太傅，是辅政，并非主政。

曹鉴：主少母壮，牝鸡司晨，罹祸不远也！宸极若失，江山易主，尔等便是大宋的千古罪人。

苏义简和曹鉴对峙，气氛一触即发。刘娥清冷的声音终于响起。

刘娥：太傅，你多虑了！

曹鉴：（咄咄逼人地）怎么，娘娘是要应下垂帘之事？

刘娥闻言，脸色有几分难看，看了看几位臣工，又看了看紧绷着小脸尤为严肃的赵祯，正欲开口，殿门口处，陡然响起寇准断然的声音。

寇准：绝不可垂帘！

8.汴京皇宫　赵恒停灵宫殿　偏殿　白天　内景

寇準头缠白纱，微驼着背，颤颤巍巍地被寇夫人扶着，急切地进了殿来，他似乎已苍老了十岁。

刘娥：（立了起来）寇大人！快给寇大人看座。

内侍立即抬上了座椅。寇準却是根本不坐，还挥开了寇夫人的手，不满地将苏义简等人扫视了一圈，最后看向刘娥和赵祯，相当冷硬地开了口。

寇準：娘娘，恕老臣直言，当初老臣与大行皇帝商议，让太子提前裹头出阁，行加冠之礼，至前朝听政，便是不欲娘娘参政。

苏义简：可之后大行皇帝下旨，允娘娘和太子共同听政。

寇準：那是因郭太师从中作梗，怂恿一帮门生上书，更有苏大人之流煽风点火，蒙蔽圣聪！且当时大行皇帝的病……（沉重地一声叹息，继而扫了眼王钦若和丁谓，更为愤怒地）若非有奸佞之臣在大行皇帝面前，蓄意构陷老臣，逐老臣出京，当初老臣是无论如何也会阻大行皇帝做那决定的！

寇準一番话，几乎将殿内所有人都数落指责了一遍。

人人脸色皆不好看起来，便是刘娥，神色也淡了几分。

王钦若：寇大人，你这言下之意，我大宋除你一人是耿介忠臣，满朝臣工皆成了奸猾小人。

寇準：老夫今日不欲与王相逗口舌之快，（刻意咬重了"王相"二字）至于当年之事，（又甚是沉痛地）大行皇帝龙驭宾天，老夫也不欲再辩个分明。

王钦若还欲再反驳，寇準却根本不再理会他，又冲刘娥一拱手。

寇準：娘娘，老臣坚信，大行皇帝定留下了遗诏！娘娘常伴大行皇帝左右，大行皇帝的身子精神状况，娘娘该是比任何人都清楚，泰山封禅，大行皇帝怕是知晓自己大限将至！娘娘不会一点感知也无吧？

刘娥神色微动，看着寇準，没有立即开口。

寇準：（续道）且不说苏大人所谓的口谕真假与否，若大行皇帝能传口谕给苏大人，为何不能亲书下遗诏？传位之事，关涉江山命脉，兹事体大，老臣绝不信大行皇帝是到了泰山之后，临时起念，给苏大人留下了所谓的遗命口谕！老臣大胆揣测，大行皇帝起驾前往泰山之前，定已安排好了所有事！

寇準说得有理有据，让苏义简、丁谓等人有点面面相觑，皆是知晓他所言或许非虚。

刘娥：（沉吟道）寇大人所言，确有几分道理。

寇准： 娘娘认同老臣之言便好！（又瞪了瞪苏义简几人）皇太子即位，谁辅政，此般大事，不以大行皇帝遗诏为准，难道就几个臣子私自决断了不成？君威圣仪何在？纲常礼法何在？

苏义简：（皱了皱眉）寇大人，若如你所说，大行皇帝另书有遗诏，那必会交托妥善之人保存，然阖宫上下，无一人听闻过此事，且能存放遗诏之处，大行皇帝的寝殿、御书房、文德殿，甚至是大庆殿，吾等皆细致搜寻过，未有任何发现！下官之言，太傅不信，你也不信，但事实就是，大行皇帝确实给下官传了口谕，下官不敢说自己比诸位大人更得大行皇帝信重，可保太子，支持太后垂帘之事，大行皇帝圣明，知晓下官确会比旁人更尽心几分，太傅方才说下官唤娘娘一声"嫂嫂"，可诸位大人也应清楚，太子唤下官一声"舅父"，娘娘和太子是下官至亲之人，若说下官有私心，那私心便是为娘娘和太子，为自己的家人鞠躬尽瘁！

刘娥和赵祯皆听得动容。

寇准：（却还是固执地）你为家人尽心，老夫为大行皇帝尽忠。

苏义简： 寇大人便非要曲解下官之意？

寇准： 老夫不是三岁小儿，不会被你巧舌如簧，三言两语蒙骗了过去。

苏义简： 大行皇帝亲传的口谕，难道就不是遗诏了？寇大人便非要去寻那有可能根本不存在的亲书诏书？

寇准： 你也说了，是有可能不存在，那便也是有可能存在。

苏义简一噎。

寇准： 娘娘，老夫要见一见大行皇帝身边的内侍总管，张景宗。

9.汴京皇宫　赵恒停灵宫殿　偏殿　白天　内景

张景宗因大行皇帝仓促晏驾，备受打击，一夜之间，亦显得尤为苍老憔悴，头发花白，身躯佝偻，有些吃力地便要在刘娥身前跪下。刘娥忙扶住张景宗。

刘娥： 公公立着说即可。

张景宗：谢娘娘！娘娘，诸位大人，遗诏之事大行皇帝从未在奴婢面前提及过，奴婢也不知究竟大行皇帝有没有书下过遗诏，自然苏大人所说的口谕之事，奴婢亦不清楚。只是奴婢伺候先帝多年，凭着一种主仆直觉，奴婢以为，寇大人所言不差，大行皇帝在去泰山之前，似是已感知了自己的大限。

寇准闻言，立即愈加理直气壮了。

寇准：老夫揣测得果然不错！大行皇帝必定书有遗诏！娘娘，此遗诏必须寻得！大行皇帝身后诸般事宜，也必须遵照遗诏处置！尤其是辅政之事，大行皇帝遗诏让垂帘，便垂帘，让选辅政大臣，便选辅政大臣。

寇准异常坚持，抑或是因没见到赵恒最后一面，产生的执念、固执，让在场的人皆无奈了，连苏义简都头疼起来。唯有曹鉴支持。

曹鉴：娘娘，老臣赞同寇大人之言。

苏义简愈发地头疼了。

丁谓：寇大人，依你方才所言，你反对太后垂帘，不过是因没有大行皇帝遗诏，丁某还以为，大人是真心为大行皇帝身后事，为辅政之事考量呢。

寇准：（怒道）老夫难道不是在考量吗？

苏义简：寇大人，你这是因未见上大行皇帝最后一面，而产生的不可理喻的执念！

寇准：（冷哼）二位大人不必多费心思阻挠老夫，大行皇帝的遗诏，老夫是寻定了。

苏义简：娘娘，还请你说一句话。

刘娥微微蹙眉，面露一丝难色，迟疑着未开口。寇准却又径直去问张景宗了。

寇准：张公公，你且仔细想一想，大行皇帝生前可说过何微妙之言？抑或是有何异常之举？特别是在去泰山前后。

张景宗：（沉吟）大行皇帝在世时，每日皆要与奴婢说上许多话，奴婢……（拧眉想了想）奴婢倒没感觉有哪一句尤为玄妙，当然也有可能大行皇帝说过，可奴婢粗心，未留意到！

寇準：那异常之举呢？

其余人等见寇准步步紧逼张景宗，皆有些无奈无语了。

张景宗：（皱眉苦思）异常之举……似乎、似乎也没……哦，对了，大行皇帝临去泰山前一夜，去探望过宸妃娘娘，不知晓这算不算？

寇準：宸妃娘娘？是了！是了！大行皇帝极有可能将遗诏交与一直居于冷宫的宸妃娘娘啊！

刘娥闻言，倒是心头一动。其余臣工亦是神色有了变化。

寇準：苏大人，你说关于遗诏之事，尔等问过阖宫上下的人，其中可包括宸妃娘娘？

刘娥：（哀伤地）寇大人，婉儿已于昨日薨了。

寇準：宸妃娘娘薨了？偏偏在此时？这便更为可疑了！遗诏指不定就在宸妃娘娘的寝殿里！（说着，寇準一施礼）娘娘，老臣请求搜宫！

10.汴京皇宫　李婉儿寝殿　正殿/庭院　白天　内景/外景

侍卫、内侍、宫娥，翻找着李婉儿寝殿内外的各处角落，衣柜、妆台、妆匣、屋梁、屋檐，甚至那殿顶，那水井里……皆一一寻遍。

寇準：搜！细致地搜！任何一处地方都不能放过……那殿顶，那横梁，皆要寻上一寻，还有床榻之下……对，对，敲敲墙壁，还有各类橱柜，看有无隔层……瓷器里，挂画后，都要检查……密室，对，找一找有没有密室……

寇準微驼着背，忙乎得走进走出地指挥着侍卫内侍宫娥们，仔细地搜寻。

苏义简、丁谓等几位股肱之臣皆立于庭院里。曹鉴倒尚算最是关注搜查，其余几人神色凝重间又带着几分淡淡的无奈，王钦若干脆坐到了水井边，将伤脚高高地架起，那神色间倒是毫不掩饰的无语。

有两侍卫正在搜水井。王钦若默默地白了两人一眼。

王钦若：遗诏掉水里，不都泡化了！你们能不能长点心啊？！

两侍卫：（尴尬）是，王相。

这话正好被从殿里出来的寇準听见，不悦地瞪了眼王钦若。王钦若只作没见。搜寻的人陆陆续续地向寇準禀报。

"大人，外殿没有！"

"大人，卧房没有！"

"大人，后厨没有！"

"大人，水井里也没有！"

……

寇準背着手，焦灼不堪。

寇準：再寻！再找！你们到底搜仔细了没有?！一定有！肯定有的！再去好好找一找！不要只搜你们眼睛能看得见的地方，那些看不见的易被忽视之处，才是最要留意寻找的！

其余几位臣工皆听得嘴角抽搐。

曹利用：寇大人，寝殿、御书房等地，吾等皆已寻过。

寇準：皇宫的每一处角落，你们都寻了？都如老夫这般寻了？

曹利用语塞，也皱起了眉。曹鉴沉着脸，欲言又止。

苏义简：是故，寇大人是真的打算将整个皇宫翻个底朝天了?！

丁谓：（嘲讽）寇大人，确实不拿自己当外人，倒是敢将皇宫当成自己家呢！

王钦若：陛下啊！您驾鹤西去，我大宋失主失君，臣民没了主心骨，这、这都乱成了何种模样啊！老臣不甚痛哉，不甚痛哉啊！老臣作为宰执，却是无能为力，老臣愧对陛下！愧对陛下啊！

寇準不满地一声冷哼，冷声斥责。

寇準：王相既心中有愧，则更应有所作为，而不是在其中和稀泥，如妇人般地号哭！

王钦若：（一噎）寇大人你……

寇準却是猛然又想到了什么，一拍大腿。

寇準：对了，遗诏会不会在宸妃娘娘身上？

王钦若：啊？

刘娥：你们折腾够了没有?！

便在此时，刘娥难掩怒气的声音自殿门处响起，她携着赵祯，一身凛然地来了。

四十五

1. 汴京皇宫　李婉儿寝殿　庭院　白天　外景

众人： 参见皇后娘娘！参见太子殿下！

殿内外，内侍宫娥，侍卫跪了一地，几位臣工亦俯身施礼。

刘娥看了看被翻得乱七八糟的寝殿，脸色更沉了几分。

刘娥： 遗诏可曾寻得？

刘娥并未点名问谁，几位臣工彼此看了看，皆在犹豫着要不要答。

寇准： 回娘娘，遗诏或者有可能在宸妃娘娘身上……

刘娥： 荒谬！寇大人，哀家感念你对大行皇帝一片赤诚，也信你所言并非妄言，方应允你寻遗诏，然宸妃刚薨世不久，你就将她的寝殿翻成了这般模样，此乃对亡故者之大不敬，便是连一点君臣尊卑也不顾及了吗？

寇准： 娘娘，老臣对宸妃娘娘并未有任何冒犯之心。

刘娥： 可你却有冒犯之举，更何况寇大人你现在竟然放肆地还要搜宸妃之身？

寇准： 老臣只是想——

刘娥： （打断）此事断无可能！宸妃现在已收殓入棺，寇大人若要搅得其得不到安宁，哀家第一个不答应！

寇准： 老臣不敢！可遗诏——

刘娥：（再次沉声打断）宸妃是哀家亲手换的寿衣，她身上有无遗诏，难道哀家不清楚？

寇準：（顿了下）既然娘娘如此说，老臣自然是信的。那老臣再去别处寻即可。

苏义简：（已忍不住怒道）寇大人还要寻？是不是你一日寻不到，所有人就得陪你耗上一日？！寇大人，恕下官直言，你这哪里是什么为君之心，简直、简直就是魔怔了，就是心病！

王钦若：（悲戚）苏大人所言，老臣深以为然！寇大人，要疯你一人疯，没人愿意陪你！难道、难道吾等就任由大行皇帝的梓宫停灵在上，一直这般没完没了地闹将下去吗？！陛下啊！陛下！是老臣无能，老臣无能啊！

寇準：（却还是异常地执拗）寻不到大行皇帝遗诏，何谈其他？！

丁谓：（微讽）是以寇大人之意，便真的是所有人都不需做事了，官员不为政，百姓不生活，朝廷空设家国不顾，我大宋朝上下臣民皆必须去寻一份还不知晓存不存在的遗诏吗？！

寇準紧绷着脸，梗着脖子，瞪着丁谓几人，一副就是死活不退让的样子。

寇準：遗诏，是一定有的！

刘娥：好了！几位大人无须再争辩！国不可一日无君，太子宜尽快即位，此事毋庸置疑，相信诸位大人该是无异议。

说着，刘娥一一扫过几位股肱之臣，皆赞同，便是连曹鉴，嘴角动了下，到底是没开口反对。

王钦若：这是当然啊！娘娘！

刘娥：（续道）大行皇帝入皇陵，同样干系重大！故哀家之意，太子先即位，登基仪式待大行皇帝下葬皇陵之后，再举行。至于如何辅政，届时再议，遗诏之事权且搁置。

曹利用：娘娘，即位事宜，娘娘安排甚是合理，然太子毕竟年幼，这期间恐还得有人辅佐朝政啊！

刘娥：那便暂时先议出几位臣工，共同辅政。

几位臣工神色微动，看了看彼此。

曹鉴：（试探地）娘娘不参与辅政？

刘娥：（淡淡地）哀家说的是臣工。

苏义简：不妥！娘娘，大行皇帝千真万确给臣传了口谕，娘娘垂帘辅政。

寇準/曹鉴：不可垂帘！

苏义简：二位大人，你们一位是大行皇帝的老师，一位与大行皇帝亦君亦友，且不谈君臣之义，大行皇帝驾崩，留下遗孀遗孤，他们没了依靠，难道你们就能恣意剥夺他们的权力？！娘娘听政已久，她更是太子的母亲，试问她对太子朝事的指点，吾等臣工真的能比吗？！娘娘一直以来对太子呕心沥血地教养与付出，你们皆看不到吗？！大行皇帝在天有灵，若是看到你们这般欺负他们孤儿寡母，该是恨不能复生，治尔等一个欺君之罪吧！

苏义简的一番话说得寇準和曹鉴神色滞了滞。

其余臣工亦汗颜。

刘娥面色微绷，面无表情，掩饰着那一丝脆弱。赵祯肃着小脸，伸手握住了刘娥的手，往刘娥身边靠了靠。那小手掌里传来的暖意，让刘娥神色微松，目光泛起丝丝温软，安慰地看了看赵祯。

赵祯：（冲众臣工道）大娘娘时常都会为本宫讲解朝事至深夜。

刘娥闻言，心中刹那酸楚难当，又甚是暖心，紧握了握赵祯的手，拼力忍着眼角那一点湿意。

王钦若：娘娘、太子，老臣提议，娘娘也参与辅政，至于最终辅政事宜如何定夺，依娘娘方才所言，容后再议。如今太子即位，大行皇帝入皇陵事大，确是耽误不得啊！

丁谓：臣附议。

曹利用/郭崇义/邢中和：臣附议。

苏义简目光沉沉地又看了看寇準和曹鉴。

苏义简：臣附议。

刘娥神色复杂，一时未语。

赵祯：本宫也以为，王相此议甚好，寇大人和太傅大人以为呢？

曹鉴：（顿了顿）太子既出此言，老臣……无话可说。

赵祯：（又看向寇準）寇大人呢？

寇準看了看似乎相当坚强的刘娥，再扫了扫一众臣工，拧着眉头沉吟片刻，似是很艰难地下了决定。

寇準：那，便依太子所言吧。

2. 汴京皇宫　赵恒停灵宫殿　广场　夜晚　外景

张景宗：奴婢参见娘娘。

刘娥：公公请起。

张景宗：（却没有起来）娘娘，奴婢有一事相求。

刘娥：公公但讲无妨。

张景宗：这段时日，奴婢每夜都会梦到大行皇帝，在梦里，奴婢还像往常一般，伺候着大行皇帝。（眼中泪光闪烁）奴婢请辞大内总管一职，待大行皇帝安葬入皇陵，奴婢想去为其守灵，继续陪在大行皇帝身边。

刘娥伸手，亲自将张景宗扶了起来。

刘娥：公公随侍大行皇帝左右，已有数十载了吧？！

张景宗：回娘娘，是的。奴婢自大行皇帝做太子那会儿起，便跟在大行皇帝身边了，（沉重地叹了口气，难掩几分追思地）奴婢见过大行皇帝为国事殚精竭虑，为皇嗣凤夜积忧，也见过大行皇帝因娘娘有孕、因太子降生而欢喜失态。

刘娥听得凤目中亦是浓烈的追思和深切的哀恸。

张景宗：（续道）大行皇帝高兴了，便喜与奴婢念叨上几句，不痛快了，也会拿奴婢出出气，更时常与奴婢说些体己话，（边说，边微微地笑着，却是泪水已流了下来，以袖子拭了拭）奴婢这大半生，都是陪在大行皇帝身边的。

刘娥：（涩然地）公公劳苦功高。

张景宗：奴婢无功，也不辛劳，能伺候大行皇帝这般一位仁德贤明之君，奴婢三生有幸！奴婢已习惯了陪在大行皇帝身边，说句大不敬的话，奴婢孤苦一人，早已把大行皇帝当成了自己的家人！大行皇帝崩殂，天塌地陷，奴婢如失了根的浮萍，惶惶然不可终日，痛心难当，是以还请娘娘成全奴婢，这辈子余下的日子，就去守着、陪着大行皇帝。

刘娥：公公！你为皇家，为大行皇帝，辛劳大半生，本该安享晚年。

张景宗：娘娘，奴婢去为大行皇帝守陵，便是安享晚年了。

刘娥：公公的此番请求，哀家原该应允，只是如今太子即将登基，宫中诸事繁杂，还需由谨慎且能掌控局面之人来操持，能担此任者，非公公莫属！公公是大行皇帝身边亲近之人，深得大行皇帝信赖，亦是哀家信得过的人，公公可否为了哀家和太子，再多辛劳几年？更何况公公是旧人，大行皇帝已不在了，哀家不想身边的故人越来越少！

张景宗：（感动得老泪纵横）娘娘！奴婢、奴婢心里也放不下娘娘和小太子啊……

刘娥：（动情地）公公可能应允？

张景宗情绪更为激荡，便要再次跪下去。

张景宗：感谢娘娘如此信重，以大任相托，奴婢愿为您，为太子，万死不辞！

刘娥拦住了张景宗的下跪。

刘娥：公公能应承便好！哀家也知晓，公公近日哀痛过度，且好生歇上一些时日，很多事可交由副总管雷公公暂时打理。

张景宗：多谢娘娘体谅！奴婢定尽职尽责，效忠娘娘和太子。

刘娥：公公对大行皇帝知之甚深……在公公看来，大行皇帝真的书有遗诏留下吗？

张景宗：（沉吟了下）回娘娘，此事奴婢确实不知，也不敢妄加揣测，（微顿了顿，语气倒是多了几分肯定）然以奴婢对大行皇帝的了解，有一点，奴婢知晓，不管有无遗诏，奴婢相信，大行皇帝都是要将江山和太子托付于娘娘的。

刘娥微微一震，闭眼，两行清泪自眼角无声滑落。

3. 汴京皇宫　御书房　白天　内景

御书房内，龙案之侧设了一凤椅。新议出的几位辅政臣工，苏义简、丁谓、郭崇义、曹利用，先后来到，看见凤椅，均未多言什么。寇準是最后一个来的，微驼着背，咳嗽得厉害，明显病得不轻。苏义简见状，立刻上前欲相扶。

苏义简：寇大人。

寇準却避开了苏义简伸出的手，微哼了声，明显还对之前苏义简支持刘娥垂帘怀有怨气。苏义简也不以为忤，还很是关切。

苏义简：大人一路奔波回京师，又是忧思悲痛，该在家好生歇息才是。

寇準：（毫不领情地）怎么，几位是新议出的辅政臣工，现在这御书房，只有尔等能来，老夫作为大宋的子民，还不能来拜见新帝了？

苏义简听得也生出了几分火气，语气淡了下去。

苏义简：下官并无此意。

寇準又是一声冷哼。

曹利用：（忙缓和气氛）寇大人不也是辅政臣工之一？

寇準：老夫可不敢当！老夫一介地方小官吏，怎和尔等股肱之臣相较？老夫回来，只为先帝，可不是要干那欺主揽权之事。

寇準边说，边不善地瞪了瞪丁谓。曹利用一噎。

丁谓恍若未闻，神色不露地立于一侧，脸上有着隐隐的傲气和不屑。

寇準看每个人都很不顺眼，挑剔地瞪视了一圈，最后注意到了那张凤椅上，当即一皱眉。

寇準：来人。

一直侍立在门口的张景宗立刻过来。

张景宗：寇大人有何吩咐？

寇準：（指着凤椅）那是怎么回事？

张景宗：此乃皇太后所坐的凤椅。

寇準：什么凤椅？与龙椅同设在上，平起平坐，不就是实质的垂帘吗？搬走搬走！

张景宗：（迟疑）这……

寇準瞪张景宗。张景宗就欲妥协，挥手召小内侍搬凤椅。

苏义简：不可！凤椅撤了，皇太后来了，坐于何处？

寇準：御书房是皇上和臣工商议朝事之处，后宫本就不应该来。

苏义简：寇大人，太后参与辅政，您也是同意了的，您现在这般，便有些胡搅蛮缠了。

寇準：（喳了喳）反正，就是不能设这么一张凤椅！搬走！

苏义简：不许搬！

两人对峙。张景宗左右为难。

"皇上驾到！皇太后娘娘驾到！"便在双方僵持之际，内侍一声宣驾，刘娥携着一身龙袍的赵祯来了。

众人：参见陛下！参见太后娘娘！

苏义简几人撩袍拜倒。唯有寇準只对赵祯施了礼。

赵祯有些紧张，握紧了刘娥的手，望向她。刘娥鼓励地以眼神示意。

赵祯：（肃穆着小脸）都平身吧。

寇準等人：谢陛下。

寇準一站起来，忙以眼神威胁张景宗，立刻将凤椅搬走，免得刘娥坐了。苏义简又以眼神制止张景宗。张景宗冷汗直淌。

刘娥注意到两人的暗暗较劲，又看了看其余欲言又止的几位臣工，再扫了眼那凤椅，当即明白了怎么回事。

刘娥：张公公，把那椅子撤了。

苏义简：太后——

刘娥：（断然地）撤了！

几位臣工皆是一愣，连寇準都有些措手不及，本已蓄足气力，准备和刘娥争论。

张景宗：是，太后。

这时，倒是丁谓开了口。

丁谓：太后，依臣之见，凤椅不须撤走，可设于下方。

刘娥：不必。

说着，刘娥示意张景宗。张景宗立刻指挥小内侍将凤椅抬走了。

刘娥：请皇上入座。

刘娥放开了赵祯的手。赵祯迟疑，刘娥鼓励地冲他示意，赵祯几步一回头,慢慢地行至龙椅侧,又回头看刘娥。刘娥微微一笑,点头。赵祯抿了下嘴角,终是坐了下去。几位臣工神色各异。

刘娥倒似没看见他们反应,径直开口。

刘娥: 皇上初登大宝,辅政之事也方初定,值此两朝交替之际,几位皆是朝廷的重臣,所思所虑所要做的,是如何内安臣民之心,外建我大宋新天子之威信,而不是纠缠于一些毫末之事。

苏义简/丁谓/曹利用/郭崇义: 太后所言极是,臣等惭愧。

寇準未开口,皱了皱眉,倒是没有反驳。

刘娥: 皇上和哀家现在最关心的是,皇陵修建进度和先帝下葬事宜,几位大人可心中有数?

丁谓: 回陛下、太后,先帝陵寝预计再有半年之期,便可完工,是以先帝下葬,安排在来岁孟夏之初,臣已让司天监邢大人卜算了宜下葬的黄道吉日,同时吩咐礼部着手准备治丧事宜,再有,关于先帝停灵寝殿的守卫,臣也做了部署,宫中禁军每二十四人一班,日夜轮流值守。此外,臣还向辽朝、党项等周边诸邦派遣了报丧使者。

丁谓一番话条理清晰,头头是道,语气中带着几分不容置疑,俨然已有了权臣之姿态。苏义简、曹利用、郭崇义三人对丁谓之姿态,皆大为不满,然丁谓有备而来,快他们一步安排好了一切,三人皆有点插不上话,脸色皆不好看起来。

刘娥: 还是丁相有心!其余几位臣工有何补充的?

刘娥说着,有意无意地看了眼寇準。寇準一直纠结于遗诏之事,根本没去做这些,此时对上刘娥的目光,难免有几分汗颜。苏义简三人也无话可说,皆惭愧。刘娥又看了看赵祯,示意。

赵祯: 那,一切便照丁卿的意思办,父皇的治丧事宜由丁卿全权负责。

丁谓: 是,陛下。(继而又取出一封奏疏)这是有关陛下和太后上朝听政的安排,陛下年幼,太后不宜过于操劳,是以臣奏请,陛下和太后于每月朔望两日,至文德殿上朝听政,若遇大事,请陛下和太后召辅政臣工共同商议解决,平日若无大事,则奏疏递交大清书院,呈给陛下和太后,于宫中批奏即可。

苏义简听得眉心一沉，立刻提出反对。

苏义简：丁相此议不妥，依照古制，理应是每五日太后和陛下至前朝听政，决议朝事。

曹利用：臣也以为不妥，陛下和太后久居深宫，仅有内侍传递政令，时日一长，此联结内外的纽带必定会出现腐败。

郭崇义：不错，若内侍与前朝的辅政之臣勾结，不但陛下和太后的安全得不到保证，且会威胁到皇权，更会陷江山社稷于危境。

丁谓：（淡淡一笑）内外勾结？本相的奏请只是为陛下和太后着想，倒还未想到这一层，（讽刺地）曹大人和郭将军想得挺深远，二位怕是忘了，自己也是辅政臣工之一吧，难不成二位现在已想着如何隔绝陛下和太后的视听了？

苏义简：（脸色沉了下去）丁谓你这是欺主弄权！

丁谓：本相不敢，本相和几位同属辅政之臣，自然应守望相助，为陛下和太后尽忠。

苏义简：（冷笑）这便是你丁相的忠心……

刘娥：（看了看手中的奏疏）苏大人，丁相为我母子二人考虑，此奏请也无不可。

赵祯点了下头，看向丁谓。

赵祯：朕准丁卿所奏。

丁谓：谢陛下！

苏义简、寇準几人皆脸色难看。刘娥神色清淡，瞧不出多少情绪。

4.汴京皇宫　御苑　临水亭阁　白天　内景/外景

刘娥与苏义简立于春莺阁对面的临水亭阁之内。忆秦上了茶点，自觉地带着所有侍女退了下去。刘娥望着那池中残荷，神色间难掩浓烈忧思。苏义简眉宇间凝着几分烦闷气愤。

苏义简：好不容易将曹太傅挡在辅臣之外，没承想丁谓竟……（看了看刘娥，压了压火气）嫂嫂，义简不解，你为何如此放纵丁谓为所欲为？

刘娥：皇上……我是说先帝，（声音微微嘶哑）……入皇陵紧要！

只要丁谓做事，我并不欲与他多计较。

苏义简：可他此番步步为营，摆明了便是想架空你和皇上，独揽大权。

刘娥：（微微苦笑）王钦若借着脚伤，告假在府，持观望之态，丁谓是参知政事，如今朝中上下，以他为大。先帝新丧，我孤儿寡母又如何压倒树大根深的副相呢。

苏义简：无小恶无以成大恶。此事若不从最初遏制，只会愈演愈烈。

刘娥：（轻叹了口气）受益年幼，我现在参政名不正言不顺，若对同为辅政的臣工疾言厉色，苛求责备，一则太没道理，二则稍有不慎，只会适得其反。

苏义简：（皱眉）嫂嫂！先帝确实留下口谕，太子即位，由你垂帘，现在是你以大局为重，不与他们计较，共同辅政，你又有何理亏？

刘娥回首，深深地看了苏义简片刻，终是缓声问出。

刘娥：义简，我有一句话，早便想问你了。

苏义简：嫂嫂请问。

刘娥：先帝、先帝真的留下了口谕吗？

苏义简眸色难辨，与刘娥对视一瞬，撩袍跪了下去。

苏义简：回太后娘娘，臣不敢矫诏。

刘娥目光深邃地盯着苏义简。苏义简抬头，目光毫不避让地与刘娥对视。

苏义简：太后娘娘，你早已助先帝处理朝事，且他对你爱重极深，不管是于情还是于理，先帝都会留下这般口谕，不是吗？太后娘娘有经国之才干，皇上年幼，先帝不将皇上托付于你，难道任凭辅臣环伺，欺主乱政吗？太后娘娘，你不该怀疑！

刘娥沉默半响，万千情绪自眼底划过，似乎终是松了口气。

刘娥：是！我不该、不该一再地怀疑。

苏义简闻言，垂下的眸子微微一缩，有一丝难辨的情绪划过。

刘娥：你起来吧。

这时，张景宗来报。

张景宗：启禀太后娘娘，冀王殿下要带王妃离开皇宫。
苏义简：（诧异）冀王夫妇为何还住在宫中？
刘娥：（难掩几分自责地）冀王妃小产了。

5. 曹鉴府邸　祠堂　白天　内景

曹利用一身朝服，直直地跪在曹家历代祖宗的牌位前。曹鉴驼着背，愤怒地将手中的拐杖打在曹利用的背上。

曹鉴：逆子！逆子啊！你可知罪？！

曹利用倔强地沉默着。

曹鉴气怒地又是狠狠几下。

曹夫人：老爷，别打了！别打了！他知晓错了！（心疼地看向曹利用）用之，还不向你爹认错！

曹利用：儿子没有做错。

曹鉴气结，便又要下手。曹夫人死死地拦着曹鉴。

曹利用依旧执拗地挺着背，就是不低头。

曹鉴：（怒不可遏）你、你都害得思齐小产了，还没有错？

曹利用：她本就不应该进宫，不应该去鼓动冀王夺位，更不应该把整个曹家都牵扯进去，她这是在拉着所有人同归于尽！

曹鉴：混账！你还有理了？若不是你配合刘娥和郭崇义，冀王怎会被困于宫中？

曹利用：爹，您难道真的以为冀王能成事？就算儿子回京先将先帝驾崩之讯告知于您和冀王，可你们是手中有兵，能逼宫，让太后母子让贤，还是能获得百官的拥戴，将名正言顺的大宋继位者太子给废了呢？

曹鉴一噎，瞪圆了眼睛瞪着曹利用。

曹鉴：不管怎样，都不会像现在这般，任人鱼肉！

曹利用：（无奈地）夫螳螂乎，怒其臂以当车辙，不知其不胜任也！爹，您为何就是看不透此理呢？！

曹鉴：老夫还不需你个竖子来教训！

曹利用：太后参政已久，太子虽年幼但聪慧敏锐，太子即位称帝，太后辅政，本就是顺理成章不可逆之事！爹，您是太傅，是先帝的老师，即便您不顾及与先帝的那份师生之情，那大宋呢？大宋的江山社稷安稳呢？您自小教导儿子要忠孝传家，为家尽孝，为国尽忠，您呢？您固执了一辈子的"兄终弟及"，这便是您对大宋的忠心吗？您到底忠的是大宋，是赵氏皇族，还是冀王殿下？或者说，是您的私欲呢？

曹鉴一巴掌狠狠甩在了曹利用的脸上。

曹鉴高高举起的第二巴掌却是打不下去了，气得浑身发抖，怒瞪着曹利用。曹利用一字一顿，语气低沉而坚定。

曹利用：爹，您的那条路是死路！

曹鉴微微一震。曹利用微吸了口气，嘴角划过一抹自嘲。

曹利用：从来在朝堂之上，儿子战战兢兢，与他人讲话时都谨小慎微，您真的以为是儿子软弱，是儿子胆小怕事？

曹鉴微愣。

曹利用：（讽刺地）那是因为爹您锋芒太露，树敌太多，儿子才不得不每一步都走得那般如履薄冰！官场无朋友，朝堂无是非！儿子也怕啊，怕哪一天您真的触怒天颜，怕墙倒众人推，怕我曹家成为第二个潘家！

曹鉴身子一晃。

曹利用：拟即位诏书之时，明明大势已去，爹您还要去动那不该有的心思，而今虽是几位臣工与太后一同辅政，然太后毕竟已掌了权，指不定将来还会再进一步，太后若是要再挑我曹家的不是，儿子此前一番作为，岂非皆要前功尽弃？

所有人皆愣怔地看着曹利用。曹鉴被曹利用的一番话深深打击，看着曹利用满脸的执拗之色，曹鉴的目光变得复杂，猛然发觉，素来在他印象之中有些软弱的儿子竟如此有主张，变得他似乎都不认识了，可这份执拗与他又是何其相像，甚至比他更坚持、更险恶。

曹鉴：你何时变得这般有主张了？！

曹利用：爹，您忙于您的抱负、您的志向，从未好好地正眼看过儿子！就像您从未好好地想过您的所作所为，会为我娘、为我曹氏一族带来什么一样！

曹鉴脸色难看到了极致，死死地瞪着曹利用，猝然悲苦地笑开。

曹鉴：好好好！

曹鉴说罢，怆然地转身，驼着背蹒跚地离去，留下一句。

曹鉴：此后……曹氏一族的荣辱，便由你曹用之看着办吧！

曹利用：这大宋将来能呼风唤雨的只有一个人，那是赵祯！能为曹氏一族遮风挡雨的也是一个人，那是我！

"哐当"，曹鉴手中的拐杖猝然落地，回头，复杂地看着眼前已缓缓站起身的曹利用。

6. 王钦若府邸　正堂　白天　内景

李氏跪于榻上点茶，王钦若闲闲地半躺于一侧，想事情微微出了神。李氏点好一盏茶，递给王钦若。

李氏：老爷在想什么？

王钦若：（有些自嘲地轻笑了下）书生志在九霄，倒是老夫小瞧他了！（慢慢品了一口，愈发地感慨）没承想老夫当初千挑万选的女婿，竟是这般有权力欲望之人。

李氏：老爷后悔了？

王钦若：（叹道）后悔倒不至于！只是……全则必缺，极则必反，老夫怕他野心太大，终有一天反受其殃，连累了玉茹，也连累了我王家。

李氏：那老爷该去好好点拨一番丁姑爷。

王钦若：（却摆摆手）新帝登基，太后与几位重臣共同辅政，此时正是朝中权力最动荡之时，指不定咱们家的这位姑爷能趁势而起，架空太后，独揽大权，那样于我王家也不失为一桩大幸事啊！

李氏：可是……妾身始终觉得，此事太过于凶险。

王钦若：名利危中来，富贵险中求嘛。

李氏皱了皱眉，欲言又止，顿了顿。

李氏：老爷也是辅政臣工之一，为何不自己去争取？或者，帮一帮丁姑爷？

王钦若喝尽一盏茶，稍稍起身去帮着李氏煮水，意味深长地扯了下嘴角。

王钦若：老夫的脚还伤着呢，得多告几天假养养，不着急。

四十六

1. 汴京皇宫　皇太后寝殿　外殿　白天　内景

刘娥和赵祯一前一后地进殿，两母子因方才在御苑发生之事，脸色都还不太好看。

赵祯：（硬邦邦地）大娘娘有何训示？朕恭听完了，还得去资善堂呢。

刘娥轻叹了口气，伸手去拉赵祯。赵祯却赌着气，让开了。

刘娥：受益，为娘知晓近些日子你心里不好受，可你怎能一声不响地躲起来，让大家着急，还爬上阁顶那般危险之处，若是摔着哪里，你让为娘……

赵祯：（微微抿了抿唇）朕已是皇帝了，不是孩童，知晓何事能做，何事不能做。

刘娥：（无奈地）你是男孩，有些心事自然更愿意和你父皇说。

赵祯紧绷了脸色。刘娥看了看赵祯手里紧紧捏着的弓箭。

刘娥：要不改日我让你舅父带你去狩猎？

赵祯：（气愤地吼道）朕说了，朕已不是孩童，不需要人陪着游玩！更何况，舅父是舅父，父皇……是父皇，没人可替代！为何大娘娘总是以为，失去什么，可用旁的来弥补呢？

刘娥：（神色僵住）为娘不是那个意思，（语气发涩，尽力温和地）

为娘自是知晓,有些人,有些情感,无可替代!(苦涩地笑了笑)你确实长大了,为娘、为娘都不知如何、如何能开解你了!还记得你在襁褓之中时,那温温软软的小模样——

赵祯:(冷冷地打断)朕让大娘娘失望了?

刘娥:怎么会呢?你父皇……不在了……你是新帝,于国来说,社稷重担自此要你来担起,于家而言,你是为娘唯一的支撑。

赵祯神色微滞,捏着弓箭的手指用力了几分。

刘娥:(眼眶微微发红)为娘承受不起你再有任何危险!你父皇曾说会尽他所能,护我们母子周全,现在我们的天没了,即使为娘力量薄弱,也不能让你受了伤害,为娘也只想尽己所能,护你周全!不想你出现任何的差池!

刘娥轻轻拉过赵祯,爱怜地抚着他的小脸。

刘娥:我儿本还在无忧无虑的年龄,奈何生在帝王家!有时候,为娘盼着我儿快些长大,能担起一国之君的责任,然有时为娘却不想你那么快长大,想让你多享受一些这个年龄该有的快乐!

赵祯:朕想要快些长大,做一个像父皇那般的好皇帝,守护大宋江山,保护大娘娘。

刘娥一下幸福地笑了,眼泪跟着掉了下来。

刘娥:嗯,好!我儿不愧是你父皇的皇子!

2.曹鉴府邸　庭院　白天　外景

郭玉娴带着小曹汝甫一回府,正微微焦灼地候于堂前的曹利用立刻迎了上来,看见小曹汝,眼里顿时流露出一丝失望之色。

小曹汝:爹爹!

曹利用尽量神色不露地将小曹汝抱了起来。

曹利用:来,告诉爹爹,今日去皇宫开心吗?

小曹汝:(偏着脑袋想了下)还行。

曹利用忍不住微微失笑,爱怜地揉了揉小曹汝的头发。

曹利用:小机灵鬼,可遇上何有趣之事?

小曹汝:(又想了下)遇上了一个人。

曹利用：是谁啊？

小曹汝：皇上。

曹利用一惊，又是一喜。

曹利用：汝儿见到皇上了？你和他……

郭玉娴：官人！

曹利用：（反应过来，和颜悦色地）汝儿先去练琴，待会爹爹来陪你。

小曹汝：（懂事地）是，爹爹。

待女将小曹汝带了下去。

待小曹汝走远，曹利用忙不迭地开了口，急切的声音中压着一丝怒火。

曹利用：汝儿都见到皇上了，为何没留在宫中？我不是让你设法留下汝儿陪清悟吗?!

郭玉娴：妾身提了，可太后未表态，妾身总不能将人强留下吧。

曹利用：太后可喜欢汝儿？

郭玉娴：看不出来。

曹利用：看不……你怎么连这也分辨不出?! 皇上呢？皇上可喜欢汝儿？

郭玉娴：（顿时有点无语）官人！孩子现在还小……

曹利用：不！不！凡事预则立，不预则废！

说着，曹利用询问地迫切地看着郭玉娴。

郭玉娴：（无奈地叹了口气）皇上似乎……似乎颇为青睐汝儿吧。

曹利用顿时又看到了希冀，喜不自胜。

曹利用：这便好！这便好！我吩咐你的事可做了？

郭玉娴：（愈发地无奈）按官人你的吩咐，妾身已请了教书先生来为汝儿授业。

曹利用：可是汴京城里最好的先生？还有绣娘、琴师、点茶师傅，可都请了？我全要汴京城里最好的！

郭玉娴：（蹙眉）汝儿还是个小姑娘，怎么能学得了那许多？

曹利用：（根本不管）还是我亲自去安排吧！（说着，便朝堂内匆匆走去，边走边高声喊道）管家！

3.寇準府邸　厢房　白天　内景

苏义简探望病重的寇準。寇夫人引着苏义简进了厢房。

寇夫人：苏大人，请。

寇準脸色苍白憔悴，看去甚是虚弱，正靠坐于床榻，握着一卷竹简读着，闻言抬头看来，见是苏义简，当即脸色一沉，冲寇夫人大吼。

寇準：谁允许他进来的？

寇夫人：（横了寇準一眼）苏大人，你别和他一般见识。

苏义简笑了下，将手中提着的礼盒递上。

苏义简：此乃一点滋补身子的药材，还请夫人笑纳。

寇準：不许收！

苏义简：太后着人一直在皇宫里寻找遗诏。

寇準显然不相信地冷哼一声。

苏义简：（无奈地长叹一声）先帝若真有亲书的遗诏，对大人与下官，对我等大宋的臣民而言，那是先帝遗命，是须谨遵的圣谕，然对太后呢？对太后意味着什么？大人可曾想过？

寇準瞪着苏义简。

苏义简：那是她丈夫的临终之言啊！先帝与太后感情如何，大人也是跟随先帝多年之人，想来不须下官赘述，难道她不比我等更上心吗？

寇準微微语塞，不过还是紧皱着眉头。

寇準：太后的心性，老夫确也了解几分，然在权力之前，还是至高无上的皇权，谁又能确保一个人的心性永远不会变？当年武曌初入宫廷，难道就会存了武周代唐之心？

苏义简：下官现在无论说什么，都很难改变大人的一些想法，那我们且拭目以待，看太后是否有吕武之恶。

寇準沉着脸。

苏义简：是以大人更应尽快养好身子，大人或许有所不知，太医们日日入贵府，对大人的病情一日三问诊，皆是太后的叮嘱，便是下官，虽也早有心登门探望，然就怕大人将下官赶出门去，一直拖到了今日，也是太后多番催促啊。

寇準神色滯了滯。

苏义简：下官也不隐瞒，太后有意复大人的相位，届时大人便能入朝亲自监督。

寇準神色更为复杂了几分，顿了顿，到底放不下面子，硬邦邦地接了句。

寇準：只要老夫活着一天，决不允许有人篡了赵氏江山，取大宋王朝而代之。

苏义简：太后和下官，与大人绝对是一般的心思，（微顿了顿，意味深长地）故大人得分得清敌友啊。

寇準：（神色一动）你要说的，是丁谓揽权之事吧？

苏义简的神色整肃了几分，点头。

寇準：（微哼）当时他之所以支持太后垂帘，看来是早有准备。

苏义简：是，如今寇大人你病重，王相告假，隔岸观火，朝中数丁谓的官职最高，下官与曹大人、郭大人等臣工皆是拿他无可奈何啊！（微顿了顿）能制衡、压制丁谓的，怕是也只有太后了。

寇準没有立即接话。苏义简也不急，目光深邃地静待着。寇準沉吟半晌，方缓缓开口。

寇準：你帮老夫给太后带一句话。

苏义简：下官愿意效劳。

寇準：朝望两日，皇上和太后才上朝听政，未免对前朝失了掌控，要摆脱此困境，关键之处，是那个专门负责呈交奏疏之人。

4. 汴京皇宫　御书房　白天　内景

"皇上驾到！皇太后娘娘驾到！"蓦地，一声内侍的宣驾声响起。

刘娥携赵祯入内。

苏义简等四人：参见皇上！参见太后娘娘！

赵祯：几位卿家不必多礼，起来吧。

龙案之侧的那把凤椅已撤了，赵祯落座后，见刘娥没有座位，立即站了起来。

赵祯：大娘娘，要不您坐朕的龙椅？

刘娥心中一暖，微微笑着摇了摇头。

刘娥：为娘不坐，立着便好，皇上坐下吧。

赵祯犹疑了下，方缓缓复又坐下。苏义简几位臣工一时有些尴尬。刘娥对他们的尴尬之色，恍若未见，反而赐座。

刘娥：几位大人也请坐吧。

苏义简等四人：谢太后娘娘赐座。

很快，忆秦领着几名侍女，给苏义简四人送上茶点。四人愈发地惊疑，随即发现茶盘内除了茶点，竟还各多出了一份奏疏。

刘娥：这些奏疏，几位大人看看吧。

四人拿起奏疏翻阅，苏义简、曹利用、郭崇义三人皆难掩意外之色，只有丁谓神色不动。苏义简三人又看了看彼此手中的奏疏，均脸色难看起来。郭崇义率先忍不住开了口。

郭崇义：丁相，我等呈给皇上和太后娘娘的奏疏，皆由臣工们公议，我等四人共同具名，为何这几份奏疏之上，仅有丁相你的署名？

丁谓：本相事务缠身，难道三位大人有无具名这等事，也须本相亲自确认？本相还未责怪尔等疏忽职守，竟未查阅所有奏疏呢！

郭崇义：（气结）你！

曹利用：（亦沉声道）这显然是丁相你瞒着我三人擅自做了决定，现在却反诬我三人未尽职守，丁相此举，未免太过分了些！

丁谓：曹大人慎言！说本相擅作主张，可得有证据。

曹利用：这些奏疏还不是铁证吗？

丁谓：太后娘娘明察，臣只是恪尽了自己的职守，阅奏疏，具名，至于三位大人为何未具名，臣作为参知政事，确有失察之罪，却担不了曹大人所谓的"专断"之名。

苏义简眉眼微利，示意了下手中奏疏。

苏义简：贬户部侍郎、知郓州李迪大人为衡州团练副使，此等贬黜官员之大事，似乎应是我等四人与臣工们商议之后，再具名上呈给太后娘娘和皇上的吧？然此份奏疏之中，也仅有丁相你的署名啊，下官可不记得丁相与我三人，或者是其余臣工议过此事。

丁谓：本相具名，乃是本相同意此事，至于你三人未具名，或是此事还未经过公议，便呈于宫中，本相不是呈递奏疏的内侍，如何事无巨细皆知晓？

苏义简：丁相倒是把责任推得一干二净啊！

丁谓：本相问心无愧。

刘娥：如此说来，这些奏疏，之所以会出现这般的纰漏，皆是呈递内侍之责了。（继而冲一侧的张景宗道）张公公，此事由何人负责？

张景宗：回太后娘娘，向来由副总管雷允恭负责呈递奏疏。

刘娥：立刻把他唤来。

张景宗：是，太后娘娘。

张景宗冲小内侍示意了下。小内侍快速地退了出去，去传唤。

刘娥清淡的目光一一扫过下方侍立的四人，郭崇义和曹利用皆难掩几分责怪之色地瞪着丁谓，苏义简尚好一些，丁谓则安然若素。

气氛一时有几分诡异的安静。

赵祯：大娘娘，您可要坐下歇息一会儿？

刘娥：（柔柔地一笑）为娘不累。

赵祯在刘娥安抚的目光下，懂事地点了点头。

少顷，内侍将大内副总管雷允恭领了进来。

雷允恭：奴婢参见皇上！参见太后娘娘！

刘娥：雷公公，奏疏皆是由你呈递宫中的吧？

雷允恭：回太后娘娘，是的。

刘娥：这些奏疏之上，仅有丁相具名，其余三位辅政臣工均未具名，你呈递之时，未查验清楚吗？

雷允恭：这……（偷眼看了眼丁谓）此事……此事奴婢并不知晓，奴婢向来均会逐一查验的，该是不会出错，或者，或者这几份奏疏验看漏了……

刘娥：大胆！一句验看漏了，便想将所有罪责推卸掉？！你既负责呈递，怎能不验看细致具名之情况，便随意将这些具名不全的奏疏呈于皇上和哀家，混乱朝事。

雷允恭一下慌了，叩下头去。

雷允恭：太后娘娘恕罪！奴婢确实不知啊！每日奏疏甚多，奴婢不慎，疏忽一二，还请太后娘娘恕罪！还请太后娘娘恕罪！

丁谓：太后娘娘，雷公公所言，并非全是狡辩，还请太后娘娘对之从宽处置。

苏义简：丁相这般说，倒似乎此事与你无关了。

丁谓：本相倒想向苏大人请教，雷公公都说是他疏忽了，不知本相还有何处做错了？

刘娥：够了！此事，确是雷允恭之责。

苏义简：太后！

刘娥：丁相作为辅臣之首，诸事繁重，难以面面俱到，其情可谅，再者说，这些奏疏之上，缺的可是尔等三人的具名，三位亦都是辅臣，商议具名之事也应多加留意，若丁相遗忘，尔等也别忘了提醒。

苏义简/曹利用/郭崇义：（只得忍下）臣等谨遵太后娘娘教诲。

丁谓：多谢太后娘娘体谅。

刘娥：至于雷允恭……

丁谓：（忙接口道）太后娘娘，雷公公也是无心之失，好在此事并未造成何严重之后果！臣京中事多，难以尽山陵使之全责，臣奏请，让雷公公代臣去洛阳监工，为先帝修建皇陵，将功补过。

刘娥：（沉吟了下）既有丁相为你求情，雷允恭，哀家便罚你免去大内副总管一职，责任山陵都监，即日前往洛阳，监工皇陵进程。

雷允恭：奴婢谢太后娘娘圣恩！（微顿了下）谢丁相！

5. 汴京皇宫　赵祯寝殿　外殿　白天　内景

小曹汝好奇地摸着以前赵祯和寿康演丝戏搭起的简易台子。

小曹汝：这是做何用的？

赵祯：以前朕和寿康姐姐演丝戏，搭的简易台子。

小曹汝：（讶异）陛下竟还会演丝戏？

赵祯：你不信？

小曹汝柔柔地笑了笑，不置可否。

赵祯：朕可给你演上一段，权且当是还你上次吹曲子给朕听。

小曹汝：陛下没说笑吧？

赵祯略带傲气地一笑，从台子下面抽屉里翻出木偶。

小曹汝：（摸了摸木偶）这木偶做得十分精细呢，栩栩如生。

赵祯：汴京城里最好的木匠所制，哪能差呢。（边说，边将丝线穿好）只是这丝戏演起来，须得有鼓点配合，方能尽显其中妙处。

便在此时，小清悟拿着纸鸢自内殿跑了出来。

小清悟：陛下、汝儿，你们陪我去放纸鸢吧。

小清悟目光触到赵祯手中的木偶，顿了下，不过很快也便没放在心上了。

赵祯和小曹汝对视一眼，明显两人皆不想去。

小曹汝：表姐，我没有放过纸鸢。

小清悟：纸鸢你都没玩过？！（小大人般地摇头叹气）你不要成天看那么多书，你才多大啊，琴棋书画皆要学吗？！

小曹汝腼腆地笑了下。

小清悟：（豪气地）这个很简单的，我教你。现在姑丈和姑姑又不在，你偷偷玩玩，没事的。

小曹汝面露为难之色。

赵祯：（见状，立刻道）你不要勉强人家。今儿日头太大，朕也不想出去。

小清悟：（脸一耷拉）啊？

赵祯见小清悟可怜巴巴的样子，又过意不去，冲榻上看书的苏明允唤了声。

赵祯：明允，你过来。

苏明允：陛下有何吩咐？

赵祯：你陪清悟去放风筝。

苏明允：呃，陛下，小的也不喜……（见赵祯不容置疑的眼神，只得妥协）那好吧。（一副认命的样子冲小清悟道）请吧，郭小姐。

小清悟看了看赵祯和小曹汝，有些不情愿离开。

小清悟：陛下，你应承过给我画纸鸢的，一直没画呢。

赵祯：（无奈地）改日再给你画吧，你现在手中不是有一只吗？先放这只。

小清悟还有些迟疑。

赵祯：你再不去放，便没有好风送纸鸢了。

小清悟：那好吧，我先去玩了，待会儿再回来陪你们读书。苏明允，走吧。

说着，小清悟一手拿着纸鸢，一手拽着满脸不情不愿的苏明允，蹦蹦跳跳地出去了。赵祯和小曹汝看了看彼此，默契地微微失笑。

赵祯：清悟虽年长于你，然行事说话，倒是你更像姐姐。

小曹汝：表姐性子开朗，活泼好动，不像我这般疏懒。

赵祯：（叹道）还是温柔娴静一些好。

小曹汝听得小脸微微泛红，看了看赵祯手中的木偶。

小曹汝：我不会击鼓，但学过笛子和琴瑟，倒是懂一点音律，若是陛下不嫌弃，我可以试试敲鼓点配合陛下的丝戏。

赵祯闻言，顿时眼底一亮。

赵祯：如此甚好，自寿康姐姐走后，已许久没人陪朕演丝戏了。

6. 汴京皇宫　廊下　白天　内景/外景

刘娥与苏义简缓步穿过廊下，内侍和宫女远远地跟着。

苏义简：嫂嫂以为曹利用此人如何？

刘娥：审时度势，趁势而为。

苏义简：嫂嫂倒是将他看得十分透彻。（微顿了顿）当初先帝在泰山之巅驾崩，丁谓牵制住我，曹利用主动请缨，赶回京师报信，本来我还有些担心，没想到他不但毫无贻误地将讯送到，还帮嫂嫂控制了京师。

刘娥：他是个聪明人，懂得该如何做选择，（顿了顿，语意微深）比起执拗的曹太傅，他更圆滑，也更深沉有心机。

苏义简：那曹利用女儿之事，嫂嫂又作何想法呢？

刘娥想了想，却是微微摇头浅笑了下。

刘娥：很多事确实可算计，可步步经营，然情感却最是不能。离受益大婚还有几年，我相信我没看走眼，清悟纯真烂漫，人机灵，心地良善，是最适合受益之人，他们会慢慢培养出感情的。

苏义简：但愿皆如嫂嫂所言。

这时，两人恰好转过了拐角，无意一抬头，便见朱红宫墙另一侧，那万里碧空下，一只蝴蝶形状的纸鸢，拖着长长的尾巴，高高地飞舞着，隐隐还有小姑娘银铃般的笑声传来。

刘娥那凤目里不觉泛起了浅浅清漪，唇角一抹温软的笑意，轻声念出。

刘娥：妾发初覆额，折花门前剧。郎骑竹马来，绕床弄青梅。同居长干里，两小无嫌猜。

7. 松香阁 雪杉岭 夜晚 内景

松香阁雪杉岭内，案上摆了精致的酒菜，丁谓正一人独斟独饮。片刻，包厢的木门被推开，一人身披暗色大氅，头戴风帽进来。

来人朝丁谓施了一礼。丁谓示意对面的位置。

丁谓：坐。

来人落座，风帽掀开，露出的竟然是雷允恭的脸。

雷允恭：（奉承地）下官一路过来很小心，该是没人瞧见。

丁谓不动声色地看了他一眼，执起酒壶给他斟酒。

雷允恭：下官来吧。

丁谓却是让开他的手，径直给两人各斟了一盏，旋即端起酒盏。

丁谓：这一盏是为赔罪，奏疏一事牵累了雷大人。

雷允恭：丁相哪里话，若非您在太后面前力保下官，还不知太后会如何惩处下官呢！且您还帮着谋得了这样一份好差事，是下官该感谢于你，这盏下官敬您。

丁谓：奏疏一事，本相也有所疏忽，雷大人宽量，不计较便好。

两人对饮一盏。丁谓又斟了第二盏酒。

丁谓：这第二盏酒，为雷大人饯行，出得这皇宫皇城，山川天地广阔，自有雷大人风云化龙，大展拳脚之机。

雷允恭：往后还得仰仗丁相多多提携。

两人对饮下第二盏酒。

雷允恭：下官一直在大内伺候，对官场之事，许多不太精通，丁相此前负责修建皇陵事宜，不知可否为下官指点一二？

丁谓：（淡淡看了雷允恭一眼）先帝晏驾，入皇陵为朝廷上下第一等大事，山陵都监可说是官小权大，试问各部官员有谁敢怠慢，敢不全力支持配合雷大人？（微顿了顿）钱粮人手，大人有任何的要求，皆可随时向朝廷提出。

雷允恭：丁相之意是，洛阳皇陵那边，下官可全权做主，也包括……一些账目之事？

丁谓：账目，还是名目，不都在雷大人笔下？

雷允恭：（眼底划过一道精光）那三司那边？

丁谓：雷大人莫不是忘了，本相曾任三司使，现任的三司使亦是本相的门生。

雷允恭当即会意，忙执起酒壶给丁谓斟酒。

雷允恭：往后还得烦劳丁相多为下官费心。

丁谓：本相与雷大人知己相交，自当和衷共济。

雷允恭：丁相抬爱，下官受宠若惊！

丁谓继而拿出一张交引。

丁谓：这张交引雷大人收着，至洛阳后，可去本相名下的交引铺兑换些银钱，雷大人新官上任，总有些打点须用得着。

雷允恭：这，不太好吧？

丁谓直接将交引塞到了雷允恭手中。

丁谓：与本相，雷大人便不用客气了。

雷允恭迟疑了下，便将交引塞进了袖中。

雷允恭：那下官便却之不恭了，（边说，边又执起酒壶给丁谓斟酒）投桃报李，丁相放心，下官不是糊涂之人。

四十七

1. 丁谓府邸　正堂　白天　内景

"啪",丁谓火冒三丈地狠狠甩了丁献容一巴掌,打得他一个趔趄。

丁谓:不孝子,你在外混账便算了,竟然打公主,那是可以随便打的女人吗?!

丁献容捂着脸,甚为不服气。

丁献容:公主怎么了?公主也是入了我丁府,是我丁献容的内人,夫为妻纲,我还不能管教她了?!更何况,是她先动的手。

丁谓:她打你,你就受着。

丁献容:爹,我可是你的儿子,你能不能公平一点!陵阳待我如何,你不也看在眼里吗,就她那个成天寡淡的样子,我娶的不是公主,是尼姑!我养个外室怎么了?难道当驸马,连妾室都不能有了?那我宁愿不当!

丁谓气得又举起了巴掌。丁献容忙躲了躲。

丁谓:混账东西,你可真会挑时候!还嫌你爹我近来麻烦不够大吗!

丁献容:你可是参知政事,谁敢找你麻烦啊!

丁谓:(气得头疼)去,到祠堂给我跪着,没我的允许,不准起来。

丁献容欲反驳。丁谓凌厉的一眼瞪来。

丁献容：……是。

丁献容怯怯地退了出去。王玉茹自后堂出来。

丁谓：我怎么养了这么个成事不足败事有余的不孝子!

王玉茹：献容这次确实做得过分了，毕竟陵阳还怀着身孕。现在陵阳回宫了，只怕太后娘娘已然知晓了此事，妾身还以为官人会立即带着献容进宫赔罪呢。

丁谓：（微微眯眼）兵者，诡道也。

王玉茹微讶。丁谓握住王玉茹的纤手。

丁谓：夫人爱看兵法，可还记得唐太宗李世民如何释义兵道之诡谲？

王玉茹想了下，摇头。

王玉茹：还请官人指教。

丁谓："朕观千章万句，不出乎'多方以误之'一句已。"

王玉茹：（咀嚼）多方以误之?!

丁谓眼底划过一道莫名的光。

2. 汴京皇宫　司天监　观象台　夜晚　内景

刘娥衣袂飞扬地立于观象台上，面容在月华之下显得分外清冷，一股不可逼视的威严散发开来。邢中和立于刘娥身后几步开外，寡然的神色间难掩一丝忐忑。

半晌，刘娥毫无情绪起伏的声音响起。

刘娥：关于迁移皇陵之事，哀家要听邢大人的实话。

邢中和：（不自觉地咽了咽口水）禀太后娘娘，臣确实……确实测算出皇陵上移百步，法宜子孙，然……然……

刘娥：（声音一沉）然什么？

邢中和：（一下跪伏在地）然极有可能挖出山石和水。

刘娥：（瞳孔微缩）为何当时瞒而不报？

邢中和：只因……只因那时，丁相和王相皆支持迁移皇陵，没容臣道出口，不过事后，臣已将实情告知两人，然丁相言不会有何问题，让臣不必……不必禀于太后娘娘和皇上。

刘娥：狂妄！邢大人，你忠的是君，还是他丁谓？

邢中和色变，重重地磕下头去。

邢中和：臣誓死效忠太后娘娘和皇上，绝不敢生二心，忤逆犯上！

刘娥微微闭了闭眼，强压下怒火。

刘娥：今夜哀家与邢大人的谈话，不可再传入第三人之耳。

3. 汴京皇宫　皇太后寝殿　外殿　白天　内景

忆秦引着丁谓和丁献容父子进得殿来。本来在座的陵阳公主已避到了内室。

丁谓：臣携逆子，见过太后娘娘。

刘娥：起来吧，丁相、驸马，不必多礼。

丁献容起身，见陵阳公主不在，开口便问。

丁献容：太后娘娘，陵阳在何处？

丁谓狠狠地瞪了眼丁献容，他讪讪地住了嘴。

丁谓：太后娘娘，臣教子不严，已狠狠责罚了这忤逆之子。

丁献容闻言，不自觉地摸了下此前被打的脸。

刘娥淡淡地扫了眼父子二人，却是未语。

丁谓：（只得又道）太后娘娘，夫妻之事还是须留待他们自己解决为好，您看可否请公主出来一见？

刘娥：陵阳是公主，殴打公主，那便是在侮辱皇家，不管他是不是驸马。

丁谓神色一顿，知晓刘娥是故意给丁献容安上这样的罪名，当即火大地一脚踹在了丁献容腿上，丁献容毫无防备地跪倒在地。

丁谓又是狠狠地甩了丁献容两巴掌，丁献容彻底被打蒙了。

丁谓：（面无表情地）如此，太后娘娘可满意？

刘娥神色未露半分地平静回视着丁谓。

丁献容终于回过神来，委屈地捂着脸，朝内室大喊。

丁献容：陵阳！陵阳你出来！你再不出来，我爹就打死我了！陵阳！陵阳救命啊！陵阳……

4.汴京皇宫　皇太后寝殿　外殿　白天　内景

丁献容：陵阳，我知晓你在！别生气了，出来吧，陵阳。

看着演戏的一对父子，刘娥几不可见地牵了下唇角，端起茶盏，悠然地品了一口，"嚓"，茶杯盖不轻不重地碰到了杯沿，丁献容的呼叫卡在了喉间。

刘娥：丁相何必如此，公主虽是公主，然毕竟与驸马是夫妇，如丁相方才所言，两夫妻之事，旁人插手，总是有些不妥。

丁谓被刘娥的话气得差点背过气去，还得强行忍着。

丁谓：那敢问太后娘娘，现在可否请公主出来相见了？

刘娥：公主见不见由她自己做主。

丁谓一噎。丁献容见状，又朝内室大喊。

丁献容：陵阳你出来好不好？要打要罚，我丁献容任凭你处置，陵……

丁谓羞恼地低低呵斥了一声，刘娥摆明了就是故意刁难他们父子，而丁献容竟还大呼小叫，不知轻重。

丁谓：没眼力见的东西！

丁献容完全感知不到丁谓的难堪，被骂得愈发地委屈，一脸无辜地望向丁谓。

丁献容：爹，陵阳不出来，现在该怎么办啊？

丁谓几乎气得扶额，狠狠瞪了眼丁献容，差点又给他一巴掌，吓得丁献容缩了缩脖子。

便在此时，张景宗匆匆进来，将一份奏疏呈上。

张景宗：启禀太后娘娘，苏大人差人加急递进宫一封奏疏。

刘娥接过奏疏，打开没看几眼，脸色便冷肃到了极致。丁谓神色微动，正欲开口，哪知刘娥却直接冷冽地将奏折递给了他。

刘娥：丁相看看吧。

丁谓疑惑地接过，一看之下脸色亦是大变。

丁谓：皇陵，再次出水了？

5.汴京皇宫　赵恒停灵宫殿　正殿　白天　内景

偌大的灵殿里，仅有刘娥孤零零一人，她面无表情地方点了一炷香，赵祯便匆匆自殿外奔进来。

赵祯：（急切地）大娘娘，朕听闻父皇的陵墓又出水了！

刘娥恍若未闻，径直给赵恒上了香。

赵祯：（愈发急了）此事可当真？

刘娥这才看向赵祯，脸上还是没有一丝表情，嘶哑地答了一个字。

刘娥：是。

赵祯：您当初便不应下令迁移皇陵！

赵祯话一出口便后悔了，见刘娥的神色，愈发地愧疚，微微避开了刘娥的目光。

赵祯：朕……朕不是……

刘娥未多言什么，只是拿过一炷香递给赵祯。

刘娥：先给你父皇敬一炷香。

赵祯羞愧，立刻点香祭拜。

刘娥轻抚着赵恒的梓官，难受而自责。

刘娥：你说得对，为娘不该轻易便应允移皇陵。

赵祯：朕……

刘娥：只是……你父皇子嗣单薄，终其一生，也仅留下你这么一个皇嗣，（微微吸了口气，眼角微湿润）你父皇生前，因此而时常在为娘面前自咎是他福薄，德不类，上累于祖宗，下负于万民，为娘每每念及，皆心如刀割！是故当时听得"宜子孙"之言，难免心动……是为娘未及细查，思虑不周！愧对于你父皇！

赵祯：（自责地）大娘娘，朕错怪于您了。

刘娥微微摇头，盯着赵恒的梓官，神情愈加地悲戚。

赵祯：（拧眉思索了下）皇陵出水，现在要如何解决？

刘娥：你舅父得知此事，已第一时间赶去洛阳，为娘也传了懿旨，让他便宜行事，另着邢中和亦立刻赶往，看有何补救之法，是否须重新定陵点穴。

赵祯：大娘娘，朕不明，迁移皇陵乃是邢中和推测错了，为何您不罚他，反而还要用他？

刘娥：皇上以为，此次事件中，最应惩治之人是谁？

赵祯皱眉。

刘娥：皇上可细致想一想，当初是谁极力主张迁移皇陵。

赵祯稍一沉思，做恍然状，又有些不可思议。

6. 大理寺　牢房　白天　内景

阴暗的牢房里，饭菜撒了一地，食盒翻倒。

一个狱卒被押了，诚惶诚恐地跪伏在地，被苏义简秘密押解回京的雷允恭正被关于此处，此时，他脸色难看地跌坐于一旁。曹利用坐在旁侧，淡淡地指着狱卒。

曹利用：说，你受何人指使，毒杀雷大人？

狱卒仅是一个劲儿地磕头求饶。

狱卒：大人饶命！大人饶命！小的也是身不由己。

曹利用：如实招来，我留你一命。

狱卒：大人，小的不能说！小的要是说了，家中妻儿……（又是猛地一阵磕头）大人放过小的吧！

曹利用：（微微眯眼）我保你一家性命。

狱卒：（死撑）大人你、你就是杀了小的，小的也不……不能说！

曹利用摆手示意一侧的侍卫，侍卫拖狱卒至曹利用面前。狱卒有些不明所以地警惕瞪着曹利用。曹利用凉薄地笑了下，忽而拿起一旁的食盒，狠狠砸向狱卒。狱卒顿时头破血流。雷允恭吓得一哆嗦。曹利用抬手狠掐住狱卒的脖子。

曹利用：我耐心有限，大不了就是多花费上几日追查，（边说，边手上微微使力）最后问你一次。

狱卒脸色青白，浑身抖如筛糠。

狱卒：那、那人位高、位高权重！

曹利用：姓名。

狱卒掰着曹利用的手，几近窒息地。

狱卒：大、大人先放、放开……

曹利用稍稍松开手。狱卒得以稍稍喘息，却似有更深的恐惧攫取着他，目光闪了闪，狱卒陡然拼力挣开曹利用的钳制，不顾一切地扑过去拔出旁边侍卫腰间的剑，刺向雷允恭。曹利用反应极为迅速地一脚踢开狱卒。雷允恭瘫软崩溃地缩在一角。

曹利用：来人！押他下去，严加拷问，定要审到他开口，若是不招，（嘴角划过一抹阴森的冷笑）妻儿也不必留了。

侍卫将狱卒押了下去。曹利用接过侍卫递来的手帕，擦了擦手，这才转身，一脸亲切地将雷允恭扶了起来。

曹利用：雷大人，受惊了。

雷允恭脸色发白，后怕不已。

雷允恭：是何人、何人要杀我？

曹利用：（故作疑惑地）大人自己也不知晓吗？

雷允恭摇头。

曹利用：（苦恼地皱了下眉）听闻你们回京师路上，可是遭到了数次暗杀！对方也算是精心谋划，有备而来，可能未料到大人竟活着回了京师，有些狗急跳墙了。

雷允恭：（惊疑不定地）数次暗杀？

曹利用：大人不是都经历了吗……（状似反应过来什么）难不成大人一直以为是有人要救你？

雷允恭神色一滞，显然被猜中了心思。

曹利用：（难以置信地）大人你真是……那一次次皆是致命的杀招啊！（微顿了顿）不是还给你们下过见血封喉的毒吗，难道救大人之人，会未卜先知偏偏大人不会中毒？

雷允恭本就不好看的脸色霎时更为难看了几分。

曹利用：若不是有苏大人在……（故意欲言又止，一声长叹）

雷允恭脸色变幻不定。

曹利用：（又淡淡地补充道）对了，还有一事，大人或许不知，你在京师的府邸也被人一把火烧了。

雷允恭：（难掩激动地）何人所烧？

曹利用：开封府还在追查之中呢，天子脚下啊，竟有人如此大胆，敢纵火行凶！（看了眼雷允恭已快绷不住的神色）不过大人放心，且耐心等上几日，会水落石出的。

雷允恭喘着粗气，神情沉了下去，火气已然蹿了上来。

曹利用：（适时地关切追问道）难道大人真的不知晓这一切是何人所为吗？亦无怀疑之人？

雷允恭犹疑不定地看向曹利用。

7. 汴京皇宫　文德殿　白天　内景

随着内侍总管张景宗的一声宣驾声，刘娥与赵祯联袂而来，玉阶之上亦仅有龙椅，赵祯皱眉，便欲开口唤内侍给刘娥设座。刘娥微摇头，阻止了赵祯，示意他坐下便好。

众臣工：参见陛下！参见太后娘娘！

赵祯：众卿平身。

刘娥：今日，哀家和皇上召众卿前来，只为一事。先帝皇陵两次出水，众卿该是皆已知晓。

下方众臣工大都面色凝重，王钦若神色间难掩一丝忐忑，丁谓倒是没多少表情。

刘娥：移穴之命，乃哀家所下，哀家失察，深自引咎。

王钦若：（忙步出班列）太后娘娘言重了，皇陵出水非人力所致，太后娘娘实不必自责。

刘娥：然哀家之失察，却是因有人刻意蒙骗于哀家和皇上，欺负我孤儿寡母，更陷先帝于不安。

众臣工：臣等惶恐。

刘娥：人生一世，草木一秋。即便是普通百姓，也求个入土为安。汉唐帝陵，自皇帝登基伊始，便开始修建，耗时数十年，奢华异常，更不用说始皇帝的骊山帝陵，其规模宏大，远胜百代！我大宋与前朝动辄开山为陵相较，已是简朴至极，不过就是个浅坑，稍稍存些皇家体面罢了。可即便这点体面，有些人也不愿意给！（说到此处，眉眼间一片犀利）几次三番地建议，胡乱地建议，欺骗哀家和皇上，尔等可真的将先帝放于心上？可还给皇家留下一点颜面？可还对我孤儿寡母存有一点善念？

王钦若：（当即跪了下去）太后娘娘息怒！臣有罪！臣不该胡乱听信人言，便妄自建议皇陵移穴，然臣也是听闻司天监邢大人说，迁移陵墓可宜赵氏皇族子孙，臣作为大宋的臣子，自然是鼎力支持，臣对大宋，对太后娘娘和皇上，一片忠心，天地可鉴，望太后娘娘和皇上明察。

刘娥还是没有理会王钦若，看向苏义简。

刘娥：苏大人，你将你所查到的，细细道来。

苏义简：是，太后娘娘。经臣亲到洛阳皇陵详查，皇陵出水，一则是迁移后，地质自身问题，二则是因施工怠惰，木料石材以次充好所致。臣还查到，山陵都监雷允恭中饱私囊，挪用朝廷拨放的修建钱款。

王钦若：（立刻又大呼）太后娘娘，此事臣绝不知晓！臣，从未参与修建陵墓之事——

刘娥：你闭嘴！

刘娥忍无可忍地呵斥，若有若无地扫了眼丁谓。丁谓一直神色不露。

刘娥：雷允恭现在何处？

苏义简：臣将其秘密押解回京师，交给了大理寺，由曹大人亲自审讯。

这时，一个内侍进来禀道。

内侍：禀太后娘娘，曹大人在殿外求见。

丁谓几不可见地眯了眯眼。

刘娥：宣。

曹利用：臣参见太后娘娘。

刘娥：起来吧，曹大人审讯雷允恭，可有结果？

曹利用：幸不辱使命，罪奴雷允恭已全部招供。

丁谓闻言，瞳孔猛地一缩。

曹利用：（将手中的文书呈上）此乃雷允恭的认罪书。

刘娥：呈上来。

张景宗上前取了认罪书,呈给刘娥。

刘娥接过文书,越看脸色越沉,最后凌厉的目光直扫向丁谓。

刘娥:(沉沉地)丁相可认罪?

王钦若闻言一惊,惊疑不定地看向丁谓,却见丁谓嘴边挂着一抹讽刺,淡淡地笑了下。

丁谓: 臣不知太后娘娘所指何罪?

刘娥: 曹大人,你且将这认罪书上所书,给丁相细致说说。

曹利用: 是,太后娘娘。据罪奴雷允恭交代,他接手修建皇陵之前,修建工程的钱款已挪用严重,在他离京赴洛阳之时,丁相寻到他,将其中的"关节"点给了他,雷允恭受丁相之惠,对其言听计从,此后两人内外勾结,将账目亏空之事暂且掩盖了过去,继续挪用国库,本来两人还想着如何在最后将所有账目抹平,没承想邢大人突然提出迁移陵墓,丁相当即告知雷允恭,此乃他们的天赐良机,迁移必定耗费巨资,稍做手脚,那么一切账目可平。只是没想到,皇陵迁移却意外地出水了,还出了两次,后苏大人迅雷而至,真相再无可能遮掩。

曹利用道完,满殿皆惊,王钦若尤甚,震惊错愕不已地瞪向丁谓。

刘娥:(冷厉地)丁相好一番工于心计、上下其手之计较啊!

丁谓浑身上下散发着冷冽的气息。

曹利用: 雷允恭在京师的私宅虽被烧了,然其实他将所有账目,还有与丁相往来的书信,皆收藏在洛阳。臣已全部拿到,请太后娘娘过目。

内侍将那些账目和书信呈上。刘娥拿起,翻了翻,最后重重地掷在了丁谓脚边。

刘娥: 铁证如山,丁相还有何话说?

丁谓面无表情地撩袍跪下,相当干脆。

丁谓: 臣,认罪。

王钦若惊怒地指着丁谓,张了张口,又望向刘娥,却是一句求情的话都道不出来。刘娥沉沉地看了看丁谓。

刘娥: 传旨,丁谓、雷允恭中饱私囊,挪用修建皇陵之钱款,致使工程出现严重纰漏,延误先帝葬期,免丁谓参知政事,贬为平江府知州，雷允恭免去山陵都监，待先帝下葬后，终生为先帝守灵。邢中和瞒而不报，责其辅助新上任的山陵使，于旧穴重建陵墓，务必于工期内完工，戴罪立功。王钦若妄言移穴，罚俸一年。

王钦若/丁谓：臣谢太后娘娘圣恩！

王钦若和丁谓拜伏了下去，王钦若喊得有些力不从心，丁谓则语调清冷得多。

8.汴京皇宫　御苑　白天　外景

御苑里景色怡人，然陵阳公主眼底眉间那淡淡的愁绪，却与周遭格格不入。丁献容谨慎小心地陪在其身侧，尽量扯出一个自然的微笑。

丁献容：陵阳，多日不见，你看着似乎胖了些，这肚子也大了不少呢，我儿子……

说着，丁献容便伸手去摸陵阳隆起的腹部。陵阳公主避开了他的手。丁献容讪讪地收回手，尽力保持着笑容。

丁献容：儿子近来没折腾你吧，可听话？

陵阳公主：你从来也没关心过这些。

丁献容：我……我这不是……（尴尬地舔舔嘴角）你回宫不少时日了，我，没你在府里，我很不惯，挺……挺思念你的。

陵阳公主淡淡地瞥向丁献容。

丁献容：我说的皆是发自肺腑的真心话！那个柳儿，我已打发了，城东那处宅子，我也卖了！你要不信可以问——

陵阳公主：（打断）你究竟想说什么？

丁献容：（再次舔了舔嘴角）我……你何时回府啊？要不今日我便接你回去？

陵阳公主神色没多大起伏，静静地盯着丁献容。

陵阳公主：你要说的，只有这些？

丁献容讨好地笑。陵阳公主转身便欲走。

丁献容：（一下跪了下去，拽住了陵阳公主的手）陵阳！我求求你，救救我爹，救救丁府上下！

陵阳公主看了看满面哀求的丁献容，轻叹了口气。

陵阳公主： 爹的事，我无能为力。

丁献容： 陵阳，你虽贵为公主，可也是我丁府的媳妇，你也叫我爹一声家翁的，你难道忍心看他出事吗？我丁府没落了，对你又有何好处？

陵阳公主本来神色复杂，听到最后一句，不觉冷了几分脸色。

陵阳公主： 我只是公主，无权干涉朝事，你不必多费唇舌。

丁献容： 你连一句求情的话，都不肯在太后面前讲吗？

陵阳公主： 你回去吧。

说罢，陵阳公主转身便走。丁献容急了，一下站起来，追上抓住了陵阳公主的胳膊。

丁献容： 你赶我走？你什么意思？你从此以后都不打算回府了吗？

陵阳公主： 你放手！我不想与你再纠缠下去。

丁献容： 不想与我纠缠？你是看我爹被贬了，我丁府倒了，想撇干净自己！

陵阳公主： 你放手！

丁献容： 我不放！你今日必须把话给我说清楚！你现在是不是偷着乐呢？什么柳儿的事，根本就是借口，眼下更是趁着我爹出事，你想和我划清界限，我就知晓，你早便不乐意和我过下去了，你心里就还念着——

陵阳公主：（沉声打断）你住口！

丁献容：（冷笑）怎么？你都敢做，还怕我说啊！

陵阳公主：（气得脸色发白）我没你那么厚颜无耻！

陵阳公主边说，边欲挣开丁献容的手离开。

丁献容：（强硬地拽着陵阳公主）不许走！不说清楚不许走，你……

二人激烈拉扯，刚好他们所站之处乃是一处台阶之上，丁献容一个不慎，失手将陵阳公主推了下去。

9. 汴京皇宫 皇太后寝殿 外殿 白天 内景

垂幔如烟，不断有细碎的呻吟声自内室传出，间或还有侍女端出那一盆盆的膻腥血水，一身冷肃坐于榻上的刘娥见状，脸色更是暗沉了几分。

杨璎珞自殿外仓促地进来，打手势。

杨璎珞：（画外音）姐姐，陵阳如何了？

刘娥面色沉冷，没有回答。

侍女甲： 回太妃娘娘，太医正在里面呢。

杨璎珞点点头，见侍女不断地端出血水，担忧地直皱眉。忆秦又快步自外进来。

忆秦： 太后娘娘，丁驸马跪于殿门外，请求入内探视公主。

刘娥：（怒叱）让他滚！

忆秦和杨璎珞一下惊愕，似已许久未见刘娥发这般大的火了。

忆秦应了声，连忙转身出去传话。杨璎珞上前，握住了刘娥的手。这时，黄太医自内室出来，跪在了刘娥身前。

黄太医： 太后娘娘，臣无能，公主小产了。

杨璎珞震惊不已。刘娥却是神色冷肃到了极致，未语。

黄太医：（顿了顿）此外……

刘娥： 此外什么？

黄太医： 公主以后将不能再受孕。

刘娥感到一阵头晕目眩，扶住额头，闭上了眼。杨璎珞急得紧握住刘娥的胳膊。

刘娥：（疲惫地挥挥手）你退下吧。

黄太医退了出去。半晌，刘娥喑哑地缓缓开口。

刘娥： 女子不能受孕！受孕之艰难，这般的苦哀家太清楚了，没想到陵阳正当年华，竟也……（难受地叹了口气，立了起来）我们进去看看她吧。

忽然，内侍锦布帘子一掀，脸色苍白虚弱不堪的陵阳公主，由侍女扶着出来了。

刘娥： 陵阳，你怎么出来了？

刘娥伸手便要去扶陵阳公主，她却已在刘娥身前跪下，虚弱而坚定。

陵阳公主：太后娘娘，请您下懿旨，允臣妹和丁献容和离。

刘娥：（怜惜而悲伤地看着她）你即便不说，哀家也是此意。

陵阳公主：谢太后娘娘！

10. 汴京皇宫　御书房　白天　内景

那龙案之后，赵祯端坐。苏义简、曹利用、郭崇义三人侍立下方。刘娥立于一侧半开的雕花窗子旁，背对几人，望着窗外满苑初现的秋意，那单薄的背影透着几分萧索与孤寂。

苏义简：陛下、太后娘娘，臣接到洛阳传回的消息，先帝陵寝重新定陵点穴后，新穴修建顺利，预计再有月余便可完工。

赵祯微松了口气，旋即又想到了赵恒即将下葬，不免情绪又低落了几分。

赵祯：那父皇的葬期可重新测算了？

苏义简：回陛下，司天监重新择了黄道吉日，先帝下葬之期定在下月戊申日。治丧相关事宜礼部已准备妥当。

赵祯点点头，看向刘娥的背影。

赵祯：大娘娘，你以为呢？

刘娥没有立刻回答，这时一阵秋风簌簌吹过，卷起片片落叶，那瑟瑟作响声中，刘娥似一声轻叹，语气复杂而弥漫了忧伤，还有一丝明显的自责。

刘娥：终是误了先帝葬期啊！

苏义简三人顿时惭愧，垂手静立，未敢接话。

赵祯：（难受地）大娘娘！

刘娥回过头来，虚弱地笑了下。

刘娥：为娘无碍。（继而朝苏义简三人道）几位大人可还有事要禀？

曹利用：启禀太后娘娘，辽朝吊唁使者已入汴京城，请求觐见太后。

刘娥：（沉吟片刻）不见。

下立三人皆是意外地一愣。

赵祯：（也很诧异）大娘娘为何不见辽朝使者？

曹利用：是啊，太后娘娘，这若是不见，也得有一个不见之理！

刘娥：皇上该是知晓，澶州盟约，是先帝与何人所签？

赵祯：辽之承天皇太后。

刘娥：（点点头）先帝视承天犹从母，故无嫌。澶州盟约约定两邦为兄弟之邦，先帝与辽之当今皇帝耶律隆绪即有了兄弟之名，若按此辈分论，哀家与那耶律隆绪又是何关系呢？

其余四人皆怔了怔。

郭崇义：叔嫂？

刘娥：正是！叔嫂之间，礼不通问。

四人又愣了下，随即反应过来，均面露钦佩之色。

苏义简/曹利用/郭崇义：太后圣明！

11. 汴京皇宫　御苑　春鸾阁　黄昏　内景/外景

鸟鸣清脆，陵阳公主正于春鸾阁内喂食那金丝笼子里的一只牡丹鹦鹉，却不觉发了呆，直到一道清润的男声响起。

苏义简：臣参见公主。

陵阳公主猛然回过神来，抬头，闯入眼帘的便是苏义简那张温柔含笑望着自己的脸，陵阳公主怔了怔，随即有几分难掩的局促。

陵阳公主：苏大人，你怎么来了？

苏义简将手中提着的一摞药包交与陵阳公主。

苏义简：臣来探望公主。

陵阳公主看着手中的药包，神色复杂。

陵阳公主：你……你都知晓了？

苏义简：公主还请养好身子，少思少虑，一切都会过去的。

陵阳公主：（微微苦笑）难得大人还记挂着我。

一句话落，两人之间一阵微妙的沉默。蓦地，一阵鸟啼，两人皆朝鹦鹉看了去。

陵阳公主：大人可认得我这笼中养的鹦鹉，是何品种？

苏义简：（看了看）牡丹鹦鹉。

陵阳公主：是啊，牡丹鹦鹉，据闻是因其深情的天性而得了此名，它们终生与伴侣形影不离，原该是养一对儿的，（再次苦笑了下）可我却偏偏只养了一只，大人可知为何？

苏义简：臣愿闻其详。

陵阳公主：（苦涩地）早知惹得千般愁，悔不天生解薄情。只有这般形单影只，方才像是我养的吧。

苏义简：公主年华正茂，实不必如此自怜自伤，他日定能再遇良人。

陵阳公主：（自嘲地一笑）是吗？！

苏义简正欲接口，陵阳公主却是话锋一转。

陵阳公主：大人为何一直不成家？

苏义简神色一顿。

陵阳公主：大人若觉得我问得唐突，可以不答。

苏义简：其实也没什么，臣只是习惯了孑然一身。

陵阳公主：习惯？！

陵阳公主轻轻地咀嚼此两字，带有几分研判地望着苏义简。

苏义简坦然回视。

陵阳公主：（旋即意味深长地微一勾唇）大人怕是曾经沧海难为水吧？

12. 寇準府邸　庭院　黄昏　外景

天际如彤的暮云低垂，晚风拂过，那火红的枫叶零星飘下，与满地的落叶混在一处，带出了几分秋的萧索。

枫树下有一张石桌，其上置了一个红泥火炉，煮着一壶酒，寇準正将那红叶一把把地扔进红泥火炉里，酒香蒸腾。红叶煮酒，寇準和刘娥沉默对酌数杯，还是刘娥先开了口。

刘娥：皇宫里能找之处，哀家皆吩咐人寻遍了，确实未有任何发现。

寇準一口饮尽杯中酒，依旧沉默。

刘娥：（微叹了口气）寇大人勿要多心，哀家别无他意，仅是来探病的。

寇準复杂地看了看刘娥，终是开了口。

寇準：太后娘娘处置丁谓之事，臣听闻了，利落果决，颇有先帝之风。

刘娥闻言，如鲠在喉。

刘娥：先帝……

刘娥执起酒杯，一饮而尽。

寇準：应对辽朝使臣，太后娘娘亦有礼有节，在外邦面前树立起了强硬不可欺之形象，免去了外邦因先帝驾崩，幼主登基，而生了异动！听闻党项李德明还特意上书，自称赵德明，且亦和辽朝一般在其属国内为先帝设灵堂治丧。此般种种，太后娘娘当得起一位上朝大国之执政者。

刘娥：（寡淡地笑了下）然而寇大人还是不认哀家。

寇準再次沉默了，饮下杯中物。

刘娥看了看寇準，倒没任何的责怪之色，拿起酒壶，给两人斟了酒。

刘娥：哀家生于卑微，长于贫贱……（品了一口酒）还记得以前蜀川住过的那低矮潮湿的小茅屋，当年……当年跋山涉水，辛苦来到汴京，最初的心愿，不过是能有一口饱饭吃。（想到什么，唇角划过一丝若有若无的笑意）后来，遇上了先帝，改变了哀家的一生，哀家不再是无依无靠的孤女，先帝给了哀家一个家、一份情，因为先帝，哀家走进了那座皇宫，更是因为先帝，哀家涉朝事听政务。

寇準：太后娘娘巾帼不让须眉，若身为男儿，必封侯拜相，国之栋梁。

刘娥：哀家同寇大人说这些，并无祈求、规劝之意，哀家只是想说，先帝之于寇大人，亦君亦友，哀家与先帝，是夫妻，是君臣，更是知己！寇大人对先帝，鞠躬尽瘁，丹心相许！哀家对先帝，同样地，深恩永不负！

寇準微微一震，目光更为复杂地看着刘娥。刘娥坦然回视。

四十八

1. 永定陵　山路　白天/阴天　外景

天际阴云翻滚，刺骨寒风狂卷，一片萧索肃杀之气蔓延开来。

白色的纸钱漫天飞扬，那六十四面引魂幡在凛冽的寒风中呜咽，那卤簿仪仗队中，陈列展示着各种兵器、幡旗，以及各样式纸扎的、绸缎制作的、陶制作的"冥器"。

刘娥容颜清瘦，深眸里俱是哀戚，乌鬓斜绾，一身的麻衣，与同样身着麻衣、悲戚的赵祯，行在送葬队伍的最前，他们身后是身着缟素的后宫嫔妃、皇亲国戚以及文武臣工。另还有身披黄色袈裟、手持法器的和尚行在其间，不断地诵着经文。诸人护着真宗的灵驾，缓缓朝那帝陵进发。

一片缟白的殡仪队伍蜿蜒数里，连绵不断。

哀声四起，恸哭震颤，普天同悲，帝王出殡。

2. 永定陵　白天/阴天　外景

近了，终是近了，那掩映在巍然山峦间的皇陵终是近了，拱浩瀚天地，踩九州大陆，不愧为帝王长眠之地，刘娥却一瞬间红了眼眶。

浩荡的仪仗队停下。山风猎猎，近千人鸦雀无声，浓烈的悲戚蔓延。

王钦若步上前，朝刘娥和赵祯施了一礼。

王钦若：陛下、太后娘娘，先帝的陵寝……到了！

赵祯小脸沉肃到了极致，猛地握紧了刘娥的手。

刘娥凄怆神色带着一丝恍惚，周遭的一切在她似乎都不存在了，目光所及，唯有赵恒的梓宫。她放开赵祯的手，一步，一步，缓缓上前，来到了梓宫旁，颤抖着双手，轻轻抚上了那冰冷的棺盖，声音轻柔，如对着情人低喃。

刘娥：三郎，今生能与你相遇，相知相伴，做你的妻子，刘娥此生无憾！此生足矣！（抬眼望了望巍峨的皇陵）你……你安心去吧，天下黎民，万里山河，还有我们的儿子，我替你守着，等我守不动的那一天，便来寻你，与你相会！

刘娥眷恋不舍地摩挲了梓宫半晌，自袖中取出一块锦帕（正是那块她绣给赵恒的）展开，十六个字清晰如许：宜言饮酒，与子偕老，琴瑟在御，莫不静好。

刘娥唇角划过一丝虚弱的温柔笑意，继而将锦帕塞到了梓宫的棺盖缝隙里，再顿了片刻，终是依依难舍地自棺盖上移开了手，稍退后了半步。

刘娥异常艰难地自齿缝间吐出一个字。

刘娥：葬！

3. 寇準府邸　后院　白天/阴天　外景

寇準孝服都还没穿好，边系着扣子，边虚弱得晃晃悠悠地自廊下匆匆奔来。寇夫人担忧地紧跟在侧。

寇夫人：老爷，你慢些，你这身子……

寇準：（见马车还未套好，当即火大地吼道）车夫呢？不是让你着人套好马车吗？！

寇夫人：（迟疑）这……老爷，这时辰去，怕是赶不上送灵了……

寇準：（眼一瞪）阴阳隔而不通，老夫未能见上先帝最后一面，已抱憾至斯！此最后一程，如何能不去相送？！

说罢，寇準不再理会寇夫人，自顾自地冲上前，自马厩里拉出一匹马，去套车。

寇夫人担忧得不行，实在无法，只得上前帮着套马车。

老夫妇俩哪里会套马车，手忙脚乱却是根本套不好，马一乱动，才发现那马车竟然只有一只轮子，气得寇準狠狠地踹了一脚马车，又是一阵剧烈的咳嗽，伴随着一阵心悸。寇夫人忙扶住寇準。

寇夫人：你莫要逞强了！先帝在天有灵，你的心意他会知晓的。

寇準一把推开寇夫人，拼力地支撑着，便朝府门方向奔去。

寇夫人又连忙追上去。

寇準刚奔上台阶，蓦地，身形一顿，一口鲜血喷出，浑身瞬间被抽去了气力，一下半跪在了地上。寇夫人神色大变，仓皇地扑了上去扶起寇準，慌张地以衣袖去擦拭寇準下颌的血渍。

寇準已是病入膏肓，强弩之末了！他不甘地紧紧望着院墙外那阴沉沉的天空，眼角晶莹闪烁，嘴角丝丝缕缕殷红的鲜血流下，嘴唇颤抖。

寇準：只、只有天在上，更无山与齐，举头红日近，回首白云低……陛下！陛……

4. 汴京皇宫　皇太后寝殿　内殿　白天　内景

刘娥抱恙在榻，形容苍白憔悴地靠坐在床榻一侧。

赵祯亲奉汤药，刘娥接过药盏喝下。

赵祯：苦吗，大娘娘？

刘娥慈爱地凝望着赵祯，摇了摇头。

赵祯自王渐手中接过一碟蜜饯，奉给刘娥，殷切地望着她。

刘娥：（拿起一粒蜜饯放进口里）甜。

赵祯一下笑了，自己也捡起一粒尝了尝，连连点头。刘娥又给赵祯喂了两粒，赵祯也给刘娥喂。两母子分食着一碟蜜饯，甚是温馨有爱。

这时，忆秦进来禀道。

忆秦：太后娘娘、陛下，苏大人、王大人、曹大人、郭大人四位大人在殿外求见。

刘娥神色微顿，脸上的笑容淡了下去。

赵祯：大娘娘若是不想见，直接回了他们便是。

刘娥：（温和地看着赵祯）四大辅臣一道来见，若是回绝，总归有些不妥。（朝忆秦道）让他们进来吧。

片刻，苏义简四人被引了进来，于珠帘外参拜。

苏义简/王钦若/曹利用/郭崇义：臣参见陛下，参见太后娘娘。

赵祯：几位卿家不必多礼，起来吧。

苏义简四人：谢陛下。

赵祯：不知几位卿家前来，所为何事？

王钦若：（奉上登基诏书）回陛下，此乃依据先帝所留口谕遗命，臣等四人与众臣工商议之后，同拟出的登基诏书。

赵祯神色一顿，看了眼刘娥，示意忆秦将登基诏书奉入内。

赵祯接过登基诏书看了看，随即递给了刘娥。

苏义简：如今，先帝已入皇陵，陛下登基仪式宜择日举行，届时请太后娘娘正式垂帘，权同处分军国事。

刘娥看了看登基诏书，神色没有多大的变化。

刘娥：皇上的登基仪式，尔等议定章程，呈上来给皇上和哀家过目即可，至于垂帘之事，暂且搁置。

苏义简：太后娘娘，先帝口谕，句句犹在臣之耳！臣食君之禄，忠君之事！还请太后娘娘勿负先帝所托！

说着，苏义简一撩袍子，跪了下去。

王钦若：（旋即也跪了下去）太后娘娘垂帘，名正而言顺，乃天意之所在，臣民之心所向，请太后娘娘万勿推辞！

曹利用：（跟着跪了下去）太后娘娘，所谓当仁不让，用于此处或者不当，然还请太后娘娘垂帘，助陛下拱卫大宋江山。

郭崇义：（亦跪下）臣等恳请太后娘娘垂帘！

四大辅臣深深拜倒。赵祯继而也跪在了床榻之前。

赵祯：大娘娘，孩儿年幼，对诸多朝事处置尚不能得心应手，还需大娘娘辅助提点，朕恭请大娘娘垂帘，与朕一同临朝听政。

看着拜倒的几人，刘娥深受触动，万千情绪自眼底划过，却还是没有应下，伸手去扶赵祯。

刘娥：起来。

赵祯：大娘娘？

刘娥将赵祯扶了起来，又朝帘外的几位臣工道。

刘娥：几位大人也且请起吧。

苏义简四人皆未动。

刘娥：（微无奈地笑了下）哀家正病着，几位大人非要哀家前来相扶吗？！

苏义简：（抬起头）太后娘娘，您为何不应？

隔着那珠光潋滟的珠帘，刘娥目光深邃莫名地与苏义简对视一眼。

刘娥：（清淡地）为皇上举行登基仪式为先，此事容后再议。（语气里不容置疑的命令）都起来吧。

苏义简再与刘娥对视片刻，终是站了起来。其余三人见状，也起了身。

刘娥：几位大人，可还有事要禀？

曹利用：臣等还有一事，寇大人于先帝下葬之日，病逝于府中，据寇府中人来报，寇大人当日本想拖着病体去为先帝送灵，却没承想……

刘娥闻言，情绪瞬间波动，便是一阵激烈的咳嗽。

赵祯连忙为刘娥顺了顺背。

刘娥：（哀恸地）寇大人他、他终还是去了！却未能赶上送先帝最后一程啊，想来、想来他是带着遗憾与不甘离开的吧！寇大人的身后之事可有安排？

王钦若：回太后娘娘，经臣等四人商议，朝廷已拨了安葬之费，且差了礼部官员协助寇家人妥善处置寇大人安葬事宜。

刘娥：四位大人此举甚合哀家之意。那寇大人葬于何处？

苏义简：遵寇大人生前遗愿，将其安葬于洛阳皇陵山脚之下，（微顿了顿）长伴先帝。

5. 汴京皇宫　御苑　春莺阁二层　白天　内景/外景

时值隆冬，那朱红宫墙，那七彩琉璃瓦片，皆被皑皑白雪覆盖，御苑里已是一片纯净的冰天雪地，唯有那点点寒梅点缀其间，顿生几分旖旎。阵阵寒风袭过，近几月一直抱恙的刘娥畏冷地拢了拢肩头的貂皮大毳。杨璎珞将一只暖炉塞到刘娥手里。

杨璎珞：（比画手势）（画外音）姐姐，天寒地冻，还是回宫吧。

刘娥：躺了月余，再躺下去便真的起不来了。

杨璎珞连连摇头，摆手。刘娥笑了下。

这时，忆秦带着苏义简上了二层。

忆秦：太后，苏大人来了。

苏义简：臣参见太后。

刘娥：这雪才刚停，义简就到了。

苏义简：臣听闻太后病体初愈，特入宫前来探望，（微顿了顿）亦是受了诸位大人所托，有事与太后相商。

刘娥看了眼苏义简，冲其余人道。

刘娥：你们且都下去吧。

杨璎珞和忆秦，还有一众侍女都下楼去了，阁内仅余下了刘娥与苏义简两人。

刘娥：皇上登基仪式的日子，定下来了吧？！

苏义简：是，臣与曹大人、郭大人，以及众臣工已议定，来岁元日于大庆殿内，为皇上举行登基大典，太后你正式垂帘。

刘娥微蹙眉，沉吟着没接话。

苏义简：太后，此乃众臣工的决定，更是先帝的遗命，太后没有道理一再推辞！

刘娥还是沉默。苏义简看了看刘娥，叹了口气。

苏义简：嫂嫂，义简知晓你一直未曾全然相信先帝留了口谕给我，此乃你的心结一也。第二心结，便是寇大人当初所言，即便寇大人后来因你的能力，临去世前也认了你垂帘之事，你到底还是未全然释怀。

刘娥：（微微苦笑）义简知我。

苏义简眸底划过一丝莫名的光亮，继而自袖中取出一封信呈上。

苏义简：这是寇夫人整理寇大人遗物之时所发现的，该是他要留给你的。

刘娥诧异，展信一读，神色耸动。

苏义简：敢问嫂嫂，寇大人绝笔之中书了什么？

刘娥：（神色间一片感慨）寇大人给我留了治国两策。

苏义简：他该是看明白了，在皇上成年之前，大宋唯有嫂嫂垂帘听政，方能安邦治国！

刘娥目光深邃地望着那风雪中的寒梅。

苏义简：嫂嫂，你莫要辜负了寇大人的此番用心啊！（说着，慎重地跪了下去）为了先帝，为了皇上，更为了大宋的江山社稷，臣请太后应允垂帘！

6. 寇準府邸　书房　白天　内景

书案前，雪鬓霜鬓的寇準形容憔悴，奋笔疾书，不时低咳两声。

太后娘娘垂鉴：

　　臣一生侍奉先帝至诚，先帝与臣不只有君臣之义，更有少时相识之情，先帝驾崩，于臣如天之倾覆，如手足痛失，臣忧思难当！或许言行无状，冲撞于太后，然臣之所为，皆为我大宋江山社稷，伏祈太后宽谅。

　　先帝待太后情深义重，确会以太子、江山相托！臣亦知晓，太后有经国之才！万望太后勿负了先帝之恩！勿负了赵氏皇族！

　　臣德薄能鲜，本欲以鄙陋之身以报先帝之殊遇，扶幼主，安黎民，然沉疴积弊，恐去日不多，唯有苦思治国两策，谨奉于太后和皇上，去浮浪，荐人才也。望太后和皇上亲万机，励精为治，整饬吏制，广开言路，以光先帝之遗德，创太平之盛世。

　　敬请

颐安

臣寇準　绝笔

天圣元年九月

7. 汴京皇宫　马场　黄昏　外景

斜阳脉脉，宿鸟低飞，天际一抹残阳如血。

皇家马场，只见一匹通体黝黑的骏马驰骋在天地间，那马上坐着一位身穿火红窄袖缎裙的女子，殷红的裙裾在风中翻飞，英姿飒爽。

女子纵马跑了两圈，勒马缓缓停了下来，马场边一直紧张围看的内侍和宫娥立即奔上前。女子身子微动，轻盈地跳下马来，将手中的马鞭扔给了养马官。

女子：这匹马，我要了。

养马官：是，郭小姐。

女子不是别人，正是郭清悟。（郭清悟长大）

郭清悟满意地顺了顺马鬃，眼底划过一丝娇羞和欣喜。

郭清悟：你们定要好生照看它。

养马官：小的遵命。

绿翘：（忙着给郭清悟擦汗）小姐，累了吧？

郭清悟：（扬眉傲气一笑）我可没那般娇气！

说罢，郭清悟又拍了拍马脖子，转身欢快地奔走。

绿翘：（连忙跟上）小姐，你又去哪儿啊？不回宫吗？

郭清悟：（轻快地）去见皇上。

8.汴京城　汴梁河　黄昏　外景

黄昏近，那渐暗的天边一弯残月初生，汴梁河两岸的灯火次第点亮，茶楼酒肆笑语欢声，舞榭歌台笙歌乐舞，红牙拍板的妙龄少女软糯的低吟浅浅，繁华遍染，疑是天上人间。

河面上，画舫摇曳，轻舟缓行，一叶扁舟顺流而下，赵祯一袭月白色的长衫，负手立于船头，剑眉斜插入鬓，那深不见底的眸子映着点点灯火，微薄的唇随意地勾起了一抹弧度，端的是丰神俊朗，风姿卓然。

前方一座画楼台榭错落，中有高阁，此时高阁临河的一面搭起了表演台子，有人正在演一出丝戏，那声音胧脆，如山间清泉流动。赵祯示意扁舟停在了那画楼前，微微抬头，凝眸专注地观看丝戏，唇角的那抹弧度不觉深了几分，俊眸中笑意点点。

四周的画舫和轻舟也渐渐停了下来，围看表演。

一段丝戏结束，四周喝彩声阵阵。

片刻后,那台子后的妙人终于莲步轻移,露出了真容,只见她腮凝新荔,鼻腻鹅脂,端的是眉眼如画,倾城之姿。周遭一片静默,仿佛都被夺去了呼吸。而妙人那双剪水双瞳里清亮温柔的目光只落在了赵祯一人身上,四目相对,缱绻旖旎。妙人正是曹汝。

9. 汴京城　汴梁河　码头　夜晚　外景

扁舟摇曳过波光粼粼的河面,停靠在了码头。

曹汝手里捏着木偶,已候在那处,眼里俱是期盼与欣喜,赵祯见之,心中一动。赵祯温柔地唤了一声。

赵祯：汝儿。

曹汝：（双眸含羞）公子来了？

月色如纱,桨声灯影,两岸笙歌隐隐。

夜风轻拂过,有素白的落樱落于曹汝发髻间,赵祯抬手轻轻取下,曹汝回首抬眸,两人相视一笑,一宠溺,一娇羞,无须太多的言语,彼此间情意已然流转。

10. 汴京皇宫　皇太后寝殿　外殿　夜晚　内景

宫娥们正在往那案几上摆上晚膳膳食。

榻前,苏义简刚向刘娥禀报了赵祯出宫见曹汝之事。刘娥神色有几分莫名。

刘娥：义简特入宫一趟,便是要告知我此事？

苏义简：义简知晓,嫂嫂一直将郭家女儿留于宫中的用意,然皇上近日频繁出宫,与曹家女儿会面,儿女情长,更何况,（微顿了顿）皇上着实与先帝有几分相似,义简是怕将来生出些不必要的麻烦。

刘娥：（眼中难掩一抹追思）皇上重情重义,这一点确实像极了先帝。（微顿了顿）义简的顾虑是有道理的。

这时,忆秦进来禀道。

忆秦：启禀太后娘娘,郭小姐差人来回,说她病了,今夜便不过来陪您用膳了。

刘娥和苏义简心照不宣地对视一眼。

刘娥：她又和皇上闹别扭了？

忆秦：（笑了下）还是太后娘娘了解郭小姐。听郭小姐宫里的人说，郭小姐从党项新进贡的马匹之中挑了一匹上好的马，想来是要送给皇上的登基贺仪，然去见皇上，皇上却是不在，生着闷气好不容易等到皇上回来，可又被拒之门外了，这会儿回宫，正发脾气呢。

刘娥无奈地微叹了口气，和苏义简又对视了一眼，自嘲地一笑。

刘娥：终究是我误会了那一场青梅之期啊！

苏义简：那嫂嫂是如何考量的，会顺了皇上的心意吗？

刘娥：（意味深长地）重情是好事，然他毕竟是帝王，过于重情，会吃苦的！我还是希冀他的这条为君之路，更顺当些。

苏义简：是，皇上年少，相信多点拨和引导，他会明白的。

刘娥点点头，然神色间还有着浅浅的不确定。

宫娥：太后娘娘，晚膳已备好了。

刘娥：义简留下，和我一起用膳吧。

苏义简：好，义简已许久未同嫂嫂一起用膳了。

刘娥笑了下，由着忆秦扶了起身，朝案几行去。

苏义简跟上，看了眼刘娥的侧颜，眼底划过一丝不易察觉的波动，带着点隐隐的欢喜。

11.汴京皇宫　赵祯寝殿　外殿　书案前　夜晚　内景

那氤氲的宫灯之下，赵祯将斜阳脉脉里曹汝为他演丝戏的一幕画了下来，并题了一首词："浣花溪上见卿卿，脸波明，黛眉轻。绿云高绾，金簇小蜻蜓。好是问他来得么？和笑道：莫多情。"

王渐在侧看得连连称赞。

王渐：陛下，您将曹小姐画得就像快从画儿中走出来一样。

赵祯得意地挑了挑眉。

王渐：不过，您题的这诗词，奴婢就看不懂了。

赵祯：你要懂来做何用？！

王渐：是，只要曹小姐能懂便好。

赵祯：待明晨宫门一开，便将此画送去曹府。

王渐：奴婢晓得。

12. 汴京皇宫　文德殿　白天　内景

刘娥和赵祯联袂步上玉阶，赵祯于那镏金龙椅上，肃然落座。刘娥则坐于其侧后方的垂帘之后。众臣工下拜。

赵祯：众卿平身。

众臣工：谢陛下。

赵祯：众卿可有本要奏？

王钦若等人看了看彼此，未有人出列。

垂帘后，刘娥清越的声音响起。

刘娥：哀家有一事，要与皇上，还有诸位大人商议。

赵祯：大娘娘请讲。

刘娥：寇大人去世前，给哀家留下了治国两策，去浮浪，荐人才。皇上和诸位大人对此有何看法？

赵祯：这"荐人才"，指的应是推荐有才之人，入朝为官，为朝廷效力，至于"去浮浪"……诸卿作何理解？

苏义简：回陛下，太后娘娘，"去浮浪"该说的是朝廷的官职设置问题。

赵祯：苏卿请继续说下去。

苏义简：是，陛下。我大宋官职，叠床架屋，各级官府层次多有重复，机构冗杂而庞大，往往容易滋生浮浪。

刘娥：苏大人所说不错，官职重复，不但国库每年要耗费大量的俸禄，更重要的是，很多官员在其位而不谋其政，尸位素餐，上不能匡主，下无以益民，是以哀家决定彻查疏忽职守之辈，肃清吏制。

王钦若心虚地眼珠子转了转，步出班列，抢在苏义简前开了口。

王钦若：太后娘娘所言甚是！（义正词严地）为官者，当为国为民！图个人之利者，尸位充数，鲜有建树者，皆应被"去浮浪"！老臣毛遂自荐，愿为太后娘娘和陛下分忧，查处那些"浮浪"。

刘娥：（忖度了下）此事，还是交由苏大人去办吧。

苏义简：臣领旨。

王钦若吃瘪，很是不痛快。

刘娥：关于"荐人才"，诸位大人有何建议？

曹利用：太后娘娘，先帝晚年因故停了科举，至今已有好几年，臣奏请，恢复科举之制，为朝廷简拔人才。

刘娥：国之中兴，在于人才，野有遗贤，朝廷之憾。科举之制确实应恢复。

郭崇义：太后娘娘，臣提议，再增设武科举。

刘娥：武人科举？

郭崇义：回太后娘娘，是的。如今我大宋虽四境无战事，然居安思危，定国安邦还是须依仗一国之兵力的强大，武科举可为军队选取将领之才。

赵祯：郭卿此提议，甚合朕心！

刘娥：哀家也以为不错，只是我朝并未有设置武科举的先例，关于考核之内容，郭大人可有想法？

郭崇义：武科举自然是考核武艺。

苏义简：陛下、太后娘娘，臣以为，既然武科举是要遴选将领之才，那除了考核武艺，还应当考策论和兵法。

刘娥：苏大人所言在理。这样，关于恢复科举和增设武科举之事，便由曹大人和郭大人负责，尤其是武科举，二位大人尽快拟定一个考核章程，先呈上来给皇上和哀家看看。皇上以为呢？

赵祯：便照大娘娘的意思办吧。

曹利用/郭崇义：臣遵旨。

王钦若见几人均领了差事，隐隐有些不安，忙又奏禀。

王钦若：陛下、太后娘娘，参知政事之位不宜空缺太久，接替官员，还请陛下和太后娘娘定夺。

赵祯：王卿可有举荐之人？

王钦若：这个……

曹利用和郭崇义皆是神色一动，显然均有意此位。

王钦若：老臣暂时还未想到合适人选。

曹利用和郭崇义微松了口气，又暗暗失望，看了眼彼此，隐隐有几分对峙之势。

赵祯：大娘娘您看此事……？

刘娥：此事容后再议吧。王相，你们宰执府可拟个名单呈上，另其余臣工若有举荐之人，也可向皇上和哀家递交奏疏。

众臣工：臣等遵旨。

13. 汴京皇宫　赵祯寝殿　外殿　白天　内景

赵祯一下朝，便带着王渐急切地回了寝殿。

赵祯：曹小姐的回信在何处？

王渐忙奔去书案前，取来一幅卷轴，展开，亦是一幅画卷。

王渐：陛下，请看。

曹汝所绘亦是汴梁河上他们的约会，不过曹汝画的是赵祯一身风流负手立于船头，观看她表演的一幕，亦回了他一首词："金雀钗，红粉面，花里暂时相见。知我意，感君怜，此情须问天。"

赵祯轻声将词吟了一遍，待吟到最后一句"此情须问天"，眼中是藏不住的欣喜，会心一笑，所谓心意相通，情投意合，莫过于是。

王渐看了看赵祯的神色。

王渐：看来曹小姐是明白陛下的心意了。

赵祯：汝儿冰雪聪明，更何况我们……（睨了眼一脸期待的王渐）说了你也不懂。

王渐：（微微撇嘴）陛下不说，又怎知奴婢不懂，左右不过是那句"愿得一人心，白首不相离"。

赵祯：（失笑）你懂得倒还不少。

王渐：（讨好地笑）皆是跟在陛下您身边耳濡目染。

赵祯没好气地作势踢了王渐一下。

赵祯：替朕更衣，朕今日心情不错，得去蹴鞠场好好教训教训那帮小子。

四十九

1. 汴京皇宫　文德殿　白天　内景

赵祯端坐大殿前方龙椅，刘娥于垂帘之后，苏义简、曹鉴、王钦若、郭崇义等众臣班列有序。

张景宗带着两名小内侍进殿，两名小内侍抬着一只红木箱子，在张景宗的指挥下放到皇帝与众臣中间的空地。

赵祯：张公公，这是何物？

张景宗：请皇上过目。

张景宗弯腰掀开箱盖，里面全都是书信、折子。众臣也都探过脑袋去看。

赵祯：拿这些书信、折子，所为何事？

刘娥已从垂帘后面走出，步下丹墀，走到箱子面前，扫视众臣。

刘娥：陛下。这些是诸位大臣与丁谓往来的书信，乃是丁谓被贬离京之前，从丁谓府中搜到的。

王钦若等人没料到刘娥会有此举，顿时惶恐不安。

刘娥：这些书信，还有这些折子，哀家都没有看。今日，哀家公之于众，要将这些书信和折子付之一炬，从此以后，所有与丁谓一案有牵连者，哀家一概既往不咎。张公公，把它们拿出去，都烧了吧。

张景宗：遵旨。

王钦若这才长出了一口气。

张景宗向殿外招了招手,两名小内侍抬着一个铜盆进来,张景宗弯腰把箱子里的书信和奏报全都扔进盆里,两名小内侍将铜盆抬了出去。

刘娥转身上了丹墀,居高临下。

刘娥：王大人。

王钦若听到刘娥喊自己,不由得一震。

刘娥：今日退朝之后,由你知会各部,让京城之内所有臣工,把各自的亲属故知,拟成名单,呈交与陛下。

王钦若：臣遵旨!

赵祯：大娘娘这又是为何?

刘娥：陛下,诸臣工皆有家学渊源,世代书香,亲属故知之中也定有经邦定国的人才,凡有意出仕,为朝廷尽忠者,尽可将名字报上来,待哀家择优提拔重用。

王钦若：皇太后圣明!

众臣工：谢太后隆恩。

唯独曹鉴四下看了看,出班列朝。

曹鉴：太后,臣有异议,朝中大臣都举荐亲属故知出仕,未免会牵涉裙带,滋生朋党,所谓一人得道,鸡犬升天,先帝在世,令朝廷广开言路,野无遗贤,我大宋方才有今日之盛。还请太后三思而后行。

刘娥：举贤不避亲,哀家自有定夺。

苏义简看了看曹鉴。

刘娥：太傅是说哀家用人不察吗?

曹鉴：臣不敢。臣只是未雨绸缪,防患于未然。亲属故知利益相关,拥有权势之后倘若结党营私,把持朝政,对江山社稷百害而无一利。

赵祯觉得曹鉴所说颇有道理,微微点头赞同,郭崇义却忍不住反对。

郭崇义：太傅此言差矣。亲属故知或有不良不才之人,皆有太后定夺,又有何妨?

苏义简：太后听政多年,知人善任,选贤举能,臣赞同太后此举。

王钦若等众臣立即附和。

王钦若：臣等赞同太后此举。

刘娥：众位爱卿都赞同此举，看来是曹大人多虑了。

刘娥逼视曹鉴，曹鉴不再多言，向刘娥施礼。

曹鉴：恕老臣不敢苟同！

2. 汴京皇宫　太后寝殿　白天　内景

刘娥与苏义简坐在寝殿的外殿，共同商讨朝政。

刘娥：曹鉴对哀家一直心存不满，他是巴不得让我早日还政，退出朝堂。

苏义简：先帝在世之时，微臣就曾奉劝先帝，太傅不可久留，不能重用，但先帝念他对太宗一直忠心耿耿，不肯处置。

刘娥：义简，你与郭崇义共掌枢密院，齐心合力，一起执掌军权，曹鉴和他的那些同党方不敢造次，朝廷可保稳固。

苏义简：郭崇义原为边防守将，当年先皇知人善用，将他册封为枢密副使，他对朝廷始终心存感激，忠心耿耿。

刘娥：虽是如此，但哀家仍放心不下，须得牢牢笼络住。哀家思来想去，唯有与郭家联姻。

苏义简：太后是想让皇上娶郭崇义长女？

刘娥：清悟是哀家看着长大的，虽然有时爱使小性子，但可以调教。哀家想立清悟为皇后，你看如何？

苏义简：太后既已确定皇后人选，明日上朝，微臣便当堂上奏，提出此事，请太后主持皇上的大婚之礼。

刘娥微微点头。张景宗进来禀报。

张景宗：太后，按您的吩咐，奴婢已经命人将诸位大臣提供的名单，全都写在了屏风上面。

刘娥：抬进来，哀家仔细瞧瞧。

张景宗冲着殿外，高声道：把屏风抬进来。

两名内侍抬着一扇硕大的屏风进来，紫檀框架，屏风上面是一幅谱系图，按照大臣所提供的亲友名单做出。

苏义简跟随刘娥来到屏风前面,看那上面的名字。

苏义简:这些便是众臣应太后懿旨,提供的各自亲属故知的名单?

刘娥:正是,哀家让人做成了这幅图谱。

苏义简:太后要将他们提拔任用吗?

刘娥:义简,你细看一下,这个图谱,有何微妙之处,这些可用还是不可用?

苏义简细细看了一番,渐渐明白过来。

苏义简:这是丁谓的家眷,家眷又连带到丁谓门生,门生又牵涉到同乡……全都能追溯到丁谓。

张景宗:太后实在高明,一幅图谱,便将朝廷格局尽收眼底。

刘娥:不错,丁谓虽已被贬至平江府,但他在朝中的势力并未减弱,依然可以左右朝政,这幅图谱简直可称作是丁谓在京城之关系图谱。所以,哀家对他从不敢掉以轻心。

苏义简:太后,臣已在平江府安排了人手,盯紧丁谓,一有风吹草动,他们马上就会上报。

刘娥点头赞同,又默默看着屏风。

刘娥:从此以后,朝中凡有升迁提拔任用,都要先看看这幅图谱,凡是上了这屏风的,一概不用。如此一来,才能防止丁谓再次作乱,也能避免大臣们互相勾结,编织权力暗网。

苏义简在一边无比赞同地点了点头。

3. 汴京皇宫 赵祯寝殿 白天 内景

郭清悟用托盘端着柑橘进殿。

郭清悟:皇上,皇上,今日从江南进贡到宫中的柑橘,清悟给皇上送来了……

王渐小碎步紧跟在郭清悟身后,一脸的惶恐。

王渐:大小姐,奴婢方才都说了,皇上的确不在。

郭清悟在外殿转了一圈,又走到了内殿的门口,往里面看了看,的确没有见到赵祯的身影,这才沮丧地停下了脚步。

郭清悟转回身来逼问王渐。

郭清悟：皇上不在寝宫，在哪儿？

王渐：奴婢也不知道。

郭清悟：你不知道？你是皇上贴身内侍，怎么会不知道皇上去了哪儿？小心我告诉太后，狠狠罚你一顿，你便知道了。

王渐吓得低下头来。

王渐：大小姐，奴婢冤枉，奴婢也不知道，皇上出宫时根本没有告诉奴婢。

郭清悟满脸不悦，这才发现手里还一直端着柑橘，便重重地往王渐怀里一放。

郭清悟：宫外到底是谁在吸引皇上……

王渐端着柑橘，偷偷地察言观色，打量着郭清悟的表情。

4. 太学馆学堂　白天　内景

赵祯从学堂的后面悄悄进来，坐到最后面的空位，听曹鉴讲学。

曹鉴：懂得施行仁政的君主，支持拥戴者，会越来越多，倒行逆施的言不及义的君主，支持和拥戴者，会越来越少。身为君主，支持与拥戴者少了，即便是骨肉亲人，也终会背叛于他。一位心怀天下、施行仁政的明君，天下人都会归顺于他。如此明君，不战则已，期战必胜，所向无敌。

赵祯听着，若有所悟。

5. 太学馆院中游廊　白天　外景

讲学完毕，学生们先后离开学堂，曹鉴和赵祯漫步于太学馆的回廊。

曹鉴：陛下，先皇驾崩之后，太后听政多年，到如今仍不肯还政于陛下，这是违背太宗遗训，这样做，绝非仁政。

赵祯：先帝驾崩时，朕还年幼，懵懂无知，幸有太后辅佐，才有今日。太后是对朕放心不下，所以才没有还政于朕吧。太后心怀天下，知人善任，如今天下太平，百姓安居乐业，这都是太后的功劳。

曹鉴：知人善任？前日太后命大臣们交上亲友故知的名单，陛下以为太后是要从中选拔人才吗？只怕是上了名单的人，再也没有机会得以任用了。

赵祯：这不正好剪断了朝中的裙带关系，如此一来才能广开言路，招纳贤才啊。

曹鉴：太后此举，其目的，其实是要排除异己。如果老臣猜得不错，陛下或许还未见到过那个名单吧？

赵祯无奈地看了一眼曹鉴，沉默了，不知该说什么，只得点了点头。

曹鉴：太后当然有太后的功劳，但不应把持朝政，独断专行。如今陛下已到亲政的年纪，朝政大事，陛下应有自己的主张。秦始皇帝十三岁即位，汉武大帝十六岁登基，都是一代圣君，我朝太祖、太宗还有先帝，在陛下这个年纪，都已经大有作为。眼下都是因为太后独揽大权多年，一手遮天，才使得百姓只知有太后，而不知有陛下。

赵祯再次沉默。

曹鉴靠近了赵祯，压低了声音，言语却无比恳切。

曹鉴：其实，陛下才是我大宋真龙天子，民心所向啊。

赵祯仿佛被曹鉴的话语所感染了，真诚地点了点头。

赵祯：今日太傅一席话，让朕豁然开朗，以后还望经常向太傅请教。

曹鉴向赵祯深深鞠了一躬。

曹鉴：老臣披肝沥胆，万死不辞！愿陛下行长远之计，早日亲政，以君临天下，则大宋子民幸甚！

赵祯听了这些话，他显然已经被说动，显得有些心事重重。

6. 汴京皇宫 文德殿 白天 内景

赵祯已在龙椅上坐好，曹鉴、苏义简、郭崇义、曹利用、王钦若、张景宗等班列有序。

苏义简：陛下已近成年，已经行了冠礼，当下理应举办大婚立后。

郭崇义：苏大人所言极是。陛下大婚，事关社稷，生下龙嗣，我大宋江山也后继有人了。

赵祯： 郭爱卿……

刘娥从垂帘后面打断赵祯，开口道。

刘娥： 郭爱卿说得有道理，诸位爱卿可有皇后人选？

苏义简： 臣举荐郭大人长女。郭大人家教有方，早就听闻长女温良贤淑，德才兼备，小小年纪已有皇后典范，又与陛下青梅竹马，此乃天作之合，姻缘前定。

王钦若： 臣亦举荐郭大人长女。

郭崇义面有喜色。

赵祯： 何来姻缘前定？清悟自小长在宫中，两小无猜。朕视她如同妹妹一般，岂能再结秦晋之好？

赵祯却恍若未见各人的神色，继而话锋一转。

赵祯： 倒是曹汝温婉端庄，颇有母仪天下之相，甚合朕的心意。

曹利用自是喜上眉梢，曹鉴却不露声色。

刘娥面露不悦之色。

刘娥： 陛下大婚，为朝中大事，应慎重考虑，此事容后再议，退朝！

7. 曹利用府邸　院中　白天　内景

曹鉴从大门外步入庭院，恰好看到侍女香寒匆匆走向曹汝的闺阁，香寒看见曹鉴，连忙停步施礼。

香寒： 老爷回来了？奴婢给老爷请安。

说话间，香寒将手中的信往身后藏去。

曹鉴： 手中拿的是什么？

香寒： 是……是……

香寒胆怯，不敢违抗，只好双手把信奉上。

曹鉴拿过书信，看了一眼，信封上写着"汝儿亲启"的字样，便已经猜出了几分。

曹鉴： 这是谁给汝儿的信？

香寒： 回老爷，是皇上的书信。

曹鉴脸色一沉，拿着书信略想了想，最后还是将书信交还给了香寒。

曹鉴：去给汝儿送去。以后再有皇上的书信送来，一定要让我知道。

香寒：知道了，老爷！

香寒低头，毕恭毕敬接过了书信，匆匆走开。曹鉴则走回大厅。

8. 曹利用府邸　大厅　白天　内景

曹鉴走入厅堂，曹利用见曹鉴脸色阴沉地进来，忙迎上前询问。

曹利用：父亲面色不悦，有何心事？

曹鉴坐在桌旁，曹利用凑上前去，为父亲倒了一杯茶。曹鉴一边喝茶，一边与曹利用慢慢道来。

曹鉴：你可知道，近日汝儿与皇上来往甚多？皇上时常有书信送给汝儿。

曹利用这才松了口气。

曹利用：哦，此事我早已得知。汝儿与皇上自幼相识，父亲之前教皇上读书的时候，汝儿也曾跟父亲一起进宫，陪皇上读书，日久生情，也是自然。

曹鉴：现在皇上尚未亲政，朝廷正值多事之秋，汝儿还是应该少与皇上来往为好。

曹利用：皇上垂爱我们家汝儿，来日入主后宫，光耀门楣，京城之中多少达官显贵之家求之不得，父亲为何反对？

曹鉴：伴君如伴虎，进了后宫，她便成了朝廷上无足轻重的一枚棋子，难以掌控自己的命运，朝廷局势一旦有变，她也随时都有可能被弃，也未必能换取你所想象的大福大贵。

曹利用：父亲何必如此忧心。

曹鉴：皇上年幼，这等大事，他自己怎么能做得了主？今日朝堂之上，苏义简和郭崇义一唱一和，一心推举郭家的女儿郭清悟为后，这一定是太后安排的一出戏，演给大臣们的。太后的真正用意，是以皇后之位笼络住郭崇义，牢牢掌控住军权，她便可以继续独断朝纲，垂帘听政。朝廷如此险恶，你怎能忍心把我们家汝儿推入这个乱局！

曹利用：但皇上喜欢的是我们家汝儿。

曹鉴：喜欢又如何？皇上不是寻常百姓，要想坐稳龙椅，他随时都得放下心头挚爱。你愿意看着汝儿郁郁终生吗？

曹利用：但汝儿对皇上用情已深，不让她与皇上来往，只怕会伤了她。

曹鉴：当断则断，长痛不如短痛。

曹利用：但是总有一天皇上要亲政，太后还是要还政于皇上。

曹鉴：太后对皇上管制甚严，皇上不能有自己的半点主张，说不定哪一天，太后会废掉皇上，效仿武则天称帝，也未可知。这场皇上与太后的权力之争，你还没看清楚吗？

曹利用：太后未必心存此念，她若想废掉皇上，何不早早下手，还在等什么？

曹鉴：为父说了这么多，你是还不明白！太后的心机，在太宗当朝之时我都已经看明白了。太宗容不下这个女人，却被先帝拼命保了下来，最终成了朝廷的大患。皇上现在已经被我点明，明白了自己的处境，看清局势，这场皇权之争，他终将会胜出的。

曹利用：父亲以前一心支持冀王，现在莫非要改弦更张了？

曹鉴：冀王生性懦弱，难成大事，为父对他早已没有了信心，当务之急，便是辅助皇上，让太后还政。大宋的江山社稷，绝不能落入一个女人手中。

曹鉴目光坚定，将茶盏里的茶水一饮而尽。曹利用在一边看着曹鉴，有些忧虑。

9. 汴京皇宫　皇太后寝殿　白天　内景

刘娥坐在椅子上，正在绣着金丝蟠龙腰带，一边绣一边跟身边的忆秦说话。

忆秦：这条腰带，太后娘娘竟然绣了这么多天，可真是用足了心思。

刘娥：这是皇上大婚那天要用的，当然要花些心思的。

说话间绿翘和郭清悟来到了门外。

绿翘：太后娘娘，清悟小姐求见。

刘娥抬头，看到门外站着的绿翘和郭清悟。

刘娥：清悟啊，快进来说话。

郭清悟走进寝殿，向刘娥施了一礼。

郭清悟：清悟见过太后娘娘！

刘娥：清悟前来有何事啊？

郭清悟：太后娘娘，也无甚紧要的事，只是奴家今日在宫中听到些传言，说是皇上要立曹汝为皇后，所以特来见过太后娘娘，为太后和皇上贺喜！

刘娥听到这里，不禁皱起了眉头，将手里的金丝蟠龙腰带也放到一边。

刘娥：是谁这么胡言乱语？皇上大婚事关重大，哀家尚未定夺，后宫这些人如何得知！

听到这里郭清悟忽然哭了起来。

刘娥：清悟这是怎么啦？好端端的为何哭了？

郭清悟：清悟想留在太后娘娘身边，服侍太后娘娘，服侍皇上……

刘娥见状却笑了。

刘娥：原来是因为此事啊，清悟不必难过，皇上婚事，自有哀家做主，哀家从未说过要立那曹汝为皇后，宫里的传言不必放在心上。

郭清悟：清悟不愿离开太后和皇上……

刘娥：清悟也是个有心的孩子，没有枉费哀家疼你，不必伤心了，哀家早已拿定主意，皇后的人选要在皇上身边选取，一则要对皇上最为体贴，二则要对哀家最为忠心，清悟你想想看，这个人除了你，还会是谁？

郭清悟听了，意外惊喜，连忙向刘娥跪了下去，喜极而泣，不禁哽噎得更加厉害。

郭清悟：多谢太后娘娘……

刘娥：有哀家这句话，你就放心吧，快快起来吧。

郭清悟这才站起来，擦干了眼泪。

郭清悟：只是有一件事，清悟还是放心不下，皇上有时会瞒着太后出宫跟那曹汝私会，清悟是担心皇上私下里外出，又没有侍卫跟随，怕会出什么意外。

刘娥略微有些不悦。

刘娥：身为皇上，怎能如此随意？清悟，难得你对皇上这一片心意，哀家知道了，你放心便是。

郭清悟点了点头，终于开心了。

10. 汴京皇宫　皇太后寝殿　白天　内景

刘娥拿着一封密信。

刘娥：丁谓还是秉性不改，今年平江府大旱，他一到平江府，便霸占了水源，高价向百姓出售，与民争利，无所不用其极。幸亏你在平江府安排了人手监视他，否则，哀家在京城也无法得知丁谓在外面胡作非为。

苏义简：太后，是否将丁谓拿下问罪？

刘娥：丁谓在朝中耳目甚众，树大根深，要拿下他，还需等一个机会。

苏义简点了点头。

二人说话间，门外传来张景宗急促的喊声。

张景宗：太后娘娘，皇上驾到……

张景宗话音未落，赵祯已经快步走了进来。

苏义简：参见陛下。

赵祯也不回应，直接来到刘娥跟前，向刘娥施了一礼。

赵祯：见过母后。母后是否向曹太傅授意，让汝儿不要见朕？

刘娥：陛下这话从何说起？

赵祯：母后，我身为一国之君，难道连自己去哪里，跟谁见面都做不了主吗？这样的天子，我也不要做了，另立他人吧！

刘娥听了这话不由得怒火中烧，马上站了起来。

刘娥：自你戴上皇帝冠冕之始，你就再也不能摘下，你要对大宋负责，要对天下人负责，要对先帝遗训负责，陛下怎能因为儿女之情，说出这种大逆不道的话来！

赵祯：为何身为皇帝，就不能面见自己喜欢的人？

苏义简：陛下，恕臣多言。太后之所以选择郭崇义长女为皇后，全都是为了陛下，郭崇义手握军权，陛下若立郭清悟为后，郭崇义便会誓死效忠于陛下，如此一来，陛下的皇权才能稳固。

刘娥：你生在皇室，就得接受这一命运，身为皇上，你的大婚，也事关天下，这从来都不是能由你一人决定的。

赵祯：那便任由母后决定了是吗？秦始皇帝十三岁即位，汉武大帝十六岁登基，我早已到了亲政的年纪，为何不能亲政？这也不是由我能决定的，是吗？母后还要把持朝政多久？

刘娥：陛下……

刘娥听了这话，心头一震，一时竟说不出话来。

苏义简：陛下，太后为了陛下能早日亲政，已经费尽心思，因势利导，才得以掌控大局。太后使出屏风计，就是为陛下去除奸佞，招揽可用之材。朝中大臣，每个人都口口声声说要尽心辅佐陛下，其实各有目的。真正为陛下和江山社稷着想的人，只有太后。太后至今没有还政于陛下，只是时机尚不成熟罢了。

赵祯：既然母后和枢密使都以为我不该亲政，我也多说无益，但是，只要我还是皇上，我决不愿立郭清悟为皇后！

赵祯说完，转身而去。张景宗见状，看了看刘娥，又看了看苏义简，知道此时只有自己才适合上来打圆场，他连忙跟了过去。

张景宗：陛下，陛下息怒，此事还应从长计议啊……

苏义简：一定是有人在皇上面前诋毁太后，太后放心，臣一定将此人查出。

刘娥叹了口气，脸上已出现倦容，她长叹一口气，以手抚额，隐隐觉得头痛。

11. 汴京皇宫　皇太后寝殿　夜晚　内景

刘娥由张景宗单手搀扶，走到床榻前坐下。

张景宗：今日之事，太后也不必过于忧虑，皇上不是不听太后的话，只是一时半会儿没转过这个弯儿。想当年，先帝不也常常忤逆太宗吗？

  刘娥：是啊，先帝当年为了哀家，数次被太宗关入大牢，父子反目，先帝看似文弱，其实心里认定的事情，是不会更改的。

  张景宗：先帝对太后情真意切，太后对先帝生死不渝，终于苦尽甘来，好事多磨啊。

  刘娥：景宗，依你来看，哀家管束皇上，为他指定皇后，莫非是走了太宗的老路，当初哀家和先帝那么艰难，为何现在哀家就容不得皇上？是哀家不该管这么多吗？

  张景宗：太后管得没有错，太后选择郭清悟为皇后，是为了朝廷的大局，皇上现在不明白，终归有一天会懂得太后的良苦用心。

  刘娥看了看张景宗，终于露出笑容。

  刘娥：听你这么说，哀家便安心了。有时候，哀家会觉得先帝还在，就在御书房批阅奏章，在御书房习字读书，景宗你就像刚刚从御书房过来，把先帝的话，给哀家传来了……

  张景宗听得微微笑了笑，眼里却浸着眼泪。

  张景宗：如果先帝还在，定然和奴婢一样，会赞同太后的。

  刘娥：所以，景宗的话，哀家只当是先帝借你的口说的，哀家一看到景宗，心头便有了主张。

  张景宗：先帝在世之时，太后多年不在先帝身边，先帝有了心事，不便与他人述说，便会讲给奴婢，有时候一说便是大半夜，讲得奴婢都困了，先帝便要揪住奴婢的耳朵，摁住奴婢的鼻子，说是要把那瞌睡虫给逼出来……

  刘娥听了张景宗的话，仿佛看到当时的情景，不禁笑了起来，笑中有泪。

  张景宗一边说，一边笑，一边流泪。

  张景宗：奴婢服侍先帝三十多年，现在又来服侍太后，这是奴婢天大的福分……

  刘娥：天不早了，景宗也回房安歇吧。

  张景宗：今日见太后娘娘头疼之症又复发，奴婢这便为太后传太医来。

刘娥：不必了，这也是常年的旧疾，难以根治，偶有复发，也不必在意，你下去吧。

张景宗：奴婢这便传忆秦来服侍娘娘就寝。

刘娥在床上躺了下来，挥了挥手，示意张景宗下去。张景宗深施一礼，抹着眼泪走了出去。

12. 曹利用府邸　大厅　夜晚　内景

曹鉴站起身来，走到大厅门口，曹家的家仆将王钦若迎进大厅，王钦若向曹鉴施礼问候。

王钦若：太傅大人，叨扰了。

曹鉴：哪里哪里，宰相大人光临寒舍，蓬荜生辉啊！

王钦若与曹鉴分宾主落座，家仆上茶之后退下。

曹鉴：王大人深夜前来，所为何事？

王钦若：王某寝食难安，思来想去，朝堂之上唯有太傅大人可解王某心中苦闷啊。

曹鉴：王大人有何困扰，只管讲来，老夫愿为大人解忧。

王钦若：实不相瞒，前日下朝之后，我与太傅大人尚未尽所欲言，是为了避人耳目，有些话在宫中不便细说。

曹鉴：王大人即便不说，老夫也已经猜到了一二。

王钦若：太傅大人明鉴。昨日朝堂之上，太后让众臣交上亲友故知的名单，对于此事，其实我与太傅大人所见略同。太后无非是要弄清楚大臣们的底细，以便排除异己，选拔亲近，然后将所有人控制在手中。我已经有所耳闻，太后将交上来的名单都写在了屏风之上，日日观看，上了屏风的人，一概不予重用，美其名曰"屏风计"。

曹鉴：太后的心计好深，你我不得不防啊。

王钦若：丁谓是我女婿，他被贬之后，我在朝中怎么可能安然无恙？太后早已经将王某视为眼中钉肉中刺，她只是在等待时机罢了，早晚有一天会将我处置。

曹鉴：朝廷百官，太后所信赖的，无非是苏义简与郭崇义二人，此二人之外，人人自危，太后极有可能逐一处置，然后把朝廷百官全部换作她的亲信。

王钦若：太傅大人，如此下去，你我将何以自保？

曹鉴：众臣唯有联起手来，向太后逼宫，让她还政于皇上，我等才能免于她的算计，才能重振朝纲。

王钦若：太傅大人所言极是，王某愿意与曹大人携手，共进共退。

曹鉴：王大人，实不相瞒，老夫我正在修书，要将各地门生召集于京中，联名上书进谏，奏请太后退位。

王钦若大惊，继而鞠了一躬。

王钦若：也唯有曹大人，才能促成此举，王某深感敬佩，并全力响应。我即刻修书给丁谓，命他在平江府联系地方支持者，让他们尽快赶赴京城，为曹大人声援造势。

曹鉴看着王钦若，兴奋起来。

曹鉴：好。有王大人和丁大人的倾力相助，京师与地方共同发声，太后纵有天大的本事，也难堵天下悠悠众口，此事可成！

五十

1. 汴京皇宫　赵祯寝殿　外殿　白天　内景

赵祯满面怒容，在寝殿里走来走去。王渐低头站在一边。

赵祯：母后全然不把朕的请求放在眼中，让宫女过来传句话，就定下了朕的终身了？在她眼里朕还是一国之君吗？

赵祯抬手指向太后寝殿方向，命令王渐。

赵祯：你去替朕问问太后，朕的大婚，朕不同意，难道太后还能绑着朕拜堂不成？

王渐有点胆怯和为难。

王渐：陛下，就这么跟太后说吗？奴婢不敢啊……

赵祯：一字不差，就这么说，少说一个字回来打断你的腿！

王渐：遵旨……遵旨，奴婢这便去回太后。

王渐连忙应了声，转身小跑出去。

2. 汴京皇宫　皇太后寝殿　白天　内景

刘娥端坐在软榻上，慢慢地喝着一碗锦丝头羹。

张景宗：看来皇上的心结还是没有解开。

刘娥：事已至此，也就由不得皇上了。再传哀家的懿旨，帝后大婚，已经昭告天下，皇上是大宋天子，难道要失信于天下吗？还是想让皇族蒙羞？就算是皇上不愿举行大婚，郭家已经接旨，郭清悟依然是皇后！

忆秦点头答应了一声，转身出去。

3. 汴京皇宫　赵祯寝殿　外殿　白天　内景

赵祯更加怒火中烧。

赵祯：皇后是太后封的，大婚也是太后令礼部昭告天下的，所有的事情都是太后自作主张，朕从未同意，郭清悟是谁的皇后？与朕无关！

王渐：陛……陛下……

赵祯：怎么啦？连你也要违抗朕的旨意，连你也要管着朕吗？

王渐一听，吓得扑通一声跪下，话都说不利索了。

王渐：陛下，奴……奴婢不敢……

赵祯：所有的事都是母后安排，所有的事情都让母后自己解决，朕决不娶郭清悟！原话给朕快传过去！

王渐：遵旨！

王渐从地上一骨碌爬起来，快步跑开了。

4. 汴京皇宫　文德殿　白天　内景

赵祯一脸冷色地坐于那镏金龙椅上，刘娥坐于垂帘后，母子之间似有一道无形的屏障，将两人隔开。

王钦若站在大殿中央，面对赵祯和刘娥。

刘娥：王大人，皇上大婚事宜，礼部是否安排就绪？

赵祯一听此言，一下便火了。

王钦若：奏禀太后——

赵祯：（马上打断了王钦若）此事再议！

赵祯说完便率先起身离开了大殿，留下满殿面面相觑的臣工和垂帘后无语的刘娥。大殿里异常安静，一时间无人敢出声，也无人敢退殿。

良久，刘娥才长长地叹了口气。

5.汴京皇宫　赵祯寝殿外　白天　外景

金银器皿，典章仪册，一股脑儿地自殿内扔了出来，摔得满地狼藉。尚衣库的尚宫、司衣、司珍以及内侍等人，也统统被赶了出来，一个个惊慌失措的模样。

殿门狠狠地关上，里面传来赵祯暴怒的大吼。

赵祯：朕已经跟太后说过，绝不大婚！

6.汴京皇宫　皇太后寝殿　白天　内景

刘娥侧坐在软榻上，手中绣着那条金丝蟠龙腰带。

忆秦：皇上亲口说绝不大婚，还把太后赏赐的贺礼等物件全都扔出来，尚衣库的各位司衣、司珍、司彩及内侍，也都被赶出来了。

刘娥：既然皇上不让量体裁衣，传哀家口谕给尚衣库，依照皇上旧衣的尺寸做大婚礼服，至于其他相关事宜，让礼部一切照常。

忆秦：奴婢遵旨。

忆秦走了出去。刘娥将那条快绣好的金丝蟠龙腰带拿起来，仔细端详了一番，依然神色自若，继续绣下去。

7.皇家靶场　白天　外景

赵祯脸色铁青，一箭又一箭地射着，发泄心中的郁结与愤怒。

王渐满脸愁容，侍立在侧，嘴却不闲着。

王渐：陛下，这几日可把奴婢给愁死了。尚衣库在日夜赶制陛下和皇后大婚的礼服，礼部也已开始筹备，尚书及员外郎没有一个闲着，陛下大婚仪式各步骤都在紧锣密鼓地进行，这大婚定是要举行的，太后一言九鼎，陛下无论如何也逃不掉啊。

王渐瞅了眼不远处守着的一众侍卫。

王渐：太后还下了禁令，大婚礼成之前，陛下不可踏出皇宫半步。陛下瞧见了没有，太后又加派了一队侍卫。

赵祯听得心烦意乱，转过身来，箭在弦上，箭尖正对准王渐。

王渐吓了一跳，连忙躲闪，把嘴闭上了。

赵祯这才回过身去，瞄准靶标，这一箭又未射中靶心。

王渐还是忍不住，再次开口。

王渐：陛下是大宋天子，九五至尊，后宫佳丽可达三千，即使娶了郭清悟，也可册封曹汝为贵妃。

赵祯：朕不要汝儿受委屈。结发为夫妻，恩爱两不疑。朕就是要汝儿做皇后，而不是郭清悟。

王渐：这可如何是好？陛下总不能到时候装病不成亲吧？

赵祯没有回答，再次搭弓放箭，瞄准。内侍甲前来禀报。

内侍甲：禀陛下，辽国和党项等国派来恭贺帝后大婚的使臣已陆续抵达京城，太后娘娘今夜赐宴集英殿，请陛下准时出席。

赵祯烦躁地将手一挥。

赵祯：朕不去！

内侍甲：陛下不去，奴婢无法向太后娘娘交代。

赵祯扫了一眼内侍甲，正要去射箭，禁不住又回过头来，盯着内侍甲看了片刻。

赵祯：（问王渐）这个小内侍，是新来的，跟朕长得倒是颇有几分相像。

内侍甲：奴婢不敢。

王渐来回看了看内侍甲和赵祯，也笑了。

王渐：还真有点像。

赵祯眉尖一挑，忽然间改变了主意。

赵祯：（对内侍甲）你去回太后，就说朕会准时赴宴。

内侍甲：遵旨，多谢陛下！

赵祯又放出一箭，这一箭正中靶心，他的嘴角隐隐浮出一丝得意的笑。

8.汴京皇宫　集英殿　夜晚　内景

一盏盏玲珑宫灯高悬，照得那大殿明亮如昼，丝竹声声不绝于耳。宫女们列队入宫，将托盘里的酒和食物送到客人们的案上。玉阶之上，设有龙椅和凤座，赵祯与刘娥分别坐于其上。曹鉴、曹利用、苏义简、郭崇义、王钦若等大臣坐于左手席，右手席则是耶律宗愿及各国使臣。

郭清悟与陵阳公主位于女眷座席。

郭清悟的目光穿过人群，向赵祯示好。赵祯敷衍地和郭清悟目光交接之后，神色怏怏，将目光转向了一边。满殿的华彩他都难以入眼，慢慢地饮着那杯中的琼浆。

刘娥全都看在眼里，暗自蹙了蹙眉，然后举起了酒杯站了起来。

刘娥：我大宋近年国运昌盛，百姓富足，如今又逢帝后大婚，普天同庆。哀家今日赐宴集英殿，以招待前来恭贺使臣，各位不必拘礼，请大家尽情开怀畅饮。（众人纷纷站起向太后举杯）

苏义简：谢太后娘娘。

众人合：谢太后娘娘。

众人饮尽杯中酒，纷纷落座。郭崇义喜笑颜开，与左右同僚推杯换盏，甚是畅快。

王钦若：郭大人治家有方，积德累功，广结善缘，郭家又出了位大宋皇后，恭贺郭大人。

郭崇义：哪里哪里，都是太后娘娘垂爱，将这荣光给了郭家。

王钦若转向旁边坐着的曹鉴，举起酒杯。

王钦若：王某敬太傅大人。

曹鉴在侧冷眼旁观，默然不作声，曹利用脸上则显得十分沮丧，不时举杯，掩饰自己的失落。曹鉴压低声训斥曹利用。

曹鉴：打起精神，不要在这等场合丢了颜面！

曹利用听了父亲的教训，放下酒杯，勉强打起精神。

张景宗：各国使臣为庆贺皇上与皇后大婚，献上贺礼。

在殿外等候的各国使臣的随从们，或端着托盘，或抬着箱子，排列有序地进殿。张景宗展开礼单宣读。

张景宗：党项夏国公之使臣献贺礼，白宝滩羊皮一百二十张，黑宝珠子两斛，金器三十六件，银器七十二件。

党项使臣闻听，离开座位来到席间向刘娥和赵祯行礼。

张景宗：大理国之使臣献贺礼，佛像一幅，锦绣三十六匹，精美玉器四十八尊。

大理国使臣闻听，离开座位来到席间向刘娥和赵祯行礼。

张景宗：辽国使臣献贺礼，契丹上等战马百匹，皇后礼成手执银盅一对，金花银枕一对，金碗十二只，玛瑙杯盏十二只，琥珀水晶珠串八副。

辽国贺礼丰厚，刘娥和郭崇义、苏义简等大臣们皆点头称赞。

辽国使臣耶律宗愿走到玉阶前，向刘娥和赵祯施礼。

耶律宗愿：我大辽皇帝恭贺大宋皇帝与皇后鸾凤和鸣，早诞龙子。

郭清悟闻听大喜，面带羞涩，望向赵祯。

赵祯向耶律宗愿询问。

赵祯：寿康最近可好？为何没有与你一同来京城？

耶律宗愿：回陛下，公主安好，本来公主应一同来京恭贺陛下大婚之礼，但因身怀有孕，不宜长途跋涉。

耶律宗愿走到一位手捧托盘的随从旁边，托盘上放着一只五色丝线编织的精巧物件。

耶律宗愿：此乃公主亲手编织的合欢结，祝愿陛下与皇后百岁之好，永结同心，便是公主的一片心意。

赵祯：寿康的贺礼朕收下了，回到辽国之后，代我谢谢寿康。

耶律宗愿：遵旨。

宦官们上来，将使臣们的贺礼接收抬下去。

一队舞女鱼贯而入，随着再次奏响的丝竹，舞女们在大殿起舞。

赵祯看着舞女起舞，频频端起酒杯，刘娥觉察，提醒赵祯。

刘娥：今日是陛下的好日子，也要饮酒适量，不要贪杯伤了身体。

赵祯像是没有听到，再次将杯中的酒一饮而尽。举杯之时，宽大的袖袍将酒壶扫翻，酒水洒了一身。王渐连忙上前。

刘娥：快去给陛下更衣。

王渐：奴婢遵旨。

王渐搀着赵祯走出了集英殿。

郭清悟注意到了赵祯，关注地看着他离开大殿。刘娥继续招待大臣和使臣，觥筹交错，宾主俱欢。

舞女们一曲舞毕退下。苏义简发现赵祯的龙椅依然空着，苏义简向张景宗招手。

  张景宗连忙来到苏义简身边，苏义简悄悄对张景宗耳语了几句，张景宗连点了点头，然后悄声出去。

  郭清悟也注意到了这一切，她也不知道发生了何事，又不便相问，疑惑地皱起了眉头。

9. 汴京皇宫　赵祯寝殿　夜晚　内景

  张景宗来到赵祯寝殿门口，只见大门紧闭，里面透出烛光，依稀可见身影。

  张景宗： 奴婢参见陛下……陛下方才频频饮酒，是否身体有所不适……

  里面却没有回应。

  张景宗： 陛下，集英殿的众臣，还等着陛下呢。

  依然没有回应。张景宗察觉情况不妙，将手放到门上。

  张景宗： 陛下，奴婢进去了。

  张景宗推开门，只见"赵祯"正背对着，坐在书案前，手里拿着书，但是张景宗却发现这"赵祯"在隐隐发抖，便走上前去。

  张景宗： 陛下怎么了，为何发抖？

  张景宗走到"赵祯"跟前，这才发现坐在书案前的并不是赵祯，而是穿了赵祯衣服的内侍甲。内侍甲早已经吓得魂不附体，见了张景宗，慌忙下跪求饶。

  内侍甲： 公公饶……饶命，是皇上……皇上逼着奴婢……

  张景宗一见，顿时也惊得魂飞魄散，脸色发白，忙打断了内侍甲。

  张景宗： 皇上去哪儿了？

  内侍甲： 奴婢不知……

  张景宗情知大事不妙。

  张景宗： 你先守在这里，哪里也不许去！

  张景宗转身跑了出去。

  内侍甲：（跪在地上一个劲儿地磕头）公公饶命，公公饶命……

10.汴京皇宫　集英殿　夜晚　内景

集英殿中推杯换盏，众人喝得酒酣耳热。张景宗疾步走到刘娥身旁，耳语了几句。刘娥脸色顿变，一阵头痛。张景宗搀扶起刘娥，从侧面出殿。

11.汴京皇宫　皇太后寝殿　夜晚　内景

忆秦扶着刘娥倚靠凤榻，张景宗细心地在她身后垫上枕头。郑太医提着医箱进殿。

张景宗：快给太后娘娘仔细诊断。

郑太医跪在凤榻前，抬手放到刘娥露出的手腕上，认真把脉。

刘娥：景宗。

张景宗：奴婢在。

刘娥：你马上去一趟曹府。

张景宗：去曹府？……（张景宗略一思索，马上反应过来）奴婢明白。

刘娥：千万，不要让任何人觉察到。

张景宗点了点头。

张景宗：太后放心，奴婢知道该怎么做。

刘娥头痛得厉害，挥手让张景宗退下。

张景宗：太后保重！

张景宗向刘娥施了一礼，匆匆出殿。

12.曹利用府邸　大厅　夜晚　内景

曹鉴伏在书案上奋笔疾书，旁边已有写好的书信摆满案上。曹鉴写道：

元承先生台鉴：大宋应天顺人，立国多年，君臣父子，纲常有序。太后垂帘听政，贪恋权势，皇上有名无实，形同傀儡。尔等食君俸禄，当尽其责，速赴京城，谏言逼宫。

13. 平江府　丁谓书房　白天　内景

丁谓坐在书案旁，凑近蜡烛，正在看一封书信。师爷毕恭毕敬站在一边。丁谓看完书信里的内容，得意地哈哈大笑。

丁谓：岳丈大人来信，说曹太傅在京中联合朝廷众臣，向太后逼宫，特地修书，让我在平江府联络地方官员，支持曹太傅。这一次，有曹太傅出头，太后听政，从此可以休矣！

师爷：京城有王大人和曹太傅主掌朝廷，南方有大人您在地方响应，大事可成。

丁谓：明日你召集平江府的官员来见我，一起商议，响应曹太傅在京城的逼宫大计。

师爷：遵命。

师爷向丁谓鞠躬拜退。

14. 野外　夜晚　内景

夜色茫茫，一钩弯月照着蜿蜒山路。

一辆马车由远而近地奔来，王渐正心惊胆战地赶着马车。

车厢里，赵祯和曹汝手握着手，曹汝看了看兴奋的赵祯，幸福地闭上了眼，依靠在赵祯的肩头。

嗒嗒的马蹄声响，马车很快跑远，驶进了茫茫夜色中。

15. 汴京皇宫　皇太后寝殿　夜晚　内景

张景宗匆匆进殿，来到凤榻前禀报。

张景宗：太后，奴婢打探清楚了，曹汝不在府中。

刘娥闭上眼睛，心下已经明白。

刘娥：没想到皇上竟然做出这等事来，他和曹汝定是约好私奔了。

张景宗：奴婢已经让禁军全部出动，城内城外去寻找皇上了，如果皇上真的出了城，也不会走远。

刘娥：叮嘱禁军，此事千万不可外传，违令者死罪！

张景宗：太后放心，奴婢已经交代过了。

刘娥忽然以手抚额,这次疼得她难以承受。

张景宗:太后……

张景宗有些慌乱,转身问站在一旁的郑太医。

张景宗:太后娘娘的病情如何?

郑太医局促不安。

郑太医:太后,请先恕微臣无能之罪,臣才敢说……

刘娥已有预料,面色冷静。

刘娥:说吧,恕你无罪。

郑太医跪到刘娥面前,声音颤抖。

郑太医:太后已病入膏肓,药石无功。

张景宗和忆秦顿时愣住。张景宗上前揪住郑太医的衣领。

张景宗:你胆大包天,竟敢胡说。

郑太医:微臣不敢……太后脉象虚弱,经络不通,是多年沉疴积聚,余下的日子,已经不多了。

张景宗心疼得扑通一下跪到刘娥面前,痛哭流涕。

张景宗:太后,奴婢愿以死换得太后凤体无恙。

忆秦也跪了下来,泪流满面。刘娥却仿若无事,面带微笑。

刘娥:哀家的病,早有预料。放心,哀家一时半会儿还不会寻先帝而去,哀家要亲眼看着皇上大婚,看着他坐稳这大宋天子的龙椅宝座……

16.城外大道　早晨　外景

王渐赶着马车,驶过官道。赵祯掀开车厢帘子,打探一下四周。

赵祯:王渐,你这是要把我们带到哪儿去?

王渐:陛下不是说离开京城就好吗,奴婢驾着车,离开京城之后便一路向南,陛下没有吩咐去哪儿,奴婢也不知道去哪儿。

赵祯看着前方,也有些茫然。

赵祯:朕来想一想……出城向南,应该可抵达平江府吧。

王渐:陛下圣明,平江府的确是在京城的南面。

赵祯:好,朕记得苏明允家就在平江府,我们去平江府找他!

王渐：陛下，奴婢只知道平江府是在京城的南面，可是这路怎么走，奴婢也不知道，再说平江府那么大，哪里去找苏明允家啊。听奴婢一句话，咱们还是回去吧——

赵祯：住嘴！不知道路你不会问吗？你把朕带到平江府，来日回到京城，一定重重赏你。

王渐：（哭丧着脸）陛下啊，来日回京，陛下能将奴婢的小命儿保下，奴婢就千恩万谢了，这会儿，太后娘娘和张总管，都恨不得扒了奴婢的皮呢。

赵祯：少废话，好好赶你的车！有朕保你，你还怕什么？

王渐：（无奈地）奴婢遵旨……

王渐哭丧着脸继续赶车。赵祯放下车厢帘子，往侧旁一看，曹汝靠在车内还在熟睡，车微微一抖，曹汝身上的斗篷掉了下来。赵祯将斗篷捡起来，轻轻地搭到曹汝身上，爱怜地将曹汝揽过来，让她靠着自己胸口。曹汝模模糊糊说了句梦话，在赵祯怀里继续睡过去。

17. 汴京皇宫 文德殿 白天 内景

龙椅高高在上，幕帘轻垂。

曹鉴、苏义简、王钦若、曹利用等众臣在大殿内排好班列，等候赵祯和刘娥上朝。刘娥升殿，来到垂帘后端坐。前面的龙椅更显瞩目，众大臣疑惑不解。

张景宗：有事启奏，无事退朝——

曹鉴手执笏板上前。

曹鉴：启奏太后，老臣请问，今日上朝，为何不见皇上？

刘娥：皇上偶染小恙，需卧床静养，自今起不便上朝，等病愈之后再与哀家一同面见众位爱卿。

曹鉴：既然皇上龙体有恙，臣等应该前去探望。

刘娥：太医叮嘱，皇上需在后宫静养，曹太傅的心意，哀家自然会转告皇上。

曹鉴：劳烦太后。皇上龙体康安关系江山社稷，不知皇上到底得了何病，还请太后明示，以免满朝臣工挂念。

刘娥：（不悦）不过是偶染风寒，曹太傅不必追根问底，莫非哀家的话，太傅信不过吗？

曹鉴：卑职不敢。

苏义简：太傅大人，本官昨日已经探视过皇上，说来日病愈之后，还要去太学馆听您讲学。

曹鉴虽然不能相信，但也不能再深究下去。

曹鉴：既然如此，老臣便在太学馆恭候皇上驾临。

刘娥：诸位爱卿不必担忧，皇上龙体并无大碍。

王钦若早有与曹鉴同样的疑虑，他悄悄打量着曹鉴、苏义简与刘娥，也不敢发声。

王钦若：臣等敬祈皇上早日康复！

曹鉴面沉似水，他的疑心越来越重，不再出声了。

18. 汴京皇宫　宫道　白天　外景

曹鉴与王钦若并肩同行于宫道。

曹鉴：太后的话，苏义简的话，均不可信，老夫怎么想都不对，宫里一定是出了什么大事。

王钦若：太傅大人所言极是，王某也是心怀疑虑，难道……？

曹鉴：王大人不妨直言。

王钦若：（压低声）难道是太后将皇上囚禁了？

曹鉴：太后早已大权在握，一手遮天，又何苦囚禁皇上，于太后有何益处？再者说，将皇上囚禁，太后又如何向朝堂众臣交代？

王钦若：太后虽然大权在握，但毕竟还是坐在垂帘之后，或有可能，太后是想废掉皇上，仿效前朝武则天，临朝称帝。

曹鉴：皇上不能上朝，老夫也颇有疑虑，其中必有缘故，但太后还不至于暗中废掉皇上，王大人少安毋躁，你我暂且静观其变。

王钦若虽不甘心，还是不得不点了点头。

王钦若：但愿是下官多虑。倘若朝廷之上真有动荡，眼下也只有太傅您能镇得住局面了。

曹鉴以手拈须，笑而不答，二人走远。

五十一

1. 汴京皇宫　皇太后寝殿　白天　内景

刘娥坐在桌旁，忆秦将熬好的药送到面前。刘娥接过，缓缓喝下，转过脸来面对苏义简。

苏义简：不知是曹汝蛊惑皇上，还是皇上早有此意？但是眼下已可以断定，皇上离开京城之时，有曹汝同行。

刘娥：堂堂大宋天子，竟然与人私奔，这要是传出去，岂不成了天下人的笑柄？

苏义简：请太后娘娘保重身体，勿要过于忧心，皇上此次既然决定出宫，也不会漫无目的，定有所去处，臣已经安排手下，向南方各城逐一排查。

刘娥点头，以示赞同。

刘娥：这个小曹汝，胆子也太大了，哪里还有大家闺秀的规矩，曹鉴身为太傅，是如何管教自己孙女的？哀家一定要向他问个明白！

刘娥说话间，又是一阵头疼袭上来，疼得她以手抚额，苏义简看着十分忧心。

苏义简：太后娘娘既然贵体有恙，还请速传太医前来仔细诊治为好。

刘娥：不过是多年的顽症，没有大碍，你且退下吧。

苏义简向刘娥施礼退下，忆秦走上前来，扶住刘娥回到内殿休息。

2. 汴京皇宫　赵祯寝殿　白天　内景

张景宗脸色阴沉，在外殿里来回踱步。内侍甲吓得胆战心惊，跪在地上不敢抬头。

张景宗：皇上出走，天都要塌下来了，就算是皇上逼着你，皇上走了之后，你难道就不该禀报太后吗？来到后宫这么多天，我都是怎么教你的？万一皇上有个闪失，别说你这条小命不保，连我都要跟着你受株连！

内侍甲吓得以头触地。

内侍甲：奴婢罪该万死！奴婢罪该万死！奴婢知道该怎么做了……

张景宗揪着内侍甲的耳朵，将他拎起来。

张景宗：给我站起来！

内侍甲站起来，张景宗将他打量了一番。

张景宗：知道该怎么做了，那就好，从现在起，你要继续假扮皇上。

内侍甲再次扑通一声跪到了地上。

内侍甲：奴婢再也不敢了……

张景宗：不敢？你竟敢抗命！摸摸你头上长了几个脑袋！皇上离宫出走，这件事不能传出去，你就得继续假扮皇上。

内侍甲这才明白张景宗的用意，这才点了点头。

内侍甲：奴婢遵命。

张景宗在桌案旁大模大样地坐了下来，用眼神一斜，示意让内侍甲将赵祯的衣服穿上。

张景宗：穿起来，给我看看。

内侍甲将赵祯的衣服穿好，转过身来，在张景宗面前站好。

张景宗乍一看，不由得打个愣怔，紧张地站了起来，被这个内侍甲酷似皇上的扮相给惊着了。马上，张景宗又意识到自己的失态，不禁笑了起来。

张景宗：真别说，你小子倒是跟皇上长得有几分相似。

张景宗又上下看了看。

张景宗：从今天起，你就守在寝殿，不得外出。除了我，任何人一概不见，外面自然有人给你挡驾，你只需要露个背影就好。

内侍甲：奴婢明白。

张景宗这才放心，走出寝殿。刚走到门口，他又停下来，转回头补了一句。

张景宗：胆敢露出破绽，或是透出去半点风声，我剥了你的皮，灭你九族！听到没有？

内侍甲条件反射般又要跪下，被张景宗给拦住了。

张景宗：要死啊！穿上龙袍，你现在就是皇上，要给谁下跪哪？

内侍甲这才明白过来。张景宗最后看了内侍甲一眼，不耐烦地指着书桌，让他坐过去，然后走出寝殿。

3. 汴京皇宫　皇太后寝殿　白天　内景

刘娥坐在梳妆台前，忆秦伺候她化妆。梳妆台上摆满了青瓷粉盒、白净胭脂罐、银制香盒等各种化妆品。

忆秦：奴婢今日给太后娘娘妆扮的是飞霞妆。

刘娥：飞霞妆比桃花妆好，这里再多用一些胭脂。

忆秦再用胭脂给刘娥上妆，轻轻涂抹，脸上又多几分红润，刘娥这才感到满意。

刘娥：上一次妆容，就要一两个时辰，忆秦，这几日让你劳累了。

忆秦：皇上不在，太后娘娘必须保有太后尊严威仪，才能镇得住朝廷，令臣子们俯首听命，奴婢这点劳累算得了什么。

张景宗端着药站在门口。

张景宗：太后娘娘，该喝药了。

忆秦将药碗接过来，送到刘娥面前。刘娥接过药碗，刚喝了一口，却又放下了。

刘娥：景宗，有没有皇上的消息？

张景宗：回太后娘娘，苏大人正在全力以赴查找皇上行踪，目前尚未找到。

刘娥听了，没有说话，她慢慢地一口气将碗里的药汤喝完了，将药碗轻轻放到了妆台之上。

刘娥：（对张景宗）哀家一定要把受益等回来……受益若回来晚了，只怕为娘就再也见不到你了……

忆秦与张景宗在一边听了，不禁悄悄拭泪。刘娥从椅子上用力地站起来，刘娥虽然看上去依然年轻，保持着太后威严，其实她已经一天比一天虚弱，起身之后，她竟然有些站立不稳，忆秦连忙上前将她扶住。

忆秦：太后娘娘，今日身体不适，便罢朝一日吧。

刘娥：不可，皇上不在，若是哀家又罢朝，不知道那些大臣们又要说出什么话来。

刘娥轻轻将忆秦推开，示意不必扶她。

刘娥：走吧，随哀家上朝。

刘娥说完，从容地走出寝殿。张景宗和忆秦连忙抹干眼泪，一左一右，跟了出去。

4. 曹鉴府　大厅　白天　内景

王钦若再访曹府，曹鉴迎他于厅堂坐下。

王钦若：太傅大人可听到了街头的谣言？坊间流传，都道是太后将皇上囚禁，不许上朝，不许面见众臣。太后称帝野心，早现端倪，眼下开始付诸行动了。

曹鉴：老夫也有耳闻。

王钦若：王某甚为担心，太后一旦废掉皇上，效仿武后，开创新朝，恐怕皇上就再也难以上位。

曹鉴：王大人，实不相瞒，其实，皇上如今并不在宫中。

王钦若放下茶盏，大惊失色，站了起来。

王钦若：太傅何出此言？太后明明说，皇上染了风寒，需卧床静养几日。

曹鉴：王大人相信吗？没有丝毫怀疑？

王钦若：当时太傅便要前去探望，太后不许……

曹鉴：那时，皇上已经不在宫中。老夫已经得知，皇上与太后有了争执，皇上一气之下，私自离开皇宫，下落不明。

王钦若端起茶盏要给自己压惊，听到此处，竟然惊得呛着了，再次放下茶盏。

王钦若：皇上……皇上他失踪了？！
曹鉴：王大人切莫声张。

王钦若思忖片刻，忽然站了起来，面露喜色。

王钦若：皇上不在宫中，太后如何向天下人交代？
曹鉴：机不可失，时不再来，向太后逼宫的时机到了。

王钦若连连点头，露出奸笑。

5. 平江府　丁谓书房　白天　内景

丁谓正在书案边查看公文，王玉茹拿着一封信走了进来，来到书案旁。师爷在一边侍立。

师爷：大人，夫人来了。
王玉茹：相公，今日父亲又有书信从京城传来。

丁谓连忙将书信接过来，书信读完，丁谓不禁大吃一惊。

王玉茹：父亲信中所说何事？
丁谓：岳丈来信说，皇上私自离开皇宫出走了。

王玉茹和师爷都大吃一惊。

王玉茹：啊！
师爷：皇上出走，这还了得，朝廷岂不是一片大乱！
丁谓：岳丈说，皇上私自离京，并没有侍卫随行，跟着皇上一起出宫的，有一个小宦官，还有一人，便是曹太傅孙女曹汝。
王玉茹：曹汝？就是皇上最心疼的那个女子，莫不是皇上向太后抗婚，要与曹汝私奔吗？

丁谓脸色渐渐凝重起来，点了点头。

丁谓：岳丈在书信里交代，皇上离开京城之后，极有可能是来了平江府，因为苏明允家老宅就在平江府。
师爷：大人，下官马上派人去苏明允府上暗中打探一番。
丁谓：有了消息，马上向我回禀。

师爷：是。

师爷转身出去。丁谓看着师爷出去，他脸上紧张的神色有了一些缓解，渐渐有些笑意浮了上来。

丁谓：真乃天助我也！

6. 平江府　苏明允家庭院　白天　外景

庭院里的一座六角攒尖凉亭里，有一石桌，上面摆的都是些粗茶淡饭，一盘芋头，四碟蔬菜，四碗粥而已。赵祯、苏明允、曹汝、王渐围坐在石桌旁就餐，旁边站着一名家仆服侍。赵祯吃得狼吞虎咽，显然是饿坏了。

王渐却有点面露尴尬，苏明允觉察到了王渐的表情。

苏明允：明允知道王公公在想什么，陛下光临，明允却用这样的粗茶淡饭来招待，对陛下的确有些不敬。

王渐尴尬地笑着，还没开口，赵祯便将他打断了。

赵祯：朕好久没有吃过这么可口的饭菜了，御厨都做不来这等美食。

苏明允：陛下在宫中锦衣玉食，御膳都吃得厌烦了，所以才觉得这些粗茶淡饭可口。在下并非有意冒犯陛下，而是平江府今年遇到天灾人祸，即便像我苏家这般大户，日常也只能吃这些了。平常人家，连这般粗茶淡饭，也是难得。

赵祯终于吃饱了，打了一个饱嗝，放下了筷子。

赵祯：明允，平江府有什么天灾人祸？

苏明允：请恕明允直言，今年平江府旱情严重，很多田地颗粒无收，江南各地的水源大多被地方豪强把持，百姓用水比吃油还要艰难。

赵祯：哦，朕在宫中为何从未听说？

苏明允：平江府的地方官没有上奏到京城，陛下当然无从得知。不仅如此，地方官不去救灾，反而发行"交子"作为敛财工具，搜刮民脂民膏，大发横财，百姓苦不堪言，鬻儿卖女，难以为生。

赵祯：朕一直以为平江府为江南富庶安稳之地，岂料竟然这般困苦，民不聊生。

苏明允：地方官员不仅没有作为，反而豪夺巧取，横征暴敛，百姓的日子更是雪上加霜。

王渐看见赵祯脸色不悦，咳嗽了两声，意思是让苏明允别再说了。不料，苏明允却越说越起劲，言辞也越发激烈。

苏明允：陛下身为大宋天子，应胸怀江山社稷，体察民间疾苦。否则地方豪强与官员相互勾结，狼狈为奸，坑害百姓，令朝廷蒙羞，更陷陛下于不仁不义。陛下身为九五至尊，不能只知道高坐龙椅接受百官朝拜，还应保护民间百姓，此乃天子职责所在。陛下高居朝堂养尊处优，而不知世间险恶，生存不易，又怎能以天下为己任？又如何得到黎民百姓的拥护？大宋江山又如何千秋万代？

王渐生怕苏明允惹怒赵祯，凑到他面前低声嘱咐。

王渐：苏相公，陛下一路奔波，十分劳累，用餐之后，还是早点歇息为好……

赵祯：（对王渐）一旁站着，不要插话。明允说得对，朕这些年在宫里，还以为天下太平，百姓富足，如此耳目闭塞，朕枉为一国之君。

曹汝：陛下不必自责，陛下不是要体察民情吗？现今已到了平江府，正是最好的时机。

赵祯：汝儿说得对，明日朕就要微服出巡，走上街头，体察民情。

7. 平江府　苏明允家大门外　白天　外景

苏府大门紧闭。平江府差役悄悄靠近苏府大门，抬手推了推，大门中间开了一道缝隙，贴近缝隙向里面探看，正好看到赵祯，连忙从怀中取出那幅赵祯画像，仔细对比，确定此人便是皇上。

平江府差役不敢怠慢，急忙转身离开。

8. 平江府　知州府大厅　白天　内景

丁谓坐在大案后面，师爷站在旁边，丁谓手里拿着赵祯的画像正在细看。

丁谓：你能确定，苏府的客人，就是此人？

差役：禀报大人，小的看得清清楚楚，苏府的客人与皇上的画像一模一样。

丁谓：果然不出我之所料。

丁谓满意地点头，看着那个差役。

丁谓：继续盯着苏府和皇上，一旦有任何风吹草动，速来禀报。

师爷：大人，既然已经有了皇上的行踪，接下来如何处置？

丁谓起来踱了两步，思忖片刻。

丁谓：师爷，马上将街头的乞丐、流民驱赶出城，不从者便关入大牢，不许被皇上看到。

师爷：是，下官这就将平江府所有差役全都派出，各自分头去办。只要皇上走上街头，看到的便是大人精心治理下，民安物阜、政通人和的平江府。

丁谓：还有一事，我要找的"平话"艺人，可曾找到？

师爷：大人，按照您的吩咐，下官已经找到一位"平话"老艺人，将他安置在街头。

丁谓点了点头，脸上露出得意的笑容。

丁谓：好，皇上一旦走出苏府，我们便依计行事。

9. 平江府　街头　白天　外景

平江府的街头，来往的百姓并不太多，街头略显萧条。赵祯、曹汝和王渐都换上普通百姓的衣服，三人走在街头，相互看了看，略有些不适应。

赵祯向街道两旁望去，店家开门营业，伙计在高声招揽客人。

赵祯：这街头略显萧条，倒也不至于民不聊生，卖儿鬻女啊。

王渐：（挠头）或许今天日子不对，他们都知道陛下来了？也不对啊，这平江府除了苏明允，也无人认得陛下啊。

街头另一处。丁谓隐身于一店铺旁边，身边站着师爷。平江府的差役走过，悄悄地向丁谓回报。

差役：大人，皇上已经走过来了，距此处不到一箭之地。

丁谓：走，去拜见皇上！

丁谓从店铺后走出来，师爷与差役跟在两旁，三人一边走一边交谈。

丁谓：……轻徭薄赋，停收商税，减轻百姓负担，再将附近的山泽引入城中，唯有如此，平江府才能抗住这场旱灾。

师爷：是，下官已经派人逐一落实。

丁谓假装没有看到赵祯，一边说话一边往前走，与赵祯一行越来越近。曹汝看到丁谓，连忙悄悄向赵祯回禀。

曹汝：陛下快看，前面走过来的，是丁大人。

赵祯：赶快避一避他。

赵祯拉着曹汝，正要转过脸去，却被丁谓看到，马上装出大惊失色的表情，抢上一步就要下拜。

丁谓：陛下……

赵祯见躲不过，连忙扶住丁谓。

赵祯：快快起来，你们都不必下拜，朕微服私访，不能让百姓认出来。

丁谓：遵旨。臣不知道陛下来到平江府，未能恭迎陛下，请陛下恕罪。

赵祯：不知者不怪。朕既然是微服私访，一路行踪须得保密，所以朕便没有去知州府。

丁谓：臣明白。

赵祯：听说平江府今年大旱？朕为何没有见到丁知州你的奏折？

丁谓：陛下，说来话长，附近有一茶楼，请陛下到茶楼一叙，臣将平江府的旱情从头细细说来。

丁谓指了指附近的茶楼。

赵祯：也好，前面带路。

丁谓：陛下请，这位小姐应该是曹大人的千金吧？大小姐请。

丁谓带着赵祯走向茶楼，王渐、曹汝及师爷、差役都跟在后面。

10. 平江府　茶楼　白天　内景

茶楼中间有一半米的高台，艺人立于其上，一张桌子，一把折扇，一块醒木，便是表演的全部家当。

茶楼内人不太多，有一些茶客在听艺人说书。

说书艺人：今日说的这回前朝旧事，不知是哪朝哪代、哪年哪月，也不知是哪一座城池、哪一个天子。话说前朝，江山一统，四海升平，端的是风调雨顺，君正臣良，万民乐业……

丁谓与赵祯面对面坐在茶楼，赵祯和曹汝时不时看一眼那说书的艺人，并未留意。

赵祯：丁爱卿，听说平江府一带旱灾颇为严重，朕在京中却未见到你的奏折，是何缘故？

丁谓：回陛下，平江府一带的确有旱灾，臣早早发放救济物资，轻徭薄赋、停收商税，并带领府中衙役进入深山寻找水源，开放山泽以供百姓日用，并且及时移民就食，将灾情严重的灾民，转移到灾情较轻的地方，以共享食物和水源，旱情已经大大缓解，因此并未上报京城，以免太后娘娘和陛下担忧。方才在街头遇到陛下之时，臣正在安排抗旱诸事。

赵祯：朕还听说，平江府的官员，与商人勾结，借发行"交子"大肆敛财，与民争利，可有此事？

丁谓：陛下，不知此事您从何处听到，所谓"交子"之流通，仅限于在四川路和峡西路有所流行，平江府虽然也曾经试用，但很快便废止了，何来借"交子"敛财之说？定是有人无中生有，造谣中伤，陛下不足为虑。

赵祯半信半疑。

赵祯：果真如丁爱卿所说，朕倒也放心了，还请丁爱卿详查。

丁谓：陛下放心，臣一定尽心查访此事。

丁谓假装注意力被说书艺人吸引了过去，赵祯也不由得听了两句。

丁谓：这个艺人博古通今，他在平江府颇有名气，这个茶楼里的客人，大多都是常客，来听他说书的。

赵祯点了点头，端起茶杯轻啜一口，放回桌上，颇有兴致地听那说书艺人的表演。

说书艺人：天子转向宫内之后，闷闷不乐，暗自忖道："今皇后与皇妃各自有了身子，莫非上天垂象，会应于她二人身上不成？难道我的皇子又要大难临头？"天子闷闷不乐，正在此时，宫中内官前来回禀，说是皇后意外滑胎，未能保住孩子，天子焦灼万分，寝食难安……

赵祯渐渐听得认真起来，丁谓在一旁悄悄打量赵祯。

赵祯：也不知是哪朝哪代的故事，这说书人讲得倒是有趣。

丁谓：（笑）艺人说书，不过是茶余饭后的消遣罢了，陛下不必当真。

说书艺人：皇后滑胎，那皇妃却是即将临盆，双眉紧蹙，一时腹痛难忍。天子得知妃子要分娩，立刻起驾出宫，急急召来太医、喜婆前来守喜。不承想，皇后得知皇妃临盆，不由得怒从心头起、恶向胆边生，睁开眉下眼、咬碎口中牙，暗暗找到喜婆，交给喜婆一个大盒，让喜婆将盒子带入宫中，并交代她如此这般，让她依计行事。喜婆收了钱财，心中大喜，捧定大盒，与太医一同进宫，来到皇妃产房。你知道那盒内是什么东西？原来是皇后与喜婆定好的计策，将一只狸猫剥去皮毛，血淋淋，光油油，认不出是何妖物，好生难看。别人以为盒内是吃食之物，哪知其中就里？

说书艺人拿起折扇，忽然"啪"的一声打开，制造紧张气氛。

赵祯听得十分投入，不由得被说书艺人这一举动吓了一跳。

说书艺人：不承想那一夜，后宫起火，产房乱作一团。皇妃产下一个白白胖胖的皇子，喜婆给皇妃接生完毕，趁着忙乱之际，却把那狸猫放入盒中，将刚刚出生的皇子抱出，偷梁换柱，交与了皇后。那皇后便暗藏了皇子，从此当作了自己亲生。老天有眼，幸有皇妃的弟弟前来产房探望，见产房起火，便拼出性命救出了皇妃，拎出了盒子，却见是剥皮的狸猫。可怜那皇妃清醒过来，得知自己生下狸猫妖物，大喊冤枉。皇后将皇妃生产妖孽之事，奏明圣上。天子大怒，立时将皇妃贬入冷宫，可怜皇妃受此不白之冤，向谁申诉？皇妃之弟，皇子的亲舅公，到处为姐姐申冤，却未得昭雪。那太医知道真相，也不敢久居宫中，为保全性命便告老还乡，离开了京城。那皇后夺了皇妃十月怀胎的亲生骨肉，便当作亲生儿子养大。从此天下人皆将皇后当作国母。可叹这小皇子不知真相，蒙在鼓中，竟将仇人当作了娘亲……

讲到这里，听客们都义愤填膺，纷纷指责那皇后。赵祯听到此处，仿佛有所触动。

听客甲：这也不知是哪朝哪代的故事，天底下竟有如此心肠歹毒的女人？

听客乙：哼，你知道什么，说书人不敢说是哪朝哪代，是为了明哲保身，这"狸猫换太子"，就是咱大宋皇宫的旧事，那个被狸猫所换的太子……（压低声）就是当今皇上。

听客甲：此话当真？

曹汝和王渐都吓得变了脸色，看着赵祯，不知该如何是好。丁谓假装勃然大怒。

丁谓：混账，竟敢在光天化日之下诽谤皇上……

丁谓要站起来，赵祯连忙将他摁住。

赵祯：不知者不怪，朕是微服私访，切不可暴露了朕的身份。

丁谓点头，这才慢慢坐下。听客甲与听客乙继续议论。

听客甲：我大宋朝以仁孝治国，皇太后怎能做出这等事来？

听客乙：原来你这般孤陋寡闻啊，此故事早已传遍天下，无人不知无人不晓了，你竟然是头一次听说？

王渐也怒不可遏，要站起来，赵祯在桌底上扯了王渐的衣衫，让他不要轻举妄动。

丁谓：陛下，这些人捕风捉影，胡言乱语，搅了陛下的耳根清净，陛下还是离开此地，另往他处吧。

曹汝：陛下已出来许久，还是早些回苏府为好。

赵祯眉头紧锁，心事重重地点了点头，站了起来。

丁谓引着赵祯、曹汝、王渐走出茶馆，差役也跟了出去。

师爷留在了最后面。师爷走到听客甲与听客乙身边，悄悄地给听客甲一些碎银，低声向他们耳语了几句。

师爷：这是你们二位，还有那个说书人的赏钱。

师爷匆匆走出，临走时又叮嘱他们。

师爷：此事千万不可传出去，否则的话，你们三人，个个都是死罪。

听客甲/听客乙：小人不敢，小人不敢！

师爷匆匆出门。

11. 平江府　茶楼外　白天　外景

赵祯心事重重，和众人走出茶楼，走在街头。丁谓跟在赵祯身边，不动声色，却在注意赵祯的每一个细微变化。

赵祯：丁爱卿，朕来问你，方才为何有人说，朕就是那个被狸猫所换的太子？

丁谓：陛下，茶馆里的客人，三教九流，鱼龙混杂，大多是道听途说，以讹传讹罢了，陛下不必当真。

赵祯：无风不起浪，那艺人说得头头是道，听书的人也是言之凿凿，如果不是事出有因，他们为何偏偏要拿朕的身世来做文章？

丁谓：陛下……此事还是不要深究为好。

赵祯：朕的身世，你竟敢不让深究，普天之下百姓都知道了，难道要把朕给瞒一辈子不成？

丁谓：陛下……

赵祯：快将你所知道的如实道来，否则，朕便要治你欺君之罪。

丁谓：臣便斗胆才敢说与陛下，其实，这狸猫换太子，朝中大臣都说确有此事，所以才能流传到民间。

赵祯听了，顿时犹如五雷轰顶，丁谓站住，低头向赵祯施礼。

赵祯：你说……你说朕就是那被偷换的太子，而母后，并非朕的亲生娘娘？……

王渐、曹汝等人从后面要走过，赵祯远远地摆手让他们停下，没让他们过来。

赵祯：如此说来，平话里的皇后，便是当今太后？

丁谓点头。

赵祯：那平话里讲的皇妃，又是谁？……

丁谓：陛下，应该能够猜中。

赵祯：莫不是……李宸妃？

丁谓没有抬头，只是默默地点了点头。赵祯一时悲愤，难以自持，就地来回踱了几步。

丁谓： 陛下，狸猫换太子的旧事，臣在京城也是道听途说，难以确认。但是，据臣所知，方才艺人所说的董太医和宸妃娘娘的弟弟李载丰，还都在人世。

赵祯更加神色凌乱。

丁谓： 陛下，街头喧闹，人多嘴杂，不是说话之处，臣恳请陛下驾临知州府，回到府中再细说此事。

赵祯有些惊慌失措，像是不敢面对丁谓所说的事实。

赵祯： 朕微服私访，便不去你那知州府了，朕要回苏明允家。

丁谓： 臣遵旨，若陛下有差遣，臣随时听候盼咐。

赵祯点了点头，有些失魂落魄，没有跟丁谓道别，便忽然匆匆走开了。

王渐和曹汝见了，向丁谓道别，匆匆跟上赵祯。丁谓看赵祯等人渐渐走远，他才将一脸严肃的表情放松下来，浮出了一丝得意的微笑。师爷和差役都走了过来。

师爷： 大人，您说皇上能信吗？

丁谓： 皇上的神情你刚才没有看到吗？皇上心里已经信了七八分，来日找到了证人，便容不得他不信了。

师爷： 大人，皇上私自离宫，想必京城已经大乱，既然大人您现在已经知道皇上来到了平江府，倘若知情不报，太后定会怪罪下来。

丁谓想了想，点了点头。

丁谓： 师爷所言极是，我马上修书一封，呈与太后。

丁谓转过身来，志得意满。

丁谓： 回府！

五十二

1. 平江府　苏明允家凉亭　白天　外景

赵祯回到苏府，坐在凉亭里，脸色阴沉。

苏明允：酒肆茶楼，需时常编造一些新奇故事，招揽客人。陛下，不可轻易听信说书人的虚言诳语。

赵祯：丁谓已经告诉朕，说董太医和李载丰不仅确有其人，且都还在世上，既然有人证，此事岂会有假？

苏明允：丁谓因在京中失职被贬到这平江府，难免对太后娘娘心怀怨恨，趁机挑拨离间，陛下不要上了他的当。

赵祯：就算丁谓对太后不满，他也不至于对朕的身世信口雌黄吧？

曹汝：太后娘娘养育陛下这么多年，对陛下关照得无微不至，怎么可能——

赵祯冷笑一声将曹汝的话打断。

赵祯：太后将朕从亲娘的身边抢过来，本来就是有所图谋，如今迟迟不肯还政，依然是将朕当作棋子，是她掌控权势的手段而已。

苏明允：陛下，此事关系重大，还望陛下明察，再作定论。

赵祯站了起来，来回走了几步，忽然做出决断。

赵祯：马上返回京城，朕要向母后当面问个清楚。

曹汝：道听途说的事情，陛下去向太后娘娘求证，如何开口？

赵祯： 前朝后宫，黎民百姓，天下人皆知朕是狸猫换来的，唯独朕一无所知，朕倘若不查个明白，还做什么大宋天子？！

曹汝、苏明允、王渐见赵祯动怒，都不再作声了。

2. 汴京皇宫　皇太后寝殿　白天　内景

刘娥正坐在桌前看一封打开的信，苏义简进来禀报。

苏义简： 太后娘娘，臣已收到下人打探到的线索，已经找到皇上……

刘娥将信放下。

刘娥： 皇上在平江府。

苏义简：（惊讶）竟有人赶在臣的前面，查到了皇上的下落？

刘娥： 丁谓在平江府街头偶遇皇上，便马上写信传到了宫中。

苏义简： 偶遇？丁谓心机过人，与皇上偶遇，只怕是他早有谋划。太后娘娘，倘若皇上被丁谓掌控，定会生乱。

刘娥： 哀家已经想过，即刻将丁谓召回京城，官复原职，留在朝堂。

苏义简： 将丁谓官复原职？京城到处有歌谣唱道，"欲得天下宁，须拔眼中钉"。所谓"眼中钉"，指的便是丁谓。如今，刚刚将他贬到平江府，太后娘娘为何要召他回来？

刘娥： 丁谓目达耳通，难以对付，此时，他在平江府极有可能已获取了皇上的信任，哀家便不好与他作对，也难以将他掌控，哀家想来想去，还是将他留在身边为好。

苏义简点了点头。

刘娥： 丁谓不在眼前，哀家反而不知道他要做什么，唯有放在身边，才可放心。义简，你亲自去平江府，传哀家口谕，将他召回，一并将皇上护送回来。

苏义简： 臣遵旨。

刘娥经过这番谋划后，耗费脑筋，又感头痛。

苏义简： 前些日子，太医给太后娘娘诊断，开了药方，如今病情还没减轻？

刘娥：哀家是因挂念皇上，朝思暮想，现在已知下落，哀家便放心了，很快就会康复的，你放心便是。

苏义简：太后娘娘保重，臣请告退。

3. 平江府　知州府大厅　白天　内景

丁谓坐在桌案前批阅文书，师爷带着苏义简进来，苏义简的两名侍卫，全副武装，站立门口。

师爷：大人，枢密使苏大人到！

丁谓抬头一看，竟是苏义简，他始料不及，打了个愣怔，急忙起身，走上前来。

丁谓：下官不知苏大人远道而来，有失远迎，还请包涵。

苏义简：丁大人日理万机，苏某打扰了！

丁谓：不敢不敢。丁某身在平江府，牢记太后娘娘嘱托，精心治理平江府，不敢有半点马虎。

苏义简：丁大人果然没有辜负太后娘娘，太后娘娘令本官传来懿旨，丁大人治理平江府有功，特地召丁大人回京复职。

丁谓：召下官回京……？

苏义简：丁大人对平江府整治有方，百姓安居乐业，太后便将丁大人往日过错一笔勾销，加上丁大人护驾有功，及时将皇上的行踪禀报了太后娘娘，也是大功一件，所以请丁大人返回京城，官复原职，可喜可贺啊！

丁谓：多谢太后娘娘，多谢苏大人，待我将手中政务交割完毕之后，马上启程，返京述职。

苏义简：好，本官来日在京城恭候丁大人，为丁大人接风洗尘。

丁谓：苏大人自京城赶来，一路劳顿，请大人移步到下官府中歇息，下官也好聊尽地主之谊。

苏义简：不必了，本官还要去苏府面见皇上，请皇上回宫。告辞了！

4. 平江府　苏明允家庭院　白天　外景

赵祯、曹汝、王渐正在院中的凉亭下饮茶，苏义简见了赵祯，疾步上前，跪倒向赵祯施礼。

苏义简：臣苏义简，参见陛下，恭迎陛下回宫！

赵祯看了看苏义简，无奈地叹了口气。

赵祯：唉，定是那丁谓向母后告密了。

苏义简：陛下出宫之后，太后娘娘宵不安席、食不甘味，因担忧陛下而旧病发作，还望陛下体谅太后娘娘，早日回宫。

赵祯看了看曹汝和王渐。

赵祯：……朕也该回去了，正好，朕有话要对太后说。

苏义简：皇辇已经备好，请陛下即刻起程返京。

5. 城外大道　白天　外景

城外官道，赵祯一行人返回京城。王渐赶着皇辇载着曹汝，曹汝掀开车帘，关切地看向后面的赵祯。赵祯和苏义简骑马并辔而行，走在侍卫队的后面。

苏义简：自从陛下离开京城，太后娘娘无一日不挂念，陛下身为一国之君，且大婚之礼即将举行，私自出宫，此举确实欠妥。

赵祯：母后挂念什么？挂念朕，还是挂念朕到了民间，会听到一些不该听到的事？

苏义简：臣不知陛下所指何事？还请陛下明示。

赵祯：身为一国之君，不仅自己的婚事做不了主，竟连身世也一无所知。

苏义简：陛下何出此言？

赵祯：你跟随母后时间最久，有些事情母后能瞒得了朕，却瞒不了你。你说，朕是不是母后的亲生骨肉？

苏义简：陛下，臣不知晓这些天陛下到底听到了什么，但那丁谓心机深重，陛下千万不可听信他别有用心的搬弄是非。

赵祯：苏爱卿，你对母后果真是忠心耿耿，朕也不指望能从你这儿得到什么线索。待朕回到京城，一定会查明真相。驾！

赵祯挥起马鞭，双腿用力，骑着的那匹马撒开四蹄，飞奔而去。

6. 汴京皇宫　御苑　白天　外景

刘娥面带病容，精神不振，陵阳公主陪着她在御苑里聊天。

陵阳公主：皇上离开皇宫之后，太后身体一日不如一日，如今既然苏大人已经找到了皇上，太后也可安心了。

刘娥：皇上这次外出，所幸没有什么意外，有惊无险，哀家总算松了一口气，否则，我该如何向先皇交代啊。

陵阳公主：皇上这般肆意而为，哪还像个天子？不管不顾地跑出去，留给太后这难堪局面，太后一面要应对朝廷的众臣，一面还要花费精力筹备大婚。皇上真是太不懂事了。

刘娥：皇上的大婚，不知礼部是否都筹备妥当了？

陵阳公主：太后放心，此事我已经问过礼部，已经全部准备就绪，只等皇上回来，即可举办婚礼。太后近日忧虑过度，此事就不必细细过问了。

刘娥：皇上的大婚，天下瞩目，哀家若不一一过问，的确放心不下。只可叹，公主尚且知道哀家为皇上操碎了心，唯独皇上，却始终不懂得体谅哀家，事事与哀家作对。

陵阳公主：只盼皇上经此一事，能真正成长起来，明白太后苦心，担当得起大宋天子的责任。

刘娥：还好朝中有义简为哀家分忧，若没有他，这次皇上离宫，哀家还真是难以处置。

陵阳公主：太后让苏义简去接皇上，正是最好人选，他此去定会劝说皇上回心转意。

刘娥：公主，我知道你一直对义简无法忘怀，等皇上大婚之后，哀家出面，向义简提婚如何？你和义简年龄都不小了，不能一错再错了。

陵阳公主：不必劳驾太后了。落花有情，流水无意，义简心中好像一直有一个人，这么多年，从来没有改变，虽然他一直没有说，但我能感觉得到。他已将所有的感情与期盼，全都给了那个人，我也不知道，那个人到底是谁。

刘娥张了张口，却不知道说什么好，只得长叹一声。

7.汴京皇宫　宣德门　白天　外景

曹鉴与曹利用早已等候在宣德门外，望眼欲穿。远远地望见那一队回京的人马，面露喜色。

赵祯和苏义简骑马在前，曹汝乘坐的皇辇由侍卫护着跟在后面，这一行人终于来到了宣德门前，曹鉴和曹利用同时向赵祯施礼。

曹鉴/曹利用：臣参见陛下。

赵祯：免礼，汝儿是朕带走的，让你们担心了，现在朕已将汝儿带回来了。

曹鉴/曹利用：谢陛下。

苏义简：请陛下速速进宫，面见太后娘娘吧。

赵祯点头，骑马与苏义简一起走向宣德门。曹汝从车厢掀开帘子，曹鉴亲眼看见，终于松了口气。曹汝下了皇辇之后，一眼看到曹鉴和曹利用，便急忙走过来。

曹鉴看见曹汝走过来，他马上绷起脸，一脸的怒容。曹汝来到曹鉴跟前，叫了声"爷爷"，便跪倒曹鉴跟前哭了起来。曹鉴马上绷不住按捺许久的急切担忧心情，扶起曹汝，竟然老泪纵横，一句指责的话也说不出来了。

曹利用：回来就好，回来就好，快随爷爷回家吧。

赵祯回头看着曹汝跟曹鉴父子走了，才放心地转过头来，进了宣德门。他深吸了一口气，虽然依然装着不在乎，还是显得有些紧张。

8.平江府　丁谓书房　黄昏　内景

丁谓看着蜡烛上的火苗，凝视良久。

丁谓：师爷。

师爷马上走近丁谓，施了一礼。

丁谓：马上派人去查找董太医和李载丰的下落，不惜任何代价，在我返京之前，一定要将二人找到，带他们来见我。

师爷：遵命。

师爷领命，匆匆下去。

9.汴京皇宫　皇太后寝殿外　白天　内景

刘娥坐在外殿的桌旁，坐立不安。

忆秦：娘娘不必担心，方才内官来回禀，陛下和苏大人已经到了宣德门了。

刘娥点了点头，神色依然紧张。张景宗忽然惊喜地叫了起来。

张景宗：娘娘，娘娘，皇上他回来了！

刘娥不由得一惊，门外看去。少顷，赵祯和苏义简的身影在大殿外出现了，二人身后跟着王渐。这二人一进入刘娥的视线，刘娥的眼泪马上就涌上了眼角。但是她依然要控制着自己的情绪，把眼泪忍了回去。

张景宗欣慰地笑着在门口施礼参见赵祯和苏义简，将赵祯和苏义简迎进来，转身之际，张景宗狠狠地瞪了一眼王渐。

王渐：奴婢见过大总管！

赵祯进殿，面无表情，和苏义简先后向刘娥施礼参见之后，站在一旁。

赵祯：见过母后。

刘娥：陛下、义简，你们都坐吧！

二人落座之后，刘娥一时没有发话，赵祯也是面无表情，不与刘娥对视。张景宗觉察到了这场面有些沉默，挑起了话头。

张景宗：陛下在外头的这些日子，娘娘茶饭不思，夜不能寐，无时无刻不在担心陛下的安危啊……

刘娥：陛下，家有家规，国有国法。陛下身为一国之君，怎能如此任性！皇上私自出宫，离开京城，你要把这江山社稷、满朝文武置于何地？！

赵祯：江山社稷、满朝文武自有母后处置，朕在或不在，又有何妨？

刘娥的头疼之症又发作了，不禁皱起了眉头。

张景宗和忆秦在一边马上觉察到了，二人都有些担心，但又不知道该如何是好。

苏义简：国不可一日无君，陛下离开皇宫这些天，太后娘娘不但为陛下担忧，还要应对满朝文武，引得旧病复发，陛下应该多体谅娘娘。

刘娥：陛下既然平安归来，哀家既往不咎，也不会责罚曹汝和王渐，还有平江府的苏明允，一概不予追究。

赵祯越发地不高兴，从座位上站了起来。

赵祯：朕明白了，母后从未将朕当作一国之君，苏大人又以国舅自居，都来教训朕是吗？朕倘不是万不得已，又怎能不辞而别，私自出宫？

刘娥：陛下在皇宫到底受了何等委屈，可说与哀家，亦可在朝堂上当众说出，一言不合便负气出走，陛下难道还是三尺孩童吗？既然回宫，陛下就要担起一国之君的责任，休要再做出这等事来！

赵祯：母后！……

赵祯也要发作，但是他忍了又忍，把刚刚到了嘴边的话又咽了回去。

苏义简：太后娘娘，陛下一路鞍马劳顿，还是先请陛下回宫歇息，来日再叙吧。

刘娥：景宗，送陛下回宫。

张景宗一直担心赵祯和刘娥的冲突，见刘娥终于发话，连忙上前。

张景宗：请陛下回宫。

赵祯向刘娥草草地行了一礼。

赵祯：母后，朕告退了。

刘娥望向赵祯决然的背影，顿感失望。

忆秦：娘娘，皇上像是有什么心事，跟出宫之前简直判若两人。

刘娥：义简，皇上这次南下，到底出了什么事情？

苏义简：皇上这次平江府之行，确实出了一件大事，臣也是始料不及。

刘娥：到底出了何事？

10.曹鉴府　大厅　白天　内景

曹汝跪在厅堂,曹鉴和曹利用端坐于椅上,正在教训她,曹利用在发脾气,丫头香寒低头站在一边。

曹利用：一个女儿家,竟然私自出走,你可知道外面有多危险。一旦遇到贼寇,皇上也救不了你！

曹汝：爷爷、爹爹,汝儿知错了。

曹鉴：站起来说话吧,不必再跪了。

曹鉴：这些天你和皇上在平江府,都去了何处,见了何人？

曹汝：皇上带汝儿去了平江府的苏明允家,我和皇上还有宫里的小宦官王渐,一到苏府,便被接入府中好生招待。但是皇上不愿意在府中待着,皇上要体察民情,便带着我和王渐去了平江府的街头。

曹鉴：唉,皇上也是真胆大,出门在外,一个侍卫也没有带,竟然就敢去街头闲逛。

曹汝：平江府虽是江南繁荣富庶之地,但是因为今年旱情严重,街头有些萧条,多了一些沿街乞讨的灾民,后来我们在街头遇到丁大人。

曹鉴和曹利用都是一惊,相互看了一眼。

曹鉴：哪一个丁大人,是平江府知州丁谓吗？

曹汝：正是。

曹利用：怎么会有这么巧的事……

曹鉴不耐烦地打断了曹利用。

曹鉴：遇到丁大人之后,你们又去了何处？

曹汝：丁大人带我们去了一家茶楼,茶楼里的江湖艺人在讲平话,讲的是一个"狸猫换太子"的故事,这故事也不知道是哪朝哪代。

曹鉴：没想到"狸猫换太子"一事会流传这么远,茶楼的艺人居然都编成了平话。

曹汝：皇上听了之后,十分不悦,觉得自己就是故事里的太子,皇上说回到京城之后,一定要追查此事。爷爷,这件事,是真的吗？

曹鉴站了起来,手捻长须,来回走了几步,没有回答曹汝。

曹鉴：酒肆茶楼,人多嘴杂,艺人嘴里的故事,怎能会是真的？再后来，便是苏大人到了平江府，找到皇上，把你们带回京城，是吗？

曹汝：正是。

曹鉴：汝儿，"狸猫换太子"事关重大，以后不许你再向任何人说及此事，也不要再跟皇上论及此事。你与皇上私自离京，已是闯了大祸，险些连累了整个曹府。爷爷要罚你闭门思过，在闺房抄书，没有爷爷的允许，不可离开曹府一步。

曹汝：是，汝儿知道了。

曹鉴：回房去吧。

曹汝应了一声，转身和香寒出去。

曹利用：父亲，这当中定有蹊跷。

曹鉴：你还没有看明白？这定是丁谓的一手安排，要拿皇上来牵制太后。丁谓果真是有些手段，老夫佩服。

曹利用："狸猫换太子"就是以讹传讹，是别有用心之人编的野史，皇上怎么可能对这种事信以为真。

曹鉴：哼，你知道什么！

曹鉴回到桌旁坐下，端起茶盏，饮了一口。

曹鉴：看来皇上此次离京，并非没有收获，皇上对此事必将刨根问底，追查清楚。就看太后如何应对了。这一次，太后是遇到大麻烦了，皇上终于觉悟了。

曹鉴说着，脸上渐渐浮出少有的笑容。

11. 汴京皇宫　皇太后寝殿　外殿　白天　内景

刘娥显然已经听过了苏义简回复，正在沉默。

刘娥：又是丁谓……

苏义简：娘娘，臣已派人寻找李载丰和董太医的下落，绝不会让皇上见到。

刘娥：丁谓肯定早就下手了。

苏义简：娘娘放心，臣一定会赶在丁谓的前面。

刘娥：义简一路辛苦，你也退下吧。

苏义简：娘娘多保重，臣告退！

苏义简走出外殿，刘娥心事重重地沉默着，忆秦担忧地守在一边。

忆秦：这个丁谓也太可恨，当初就该把他发配到天涯海角，让他谁也见不到。

刘娥：就算没有丁谓，皇上早晚也会知道的……

12. 汴京皇宫　文德殿　白天　内景

赵祯端坐龙椅，刘娥端坐于垂帘之后，张景宗与王渐分别侍立一旁。曹鉴、苏义简、王钦若、曹利用等众臣已排好班列，丁谓站在大殿中央，在丹墀下跪拜。

刘娥：丁爱卿在平江府秉公办事，尽职尽责，情为民所系，利为民所谋，哀家甚是欣慰。

刘娥看着丁谓，这番话，貌似夸奖，实则暗藏机锋，丁谓听得颇为忐忑，他不敢与刘娥对视，连忙向刘娥拱手。

丁谓：多谢太后，为官一任，造福一方，乃是微臣职责所在。

刘娥：爱卿此去平江府，劳心劳力，颇有功劳，所以哀家特意将苏义简派去，请爱卿回京。

丁谓：多谢太后，微臣肝脑涂地，不足以回报太后。

刘娥：汴京城不能少了丁爱卿，朝堂之上也不能少了丁爱卿，哀家与皇上也离不开丁爱卿，哀家拟将丁爱卿官复原职，陛下以为何如？

赵祯：朕正有此意，请王爱卿即刻拟诏，让丁谓恢复参知政事之职！

王钦若：臣遵旨！

苏义简看着跪倒伏拜的丁谓，不禁微微冷笑，这一笑恰巧被站在一边的曹鉴看到。曹鉴微微皱起了眉头。

13. 汴京皇宫　宫道　白天　外景

丁谓退朝，与王钦若并行，走在宫道。

王钦若：没想到这么快，太后便让你官复原职了。

丁谓：岳丈还没看明白吗？太后分明是对我放心不下，所以才改变主意，将我召回京城，留在身边，才能安心。

王钦若：既然如此，你也稍稍收敛些才是，免得太后再来寻你的不是。

丁谓：那也要看太后垂帘听政还能维持多久，皇上这次出宫之后，便和之前大不一样了。我敢断言，不出今日，皇上一定会召见我。

王渐从他们身后跑来追上。

王渐：丁大人请留步。

王渐：丁大人，皇上口谕，请丁大人移步，即刻到皇上寝殿一叙。

丁谓：臣遵旨，有劳公公。

丁谓得意地看了王钦若一眼，示意此事被他说中，然后跟着王渐去了。

王钦若：丁谓料事如神，我还真是不得不服啊。

14. 汴京皇宫　赵祯寝殿　白天　内景

王渐将丁谓引到寝殿之时，赵祯正站在窗边，背对大门而立。

丁谓：臣丁谓，拜见陛下。

赵祯没有回头，招了招手，示意丁谓进来。丁谓小心翼翼地走进来，赵祯依然没有回头。

赵祯：丁谓你可知罪？

丁谓偷看了一眼赵祯，已经心中有数，但装着被吓着的样子，连忙低头向赵祯叩首。

丁谓：微臣不知，请陛下明示。

赵祯：你早已知道"狸猫换太子"的旧事，为何瞒而不报，这不是欺君之罪吗？

丁谓：陛下，宫中这一陈年旧事，早已传遍天下，妇孺皆知，只是陛下身在皇宫，无人敢在陛下面前提及罢了。

赵祯：天下人都知此事，唯独朕不知道，你身为参知政事，为何不早早上奏？

丁谓：陛下恕罪，此事关系重大，其中真相并无人知晓，臣亦不能断定真假，所以无法向陛下禀报，朝中的大臣也是三缄其口，无人敢提及此事。

赵祯：你们都是怕太后降罪，所以都成了太后同谋，一起将朕蒙在鼓里。

丁谓：太后大权在握，一言九鼎，无人敢公然对抗太后。不过，臣早已留心此事，一旦时机成熟，查明真相，定会向陛下回禀。

赵祯：在平江府，你曾提到董太医和李载丰都还活着，眼下他们身在何处？

丁谓：臣已经查明，董太医告老还乡之后，已经吞炭为哑，住在偏远乡村再不出来。李载丰被苏义简送到江南一座小镇，当初太后赏给他的钱财早已挥霍一空，十分落魄。

赵祯：速速将他们找来。

丁谓：陛下，臣已经派人去查找二人，找到之后，即刻将他们全部接到京城。

赵祯：此事万万不可泄露出去，尤其不能被太后知晓。

丁谓：陛下放心，此事由臣来办理，万无一失。

15. 乡村小道　黄昏　外景

黄昏日落，蜿蜒的乡村小道上，董太医背着一捆干柴回到村子里。两名村民与董太医迎面走来，董太医笑脸相迎，算是打了招呼。待董太医走远，两名村民议论起来。

村民乙：姓董的变成哑巴之后，就再也不行医了，跟谁也不来往，真是个怪人。

村民甲：听说他原本在宫里当太医，有福不享，却非要回到乡下。

村民乙：该不是在宫里犯了事，回乡下躲着吧？

村民甲：往哪儿躲？真要犯事，就是钻到石头缝里也能被找出来。

村民的话传到了董太医的耳朵里，但是董太医充耳不闻，面无表情继续向远处的村子走去。

16. 乡间民居　黄昏　内景

董太医回到住处，将干柴放到屋中，来到灶台前舀了瓢水喝，水还没喝到嘴里，忽然身后出现一蒙面人，从后面用绳将他的脖子勒住。董太医拼命挣扎，水瓢扔到地上。

蒙面人拼命用力，很快董太医一阵挣扎之后，便咽气死去。

蒙面人把董太医拖到房梁下吊起，再拿过一张凳子在他脚下踢倒。

蒙面人打量现场，发现水瓢还扔在地上，捡起放回灶台。此时，屋内不见异常，董太医悬梁自尽的现场已经伪造好了。蒙面人走出去，将门轻轻关上。

17. 小巷　夜晚　外景

月光暗淡，李载丰搂着一个青楼妓女，醉醺醺地走在小巷。

李载丰：等……等我见了皇上，金银财宝，要多少有多少，马上把你从寻芳楼里赎出来。

青楼女：做梦吧你，今日的酒钱还是我掏的。

李载丰：你……你不信是吗？我是皇上的亲舅舅……

蒙面刺客在小巷里出现，一言不发迎面走来。

小巷里四下无人，青楼女看着前面的刺客有些害怕，示意李载丰看着前面。

李载丰只顾说话，经青楼女提示才看见对面的刺客，他也有些莫名紧张，但是刺客已经来到二人跟前。

刺客忽然拔刀，二话不说，挥刀刺来。李载丰顿时吓得酒醒了大半，将怀中女子推向刺客，撒腿就跑。刺客一把将青楼女子推倒在地，向李载丰追过去。

小巷的另一端，早有另一个刺客在等着，恰好堵住李载丰。

青楼女倒在小巷的墙角，看着刺客追杀李载丰，她捂着嘴也不敢大喊。

李载丰：你们……你们想干什么！我是当今国舅……你们要敢伤我一根毫毛，我让你们满门抄斩，株连九族！

两名刺客根本不听，一左一右向李载丰逼过来。李载丰被左右夹击，在小巷中无路可退，只好拼命一搏。李载丰根本不是两名刺客的对手，几招过后，李载丰便身中数刀，倒在了地上。两名刺客目光相对，点了点头，回头再看小巷另一端，已是空空。

刺客甲：不能让那个女人跑掉！

两名刺客匆匆追到巷尾的十字路口，仍不见女人的身影，二人分头向两个方向追过去，消失在夜色之中。

18. 茶楼　白天　内景

王钦若与丁谓阴沉着脸坐在茶楼内。

丁谓：晚了一步。

王钦若：晚了一步？难道他们二人？……

丁谓：几乎在同一天被杀。

王钦若大惊，坐在椅子上，满脸的颓丧。

丁谓：当地的府衙上报说，董太医悬梁自尽，李载丰被劫匪所杀。不过都是些安排好的说辞罢了。

王钦若：还是失算了……不过，这二人死了，事情或有新的转机，也未可知。

丁谓：岳丈所言极是。此二人之死，当是太后安排。我派出的人已在暗中详查此事，一旦找到证据，你我便可直接在大殿逼宫，公开向太后问责。

王钦若：倘若是太后下此毒手，定是早有谋划，她岂能轻易授人以柄？

丁谓：不错，一定是有人供她驱使，替她卖命。等证据坐实，你我联手，先除掉太后的这个心腹，斩断她一只膀臂，让她在朝中孤掌难鸣，然后，再徐徐图之。

王钦若：嗯。所谓太后这个心腹……

丁谓：还能有谁？

二人四目相对，心照不宣。

丁谓：这一次，一定要让他死无葬身之地。

丁谓眼中渐渐露出凶光。

五十三

1. 汴京皇宫　皇太后寝殿　白天　内景

张景宗和忆秦一左一右，陪着刘娥从内殿走出来，让刘娥在桌旁坐下。

刘娥：自从皇上回宫与哀家见了一面，再也不出寝殿，只是说一路劳累，身体不适，哀家知道，他的心事还未消除。

张景宗：眼看大婚一天天近了，皇上带着这股子怨气，如何上得了大殿？

刘娥：哀家也有些后悔，皇上回宫那天，不该对他过于严厉。

张景宗：太后是爱之深，才责之切。

刘娥：今日，哀家让御厨做了一桌饭菜，精心挑选了皇上平日里最爱吃的。景宗，你去把皇上请来，我们母子二人一起吃顿饭。

张景宗：遵旨，奴婢这就去请皇上！

张景宗听了十分开心，走出寝殿，不禁兴奋得快步小跑。

2. 汴京皇宫　赵祯寝殿　白天　内景

王渐正在服侍赵祯，给赵祯穿一件便装。

王渐：皇上，你这刚出来，又要私自外出啊。

赵祯：朕不过是去一趟街头的茶楼，又不是远行，难道我一举一动都得跟母后回禀吗？

王渐：皇上可以这么做，不过，到头来，挨骂的还是奴婢啊。

赵祯：行了行了，回头朕再赏你……

张景宗在外面启禀。

张景宗：（寝殿外）启禀陛下，奴婢张景宗求见！

赵祯：（有些慌张）快把朕的龙袍拿来。

王渐马上会意，手忙脚乱，将龙袍拿来给赵祯穿上，以掩饰赵祯将要私自出门，免得给张景宗看出。赵祯匆匆穿好了龙袍，这才坐了下来，点了点头。

王渐：（对外面）宣。

张景宗毕恭毕敬地走了进来。

张景宗：奴婢叩见陛下。太后念及陛下前些日子流落在外，风餐露宿，十分辛苦，特地让御厨备了一桌饭菜，请陛下移驾，与太后一起用膳。

赵祯：朕刚刚已经用过膳了，吃不下了。请公公回太后，说太后的心意朕已经领了。

张景宗：太后备了满满一桌，全都是陛下爱吃的，陛下便是不吃，也要去见太后一面才是，还是不要辜负太后对陛下的一番厚爱……

赵祯：朕累了，不想出门，公公回去给太后传话吧！

张景宗：陛下……

赵祯：王渐，送公公出门。

王渐听了，为难地来到张景宗跟前。

王渐：总管大人……

张景宗趁赵祯不备，狠狠地瞪了王渐一眼，让他退到一边，然后又连忙转过身来，满脸堆笑地面对赵祯。

张景宗：既然如此，也就不勉强陛下了。只是陛下外出之后，太后天天挂念，寝食难安，心神不定，望陛下还是抽出时间，常去探望太后，以示孝心。

赵祯：朕知道了，下去吧。

3.汴京皇宫　皇太后寝殿　黄昏　内景

两个宫女将饭菜摆放完毕，走出寝殿。刘娥坐在桌前，面对满桌的饭菜，脸上难掩悲凉。

刘娥：母子一起吃顿饭，百姓人家再寻常不过的事，为何在皇宫里却这么难？

张景宗和忆秦也十分无奈，他二人也极力掩饰着同样的悲哀，站在一边。

刘娥：既然皇上不愿来，景宗、忆秦，来吧，你们都来坐下，陪哀家一起用膳。

张景宗：多谢太后娘娘，奴婢岂敢与太后娘娘同坐就餐。

忆秦：太后娘娘，奴婢不敢。

刘娥拉了拉张景宗和忆秦。

刘娥：你们都坐下，皇上不来陪哀家，难道你二人也不愿陪哀家不成？

张景宗和忆秦听了这话，连忙先后坐了下来。二人坐下之后，刘娥便低头默默地吃饭，吃了一会儿，她见张景宗和忆秦仍没有动筷子，便招呼二人。

刘娥：吃啊，今日，你二人都是哀家的家人。

张景宗：太后娘娘不必动气，皇上的心结还没有打开，还是有些任性，等过两天皇上想明白了，他或许会自己过来，跟太后娘娘请安的。

刘娥：皇上不是心结还没打开，而是，皇上现在不认哀家这个娘了，再不肯听信哀家的话了。也许，哀家应该早点告诉皇上真相才对。

张景宗：朝堂上，大臣们人心不齐，一旦皇上得知自己身世，说不定又会出什么乱子。

刘娥：皇上已经开始追究，哀家不能再瞒下去了，却没想到偏偏赶在大婚之际，皇上忽然提起了此事。倘若先帝还在，哀家便不会如此为难了。

张景宗：先帝的在天之灵，一定会护佑太后娘娘，护佑皇上，渡过所有难关。

刘娥：当年，先帝病重，不能告知朝廷众臣，那时候，还有哀家守着先帝，与他朝夕相处，分担病痛，可如今，哀家病重，儿子却不愿与哀家一同用膳，能与哀家厮守的，只有景宗和忆秦了。

刘娥专心地看着张景宗与忆秦吃饭，还不停地给二人夹菜，放到他们的碗中。

刘娥：多吃些，看着你二人吃得好，今日哀家便舒心了。

张景宗点点头，把刘娥夹来的菜一一吃了下去。忆秦则是一边吃，一边抹眼泪。

4. 街头茶馆　夜晚　内景

赵祯与曹汝在茶馆相对而坐。

曹汝：我爷爷和我爹听我说过之后，神情都有些紧张，爷爷还叮嘱我说，在平江府听到的"狸猫换太子"，一定不要再跟外人说起。

赵祯：定是确有其事，太傅才这么讳莫如深。

曹汝：陛下，汝儿觉得，说书艺人所讲的那个皇后，定是凭空编造，太后娘娘绝不会是那样的人。

赵祯：汝儿有没有想过，朕有可能从小都在谎言中长大，因为没有人说起过真相，所以朕听到什么，都会信以为真，一旦真相即将显露，朕也会害怕，不敢面对。"狸猫换太子"的旧事，朕仿佛很早之前就曾听到过只言片语，只是从未深究。

曹汝：可是，太后娘娘又有什么理由要蒙骗陛下呢？

赵祯：什么理由朕尚且不知。只是，这次外出之后，朕再也不怕了，再不能像从前一样，事事任由太后掌控，朕要自己拿主意。太傅说得对，朕已成年，早就该临朝亲政了，再不能让太后将朕当作一个傀儡来操控，大宋是我赵祯的大宋。

曹汝：陛下……

赵祯：这第一件事，便是要查清身世，查清朕的生身母亲到底是谁。倘若一切真如说书艺人所讲，太后还有何颜面坐在朕的身后，在朝堂听政？

5. 汴京皇宫　皇太后寝殿　白天　内景

刘娥坐在软榻上，闭着眼，忆秦正在给刘娥补妆，涂上一些胭红。门外一名小内侍禀报。

内侍：太后娘娘，苏大人求见。

刘娥听了，缓缓睁开眼，示意让忆秦下去。忆秦会意，将梳妆用品拿了下去，退到一边。苏义简捧着一幅卷轴进来，忆秦向苏义简施礼问安之后走出门去。

苏义简：臣叩见太后娘娘。

刘娥：不必多礼，坐吧。义简拿一卷轴来见哀家，有何要事？

苏义简：太后，臣近日在坊间觅得一幅前朝书画大家留下的一幅画像，颇为难得，臣不敢独享，特来献于太后娘娘。

刘娥：义简好雅兴。

苏义简站起来，缓缓将卷轴打开，展示在刘娥面前。刘娥将这幅画细细看了一遍，画上正是武则天，头戴十二旒天子冠，坐于丹墀之上。

刘娥：这幅画，莫不是前朝武后武则天吗？

苏义简：正是，这幅画名为《武后临朝图》。武后临朝，百官敬拜，登基称帝之后定洛阳为都，建立武周，上承"贞观之治"，下启"开元盛世"，其功绩昭昭于世，后人无不仰慕啊。

刘娥：义简为何将此画送到宫中来？

苏义简：太后之英才远略，鸿业大勋，不逊于武后，对大宋有再造之功，天下人有目共睹。

刘娥：义简言下之意，莫非是想劝哀家效仿武后吗？

苏义简：武后临朝，太后娘娘临朝又有何不可？

刘娥：义简身为朝廷股肱之臣，怎能有此等忤逆之念？

苏义简：太后娘娘，眼下皇上所作所为，实在是有负于太后娘娘的教诲，难以执掌朝政，唯有太后能够威慑朝中众臣。

刘娥：义简！哀家命你速速将这幅画收起销毁，否则，哀家便要将你治罪，决不留任何情面。

苏义简这才明白刘娥是真的动怒了，忙向刘娥施了一礼，将卷轴收了起来。

苏义简：太后娘娘息怒。

刘娥：义简，先帝临终时亲口跟哀家说过，日中则昃，月满则亏，器盈则覆，物盛则衰，持盈守成，慎终如始。这些年，哀家谨记于心，不敢忘怀。哀家不是武后，也不效仿武则天，此生绝不会做有负先帝之事。

苏义简：请太后娘娘恕罪。

刘娥：义简对哀家一片忠心，哀家知道，不过，你更应忠心于皇上，先帝对你有知遇之恩，皇上视你为师长，倘若哀家离世，义简应担起托国重负，一心辅佐皇上才是。

苏义简：太后娘娘放心，太后娘娘的教训，臣已记下了。

刘娥：记下便好，此事哀家再不追究，义简也将此事忘了吧。明日便是先帝的忌日，你去礼部传达哀家的口谕，筹备典仪，皇上和众臣要到太庙拜祭先帝，哀家虽不能进太庙，也要在太庙之外缅怀先帝。

6. 曹鉴府　大厅　白天　内景

曹鉴：太后的野心，路人皆知，你竟然到如今还看不明白！

曹利用：父亲不要再与太后过不去了。太后何等聪明，父亲的举动，太后怎会一无所知？

曹鉴：知道了又能如何？曹家的列祖列宗，无一不是铁骨铮铮，义薄云天，不承想到了你这一代，却出了一个软骨头。你不肯随我去向太后进谏，我不勉强你，太学馆已经聚集了近百名文官，要随为父一起赶往太庙，不差你一个。

曹利用：太后多年含辛茹苦，才有今日朝堂安稳，国库充盈，百姓安居乐业。这不都是太后的功劳吗？请父亲三思。

曹鉴：道不同，不相为谋！守在家中过你的安稳日子吧，只是不要再拦着为父。

曹利用：父亲……

曹鉴走出大厅，向外走去，曹利用追到门口，叹了口气，无奈地停下了。

7. 曹鉴府　院内　白天　外景

曹鉴走出大厅，走向大门。曹汝和香寒正好出来，拿着一个竹筐，里面放着面粉、玫瑰花瓣、青红丝等物，她二人走到院中，曹汝正好看到曹鉴的背影。

曹汝：爷爷，要去太学馆吗？

曹鉴正快步往外走，听到了曹汝的话，他停下了脚步，回过头来。

曹鉴：正是！

曹汝：爷爷要早点回来，今天汝儿要做新式的点心给您吃，我都跟您说过好多好多天了，今天我一定要做出来，我等爷爷回来吃！

曹汝举了举手里的食材，向曹鉴示意。曹鉴给了曹汝一个无比温暖的微笑。

曹鉴：汝儿，这件事爷爷也记着呢，已经想好久了，爷爷一定早些回府，一饱口福啊。

曹汝笑得无比开心，整个脸庞如同绽开的花朵，拼命向曹鉴点了点头。

曹鉴转过身，向门外走去。曹汝一直看着曹鉴的背影出了大门。

曹汝：（兴奋地冲香寒）走，去做点心！

8. 太庙外　白天　外景

太庙前禁军护卫，仪仗整齐，庄严肃穆。

刘娥在忆秦和张景宗的陪伴之下，赵祯在王渐的陪伴下，率苏义简、郭崇义、丁谓、王钦若等众位大臣，排列有序向大殿走去。

刘娥和赵祯并肩同行，到了大殿门口，与众大臣停下，向大殿施礼三叩九拜。

礼毕，众人站起，赵祯迈上台阶，进入大殿，刘娥和大臣们都在大殿外等候。

9. 太学馆学堂　白天　内景

曹鉴站在学堂前面正在陈词。学堂内，前面坐着一些京城的文官和地方官员，后面坐着一群太学生，所有人殷切的目光全都看着曹鉴。

曹鉴：大宋自开国以来，从无女主临朝听政先例。太后处心积虑，以皇上年幼为名，名为临朝听政，实则僭君越主，要将皇上与众臣玩于股掌之间。皇上已经年长，而太后迟迟不肯还政，其用心昭然若揭，诸位还没有看清吗？太后的意图，不就是要效仿汉之吕后，唐之武曌，临朝称制，自立为女君吗？诸位都是大宋的忠臣，继承往圣先贤之道统，效忠于我大宋之天子，而非受制于太后，眼睁睁地断送了大宋的江山社稷！

众人的情绪被曹鉴鼓动，交头接耳，议论起来。

众人：太傅大人所言极是；早有察觉，今日被太傅一语点破；长此以往，大宋将何去何从啊；请太傅拿个主意吧，我等愿意追随太傅……

曹鉴：诸位，今日乃先帝忌日，太后与朝中诸臣在太庙行祭奠大礼。老夫要借此机会，前往太庙，在列祖列宗与先帝的灵位之前进谏，让太后撤帘，还政于皇上，就在今日！

众人：赞成！早该如此！支持太傅大人！

曹鉴：太后窃权乱政已久，早就该将大权还给皇上。上合天意，下安社稷！愿跟随老夫前往太庙者，请随我来！

众人先后站立起来，一个个神情激昂地向曹鉴拱手施礼。

众太学生：学生愿追随太傅，前往太庙！

曹鉴被围在众人当中，听着众人的喊声，他更加神色严峻，一副重任在肩的神态。

10. 太庙内　白天　内景

赵祯来到赵恒的灵位前，恭敬地三跪九叩。礼毕，注视着灵牌。

赵祯：父皇……

赵祯刚一开口，便觉得悲从中来，双眼含泪，几乎说不出话。

赵祯：……父皇在世之际，孩儿还懵懂无知，也从未想过自己的身世有这些疑端。或许是因为孩儿太小，父皇生前才没有将真相告知与我……但是，这真相还要隐藏多久？孩儿到什么时候，才能拨云见日？

赵祯燃了一炷香，插到了赵恒灵位前的香炉里。

赵祯：倘若父皇在天有知，恳请父皇保佑孩儿，让孩儿早日查明真相，了此心结……

赵祯毕恭毕敬，再次向赵恒的牌位深施一礼。

11. 太庙外　白天　外景

一名副将匆匆走到苏义简跟前，低声回禀。

副将：大人，太傅在太学馆召集在京大臣、地方官员，以及诸多学子，要趁皇上拜祭太庙，前来进谏，当众逼宫。

苏义简皱了一下眉头，看了看刘娥背影，马上来到郭崇义跟前，向他耳语几句，两人匆匆和副将离开。张景宗也觉察到了二人的离开，有些疑惑，他悄悄唤来一名小内侍，对小内侍耳语了几句，小内侍点了点头，匆匆退下。

丁谓和王钦若将这些事都看在眼中，尚不知有何事发生。

王钦若：苏义简和郭崇义两人同时离去，定是出了大事。

丁谓一副处乱不惊的表情，冷冷一笑。

丁谓：且不管他，静观其变。

12. 太学馆院内　白天　外景

曹鉴昂首挺胸走在前面，一副大义凛然的神态，率领着身后的文官和学子们，浩浩荡荡走向太学馆的大门。

一名太学生匆匆迎面跑过来，来到曹鉴跟前。

太学生：太傅大人，不好，咱们的太学馆被禁军包围了。

曹鉴：嗯？带我去看！

太学生：是。

太学生亦步亦趋，引着曹鉴来到太学馆大门，将大门推开。

全身披挂，手拿武器的禁军侍卫，已将太学馆重重包围，严阵以待，如临大敌。

13. 太学馆大门　白天　外景

苏义简与郭崇义站在禁军们后面，苏义简看到大门打开，曹鉴就要走出门外，有两名禁军手持长枪架住，拦住去路。

苏义简：守住门口，不许任何人出入！

苏义简带着十多名全副武装的禁军，匆匆走进太学馆大门，一进门便向曹鉴拱手施礼。

苏义简：见过太傅大人！

两名随从在苏义简身后将大门关了起来。

14. 太学馆院内　白天　外景

曹鉴强压着怒火，质问苏义简。

曹鉴：苏大人，太学馆乃承师问道之地，皇上来了也要执礼而入，你一个枢密使，有什么资格带领禁军围我太学馆？请问是奉了何人之命？

苏义简：太傅大人，下官得知太傅要率众前往太庙，扰乱皇上祭拜先帝，事出紧急，下官才将禁军调来，将太学馆围困。

曹鉴：老夫不是要扰乱皇上祭拜先帝，而是要在先帝灵位之前，向皇上和太后进谏，请太后撤帘还政！

苏义简：太傅大人若要进谏，可在朝廷向太后和皇上直言，又何必在先帝的忌日率众作乱？太庙乃是皇室敬天法祖之地，太傅大人前去扰乱皇上祭拜先帝，该定为何罪，太傅大人自然知道，下官将太傅拦下，实在是为太傅着想。

曹鉴：哼，苏义简，你以为有太后宠信你，老夫便怕了你吗？

苏义简：太傅与太后作对多年，太后念及太傅是三朝老臣，才屡次对太傅法外开恩，过往不咎，不承想太傅却变本加厉，竟然要去太庙逼宫，还请太傅自重！

文官们和太学生渐渐围了过来，守在曹鉴的身后。

曹鉴：政失惹怒苍天，太后一日不撤帘，大宋一日不得安宁。老夫身为三朝老臣，赤胆忠心，行的是先贤道统，护的是皇家血脉，今日，老夫定要前往太庙进谏！

曹鉴说着继续往前走，苏义简向禁军示意，两名禁军马上上前，将长枪举起，交叉起来，拦在曹鉴面前。

曹鉴：你助纣为虐，就不怕给后人留下骂名吗？

苏义简：当真追究起来，只怕还是太傅的许多作为，更令人齿冷。

曹鉴忽然长时间大笑起来。

曹鉴：哈哈哈……看看你们那副嘴脸吧，僭君越主，为虎作伥，欺世盗名，太宗一朝的忠臣，你们一个也容不下，汴京城再也没有太宗的老臣了，哪里还有像我这样，领了先帝的遗旨，忠贞不贰，提防着太后、守护着大宋的人！大宋朝的子民们，你们就安安心心做太后的顺民吧，在这个君不君、臣不臣的汴京城，浑浑噩噩地度完你们的余生吧，老臣今日要以死进谏……

曹鉴忽然向苏义简近旁的柱子一头撞去，血溅当场，倒地而亡。

苏义简猝不及防，大惊失色。

曹鉴身后的文官和太学生们最先反应过来，纷纷上前跪倒在曹鉴身旁，痛哭流涕。

众人：太傅大人——

苏义简离曹鉴最近，他呆若木鸡，一时间没有反应过来，下意识地抹了一下脸，脸上竟然有太傅的血迹。

15. 曹鉴府　大厅　白天　内景

曹利用坐在大厅里，手持一本书看得昏昏欲睡，家仆匆匆走了进来，向曹利用回报。

家仆：公子，老爷在太学馆讲学，忽然被禁军围起来了，不准进出，也不知道是出了什么大事。

曹利用一下子被惊醒，猛地站了起来。

曹利用：太学馆，不过是一群书生，禁军围困他们做什么？走，快随我去看看！

曹利用匆匆出门，家仆尾随其后也连忙跟了出去。

16. 曹鉴府　庭院　白天　外景

曹汝端着做好的点心走出来，恰好与急着出府的曹利用擦肩而过。

曹汝：爹爹要去何处？出什么事情了？

曹利用没有直接回答，继续往外走，匆匆回了曹汝一句。

曹利用：好生留在府中，切莫外出，等我回来。

曹利用已快步走出大门。曹汝不明所以，看着曹利用的背影，再看向手中的点心。

曹汝：我本来就没有要外出，点心做好了，我哪儿也不去，要等爷爷回来吃。

曹汝好像已经看到曹鉴品尝点心，开心地笑了，走向自己的闺房。

17. 太庙外　白天　外景

刘娥站在太庙外等待赵祯，身后丁谓、王钦若等诸位大臣也在等待，三三两两聚在一起。

王渐匆匆跑了过来，来到张景宗跟前低头耳语了几句。张景宗听了大惊失色，慌慌张张地走到刘娥身边，施礼禀报。

张景宗：太后娘娘，出大事了。

刘娥：何事惊慌？

张景宗：方才曹太傅在太学馆召集众人，试图到太庙前来进谏逼宫，迫使太后还政，苏大人和郭大人得知消息，率领禁军前去包围，不许任何人出入，太傅盛怒之下……

刘娥：如何？

张景宗：竟然触柱而亡。

刘娥：什么？

张景宗：如今禁军仍守在太学馆外，尚未撤退。

刘娥：马上将义简召回，让他到寝宫来见我。

张景宗：遵旨。

张景宗应了声，走到一边悄悄吩咐小内侍，小内侍点头答应，马上下去。刘娥有些不安，正好见赵祯从太庙里走出，她镇定了一下情绪，便迎了上去。

赵祯：母后，今日朕已经祭拜先帝完毕，请母后和诸位大臣回宫吧。

刘娥依然有些不安，正想着该不该跟赵祯讲曹鉴触柱之事。

赵祯：母后还有事吗？

刘娥：没有，请陛下回宫吧。

赵祯向刘娥拜了一拜，由王渐陪同走下去，刘娥看着赵祯离开，有些发愣。

18.太学馆大门外　白天　外景

太学馆外禁军重兵把守，郭崇义面色凛然地站在大门口。"嗒嗒"的马蹄声传来，曹利用骑马疾驰而来，到了太学馆外翻身下马，就往里面冲，被两名禁军阻拦。

曹利用奋力挣脱，同时大声喊叫。

曹利用：放开！让我进去！

郭崇义：曹大人，太学馆已被封锁，任何人都不得进入。

曹利用：家父撞柱身亡，我进太学馆将家父带回都不行吗?!

郭崇义：没有太后懿旨，谁都不可轻举妄动。

曹利用：郭崇义！是你和苏义简逼死了家父，我前来收尸都不能放行，你们简直是天良丧尽！

郭崇义：人死不能复生，郭某只能奉劝曹大人节哀，自古忠孝难以两全，万万不可违背太后旨意。

曹利用恨得咬牙切齿，还要上前，两名禁军手执武器上前一步，守在了郭崇义面前。

曹利用：郭崇义，你等着，我这就去找太后讨要说法，人死不能收尸，这到底是谁的旨意？

曹利用退回去翻身上马，怒气冲冲地向皇宫奔去。

19.汴京皇宫　皇太后寝殿　白天　内景

苏义简：当时情况紧急，臣来不及请示太后便赶往太学馆，却没承想太傅竟如此刚烈。

刘娥：太傅是三朝元老，对哀家一直怀有敌意，哀家对他也一直有所防范，却没想到他会突然以死逼宫。

苏义简：臣考虑不周，请太后娘娘处罚。

刘娥：此事也怨不得义简，看来是太傅早已有此打算，他这是押上了性命，向哀家反戈一击。曹家的后事，一定要万分谨慎，以免太傅的党羽再生事端。

苏义简：臣明白。

刘娥和苏义简都意识到了曹鉴之死带来的威胁，二人都担忧起来。

20. 茶楼包厢　白天　内景

丁谓与王钦若面对面坐在包厢内。

王钦若：太傅死得惊天动地，轰轰烈烈，且看太后如何向天下人交代。

丁谓：此事还多亏了苏义简，倘若没有他苦苦相逼，太傅怎么会触柱而亡？

王钦若：善游者溺，善骑者堕，苏义简倚仗太后宠信，也太得意忘形了。

丁谓：太傅之死，他难辞其咎，董太医和李载丰一案，证据一旦坐实，两罪并罚，他便死定了。

王钦若：如此一来，朝中劲敌只剩下郭崇义了。

丁谓：郭崇义不过一介武夫，没有了苏义简，对付他便易如反掌。

王钦若：苏义简聪明一世，没想到，最后竟然做出这种自掘坟墓的事情来，真不知他在想些什么。

丁谓端起茶盏，喝了一口，一副成竹在胸的表情。

丁谓：且不管他在想什么，就让你我来送他上路吧！

21. 汴京皇宫　宣德门　白天　外景

曹利用催马来到宣德门前，翻身下马，两名守在宣德门的侍卫上前拦住。

侍卫甲：大人请留步。

曹利用：本官有要事向太后回禀。

侍卫甲：大人，今日皇上和太后娘娘赴太庙祭拜先帝，没有太后的懿旨，任何人不得进入皇宫。

曹利用： 事情紧急，本官必须即刻面见太后。

侍卫甲： 大人，请恕罪，小人不能放行。

曹利用急得在宣德门外来回踱步，最后他忽然一下子跪在了宣德门的正中央。

曹利用： 今日见不到太后娘娘，本官便长跪不起。

曹利用一叩到地。侍卫甲和侍卫乙面面相觑，两人交换了一下眼神，侍卫乙转身返回宫中，快步跑了回去。

22. 曹鉴府　曹汝房间　白天　内景

曹汝一个人坐在自己房间，看着那些点心，专心地等着爷爷回来。

曹汝： 爷爷今天回来得好晚，再不回来，点心就不好吃了。

曹汝盯着点心，一边看一边自言自语，不禁咽了咽口水。最后，看得她自己都馋了，捡起一小块儿点心放到嘴里。

曹汝：（自言自语）嗯，太好吃了。爷爷，我就吃这一块儿，剩下的都是你的。

曹汝重新把点心摆放整齐，开心地欣赏着。

五十四

1. 汴京皇宫　皇太后寝殿　白天　内景

刘娥的神情越发凝重。

刘娥：二十年前，太傅率领满朝文武众臣拼死进谏，在宣德门外阻止哀家入宫，但是他没拦得住，哀家最终还是进了皇宫，太傅引以为恨，始终无法释怀，二十年后，他以死谏来向哀家逼宫，可知他内心的仇恨有多么深。无论哀家为大宋江山，为赵氏皇族做了多少，终究还是得不到这些老臣的心服首肯。莫非只因哀家是女人？

苏义简：太后能守住江山，护佑着天子，世人有目共睹，一个曹鉴又怎能撼动得了？

刘娥：功过自有后人去说，哀家只是在尽一个做妻子、做母亲的责任，只是不愿辜负先帝的托付，将受益教养成合格的君主，太艰难了。

苏义简：太后已经做到了。

小宦官：禀报太后娘娘，曹大人正跪在宣德门外，请求太后娘娘，他要将太傅大人的尸身带回府中。

苏义简：太后娘娘，太庙聚众逼宫之事尚未查明，曹利用若将太傅尸首带回，想必会借太傅葬礼，召集门生和党羽大做文章，臣以为，此时还不能放走。

刘娥：好生安抚曹大人，太傅的尸首自有朝廷处置。

2. 曹利用府邸　院门口　白天　外景

曹老夫人由两名丫鬟搀扶着来到院子里，郭玉娴带着一名丫头从院子外面进来，走向曹老夫人，个个面露愁容，惶惶不安。

曹老夫人：玉娴，老爷怎么样了，有没有消息？利用去了这么久，怎么还没回来？

郭玉娴：（摇了摇头）老夫人别太担心，先回房休息，等有了消息，我马上回禀你。

曹老夫人：家里出了这么大的事，我实在是放心不下啊！

家仆气喘吁吁地从外面跑过来，来到曹老夫人和郭玉娴跟前。

家仆：（哭丧着脸）老夫人，夫人……

曹老夫人：怎么样了？快说！

家仆：小人跟曹大人刚刚去了太学馆，太学馆被郭大人率禁军围困，小人进不去。听守在外面禁军说，老爷……老爷他……

曹老夫人：快说，老爷他怎么啦？

家仆：老爷今日在太学馆，已经触柱身亡……

曹老夫人一听，身子发软，险些摔倒，郭玉娴急忙扶住。

郭玉娴：老爷人在太学馆讲学，好好的，怎么会触柱身亡？

家仆：小人不知。大少爷得知老爷死讯之后，便去向太后和皇上讨要说法，已在宫门外跪了足有两个时辰，宫中却一直未有旨意传出。太学馆那边依然被包围着，不许任何人进出。

曹老夫人：老爷啊……

3. 曹鉴府　曹汝房间　白天　内景

曹汝在自己房间里隐隐听到了外面众人的说话声，不知道发生了何事。

曹汝：是爷爷回来了？

曹汝兴奋地端着给爷爷准备的点心，从房间出来。

4. 曹利用府邸　门口　白天　外景

曹汝端着点心，满脸兴奋地从自己的房间走到院子里，要拿自己做的点心迎接爷爷，她来到院中，却看到曹老夫人正在哭，郭玉娴和丫头们都在安慰曹老夫人。曹汝看到这种场面，脸上的兴奋一下子烟消云散，她感觉到家里出了大事，小心翼翼地走上前。

曹汝：奶奶、娘，家里出什么事了？

郭玉娴见了曹汝，这才失声哭了出来。

郭玉娴：汝儿，你爷爷在太学馆去世了。

曹汝浑身一震，手里端着的托盘也掉在了地上，上面的点心应声而碎。

曹老夫人：汝儿，你爷爷，他再也吃不到你做的点心啦……

曹汝：（泪如雨下）不会的，爷爷走的时候，我跟他说好，要他回来吃我做的点心，他走的时候答应过我的……我要去找爷爷……

曹汝说着，就要往府外走，郭玉娴急忙将她拉住。

郭玉娴：汝儿，太学馆现在由禁军把守，你爹都不能进去，你去了又能如何？

曹汝：（哭）我要爷爷回来……

郭玉娴：你爹正在等着太后的旨意，我们哪里都不能去，必须守在府里等你爹的消息。

曹汝转身，扑到曹老夫人怀里痛哭起来，一时间，整个曹府哀声一片。

5. 汴京皇宫　宣德门　白天　外景

曹利用仍然跪在宣德门外，膝盖的疼痛令他额头冒汗。

赵祯乘坐步辇，在王渐的陪同下出了宣德门，赵祯一眼看到跪在地上的曹利用，马上让步辇停下，走到曹利用身边。

赵祯：曹爱卿何故跪在此处？

曹利用抬起头来，见是赵祯，满腹的委屈终于宣泄出来。

曹利用：陛下，请陛下为曹家做主啊！

6.汴京皇宫　皇太后寝殿　白天　内景

张景宗匆匆进殿。

张景宗：太后娘娘，皇上在宣德门外见到了曹利用，皇上带着曹大人去太学馆了。

刘娥：皇上也去了太学馆？

张景宗：正是。不过，郭大人已经将他们挡在了太学馆外面。郭大人已经下令，未有娘娘旨意，不许任何人出入，已令禁军筑起人墙。但是皇上执意要进去，只怕郭大人也难以拦得住。

刘娥听了，长叹一声，猝然闭上眼睛，片刻之后才将眼睛睁开。

刘娥：哀家养育二十年的儿子终于要以一国之君的身份，来与哀家抗衡了！太傅啊太傅，你与哀家作对一辈子，身死之后，仍然令哀家进退两难，你以死相谏，终于达到目的了！

苏义简：太后娘娘，臣这就去向皇上请罪，劝皇上退下。

刘娥：皇上正在气头上，你难以将他劝住。倘若身为大宋天子，竟然被臣子拦在门外，皇上的帝王尊严何在？

苏义简：如若不阻拦皇上，此时皇上便成了曹家的保护伞，太后若是让步，便是在向曹家让步，便是向太傅的同党让步，皇上或许就会完全被曹家，被那些怀有不轨之心的人掌控。

刘娥：义简都明白的道理，皇上偏偏不得要领，不能理解，哀家真是为他操碎了心。

张景宗：方才，郭大人还让奴婢请旨，是否能将皇上强行带回皇宫？

刘娥：郭大人怎能对皇上用强？摆銮驾，哀家要去太学馆。

刘娥说着站了起来，张景宗连忙上前搀扶。

7.太学馆大门外　白天　外景

太学馆的禁军丝毫没有撤走之意，严阵以待，如临大敌。

赵祯的步辇来到太学馆大门，王渐扶着赵祯下了步辇，旁边的曹利用也下了马，跟随过来。郭崇义见赵祯前来，颇有些意外和紧张，也只得跪拜迎接。禁军们见状，也都跪了下去。

郭崇义：臣参见陛下。

赵祯和曹利用走到郭崇义面前。

赵祯：朕得知太傅触柱而亡，曹大人要前去领尸也被你们拒之门外，到底是出了何事？

郭崇义：启禀陛下，太傅今日纠集同党和太学生，要去太庙进谏，逼太后退位还政，扰乱陛下祭拜先帝，臣奉枢密使苏大人之命，查封了太学馆。

赵祯：太傅触柱而亡，又是为何？

郭崇义：苏大人进太学馆劝说太傅，不承想太傅不听劝解，竟然以死进谏，触柱而亡。

赵祯：朕命你即刻将禁军侍卫撤走，打开大门，让曹大人迎回太傅尸首。

郭崇义：陛下，唯恐太傅余党和太学生借机作乱，禁军尚不能撤走。

赵祯：太学馆乃传道授业解惑之处，文官和学子们手无缚鸡之力，又如何作乱，马上撤下！

郭崇义：陛下，没有太后的懿旨，臣不能撤兵，任何人也不得进出太学馆。

赵祯：混账，你难道要抗旨不遵吗？

郭崇义：臣不敢。

赵祯气得火冒三丈，顺手抽出了旁边禁军的腰刀，架在了郭崇义的脖子上。

赵祯：朕命你马上撤兵，打开太学馆大门！

赵祯手里的刀依然架在郭崇义的脖子上，郭崇义跪在地上不敢抬头。一声宣驾声响起。

内侍：太后娘娘驾到！

赵祯一惊，扭头看去，只见苏义简率着一队禁军，护卫着刘娥的銮来到。所有人皆惊，跪倒一地。赵祯迟疑片刻，收起腰刀交给禁军，走上前去。

赵祯：孩儿见过大娘娘，不知大娘娘为何下旨包围太学馆？

刘娥：太学馆已成聚众谋反之地，要趁今日祭拜先帝之机作乱，哀家不得已，才下旨将太学馆围困。

赵祯：大娘娘，先帝兴太学，置名师，以养天下之士，太学馆乃承师问道之地，何来谋反之说？

刘娥：太傅今日要带领各地召来的众文官，以及太学生，到太庙进谏让哀家退位，这分明就是逼宫，难道还不算是谋反吗？

赵祯：大娘娘，太傅主张孩儿亲政，天经地义，不能称为谋反，以死进谏，忠心可见，太傅一生兢兢业业，讲学育人，辅佐三朝帝王，到头来，身亡之后，还不许曹大人收尸，落得个死无葬身之地的下场，岂不让人心寒？

刘娥：陛下切莫急躁，且随哀家一起进入太学馆，再来详问此事。

刘娥：郭大人，将太学馆大门打开。

郭崇义：臣遵旨。打开大门！

郭崇义一声令下，两名士兵将太学馆大门打开。

刘娥：陛下，随我来吧。

刘娥与赵祯、苏义简、曹利用以及内侍在皇宫侍卫的陪同下进了太学馆。

8.太学馆院内　白天　外景

曹鉴的遗体停放在院子中间的一块门板上，上面搭上了一块白布。十几名大臣和学子们或站或坐地围在四周，人人面露倦色，他们见大门打开，刘娥和赵祯等人进来，都紧张起来，全部跪倒，拜见刘娥和赵祯，人群中有胆小的已经开始发颤。

曹利用一看到曹鉴的尸体，快步上去，在一边跪倒，痛哭失声。

曹利用：爹……

刘娥走到曹利用身边。

刘娥：曹爱卿，今日事出有因，太傅意外身亡，哀家甚为痛心，来日哀家传懿旨厚葬太傅，曹大人，且将太傅接回府中去吧。

曹利用：多谢太后娘娘，多谢陛下。

刘娥：曹大人请起，节哀顺变。

曹利用站了起来，两名禁军将曹鉴的尸体抬起来，向太学馆外走去，曹利用以手拭泪，跟在禁军后面，走出太学馆大门。刘娥看着曹利用走出大门后，转过身来，面对跪在地上的众文官以及太学生，神情严肃，目光扫视那些大臣。

十几名跪伏在地的大臣均忐忑起来，有胆小的甚至开始双股发颤。紧跟在后的内侍手中捧着一摞奏疏，来到刘娥跟前。

刘娥：右谏议大夫李升，收受葛健贿银八百两，将其荐为宗正少卿。

李升和葛健闻听，吓得叩首求饶。

李升/葛健：太后娘娘饶命，臣不敢再犯。

刘娥：西京洛阳府知府陆知廉——

陆知廉见风使舵，立即坦白。

陆知廉：臣一时鬼迷心窍，将修建慈幼局的银子贪了两千六百两，并将上好柱梁八十根据为己有，臣知罪，请太后责罚，从今以后臣定当两袖清风，洁己奉公。

刘娥指了指小内侍手中的奏疏。

刘娥：其余的诸位，哀家就不一一述说，奏疏中个个均有记载。诸位的底细哀家全都一清二楚，或私心太重，或因贪污舞弊，所以，你们都不希望哀家当政，一旦皇帝亲政，诸位便可依附于曹太傅，一起蒙蔽皇上，进而逃脱惩罚。

数名文官以头触地，浑身发抖，不敢抬头。

刘娥：当然你们当中也有无辜之人，对哀家始终怀有成见。义简。

苏义简：臣在。

刘娥：将罪臣带到大理寺审问，至于其他人，以及诸位太学生，不管曾经跟随太傅做过什么，概不追究。至于何时还政于皇上，哀家自有定夺。

众人：太后圣明，多谢太后开恩——

赵祯站在一旁有些愣了，他见太后如此干练地处理这场危机，仿佛已被震撼，久久说不出话来。

9.汴京皇宫　文德殿　白天　内景

赵祯一脸严肃，坐于那镏金龙椅上，刘娥坐于垂帘后。赵祯一开口便点了郭崇义。

赵祯：枢密副使郭崇义何在？

郭崇义马上站了出来，向赵祯施礼参拜。

郭崇义：臣郭崇义参见陛下。

赵祯：此番围困太学馆，郭爱卿调动禁军十分及时。

郭崇义：谢陛下，维护皇城治安，为陛下尽忠，为太后效力，乃是微臣分内之事。

刘娥一时没明白赵祯为何突然如此说话，有些意外，她看了眼赵祯，静待下文。

赵祯：不过，皇城禁军，如此大规模的调动，不需要军令吗？你身为枢密副使，如何调动得了？

郭崇义：这……

王钦若见苏义简没有立刻回答，四下看了看，站了出来。

王钦若：陛下，我朝自太祖立下军令，禁军指挥权和调动权便是分开的，没有枢密院的正式公文，任何人不能调动一兵一卒。

赵祯：郭爱卿，这算不算私自调兵？

苏义简马上站了出来。

苏义简：陛下，调动禁军，非郭大人一人所为，乃是微臣与郭大人一同率禁军围困了太学馆，我二人一同出兵，便不需枢密院的正式公文。

赵祯：好，一个枢密使，一个枢密副使，调动禁军，便不需正式公文。不过，你枢密院调动禁军，却未经朕的许可，这又算不算私自调兵？

苏义简微微有些不安。朝廷众人也都觉得赵祯今日有些不一般，刘娥也渐渐有些沉不住气。

苏义简：回陛下，因为事出紧急，所以未及向陛下回禀。

赵祯：事出紧急？曹太傅和一帮手无寸铁的大臣，在太学馆议事，只不过拟了一些奏折，要向朕与太后进谏，这算是事出紧急？紧急何来？是你和郭爱卿的判断吗？将在外，君命有所不受。可是在皇城之中，天子脚下，你二人调动禁军围困太学馆，却不经朕的允许，没有太后的懿旨，这还不算是私自调兵吗？

刘娥：他二人虽然没有及时启禀陛下，事发之后，已经向哀家如实回报，其情可谅。

赵祯：朕不知道，是谁给了你二人先斩后奏的权力，其情可谅？若军中诸将人人皆效仿郭崇义，一句事出紧急，无军令、无须向朕回禀，便可随时调动三军，那还要法令军制何用？倘若有一日，枢密院直接调兵围困了皇宫，围困了朕的寝殿，也可称作其情可谅吗？

刘娥在垂帘之后被赵祯噎住了，一时说不出话来。丁谓和王钦若听得心花怒放，却又不动声色，抬须故作倾听之状。郭崇义听得脸色慌张，连忙下跪。

郭崇义：陛下息怒，臣知罪。

苏义简见状，也只得默默地跪下。

赵祯：既然知罪，请问王爱卿，朕当如何处罚他们二人？

王钦若：陛下，依照大宋的律例，当将二人贬官，并且……

刘娥：陛下言重了，我朝虽有律例，遇事也应分轻重缓急。如若责罚他们二人，请陛下先责罚本宫吧。

赵祯：大娘娘……

刘娥：苏义简、郭崇义，你二人明知大宋军制严明，却犯下如此过错，传哀家懿旨，罚你二人俸禄半年，若再有此类事件发生，哀家绝不轻饶！

苏义简/郭崇义：臣遵旨。

说完，二人起身站了起来。赵祯一听，刘娥这是明显的包庇，气得有些按捺不住。

赵祯：如此大过，罚俸禄半年，便可了事？

刘娥再次及时地截断了赵祯的话。

刘娥：各位爱卿还有何事要奏？

一直沉默不语的丁谓与王钦若使了个眼色，不紧不慢地站了出来。

丁谓：启禀太后、陛下，臣以为郭大人罪过可免，但是有一人已经触犯大宋刑律，罪不容赦，而且——死罪难逃！

赵祯：丁爱卿所说何人？

丁谓：回陛下，微臣所说罪不容赦死罪难逃之人，不是别人，正是枢密使苏义简！

一句话如同炸雷，再次将朝堂上所有人震惊。刘娥也被震惊，站起身来。苏义简扭过头来，盯着丁谓，目露凶光，隐隐透出杀气。丁谓毫不胆怯，将目光迎上。

刘娥：丁爱卿，何出此言？

丁谓：启禀太后，曹太傅忠心耿耿，乃三朝老臣，为我大宋柱石，苏大人率兵围困太学馆之后，又对曹大人以死相逼，曹太傅性情刚烈，最终以撞柱身亡，以死进谏。太傅大人气节令微臣敬仰，臣等甚感心寒，亦为太傅抱不平，太傅大人在九泉之下也死不瞑目。太后深明大义，这难道不是苏大人之罪吗？

苏义简：启禀太后，臣从未想过要加害太傅，太傅本来要率一众文臣，到太庙强行进谏，臣唯恐乱了先皇的祭典，只是苦苦相劝，不想曹大人早已抱定必死之心，以至于触柱身亡。臣知罪！

刘娥：太傅身死，哀家深感心痛。但事出有因，义简也是为了朝堂稳固，不得不出此下策。岂料太傅性情刚烈，才出了这起意外。哀家要以国葬之礼，为太傅发丧。

苏义简：微臣愿亲赴曹府，前去拜祭谢罪。

丁谓：若没有苏大人死死相逼，曹太傅绝不至于触柱而亡，依臣看来，苏大人并无谢罪之心。

刘娥：丁爱卿，此事当属意外，义简虽有过错，也不至于犯下死罪。哀家即刻下旨，将他贬官三级，罚去俸禄，你意下如何？

赵祯这时也不说话了，在龙椅上静静地看着。

丁谓：好，就依太后所说。

刘娥松了一口气，转身要回到垂帘之后。

丁谓：不过，臣所说苏大人死罪难逃，并非仅此一事。

刘娥：还有何事？

丁谓：微臣所说，苏大人死罪难逃，是因为谋害朝廷命官和宫中太医。

刘娥：丁爱卿说什么？

赵祯也从龙椅上站了起来。

赵祯：丁爱卿不必讳言，有话请直说！

丁谓：昔日的朝廷命官李载丰，李宸妃亲兄弟，还有曾在宫中多年的董太医，早已流落民间，几日前，他们二人先后双双殒命，请问苏大人，这也是意外吗？

苏义简没有说话，但是显然已经没有了底气。

刘娥：丁爱卿，此二人之死，到底是何人所为，与苏义简有何干系？

丁谓：此二人之死，皆为苏大人一手谋划，这难道还不是死罪吗？

刘娥：（声音微微有些颤抖）丁爱卿说苏义简害死董太医和李载丰，可有证据？

王钦若：启禀太后，此案已经大理寺审过，人证、物证俱在。

刘娥已经猜中了三分，她也不敢再问苏义简，苏义简反倒渐渐平静起来。

苏义简：丁大人、王大人，大理寺审案，我苏某尚未到场，就能定我死罪吗？请太后和陛下圣裁。

刘娥：事关重大，哀家要亲自过问此事，让大理寺再审之后，方可定夺。

丁谓/王钦若：臣遵旨！

10. 汴京皇宫 皇太后寝殿 白天 内景

刘娥坐在椅子上，神色凝重。

刘娥：义简，你怎能如此糊涂，董太医和李载丰已离开京间，隐匿民间，你又何苦将他们二人置于死地？

苏义简：太后娘娘，丁谓的人已打探到了他们的下落，如果不先下手，丁谓定会将他们找到，带到皇上面前，丁谓有了这个把柄，太后娘娘还如何向皇上解释？

刘娥：可是，现在人证已经被丁谓掌握，你便是将生杀予夺的大权交到了丁谓手中，他对你又怎肯善罢甘休？

苏义简：臣早预料到会有这个结果，但臣不后悔，臣后悔的只是动手太晚了。

刘娥：义简，这一次，你真不该这么做……

苏义简：太后娘娘一生含辛茹苦，为养育皇上呕心沥血，现在丁谓却要蛊惑皇上，挑拨离间，让皇上怨恨太后娘娘，其目的无非是要让太后娘娘还政，他便可将皇上控制，然后把持朝政，丁谓如此猖狂，臣不能坐视不管！

刘娥：丁谓的野心路人皆知，义简又何苦将自己推入绝境？

苏义简：丁谓为人谨慎，若无十分把握，他断然不会在朝堂向我问罪。或许明日他们便会将审问的结果呈送给太后娘娘，太后娘娘当断则断，臣不会让太后娘娘为难。

刘娥：义简……

刘娥忧心忡忡，看着苏义简，一时说不出话来。

11. 街头小饭店外　夜晚　内景

苏义简离开皇宫之后，穿着朝服走在街头。随从跟在后面，不远处还有一顶轿子跟着。

随从：老爷，天已不早，您已经走了这么远的路，请您上轿回府吧。

苏义简满腹心事，听了随从的话，略停了片刻才反应过来。

苏义简：哦，不必了，你们回府吧，早点歇息。

随从：老爷……

苏义简从袍袖里取出一些碎银，交到随从手里。

苏义简：你们辛苦了，去买些酒吃。

随从向苏义简弯腰施礼，接了碎银，向苏义简道了谢，匆匆走了。

苏义简继续向前走，前面是一家临路的小面馆，几张小桌临路摆在外面，店家正在搬桌子，要收摊儿，一回头看到身着朝服的苏义简，不禁吓了一跳，连忙施礼。

店家：老爷，不知有何吩咐？

苏义简上上下下打量了一番店面，微微一笑。

苏义简：饿了，想吃碗面，还有吗？

店家：有有有！有！老爷请坐，您稍等片刻。

苏义简在小桌旁从容地坐下，不多时，店家将面送上来，苏义简特别满足地吃着那一碗面，吃得满头是汗。苏义简吃完面，不放过最后一根面、一片菜叶，端起碗来，将面汤喝得一滴不剩，才把碗放下。

苏义简：嗯，好面！多谢店家。

苏义简走开，店家回过头来，才发现碗的旁边放着一锭银子。店家大惊，拿起银子，向远处看去，苏义简已经消失在街头。

12. 汴京皇宫　文德殿　白天　内景

刘娥立于垂帘之后，心事重重。

赵祯坐在龙椅之上，面对大殿，一旁站着王渐。大殿当中，只剩下王钦若和丁谓。

张景宗端着一檀木托盘从殿外进来，上丹墀，绕到垂帘后面，把装着供词文书的托盘呈上。

张景宗：启禀陛下、皇太后，大理寺审问苏义简一案，现将供词呈上，请陛下、皇太后过目。

赵祯看了一眼，并没有接过来，示意让张景宗交与刘娥。

赵祯：审问结果如何？

张景宗：两名刺客已经签字画押，对所犯罪行供认不讳，承认刺杀董太医、李载丰是枢密使苏义简指使。李载丰遇刺当日，与一名青楼女子同行，此女作为证人，所说供词，与两名刺客无异。

张景宗来到刘娥身边，将托盘递上来，刘娥仿佛想躲开一样，挥了挥手。

刘娥：待哀家回宫之后细看。

赵祯：对枢密使已经做何处置？

张景宗：按皇太后懿旨，已派禁军将苏大人禁闭于府中。

丁谓：启禀陛下、皇太后，既然大理寺已经结案，还请陛下、皇太后降旨，尽早将苏义简治罪。

王钦若：杀人偿命，天理昭昭，按我朝律例，天子犯法与民同罪，苏义简已经背负董太医、李载丰、曹太傅三条人命，死罪难免，还请太后主持公道。

刘娥顿觉一阵头疼，以手扶额，双目微闭。

张景宗：太后，若有不适，暂请回宫休息。

丁谓仍恐刘娥推托，再次恳求。

丁谓：请太后早日结案。

王钦若：事不宜迟，请太后早日结案。

刘娥沉默了片刻，终于缓缓地开口了。

刘娥：传哀家懿旨，将苏义简削去官职，押入大牢……

丁谓与王钦若会意地相互看了一眼，然后同时向刘娥拜谢。

丁谓//王钦若：太后圣明！

13. 大理寺牢房　　白天　内景

牢房内有一桌案，上面铺着纸张，旁边放着笔墨纸砚，几支大小不一的毛笔。牢房里其他地方，也堆放着一些纸张，那些纸张上面尚未有字迹。

狱丞：大人，皇上驾到。

赵祯挥挥手，狱丞弯着腰退出去。

赵祯：大理寺已经审过了两名刺客，他们已经签字画押，供认刺杀董太医、李载丰之事。

苏义简：陛下，两名刺客，确是臣所指使。

虽在意料之中，赵祯还是吃了一惊，似乎仍在盼望苏义简能有否定的回答。

赵祯：若非亲耳听到爱卿所说，朕直到如今也不敢相信……

苏义简：陛下，董太医在宫中多年，李载丰也曾为皇亲，两人身份特殊，却造谣生事，令陛下心神不宁，与太后娘娘不和。以致陛下无心政务，朝廷大乱，臣不能再留他们二人活在世上。

赵祯：大理寺现已结案……

苏义简：便是死罪难免。

苏义简向赵祯走近，隔着大牢的栅栏，向赵祯缓缓深施一礼。

苏义简：陛下，臣为陛下和太后而死，死得其所。

赵祯悲从中来，低下头，沉默了。

苏义简：陛下对那些谣言，还是心存顾虑吧？请陛下明鉴，太后从无私心，所作所为全都是为了陛下，为了大宋江山。如今太后娘娘年事已高，依然殚精竭虑，日夜操劳，还望陛下多多眷顾体谅。

赵祯：朕已知道，错怪母后了。

苏义简：近日臣观太后的气色，已经大不如从前，只怕已经凤体有恙，可能在瞒着陛下，还望陛下明鉴……

苏义简再次向赵祯深施一礼，赵祯听了眼中含泪，看着苏义简。

14. 郭崇义府邸　大厅　夜晚　内景

刘娥与郭贤坐在桌子两旁对话。

刘娥：义父已许久不上朝了，想必朝中的大事，义父也有所耳闻吧？

郭贤：正是。老臣知道，近日娘娘在为苏大人之事忧心。

刘娥：哀家今日登门来访义父，正是为了义简。义父，依你之见，眼下还能有何办法保下义简一命？

郭贤：太后娘娘，老臣已思虑数日，一心想把苏大人保下。不过，他身上现已背负三条人命，依照《宋刑统》，苏大人无论如何也难逃其咎啊。

刘娥：哪怕是改为杖脊、流放、发配，都不行吗？

郭贤：太后娘娘，苏大人在朝中树敌甚多，尤其是丁谓与王钦若，他们一心要将苏大人置于死地，决不会放手。眼下，太傅死谏一事，尚未平息，朝堂之上人心不定，太后娘娘倘若不能秉公处理苏大人，娘娘今后便难以服众。一旦他们借此时机再次作乱，只怕，迟早会连累皇上。

刘娥沉默了。

郭贤：太后娘娘，事无礼则不成，国无礼则不宁。如今正值多事之秋，苏大人一案，老臣心中万分痛惜，不过此事已再无退路，还望太后娘娘早做决断。"

　　刘娥无神地看着远处，过了良久，才慢慢垂下了眼帘。

五十五

1. 大理寺狱　牢房　夜晚　内景

牢房门外的柱子上，燃着一盏油灯，光线暗淡。牢房内杂乱的纸张多了，更加凌乱，还有一个未完成的字，被团作了纸团，扔在地上。一支硕大的毛笔，在砚台上蘸满了墨汁。

苏义简满头白发，手握大笔，背对牢房大门，面对着牢房的墙壁，挥起大笔，在墙上写下了一个大大的"执"。全字即将完成，还差最后一点就要点上，苏义简蓦然听到身后牢房门轻轻打开了。苏义简蓦然定住了，终是没有把那一点写上。他没有回身，便知道是刘娥来了。

刘娥尚未露面，已轻轻喊了一声。

刘娥：义简……

苏义简面对墙壁，听到这一声喊，不禁浑身微微一震，马上泪水盈眶，他极力控制住自己眼泪，飞快地将泪水擦干，方才转过身来，将大笔放到了桌上。他转过身，只见刘娥身披黛色大氅，摘下风帽，露出一张清淡微白的脸。后面跟着忆秦，手中提着包袱和茶箱。苏义简躬身向刘娥施了一礼。

苏义简：臣参见太后娘娘……只是，臣已经请求过太后娘娘，太后娘娘不该再来……

刘娥默然，吩咐狱丞开门。

狱丞用钥匙把牢门打开，忆秦进入牢房将包袱和茶箱搁下。

刘娥：你们都下去吧。

忆秦和狱丞一起施礼退下。刘娥先打开了包袱，取出一件新缝制的青色锦袍。

刘娥：义简，这是哀家为你亲手缝制的长襦锦袍，本来要作为给你五十寿辰的贺礼。

苏义简：多谢太后。

苏义简双手毕恭毕敬地接过锦袍，放在手里看了半天，脸上露出淡淡的却发自内心的欣慰的笑容。

苏义简：太后，臣这就去把它换上。

刘娥也微微一笑，点了点头，转过身去，让苏义简换衣服。

苏义简换上刘娥为他缝制的锦袍，整个人显得比之前更加精神。

苏义简与刘娥对坐在书案两旁，苏义简仍在打量着自己身上的锦袍，显得十分喜爱。

苏义简：有太后亲手缝衣，此生夫复何求！

刘娥将茶箱层层拉开，舟形茶碾、茶罗、茶炉、汤瓶、茶盏等茶具，一一陈列，慢慢地点茶。一盏茶点好，刘娥捧起茶盏，递给苏义简。二人四目相对，苏义简心头微微一震，却又飞快地掩饰去那心中的触动，低下头来，毕恭毕敬地双手将那茶盏接过。

苏义简品了一口茶，慢慢回味良久，方才将茶盏放至案上。

苏义简：重浊凝其下，精华浮其上，太后的手艺不减当年。有这一盏茶，义简无憾了。

刘娥也举起茶盏，轻轻品了一口，慢慢将茶盏放下。

刘娥：当年太宗赐鸩酒要哀家在狱中自尽，幸亏遇到了义简，将哀家救下，哀家才有今日。

苏义简：老天护佑太后娘娘，义简不过是顺应天意而为罢了。

刘娥：可天意无常，如今却要让哀家亲手在奏折上批复，让义简赴死……

苏义简：娘娘不必介怀，人皆有一死，义简只是先走一步而已。

刘娥：先帝生前曾数次与我商议，要将陵阳许给义简，不知义简何故一再推托，这么多年，依然孤身一人？

苏义简：娘娘，公主贵为皇胄，我一个臣子，岂敢高攀？

刘娥望了望墙上的那个未完成的"执"。

刘娥：义简孤苦终老，莫非是因为这个字吗？

刘娥看着墙上那个未完成的"执"。苏义简回头望着墙上那个字，拿起毛笔，起身离座。

苏义简：太后娘娘，臣之一生，执念竟如许之多：家国天下，是臣的执念，效忠先帝、效忠太后、效忠皇上，无一不是臣的执念。到最后，臣，只剩下一个执念，便是协助太后整顿朝廷，使得天下大治，留给皇上一个政治清明、国泰民安的大宋。

刘娥：义简的执念，也正是哀家的执念……

苏义简：所以，臣的一生，并不孤苦……

刘娥也微微笑了，泪水渐渐溢上了眼角。

刘娥：义简可以安心去了，义简的执念，哀家和皇上都已知悉，义简的执念，定然不会落空……

苏义简：义简一生，有太后如此厚遇，已然知足。

苏义简转身来到墙边，在未完成的"执"字上加了最后一点，回过头来，注视着刘娥的双眸，面带平静的微笑，目光清澈。

苏义简这样对刘娥的注视，乃是生平第一次，也是最后的一次。

2. 汴京皇宫　皇太后寝殿　早晨　内景

长夜阑珊，天将明。烛泪蜿蜒，那残烛爆出一丝火花，终是灭了。殿内昏暗不明，那羽纱窗前，一道修长的人影凝伫，许久未曾一动。

忆秦进得殿来，看见那孤峭的背影，眼底溢出浓烈的担忧。

忆秦：太后娘娘，您又是一夜未睡……

刘娥依然看着书案上那份摊开的奏折。张景宗也静静地来到外殿的门口。

张景宗：太后娘娘，是否将奏折送回大理寺？

忆秦见刘娥身子似乎微微颤了下，心头不忍。刘娥开口，声音低沉。

刘娥：忆秦，磨墨。

忆秦：奴婢遵命。

忆秦缓缓地磨起了墨。刘娥拿起了笔，手颤抖着，在奏折上无比缓慢地写下一个"准"字，手再也拿不起这支笔，从手中落到书案上。

刘娥：拿下去吧！

忆秦应了声，将书案上的奏折拿起，交给了站在门口的张景宗。

张景宗在门口已经看得清清楚楚，他叹了口气，接过了奏折。

张景宗：太后娘娘，奴婢告退。

刘娥扭过头去，不再看张景宗，挥了挥手，示意张景宗退下。

张景宗拿着奏折远去。

3. 城墙外　白天　外景

苏义简身穿着刘娥所赐的锦袍，手上戴着镣铐，十名皇卫和两名刽子手手执兵刃，押着苏义简，走在城墙下。

苏义简的身影出现在皇卫当中，向着远处，越走越远。

4. 汴京皇宫　春鸾阁　白天　内景

刘娥知道此时苏义简正在被行刑，她独自坐在空旷的春鸾阁，再也哭不出声，一个人默默地落泪。

5. 汴京皇宫　赵祯寝殿　夜晚　内景

刘娥在忆秦的陪伴之下，缓缓来到赵祯寝殿的外殿。王渐在门外高声禀报。

王渐：启禀陛下，太后娘娘驾到。

赵祯从卧室里走出来，看到刘娥与忆秦，颇有些惊讶。

赵祯：见过大娘娘。大娘娘深夜前来，不知有何要事？

刘娥看了一下忆秦与门口的王渐。

刘娥：你们且退下吧。

忆秦与王渐叩首施礼退下。

刘娥示意赵祯坐下，赵祯坐在刘娥对面。

刘娥：国舅今日走了，他是因为陛下的身世而死的。陛下不是一直在追查自己的身世吗？哀家想过了，该告诉你真相了。

赵祯有些始料不及，他定了定神，面对刘娥，认真地听着。

刘娥望着赵祯真诚的面孔，张了张口，一时悲从中来，话还没有说出来，眼泪已经涌到眼角。

刘娥：其实，陛下并不是哀家的亲生儿子……

刘娥忽然难以自制，不得不转过脸去拭泪。赵祯一听此言，虽然只不过是印证了自己的疑虑，他仍然感到一种难言的冲击，心痛难忍。

赵祯：朕一直有些怀疑……朕并非大娘娘的亲生儿子，只是，朕从来不敢相信，没想到，这一切竟然都是真的……

刘娥：但是哀家一直将陛下视若亲生，母子之情历久弥深，从未有丝毫更改……

赵祯一时不知道该如何面对这一事实，他也禁不住悲从中来，转过脸去拭泪。母子二人一时无话，坐在桌子的两侧，各自垂泪，在无言的悲恸之中沉默了良久。刘娥终于调整了自己的情绪，开口说话。

刘娥：陛下……大宋到了先帝一朝，一直后宫无福，子嗣不旺，宫中曾有三位皇子，你的三个皇兄，均未成年便逝去了。京城中谣言四起，说先帝命中无子，龙脉难续，便可断定先帝并非真命天子，朝中大臣也颇有非议。先帝万分焦虑。恰在此时，哀家与李宸妃双双怀孕，司天监观测天象，断定均为皇子，先帝喜出望外。岂料天不遂人愿，哀家即将临盆之际，腹中皇子未能保住而滑胎。倘若这一消息传出，朝廷之上定会大乱，甚或危及先帝的皇位。先帝又认定李宸妃难以教养皇子，这才决定，将李宸妃诞下的皇子交由哀家抚养……奶娘去宫外另寻一健康婴儿，交给李宸妃抚养……

赵祯：既然如此，那个婴儿，又如何成了狸猫？

刘娥：此事原本秘而不宣，而奶娘在宫外寻找的那个孩子偏偏又懒月了，未能按时出生。李宸妃临盆之时，内藏库起了大火，皇宫内外一片大乱，产房被大火包围，奶娘为李宸妃接生，却只能救出皇子，难以将宸妃救出。慌乱之中，她将闯入产房的狸猫剥皮，当作皇子，放到了李宸妃的身边……

赵祯听得惊心动魄，睁大了双眼。

刘娥：后来，是李载丰冒着大火，将李宸妃救出，也将襁褓中的狸猫一并带出来，当成了皇子，交给李宸妃……

赵祯简直难以置信，他听着听着站了起来。

赵祯：我，就是那个，被奶娘从大火中救出的皇子，我的亲生母亲，就是李宸妃……

刘娥的眼泪再次奔涌而出，她没有回答，只能默默地点头。

刘娥：自从哀家进入襄王府那一日起，李宸妃便陪在哀家身边，与哀家同甘共苦，生死相依，她与哀家情同手足，亲如姐妹。唯有此事，哀家对李宸妃一直心中有愧，哀家倾尽所有，关爱陛下，以弥补对她的亏欠……

赵祯：明日，朕要开棺，再见母妃最后一面，以告慰母妃在天之灵……

刘娥沉默了片刻，点头答应。

6. 李婉儿停灵地宫　白天　内景

刘娥与赵祯走下台阶，来到停灵地宫，身旁跟着王渐和忆秦。四名内官已经站在棺椁的旁边，见刘娥和赵祯走来，四名内官向刘娥与赵祯施礼参见。

内官：拜见皇上、太后娘娘！

赵祯与刘娥来到棺椁旁。

赵祯：打开吧。

四名内官将沉沉的棺盖缓缓推开了，李婉儿的尸身躺在棺椁里，棺椁底部铺了厚厚一层朱砂。躺在棺椁之中的李婉儿，面部遮着一方丝帕，身穿尊贵的皇后服饰，赵祯小心地将丝帕揭去，只见李婉儿面容安详，一如在世时的模样。王渐挥了挥手，让四名内官下去，王渐与忆秦也随着内官们走了出去。赵祯一见李婉儿，便抑制不住，痛哭失声。

刘娥：婉儿，受益来看你了。

赵祯：二娘娘，您在世之时，孩儿未能对您尽孝，孩儿有罪……

刘娥：婉儿，受益长大了，即将举行大婚之礼，大婚过后，我便要还政于受益，受益天性仁孝，定会是一位明君，婉儿安心吧。

赵祯拭泪，见李婉儿交叠的双手下依然是那个龙袱，九曲珠子已从龙袱里滑落出来。赵祯上前，将九曲珠子捡起，又拿起龙袱，他本想将珠子装入龙袱，却见龙袱里有一块黄绢。赵祯将黄绢抽了出来，展开一看，不过才看了几行，便神色凝滞，越看越震惊，越不可思议。刘娥觉察到赵祯的异样，关切地朝赵祯看去。

赵祯满面的难以置信，与刘娥对视了一眼，又匆匆撇开，完全不知如何面对刘娥。

刘娥：陛下，陛下？

赵祯带着一丝惶惑，不知道该不该将它交给刘娥。

刘娥：这黄绢，莫非是先帝的遗诏吗？

赵祯：正是，是父皇留给二娘娘的。

刘娥：拿来我看。

赵祯无奈，只得将遗诏交给刘娥。刘娥拿起黄绢，打开细看，双手竟然止不住颤抖起来……

黄绢遗诏上书：昊天明命，皇帝诏曰：帝王统御天下，敬天法祖，不容一息有间。朕百年之后，皇太子国之储君，可于柩前即皇帝位，宜尊皇后为皇太后，军国事权取皇太后处置。敬奉李宸妃为皇太妃，与皇太后尊荣共享，福寿千秋。及至新君舞象之年，皇太后当还政于朝，由新君亲政。倘皇太后临朝称帝，朝廷众臣可执此诏，布告天下，拥立新君。见此诏者，如朕亲临，咸使闻知。

刘娥：倘皇太后临朝称帝，朝廷众臣可执此诏，布告天下，拥立新君……

刘娥愣住了。

赵祯：来人！将二娘娘的棺椁封上。

王渐与忆秦带着四名内官上来，将棺椁封上之后退下了。

赵祯悄悄来到刘娥身边。

赵祯：大娘娘，大娘娘……请大娘娘回宫吧……

刘娥仿佛没有听到赵祯的话，嘴里喃喃地重复着那句话。

刘娥：……倘皇太后临朝称帝，朝廷众臣可执此诏，布告天下……

刘娥手执黄绢，两行清泪倏忽滑过面颊。

7. 汴京皇宫　皇太后寝殿　夜晚　内景
刘娥坐在外殿，赵祯站立刘娥身旁，脸上露出沉痛而惭愧的神情。

赵祯：大娘娘，朕错怪你了……

赵祯哽咽，再也说不下去。

刘娥：有你这句话，哀家就心满意足了。眼下唯有一件事，哀家还放心不下，便是皇上的婚事。

赵祯：朕的婚事，全由大娘娘做主。

刘娥看着赵祯，终于欣慰地点了点头。

刘娥：哀家知道，陛下从未将郭清悟放在心上，但是郭崇义在军中威望甚高，朝中支持者甚众，陛下必须将郭家牢牢掌控，哀家百年之后，皇上有了郭家的支持，才能保得皇位安稳，才能保得天下的安宁。

赵祯：大娘娘，只是还有一事……

刘娥：陛下不说，哀家也能猜到，陛下心里，还是放不下曹汝，是吧？

赵祯点头。

刘娥：将曹汝迎入宫中，可将她封贵妃。

赵祯：谢大娘娘。

刘娥：当初曹鉴对陛下别有用心，他的意图是逼迫哀家还政，然后，他便可联手朝中大臣，操控陛下，这样一来，他便可以掌控大宋的天下了。所以，哀家一直反对立曹汝为后，免得陛下受曹家左右。

赵祯：大娘娘，如今太傅已逝，曹利用对大娘娘一直忠心耿耿，绝无二心，请大娘娘放心便是。

刘娥点头，长出了一口气。

刘娥：如此一来，哀家便再无后顾之忧了。

8. 汴京城　某茶楼　白天　内景
丁谓与王钦若因除掉苏义简而弹冠相庆，在茶楼的一个包间里相对而坐。

王钦若：皇上曾于寝殿秘密召见老夫，询问可有良策救苏义简一命，老夫当时便说，全由太后做主。

丁谓：铁证如山，太后又能怎样？不杀苏义简，她如何向天下人交代？

王钦若：苏义简倚仗太后，有恃无恐，根本不把朝中的老臣放到眼中，落得这般下场，也是咎由自取。

丁谓：除掉苏义简，岳丈与我应当一鼓作气，让太后撤帘还政。因为狸猫换太子一事，皇上对太后已经有所戒备，对我却完全信任。这大宋，今后便是你我翁婿的天下了。

王钦若：太后很早便辅助先帝处理朝政，又垂帘听政多年，君臣博弈之术，再清楚不过，对你我二人，她应该会有所防范。

丁谓：太后如今孤立无援，外强中干，此时不出手，更待何时？

王钦若：公言还是不要急于行事为好。

丁谓端起茶盏喝了一口。

丁谓：我遇事一向谨慎，不过这一次，天时地利人和俱全，不必再畏首畏尾了。

9. 汴京皇宫　赵祯寝殿　白天　内景

苏明允进殿，向赵祯鞠躬施礼。

苏明允：微臣苏明允，参见陛下。

赵祯：当初平江府一别，朕与你说，来日在京城相见，现在终于将你等到了，考取进士及第，果然没辜负朕的期待。

苏明允：承蒙陛下错爱，臣感激不尽。

赵祯：据说丁谓殿试策论，震惊朝堂，在京城传为佳话。今日殿试，明允真知灼见，珠玉之论，颇有当年丁谓的遗风。可叹物是人非，如今的丁谓已不是当年那位状元郎。

苏明允：陛下，臣另有一要事禀报。当初苏大人去平江府时，秘密嘱咐在下搜集查找丁谓的罪证，臣已将所有证据收集齐全。

苏明允从怀中取出一大摞文书，交给赵祯。赵祯取过来，快速翻阅了一遍。

赵祯：丁谓好大的胆子，贪赃枉法，饱其私囊，无所不用其极。回想起来，当初朕在平江府茶楼，听艺人讲狸猫换太子，也定是他的指使。

苏明允：丁谓此举，用心险恶，分明是故意要挑起陛下与太后的矛盾。

赵祯：多亏太后明智，对丁谓行径已经了然，朕即刻将这些证据全部呈交给太后，查办丁谓。

10. 汴京皇宫　皇太后寝殿　白天　内景

刘娥将记录丁谓罪证的折子、文书一一细看，愁眉蹙额，痛心疾首。看完之后，刘娥一声长叹。

刘娥：哀家知道丁谓利欲熏心，却不承想他为了敛财，竟然如此不择手段。

赵祯：朕初看这些公文，也是大吃一惊。大娘娘，这些罪证都是舅父生前安排苏明允暗中搜查到的。

刘娥：义简一片忠心，朝廷的大事，他比哀家考虑得更为周全……

赵祯：时至今日，朕才明白大娘娘和舅父的良苦用心，朕当初过于任性，将大娘娘和舅父都辜负了。

刘娥：有陛下这句话，义简在九泉之下，也可以瞑目了。陛下认为，当如何处置丁谓？

赵祯：天网恢恢，疏而不漏，明日朕与大娘娘一起上朝，按我朝《宋刑统》，当庭审理丁谓。

刘娥点了点头。

11. 汴京皇宫　文德殿　白天　内景

刘娥与赵祯在张景宗、王渐的陪同下，从殿外进来，刘娥上了丹墀，绕到垂帘后面坐下。赵祯来到镏金龙椅坐下，一脸严肃。

赵祯：参知政事丁谓何在？

丁谓突然被钦点，不由得一惊，连忙站到大殿中。

丁谓：臣丁谓参见陛下！

赵祯：丁爱卿，你赴平江府任知州为期多久？

丁谓：回陛下，半年有余。

赵祯：半年有余？好一个丁谓，赴平江府仅仅半年，你的政绩便令人刮目相看了。

赵祯向张景宗示意。

赵祯：让张公公宣读一下。

张景宗马上拿出一个折子打开宣读。

张景宗：丁谓任平江府知州，巧立名目征收税钱，曰下马钱，曰发路钱，曰折送钱，曰夫脚钱，不过半年时间，得钱四十五万贯。大旱之年，丁谓在平江府霸占水源，高价卖水，与民争利；假借发行交子，仅一月时间聚财七十万贯；平江府任知州半年，丁谓共收受贿赂：南海珠子，九千五百九十颗；紫罗一千五百匹，杂色缬罗三千一十二匹，私占土地七万亩。平乐县酒场官李益，遂州牙校尉，泰安州知州，广南西路钦州通判等人都曾向丁谓行贿。凡四方水土珍异之物，丁谓皆取之于民，进贡皇宫者，不过十之其一，余者皆中饱私囊。

丁谓听得头上冒汗，马上跪倒。

赵祯：丁谓，你认罪吗？

丁谓：陛下，有人栽赃微臣，请陛下明察。

赵祯一挥手，一名小宦官用檀木托盘送来满满一托盘书信、账单等物，放到了丁谓面前。

赵祯：这些都是证据。

丁谓：臣知罪，请陛下宽恕。

赵祯：丁爱卿从政多年，朕知道你有大功三件，其一便是巧造玉清昭应宫，经你周密设计，缩短工期，工地秩序井然，宫殿落成蔚为壮观。第二桩大功，不动兵刃，安抚边民。西蜀王均起兵叛乱，你冒险会见蛮族首领，晓谕朝廷安抚之意，使其归顺，西蜀从此得以安宁。第三桩大功，出任三司使之后，调查全国粮赋，并奏议财赋标准，报朝廷备案，以利万民。这三件大功，朝中人尽皆知。不承想，丁大人却晚节不保。

刘娥从垂帘后传出声音。

刘娥：丁爱卿，当初先帝殿试之时，与你初见，你大殿上一席高论，令先帝击节赞叹，惊为下凡文曲星，便对你委以重任。本宫万万没有料到，现在你竟如此不堪，半年前本宫将你贬为平江府知州，以示劝诫，你不思悔改，竟然变本加厉，搜刮民脂民膏，鱼肉百姓，甚至试图要挟皇上，胁迫本宫。丁爱卿，你对我朝律例最为熟知，依照这些罪状，本宫对你该如何处置？

丁谓：微臣知罪，但求皇上皇太后饶过微臣一命，反省平生之过。

刘娥：此事便由陛下定夺。

赵祯：自即日起，将丁谓贬为崖州司户参军，四个儿子，三位兄弟，同时罢黜所有官职，抄没家产，丁府所有贿赂物品，全部充公。

刘娥微微点头。

赵祯：把丁谓带下去，关押在丁府禁足，择日启程，发配崖州。

丁谓：谢皇上、皇太后开恩。

殿外两名侍卫进来，将丁谓带下去了。

赵祯：王钦若！

王钦若在旁边一直听得两股打战，现在听到赵祯喊自己名字，浑身一震，站立不住，连忙向赵祯跪下。

王钦若：臣在！

赵祯：你本是丁谓岳丈，平日过从甚密，对他的行径了如指掌，却知情不报，可视为同犯。

王钦若马上以头触地。

王钦若：皇上恕罪！

赵祯：今日且不处置于你，你先回府中静思己过，来日再来定夺。先下去吧。

12. 汴京皇宫　皇太后寝殿　白天　内景

刘娥正在喝药，忆秦待她喝完接过药碗放到一旁。

忆秦：太后的病情还要继续瞒着皇上吗？

刘娥：大婚在即，等皇上将清悟娶入宫中，哀家再与他细说。

忆秦：皇上总算是明白太后娘娘一片苦心了。

张景宗拿着一个折子从门外进来回禀。

张景宗：启禀太后娘娘，王钦若畏罪辞官，特呈上折子，要告老还乡，请求太后娘娘准许。

忆秦接过折子，递给刘娥，刘娥接过来，没有打开看，便放在一边了。

刘娥：准了。王钦若辞官的一应事务，交由吏部处置之后，便可让他离京。

张景宗：王钦若还说，他只愿将家眷和贴身仆人带走，愿将京城中的所有家产一并捐出，听凭太后处置。

刘娥：王钦若毕竟比丁谓多了几分城府，有自知之明，就让他全身而退，安享晚年吧。

张景宗：奴婢遵旨。

13. 汴京皇宫　皇太后寝殿　早晨　内景

刘娥坐在椅子上绣着那条金丝蟠龙腰带，张景宗与忆秦守在一边。

张景宗：太后娘娘，王钦若已经回到乡间隐居。今日，远在崖州的丁献容传来折子，说丁谓在崖州已经去世。

刘娥：丁、王二人都曾经是朝廷柱石，没想到最终却这样收场。王钦若也曾是少年才俊，年纪轻轻便考取进士甲科及第，在朝中为人谦和，八面玲珑，也曾为先帝立下不少功绩。不承想，当上宰相之后却变得贪得无厌，为谋取私利而不择手段，伪造天书，蛊惑先帝封禅泰山，劳民伤财，他自己却捞取了巨额钱财。

张景宗：奴婢听说，王钦若曾经师从一位大儒，深究修身养性的学说，得了师父的真传，可惜他却没有将这些道德学问付诸实践，恰恰反其道而行之。

刘娥：丁谓也曾怀抱济世之志，当初殿试之时，一番高论让先帝震惊，他精通棋琴书画、诗词音律，被世人称为当今之大儒，为官一任造福一方百姓，他在升州为官之时，百姓还为他修了祠堂。不料到后来，野心膨胀，竟然想要掌控皇上，独掌朝纲。唉，权力和钱财总会让人忘乎所以，利令智昏，古往今来，有几人能过得了这一关啊。

张景宗： 扳倒了丁谓和王钦若，太后娘娘替皇上清理了朝堂，自此以后便可放心了。

刘娥： 等皇上大婚之后，哀家便可正式还政于皇上。一朝天子一朝臣，老臣们一个接一个离去，皇上会选出一批新人来辅佐他。

张景宗： 太后娘娘放心，殿试已过，皇上钦点的状元、榜眼、探花等一干学子都入了翰林院，以待朝廷任用。

14. 郭崇义府邸 庭院 白天 外景

郭崇义穿戴盔甲，一身戎装，正在与郭清悟道别。两名士兵站在郭府大门等着郭崇义。

郭崇义： 三军整装待发，为父要马上带兵出征，不能参加清悟和皇上的大婚之礼了。

郭清悟： 爹爹，女儿与皇上的大婚，爹爹都不参加，岂不是对皇上和太后的不敬？

郭崇义： 边关告急，等待救援，为父一刻不得耽搁。错过战机，无数将士便会枉死，为父已经回禀皇上和太后了。

郭清悟失望地叹了口气。

郭崇义： 清悟，你是太后钦点的皇后，进了皇宫一定要万分谨慎，不可像在家中那般任性而为了。

郭清悟： 爹爹，和皇上大婚之后，我便是皇后娘娘，六宫之主，我还要看谁的脸色？

郭崇义： 清悟，太后立你为后，固然是因为喜爱你，但是更多是因为太后看重咱们郭家，看重为父在军中的威望。况且皇上心中早有曹汝，你入宫之后，若不谨言慎行，温柔体贴，被曹汝比下去，到时候悔之晚矣。

郭清悟：（有些不耐烦地）爹爹，你都跟我说多少遍了，我知道了。

郭崇义： 清悟，进宫之后，千万要敬重太后与皇上，对宫人与内官也要宽厚仁慈，母仪天下，不是一个平平常常的女子能做到的，要多多听从太后的教诲。

郭清悟草草地答应。

郭清悟：女儿都记下了。

郭崇义：为父的话，你若都能记下并身体力行，为父便可放心上路了。

郭清悟：爹爹保重。

郭清悟向郭崇义施了一个万福，郭崇义最后看了女儿一眼，仍然显得有点不放心，也只得转身离去，两名士兵跟着他出了庭院。

五十六

1. 汴京皇宫　大庆殿前广场　白天　外景

大庆殿外已然布置得一片喜气洋洋，大殿都用大红绸带搭起彩架，挂起了宫灯，宫灯上都有大红双喜字。大庆殿外的丹墀以及丹墀下的御道上，都铺满红地毯，御道两侧摆满各式宫灯和彩灯。

皇家的卤簿仪仗和宴乐仪卫，引着迎亲的队伍走向大庆殿。

皇后的喜轿前卤簿仪仗迎亲队伍，二十名侍卫手执藏香提炉在前，二十位红衣侍卫持宫灯，二十位侍卫打伞盖。

迎亲队伍来到了大庆殿外。两名宫女将顶着红盖头的郭清悟从喜轿里扶了出来。

宫女搀扶郭清悟迈过一个火盆，以寄寓蒸蒸日上之意，然后走上丹墀，走向大殿。

赵祯神色肃然，一身大婚吉服，手执"通心锦"的一端，等着郭清悟走上大殿前的丹墀。

郭清悟走到大殿前，王渐手执"通心锦"的另一端，交给郭清悟，郭清悟接过。

王渐跟着赵祯，宫女引着郭清悟，二人各持"通心锦"的一头，踩过那厚厚铺陈在地的红毯，朝着大庆殿内走去。

2. 汴京皇宫　郭清悟寝殿　夜晚　内景

寝殿内，龙凤喜烛明亮闪烁。床上铺着厚厚实实的大红锦缎龙凤双喜字炕褥，床上用品有喜被、喜枕，图案吉祥，绣工精细，身着吉服的赵祯与郭清悟在床上并肩而坐。郭清悟与赵祯自幼相识，便也没有了新婚的羞涩，久等不见赵祯来掀红盖头，竟然自己掀开了。

赵祯依然正襟危坐，目不斜视。郭清悟从长袖里拿出一只玉佩，放到赵祯手中。

郭清悟：这是臣妾珍藏多年的心爱之物，今日送与陛下，愿陛下与臣妾心心相印，不离不弃。

赵祯将玉佩接了过来，仔细端详，点了点头。

郭清悟：自此以后臣妾定会尽心尽力为陛下打理后宫。臣妾有一事相求，望陛下能开恩答应。

赵祯：何事？清悟请讲。

郭清悟：陛下今后立谁为妃，臣妾都不会过问。唯独一人，陛下不可将她纳为妃嫔，心里头也不许想她。

赵祯一听，马上面色不悦，将玉佩也放下了。

赵祯：你是说汝儿吗？

郭清悟点了点头。

赵祯：母后已经亲口允诺，将汝儿封为贵妃，很快朕便接她入宫。

郭清悟：不可！

赵祯：有何不可？

郭清悟：曹家对太后不遵，太傅图谋造反，以死逼宫太后，曹府全家上下都是逆臣，陛下怎能封曹汝为贵妃？

赵祯怒从中来，从床榻上站起。

赵祯：曹利用对朝廷忠心耿耿，与其父政见不合，朝堂上人尽皆知，到你嘴里，如何便成了曹府全家都是逆臣？况且此事与汝儿又有何关系？汝儿从未说过你一句坏话，你却对她恶语相加，还对曹家百般诋毁，你身为皇后，如何统领后宫！

赵祯怒火中烧，快步走向殿外，决然离去。郭清悟双手捧着玉佩，新婚之夜竟独守空房，拿起玉佩要摔到地上，却终究没有丢出，委屈得大哭。

3. 汴京皇宫　赵祯寝殿　白天　内景

曹汝抬眼打量内殿景象，心生感慨，赵祯在一边开心地看着曹汝。

曹汝：陛下还记得吗，以前我跟随爷爷来过这里？

赵祯：当然记得，以前你来这里，是太傅的孙女，今日之后，你便是朕的贵妃了。香寒不是要随你一起进宫吗？

曹汝：临行之时，香寒的家人正好赶来，说是她的母亲病重需要照顾，臣妾便让她回家了。

赵祯：倘若你爷爷在天有知，看到你进宫封为贵妃，他应当不会再反对了吧？

曹汝：爷爷以前不让我和陛下来往，是怕宫中其他皇亲国戚加害，并非对陛下不满。

赵祯：朕想再去太学院听他授业解惑，讲述为君之道，却再也没有机会了。

曹汝想起爷爷，忽然悲从中来。

曹汝：爷爷去世，都是为了陛下……

赵祯：太傅此举赢得天下士子的敬重，朕不会忘记他的。

曹汝：父亲告诉我，爷爷与太后政见不合，并非太后有错。太后为了朝政而日夜操劳，才有大宋的国泰民安，太后劳苦功高。所以，陛下切不可因为爷爷之死而怨恨太后。

赵祯上前轻轻将曹汝揽入怀中。

赵祯：汝儿这般善解人意，朕怎能不疼爱你……

4. 汴京皇宫　赵祯寝殿　外殿　白天　外景

郭清悟手里拿着玉佩，在绿翘的陪伴下来到外殿。

郭清悟：昨晚是本宫有些心急了，陛下也没有收下这玉佩，今日我向皇上赔罪，如果本宫再心急了，绿翘可要在一边提醒。

绿翘：娘娘放心。

郭清悟说着和侍女绿翘进了外殿。王渐守在外殿，一见郭清悟，不禁有些惊慌，正要向赵祯回禀，郭清悟将他拦下，示意他不要出声。

郭清悟：不必回禀，本宫自己过去便是。

郭清悟正要进，却听到里面曹汝与赵祯的对话，郭清悟脸色马上拉了下来。她没有再进去，立在门外听着。

曹汝：既然陛下已经和清悟姐姐成婚，便不可冷落了她，毕竟她是太后钦定的皇后。

赵祯：清悟若能有你一半懂事，朕也能容忍，她实在是太任性了。

郭清悟听到这里，脸色变得越发难看，再也忍不住，直接走进内殿。

绿翘和王渐都吓坏了，守在外面，不敢进去。

5. 汴京皇宫　赵祯寝殿　白天　内景

郭清悟闯进内殿，赵祯和曹汝俱是一惊。

赵祯：清悟？

郭清悟草草行了一礼。

郭清悟：臣妾见过陛下。

赵祯：朕还没有听到禀报，你便来了。

郭清悟：皇后要见皇上，不需要禀报了吧？

赵祯微微一笑，没有回应。曹汝连忙赔笑，迎向郭清悟。

曹汝：清悟姐姐——

郭清悟：住嘴！本宫已是皇后，谁是你的姐姐？

曹汝连忙向郭清悟施礼。

曹汝：是，皇后娘娘。

赵祯：清悟，朕知道你对汝儿心存芥蒂，现在汝儿是贵妃，已经入宫，朕还望日后你和她情同姐妹，以礼相待。

郭清悟：臣妾不会跟一个叛臣的孙女儿情同姐妹！

赵祯：清悟，朝廷之事你并不知情，不得妄下断语。况且，曹太傅已经去世，他生前所为，一概和汝儿无关。

曹汝：皇后娘娘，汝儿进得宫来，一心侍奉皇上和皇后，愿意听从皇后娘娘指教……

郭清悟：不必了，太后并不赞成封你贵妃，你能让皇上不顾反对，将你迎入宫中，这番心机，本宫倒是请你来指教了。

赵祯：清悟，对汝儿不必如此刻薄。

郭清悟见赵祯一直护着曹汝，更加窝火。曹汝无奈，在一边沏了一碗茶，双手端着，低着头毕恭毕敬地向郭清悟走过去。

曹汝：汝儿给皇后献茶，汝儿今日刚刚进宫，望皇后娘娘多关照。

郭清悟此时正背对着曹汝，也没有回头看曹汝，便顺便挥手，不接受曹汝献茶。

郭清悟：不必了！

没想到，郭清悟这顺便一挥手，正好碰到了曹汝奉上来的茶碗，将茶碗打落了，茶水烫到郭清悟。

郭清悟：你想烫死本宫啊！

郭清悟没有提防，被烫着之后一个激灵，手里的玉佩也掉到了地上，一下子摔成两半。郭清悟看到自己的玉佩被摔碎，大惊失色，又怒又恨。

郭清悟：贱人！

郭清悟挥手就要打曹汝。赵祯见势不妙，连忙上前劝解，要将曹汝护在身后，没想到"啪"一声清脆响声，郭清悟这一掌竟然打到赵祯的脸上。赵祯的脸上马上显出了明显的指印。

郭清悟吓坏了，她简直不敢相信，自己竟然把皇帝打了。

6. 汴京皇宫　皇太后寝殿　白天　内景

刘娥和赵祯并肩坐于软榻上，神情严肃。郭清悟和曹汝跪在面前。

郭清悟：臣妾不是有心，请太后娘娘恕罪。

刘娥：既然此事出在皇上的寝宫，就听由陛下来处置。

郭清悟自知闯下大祸，已经有不好的预感，吓得哭了起来。

郭清悟：皇上，请饶恕臣妾，臣妾以后再不敢了……

赵祯：你们二人，先起来吧。

郭清悟和曹汝站起身来，低头站在一边。

赵祯：皇后行为鲁莽，有失身份，枉为六宫之主，朕念其初犯，禁足一个月，回宫闭门思过。

郭清悟一愣，没想到赵祯罚得这般轻，她颇感意外，感激涕零忙向赵祯谢恩。

郭清悟：谢陛下，臣妾知错，马上回宫反省，永不再犯。

郭清悟又悔又怕的眼泪，差点流下来。

赵祯：贵妃无辜受到牵连，跟着担惊受怕，朕深感不安，赏绢二十匹，以示安慰。

曹汝未料到赏赐如此丰厚，也低头向赵祯施礼谢恩。

曹汝：臣妾谢主隆恩。

刘娥：一个赏，一个罚，恩威并重，处罚公正。清悟和汝儿，你们都记着，一个是皇后，一个是贵妃，既然进得宫来，今后应同心同德，齐心辅助陛下，不许再起事端，都出去吧。

郭清悟/曹汝：臣妾遵旨！

郭清悟和曹汝齐齐应声，便退了出去。刘娥这才面色缓和，心疼地看向赵祯被打过的脸颊。

7. 汴京皇宫　文德殿　白天　内景

赵祯亲自搀扶刘娥上殿，伺候她落座，命人将垂帘放下。赵祯这才行至龙椅坐下。张景宗、王渐侍立两旁。曹利用、郭崇义等诸位大臣已经肃列大殿两旁。

郭崇义：臣参见陛下、太后娘娘。

赵祯：平身。郭爱卿不负重望，出师大捷，战败了安南大将李常杰，令安南军队退出大宋的疆域，扬眉吐气，立下大功，今晋封郭爱卿为枢密使，赏银两万两。

郭崇义：臣谢主隆恩。

赵祯：大理寺卿曹利用听旨。

曹利用：臣在。

赵祯：自今日起，朕封你为参知政事，即刻上任。

曹利用：谢陛下！

刘娥：曹爱卿、郭爱卿，朝中的老臣已经不多，你们二人辅政多年，又同为皇亲国戚，此后应当勠力同心，和睦相处，共同辅助陛下。

曹利用/郭崇义：谨遵太后懿旨！

刘娥：众爱卿，如今四海承平，陛下已届成年，已能够处理朝中大事，哀家甚为欣慰，将择日还政于陛下，回归后宫……

刘娥说着说着，声音却渐渐弱了下去。

张景宗：太后！

赵祯察觉情况不对，回身一看，只见刘娥已在座椅上晕了过去，张景宗上前将刘娥扶住。赵祯脸色大变，掀开垂帘来到刘娥身边。

赵祯：母后……

8. 汴京皇宫　皇太后寝殿外　白天　外景

赵祯带着王渐来到太后寝殿外，张景宗正守在门口，像是正在等着赵祯，看见赵祯走来，连忙施礼参见。

赵祯：母后病情如何？

张景宗：回陛下，太后娘娘用过药了，身体已无大碍，正在歇息。太后娘娘吩咐奴婢，让奴婢回禀陛下，不必担忧，请陛下改日再来探望。

赵祯：既然母后已经歇息，朕不便打扰，让母后安心养病，朝廷诸事，自有朕来处理。

张景宗：遵旨！

赵祯带着王渐转身离开，张景宗连忙低头施礼，直到赵祯走远。

9. 汴京皇宫　皇太后寝殿　白天　内景

刘娥躺在床榻上，忆秦正在服侍刘娥，给刘娥服药。

张景宗：太后娘娘，奴婢依照太后娘娘交代挡驾，皇上已经回去了。

刘娥：知道了。

张景宗：娘娘的病情，一直瞒着皇上，奴婢以为，还是早日让陛下知道为好，否则，陛下将来一定会因此事内疚。

刘娥：景宗说得不错，哀家也觉得该让皇上知道了，明日哀家便要出宫。

张景宗：出宫？太后娘娘病体未愈，出宫要去往何处？

刘娥：哀家所余的日子已经不多了，可喜的是，皇上已能妥善处理国事，哀家便可放心，还政给皇上，明日哀家要搬出皇宫，到金明池静养，从此再也不问朝政。明日一早，就将皇上请到金明池来见哀家吧。

张景宗：奴婢遵旨。

10. 金明池　水心殿　白天　内景

刘娥正坐在内殿里，忆秦在给刘娥梳头。赵祯和王渐来到水心殿，向刘娥施礼。

赵祯：孩儿见过大娘娘。

刘娥没有转过头来。

刘娥：陛下请坐吧。

忆秦：陛下请稍等片刻，奴婢这便为太后娘娘梳妆完毕。

张景宗让赵祯坐下，王渐垂立一边。忆秦稍微显得有些局促，一边给刘娥梳头，一边有些担心地用眼角余光去看赵祯。

赵祯：母后在此处休养，可还安好？

忆秦：回陛下，太后娘娘一切安好。此处十分清静，临水而居，择水而憩，太后娘娘甚是喜欢（情绪渐渐上来，说话有些不自然了），近几日……近几日太后娘娘睡得十分安稳，只是用膳……比往日略有减少……

忆秦给刘娥梳妆完毕，扶着刘娥从内殿里缓缓出来。赵祯听完了忆秦的话，他尚未看到刘娥，正在担忧地对王渐说话。

赵祯：母后膳食减少，因为母后一直抱病在身，尚未康复，今日朕要前往太医署，亲自过问此事！

王渐：遵旨！

王渐回答之时，已经看到刘娥出来，不禁大惊失色。

赵祯：这些太医如此无能，竟然连母后都敢怠慢……

赵祯话说到一半，发现王渐的神色不对，有些奇怪，便顺着王渐的视线看了过去。赵祯这一眼看过去，马上从椅子上站了起来，大惊失色，甚至有几分恐慌。

刘娥在忆秦的搀扶下，正缓缓从内殿里走出来，她未施粉黛，露出已经病入膏肓的真容，形若枯槁，满头白发，与朝堂上号令天下的大宋皇太后判若两人。

忆秦早已忍不住，搀着刘娥，一边走，一边低声饮泣。赵祯惊魂未定，上前几步，却说不出话来。

赵祯：大娘娘……

刘娥微微笑了笑，显得很平静，忆秦将刘娥扶到椅子上坐下。

刘娥：陛下不必怪那些太医，不是他们无能，他们已经尽力了。

赵祯看到刘娥这副形状，一下子就明白了眼前所看到的一切，他快步上前，跪倒在刘娥膝前，痛哭失声……

赵祯：大娘娘，孩儿不孝啊……

刘娥依然微笑着，轻轻抚摸着赵祯的头。王渐和忆秦在一边，已经泣不成声。

忆秦：……陛下前些日子离开京城之后，太后娘娘就病倒了，病得很重，因为还要上朝面见大臣，替陛下处理政务，太后娘娘便一直在撑着，始终没有让陛下知晓病情……

赵祯跪在刘娥身边，哭得更加心痛。

忆秦：每次上朝之前，太后娘娘在四更时分便起床，令奴婢为太后娘娘精心装扮一番，才能上朝面见大臣……太后娘娘的病容，除了张总管和奴婢，再无他人见过……

刘娥虽然在微笑，却也渐渐流下泪来。

刘娥：以前，哀家最担忧的，是陛下的心结解不开，一直怨恨哀家。现在，陛下已经明白了哀家的苦心，哀家也就释怀了……

赵祯顿感钻心之痛，他几乎已瘫倒在刘娥膝前。

赵祯：大娘娘，孩儿不孝，是孩儿错了……

刘娥：受益，你长大了，能够担当得起大宋的天下，为娘也就安心了……传哀家懿旨，自今日起，哀家还政于皇上，朝廷所有事务，一概由皇上执掌。

王渐：遵旨。

赵祯：王渐，朕命你即刻昭告天下寻访名医，为大娘娘医治！

刘娥：受益，太医已经为哀家诊断过，哀家的病已经无可救治，为娘是命数已尽了。

赵祯：大娘娘……

赵祯痛哭不止。

刘娥轻轻地抚着赵祯的头，为赵祯拭去眼泪。

赵祯的心里在泣血，现在他才终于明白，母亲是一位坚强的女人，她平生经历太多，她可以抵抗任何伤害，唯独儿子对自己的冷漠和不解，是母亲内心永远不可治愈的伤，而赵祯对母亲的懊悔，也是永生永世，难以补偿。

11. 金明池　水心殿　白天　内景

王渐侍立赵祯一旁，忆秦侍立刘娥身边，抹去了脸上最后的泪水。

刘娥：哀家听政十二年，如今陛下已经能够执掌天下，自此以后，诸事都要陛下自己做主了。

赵祯：大娘娘还有何心愿，孩儿一定为大娘娘完成。

刘娥：哀家只剩一个心愿，就是进太庙拜一拜你的父皇，哀家有好多话要跟你父皇说。只是，按照祖制，后宫女眷不得进入太庙，这个心愿也就罢了。

赵祯：大娘娘放心，孩儿一定会想办法让大娘娘心愿得偿。

刘娥：祖制不可违背，陛下不必因此事为难。

赵祯站了起来。

赵祯：大娘娘，孩儿这便回宫，征询众臣。孩儿告退。

赵祯说着站了起来，向刘娥施了一礼，带着王渐走出了水心殿。

刘娥看着赵祯走出水心殿，欣慰地自言自语。

刘娥：皇上的形容举止，跟先帝越来越像了……

12. 汴京皇宫　赵祯寝殿　白天　内景

赵祯在殿内踱步思忖，苏明允站在一旁。

苏明允：太庙是皇家拜祭祖先的重地，向来不许后宫女眷入内。陛下答应了皇太后，只怕朝中老臣又要阻止了。

赵祯：这是母后最后的心愿，朕既然已经答应，就一定要做到。

赵祯停下踱步，在桌案旁坐下。苏明允手托下颏，思索了一会儿，突然灵光一现。

苏明允：陛下，臣有一计。

赵祯：快快讲来！

苏明允：不妨为太后娘娘专门缝制一套衮衣，穿上衮衣便相当于帝王，如此一来，便可以进入太庙了。

赵祯：但是母后她从未觊觎过皇位，未必肯穿这套衮衣。

苏明允：陛下可以让尚衣库做这套衮服时，去掉一些皇家图案，也不要让太后佩剑上殿。此外，这套衮衣的冠冕可与帝王之冠冕相同，前后都是十二旒，但帝王冠冕使用五彩玉，皇太后的冠冕可使用女子常用的珍珠翡翠，可取名为"仪天冠"，以区别于历代帝王。这样一来，朝中的老臣，也就无话可说了。

赵祯听了不禁站起来鼓掌而笑。

赵祯：此计甚妙！朕马上吩咐尚衣库去做衮衣，了却母后最后的心愿。

苏明允：太后娘娘功高盖世，利在千秋，身穿这套衮衣进太庙祭祖，当之无愧。

赵祯兴奋地拍了拍苏明允的肩膀。

赵祯：好一个江南才子苏明允，为朕解决了心头的一桩难事。

13. 太庙外广场　白天　外景

太庙外，禁军侍卫列位以待。曹利用、郭崇义、苏明允、晏殊等文武百官皆恭敬地站立于中间那道大红地毯的两侧。

刘娥乘坐玉辂，张景宗、忆秦守在玉辂两侧，缓缓向太庙行去。

刘娥向众人呈出病重之态，但是身着衮衣，头戴"仪天冠"，却依然显得威严庄重。

曹利用、郭崇义、苏明允、晏殊等文武百官是初次看到刘娥的病容，十分震惊，个个动容，纷纷向刘娥跪拜。

赵祯在前方引路，引着玉辂来到太庙外的大门。忆秦和张景宗一左一右搀扶着刘娥下了玉辂。赵祯上前，搀着刘娥，缓缓步入太庙正殿。

张景宗和忆秦看着刘娥进殿，双双跪倒在刘娥身后。

众大臣都留在了太庙之外，都跪在地上，注视着赵祯和刘娥进了大殿。

14. 太庙内　白天　内景

太庙内烛火通明，炉香袅袅。

赵祯搀扶着刘娥进了大殿，这是刘娥第一次来到太庙，进来之后，她先将大殿内四下打量了一番。赵祯扶着刘娥，先后来到太祖、太宗的牌位前，一起跪拜了太祖、太宗，行了三叩之礼。

然后赵祯又扶着刘娥来到赵恒的牌位前。刘娥一见赵恒的牌位，便两眼浸泪。

赵祯：父皇，母后来看你了……

赵祯扶着刘娥跪拜，赵祯也在刘娥身边，一起下拜。赵祯再将刘娥扶起来，往下走，便是赵吉的牌位。刘娥一眼看到赵吉的牌位，禁不住老泪纵横。

刘娥：……受益，去拜一拜你的哥哥。

赵祯上前跪倒，恭恭敬敬地施礼。

赵祯：皇兄在上，请受受益一拜。

赵祯起来之后，见刘娥已经有些力气不支，忙上前将刘娥扶住，搀到旁边的一张椅子上坐下。

刘娥：当初与你父皇相遇，是在邢州郊外的战场，我和逃难的百姓被辽军紧追不舍，危急关头，你父皇仿佛从天而降，带领着大军，将我和百姓们救下了。那时你父皇还是一翩翩少年，血气方刚，英气逼人。

赵祯：当年的父皇，与孩儿年龄相仿，都已经在沙场征战了。

刘娥：自此以后，我与你父皇相爱，约定永不相负。回到京城之后，我才知道所爱之人，竟是当朝皇子，我不知道的是，接下来会面对那么多的磨难。我在皇宫之外无名无分，数次命悬一线，大难不死，这样辛苦辗转了十五年之后,才得以进入皇宫。

赵祯:大娘娘平生受的委屈太多了。

刘娥:当初,你父皇不愿争夺皇位,曾想过要和我远离京城,远离皇宫。但我深知,皇座是他的宿命,也是他的责任,他回避不了,也不该回避。我守望着你父皇,和他一起看尽了朝堂上的风云变幻,人事更迭。你父皇驾崩,为娘便守望着受益。如今受益长大了,能撑得起大宋的天下了。

赵祯:孩儿亲政之后方才醒悟,身为一国之君,孩儿活在众人的期望之中,父皇的期望,大娘娘的期望,朝廷众臣的期望,还有千千万万黎民百姓的期望,孩儿不敢有一丝懈怠。

刘娥欣慰地点了点头。

刘娥:受益会是一位明君,像你父皇一样。你先退下吧,为娘有话,想单独说给你父皇听。

赵祯:孩儿遵命,就在殿外守候。

刘娥看着赵祯退出太庙,她缓缓地站起来,走向赵恒的牌位。

刘娥:陛下驾崩之后,受益登基为帝,十二年过去,臣妾结束了党争,兴办了州学,创设谏院,广开言路,扳倒丁谓,稳固朝廷,给受益留下的是一个政通人和的朝堂,臣妾没有让陛下失望……

刘娥来到赵恒的牌位前站定。

刘娥:与陛下相遇之初,臣妾刚刚失去与前夫的第一个儿子;在澶州,臣妾又失去了我们的吉儿……陛下,吉儿去世,是臣妾平生无可治愈之痛,直到如今,臣妾每天夜里都会想起吉儿,被高高挂在战车上,呼唤大娘娘,呼唤父皇……

刘娥来到赵吉的牌位前,拿起赵吉的牌位,用衣袖轻轻抚去上面的尘埃,又放了回去。

刘娥:后来,有了受益……受益是三郎的儿子,是婉儿的儿子……他也是臣妾的儿子。三郎和婉儿先后离世,臣妾便是受益唯一的亲人。乾兴元年(1022),陛下新丧,受益继位,少主年幼,老臣权重,臣妾别无选择,唯有在朝堂听政,以维护受益,为了三郎,也为了大宋王朝。曹鉴、丁谓、王钦若为逼我退位无所不用其极,屡屡将臣妾逼到退无可退的境地。他们对天下人声称，要防止我效仿武后，临朝称制。

刘娥再次落下泪来。

刘娥：万万没想到，陛下生前也曾这般想，给婉儿留下黄绢遗诏，以防臣妾称帝……陛下，臣妾知道，皇权如何能将一个人吞噬，接近皇权，终会被皇权蛊惑，然后战战兢兢行使手里的权力，战战兢兢铲除异己以自保，秦王、楚王、许王、冀王、曹鉴还有丁谓……他们一个个都败了，败给自己的心魔……三郎，十二年来，我同样战战兢兢，如履薄冰，不是因为臣妾觊觎皇权，而是因为，臣妾要为三郎守住这大宋江山，更因为，臣妾是受益之母……

刘娥将头上的"仪天冠"取下来，放在了真宗的牌位前。

刘娥：臣妾，要护自己的儿子，一如当年守护三郎……

15. 太庙外　白天　外景

赵祯守站在太庙的门外，张景宗缓缓走了过来。

张景宗：陛下，太后娘娘进太庙多时了，现在还未出来，奴婢担心，太后娘娘是否会体力不支……

赵祯点了点头，连忙转身进了太庙。

16. 太庙内　白天　内景

赵祯进来，赵祯先看到那一套衮衣已经放在赵恒的牌位前。只见刘娥穿着她未入宫时的常服，坦然面对着赵祯。

刘娥：受益，该说的话，我跟你父皇都已经说过，再无遗憾，带为娘离开此处吧……

赵祯上前去扶刘娥。

17. 太庙外广场　白天　外景

赵祯扶着刘娥走出大殿外。文武百官向刘娥看过去，见刘娥已经衣着常服出来，众人无不肃然，再次向刘娥跪拜。

大殿外，日光刺目，刘娥以手抚额，却忽然觉得眼前一黑。赵祯连忙扶住刘娥。

赵祯：大娘娘……

张景宗、忆秦也都匆匆向刘娥跑过来。

在刘娥眼里，赵祯、张景宗、忆秦都成了无声的画面，所有人，都渐渐变得越来越远、越来越淡……

18.汴京城　街头　白天　外景

风和日丽，汴京城繁华依旧，岁月静好。

街头的商家门庭若市，街道上车水马龙。

人群里，走来赵祯和苏明允，君臣二人皆穿常服。

赵祯眼望胜景，感慨万千。

苏明允：陛下将太后的生辰定为长宁节，大赦天下，普天同庆，太后地下有知，定会无比欣慰。

赵祯：这眼前的太平盛世，满城繁华，都是大娘娘留下的，世人不能将她忘怀。

赵祯与苏明允穿过繁华的街头。

恍惚中，赵祯仿佛看见了年轻的刘娥和赵恒，二人皆是一身素衣，携手同行，走在街头的人群之中。

刘娥与赵恒蓦然回过头来，向赵祯微笑，然后又转过身去，渐渐消失在人群之中。

附录：

我发现了宋朝的精彩

——导演李少红解析《大宋宫词》

宋朝是一个很有意思的朝代，经济、贸易发达，艺术、审美则堪称中国古代艺术史的一个巅峰。我们讲到社会化的朝代常常会讲唐代，但是唐代并不是真正的社会化，比如晚上要宵禁，东市、西市就是很小的两条街道，百姓并没有太多文娱和买卖活动。真正有社会形态的是北宋，所以才出现了《清明上河图》描绘的那种大的贸易活动，有了娱乐文化，也才会有后来的戏曲。那个时代很了不起，它是我们很多文化的起源，但我们表现宋朝的影视作品太少了。

我想把它拍出来，让观众能感受到它。

以往历史剧中反映得少，好处是空间大、自由度大，难处是我要创造一个系统，这个系统形式上少有现成的东西可以借鉴，这对我来说是一个全新的课题。最终下定决心要拍，除了兴趣，还是大家能容忍我，按照我的方式，不事先定调子，容忍我按照自己认识到的创作规律去创作。这是一个让人愉快的过程，历史，当你发现它，你会不免感叹，根本不需要编，因为它本就很有戏剧性，足够精彩。比如宋真宗和刘娥，身份差距悬殊，宫外相恋十四年，这比编出来的爱情故事更吸引人，更值得挖掘。

最终，《大宋宫词》正是借大宋皇室的这段爱情传奇，来还原一千年前的宋代人文风貌。我希望在尊重历史的基础上，为观众呈现一个不一样的"大宋世界"。

宋真宗赵恒和皇后刘娥的爱情是主线，由这条线牵出，就像画轴徐徐打开，那个历史阶段的关键人物依次登场，寇準、丁谓这些名臣，还有著名的文人。那个时代可以表现的东西很多，标志性的东西也很多。

宋真宗赵恒即位后，广开言路，勤政治国，史称"咸平之治"。我觉得他是宋代最重要的皇帝，承上启下。如果说宋代是汉文化走向成熟的最重要的时代，那跟宋真宗分不开关系。宋真宗自己制定的一些制度很大程度上限制了皇权，导致皇权弱化，他被自己所定的制度限制住了。他最爱的女人是刘娥，为了她，他要与政策、与国家机构抗争去得到感情。他一直想让刘娥进宫，但刘娥仍然十四年进不了宫，皇帝即使在大殿上怒发冲冠也还是要遵守大臣们的意见，这都是非常有意思的戏剧冲突。对此，我们还需要编什么？把这个人拥有的历史呈现出来就好了。

刘娥本是蜀地孤女，寄人篱下，却在20岁上下与宋真宗赵恒一见钟情，由于当时的宋太宗和朝堂上下的阻挠，只能展开"地下恋情"。等到真宗撞得头破血流才将她请入宫时，她已将近40岁。一个结过婚的蜀地孤女，能被宋真宗爱了一生，她身上一定有自己的特质。

刘娥在宋真宗后期参与辅政，在朝堂，在后宫，有无数双眼睛盯着，她既要守住在病床上的宋真宗，又要抚养储君赵祯，把他培养成为一个真正的君王。赵祯继位后，刘娥继续掌管朝政十余年。从真宗朝后期，刘娥有了对大宋江山的责任感，有对宋真宗的这份爱，这才能支撑着她走下去。

我试图展示一个人物群像，想为观众展现北宋的许多名臣、文人，以人物展现那个时代的风貌。对这些人物，观众心中也会有自己的想象，我就要让他们符合大家已有的认识，也就是要"像"，所以演员的选择上，一个是多，一个是要准。

《大宋宫词》里的宋真宗是一个全新的帝王形象，不同于以往的任何一部影视剧中的皇帝。他绝非一个简单的权力象征。朝堂上他真正坐稳了大宋江山，帝王延承自他开始，他还奠定了北宋整个的文人气质。而在朝堂之外，他的情感生活即便现在看来都令人惊叹，真宗是个完整的有情之人。周渝民在气质上是最为贴近的。他身上兼有深情和决断，这一点在拍摄进行中越来越明显，他对人物的理解很深入，有时他在戏中回头的一个眼神都会让我触动，很强烈地感觉到他和人物的相融。这对创作中的人而言，是莫大的幸福和满足，这种时刻，我相信也是能让观众感动的地方。演员也是如此，他先感动到自己。表演是藏不了拙的。与他合作，我觉得是一种缘分。

刘涛带给观众的印象是"贤惠能干"，这也与刘娥这个人物的特质非常匹配。从宋真宗后期开始，刘娥需要不断应对朝臣的挑战，她要像个超人一般战胜全部对手，而刘涛也在这个过程中过足了戏瘾。我与周渝民和刘涛都是第一次合作，但默契程度很高，颇为出乎意料，他们的优点是有表演经验，已经在观众心目中树立起自己的形象，对我来讲，既要延续观众对他们的喜爱，又要挖掘他们更有潜质的东西。我认为他们创造出了各自演艺生涯到目前为止最出彩的人物。

《大宋宫词》是历史剧，重点的历史事件，人物的命运走向，一定要有历史依据。这些依据，其实是戏剧的一些点，实实在在的点才能连成让人信服的线。我认为在戏里，所有的一切都是为人物服务的，这些点就是人物的来源，经历的来源，历史的大事件则落脚于对人物和人物命运的影响，有了这些，才有人物的根，一个戏的核也才能立起来。

细节也要有依据。当时人们的衣食住行是什么样？各种工艺到了什么程度？找什么样的面料可以替代那个时候的感觉？从宫殿样式到室内柱子幔帐的颜色，从人物发型到内衣外袍，甚至到男子腰带的样式、系法……这些场景细节非常重要，影视剧是视觉艺术，要让人物属于他所属的情景，所有发生的一切才会更有冲击力。好的戏要能让观众沉浸，这些细节做不到，观众又如何与剧中人物悲欢与共？

我们从古画中寻找依据，也去研究宋代的一些文物。宋代的审美非常高级，我希望能把它展示出来，让历史重现。宋代的简约派其实是最难把握的一种美术风格，但是一旦将色彩、比例调配适当，就会极尽雅致。

为了让观众有足够的代入感，我选用了大量的运动镜头，将镜头慢慢推行摇移，将每个角色囊括其中，一镜到底。把历史事件真正放入到历史空间中去，把历史有记载的大场面复原，让观众能够以更大的视角看到一个朝代的风貌。事件的发生推动着人物性格的形成和转变，乃至命运的走向，如果想要把剧中人物写真，那将历史的大场面"做实"是极为重要的。

我印象很深的是拍"立体版《韩熙载夜宴图》"的戏。按照古画的长轴特点，我们很难在其中看到拐点和远近景，把看似平面的长轴画拍出景深和透视感，首先要按照画中摆设，选取好角度，紧接着就是精准的人物调度，演员走位的一系列安排。最终，我们真的拍出了带有韵律感和呼吸感的镜头。宋徽宗的《瑞鹤图》也将在剧中以镜头语言得以呈现。我相信这个镜头会给观众带来非凡的视听感受。

全剧终

剧组工作照

曾念平导演在拍摄现场

大宋宫词

李少红导演和演员刘涛

曾念平导演在拍摄现场

曾念平导演在拍摄现场

李少红导演在拍摄现场

李少红导演在拍摄现场

李少红导演在拍摄现场

李少红导演在拍摄现场

曾念平导演和演员郑妙说戏

大宋宫词

致 刘娥
得痴心一生
守忠情一世

刘涛 饰 刘娥

一份特别珍贵的礼物 大宋宫詞

周渝民 饰 赵恒

祝《大宋宫词》
剧本出版！
梁冠华

梁冠华 饰 寇準

魔棒轻轻一挥，
挺大唐风华典丽的梦境
跌落大宋声色诗梳的夜宴……
感谢少飞导演，让我穿越两个
最美的朝代，在两部宫词中
过足戏瘾！

赵文瑄 2020.夏

赵文瑄 饰 赵廷美

祝愿《大宋宫词》
拥有更多的观众和读者
涂们
2020.11.25

涂们 饰 赵光义

大宋宫词
惠风和畅
曹磊书

曹磊 饰 苏义简

大宋宫词

大宋宫词

非常荣幸在大宋宫词中饰演堪比武则天的辽国萧太后
归亚蕾 饰 萧绰

《大宋宫词》
让那时的我成为了李婉儿，
与之同呼吸，共命运。
今生难忘！
刘聪 饰 李婉儿

潘玉妹这个角色是我从艺道路上的一次新的挑战和磨炼，
让我成长与蜕变。
钱冬旎 饰 潘玉妹
2020.11.25

集合了优雅
集合了美好
都在
《大宋宫词》

齐溪 饰 郭清漪

艺术顾问 – 叶锦添

揽大宋韵味，
雕梁画栋筑天水，
书宫词过往，
因成心许顾盼长。

熊欣欣

动作导演 – 熊欣欣

创作《大宋宫词》有感
历尽艰辛何所惧
重回大宋现辉煌

宋军
2020/9.

美术指导 – 宋军

大宋宫词

《大宋宫词》是宫词三部曲的第二部。通过女性的故事，女性的视角来观历史。

李少红 二〇二〇.十二.二

李少红导演

再拍《大宋宫词》继写文化传承！

曾念平 2020.

曾念平导演